d'aujourd'hui
étranger
collection dirigée par
Jane Sctrick

L'ÉTOILE DES MERS

OUVRAGE PUBLIÉ AVEC LE CONCOURS
DU CENTRE NATIONAL DU LIVRE

Illustration de couverture :
Miles Walters
The Steam Packet « Saint Patrick » on the Liverpool to Dublin Run (détail)
Collection privée
Bridgeman / Giraudon

Thomas Falcon Marshall
The Emigrants (détail)
Christopher Wood Gallery, Londres
Bridgeman / Giraudon

Titre original de l'ouvrage en anglais :
The Star of the Sea

www.phebus-editions.com

JOSEPH O'CONNOR

L'ÉTOILE DES MERS

ADIEU A LA VIEILLE IRLANDE

roman

Traduit de l'anglais (Irlande) par
Pierrick Masquart, Gérard Meudal
et Marie-Thérèse Carton-Piéron

L'IRLANDO-IBÉRIEN L'ANGLO-TEUTONIQUE LE NÈGRE

Étude de civilisations, Harper's Weekly

LE GRAND LIVRE DU MOIS

Pour Anne-Marie
encore et toujours

[La Famine] est une punition que la Providence inflige à un pays oisif, ingrat et rebelle ; à un peuple veule et qui ne croit pas en lui. Les Irlandais souffrent d'une calamité infligée par le ciel.

CHARLES TREVELYAN, secrétaire adjoint au Trésor de Sa Majesté, 1847 (anobli en 1848, pour avoir apporté du soulagement aux victimes du fléau).

L'Angleterre est vraiment une nation criminelle. Oui, l'Angleterre, toute l'Angleterre !... Elle doit être punie ; ce châtiment, à ce que je crois, lui viendra, et lui viendra par l'Irlande ; ainsi l'Irlande sera vengée... Puissent les profondeurs de l'océan Atlantique n'être rien comparées à l'enfer qui engloutira les oppresseurs de race !

JOHN MITCHEL, nationaliste irlandais, 1856.

LE CHAINON MANQUANT : Une créature manifestement entre le gorille et le nègre est sur le point d'être découverte par de hardis explorateurs dans quelques-uns des plus sinistres districts de Londres et de Liverpool. Elle vient d'Irlande, où elle a été contrainte d'émigrer ; elle appartient en fait à une tribu de sauvages irlandais : le spécimen le plus primitif du rustre irlandais. Sa conversation se réduit à un gargouillis. C'est de plus un animal grimpant et on peut parfois l'apercevoir en train de faire l'ascension d'une échelle muni d'un seau rempli de briques.

Le *Punch*, Londres, 1862.

La Providence a envoyé la rouille de la pomme de terre, mais c'est l'Angleterre qui a fait la famine... Nous sommes las d'entendre la rengaine de ceux qui nous adjurent de ne pas reprocher au peuple britannique les crimes commis par leurs gouvernants contre l'Irlande. Si, nous les leur reprochons !

JAMES CONNOLLY, un des chefs de la révolte de Pâques (contre la loi anglaise), 1916.

IMPRESSIONS

D'UN AMÉRICAIN A L'ÉTRANGER

Notes sur Londres et l'Irlande en 1847

par

G. GRANTLEY DIXON

du *New York Times*

Édition limitée, publiée à l'occasion du

CENTENAIRE DE LA PREMIÈRE ÉDITION

Revue, non expurgée
et augmentée de nombreux ajouts

LE MONSTRE

PRÉFACE
DANS LAQUELLE SONT ÉBAUCHÉS CERTAINS SOUVENIRS DE L'*ÉTOILE DES MERS*, L'ÉTAT DE SES PASSAGERS ET LE MALHEUR QUI RÔDAIT PARMI EUX

La nuit, il arpentait inlassablement le pont du navire, de la proue à la poupe, du crépuscule aux premières lueurs de l'aube, cet homme du Connemara, boiteux, sec comme un coup de trique, aux vêtements couleur de cendre et aux épaules tombantes.

Les marins, les veilleurs, les individus patibulaires tapis près de la timonerie interrompaient leurs conversations ou leurs besognes solitaires et le regardaient s'esquiver furtivement, avec précaution, dans l'obscurité brumeuse, toujours seul, traînant le pied gauche comme s'il remontait une ancre. Il portait un chapeau melon écrasé sur la tête, une écharpe en loques lui enveloppait le menton et la gorge ; sa capote militaire en lambeaux était si épouvantablement sale qu'on ne pouvait imaginer qu'elle eût jamais été propre.

Il se déplaçait avec une lenteur quasi solennelle, une étrange raideur d'une majesté usée jusqu'à la corde : semblable au roi déguisé d'un conte parmi ses sujets. Il avait des bras très longs et des yeux perçants. Son visage arborait souvent un air prémonitoire ou perplexe ; la vie qu'il avait menée avait atteint un point au-delà de tout entendement ou, du moins, en semblait bien proche.

Son visage mélancolique était défiguré par les cicatrices et les marques laissées par les grattements frénétiques auxquels l'avait poussé la maladie. Quoique d'une taille élancée, et très mince, il paraissait chargé d'un indicible fardeau. Il ne s'agissait pas uniquement de la déformation dont il était affligé, un pied tordu, emprisonné dans un sabot de bois grossier sur lequel était inscrit, ou plutôt marqué au fer, un *M* majuscule, mais de ce sentiment d'attente angoissée qu'il affichait : cette perpétuelle vigilance apeurée de l'enfant maltraité.

Il faisait partie de ces gens qui attirent la plus grande attention en s'efforçant pourtant de passer inaperçus. Souvent, bien qu'ils fussent incapables d'expliquer pourquoi, les matelots sentaient sa présence avant même de le voir. Ils en vinrent à se divertir en pariant sur l'endroit où il se trouvait à une heure donnée. Dix coups piqués, il était en bas près de la porcherie à tribord. A onze heures et quart on le trouvait au bas de l'écoutille, là où les misérables femmes de l'entrepont préparaient le peu de nourriture qu'elles avaient. Pourtant, dès la troisième nuit après le départ de Liverpool, ce jeu avait perdu le pouvoir de faire passer le temps. Il arpentait le navire comme s'il accomplissait un rite, de long en large et en travers avant de revenir sur ses pas : proue, bâbord, poupe, tribord. Il faisait son apparition en même temps que les étoiles et disparaissait dans les profondeurs du bateau dès le lever du soleil, aussi les hôtes nocturnes du navire finirent-ils par l'appeler le « Fantôme ».

Il n'engageait jamais la conversation avec les marins. Il évitait aussi soigneusement tous les passagers qui erraient la nuit sur le pont. Il n'adressait la parole à personne, même après minuit, à l'heure où tous ceux qui étaient encore sur pied parlaient volontiers à n'importe qui, quand s'instaurait sur le pont obscur et détrempé de l'*Étoile des mers* une camaraderie qu'on voyait rarement se manifester dans la journée. La nuit, on laissait les barrières ouvertes à bord ; le règlement se relâchait ou était quasi ignoré. Bien sûr, elle était illusoire, cette démocratie de l'heure du crime ; l'obscurité semblait gommer les différences de statut ou de croyance ou, du moins, les rabaisser jusqu'à un point où elles ne méritaient plus d'être prises en considération. Ce qui était peut-être une façon de reconnaître l'impuissance évidente que l'on éprouve quand on est en mer.

La nuit, on avait le sentiment que le bateau était une construction absurde, hors de son élément, que cet assemblage hasardeux de chêne et de poix, de clous et de foi qui craquait, prenait l'eau et ballottait sur un océan noir et menaçant pouvait exploser à la moindre provocation. Aussi, c'est à voix basse qu'on se parlait sur les ponts après la tombée de la nuit, comme si l'on craignait d'éveiller la sauvagerie des éléments. On pouvait aussi voir l'*Étoile* comme une colossale bête de somme, battue à mort par son maître, ses côtes de bois tendues à se rompre, la carcasse déjà à moitié pourrie, avec les passagers en guise de parasites. Mais la métaphore n'est pas juste car nous n'étions pas tous des parasites. Et ceux d'entre nous qui l'étaient n'en seraient pas convenus.

Sous nos pieds, des abîmes que l'on peut seulement imaginer, les gorges et les canyons de ce continent inexploré : au-dessus de nos têtes, le couvercle du ciel, noir comme la mort. Le vent s'abattait en hurlements déchaînés de ce que le plus sceptique des marins appelait prudemment « les cieux ». Et les déferlantes retombaient avec fracas sur notre abri, comme si la tempête, douée de chair et de volonté, s'était incarnée et qu'elle se moquât de la folie des hommes qui avaient osé violer son territoire. Pourtant, une sorte de tranquillité qui n'avait rien de religieux régnait entre les passagers qui s'aventuraient sur le pont la nuit : plus la mer était mauvaise, plus la pluie était glaciale, plus la solidarité était palpable entre ceux qui les affrontaient ensemble. Un amiral pouvait bavarder avec un garçon de cabine effrayé, un affamé de l'entrepont avec un comte insomniaque. Une nuit, un prisonnier, un fou furieux originaire de Galway, fut sorti des fers pour une triste promenade. Même lui fut accueilli dans la communion des somnambules ; il put bavarder tranquillement et partager une tasse de rhum avec un pasteur méthodiste de Lyme Regis en Angleterre qui n'avait jamais bu de rhum de sa vie mais en avait souvent dénoncé les méfaits dans ses sermons. (On put les voir tous les deux agenouillés sur le pont de quart, chantant sereinement « Accompagne-moi ».)

Des choses inouïes étaient possibles dans cette éphémère république nocturne. Mais la nouveauté n'intéressait pas le Fantôme. Il était à part, comme un rocher solitaire se dressant au milieu d'une étendue déserte. Un Prométhée en haillons, qui attendait le retour de l'aigle insatiable. Il restait planté près du grand mât, à scruter l'Atlantique, comme s'il s'attendait à le voir tout à coup saisi par les glaces ou transformé en océan de sang bouillonnant.

Entre la cloche d'une heure et celle de deux, la plupart des promeneurs rentraient, certains seuls, d'autres en couple, car la tolérance régnait sous le couvert bienveillant de la nuit ; les exigences de la nature et la solitude trouvaient un compromis à la faveur de l'obscurité. De trois heures aux premières lueurs de l'aube, le pont n'était témoin d'aucun événement. Il se contentait de tanguer. Il se dressait et plongeait. Même les animaux dormaient dans leurs cages : les cochons et les poulets, les moutons et les oies. La sonnerie de la cloche de quart venait parfois ponctuer le murmure monotone et incessant de l'océan. Un matelot chantait pour se tenir éveillé, un autre éventuellement trouvait un camarade et ils se racontaient des histoires. De la cale montaient par moments les hurlements de chien blessé du fou dans ses fers, quand il ne menaçait pas de fracasser à coups de masse le crâne de l'autre prisonnier. (Il n'y avait à ce moment-là aucun autre prisonnier.) On pouvait apercevoir un couple dans le petit passage obscur entre l'arrière de la timonerie et la base de la cheminée. Lui, il restait debout, cet homme du Connemara, à fixer les effrayantes ténèbres, dressé comme une figure de proue contre la pluie glaciale, jusqu'à ce que la structure du gréement, émergeant de l'obscurité, se dessinât en lignes noires sur le ciel rougeoyant de l'aurore.

Le troisième matin, juste avant le lever du soleil, un homme s'approcha de lui pour lui offrir un peu de café dans une casserole. Des perles de glace s'étaient formées sur son visage, le dos de sa capote et le bord de son chapeau. Il n'accepta pas le cadeau et fit même semblant de n'avoir rien vu. « Pauvre comme Job », remarqua le second en voyant l'homme s'éloigner en silence de son pas traînant.

Parfois les marins se demandaient si le rituel nocturne du Fantôme n'était pas une sorte de pratique religieuse, une punition originale qu'il s'infligeait, comme aimaient à le faire, murmurait-on, les catholiques irlandais. Une mortification, en somme, pour quelque inavouable transgression ou pour racheter les âmes brûlant au purgatoire. Ils avaient des idées bizarres, ces autochtones irlandais, et les marins qui, par leur métier, étaient amenés à les côtoyer devaient s'attendre à observer des comportements bien étranges. Ainsi ils racontaient tranquillement comme des évidences des histoires de miracles, d'apparitions ou de statues qui saignent. L'enfer existait pour eux aussi sûrement que la ville de Liverpool ; on pouvait situer le paradis sur une carte aussi facilement que l'île de Manhattan. Leurs prières étaient comme des sorts ou des incantations vaudoues. Peut-être le Fantôme était-il un saint homme, un de leurs gourous.

Dans son propre clan aussi, il provoquait un certain malaise. Les réfugiés l'entendaient ouvrir le panneau d'écoutille, descendre laborieusement l'échelle et le voyaient s'avancer à la lueur des chandelles, les cheveux en bataille, les vêtements détrempés, l'œil vitreux comme celui d'un maquereau à l'agonie. Ils savaient que l'aube était levée quand ils le voyaient rentrer, mais il apportait le froid mordant de la nuit, drapé autour de lui comme une cape aux multiples replis. S'il y avait quelque bruit, comme c'était souvent le cas à l'aube, un petit groupe d'hommes en train de discuter ou une femme exaltée psalmodiant des incantations, le silence se faisait à son arrivée. Ils le regardaient traverser l'entrepont en frissonnant, se frayer un chemin parmi les ballots et les paniers, vidé par l'épuisement, dégoulinant et toussant, pantin désarticulé dont on aurait coupé les fils. Il extrayait son torse tremblant de son manteau trempé, qu'il pliait et roulait en forme de traversin, et s'écroulait sous sa couverture pour dormir.

Quoi qu'il arrivât, il dormait toute la journée. Insensible aux cris des bébés et aux vomissements des malades, aux querelles, aux pleurs, aux bagarres ou aux jeux, à tout ce vacarme qui accompagnait la vie dans l'entrepont, insensible aux hurlements et aux jurons, aux cris de colère ou de désespoir, il restait toujours immobile sur sa couche comme un cadavre. Des souris lui couraient sur le corps sans qu'il fît un geste pour les chasser, des cafards se glissaient sous le col de son tricot. Autour de lui les enfants galopaient ou rendaient tripes et boyaux, les hommes grattaient du violon, hurlaient, ou se disputaient, les femmes chipotaient pour obtenir un peu plus de nourriture (la nourriture dans ce royaume cerné par les flots était la seule monnaie d'échange et on n'en disposait pas sans se livrer à de savants calculs). Au cœur de ce tumulte les gémissements des malades s'élevaient comme des prières de leurs couches misérables, car malades et bien portants dormaient ensemble, les râles de souffrance et les supplications de terreur se mêlant au bourdonnement des innombrables mouches.

La queue pour se rendre aux deux seuls cabinets de l'entrepont se formait juste sur ce maudit carré de plancher sordide dont le Fantôme avait tacitement revendiqué la propriété pour y dormir. L'un des deux était hors d'usage ; l'autre, bouché, débordait. Les cabines étaient infestées par des cohortes de rats couinant. Vers les sept heures du matin, les relents d'ammoniaque, aussi denses que le froid et les cris de l'entrepont, s'étaient déjà violemment imposés dans tous les recoins de ce cachot flottant, l'avaient entièrement rempli tel un gaz en expansion. La puanteur avait presque une consistance physique, était quasi devenue une matière gluante qu'on pouvait saisir à pleines mains. Nourriture avariée, viande et fruits pourris, intestins malades, vous en sentiez l'odeur sur vos habits, dans vos cheveux, sur vos mains, dans le verre ou le morceau de pain que vous portiez à vos lèvres. Et puis l'odeur du tabac, des vomissures, de la sueur rance, des vêtements moisis, des couvertures crasseuses et du tord-boyaux.

On avait beau ouvrir en grand les hublots destinés à aérer l'entrepont pour tenter de chasser cette incroyable pestilence, le seul résultat, s'il y en avait un, était que la brise semblait plutôt aggraver les choses en répandant l'infection dans les recoins et les alcôves. Deux fois par semaine on rinçait le plancher à grands seaux d'eau de mer, mais même l'eau potable avait des relents d'excréments et il fallait la couper d'un peu de vinaigre pour pouvoir l'avaler. La puanteur fétide flottait dans l'entrepont, vapeur nocive et délétère qui piquait les yeux et irritait les narines. Mais ces miasmes suffocants de mort et de misère n'étaient pas assez funestes pour troubler le repos du Fantôme.

Depuis le début de la traversée, il s'était toujours montré imperturbable. Le matin où nous avions appareillé de Liverpool, juste avant midi, une grande clameur était montée d'un groupe qui se trouvait sur le premier pont. On avait aperçu un brigantin venant du sud et faisant cap vers la côte, sur Dublin. Le navire était dignement nommé le *Duchesse de Kent*. Il transportait la dépouille de Daniel O'Connell, M. P.[1], le « Libérateur » des pauvres catholiques

1. « Membre du Parlement », lord-maire de Dublin (1775-1847). *(Les notes numérotées sont des traducteurs ; les autres font partie intégrante du récit.)*

d'Irlande ; il la ramenait de Gênes, où il était mort en août de cette année, pour l'ensevelir dans sa terre natale*. Voir le bateau, c'était comme voir l'homme ; c'est du moins ce qu'il sembla aux passagers en larmes et en prières. Mais bien loin de se joindre aux neuvaines que l'on récitait à la mémoire du champion défunt, le Fantôme ne monta même pas sur le pont pour assister au spectacle. Il préférait dormir plutôt que de s'intéresser aux héros et à leurs dignes vaisseaux.

A huit heures, les marins en charge de la cambuse distribuaient la ration quotidienne. Une demi-livre de biscuits et un quart d'eau par adulte, la moitié de ce festin par enfant. A neuf heures et quart, on faisait l'appel. On évacuait de l'entrepont les corps de ceux qui étaient morts durant la nuit, en attendant de s'en débarrasser. Parfois le Fantôme tout ensommeillé manquait connaître le même sort, et ses compagnons d'infortune devaient venir à sa rescousse.

Les couchettes de bois rudimentaires étaient rapidement lavées à grande eau, les planchers passés à la serpillière. On ramassait les couvertures, qu'on faisait bouillir dans l'urine pour éliminer les poux qui propageaient la gale.

Après s'être sustentés, les pauvres s'habillaient et allaient errer sur le pont. Là, ils se promenaient dans l'air vif et piquant, s'asseyaient sur des planches, mendiaient auprès de l'équipage et, de derrière leurs grilles en fonte fermées à double tour, ils nous regardaient, nous autres les passagers de première classe qui savourions nos pâtisseries et notre café à l'abri d'une tente de soie. Ces misérables se lançaient souvent dans des discussions animées sur la question de savoir comment empêcher de tourner la crème que l'on servait aux riches. Certains étaient convaincus qu'il suffisait d'y ajouter une goutte de sang.

Les premiers jours s'écoulèrent avec une lenteur désespérante. Les passagers stupéfaits apprirent à Liverpool que le bateau allait repasser par l'Irlande avant de partir affronter l'Atlantique. La déception causée par cette nouvelle poussa beaucoup d'hommes à se soûler, ce qui entraîna nombre de bagarres. La plupart des

*Dans mon souvenir les voiles du navire étaient noires, mais en consultant mes notes je constate que je me suis trompé (G. G. Dixon).

occupants de l'entrepont avaient vendu tout ce qu'ils possédaient pour payer la traversée jusqu'à Liverpool. Beaucoup d'entre eux s'étaient fait voler dans cette ville sinistre et violente ; ils avaient été escroqués ou dépouillés de leurs pauvres biens en échange de monceaux de rondelles d'étain grossièrement frappées qu'on leur avait présentées comme des dollars américains. Et voilà qu'on les ramenait à Dublin dont ils s'étaient enfuis tout juste quelques semaines auparavant, résignés, ou du moins s'efforçant de l'être, à ne plus jamais poser le regard sur leur terre natale.

Même cette maigre satisfaction leur fut refusée. Nous avions laborieusement progressé à travers une mer d'Irlande de bien mauvaise humeur et avions relâché à Kingstown pour y faire provision de vivres, puis nous avions longé la côte découpée du Sud-Est jusqu'à Queenstown (ou Cobh, comme on dit en gaélique) dans le comté de Cork. Passer au large de Wicklow ou de Wexford ou de Waterford fut pour beaucoup l'occasion d'un pincement amer, comme lorsqu'on arrache un pansement d'une blessure infectée. Un forgeron phtisique originaire de Bunclody enjamba le bastingage à la hauteur de Forlorn Point et ce fut la dernière chose qu'on vit de lui : un homme qui nageait à grand-peine vers la côte et qui usait les derniers lambeaux de sa volonté pour revenir à l'endroit où l'attendait une mort certaine.

A Queenstown, une centaine de passagers montèrent à bord. Ils étaient dans un état si lamentable que les autres se sentirent privilégiés. Je vis une vieille femme, réduite à l'état d'un amas informe de haillons, qui eut tout juste la force de gravir la passerelle pour venir aussitôt expirer sur le pont avant. Ses enfants implorèrent le capitaine de l'emmener quand même en Amérique. Ils n'avaient absolument pas les moyens de payer son enterrement et ne pouvaient supporter la honte d'abandonner son cadavre sur la jetée. Son vieil époux infirme gisait sur le quai, trop affaibli par les fièvres et la faim pour pouvoir supporter le voyage, il n'était plus lui-même qu'à quelques heures de la mort. Pouvait-on lui imposer d'emporter comme dernier souvenir de son séjour terrestre un tel spectacle ?

Le capitaine avait refusé. C'était un brave homme, il était quaker, mais trop empêtré par des règlements qu'il n'osait pas transgresser. Au bout de près d'une heure de pleurs et de supplications, un compromis fut décidé et soigneusement mis en œuvre. Le corps de la femme fut enroulé dans une couverture provenant de la propre cabine du capitaine et placé dans le cachot, le temps pour nous de quitter le port. Quand nous fûmes au large, il fut discrètement jeté à la mer. Sa famille dut se charger elle-même de la manœuvre. Aucun marin ne devait toucher la dépouille à cause du risque de contagion. Le quatrième officier mécanicien, qui s'était laissé attendrir jusqu'à les aider en dépit de tous les règlements, raconta par la suite qu'ils avaient affreusement défiguré la dépouille à l'aide d'une espèce de lame, de peur que les courants ne la ramènent jusqu'à Crosshaven, où ses anciens voisins auraient pu la reconnaître. Chez ces gens si miséreux qu'ils devraient avoir dépassé toute honte, c'est la honte qui dure plus encore que la vie. Leur seul héritage est l'humiliation, et le mépris la monnaie dans laquelle on le leur règle.

Les avaries subies au cours des dernières traversées avaient sonné le glas de l'*Étoile*, un vaisseau qui touchait au terme de sa carrière. En quatre-vingts années de service, il en avait transporté, des cargaisons : du blé de Caroline pour les Européens affamés, de l'opium d'Afghanistan, de la «poudre noire» explosive, du bois de Norvège, du sucre du Mississippi, des esclaves africains pour les plantations. Les idéaux les plus élevés et les instincts les plus bas de l'homme avaient profité à parts égales de l'existence de l'*Étoile*. En arpentant son pont, en touchant son bastingage, on entrait en étroite communication avec les uns et les autres. Son capitaine l'ignorait – personne d'ailleurs n'était peut-être au courant –, mais il était destiné, après cette traversée, à rejoindre les quais de Douvres et à y finir son existence comme ponton pour des bagnards. Le second employait quelques rares passagers de l'entrepont : il leur donnait des travaux de tonnellerie, de calfatage, un peu de menuiserie ou la couture de linceuls dans de la toile à voile. Ils étaient enviés par leurs compagnons qui n'avaient pas de métier ou dont l'occupation en Irlande avait consisté à garder les moutons, qualification aussi inutile à bord du bateau qu'elle le serait certainement dans les taudis et les quartiers de Brooklyn. Travailler voulait dire avoir davantage à manger. Pour certains c'était une question de survie.

Il n'y avait pas de prêtre catholique à bord avec nous, mais parfois, l'après-midi, le pasteur méthodiste prononçait qulques paroles œcuméniques sur le pont de quart ou bien lisait à voix haute des passages de la Bible. Il choisissait généralement le Lévitique, les Maccabées ou Isaïe : *Lamentez-vous, navires de Tarsis, car votre forteresse est détruite*. Il y avait des enfants qui s'effrayaient de son style enflammé et demandaient à leurs parents de les emmener. Mais beaucoup restaient à l'écouter, plutôt pour tuer l'ennui que par conviction. Ce pasteur était un homme compatissant au visage étroit, très soigné, qui se dressait sur la pointe des pieds et battait la mesure avec sa brosse à dents pendant qu'ils chantaient les hymnes inflexibles de sa religion. Les paroles étaient aussi solennelles et majestueuses que des pierres tombales en granit.

Ô Seigneur, tu nous as protégés par le passé ;
Tu es notre espoir pour l'avenir,
Notre havre contre la tempête
Et notre demeure éternelle.

En bas, dans l'entrepont, le Fantôme dormait toujours pendant qu'ils chantaient.

Et puis une nouvelle nuit tombait. Il se levait alors de sa couche puante infestée de puces et dévorait sa ration comme un possédé. On la lui déposait près de sa couchette dans un seau et, bien que les vols de nourriture ne fussent pas rares à bord, personne ne toucha jamais à celle du Fantôme. Il buvait un peu d'eau. Tous les deux jours il se rasait. Puis il endossait sa vieille capote grise comme un chevalier enfilait son armure avant la bataille, et il sortait à grand fracas dans la nuit.

La cabine d'entrepont était située juste au-dessous du pont principal et son plafond de planches à moitié pourries était, par endroits, aussi cassant que les biscuits qui maintenaient ses occupants à une bouchée de la mort. Aussi, quand la nuit tombait, les passagers de l'entrepont pouvaient-ils entendre au-dessus de leur tête le coup frappé par son soulier de bois. Il en résultait un bruit sourd, ainsi qu'une pluie de sciure et d'échardes, qui faisait rire les enfants au-dessus de leur brouet et leur donnait une frayeur délicieuse. Certaines mères profitaient de l'occasion : « Si tu n'es pas gentil maintenant et si tu n'obéis pas, je te donn… Bonhomme, qui te mangera. »

Le Fantôme n'était pas vilain, mais il avait un visage p… mun, pâle comme le lait et légèrement allongé. On aurait dit… traits avaient été empruntés à des individus différents. Il av… nez busqué et un peu trop long, les oreilles légèrement décol… comme celles d'un arlequin. Ses cheveux, tel un horrible pissenlit noir qui aurait poussé de travers, semblaient avoir appartenu à une goule de pantomime. Ses yeux bleus délavés possédaient une clarté céleste qui faisait paraître sombre le reste de son visage en dépit de sa pâleur. Une odeur de cendres humides flottait autour de lui, intimement mêlée à celle du voyageur en route depuis longtemps. Pourtant il était plus soigneux que la plupart et on le vit souvent employer la moitié de sa ration d'eau pour lisser, aussi méticuleusement qu'une jeune fille s'apprêtant pour son premier bal, ses mèches comiques à force d'être emmêlées.

L'ennui régnait comme un dieu dans l'entrepont, flanqué de ses deux acolytes, l'inquiétude et la consternation. Le comportement excentrique du Fantôme ne tarda pas à susciter toutes sortes d'hypothèses. Tout rassemblement d'êtres humains, de la famille à la nation, en passant par le groupe ou le clan, resserre ses liens grâce non pas à ce qu'il partage mais plutôt à ce qu'il redoute, ce qui ouvre souvent un champ beaucoup plus large. Son horreur de l'excentrique lui sert peut-être à camoufler ses propres hantises, lui offrant l'image effrayante de ce qu'il deviendrait si les attaches se défaisaient. Le Fantôme se mit à jouer le rôle très utile de l'étranger de l'entrepont, du monstre venu terrifier les gens normaux. Sa présence aidait à entretenir l'illusion d'une certaine unité. Qu'il fût tellement bizarre ne pouvait qu'accroître son efficacité.

Les rumeurs lui collaient à la peau comme des bernacles sur une coque. Certains prétendaient qu'en Irlande il était usurier, « un fesse-mathieu », comme ils disaient dans leur argot, un personnage particulièrement détesté. D'autres le voyaient directeur d'un atelier pour indigents, employé d'un propriétaire ou déserteur. Un fabricant de chandelles de Dublin soutenait que le Fantôme avait été acteur et jurait qu'il l'avait vu jouer sous son nom dans *Hamlet* au Queen's Theater, sur Brunswick Street. Deux filles de Fermanagh qui ne riaient jamais étaient certaines qu'il avait dû purger une peine de prison, tant son expression était froide et ses petites mains calleuses. Sa peur évidente de la lumière du jour et son goût pour les ténèbres poussaient les plus imaginatifs à le considérer comme un « cithoge », cet être surnaturel des légendes irlandaises, né d'une fée et d'un mortel et qui possède le pouvoir de jeter des sorts ou de les conjurer. De toute façon, personne n'était sûr de rien dans la mesure où l'intéressé se livrait fort peu. La question la plus plate et la plus dénuée d'importance n'attirait de sa part en guise de réponse qu'un marmonnement toujours évasif ou trop faible pour être compris. Mais il avait le vocabulaire d'un savant et certainement de l'instruction, contrairement à beaucoup de passagers de l'entrepont. Dès qu'un gamin un peu plus effronté l'approchait, il lui arrivait de lire, d'une voix susurrante aux inflexions curieusement tendres, des histoires qu'il allait chercher dans un tout petit livre caché à tout le monde au creux des plis de son manteau.

Quand il était ivre, événement rarissime, il adoptait le comportement de ses compatriotes qui faisaient de l'ironie sans en avoir l'air et répondaient aux questions qu'on leur posait par de nouvelles questions. Mais la plupart du temps il ne disait pas un mot. Il se donnait beaucoup de mal pour éviter les conversations en face à face et, quand il se trouvait en compagnie, ce qui était souvent inévitable étant donné les pitoyables conditions de vie dans l'entrepont, il baissait obstinément la tête et fixait le plancher comme s'il était perdu dans ses prières ou dans de tristes souvenirs.

Certains des gamins dont il tolérait la présence affirmaient qu'il connaissait le nom d'une quantité incroyable d'espèces différentes de poissons. La musique aussi semblait l'intéresser. Un des marins, un gars de Manchester si j'ai bonne mémoire, prétendait qu'il l'avait vu plongé dans des feuillets où étaient imprimées des ballades irlandaises qui le faisaient rire pour quelque obscure raison, « ricaner comme une vieille bique la nuit de Halloween ». Quand il ne pouvait éluder une question trop directe, il s'en tirait par une pirouette. Mais son opinion était toujours exprimée de manière laconique et presque toujours favorable, et comme il arrive avec ceux qui vous renvoient toujours un oui complaisant, les autres finirent par se lasser de lui demander son avis.

Il avait un je-ne-sais-quoi d'un jeune prêtre, un malaise en face des femmes. Mais, à l'évidence, il n'avait rien à voir avec aucun clergé. Il ne lisait pas de bréviaire, ne donnait pas de bénédictions, ne se joignait jamais au *Gloria*. Et lorsque, au bout de deux jours passés en mer depuis Queenstown, le premier passager fut emporté par le typhus, il n'assista pas aux obsèques ou à ce qui en tint lieu, et sa défection ne manqua pas de susciter bien des murmures dans l'entrepont. Et puis quelqu'un pensa que le Fantôme était peut-être un « Israélite » ou même, qui sait, une sorte quelconque de protestant. Cela aussi aurait pu expliquer son malaise.

Ce n'était pas qu'il eût un comportement imprévisible, au contraire : il était le plus prévisible des hommes à bord de ce navire. Ce qui précisément accentuait sa singularité était qu'on pût prévoir tous ses actes.

Il agissait comme s'il avait la conviction que quelqu'un le surveillait.

Même dans les années les plus tendres de ma jeunesse, j'ai rencontré des hommes qui avaient ôté la vie. Des soldats, des *presidentes*, des gangsters, des bourreaux. Depuis cette terrible traversée, j'en ai encore rencontré bien d'autres. Certains ont tué pour de l'argent, d'autres par patriotisme, beaucoup, je le pense maintenant, parce qu'ils ont trouvé du plaisir à tuer et qu'ils ont invoqué l'argent ou l'amour de la patrie comme prétextes derrière lesquels s'abriter. Mais ce petit homme inconséquent, ce monstre qui arpentait le pont à longueur de nuit, était différent de tous les autres. Quand on le voyait traîner les pieds sur ce bateau de misère, comme il traîne toujours les pieds au fond de ma mémoire au bout de presque soixante-dix années, on voyait un être dont le comportement était étrange, certes, mais pas tellement plus que celui de beaucoup d'autres ployant sous le joug de la misère. Pas plus que celui de la plupart d'entre eux, pour dire la vérité.

Il avait quelque chose de profondément ordinaire. On n'aurait jamais pu imaginer qu'il méditait un meurtre.

Adieu, vieille Irlande, terre de mon enfance,
Que me voici contraint de quitter à jamais.
Adieu, rivages où croît le trèfle,
Lieu enchanté de la beauté, demeure du courage.
Je garderai au cœur ses vallées si touchantes,
Sans espoir de revoir ses collines verdoyantes.
Je m'en vais traverser l'océan déchaîné,
En quête de fortune, de gloire et de Liberté.

CHAPITRE PREMIER

LE DÉPART

PREMIER DE NOS VINGT-SIX JOURS DE MER
DONT NOTRE PROTECTEUR ÉVOQUE CERTAINS DÉTAILS
TRÈS IMPORTANTS ET LES CIRCONSTANCES
QUI ONT ENTOURÉ LE DÉBUT
DE NOTRE VOYAGE

VIII NOV. MDCCCXLVII

Lundi huit novembre
de l'an mil huit cent quarante-sept

Vingt-cinq jours avant la fin de la traversée

Ceci est l'authentique journal de bord de Josias Tuke Lockwood, maître de vaisseau, rédigé et signé de sa main; et j'atteste solennellement sur l'honneur qu'il s'agit du récit sincère et véridique de notre voyage et qu'aucun fait important n'en a été omis.

LONG. : 10° 16' 7"O. LAT. : 51° 35' 5"N. HEURE DE GREENWICH : 20h17. DIRECTION ET FORCE DU VENT : S.-S.-O., force 4. ÉTAT DE LA MER : forte. CAP : O.-N.-O. 282° 7'. OBSERVATIONS MÉTÉOROLOGIQUES ET REMARQUES : légère brume toute la journée, très froide mais nuit claire; glace sur les parties supérieures du gréement; île de Dursey visible à tribord; île de Tearagh à 52° 4' 5"N, 10° 39' 7"O., terre la plus à l'ouest de l'Irlande et donc du Royaume-Uni. (Propriété du comte de Cork.)

NOM DU NAVIRE : L'*Étoile des mers* (autrefois le *Golden Lady*).

CHANTIER NAVAL : John Wood, port de Glasgow (machines : M. Brunel).

PROPRIÉTAIRE : Silver Star Shipping Line & Co.

VOYAGE PRÉCÉDENT : port de Dublin (quais sud)-Liverpool-Dublin Kingstown.

Port d'embarquement : Queenstown (ou The Cove). 51° 51'N.; 008° 18'O.

Destination : New York, 40° 42'N.; 74° 02'O.

Distance a parcourir : 2 768 milles nautiques à ajuster en fonction de la force des vents d'ouest.

Second : Thos. Leeson.

Responsable de la poste : George Wellesley Esq. (accompagné d'un domestique, Briggs).

Poids du navire : 1 154 tonneaux de jauge brute.

Dimensions : 207 pieds de long* 34 de large.

Description générale : clipper, une cheminée, trois mâts gréés en carré (gréés pour la navigation à la voile), coque de chêne (rivetée de cuivre), trois ponts, gaillard d'avant et gaillard d'arrière, roue à aube latérale de propulsion, vitesse maximale 9 nœuds. En état de naviguer malgré la nécessité de quelques travaux importants. Certaines réparations à prévoir dans l'équipement intérieur, etc. Mauvaise voie d'eau dans l'entrepont sur l'avant et au niveau des cloisons. La coque doit être inspectée en cale sèche à New York et calfatée si nécessaire.

Cargaison : 5000 livres de mercure pour l'Alabama Mining Co. Courrier (quarante sacs). Charbon de Sunderland pour la chaudière. (Lot de mauvaise qualité. Beaucoup d'impuretés et de scories.) Bagages des passagers. Provisions diverses destinées à l'équipage. Un grand piano pour John J. Astor Esq. à New York.

Provisions : eau douce en quantité suffisante, bière, alcool, vin de Bordeaux, rhum, porc, volaille, mouton, biscuits, lait en poudre, etc. Porridge et flocons d'avoine, mélasse, pommes de terre, viande salée ou séchée de bœuf et de porc, bacon et jambons, veau salé, gibier en saumure, café, thé, cidre, épices, poivre, gingembre, farine, œufs, bon porto et bière brune, choux en conserve, pois cassés pour la soupe et, pour finir, vinaigre, beurre, harengs en caque. Animaux vivants (en cage) destinés à la consommation à bord : porcs, poulets, agneaux, oies.

Un passager, un certain Meadowes, a dû être mis au cachot pour ivresse et bagarres. (Un mauvais sujet irrécupérable qu'il va falloir tenir à l'œil.) Un passager suspecté de typhus a été placé en quarantaine.

Il faut signaler que ce jour trois passagers de l'entrepont sont décédés. Dans chaque cas, la cause du décès est le délabrement de l'état général provoqué par une longue famine. Il s'agit de Margaret Farrell, cinquante-deux ans, femme mariée originaire de Rathfylane, Enniscorthy, dans le comté de Wexford ; de Joseph English, dix-sept ans (apprenti charron), lieu d'habitation inconnu, né dans les environs de Cootehill, dans le comté de Cavan ; et de James Michael Nolan, de Skibbereen, dans le comté de Cork, âgé d'un mois et deux jours (enfant adultérin).

Leurs dépouilles mortelles ont été mises à la mer. Que Dieu tout-puissant ait pitié de leur âme. « Car aucune demeure ici-bas n'est à nous mais nous attendons celle qui nous est promise. »

Nous avons trente-sept membres d'équipage, quatre cent deux passagers ordinaires et demi dans l'entrepont (un enfant compte, comme c'est l'usage, pour la moitié d'un adulte), et quinze passagers en première classe et dans les cabines supérieures. Parmi eux : le comte David Merridith de Kingscourt et son épouse la comtesse, leurs enfants et une gouvernante irlandaise ; Mr. G. G. Dixon du *New York Tribune*, journaliste connu et homme de lettres ; le chirurgien Wm. Mangan, docteur en médecine, de la chaire d'anatomie de Peter Street à Dublin, accompagné de sa sœur, Mrs. veuve Derrington ; Son Altesse impériale le maharadjah Ranjitsinji, grand prince indien ; le révérend Henry Deedes, docteur en théologie, pasteur méthodiste de Lyme Regis (avec rang spécial) ; et diverses personnalités.

Tandis que nous faisions route, ce jour nous est parvenue la nouvelle du naufrage de l'*Exmouth* au large de Liverpool, le 4 passé, et de la mort de 239 émigrants et demi, ainsi que de tout l'équipage, à l'exception de trois survivants. Que Dieu tout-puissant ait pitié de leur âme et qu'il veuille étendre une plus grande clémence sur notre propre voyage ou du moins le considérer avec une indifférence bienveillante.

« … les gens qui font de l'épate quand ils sont chez eux, quand ils viennent ici [*en Amérique*] ils trouve bizare que les povres gens du peuple sont traité avec autant de considération qu'eux-même [*mais*] quand ils viennent ici ça sert à rien de dire qu'ils étaient ceci et cela dans leur pays parece que ici les étrangers gagnent la considération par ce qu'ils font et pas par ce qu'ils racontent… Je connais des gens [*d'Irlande*] qui m'adresseraient même pas la parole [*là-bas*] s'ils me croisaient dans la rue [*mais*] ici moi je peux leur rire à la figure quand je les vois. »

Lettre de Patrick Dunny, Irlandais émigré à Philadelphie.

CHAPITRE DEUXIÈME

LA VICTIME

DEUXIÈME SOIRÉE DU VOYAGE : OÙ UN PASSAGER IMPORTANT EST PRÉSENTÉ AU LECTEUR

12° 49'O. ; 51° 11'N.
– 20 h 15 –

Le très honorable Thomas David Nelson Merridith, Lord Kingscourt, vicomte de Roundstone, neuvième comte de Cashel, Kilkerrin et Carna, entra dans la salle à manger dans un grand fracas de verre brisé.

Déséquilibré par un brusque coup de roulis, un steward noir avait trébuché près de la porte, faisant tomber un plateau d'argent chargé de flûtes à champagne. Des applaudissements moqueurs d'une lenteur étudiée retentissaient aux dépens de l'homme à terre. Une acclamation avinée fusa d'un coin éloigné de la pièce : « Hourra, bravo ! Bien joué, l'artiste ! » « Il va falloir revoir les prix à la hausse ! » ajouta quelqu'un d'autre.

Le steward, agenouillé, s'efforçait de ramasser les morceaux de verre. Du sang coulait le long de son poignet fin, maculant la manchette de sa veste de brocart. Dans sa hâte à vouloir récupérer les débris de cristal, il s'était entaillé le pouce sur toute la longueur.

– Faites attention à votre main, prenez ceci, dit Lord Kingscourt en lui tendant un mouchoir propre.

L'homme leva sur lui un regard empreint de terreur. Il essaya d'articuler quelque chose, mais aucun son ne sortit de sa bouche. Le maître d'hôtel s'agitait et invectivait le steward dans une langue que Merridith ne connaissait pas. Était-ce de l'allemand peut-être ? Du portugais ? La salive lui coulait des lèvres tandis qu'il le maudissait dans un sifflement. Le Noir tremblait sur le tapis comme un enfant battu, dans son habit taché de sang et de champagne, imitation grotesque de la blancheur immaculée des uniformes d'officiers.

– David ? s'enquit l'épouse de Merridith.

Il se retourna. A demi levée de la banquette qu'elle occupait à la table du capitaine, elle lui adressait un signe amusé avec un couteau à pain, les sourcils froncés et les lèvres pincées en signe d'impatience. Les gens qui l'entouraient riaient follement, à l'exception du maharadjah, qui demeurait perpétuellement impassible. Lorsque Merridith lança un coup d'œil au steward, il vit que son supérieur le pressait de quitter la salle en le harcelant de son accent guttural ; le malheureux coupable, la main sur la poitrine, ressemblait à un oiseau blessé.

Une odeur âcre et salée envahit brusquement la bouche de Lord Kingscourt. Il avait la migraine et la vue trouble. Voilà plusieurs semaines qu'il souffrait d'une infection urinaire qui avait empiré de façon sensible depuis qu'il avait embarqué à Kingstown. Ce matin même, la miction lui avait infligé une brûlure cuisante qui l'avait fait hurler. Il regrettait de ne pas avoir consulté un médecin avant de s'être lancé dans ce voyage. Maintenant il était trop tard, il fallait attendre l'arrivée à New York. Impossible de se confier à cet abruti doublé d'un ivrogne qu'était Mangan. Dans quatre semaines peut-être. D'ici là, prier et espérer.

Le Dr Mangan, individu chagrin et mortellement ennuyeux le jour, offrait ce soir-là un visage vermeil imputable à la boisson, ses cheveux gras luisant comme une sangle lustrée. Sa sœur, qui semblait être la caricature vivante d'un cardinal, arrachait de façon machinale les pétales d'une rose jaune pâle. Lord Kingscourt se demanda un court instant si elle avait l'intention de les manger, mais au lieu de cela elle les plongea l'un après l'autre dans l'eau de son verre. Grantley Dixon, le chroniqueur de Louisiane, les surveillait avec l'air maussade d'un étudiant. Il portait un smoking visiblement emprunté à quelqu'un de beaucoup mieux bâti, ce qui lui faisait des épaules carrées. Merridith ne l'aimait pas, il l'avait toujours détesté, et cela remontait à l'époque où il avait dû supporter de l'entendre débiter des kyrielles d'absurdités socialistes au cours d'une de ces infernales soirées littéraires que Laura donnait lorsqu'ils vivaient à Londres. Les romanciers et les poètes étaient des gens tolérables, à leur façon, mais les candidats au titre de romancier et de poète étaient tout bonnement méprisables. Un clown, ce Grantley Dixon, un perroquet enfiévré, avec ses mots d'ordre militants et ses poses au rabais : pareil à tous ces extrémistes d'arrière-salle de café, rien d'autre au fond de lui-même qu'un snob braillard. Quant aux âneries qu'il débitait sur un ton péremptoire à propos du roman qu'il écrivait, Merridith n'était pas dupe ; il savait reconnaître un dilettante quand il en voyait un, et là, il en avait un sous les yeux. Quand il avait appris que Grantley Dixon serait sur le bateau, il avait été à deux doigts de repousser son départ. Mais Laura lui avait fait remarquer qu'il était ridicule. Il aurait pu parier qu'elle n'aurait pas réagi autrement.

Quelle assemblée de choix pour un dîner ! Une expression que son père affectionnait traversa l'esprit de Merridith. *Difficile de demander à un homme blanc d'affronter cela.*

– Vous allez bien, mon cher ? s'enquit Laura.

Elle adorait jouer ce rôle d'épouse prévenante, particulièrement devant un public capable de l'apprécier à sa juste valeur. Merridith s'en moquait. Cela la rendait heureuse. Parfois il en était heureux lui aussi.

– Vous semblez souffrir de quelque chose. Seriez-vous incommodé par une douleur ?

– Tout est parfait, répliqua-t-il en se calant dans son fauteuil. Je meurs de faim.

– Amen ! reprit Mangan.

– Je vous prie de bien vouloir excuser mon retard, mais il y a deux petits diables qui insistent pour qu'on leur raconte des histoires avant de s'endormir.

Un sourire étrange et lugubre se dessina sur le visage du responsable du service postal. Il était père lui aussi. La femme de Merridith roula des yeux comme une poupée.

– Notre Mary est encore malade, dit-elle.

Mary Duane, leur gouvernante, était née à Carna, dans le comté de Galway. David Merridith l'avait toujours connue.

– Je ne sais pas ce qui arrive à cette fille, poursuivit Lady Kingscourt. Elle est restée cloîtrée dans sa cabine depuis le départ, alors que d'habitude elle est aussi vigoureuse qu'un cheval du Connemara. Et tout aussi têtue, d'ailleurs.

Elle leva sa fourchette et la fixa attentivement, puis pour une obscure raison elle se piqua le bout des doigts avec les dents de celle-ci.

– Elle a peut-être le mal du pays, se risqua Lord Kingscourt.

Sa femme eut un bref éclat de rire.

– J'en doute fortement.

– Je remarque que certains matelots lui font les yeux doux, affirma le chirurgien d'un ton aimable. Ce serait un beau brin de fille si elle ne s'habillait pas toujours en noir.

– Il y a très peu de temps qu'elle a perdu son mari, dit Merridith, et je pense que les matelots sont le cadet de ses soucis.

– Oh, Seigneur, quelle épreuve pour une fille de son âge !

– En effet…

On versa le vin, on fit circuler le pain. Un serveur apporta une soupière et servit la soupe vichyssoise. Lord Kingscourt avait du mal à fixer son attention. Une douleur pareille à un ver lui vrillait le bas-ventre, asticot aveugle qui répandait son venin caustique. Sa chemise lui collait aux épaules et à l'abdomen. Une atmosphère poussiéreuse stagnait dans la salle à manger, comme si l'on avait remplacé l'air par de la poudre de plomb. Sous l'odeur écœurante de viande et de lys trop épanouis une senteur encore plus entêtante essayait de percer. Quelle pouvait bien être, Seigneur, cette puanteur ?

Le chirurgien était manifestement lancé dans un de ses récits interminables au moment où Merridith était entré. Il en reprit le cours, avec force gloussements et ricanements d'autosatisfaction qui allaient en s'affaiblissant à mesure qu'il regardait à la ronde les convives feignant l'attention. Il était question d'un cochon doué de parole. Ou qui dansait ? Ou qui se tenait debout sur ses pattes arrière et chantait du Tom Moore[1]… Une histoire de paysan irlandais, en tout cas, comme toutes celles que débitait Mangan. Mes braves monsieurs, scusez, que l' bon Jésus vous protège. Il fit mine de tirer sur une mèche invisible et se dégonfla les joues, bouffi de fierté quant à ses talents d'imitateur. C'était un comportement

1. Poète et musicien irlandais (1779-1852).

que Merridith avait toujours trouvé insupportable, cette habitude qu'avaient les riches Irlandais de toujours se moquer des gens de la campagne, la preuve, à les en croire, de leur maturité de jugement dans les questions nationales, alors que ce n'était qu'une forme de méprisable obséquiosité.

– Et maintenant, dites-moi donc, claironna le chirurgien, les yeux pétillants d'allégresse. Où est-ce que ça peut bien se passer, sinon dans notre *chaire viaille Irelande* ?

Il prononça ces trois derniers mots comme s'il les mettait entre guillemets.

– Un peuple merveilleux, approuva le responsable du courrier qui suait à grosses gouttes. Toujours cette logique si extraordinaire qui lui est propre.

Le maharadjah gardait le silence, l'air austère et ennuyé dans ses robes empesées. Il murmura d'un ton lugubre quelques syllabes et claqua des doigts pour attirer l'attention de son maître d'hôtel personnel, qui se tenait tel un ange gardien à quelques pas derrière lui. Celui-ci apporta une petite boîte en argent que le maharadjah ouvrit avec précaution. Il en sortit une paire de lunettes, qu'il contempla un moment comme s'il était surpris de les trouver là, puis qu'il essuya à l'aide d'une serviette et mit sur le bout de son nez.

– Vous allez rester longtemps à New York, lord Kingscourt ?

Merridith mit un certain temps à comprendre que le capitaine s'adressait à lui.

– Oui, j'ai l'intention de me lancer dans les affaires, Lockwood.

Dixon ne manqua pas de lui décocher un coup d'œil.

– Depuis quand l'aristocratie s'abaisse-t-elle à travailler pour vivre ?

– Vous savez que la famine sévit en Irlande, Dixon. Cela n'a pas dû vous échapper lors de votre visite, est-ce que je me trompe ?

Le capitaine eut un rire embarrassé.

– Je suis persuadé que notre ami américain ne voulait pas vous offenser, lord Kingscourt, il pensait simplement…

– Je sais parfaitement ce qu'il pensait. Comment un comte peut-il être réduit à devenir négociant ? D'une certaine façon ma chère épouse ne pense pas autrement. N'est-ce pas, Laura ?

Lady Kingscourt resta muette. Son mari se remit à manger son potage, il voulait le terminer avant qu'il fût froid.

– Oui, donc vous comprenez la difficulté de ma position, Dixon. Cela fait quatre ans qu'aucun de mes paysans ne m'a versé de fermage. A la mort de mon père, j'ai hérité de la moitié des marais du sud du Connemara, d'un grand nombre de champs de rocaille et de mauvaises tourbières, de créances à encaisser en plus grand nombre encore et de gages à payer. Sans parler des taxes considérables dues à l'État.

Il rompit un morceau de pain, but une gorgée de vin.

– Mourir coûte cher… – il eut un sourire triste à l'adresse du capitaine – … contrairement à ce bordeaux qui ne vaut rien.

Lockwood balaya l'assemblée d'un regard gêné. Il n'avait pas l'habitude de la noblesse. Une jeune femme pinça une harpe richement décorée placée près de la desserte au milieu du salon, à côté d'une sculpture en glace représentant le triomphe de Neptune. La mélodie manquait d'ampleur et l'instrument était légèrement désaccordé ; c'était toujours l'effet que la harpe faisait à Merridith, mais elle jouait avec une application qu'il jugea émouvante. Il se prit à souhaiter que le salon fût vide et qu'il s'y trouvât seul avec la jeune fille. Il aurait aimé rester assis là à boire, à boire et à écouter cette musique un peu fausse. Boire jusqu'à en perdre conscience.

Connors ? Mulligan ? Lenihan ? Moran ?

Un peu plus tôt dans la journée, il avait aperçu, à travers les barreaux qui séparaient les gens de l'entrepont des élus, un homme qu'il avait souvent croisé dans les rues de Clifden. Le gars était enchaîné, ivre ou à moitié fou, mais Merridith l'avait parfaitement reconnu, sans erreur possible. C'était un fermier de Tommy Martin, de Ballynahinch. D'après le pasteur méthodiste de Lyme Regis, il avait été mis aux fers parce qu'il était ivre et violent. Merridith en était resté abasourdi. Ce n'était pas du tout le souvenir qu'il avait de lui.

Corrigan ? Joyce ? Mahony ? Black ?

Tous les lundis matin, il venait à Clifden avec son père, un petit cultivateur, pour vendre ses navets et ses choux. C'était un gars de Galway, plein d'allant, pugnace et pétulant. Mais bon sang, comment s'appelait-il ? Fields ? Shields ? Il était veuf en tout cas. Sa femme était morte en 36. Il s'escrimait à faire vivre ses sept enfants et lui-même sur un mauvais lopin pierreux, situé au flanc des collines de Bencollaghduff. Cela n'avait pas de sens, mais Merridith les avait souvent enviés.

Bien sûr, il n'était pas dupe, c'était ridicule. Pourtant le père était manifestement si fier de son fils. Il y avait de la tendresse entre eux, une affection maladroite même s'ils n'arrêtaient pas de se chamailler. Le fermier traitait son fils de paresseux, son fils lui rétorquait qu'il n'était qu'un ivrogne. Le père lui flanquait une taloche, le fils lui lançait un navet à moitié pourri. Les femmes de Clifden s'attroupaient autour de leur éventaire branlant autant pour assister à leurs querelles que pour acheter les pauvres légumes qu'ils apportaient. Se lancer des insultes était pour eux devenu un jeu. Mais Merridith savait à quoi s'en tenir.

Meadowes ?

Un matin de décembre de très bonne heure, il allait en phaéton chercher sa sœur à l'arrivée de la malle-poste à Maam Cross, et il les avait aperçus tapant dans un ballon de fortune sur la place du marché complètement déserte. Tout était calme, il y avait un peu de brume. Ils avaient dressé leur étal près du porche de l'église, les navets reluisaient comme des globes polis. La ville tout entière dormait, à l'exception du père et du fils. Les feuilles mortes voltigeaient dans les rues désertes. Au loin le givre argentait la campagne. Tous les détails lui revenaient en mémoire, tandis qu'il était assis là dans la salle à manger, ballotté sur l'océan obscur. La mystérieuse beauté d'un matin du Connemara. Leurs silhouettes glissaient dans la brume pareilles à des anges. Le bruit étouffé du coup de pied dans le ballon, les cris assourdis, les jurons impies. La musique extraordinaire de leur rire franc qui se répercutait en écho sur les murailles noires de l'église.

Lord David Merridith n'avait jamais eu la chance pendant toute son enfance de jouer au ballon avec son père. Il n'était même pas sûr que son père eût été capable de reconnaître un ballon. Il se souvint de l'avoir dit à sa sœur à sa descente de voiture, devant le relais Bianconi, ce matin-là ; elle ployait sous les cadeaux de Noël et les boîtes de fruits confits, et se répandait en nouvelles et en histoires qui se colportaient à Londres. Cette façon qu'elle avait eue d'acquiescer d'un rire à sa remarque ! Il y a fort à parier, avait poursuivi Emily, que si papa avait vu un ballon il l'aurait fourré dans la gueule d'un canon pour tirer sur les Français.

Il se demanda où se trouvait maintenant son père. Son corps était enterré dans le cimetière de Clifden, mais lui, où était-il ? N'y avait-il pas après tout une parcelle de vérité dans cette absurde théorie piétiste de la vie après la mort ? N'était-ce pas quelque métaphore d'une réalité plus scientifique ? Les savants des siècles à venir seraient-ils capables de déchiffrer l'allégorie ? Et si une telle réalité existait, comment était-elle concrètement possible ? Où était le paradis ? Où était l'enfer ?

Est-ce que je suis tous mes pères ? Est-ce qu'ils sont tous moi ?

Trois semaines avant d'embarquer sur l'*Étoile des mers*, Merridith avait verrouillé la porte de la maison où son grand-père, son père et lui-même étaient nés ; il avait condamné les fenêtres cassées et fermé à double tour, définitivement. Il avait remis les clefs au marchand de biens de Galway, puis avait fait le tour des écuries vides. Pas un seul de ses anciens fermiers n'était venu lui dire adieu. Il avait attendu jusqu'à la tombée de la nuit, mais en vain.

Accompagné de son garde du corps et sur l'insistance de ce dernier, il était allé à cheval de Kingscourt jusqu'à Clifden visiter la tombe de son père, pour découvrir qu'une fois de plus elle avait été profanée, que l'ange de mer en granit avait été cassé en deux, que les mots SALE POURRI avaient été badigeonnés en travers de la pierre tombale, avec l'emblème des responsables. Le caveau de son grand-père et celui de ses ancêtres avaient connu le même sort et portaient les mêmes marques d'exécration. Le nom de Merridith était inscrit sur plusieurs tombes, et toutes étaient profanées. Seule celle de sa mère avait été épargnée, une clémence qui par contraste accentuait les autres dégradations. En contemplant le spectacle, il était resté insensible. Seul le mot « pourri » avait retenu son attention. Avaient-ils voulu dire que son père était un être corrompu ou qu'il était en train de se décomposer ?

Il en était encore à s'interroger : comment avait-il pu réagir de cette façon-là ? Et que voulaient dire exactement ces hommes qui s'étaient attaqués à la tombe de son père ? Ils avaient tracé un H à l'intérieur d'un cœur, mais de quel cœur pouvait-on se réclamer quand on profanait la mort ? « Les Partisans de l'Hibernie » : son garde du corps lui expliqua que c'était le nom dont s'étaient affublés ces semeurs de troubles. Ils se donnaient un autre nom, « Les Redresseurs de torts », essentiellement parce qu'ils distribuaient les châtiments, mais aussi parce qu'ils s'y entendaient en redressements féroces. Merridith avait tranquillement fait semblant d'ignorer ces explications étymologiques, feignant l'intérêt qu'il manifestait d'ordinaire pour les coutumes des indigènes, comme si le garde lui apportait des éclaircissements sur quelque pas de danse ou sur les contes de fées. Avaient-ils vraiment haï son père à ce point-là ? Et lui, qu'avait-il fait pour mériter un tel rejet ? Bien sûr, il s'était comporté en propriétaire intraitable, surtout dans les dernières années, c'était indéniable. Mais c'est ainsi que se comportaient la plupart des propriétaires terriens en Irlande, en Angleterre aussi du reste, et à vrai dire partout ailleurs : et il en existait de bien pires et de plus cruels. Savaient-ils seulement, ces vandales de la nuit, tout le mal que son père s'était donné pour améliorer leur sort ? Comprenaient-ils seulement qu'il était un homme de son temps, conservateur par instinct autant que par choix politique ? Que politique et instinct revenaient souvent au même sur ces terres caillouteuses de Galway, tout comme à l'ombre des rangées de statues des salles de Westminster ? Et partout ailleurs il en allait probablement de même. La « politique » était un terme poli pour désigner des préjugés antédiluviens, les haillons destinés à masquer les haines ancestrales et les ressentiments tribaux.

Sans bien savoir pourquoi, Merridith se mit à penser à ses enfants. Lui revint un souvenir de son plus jeune fils quand il était encore bébé et qu'il pleurait la nuit parce qu'il perçait ses dents. Il revit la chambre d'enfants pleine de marionnettes dans la maison de Londres. Il se revit caressant la tête de l'enfant, lui tenant la main. Un merle bondissait sur le rebord éclaboussé de pluie de la fenêtre. Les petits doigts s'enroulaient autour des siens comme s'ils exprimaient cette prière muette : « Reste avec moi. » Tout comme le Christ au jardin des Oliviers. Veille une heure avec moi. A quelles petites choses déchirantes on finit par se raccrocher ! C'était étrange de penser que le père de Merridith avait un jour été un bébé. Et dans les derniers instants de sa vie il avait semblé en redevenir un, ce marin intrépide, fier, plein de morgue, dont le portrait était accroché dans les musées de l'Empire tout entier. Il avait tendu sa petite main blanche et frêle vers David Merridith et lui avait serré le pouce comme s'il voulait le briser. Il y avait de la peur dans ses yeux, un éclair de terreur. Et David Merridith eût voulu lui dire : Tout va bien. Je reste auprès de vous. N'ayez pas peur. Mais il n'avait pas pu proférer un seul mot.

Comme s'il s'éveillait d'un trop long sommeil, il s'aperçut que les convives autour de lui parlaient de la Grande Famine.

L'agent du courrier polémiquait d'une voix forte avec Dixon.

– Les propriétaires terriens ne sont pas tous aussi mauvais que vous le croyez, mon cher ami. Beaucoup d'entre eux ont aidé financièrement leurs fermiers pour leur permettre d'émigrer.

L'Américain ricana :

– Pour débarrasser leurs terres des plus faibles et ne garder que les meilleurs…

– Ils sont bien obligés, je pense, de gérer leurs domaines selon les lois de la saine entreprise, argua le capitaine. C'est pénible pour tout le monde, mais c'est ainsi.

La réplique acerbe ne se fit pas attendre :

– Et c'est aussi en vertu des lois de la saine entreprise que vous traitez les passagers de l'entrepont comme vous le faites sur ce bateau ?

– Mes passagers sont traités par l'équipage aussi bien qu'il est possible. Je suis obligé de tenir compte des contraintes imposées par mes patrons.

– Vos « patrons », capitaine. De qui peut-il bien s'agir ?

– Je veux dire ceux à qui appartient le bateau. La Silver Star Company.

Dixon acquiesça d'un air sombre comme si c'était là la réponse qu'il attendait. C'était le genre de radical, pensa Merridith, qui, en son for intérieur, était ravi de l'existence des injustices : elles lui permettaient, quand il les dénonçait, de se donner à bon compte une aura de moralité.

– Il marque un point, Lockwood, dit le chirurgien. Ces gens de l'entrepont ne sont tout de même pas des Africains.

– Il est vrai que les nègres sont plus propres qu'eux, gloussa l'agent du courrier.

La sœur du chirurgien, un peu éméchée, émit une sorte de rire hoquetant. Son frère la foudroya du regard. Elle composa aussitôt son visage et afficha une expression désolée.

– Traitez un homme comme un sauvage et il en deviendra un, fit Merridith – sa voix tremblait d'une manière qui l'effraya lui-même un peu. Tous ceux qui ont un rapport avec l'Irlande le savent très bien. Ou avec Calcutta, ou l'Afrique ou n'importe quelle autre partie du monde.

En entendant prononcer le nom de Calcutta, certains convives jetèrent discrètement un coup d'œil en direction du maharadjah. Mais il semblait absorbé par l'occupation qui consistait à refroidir une cuillerée de soupe en soufflant dessus. Un comportement plutôt étrange, étant donné que la soupe était froide depuis longtemps.

Grantley Dixon dévisageait à présent Lord Kingscourt :

– C'est un peu fort, Merridith, venant de vous. Je me demande comment un membre de votre caste peut encore trouver le sommeil.

– Je dors très bien, cher ami, je vous assure. Mais c'est parce que je ne manque jamais de lire un de vos articles avant d'aller me coucher.

– Je n'ignore pas, Votre Seigneurie, que vous savez lire. Puisque vous avez écrit à mon rédacteur en chef pour vous plaindre de mes articles.

Merridith pinça les lèvres en un sourire dédaigneux.

– Il m'arrive même de ronfler un peu et d'empêcher ma femme de dormir.

– David ! Pour l'amour du ciel ! – Lady Kingscourt rougit. De tels propos dans un dîner !

– C'est quelque chose, l'éruption périodique de Mount Dixon, le petit volcan. Quant à votre roman, annoncé depuis si longtemps, quand il finira par paraître pour notre plus grand plaisir, je ne doute pas un instant de son efficacité pour me procurer le repos au même titre que le reste de votre production. Je connaîtrai alors un sommeil aussi profond que celui d'Endymion.

Dixon ne se joignit pas aux rires gênés des convives :

– Vous maintenez vos gens dans une misère abjecte ou presque. Vous leur brisez les reins dans des travaux qui permettent d'assurer votre position, puis vous les chassez de vos terres sans aucune compensation quand cela vous arrange.

– Aucun de mes fermiers n'a été expulsé sans indemnités.

– Et pour cause : il n'en restait pour ainsi dire pas, puisque votre père avait déjà expulsé la moitié de ses fermiers, les avait envoyés à l'atelier pour indigents ou mourir de faim sur les routes.

– Dixon, je vous en prie ! dit calmement le capitaine.

– Combien d'entre eux se trouvent aujourd'hui même à l'atelier pour indigents de Clifden, lord Kingscourt ? Et il fallait, pour avoir le droit d'y entrer, que les épouses fussent séparées de leurs maris, que des enfants plus jeunes que les vôtres fussent arrachés à leurs parents et réduits en esclavage – il plongea la main dans la poche de son smoking et en sortit un petit carnet. Saviez-vous qu'ils ont des noms ? Voulez-vous que je vous en lise quelques-uns ? Êtes-vous jamais allé les voir pour leur raconter une histoire avant qu'ils s'endorment ?

Merridith sentit son visage comme brûlé par un coup de soleil.

– N'ayez pas l'impudence d'insulter mon père en ma présence. Ne le faites plus jamais, m'entendez-vous !

– David, calmez-vous, suggéra doucement sa femme.

– Mon père aimait l'Irlande, il s'est battu pour sa liberté contre le terrible fléau du bonapartisme et j'ai employé ce que vous appelez « ma position » pour plaider énergiquement en faveur d'une réforme des ateliers pour indigents qui n'existeraient même pas, avec le peu d'aide qu'ils peuvent offrir, sans des gens comme mon père.

Dixon émit un ricanement à peine audible. La voix de Merridith se fit plus stridente.

– J'ai souvent abordé la question, à la Chambre des lords et en d'autres lieux. Mais je ne pense pas que cela puisse intéresser vos lecteurs. Ils préfèrent les ragots, les commérages et les caricatures simplistes.

– Je représente la presse libre d'Amérique, lord Kingscourt. J'écris ce que je vois et je le ferai toujours.

– Ne vous faites pas d'illusions, monsieur. Vous ne représentez rien.

– Messieurs, messieurs, soupira le capitaine. Je vous en supplie, nous avons un long voyage à faire ensemble ; aussi tâchons d'oublier nos différends et de rester bons amis.

Le silence tomba sur l'assemblée dépitée. On eût dit qu'un convive venait de s'asseoir à table sans y avoir été invité et que chacun était trop gêné pour en faire la remarque. Une salve d'applaudissements convenus s'éleva dans la salle à manger lorsque la harpiste eut joué une mélodie celtique sentimentale. Dixon repoussa son assiette d'un geste désinvolte et avala un verre d'eau en trois gorgées.

– Nous devrions peut-être remettre les discussions politiques à plus tard, lorsque les dames se seront retirées, proposa le capitaine avec un rire forcé. Quelqu'un veut-il encore un peu de vin ?

– J'ai fait tout mon possible pour améliorer la situation dans les ateliers pour indigents, reprit Merridith en s'efforçant de garder un ton ferme. J'ai œuvré par exemple pour assouplir les conditions d'admission. Mais c'est une question très délicate – il regarda Dixon bien en face : Peut-être devrions-nous avoir vous et moi une discussion un de ces jours à ce sujet – et il répéta : C'est une question très délicate.

– Et comment ! approuva brusquement la femme de Merridith. Si on ne leur impose pas des conditions très sévères, ils cherchent à profiter de l'aide qu'on leur offre, David. Les conditions devraient être beaucoup plus restrictives.

– Ce n'est pas du tout cela, ma chère, nous en avons déjà parlé.

– Mais si, insista-t-elle, imperturbable.

– Non, ce n'est pas le cas, fit Merridith, et j'ai déjà eu l'occasion de vous reprendre sur cette question.

– Sinon on ne fait qu'encourager cette oisiveté et cette dépendance qui les ont menés à la misère où ils se trouvent.

Merridith sentit de nouveau la colère monter en lui.

– Que je sois damné si je me laisse donner des leçons sur la question de l'oisiveté par votre chère personne, Laura ! Damné, dis-je. M'entendez-vous ?

Le capitaine reposa son couvert et, accablé, plongea le nez dans son assiette. A la table voisine, le pasteur méthodiste se tourna pour lancer dans leur direction un regard de chouette. Dixon et l'agent du courrier ne pipaient mot. Le chirurgien et sa sœur gardaient la tête baissée. Le maharadjah continuait tranquillement de manger sa soupe et l'on pouvait entendre l'air siffler légèrement entre ses dents quand il soufflait sur la cuiller.

– Je vous prie de m'excuser, fit Lady Kingscourt d'une voix rauque. Je ne me sens pas très bien ce soir. Je crois que je vais aller prendre un peu l'air.

Laura Merridith se leva de table avec raideur, elle se tamponna les lèvres et les mains avec sa serviette. Les hommes se levèrent à moitié et s'inclinèrent quand elle sortit, tous sauf son mari et le maharadjah Ranjitsinji. Le maharadjah ne s'inclinait jamais.

Il retira ses lunettes, souffla soigneusement sur les verres et entreprit de les essuyer méthodiquement avec le bord de son écharpe dorée.

Le capitaine appela d'un geste un des stewards.

– Suivez la comtesse, murmura-t-il dans un souffle. Assurez-vous qu'elle ne franchit pas les grilles des premières.

L'homme hocha la tête et quitta la salle à manger.

– Les indigènes sont remuants ? lança l'agent du courrier avec un sourire narquois.

Josias Lockwood ne releva pas la remarque.

– Dites-moi, capitaine, fit le maharadjah en fronçant le sourcil d'un air perplexe – tous les convives se tournèrent vers lui comme s'ils avaient oublié qu'il était doué de parole. La charmante jeune femme qui est en train de jouer de la harpe…

Le capitaine prit un air embarrassé.

– Éclairez-moi, peut-être suis-je dans l'erreur…

– Votre Altesse ?

– N'est-elle pas en fait le second mécanicien ?

Tout le monde se tourna ou tendit le cou pour regarder. Les mains de la harpiste glissaient sur les cordes, faisant jaillir une cascade d'arpèges enfiévrés.

– Par tous les saints ! s'exclama l'agent du courrier, mal à l'aise.

La sœur du chirurgien tenta un petit rire mais, comme personne ne l'imitait, elle s'arrêta brusquement.

– Il ne me semblait pas convenable de confier ce rôle à un homme, murmura le capitaine. Nous avons un certain protocole à respecter à bord de l'*Étoile*.

CHAPITRE III

LA CAUSE

OÙ L'AUTEUR RAPPORTE EN TOUTE OBJECTIVITÉ
CERTAINE CONTROVERSE ET LES TERRIBLES MALHEURS
SURVENUS EN IRLANDE ; ET OÙ IL SE DÉFEND
DES ALLÉGATIONS MALVEILLANTES
D'UN CERTAIN LORD

LE *NEW YORK TRIBUNE*
MERCREDI 10 NOVEMBRE 1847

LA QUESTION DU JOUR :
« POURQUOI LA FAMINE SÉVIT-ELLE EN IRLANDE ? »

De notre correspondant à Londres, Mr. G.G. Dixon.

L'auteur de cet article souhaite répondre à une lettre publiée il y a quelque temps par ce journal et provenant d'un lecteur qui se présente comme « David Merridith de Galway » mais qui est également connu comme Lord Kingscourt de Cashel et Carna, à propos de la Famine en Irlande.

L'apocalypse qui se déchaîne en ce moment dans toute la campagne irlandaise a été déclenchée par le terrible complot des Quatre Cavaliers : un désastre naturel, une écrasante pauvreté, la dépendance absolue des plus pauvres par rapport à une fragile récolte et l'incurie de leurs seigneurs et maîtres. Ce sont les mêmes terribles facteurs qui provoquent partout la Famine parmi les déshérités. Il ne s'agit pas d'un « accident » mais d'une conséquence inévitable. Seules des catastrophes peuvent éclore sur un sol ainsi empoisonné.

N'importe quel homme éduqué à Oxford – comme Lord Kingscourt, dont les études ont été entièrement financées par les fermiers de sa famille – est supposé savoir cela. D'autant plus que, comme toute épidémie meurtrière, elle a été précédée par bien d'autres. (Pas moins de quatorze en trente ans dans le cas de l'Irlande et une épidémie de rouille catastrophique au milieu du XVIIIe siècle.) L'étincelle qui mit le feu à la poudrière fut l'apparition il y a deux ans d'un champignon qui détruisit les pommes de terre, nourriture de base des pauvres en Irlande. On ne connaît pas le nom de la maladie.

Le nom du système économique au sein duquel la catastrophe s'est produite, lui, est bien connu en revanche. Il s'agit du « libre-échange », et il jouit d'une considération unanime. Tout comme David Merridith de Galway, lui aussi est connu sous une autre identité. A l'instar de certains criminels et bon nombre d'aristocrates. Son *nom de guerre* est *Laisser-faire*[1] ; son credo : la recherche du profit doit tout réguler, et au besoin décider de qui doit vivre et qui mourir.

C'est au nom de cette Liberté que des marchands de vivres irlandais peuvent quadrupler leurs prix dans les zones frappées par la Famine, c'est en son nom que des

1. Deux expressions en français dans le texte. Nous les signalerons désormais par des italiques suivis d'un astérisque (*).

cargaisons de produits exempts de toute maladie peuvent être acheminés sous bonne garde de Dublin à Londres par des propriétaires irlandais dont les paysans pendant ce temps crèvent de faim dans leurs champs putrides. (Il est bien connu que dame Famine ne sévit pas trop dans les salles à manger de la bonne société dublinoise, pas plus qu'au palais du lord archevêque.)

Le grandiose accomplissement de cette Liberté ne laisse la place à aucune autre qualité humaine. Ni à l'imagination qui a fait fleurir les gloires de la Renaissance. Ni à l'aspiration à la Liberté qui nous a donné l'Amérique. Ni à la sympathie naturelle à l'égard d'un frère qui souffre. Rien que les grincements des rouages du Profit, un point c'est tout.

Je n'exagère pas. L'idée que le seul devoir de cette aristocratie oisive devrait être d'écarter le spectre de la Famine de ceux qu'elle poursuit comme une sangsue semble une incongruité aussi bien pour les lords d'Irlande que pour ceux d'Angleterre. Au lieu de cela, il semble *de rigueur** de châtier les pauvres de leur misère et de considérer sa propre richesse comme un cadeau divin parfaitement légitime. Ceux qui peinent le plus possèdent le moins et ceux dont tout l'effort consiste à manger possèdent tout.

Il est notoire que parmi les puissants qui ont affamé les pauvres irlandais il y a une foule d'Anglais, mais aussi qu'il y a nombre d'Irlandais. Si l'on a déjà beaucoup écrit sur la question à propos des premiers, il n'en va pas de même des seconds. D'aucuns ont trouvé commode d'incriminer l'« Angleterre » en la rendant responsable de la Famine, pourtant ce n'est pas l'« Angleterre » qui est le bourreau et l'« Irlande » la victime. Les choses sont passablement plus complexes même si elles n'en sont pas moins brutales.

La plupart des membres de la haute société britannique rejettent toute responsabilité, quand des millions d'individus qui dépendent d'eux en Irlande sont abandonnés à la plus cruelle des catastrophes, au terme d'une longue histoire déjà fertile en désastres. Dans le même temps les Irlandais les plus aisés, qui partagent au moins avec les victimes la nationalité (si ce n'est davantage), détournent pudiquement le regard. Comme le dit si bien Lord Kingscourt dans sa phrase mémorable : « La faim tue les pauvres, sans considération pour leur drapeau. » Il ne fait aucun doute que, si la Famine frappait le Yorkshire, la réaction du gouvernement serait certainement moins inefficace. Mais si quelqu'un imaginait sincèrement que le très honorable Lord John Russell (Premier ministre britannique, premier comte Russell, vicomte d'Amberley of Amberley, vicomte d'Ardsalia, troisième fils de Sa Seigneurie le sixième duc de Bedford) est prêt à imposer des taxes à ses amis pour venir à bout de la famine de Leeds, ce serait qu'il a besoin que son majordome lui administre un bon bain froid.

Et il est vrai que le gouvernement Russell a bel et bien envoyé des vivres, comme l'affirme si fièrement la récente épître de Lord Kingscourt. Mais trop souvent ils l'ont été en quantité insuffisante; on les a mal conçus, mal acheminés, mal distribués. Leur médiocre qualité les rendait inutilisables, on ne les trouvait ni au bon moment ni au bon endroit, en somme, bien trop peu bien trop tard. Et bon nombre des chauds partisans irlandais de Lord Russell et de son gouvernement, la plupart pour tout dire, devraient partager avec lui la responsabilité de ce fiasco.

De très nombreux paysans irlandais parmi les plus riches n'ont absolument rien fait pour venir en aide aux affamés. Bien au contraire, ils ont accru leur prospérité en récupérant les terres désertées par les pauvres. Une armée de propriétaires terriens qui prétendent aimer le peuple irlandais ont en fait chassé des milliers de paysans de leur terre ancestrale. La famille de Lord Kingscourt en fait partie. Il affirme être « un Irlandais né et élevé à Galway ». On peut se demander s'il continue à le prétendre quand il est dans son appartement de Chelsea.

On ne cesse de clamer que « le peuple anglais » doit être blâmé parce qu'il soutient des gouvernements qui n'ont rien tenté pour combattre la Famine en Irlande. C'est tout à fait faux. Jamais au grand jamais il ne s'est trouvé un seul membre des classes populaires de la Couronne pour soutenir ces régimes corrompus qui n'ont fait qu'aggraver les souffrances de l'Irlande affamée. Pour une très bonne raison : le peuple n'a pas le droit de vote.

Le droit de vote dans cet obscur berceau de la démocratie (qui a une Chambre des lords non élue où David Merridith peut bredouiller ses inepties) dépend uniquement de la fortune et non de la citoyenneté. En fait, un Britannique n'est pas citoyen mais sujet de Sa Majesté impériale. Sur vingt Britanniques, dix-neuf n'ont pas le droit de vote. Les opinions du « peuple » n'ont strictement aucune importance dans ce royaume d'oligarques qui nous gouvernait. Ils doivent pourtant hautement apprécier le fait que nous ayons perpétué leur étrange vieille coutume consistant à ne pas accorder les droits civiques à la moitié de la population privée de la possibilité de se laisser pousser la barbe.

Lord Kingscourt a récemment écrit dans ce journal que « tout ce qui concerne la Famine en Irlande est beaucoup plus compliqué qu'il n'y paraît ». En effet. A la différence des légions de victimes, Son Excellence a au moins le privilège d'être encore vivante et de pouvoir de ce fait débattre de ces questions complexes.

Généralement admise, la division de la paysannerie entre gens prospères et gens misérables n'est pas complètement exacte. Il existe de modestes fermiers, voire certaines autres personnes, que leurs maigres ressources laissent à deux doigts de devoir se résoudre à cette prison dont on dit tant de bien, l'atelier pour indigents. Il y en a qui ont de quoi se payer un cercueil, même si la plupart ne peuvent s'offrir ce luxe, comme Lord Kingscourt pourrait le constater s'il se donnait la peine de quitter son fauteuil pour regarder par la fenêtre de son bureau. Il existe tout un système officieux de morcellement des propriétés au sein des familles les plus démunies (et cela pour des loyers de trois fois rien) ; le résultat en est une culture intensive d'un sol déjà pauvre au départ et donc un labeur redoublé pour des récoltes de misère. Il y a aussi les plus misérables, ceux qui ne possèdent absolument rien. N'ayant pas les huit dollars que coûte la traversée pour l'Amérique (c'est le prix d'un souper au club londonien de Lord Kingscourt) ni le moindre objet à vendre pour se les procurer, ils meurent par dizaines, par centaines, par milliers, tandis que nous continuons à nous poser des questions complexes et intéressantes. Rien que cette année il est mort deux cent cinquante mille personnes. Plus que la population de la Floride, de l'Iowa et du Delaware réunis.

Il est vrai que tout ce qui concerne la Famine est compliqué. Tout, sauf l'agonie de ceux qui en sont les victimes : les vieux, les jeunes, ceux qui sont démunis et sans défense. Leur peine a offert d'agréables loisirs à l'aristocratie irlandaise, qui, tout comme sa jumelle anglaise, adore passer au lit la moitié du jour. On peut en effet comprendre que ces lords et ces ladies soient si épuisés. Il suffit de jeter un coup d'œil sur l'*Illustrated London News* pour constater que, ces dernières années, chasses à courre, bals et autres épuisantes occupations se sont joyeusement poursuivis au cœur d'une Irlande frappée par le désastre, alors que de pauvres hères avaient l'audace de mourir sur le bord des routes.

Vers qui peuvent-ils se tourner à présent, ces gens cruellement abandonnés par ceux qui les ont pressurés ? Vers nos estimés collègues de l'aristocratie britannique peut-être ? Voici un éditorial récemment publié par le *Times* de Londres (publication dont Lord Kingscourt détient un nombre non négligeable de parts) : « Nous considérons la maladie des pommes de terre comme une bénédiction. Quand les Celtes cesseront de consommer des pommes de terre, ils deviendront nécessairement carnivores. La consommation de viande leur en donnera le goût, qui à son tour engendrera chez eux le goût de la constance, de l'efficacité et de la persévérance. »

Un projet d'émigration massive et forcée a été récemment défendu dans un numéro de *Punch* (feuille de chou antiaméricaine dont le rédacteur en chef est fréquemment l'hôte de Lord Kingscourt). « Nous sommes confiants. Si un tel projet était correctement mené à bien, ce serait le plus grand service rendu à l'Irlande depuis que saint Patrick l'a débarrassée de sa vermine. »

En réalité, l'exode a déjà commencé. Dans les trente années à venir il y aura plus d'Irlandais vivant parmi nous en Amérique que dans ce pauvre lieu cruel et injuste où ils sont nés et où on les considère comme des parasites.

Mais ce n'est pas l'extermination planifiée d'une nation, en dépit de ce que certaines personnes de mauvaise foi voudraient nous faire croire. C'est encore un point sur lequel Lord Kingscourt a parfaitement raison. (Et quelle consolation pour une mère qui voit ses enfants mourir de faim, de savoir que la Famine n'a pas été volontairement provoquée !) On ne peut pas dire non plus que la paresse ou la stupidité en soient la cause (pas celles des victimes en tout cas), quelles que soient les affirmations haineuses de bon nombre de journaux londoniens en ce sens. Mr. Punch[1] n'est pas, loin s'en faut, le seul pantin sadique à avoir assimilé les Irlandais à des brutes ou des bêtes sauvages. On entend les mêmes inepties dans les deux camps. Beaucoup de prêtres irlandais expliquent déjà à leurs ouailles qu'un Anglais par définition est un dégénéré sans Dieu, un barbare, un païen assoiffé de sang. D'autres se préparent à la guerre plus discrètement mais ils n'en sont pas moins dangereux. Un membre d'un groupe révolutionnaire de la région de Galway (un fermier expulsé des terres de Lord Kingscourt) a récemment confié ceci au signataire de ces lignes :

– Je hais les Anglais comme je hais Satan. Ces rebuts du genre humain ! Ils étaient encore sauvages et idolâtres quand notre peuple avait déjà des saints. Il y aura une croisade dans ce pays pour les chasser. Tous jusqu'au dernier. Je me fiche de savoir depuis combien de siècles ils sont là. Leur place n'est pas ici. Ils ont conquis ce pays par la force. On va les renvoyer en déroute au bourbier d'où ils sont venus, leurs bâtards et leurs chiennes avec eux. Tous sans exception je les massacrerai, et cela me sera un titre de gloire.

Nous sommes nombreux à avoir des amis tant en Grande-Bretagne qu'en Irlande, et chacun d'entre nous considère ces deux pays comme une partie de son héritage. Il est donc indispensable que l'Amérique use de tout son pouvoir auprès du gouvernement de Londres en cette terrible

1. Le célèbre magazine anglais avait pris le nom d'une espiègle marionnette.

période. Sinon la Famine va empoisonner les relations entre les peuples pacifiques et modérés de ces îles pour au moins tout le siècle à venir.

Un million de personnes vont mourir à coup sûr de la Famine. Et si l'on ne prend pas de façon urgente une initiative pour aider ces pauvres gens, il y aura des millions d'autres victimes à cause des terribles conséquences de ce drame : elles tomberont sous le fer, les bombes, les baïonnettes ou les balles. Il y aura même peut-être parmi les victimes un certain nombre de nobles lords, ce qui serait bien sûr vraiment déplorable. La rubrique du courrier des lecteurs de certains journaux américains s'en trouverait considérablement appauvrie.

*********PUBLICITÉ**********

VOYAGEZ A BORD

DE LA SILVER STAR LINE

LE CONFORT LE PLUS LUXUEUX

SERVICE RAFFINÉ POUR LES DÎNERS EN MER

LIGNE NEW YORK-LIVERPOOL,

DÉPARTS QUOTIDIENS

120 $ DE REMISE SUR LA CLASSE CHAMPAGNE

SONGEZ A RÉSERVER !

****

« Je suis désolée que le prêtre t'ait infligé une aussi lourde pénitence. Tu devrais venir au pays où règnent l'amour et la liberté. Il me convient très bien. Tu ne le croirais pas, mais j'ai pas mal de soupirants. J'en ai pas mal. Une demi-douzaine pour le moment. Je suis devenue une vraie Yankee, et si j'étais à la maison j'aurais des garçons tout autour de moi. Je crois que je n'ai rien à ajouter. »

Lettre de Mary Brown à sa cousine de Wexford.

CHAPITRE IV

LA FAIM

QUATRIÈME SOIR DE LA TRAVERSÉE :
OÙ IL EST FAIT LE RÉCIT DU COMPLOT
DU MEURTRIER, DE SES SINISTRES VISÉES
ET DE SA RUSE IMPITOYABLE

17° 22'O., 51° 05'N.
– 17h15 –

Pius Mulvey, l'assassin, arpentait le pont détrempé, traînant son pied mort comme un sac de clous. Tachée çà et là de plaques noires, la mer était d'un gris d'acier. L'obscurité rampait en ce quatrième jour de traversée depuis le départ de Cobh. Un fin croissant de lune, tel un ongle cassé, apparaissait au milieu des nuages en furie, noirs comme du charbon, et dont certains, à quelque distance du navire, faisaient pleuvoir des rais luisants de neige fondue.

Mulvey souffrait. Déjà ses jambes lui faisaient mal. Il avait les phalanges brûlées par le froid jusqu'au bout des doigts. Comme un poison maléfique, l'humidité glaciale des vêtements contre sa peau annihilait en lui tout ressort.

Pendant plusieurs jours des goélands et des guillemots avaient suivi le sillage de l'*Étoile* en poussant des cris perçants. Ils tournaient et viraient, plongeaient dans les lames, puis venaient en chœur se percher sur les lisses au milieu d'un beau vacarme. Certains passagers de l'entrepont essayaient de les attraper à l'aide d'hameçons appâtés, mais ce qui les stimulait, c'était l'émulation qui entourait cette chasse, plus que la proie ahurie qui ne fournissait qu'une chair fibreuse dégageant une forte odeur de poisson. On avait aperçu des cormorans et des macareux au ras de la crête blanche des vagues même après que l'Irlande eut été hors de vue : ils peuplaient ces îlots rocheux, désertés par l'homme depuis longtemps et qui s'étirent le long de la côte sud-ouest comme des taches d'encre tombées de la main d'un cartographe négligent. A présent il n'y avait plus d'oiseaux. A présent il n'y avait plus rien.

Rien que les râles et les craquements effrayants du navire, le claquement inquiétant des voiles mal empesées, les hurlements de l'équipage lorsque le vent soufflait du nord, les pleurs des enfants, les vociférations des hommes, la cacophonie tumultueuse à laquelle ils se livraient la nuit : complaintes larmoyantes d'amour et de vengeance, beuglement étranglé des cornemuses, cris perçants des animaux dans leurs cages, mélopée de l'incessant bavardage des femmes, des jeunes particulièrement.

Comment serait New York ? Quel genre d'habits portait-on à New York ? Quelles sortes d'animaux peuplaient le zoo de New York ? Quel genre de nourriture y consommait-on ? Quelle musique écoutait-on ? Les Chinois étaient-ils vraiment jaunes ? Et les Indiens rouges ? Était-ce vrai que les Noirs avaient une vous savez quoi plus grosse que les chrétiens ? Et les Américaines montraient-elles vraiment leurs seins en public ? Souvent, et surtout au temps de sa jeunesse, Mulvey s'était imaginé qu'un voyage en mer serait une retraite silencieuse, le genre d'expérience qui devait permettre d'échapper à son passé. Il se trouvait en réalité plongé au cœur d'un enfer qu'il ne méritait que trop. Quant à son passé il y était lié comme par une amarre. Et plus le bateau s'éloignait, plus il se sentait tiré en arrière.

Il ne supportait pas la compagnie des femmes, spécialement des jeunes. Entre autres parce qu'il souffrait de voir leur visage amaigri, leurs regards éteints, leurs bras squelettiques, toute l'horreur de cet espoir se consumant en elles, signe de leur total dénuement. C'est pour les éviter qu'il arpentait le navire toute la nuit, et pour éviter les hommes qu'il dormait toute la journée.

Ces hommes étaient pour la plupart des fermiers expulsés du Connaught ou de West Cork, des vagabonds de Carlow et de Waterford réduits à la mendicité. Il y avait aussi un tonnelier, des maréchaux-ferrants, un équarrisseur du Kerry, quelques pêcheurs de Galway qui avaient réussi à vendre leurs filets. Les plus pauvres d'entre les pauvres avaient été laissés à quai pour y mourir. Ils n'avaient pas de quoi s'acheter un billet et plus la force de demander de l'aide à ceux qui en avaient les moyens.

Et puis les hommes étaient sujets au mal de mer, plus que les femmes. Mulvey n'en comprenait pas la raison, mais le fait semblait se vérifier. Deux pêcheurs des environs de Leenaun étaient plus malades que les autres. Ils avaient vécu sur les hautes falaises de Delphi Hill, pêchant crabes et homards dans les eaux profondes de Killary. Ni l'un ni l'autre ne s'était jamais aventuré en haute mer. Ils plaisantaient de leurs réactions de terriens, ces deux frères beaux jusqu'à l'absurde. Ils parlaient d'eux à la troisième personne avec ironie, comme si leur peur et leur impuissance étaient une source d'amusement. *Les pêcheurs qui n'avaient jamais pris la mer.*

Le meurtrier était triste de les voir faire la cour aux jeunes filles, se mesurer à la lutte ou à la course en chaussettes sur le pont. Même leur gentillesse avait quelque chose de désolant. Ils étaient toujours prêts à offrir leur ration aux enfants de l'entrepont, à chanter des ballades patriotiques quand leurs compagnons n'avaient pas le moral. Le plus jeune n'allait pas tarder à mourir, c'était évident. Il y avait du désespoir dans sa gaieté. Il n'en avait plus pour longtemps.

Mulvey connaissait bien la faim, ses tromperies et ses ruses. Cette façon qu'elle a de se faire oublier pour tout à coup vous envahir sauvagement comme un voleur déchaîné et hurlant. Il l'avait éprouvée dans le Connemara, sur les routes d'Angleterre. Elle l'avait guetté de près toute sa vie, comme un espion sournois. Mais à présent elle boitait à son pas sur le pont. Il entendait presque son ricanement de sirène et croyait sentir son haleine puante.

Deux nuits plut tôt, jetant un coup d'œil au sommet du grand mât, il y avait vu son père décédé qui le dévisageait du haut du nid-de-pie. Un peu plus tard, sur le gaillard d'avant, ce fut un petit rapace à l'air féroce, un tueur au bec d'aigle et aux ailes bleu vif, alors qu'aucun oiseau ne pouvait voler jusque-là, si loin de toute terre. Et la veille au soir, à la tombée de la nuit, à travers la grille de fonte qui fermait l'accès aux premières, Mulvey avait vu un autre fantôme : une jeune fille aux yeux noirs, qu'il avait autrefois abandonnée, marchait en donnant la main à un enfant en pleurs.

Sous l'effet de cette vision, Mulvey eut une sensation étrange. Si l'on avait à cet instant déployé devant lui un véritable festin dans de la vaisselle d'or, il n'aurait pas pu avaler la moindre bouchée. Le dégoût lui aurait plutôt soulevé le cœur.

Il lui fallait être très prudent à présent. Tel était le stratagème maléfique de la faim. Ce n'était pas quand on se sentait affamé que le danger était le plus grand, mais quand on n'éprouvait plus la faim. C'était qu'on allait mourir.

Me Voici Tout Mouillé J'ai Suivi Un Nuage.

Cela avait commencé le deuxième jour après le départ de Cobh. Juste avant l'aube, Mulvey se tenait près de l'échelle de coupée du pont supérieur et contemplait les étoiles pâlissantes. Il pensait à un Écossais qu'il avait connu quand il était petit, un ingénieur du nom de Nimmo qui travaillait pour le gouvernement. Nimmo avait été envoyé dans le Connemara en 1822, l'année où des récoltes désastreuses frappèrent toute la côte ouest. Mulvey et son frère faisaient partie des gamins du pays encore assez vigoureux pour se voir confier quelques tâches charitables, comme charrier des gravats pour empierrer la nouvelle route de Clifden à Galway. L'Écossais s'était montré un chef de chantier sympathique. Il consacrait du temps aux garçons, leur donnait un coup de main pour casser des cailloux ou les transporter, parfois il leur expliquait certains points de science ou de technique. Il les avait divertis en leur démontrant, d'après la deuxième loi de Newton, pourquoi une rivière ne peut jamais remonter vers sa source. En réalité ils n'avaient pas vraiment besoin de le savoir, mais assister à cette démonstration était toujours plus amusant que travailler. « Et n'essayez jamais de diviser par zéro. Tel est, mes amis, le onzième commandement. » Il avait appris à Pius Mulvey un procédé mnémotechnique pour retenir la disposition des planètes par rapport au soleil : Me Voici Tout Mouillé J'ai Suivi Un Nuage.

Mulvey avait repensé à cette phrase en regardant le ciel qui blanchissait à l'est. Ces mots le réconfortaient. Il en aimait la musique. Quand tout à coup il crut voir une baleine. Par le bossoir tribord, à environ un mille et demi, l'énorme masse d'un mâle gris-bleu, comme il en avait vu un jour dans un bestiaire à la devanture d'une librairie de Londres. Il avait d'abord vu apparaître la queue fouettant les vagues. Cela avait duré un moment. Mulvey était sidéré. Puis le mastodonte obscène avait émergé tout entier, incroyablement long, incroyablement sombre, un jet d'eau écumante jaillissant de son crâne, si lisse et si énorme qu'il paraissait surnaturel : horrible et impressionnante vision sortie des profondeurs d'un cauchemar.

Quand la bête replongea, ce fut comme si une montagne s'écroulait dans la mer.

Incapable du moindre mouvement, il était resté figé à regarder, abasourdi par l'immensité de ce qu'il venait de voir. Pas très sûr, en fait, de l'avoir réellement vu. Car personne d'autre n'avait rien remarqué. Pas un seul passager. Pas un membre de l'équipage. En tout cas ils n'avaient rien dit. Ils en auraient sûrement parlé s'ils avaient vu. Ils n'auraient pas pu passer l'événement sous silence. La créature mesurait la moitié de la longueur du bateau.

Il avait fait le guet pendant une heure ou davantage, en se demandant si finalement il ne commençait pas à perdre la raison. Il avait déjà remarqué le phénomène chez des gens souffrant de la faim. Il l'avait vu atteindre son pauvre frère dément. Tandis qu'il contemplait les déferlantes, lui revint à l'esprit le souvenir de la toute dernière nuit qu'il avait passée dans le Connemara. Impossible de l'oublier, elle s'imposait à son esprit, semblable au sentiment de culpabilité d'un vieillard hanté par les crimes de sa jeunesse.

Combien il les avait suppliés… mais sans les faire céder !

– Il y aura des hommes à nous sur le quai à New York. Il y en aura à bord du bateau. Si cette raclure d'Anglais descend de la passerelle, tu es mort et enterré. Et ne t'imagine pas que nous mentons. Tu auras le sort qu'on réserve aux traîtres, la mort, espèce de chien galeux ! Tu verras qu'on t'arrachera le cœur pour le jeter au feu.

Des compagnons au cœur de pierre et aux poings d'acier. Il avait supplié qu'on lui épargnât cette tâche patriotique. Celui qui l'avait dénoncé, quel qu'il fût, s'était trompé. Il n'était pas un assassin. Il n'avait jamais tué personne. Ça, avait répliqué le chef, c'était une question d'appréciation.

– Je quitte ma terre. Est-ce que ça ne suffit pas ?

Tu en as de la chance d'avoir une terre à quitter.

– Cet homme a des enfants, avait insisté Mulvey.

Et nous ? On n'a pas d'enfants ?

– Tout ce que vous voudrez mais pas ça.

C'est alors qu'ils avaient recommencé à le battre.

Il revoyait leurs yeux, remplis à la fois de frayeur et de conviction, la toile de sac tachée de noir dans laquelle ils avaient découpé leurs cagoules, les fentes déchirées qui laissaient apparaître leurs lèvres. Ils brandissaient les outils de leur gagne-pain mais comme des armes : des faux, des houes, des bêches, des serpes. Sauf qu'ils n'avaient plus de gagne-pain. Des siècles leur avaient été volés en un seul instant foudroyant. Le labeur de leurs ancêtres, l'héritage de leurs enfants. En un trait de plume, disparus.

Glèbe noire, prés verts. Le vert du drapeau étalé sur la table, où le sang de Mulvey avait dessiné des rubans. L'éclat de l'arme qu'ils lui avaient mise de force dans les mains, ce couteau de pêcheur qu'il tenait pressé contre sa poitrine tremblante tandis qu'ils s'excitaient autour de lui à propos de liberté, de terre, d'usurpation. Les mots ACIER DE SHEFFIELD étaient gravés sur la lame. Il le sentait à présent, ce couteau, dans la poche de son manteau gris, logé contre sa cuisse lacérée. Il se rappelait tout ce qu'ils menaçaient de lui faire à l'aide de ce couteau s'il continuait à gémir qu'un crime était un fardeau beaucoup trop lourd pour ses épaules. Quand ils le maintinrent de force et commencèrent à taillader sa chair, Mulvey s'était mis à hurler qu'il était prêt à tuer.

Un homme qu'il n'avait jamais vu, à qui il n'avait jamais adressé la parole. Un propriétaire et un Anglais ; donc un ennemi du peuple. Un propriétaire sans terre, un Anglais né en Irlande. Mais il ne servait à rien de s'attarder à de tels détails. En raison de sa classe sociale, de ses ancêtres, des crimes commis par ses pères, du sang dont il était issu ; en raison de l'église qu'il fréquentait et des prières qu'il récitait. En raison de son nom plus que toute autre chose, un simple mot, il n'y avait pas de discussion possible.

Merridith.

Les trois syllabes de ce nom condamnaient à mort celui qui le portait, le désignaient comme coupable. Son arbre généalogique était devenu son gibet. Qu'il n'eût rien fait ne comptait pas ; c'était entrer dans des considérations inutiles. Les hommes qui frappaient Mulvey n'avaient rien fait eux non plus et cela ne leur avait été d'aucune utilité au moment de toucher le fruit de leur labeur. On leur avait arraché leur terre. Ils étaient sans avenir, affamés, écrasés, vaincus, en fin de compte.

Autrefois ils fauchaient, maintenant c'était eux que l'on fauchait. Alors qu'ils l'abrutissaient de coups, ils gardaient l'odeur de la terre collée à leur corps. Leurs gants de toile, leurs bottes de paysans encroûtées de boue noire desséchée. Ces doigts qui avaient soigné, planté et entretenu servaient à présent à frapper, tordre, malmener le visage de Mulvey. Ils l'avaient laissé s'échapper, puis l'avaient rattrapé pour lui faire comprendre qu'il n'y avait aucune issue. L'un d'entre eux avait un chien de chasse, l'autre un bâtard. Leurs jappements et leurs aboiements étaient son pire souvenir, le souffle chaud et humide de ces molosses affamés, leurs griffes acérées et les cris des hommes qui les encourageaient… Ils avaient arraché d'un fossé une motte de terre caillouteuse et l'avaient fourrée dans sa bouche tremblante jusqu'à ce qu'il manquât s'étouffer. Ils le lapidaient et en même temps ne cessaient de le battre. Il ressentit ce qu'eux-mêmes avaient dû éprouver, dans chacun de leurs coups, de leurs horions, de leurs crachats et de leurs gifles. Le sang lui coulait dans les yeux, et pourtant il voyait bien à quel point ils étaient faibles et apeurés. On les avait contraints à paraître petits et ils l'étaient vraiment devenus, ils ne l'ignoraient pas. C'est une sorte de viol qu'avaient subi ses assaillants. « Tu feras ce qu'on te dit, Mulvey, ou tu ne reverras jamais la lumière du jour. Sur ce bateau quelqu'un t'aura toujours à l'œil pour être sûr que tu accomplis ton devoir. » Entre ses dents cassées il avait murmuré oui. Il le ferait.

Les raisons de cet état de choses pouvaient être furieusement compliquées, Mulvey le savait bien, mais dans ce coin de l'empire elles avaient atteint la régularité d'une inflexible loi mathématique. Un dénommé X devait mourir. Un dénommé y devait le tuer. On pouvait appeler cela le règne de la Libre Entreprise dans le domaine du meurtre, les désirs et les nécessités de la loi de l'offre et de la demande. On aurait pu facilement renverser les termes de l'équation et, pour ce qu'en savait Mulvey, cela ne manquerait pas d'arriver un jour.

Mais, cette fois-ci, ce ne fut pas le cas.

Cette fois, il n'en était pas question.

Le Christ avait versé son sang pour racheter les torts des coupables, tous les héritiers du péché originel. Mais Pius Mulvey n'était pas un Christ estropié. Ni un martyr innocent, attendant d'être crucifié.

Soit x = Merridith et y = Mulvey. Rien à faire contre le pouvoir d'une loi mathématique. Une rivière ne peut jamais remonter vers sa source.

Il tâta le couteau, dur et glacé au fond de sa poche.

A longueur de nuit il guettait une occasion. On percevait mieux les choses loin de la lumière du jour, la nuit sur le pont, à la froide pâleur des étoiles. Les habitudes et les déplacements. Les endroits de promenade favoris, les coins ombreux. Le fonctionnement des serrures. Quelle porte était cadenassée. Quel hublot pouvait rester ouvert. On surprenait des murmures que l'on n'était pas supposé entendre, comme ceux qu'avaient échangés l'autre nuit Lady Merridith et le bel Américain.

Combien de temps encore devrons-nous continuer ce manège puéril?

Pour l'amour du ciel, c'est mon mari.

Un homme qui s'adresse à vous comme si vous étiez sa servante?

Cessez, de grâce, Grantley.

Ce n'est pas ce que vous disiez, si j'ai bonne mémoire, quand vous étiez dans mon lit.

Ce fut une erreur, et cela ne se reproduira pas.

Vous savez bien que si.

Je sais que cela ne se peut.

Mulvey s'éloigna de son pas traînant, relevant son col trempé, serrant sa capote dégoulinante autour de sa carcasse frissonnante. La lune avait viré au rouge vif, embrasant les nuages d'or incandescent. De petites lumières s'allumaient aux hublots des premières.

A quelque distance derrière l'*Étoile* il aperçut les voiles d'un navire qui, depuis plusieurs jours, restait dans leur sillage. C'était comme la menace d'une violence imminente, comme si la Vengeance avait pris place à bord du deuxième bateau. La certitude d'être sous surveillance lui pesait terriblement, c'était comme une malédiction lancée par un prêtre apostat. Le genre de sort contre lequel on ne pouvait rien, l'anathème d'un homme qui avait autrefois connu le sacré. Il se demanda lequel des passagers le surveillait pendant qu'il marchait. Les filles de Fermanagh, celles qui ne riaient jamais. Peut-être un des deux frères de Leenaun. Et pourquoi pas l'Américain, un sympathisant de la cause peut-être ? Il y en avait de plus en plus parmi les Américains. Et c'est vrai qu'il était toujours en train de fureter dans l'entrepont, prenant des notes comme un policier dans son petit carnet de mouchard. Mais il était également possible que tout cela fût seulement de l'intimidation, que personne en fait ne le surveillât, que Pius Mulvey fût complètement seul. Mais il n'en était pas sûr. On n'est jamais sûr de rien.

Une sorte de grognement plaintif attira son attention et lui fit tourner la tête. Tout près, par la porte entrouverte de la cuisine, il vit une chienne noire décharnée qui reniflait son vomi. A l'intérieur, le coq, un petit Chinois impeccable, ouvrait une carcasse de porc à l'aide d'une scie. Mulvey resta à le regarder pendant un moment, en salivant. La faim grondait en lui comme un désir sans espoir.

Il arpentait le bateau comme s'il accomplissait un rite : de long en large et en travers avant de revenir sur ses pas. Proue, bâbord, poupe, tribord.

Le bouillonnement des vagues. Le claquement des drisses contre les mâts, les embruns aveuglants. Les sautes de vent déchirant les voiles.

Et le bavardage des femmes. Incessant.

Celui des jeunes particulièrement.

« Je peux pas vous décrire les souffrances que nous éprouvons, confrontés à la famine, sans ami sans personne pour nous donner le moindre shilling. Mais sur mes deux genoux, mourant de faim et de froid, je prie Dieu pour que vous et aucun des vôtres n'ait jamais à connaître les épreuves que nous traversons. »

Lettre d'une Irlandaise à son fils établi dans le Rhode Island.

CHAPITRE V

LES PASSAGERS ORDINAIRES

RÉCIT DU CINQUIÈME JOUR DE VOYAGE
DANS LEQUEL LE CAPITAINE CONSIGNE CERTAINS INCIDENTS
(QUI NE MANQUERONT PAS D'AVOIR
DE GRAVES CONSÉQUENCES)

Vendredi 12 novembre 1847

Encore vingt et un jours de mer

LONG. : 20° 19' 9" O. LAT. : 50° 21' 12"N. HEURE DE GREENWICH : 23h14. HEURE LOCALE A BORD : 21h53. VENT : N.-O., force 4. MER : agitée toute la nuit mais calme à présent. CAP : S.-O. 226°. TEMPS ET REMARQUES DIVERSES : Très froid. Forte pluie et tonnerre toute la journée. Le *Kylemore* venant de Belfast à deux milles derrière nous. Devant nous le *Blue Fiddle* venant de Wexford.

Quatre passagers de l'entrepont sont morts la nuit dernière : Peter Foley de Lahinch, quarante-sept ans (cultivateur) ; Michael Festus Gleeson d'Ennis (âge inconnu mais très vieux, quasiment aveugle) ; Hannah Doherty de Belturbet (soixante et un ans, ancienne domestique) et Daniel Adams de Clare (dix-neuf ans, fermier expulsé). Leur dépouille mortelle a été confiée à la mer. Que Dieu tout-puissant ait pitié de leur âme et la reçoive dans le havre où règne Sa paix.

Le nombre total de décès depuis le début de la traversée est de dix-huit. Cinq personnes ont été mises en isolement cette nuit, suspectées d'être atteintes du typhus. Deux d'entre elles, c'est certain, ne survivront pas jusqu'à demain matin.

J'ai donné des ordres pour que les cérémonies funèbres se passent dorénavant à la poupe à l'aube ou après la tombée de la nuit. De nombreuses femmes de l'entrepont ont pour habitude de se laisser aller dans ces tristes circonstances à des « lamentations », une sorte de hululement étrangement modulé qu'elles poussent tout en se lacérant les vêtements et en s'arrachant les cheveux. Des passagers de première classe se sont plaints du désagrément. Lady Kingscourt en particulier était quelque peu ennuyée à l'idée que ses enfants puissent être choqués à la vue de comportements aussi étranges.

De nombreux passagers de l'entrepont souffrent de dysenterie, du scorbut ou d'hydropisie liée à la malnutrition. Quelques-uns (une quinzaine) sont atteints des trois. Un matelot, John Grimesley, est anéanti par la fièvre. Un steward, Fernão Pereira, souffre d'une blessure infectée à la main, causée par un verre cassé. Les deux hommes ont été examinés par le Dr Mangan qui a posé des sangsues au premier et un cataplasme de pâte opiacée au second. Il pense qu'ils se rétabliront rapidement si on les décharge de leur service, ce qui a été fait. (Ce sont deux braves garçons, ni paresseux ni bagarreurs, aussi je propose qu'il n'y ait pas de retenue sur leur solde.) Le maharadjah aussi est souffrant, mais il ne s'agit que du mal de mer. Il s'est retiré dans sa cabine pour ne pas être dérangé. J'ai moi-même été victime de quelque embarras respiratoire dans la journée et j'ai pris un quart de grain d'opium. Cela m'a soulagé.

Des instructions ont été données à l'équipage pour qu'il cesse de désigner les passagers de l'entrepont par des termes tels que « rats de cale », « racaille », « pouilleux », « galeux », etc. (Ces expressions ne sont pas seulement employées pour dénigrer certains passagers que l'on ferait mieux de traiter avec humanité, elles servent aussi d'insultes entre les passagers eux-mêmes.) Leeson a fait savoir que de tels termes ne seraient pas tolérés. Chaque homme, chaque femme et chaque enfant à bord de ce navire doivent être traités avec respect, qu'ils soient d'extraction modeste ou distinguée. Il y a les passagers de l'entrepont ou les passagers ordinaires et ils ne doivent pas être désignés autrement.

Il me faut mentionner à présent une affaire embarrassante.

Ce matin, le second Leeson a attiré mon attention sur le fait que, tard la nuit dernière, quelqu'un, un homme vraisemblablement, avait scié les barreaux de la grille située sous le pont principal qui donne accès aux cabines de première classe. Au début j'étais sceptique car, conformément au règlement, les bagages de tous les passagers de l'entrepont ont été minutieusement fouillés au moment de l'embarquement et tous les objets tels que couteaux, scies, poignards, lames, broches, etc., ont été confisqués jusqu'à l'arrivée à New York. Mais Leeson, qui est un second efficace et consciencieux – et qui aurait depuis longtemps mérité la promotion qu'il n'a jamais obtenue –, a mené son enquête auprès du cuisinier Henry Li. Celui-ci a déclaré qu'une scie destinée à désosser la viande avait été dérobée la nuit dernière dans la cambuse, ainsi que des abats de porc et une bonbonne d'eau potable.

Plusieurs passagers de première classe ont été victimes de vols : on a dérobé au pasteur Deedes une montre en argent, au responsable de la poste George Wellesley une paire de boutons de manchette et au maharadjah une somme d'argent liquide en dollars. Ils sont tous convenus qu'une fouille en règle de l'entrepont ne donnerait probablement aucun résultat, à supposer qu'une telle initiative soit possible, ce qui n'est pas le cas en ce moment. Je me suis engagé à ce que ces vols soient couverts par l'assurance de la Compagnie et j'ai demandé aux victimes la plus grande discrétion pour ne pas susciter une inquiétude exagérée. J'ai par ailleurs fait renforcer les gardes de nuit et pris certaines mesures.

Leeson m'a confié son intention de faire savoir dans l'entrepont que le pasteur Deedes était très affecté par la perte de sa montre, un cadeau que des paroissiens reconnaissants lui avaient offert lors de son départ en retraite. Nous verrons bien si le stratagème porte ses fruits.

Semblables menus larcins se sont déjà produits lors de précédentes traversées, et je crois pouvoir avancer qu'ils se reproduiront. La Nature humaine étant ce qu'elle est, hélas, une certaine dose d'envie peut sembler inévitable, et j'oserai même dire compréhensible.

Le bureau de Londres aura reçu à l'heure qu'il est mon rapport officiel daté du 8 courant, rédigé à Queenstown et portant sur l'éternel problème de la surcharge. Au cours de ces quatorze dernières années je n'ai cessé d'insister sur le fait que vous avez, en tant que directeurs de la Compagnie, le devoir légal, et j'ajouterai même moral, d'assurer parfaitement la protection de ceux qui confient leur vie à ce navire et à ma propre responsabilité de capitaine. Et cependant, une fois de plus, en dépit de mes incessantes protestations, on a vendu pour cette traversée beaucoup trop de billets d'entrepont : au moins trente pour cent.

Je ne parviens guère à comprendre que mes passagers et mon équipage se voient exposés aux dangers les plus terribles et les plus imminents par simple souci d'accroître les profits. Et pas davantage qu'aucune explication satisfaisante ne m'ait été fournie pour justifier l'absence scandaleuse de tout chirurgien à bord ou au moins d'une infirmière et d'un endroit où les femmes pourraient accoucher en toute sécurité. Peut-être les actionnaires croient-ils que les enfants naissent dans les choux. Ce serait évidemment plus commode mais je peux leur certifier que ce n'est pas le cas. C'est seulement par une bénédiction de la Providence que nous avons cette fois à bord un chirurgien, Mr. Mangan, qui se dépense sans compter et dont le dévouement ne connaît pas de bornes, mais il n'est plus très jeune et il est accablé par la tâche.

Dès notre arrivée à New York, et j'insiste une fois de plus sur ce point, il importe que des dispositions soient prises de toute urgence pour améliorer le sort des passagers de l'entrepont, s'il y en a lors du voyage de retour. Si rien n'est fait, il vous faudra chercher un autre capitaine. Je ne veux plus avoir de sang innocent sur les mains ni sur la conscience.

En attendant, j'ai donné des instructions à Leeson pour que soient effectués quelques travaux urgents, et aussi pour que verrous, chaînes, loquets et serrures encastrées soient posés partout aux grilles, hublots, écoutilles, chambranles, châssis, etc. Ces installations devraient être réalisées dans les prochains jours. Tous ces équipements dont nous allons vider nos réserves vont coûter très cher à la Compagnie. Beaucoup plus cher sans nul doute que la somme qui aurait été requise pour fournir un bol de bouillon quotidien à chaque passager de l'entrepont ou une timbale de lait chaud à chaque enfant. Ceux qui sont plus versés que votre humble employé dans les questions financières devraient peut-être méditer ces remarques et en tenir compte dans leurs prochains calculs.

Pour le reste, le calme globalement règne à bord malgré l'agitation habituelle et nous continuons notre marche conformément aux prévisions.

La mer est d'un calme surprenant en cette période de l'année.

Les requins sont plus nombreux que d'habitude.

« Nous sommes tous sans un endroit où poser notre tête et aujourd'hui on a rien à manger et je serai mort depuis longtemps si deux voisins ne m'avaient donné un quignon de pain pour l'amour de Dieu mais ça j'aurais jamais cru être obligé de mendier un jour. »

Lettre adressée à un immigré en Amérique.

CHAPITRE VI

VISIONS A DELPHI

OÙ LE MALHEUREUX ÉPOUX DE MARY DUANE,
A BOUT DE RESSOURCES, VICTIME DE LA MISÈRE,
ÉCRIT SES DERNIÈRES ET TERRIBLES PENSÉES

« Rosroe, le 24 décembre 1845 *.

« Ma très chère Mary Duane, ma femme bien-aimée,

« Ma plume parvient à peine à écrire ce que je ressens maintenant. Tout est perdu, ma douce Mary, à jamais.

« Je suis de retour de Delphi Lodge à Bundorragha près de Leenaun, j'étais allé là-haut pour rencontrer le commandant. J'avais quitté notre misérable abri et fait le chemin jusqu'à Louisburgh dans le comté de Mayo, mais un homme m'apprit que le commandant n'était pas là pour le moment ; il était parti pour Delphi accompagné du colonel Hograve et de Mr. Lecky.

« La ville était envahie par des centaines de personnes qui essayaient de se procurer un billet pour entrer dans l'atelier pour indigents, mais comme celui-ci était déjà complet, ils étaient tous rejetés par l'officier de garde, et les agents les éloignaient des grilles sans ménagement.

« Les vitrines illuminées des magasins regorgeaient de victuailles de Noël, d'oies, de volailles et autres merveilles ; mais les commerçants d'ici ne sont pas différents de ceux de Clifden, ils ont bigrement augmenté les prix. Je ne peux comprendre qu'ils puissent faire cela à leurs concitoyens dans une période aussi terrible.

* Document rédigé (en gaélique) vingt-deux mois avant le début du voyage de l'*Étoile des mers*. Retrouvé par un officier de la police de New York, dans la cabine de la femme de chambre de la famille Merridith, plusieurs jours après l'arrivée. La traduction est l'œuvre de Mr. John O'Daly, spécialiste de la langue gaélique et éditeur de *Trésors de la poésie jacobite irlandaise* (1847) et de *Les Poètes et la poésie de Munster* (1849). – GGD.

« Le peuple rejette la faute sur les Anglais et sur les propriétaires, que Dieu nous vienne en aide, cela est en grande partie vrai. Mais ce n'est pas l'humble habitant de l'Angleterre qui fond comme un oiseau de proie sur les pauvres gens quand il ne leur reste rien, c'est ce judas de marchand irlandais, les yeux brillants de convoitise, qui s'abat sur ses misérables compatriotes pour leur arracher le peu qu'il leur reste alors qu'ils n'en peuvent mais.

« La ville offrait une vision d'horreur, je ne l'oublierai jamais, une multitude de pauvres gens à moitié morts erraient dans les rues en sanglotant. Pis encore était de voir ceux pour qui pleurer était au-dessus de leurs forces, ils restaient là, assis sur le sol gelé, tête baissée, attendant la fin, la vie les avait déjà quittés. J'ai reconnu John Furey de Rosaveel, j'ai cru qu'il dormait mais il était mort, et de contempler ce grand gaillard, qui en son temps déracinait une haie de la main gauche, allongé, immobile, me fut atroce. Mais qu'est-ce que cela quand on assiste aux souffrances des petits enfants, quand on entend les cris qu'ils poussent lors de leur agonie ? Je ne peux le décrire.

« Personne ne le pourrait, Mary.

« Les gens ne parviendraient pas à croire que l'on permette à de telles choses d'arriver.

« Je me suis résolu à quitter Louisburgh et j'ai emprunté seul le chemin de montagne. Le soleil déclinait. Ce que je voyais le long du parcours dépassait l'imagination. On avait détruit et brûlé des cabanes et des huttes. Dans une masure à Glankeen une famille entière était morte : les parents et leurs quatre enfants. Deux voisins me confièrent que le dernier à rendre l'âme, un garçon de six ou sept ans, avait fermé la porte à clef puis s'était caché sous son lit. Il avait eu honte qu'on les trouvât dans cet état. Les hommes abattaient la maison sur les corps, la transformant en sépulture, il n'y avait pas d'autre endroit pour les enterrer.

« Un peu plus haut, on ne rencontrait quasiment plus âme qui vive. Là où les indigents avaient trépassé, les chiens et les rats avaient élu domicile. Les corneilles et les renards participaient au festin. Une pauvresse sortit de sa cahute comme je passais devant chez elle et me supplia de lui donner quelque chose à manger ; je lui répondis que je n'avais rien, alors elle m'implora pour que je mette fin à ses jours. Ses fils étaient partis et elle se retrouvait dans le dénuement le plus complet. La seule idée qui me vint à l'esprit fut de la prendre dans mes bras et de poursuivre ma route en l'emportant avec moi. C'est ce que je fis. Dieu m'en soit témoin, Mary, elle ne pesait pas plus qu'un oreiller, mais même ainsi je la trouvais lourde. Comme je la serrais contre moi, elle se mit à réciter son chapelet, implorant Dieu qu'il nous prête vie jusqu'au lendemain. Peu de temps après elle mourut. Je l'allongeai sur le sol et la recouvris de pierres du mieux que je pus. J'eusse aimé ajouter que je m'étais agenouillé et que j'avais prié ; que Jésus me pardonne, je ne l'ai pas fait, car j'ai senti que, si je ne me redressais pas à cet instant, je n'en serais plus jamais capable.

« Chemin faisant, je me répétais mentalement certains propos que je pourrais tenir au commandant : j'étais un homme de cœur, honnête, un fermier qui ne rechignait pas à la besogne et qui ne lui gardait pas rancune des divergences passées. J'implorais son pardon pour m'être adressé à lui de façon insolente à cette époque, mais j'étais sous le coup de la colère. Je jurais sur la vie de ma fille que ma dette serait honorée s'il acceptait de suspendre l'avis d'expulsion, cela me permettrait de le rembourser. Malgré la différence sociale qui nous séparait, il n'en demeurait pas moins qu'il était tout comme moi un gars de Galway, pas un de ces colons venus de l'autre côté de la mer, et qu'à ce titre il pouvait bien venir en aide à un de ses compatriotes qui connaissait des revers de fortune. Après tout il était père lui aussi, Seigneur Jésus, il pouvait avoir pitié de moi, et s'il se glissait dans ma peau il imaginerait aisément ce que c'était que de voir son unique enfant hurler de faim et d'être incapable de lui apporter le moindre soulagement ou le moindre réconfort.

« Le sol était dur et gelé. Près de Cregganbaun le lac avait débordé, inondant la route ; je dus poursuivre en m'enfonçant jusqu'aux épaules dans une eau glacée qui brûlait comme du feu. Mais j'éprouvais une sorte de courage à l'intérieur de moi dès que je pensais à toi. Sans mentir, j'avais l'impression que tu étais à mes côtés.

« Les lumières du manoir de Delphi apparurent enfin dans le lointain. Que j'étais heureux ! Je me précipitai vers la résidence. A l'intérieur on entendait une musique raffinée. Une servante ouvrit la porte. J'ôtai ma casquette et je lui dis que j'étais un fermier du commandant Blake, que ma situation était désespérée et que je marchais depuis trois jours et trois nuits dans l'espoir de le rencontrer. Je lui donnai mon nom. Elle disparut mais ne fut pas longue à revenir. Le commandant jouait aux cartes et ne sortirait pas.

« En entendant cela, je fus stupéfait.

« Je reformulai ma demande – Mary, j'implorai – mais il ne voulait pas sortir. Une fois encore je lui dis comment je m'appelais, mais elle m'affirma qu'elle venait de lui en faire part et qu'en l'entendant il avait répondu par un flot d'injures si obscènes que je me refuse à profaner ton regard en les couchant par écrit.

« Je regardai dans le salon par la fenêtre qui donnait sur le devant. Un bal étrange s'y déroulait ; des femmes élégantes, des hommes en habits de soirée dissimulaient leurs visages derrière des masques de lutins ou d'anges et buvaient à petites gorgées du punch chaud. Le commandant n'était nulle part, mais son cheval et son cabriolet se trouvaient dans la cour.

« Je me suis assis sur le sol enneigé au pied d'un pin, avec la ferme intention d'attendre. Il faisait nuit. Le calme régnait alentour. J'agitais de singulières pensées, toutes sortes de pensées. Je n'aurais pas su les définir précisément. J'ai fini par m'endormir.

« Je rêvai que toi, moi et notre enfant étions ensemble au Paradis, dans la chaleur et l'abondance. La musique nous berçait. Ton père et ta mère étaient là, ainsi que mes parents, aussi robustes et jeunes qu'on peut le souhaiter ; il y avait aussi beaucoup d'anciens amis, et nous étions tous heureux. Dieu est venu parmi nous, comme je m'en étais douté, et Il nous a donné du pain à manger et du vin à boire. Il était curieux de remarquer qu'Il tenait dans ses mains ensanglantées un porcelet qui venait de naître. Lorsque je lui en demandai la raison, Notre-Seigneur m'a répondu en gaélique : "Il est sanctifié." Puis la Vierge a fait son apparition dans le lieu où nous nous trouvions – ce n'était pas une pièce mais une sorte de prairie inondée de lumière –, elle a caressé nos visages l'un après l'autre et nous sommes devenus resplendissants telle une eau limpide. Elle a dit en anglais : "Que le fruit de mes entrailles soit béni."

« Quand je me suis réveillé, l'obscurité était totale, la musique s'était tue. J'avais encore dans la bouche le goût du pain que j'avais mangé en rêve, plus doux et délicat qu'aucun de ceux auxquels j'avais goûté. C'est alors que la crampe est revenue, plus violente qu'auparavant – Seigneur, protège-nous de tout mal –, semblable au fer rougeoyant du forgeron qui vous tisonne l'estomac. J'ai cru que ma dernière heure était venue, mais tout s'est apaisé et je me suis aperçu que la douleur me faisait pleurer.

« A l'intérieur de la maison les lumières étaient éteintes. Le bas de mon corps était recouvert de neige, je ne sentais presque plus mes jambes. Un calme angoissant que je n'avais jamais connu auparavant régnait sur ce paysage gelé. Pas un cri d'animal, pas un croassement d'oiseau. Rien que les ténèbres et le silence sur les champs. C'était un peu comme si le monde entier mourait paisiblement.

« Quelqu'un était sorti pour mener le cheval à l'écurie et le recouvrir afin de le protéger du froid. Je m'aventurai près du cabriolet et attendis.

« Personne n'apparut.

« Je finis par m'approcher de la porte d'entrée et frappai de nouveau. Un autre serviteur, un valet de pied cette fois, me dit que je ferais mieux de m'en aller. Autrement il se verrait contraint de lâcher les chiens comme il en avait reçu l'ordre. Il se garderait bien de me faire entrer, il craignait pour sa vie : Sa Seigneurie, le commandant, était devenu un véritable dément sous l'effet de l'alcool. Il me tendit un gobelet d'eau et me supplia de partir.

« A ces mots, une violente colère m'emporta comme un torrent en furie ; j'essayai de frapper l'homme – que Dieu me pardonne d'avoir levé la main sur une personne âgée – mais il me claqua la porte au nez.

« Je rôdai longtemps autour de la demeure tel un animal. A l'intérieur tous les habitants devaient être couchés parce que les fenêtres étaient obscures et les volets fermés. Un nouvel accès de folie me saisit. Je poussai un hurlement.

« Je maudis le nom de Henry Blake et priai le Seigneur pour qu'Il ne lui accorde plus la paix tant qu'il vivrait et que ses ambitions ne connaissent plus le succès, que ses parents et ses descendants ne revoient jamais Galway. Qu'ils ne puissent plus dormir une seule nuit. Qu'ils meurent dans d'atroces souffrances et que leur tombeau soit frappé d'infamie.

« Mary, je l'aurais assassiné s'il était sorti de la maison. Que le Christ me pardonne, mais j'aurais éprouvé du plaisir à le voir souffrir, je ne mens pas.

« Le vent qui venait du lac était froid et mordant. J'entendis le hurlement d'un loup dans les collines derrière moi. Je descendis de la montagne et retournai à Leenaun ; je croyais qu'à la vue de mon air hagard je pourrais implorer qu'on me trouve un endroit pour dormir et même que l'on me donne un quignon de pain et un peu de lait pour l'enfant. Mais les gens ne l'entendirent pas de cette oreille. Effrayés qu'ils étaient par l'épidémie, ils me chassèrent à coups de fouet, honteux et méprisants. Des soldats passèrent sous la pluie, mais ils ne furent guère plus généreux. Ils m'affirmèrent qu'ils n'avaient rien à m'offrir.

« Je revins au logis et trouvai ta sœur qui surveillait notre fille que la faim torturait. Elle m'apprit que tu étais partie à pied jusqu'à Kingscourt pour demander de l'aide. C'était inutile, Mary, un peu comme d'ouvrir une cage vide, parce que je savais que là-bas il ne restait plus âme qui vive. J'ai renvoyé ta sœur. Elle ne supportait plus les cris déchirants de l'enfant.

« Ils vont bientôt cesser.

« Te souviens-tu, ma douce Mary, lorsque nous étions jeunes et que nous allions nous promener ? Le bonheur simple de ces journées passées ensemble et la tendre amitié de nos nuits. Quelle existence nous comptions mener alors, une vie de miel et de roses, avais-tu dit une fois. Je savais que je n'avais pas été le premier homme que tu avais rencontré, mais il n'existait personne de plus heureux que moi en Irlande à cette époque. Je n'aurais changé de place ni avec un roi, ni avec un riche propriétaire, ni même avec le sultan des Indes en personne. Tout l'or du trône de la reine Victoria n'aurait éveillé en moi aucune convoitise, les joyaux de la couronne m'auraient laissé indifférent. Ô mon unique épouse, mon unique Mary Duane. J'ai toujours été convaincu que l'amour s'épanouit s'il est nourri par le respect et la bonté. Je l'ai cru, du moins pour un temps.

« Il y a tellement d'amours différents dans le monde. Et si parfois le nôtre ressemblait à celui qu'un frère éprouve à l'égard d'une sœur, cela m'était égal ; car aucun homme n'a connu une amie plus fidèle et une compagne plus secourable que toi et mon unique bonheur consistait à me dévouer pour toi.

« Mais le malheur s'est glissé insidieusement.

« Depuis quelque temps plus rien ne paraît avoir de sens. Même le visage de notre enfant innocent semble aujourd'hui un masque grotesque.

« J'implore ta clémence de toute de mon âme pour ce que j'ai fait et pour l'horrible forfait que je m'apprête à commettre.

« Pardonne-moi de t'avoir fait défaut, alors que tu méritais tant.

« Peut-être aurais-tu mieux fait d'épouser cette créature diabolique qui me traîne dans la fange. Tu es libre maintenant.

« J'ai si peur et si froid.

« Elle ne souffrira pas, Mary, j'agirai rapidement et ne tarderai pas à la rejoindre.

« Récite une prière à mon intention de temps en temps, si la pensée de ton époux qui n'a jamais cessé de t'aimer ne t'est point insupportable.

« N. »

« Patt, pour l'amour de Notre-Seigneur Jésus-Christ et de sa Sainte Mère, dépêche-toi de nous sortir de là… [*Ton petit frère*] pleure la nuit et le matin et meurt d'envie de voir ses deux nièces et ses neveux et… le pauvre enfant dit : "Si j'étais auprès d'eux, je n'aurais plus faim." »

Lettre d'une femme de Kilkenny à son fils en Amérique,
le suppliant de leur envoyer de l'aide pour émigrer.

CHAPITRE VII

LE MODÈLE

LE PREMIER VOLET D'UN TRIPTYQUE OÙ SONT ÉVOQUÉS CERTAINS SOUVENIRS IMPORTANTS DE LA PRIME JEUNESSE ET DE LA VIE DE MARY DUANE, FEMME DE CHAMBRE ; ET PARTICULIÈREMENT SA RENCONTRE AVEC UN PERSONNAGE POUR LEQUEL ELLE ÉPROUVA UNE TENDRE AFFECTION. DANS CE CHAPITRE LE LECTEUR FAIT LA CONNAISSANCE DE MISS DUANE, LE MATIN DU SEPTIÈME JOUR DE NOTRE VOYAGE

24° 52'O. ; 50° 06'N.
– 7 h 55 –

Des épieux, peut-être. Des mousquets ? Sans doute. Gris comme Dog's Bay à l'aube. Et les balles devaient être énormes qui lui ont perforé le flanc. Et de quels instruments se sont-ils servis pour le découper ? Une hachette, sûrement. Une scie. Barrissements stridents lors du dépeçage. Et les arbres aux alentours alors qu'ils s'attaquaient à ses défenses. Un filet rougeâtre glissait sur les feuilles luisantes. Des hommes noirs et des hommes à la peau brune, les pieds couverts de sang. Des hommes rouges regardaient les noirs trancher.

Mary Duane jeta par le hublot un coup d'œil au sinistre paysage marin agité par la houle dans le petit matin. Depuis six longs jours rien n'interrompait cette monotonie. Elle savait qu'il en serait de même pendant trois semaines. Cette fille de pêcheur n'avait jamais imaginé que la vue de l'eau pût être à ce point haïssable, enfin, si l'on pouvait donner le nom d'eau à ce désert incolore ondoyant.

Gris le poisson qui rôdait dans les profondeurs. Gris les dauphins, gris les requins. Par quel miracle la vie pouvait-elle exister dans ces abysses ? Gris comme un linceul, gris comme un mort. Grise et craquelée comme une peau fibreuse et flétrie semblable à la patte d'éléphant qu'elle avait si souvent vue dans le grand hall de Kingscourt Manor. C'était en tout point aussi répugnant et morbide que cela.

– Pourriez-vous relaver vos mains, Mary. Avant de toucher aux enfants.

– Oui, lady Merridith.

– Ils ont une peau si délicate, surtout Jonathan.

– Bien, madame.

– Vous n'oublierez pas de changer les draps après le petit déjeuner. Ainsi que les dessus-de-lit et les taies d'oreillers, cela va sans dire. Nous savons tous ce qui risque de se passer si Robert n'est pas à son aise pour dormir.

– Je ne comprends pas ce que vous voulez dire, madame.

– Ses cauchemars, bien sûr. Qu'imaginiez-vous donc ?

– Oui, madame.

– Et je déteste devoir vous le préciser, Mary, mais pensez à vous laver sous les bras. J'ai remarqué cette habitude que vous aviez de vous fourrer les mains sous les aisselles lorsque vous aviez chaud. C'est d'un manque d'hygiène épouvantable !

Mary Duane se demanda si elle devait révéler à sa maîtresse que depuis sept mois son mari venait chaque soir dans sa chambre sur le coup de minuit, s'asseoir sur le lit pour la regarder se déshabiller. Cela lui aurait rabattu son caquet.

Habituellement, il se contentait de la regarder se dévêtir. C'était étrange, mais les hommes l'étaient si souvent. La plupart étaient aussi bizarres que des moutons à cinq pattes. Une fois le masque ôté, ils se révélaient tels qu'ils étaient. Les vociférations d'un ivrogne dans une rue jonchée d'immondices n'étaient pas aussi vulgaires que certains de leurs désirs.

La malhonnêteté avec laquelle tout cela avait commencé n'était pas digne de lui. Elle était persuadée que c'était une insulte à son intelligence, autant qu'à celle de Lord Kingscourt. Une nuit d'avril, il avait frappé à sa porte et s'était glissé honteusement dans la chambre, un carnet d'esquisses à la main. Il prétendit qu'il voulait la dessiner. Son haleine empestait le whiskey. Il se demandait s'il y avait des chances qu'elle veuille bien lui accorder cette faveur. Les mots qu'il employa étaient inattendus, ils étaient pour le moins inhabituels dans la bouche d'un maître qui s'adresse à sa servante. Elle s'assit près de la fenêtre et lui accorda cette faveur. Cette fois il se contenta d'une mèche de cheveux dénouée. Le lendemain, il gravit de nouveau l'escalier. Il n'était pas chez lui mais chez des amis. Un abri temporaire, selon son expression. Ses amis étaient partis en Suisse faire des randonnées dans la neige. Il se déplaçait comme un homme invité dans la demeure d'un autre. Il la croqua une dizaine de minutes, puis une nouvelle faveur fut requise.

Je me demandais, Mary, s'il serait possible… Si tu étais gênée en quoi que ce soit, je me garderais bien d'insister. Mais amis depuis notre plus tendre enfance… A la manière d'un frère et d'une sœur. N'y vois rien de malsain. Mais si j'osais, un bras nu peut-être. La lumière sur ton épaule. Si tu pouvais déboutonner, dégrafer, délacer. L'intensité des contrastes. Rien de plus. La justesse de la composition d'ensemble si difficile à obtenir. Pas la matière en elle-même, mais la façon dont elle est rendue.

Sans une parole, elle avait retiré son peignoir et sa chemise. Elle n'aurait pas supporté d'entendre d'autres mensonges.

C'était la première fois qu'il la voyait nue, mais il resta muet. Ce silence n'étonna pas Mary. Il voulait que cela soit considéré comme une situation naturelle : une femme entièrement dévêtue, un homme habillé qui la contemplait, les vêtements et l'art servant de déguisement, tout autant peut-être que la nudité. Il tenait un bout de fusain levé à la hauteur des yeux, il louchait d'une manière grave, jaugeant les proportions, fermait un œil puis l'autre. Elle n'était qu'un arrangement de bouteilles sur le rebord d'une fenêtre. La pose qu'elle prenait ne devait pas être évoquée, ni la manière délicate dont il avait usé pour y parvenir. Le silence régnait, troublé par la légèreté du souffle de Merridith et le crissement du fusain sur la feuille. Gris le fusain, gris son visage. Il fit lentement glisser jusqu'au milieu de ses cuisses le carnet d'esquisses qu'il tenait sur les genoux. Elle détourna la tête et plongea le regard dans la rue de Dublin, jonchée d'immondices. Il continua de dessiner. Et de l'observer. Et le modèle de détourner le regard.

Le lendemain soir il revint, puis presque toutes les nuits ensuite. A minuit, elle entendait un bruit de pas hésitants dans l'escalier de bois brut qui menait aux mansardes des serviteurs sous les combles. Le coup craintif frappé à la porte. Les relents écœurants d'alcool. Ah, Mary ! J'espère que je ne te dérange pas. J'avais pensé que nous pourrions… Si tu n'es pas trop fatiguée. Peut-être sur le lit. Ou avec un oreiller… Tu es bien sûre ? Et si ce n'est pas abuser, est-ce que tu pourrais… ? La beauté naturelle de la féminité dévêtue. Rien dont nous ne devrions nous sentir coupables le moins du monde. Les plus grands artistes à travers les siècles. C'est cela, le dos tourné. Enveloppée dans le drap. Un tout petit peu plus bas, si cela te convient. Si je m'approchais de quelques centimètres. Tu n'y vois pas d'objections ? La lumière est meilleure.

Il y eut un temps où elle pensa aller se confier à sa maîtresse. (*Maîtresse* était un mot si intéressant !) Mais elle savait pertinemment ce qui se passerait si elle agissait ainsi. Ce ne serait pas Lord Merridith qui serait chassé de la maison et réduit à errer dans les rues ou à supplier qu'on lui prêtât une paillasse pour dormir. En ces temps de privilèges avérés, ce n'était jamais le maître qui était renvoyé. Elle n'était qu'une bénéficiaire de la charité de Sa Seigneurie, une fille de son pays qu'il avait sauvée de la mendicité à Dublin. Elle connaissait son rôle et lui le sien. Pareils aux personnages d'un hymne à sa gloire.

Lorsqu'il était passablement ivre, il sollicitait la permission de la toucher, mais cela n'arrivait que très rarement. Elle ne pouvait s'ôter de l'idée qu'il prenait un certain plaisir à cette requête, il avait ainsi l'impression qu'elle était consentante. C'était important pour lui de savoir qu'elle n'y voyait pas d'inconvénient, ou du moins que, si elle en voyait, elle ne le disait pas. Certains hommes recherchent dans le pouvoir une certaine excitation, d'autres sont excités par le simulacre de l'égalité.

Il ne lui demandait jamais qu'elle lui rendît la pareille. Il ne souhaitait rien d'autre que regarder et toucher. Le corps de Mary ne semblait pas l'enflammer mais plutôt lui poser un problème qu'il ne parvenait pas à résoudre. Il devait déchiffrer ses courbes et ses replis, sa fermeté et sa douceur. Il murmurait et chuchotait sans répit. Nous sommes amis, Mary ? Tu es d'accord ? Tout va bien, Mary ? Surtout n'hésite pas si quelque chose te contrarie. Il la caressait du bout des doigts tel un objet fragile et précieux qu'il eût dû protéger. Une pièce unique de la collection d'animaux rares ou disparus de son père. Un œuf de pingouin, par exemple, un crâne de dinosaure.

Parfois il poussait de petits gémissements de satisfaction, miaulements d'un chat serrant sa proie entre ses griffes. Elle fermait les yeux pendant qu'il l'effleurait et imaginait qu'elle était ailleurs. Cela l'aidait à surmonter son envie de pleurer ou de vomir. Elle pensait aux visages des gens qu'elle avait connus, à la sonnerie des cloches le dimanche matin, au tintement du glas qui fait frissonner les eaux à la surface du lac. Elle se disait : Tout sera bientôt terminé. J'endure cela et je ne mourrai pas de faim. Il ne faut pas chercher plus loin. Elle s'efforçait de ne jamais le haïr. Puisqu'il n'était pas digne d'elle, elle essayait de demeurer insensible.

Une nuit, il entreprit d'embrasser ses seins. Mary, je t'aime. Je n'ai jamais cessé de t'aimer. Aie pitié de moi, Mary, pardonne-moi pour ce que je t'ai fait. Elle baissa le regard et vit ses lèvres se tendre vers un de ses mamelons. Elle ne se retira pas mais lui répliqua doucement : « Je préférerais que vous ne fassiez pas cela, monseigneur. » Un moment s'écoula. Elle craignit qu'il ne la violât. Mais il acquiesça sans un mot et se remit debout avec difficulté. Il reprit son carnet comme si rien ne s'était passé, comme s'il s'était juste agenouillé pour renouer un lacet.

Lorsqu'elle se déshabillait, il semblait être sous le coup d'une révélation. Il restait bouche bée, pareil à un homme poignardé en plein cœur et qui sait qu'à cet instant précis la mort est inéluctable. Elle n'avait pas manqué de s'interroger sur les relations qu'il entretenait avec son épouse. Il ressemblait tellement à un homme qui voyait le corps nu d'une femme pour la première fois. Alors que ce n'était sûrement pas le cas. Et pourtant l'on se prenait à douter. Il avait immanquablement vu celui de Lady Merridith. Elle savait qu'ils ne partageaient plus le même lit, mais ils avaient eu deux enfants, c'était indéniable.

La dernière fois qu'il était venu la rejoindre remontait à trois semaines ; il rentrait à Dublin après avoir définitivement fermé la maison de Galway. Cette nuit-là, c'était un homme différent. Cette nuit-là, elle était fatiguée. Les fils de Merridith avaient été pénibles. Alors qu'elle ouvrait sa robe de chambre comme à l'accoutumée, il l'arrêta, la fit asseoir. Il désirait parler.

Il avait un air tourmenté qu'elle ne lui connaissait pas. Un déchirement, non pas lié au désir, mais à la culpabilité. Il lui jura que ce qui s'était passé ne se reproduirait plus. Il avait honte de sa conduite et souhaitait faire amende honorable. Il ne cessait de répéter « ce qui s'était passé », comme s'il s'agissait d'un événement inéluctable. Ce qui s'était passé était totalement impardonnable, aussi n'était-il pas venu pour oser implorer sa pitié mais pour lui dire à quel point il regrettait, et pour lui jurer sur la tête de ses enfants qu'il ne l'importunerait plus. Il avait fait preuve de faiblesse. Sa vie personnelle était un échec. A sa grande honte il avait cédé à cette faiblesse et voulait effacer cet échec. La solitude l'avait conduit à commettre des actes que maintenant il déplorait amèrement. Il ne cherchait aucune excuse pour un comportement aussi peu digne d'un être humain. Le remords ne pouvait modifier le passé, quand bien même cela aurait été nécessaire. S'il y avait quelque chose qu'elle souhaitait – n'importe quoi –, elle n'avait qu'à lui en faire part, il l'aiderait à l'obtenir.

– Je n'ai besoin du secours de personne, répondit-elle faiblement.

– On en a tous besoin, Mary.

– Pas moi, monseigneur.

Il ne supportait pas qu'elle l'appelle « monseigneur ». Cela le ramenait à une réalité qu'il préférait oublier.

– Les garçons… seraient terriblement inquiets si tu ne venais pas en Amérique. Nous le serions tous, Mary. Tout est tellement différent depuis que tu es là. Ils n'ont pas eu une vie très facile ces derniers temps.

– Plus rien ne me retient ici. Votre Seigneurie le sait bien.

– Alors, tu n'as pas changé d'idée, tu nous accompagnes. Voilà une bonne nouvelle. Resteras-tu à notre service, une fois que nous serons là-bas ?

– Je quitterai votre famille dès notre arrivée à New York. Je n'exigerai que mes gages et une lettre de recommandation.

– Mary – il baissa lentement la tête et observa le plancher noueux. Est-ce que tu es persuadée que je ne suis qu'un animal ? J'imagine que oui.

– Il n'appartient pas à un serviteur de juger ses maîtres.

Il ne put supporter de croiser son regard.

– Il s'est passé tant de choses entre toi et moi, Mary. Ne pourrions-nous prendre un nouveau départ ? Pourquoi ne repenserais-tu pas à l'époque où nous étions jeunes et heureux ? Je ne supporte pas l'idée que mes actes misérables pourraient mettre fin à notre amitié.

– En avez-vous terminé, monseigneur ? Je souhaiterais dormir.

Il l'examina, comme s'il avait affaire à une étrangère. Une heure et demie sonna à la pendule sur le buffet. Il se leva lourdement du fauteuil, parcourut la pièce du regard, pareil à un visiteur égaré dans un musée. Il posa le carnet d'esquisses sur la table de toilette et traversa la chambre en silence. Il se tint dans l'encadrement de la porte et s'adressa à elle sans se retourner :

– Accepterais-tu de me serrer la main, Mary ? En souvenir du bon vieux temps.

Elle garda le silence. Il hocha la tête plusieurs fois, referma derrière lui avec une infinie discrétion. Elle l'entendit descendre l'escalier branlant, puis perçut le grincement de la porte qui s'ouvrait sur le palier où étaient accrochés les portraits de famille.

Elle trouva dans le carnet un billet de cinq livres froissé plié en quatre. Elle brûla les croquis sans leur accorder la moindre attention et fit don de l'argent à une œuvre de charité s'occupant d'affamés.

Depuis cette nuit-là il ne lui avait pour ainsi dire plus adressé la parole. Elle supposait que c'était par crainte qu'elle ne racontât la vérité à sa femme. Il faisait partie en ce monde de cette race d'hommes la plus sinistre, celle pour qui les femmes symbolisent une forme de crucifiement. Mais les femmes qui l'entouraient seraient toujours plus désespérées que lui. Il avait trente-quatre ans. Il ne changerait plus.

C'était probablement sa mère qui en était responsable. Les six premières années de son enfance, elle l'avait laissé en Irlande. Elle était retournée vivre à Londres au milieu des siens, emmenant avec elle ses deux filles, mais pas son fils. Personne n'en savait la raison. Cela n'avait plus d'importance. C'était la mère de Mary Duane qui avait été chargée de s'occuper de lui.

Buime en gaélique, une nourrice, une bonne d'enfants. Une femme qui prend soin des petits. Une mère de substitution. *Nanny*, en anglais. Le même mot que celui qui désignait une chèvre qui allaite. En dépit de sa beauté et de son décorum, l'anglais se révélait parfois une langue étrange. Mary Duane de Carna, fille de nourrice. Maintenant bonne d'enfants.

Elle n'oublierait jamais l'instant où elle vit pour la première fois celui qui allait devenir l'époux de Laura Merridith. Le jour de ses cinq ans, sa mère l'avait conduite à la grande maison, à Kingscourt. Une odeur de feuilles moisies et de cire d'abeille régnait dans les salles encombrées de pièces d'argenterie étincelante et d'étranges animaux empaillés. Des tableaux aux couleurs passées couvraient les murs : des comtes, des vicomtes, des barons et des comtesses, des généraux et des douairières, morts depuis longtemps et enterrés à Clifden mais qui avaient vécu ici, à Kingscourt Manor. Un portrait de Lord Merridith en robe de magistrat surplombait le palier menant au salon de musique. Un autre, beaucoup plus imposant, occupait toute la longueur de la bibliothèque. Lord Merridith portait son habit de marin écarlate et un chapeau noir à plumes. La toile rappelait une affiche de cirque. Au milieu du salon trônait un piano à queue dont le facteur était Sébastien Erard. Sa mère lui montra le nom gravé en lettres d'or. Le tapis de l'escalier était d'une couleur rouge fanée, orné des armoiries de la famille : des épées croisées et un griffon. *Fides* et *Robur*, telle était la devise des Merridith. Foi et Force. Les Duane n'avaient pas de devise et elle se demandait bien ce que celle-ci aurait été s'ils avaient pu en avoir une. Il y avait un porte-parapluies dans l'entrée. Il avait été fait avec une patte d'éléphant.

Les mains derrière le dos, les jambes écartées, Lord Merridith attendait devant la cheminée de la salle à manger. Il ressemblait à un apôtre de Jésus, avec sa barbe blanche soignée, sa bouche sévère et ses yeux qui semblaient vous transpercer. Il avait le crâne chauve comme un œuf et était dépourvu de sourcils. Lors de la bataille de Trafalgar un obus avait explosé à côté de lui et ses cheveux avaient brûlé sur sa tête, mais pas sa barbe. Il avait vu l'amiral Nelson touché à la colonne vertébrale. Il avait aidé à transporter son cercueil. Ses sourcils et ses cheveux n'avaient pas repoussé. La maquette d'une tour en ruine était posée sur un socle, près du buffet. Il avait l'intention de la faire construire dans la prairie de Lower Lock, non loin du tertre où se trouvait l'arbre aux fées.

Que quelqu'un veuille bâtir une ruine dépassait l'entendement de Mary Duane, mais sa mère lui avait ordonné de ne pas poser de questions. Lord Merridith avait un goût prononcé pour les ruines et le déclin. Il avait le droit de donner libre cours à ses fantaisies.

Au début, elle craignait de s'adresser à lui. Mais il lui sourit et lui ébouriffa les cheveux. Elle sentit qu'il recelait une immense bonté. Un peu comme si l'on trouvait de l'or au fond d'une rivière boueuse.

Le dos de ses mains était couvert de grosses cloques sur lesquelles des croûtes, maculées de traces d'une lotion rosâtre, s'étaient formées. Il lui avait offert un penny et lui avait raconté une plaisanterie qu'elle n'avait pas comprise parce qu'il s'était exprimé en anglais, et que c'était une langue qu'elle était loin de bien connaître à cette époque. Il lui avait versé un verre de citronnade d'un pichet et lui avait souhaité un bon anniversaire. (Et que ce jour revienne souvent. Qu'est-ce qu'il avait voulu dire ? Désirait-il qu'elle retournât au manoir aussi souvent qu'elle le désirait ?) Il lui montra alors un petit garçon à l'air triste, accroupi au pied de la gigantesque table d'acajou, qui chantonnait doucement en jouant avec un cerceau : un enfant sérieux comme un pape en culotte de velours. « C'est mon amiral de la flotte. Hop, debout ! Garde à vous et présentez vos respects, David. Où sont passées vos bonnes manières, pour l'amour de Dieu ? » (Sa mère lui avait expliqué qu'en anglais l'amiral de la flotte était le nom que l'on donnait à un merveilleux papillon.)

Il avait cinq ans, le même âge qu'elle, peut-être quatre. Il avait traversé la pièce d'un pas hésitant, s'était incliné solennellement devant Mary Duane, puis devant sa nourrice. Lord Merridith et la mère de Mary avaient éclaté de rire. Le garçonnet avait regardé son père avec une expression d'étonnement comme s'il ne saisissait pas la raison de leur hilarité, comme si lui aussi, à l'instar de Mary Duane, il entendait une langue qu'il ne comprenait pas.

Elle connaissait bien ce regard. Elle le vit des milliers de fois sur son visage, alors qu'ils grandissaient ensemble dans les champs qui entouraient Kingscourt. Maintenant cela lui arrivait encore. Fulgurante tache noire imprimée sur la rétine dans la clarté du soleil. Le regard d'un enfant à qui l'on doit expliquer ce qui est évident.

Son père partait souvent à la guerre. Il y avait toujours une guerre dans un endroit ou un autre. Une tante fut dépêchée de Londres pour aider à veiller sur lui. Elle était veuve, c'était une vieille dame drôle et gentille. Elle avait une fine moustache grise qui faisait penser à une chenille velue. Souvent ivre, elle ne marchait pas droit. Elle se soûlait au cognac « comme un marin toujours d'attaque », ironisait le père de Mary.

L'amiral Nelson fut conservé dans un cercueil rempli de cognac. Cela évita la décomposition du corps. Les freux nichés dans les creux de la balustrade qui entourait le toit empêchaient la tante de dormir. On la vit leur lancer des cailloux avec une fronde. Johnny deBurca s'occupait des chevaux à Kingscourt. Il dut lui supprimer son lance-pierres parce qu'elle brisait les carreaux des fenêtres du haut et endommageait les gouttières. Elle était un peu folle. David Merridith l'appelait tante Eddie. (Il prétendait qu'elle était originaire de Folleville.) La mère de Mary Duane lui apprit la véritable identité de tante Eddie : c'était la douairière Lady Edwina.

David se nommait en réalité Thomas David, mais tout le monde disait David ou Davey. On se référait parfois à l'un de ses titres : Sa Seigneurie, vicomte ou vicomte Roundstone. Tous les membres de la famille de David portaient au moins trois noms. Cela ne devait pas faciliter les choses à l'heure du dîner.

Rétamée. Raide. Être sous l'influence du vin. Un verre dans le nez. Avoir du vent dans les voiles.

Lorsque sa tante était couchée, ou bien qu'elle était soûle, la mère de Mary emmenait David passer quelques heures chez eux. Il aimait jouer dans la fosse où l'on jetait les cendres, ou se battre avec le chien. Il aimait la façon dont sa mère vidait le chaudron de pommes de terre à même la table. Il adorait les manger en les tenant à pleines mains, léchant le beurre qui lui coulait le long des doigts, pareil à un chiot. Il sortait parfois en bateau avec le père et les frères de Mary, lorsqu'ils partaient en mer au-delà de Blue Island et d'Inishlackan, pêcher des maquereaux et des saumons aussi gros que des cochons de lait. Rentré à la tombée de la nuit avec les hommes, il frissonnait de joie, à califourchon sur les épaules de son père, en brandissant une branche d'épine en guise de coutelas. « Tan-tarah ! Tan-tarah ! » Un soir, il pleura amèrement alors que la mère de Mary le reconduisait à Kingscourt pour le mettre au lit. Il voulait rester avec eux. Pour toujours.

Sa mère lui avait fait entendre qu'il ne pouvait dormir là, que cela n'était pas convenable. Il lui en demanda la raison, elle répondit doucement que c'était impossible.

Mary Duane trouva sa mère cruelle. On autorisait quelquefois d'autres enfants à demeurer sous le toit familial, alors qu'ils avaient leurs mères à la maison. Le pauvre David Merridith n'avait pas de mère pour s'occuper de lui. En fait, il n'avait pas de père non plus, puisque le sien passait son temps à la guerre. Il vivait presque tout seul dans ce grand manoir lugubre, en compagnie de cette ivrognesse de tante moustachue et des freux. Et, à bien y songer, il n'était pas impensable qu'il y eût des fantômes là-haut.

« C'est probable », rétorqua son père.

Il jeta un coup d'œil à sa femme, mais elle lui répondit par ce signe de tête dont elle était coutumière quand elle ne souhaitait pas que l'on abordât un sujet en présence des enfants.

Ils furent tirés de leur sommeil par un martèlement frénétique qui ébranlait la porte du jardin. Ils découvrirent David Merridith secoué par des sanglots de terreur. Il avait couru tout le long du sentier, vêtu de sa seule chemise et de son bonnet de nuit. Le tonnerre ébranlait le sol, les éclairs déchiraient le ciel. Les trombes de pluie qui s'abattirent en cette nuit de novembre inondèrent les basses terres des environs de Galway des semaines durant. Les épines du chemin lui avaient profondément entaillé les pieds et les mollets. La peur déformait son visage maculé de boue. « Laissez-moi entrer. Ne me renvoyez pas. » Mais le père de Mary lui mit un manteau sur les épaules et le ramena à Kingscourt.

Il resta absent un long moment, mais lorsqu'il fut de retour il semblait avoir vieilli. Il parcourut du regard la petite cuisine plongée dans la pénombre, pareil à un homme égaré ou qui se retrouve dans une maison qui n'est pas la sienne, ou encore qui sort d'un cauchemar peuplé de visions effrayantes. Le loquet battait au vent. Les souris couraient dans les murs. Sa mère s'était approchée de lui, mais il s'était éloigné selon son habitude lorsqu'il était tracassé. Il prit dans le buffet un pichet rempli de premier lait, c'est ainsi qu'on appelle le lait d'une vache qui vient de vêler, et le vida en six gorgées. Mary Duane se précipita vers lui et le battit. Il la serra contre lui et lui embrassa les cheveux ; elle leva les yeux et s'aperçut qu'il pleurait. Des larmes coulaient aussi sur les joues de sa mère, Mary ne savait pas pourquoi.

Le dimanche de Pâques 1819, Mary se rendait au puits de Cloonisle Hill lorsqu'elle vit une très belle dame en capeline bleue descendre d'une calèche devant Kingscourt Manor. Son père lui expliqua que c'était la mère de David Merridith qui revenait de Londres pour prendre soin de lui.

Il ne vint plus aussi souvent chez eux mais, lorsque cela lui arrivait, il avait l'air beaucoup plus heureux et en meilleure santé. Il portait un uniforme blanc de marin que sa mère lui avait acheté à Greenwich. Il apportait parfois de moelleux petits bonbons, des marshmallows. Greenwich était la ville où le temps avait été inventé. C'était le roi d'Angleterre qui avait inventé le temps. (« Doux Jésus, je me demande bien ce qu'il lui a pris. On serait beaucoup plus heureux s'il ne l'avait pas fait. »)

Sa mère était la femme la plus gracieuse que Mary eût jamais vue. Impeccablement habillée, la taille élancée, le maintien assuré, elle était aussi belle qu'une rose anglaise en pleine floraison. Mary et ses sœurs avaient l'impression qu'elle glissait sur le sol. Son prénom était anglais : Verity, comme la vérité. Elle était parente d'un autre amiral, Francis Beaufort, celui qui avait découvert les vents. Ses souliers étaient à ravir. La couleur de ses yeux était semblable au marbre vert du Connemara dans lequel avaient été taillées les marches de la chaire de l'église de Carna.

Les fermiers de Kingscourt adulaient Lady Verity. Lorsqu'une femme du domaine donnait naissance pour la première fois, la comtesse venait la voir et lui offrait des fruits et un gâteau. Elle insistait pour que le maître de maison sortît, puis s'asseyait sur le lit et bavardait avec la jeune accouchée. En partant elle donnait une pièce d'or d'une guinée pour fêter l'heureux événement. Elle ne manquait pas de visiter les malades et les personnes âgées. Elle fit installer un lavoir dans une écurie désaffectée au bord de la rivière, de façon que les femmes de la propriété puissent laver leur linge lors des intempéries. Chaque année, le 7 avril, à l'occasion de son anniversaire, elle donnait une réception dans la prairie de Lower Lock pour les enfants du domaine. Le peuple prit l'habitude d'appeler ce jour Verity Day. Les serviteurs et les fermiers y côtoyaient la noblesse.

En 1822, le mildiou détruisit la récolte de pommes de terre dans le Connemara. Lady Verity dirigeait en personne la cuisine de la Ferme Modèle, elle y cuisait des soupes. La petite Mary Duane et David Merridith, âgés de dix ans, aidaient à couper les navets et allaient chercher l'eau à la pompe. Elle payait les enfants de Kingscourt deux pence le boisseau d'ajoncs. Ils écumaient les environs et en rapportaient de pleins paniers, puis ils réduisaient les tiges en une bouillie qui servait à nourrir les truies de Sa Seigneurie. David Merridith en dérobait dans la porcherie et les refourguait aux frères de Mary, qui les revendaient en échange d'un demi-penny, qu'ils lui versaient. Les fermiers de Lord Merridith, les gens de Kingscourt, étaient enviés par ceux du domaine d'à côté, celui du commandant Blake de Tully, qui se souciait d'eux comme d'une guigne, mildiou ou pas, d'après ce qu'affirmait le père de Mary. C'était un démon, un affameur, qui n'avait rien à envier à ces propriétaires qui exigeaient des loyers exorbitants sans vivre sur leurs terres. Il s'était enfui à Dublin dès que la récolte avait été anéantie, ce tenancier de bordel au cœur de pierre. Il aurait volé le pain de la bouche d'un orphelin. Les Blake avaient retourné leur veste. Ils étaient catholiques mais s'étaient convertis au protestantisme. S'il avait vu un Anglais se promener sur la grand-route sans culotte, il se serait mis cul nu et l'aurait imité pour ne pas être en reste.

On dénombrait déjà quatre-vingt-dix morts parmi ses fermiers, et ses hommes de main expulsaient sans ménagement les familles dont les arrérages étaient conséquents. Des hommes masqués arrivaient tôt le matin. Ils devaient porter des masques parce que, s'ils avaient été reconnus, ces traîtres puants n'ignoraient pas qu'ils auraient été châtiés comme ils le méritaient. Ils obéissaient aux ordres d'un officier, d'un bailli ou d'un shérif qui leur indiquait les chaumières qu'ils devaient détruire et celles qu'il fallait épargner. Ils grimpaient sur les toits des habitations et sciaient les poutres porteuses jusqu'à ce que les murs s'écroulent. Parfois ils mettaient le feu pour chasser les habitants. Les familles devaient aller vivre dans les bois ou dans les tourbières le long des chemins.

Lady Verity dépêcha les gens de Kingscourt dans la forêt pour aller les chercher. Ils pouvaient venir au manoir, ils y seraient nourris, aucun affamé ne serait chassé. Le temps était venu pour que Galway fît front.

David Merridith sanglotait de peur lorsqu'il les voyait approcher à travers champs, bataillon de fantômes titubants aux visages blafards, il aurait voulu s'enfuir. Sa mère l'en empêcha toujours. Elle l'obligeait à rester. Elle n'était pas méchante, mais n'en était pas moins ferme.

Mary l'entendit un jour confier au jeune vicomte :

– Aux yeux de Dieu le pauvre est notre semblable. Il a une épouse et une famille. Il a un petit garçon. Et il l'aime autant que j'aime le mien.

Un autre jour, alors que la crise du mildiou touchait à sa fin, Lady Verity, Mary et sa mère nettoyaient la gigantesque chaudière de cuivre dans la cuisine où l'on préparait la soupe quand tout à coup Lady Verity tomba sur le derrière, comme si elle avait été bousculée par un garnement chahuteur. Mary Duane rit de la voir ainsi par terre. Sa mère la réprimanda, mais Lady Verity se releva. Elle riait elle aussi en époussetant le bas de sa jolie robe. Elle brossa les lambeaux de feuilles de zostères qui étaient sur ses fesses. Elle se plaignit d'une légère migraine et retourna faire une sieste au manoir.

Un peu plus tard ce jour-là, on fit venir de Clifden le Dr Suffield, qui ne partit de Kingscourt qu'après la tombée de la nuit. Six mois s'écoulèrent sans qu'on revît Lady Verity. On envoya son fils chez des amis dans le comté de Wicklow à Powerscourt. Elle ne rendit plus visite aux malades. Les bébés naquirent et les vieux moururent. Lady Verity ne quittait plus le manoir. Le lavoir au bord de la rivière se délabra. La mauvaise herbe se mit à pousser sur les toits de chaume. Un fermier très âgé qui avait gardé en mémoire la famine de 1741 affirma que Lady Verity avait dû sentir le souffle de la mort, qu'elle avait dû être contaminée par les miasmes d'un mourant lors de l'épidémie ou alors avait regardé celui-ci droit dans les yeux. La mère de Mary lui conseilla de ne pas prêter la moindre attention à ces superstitions. Le regard d'un mourant n'avait jamais rendu personne malade.

Un matin, à l'aube, Mary et sa plus jeune sœur cueillaient des champignons en compagnie de leur père dans la prairie de Lower Lock. Ils entendirent un hurlement qui provenait de Kingscourt Manor. Un long moment s'écoula. Le vent agitait les hautes herbes. La tête d'un lapin dépassa d'un bouquet d'ajoncs. Un autre cri leur parvint, beaucoup plus fort que le premier, si fort en fait que les merles s'envolèrent à tire-d'aile de l'arbre aux fées.

– C'est la *banshee*[1] ? demanda Grace Duane, glacée jusqu'à la moelle des os par le hurlement.

Elle ne l'avait jamais entendue auparavant mais savait bien ce que sa plainte signifiait.

– Ce n'est rien, répondit son père.

– Est-ce que c'est la banshee qui réclame Lady Verity ?

– Mais non, ce sont de vieux chats qui miaulent, reprit Mary. Pas vrai, papa ?

Son père se retourna comme une girouette rouillée. Sans cligner des yeux, il la regardait fixement ; elle apercevait entre ses doigts maculés de boue les mousserons trempés de rosée. C'était la première fois qu'elle voyait la terreur figer les traits de son père.

– Tu as raison, chaton. C'est bien ça. Maintenant dépêchons-nous de rentrer.

C'est à dater de ce jour qu'elle était entrée dans l'âge adulte, la première fois qu'elle s'était affublée d'un masque pour une raison qui n'avait rien à voir avec le jeu.

Des médecins vinrent de Dublin. Un chirurgien célèbre se déplaça de Londres avec une escouade d'infirmières en uniformes crème amidonnés. Une fois, sur le coup de minuit, un jardinier aperçut Lady Verity qui passait derrière une fenêtre du premier étage, une bougie à la main. Elle mourut à six heures du matin le jour de la Saint-Patrick 1823.

Ses funérailles grandioses marquèrent l'histoire de Galway. Sept mille participants envahirent le cimetière de Clifden et les rues alentour. Des protestants, des catholiques, colons et gens du pays, pauvres et riches, côte à côte sous la pluie.

On avait amené de Londres les deux filles de Lord Merridith. Mary Duane ne se rappelait pas les avoir rencontrées auparavant. L'une ressemblait à une grande perche, l'autre était petite et rondelette. Natasha Merridith. Emily Merridith. Deux sœurs échappées d'une comptine.

Un pasteur de Sligo récita les prières. Le révérend Pollexfen.

1. La banshee, personnage féminin du folklore irlandais dont les plaintes annoncent la mort prochaine d'un habitant d'une maison *(The New Oxford Dictionary of English)*.

Mary ne le connaissait pas. Il ressemblait à un prophète, avec son air courroucé, ses cheveux blonds, sa poitrine large et ses mains gigantesques, et il portait des chaussures mal cirées. Il scanda les terrifiantes paroles des psaumes en tremblant comme un chêne dans la tempête.

Le cercueil de Lady Verity fut descendu dans le caveau. Le glas sonna. Dans un champ tout proche, une vache meugla. Une boucle défaite cliquetait à la ceinture de Lord Merridith. Les gouttes de pluie s'écrasaient sur les épaulettes de son uniforme. Le vent bruissait dans les feuilles des châtaigniers.

Puis un autre bruit s'éleva.

Une voix solitaire, au milieu de la foule derrière elle. La voix d'une vieille, reprise par une autre. Un murmure qui alla grandissant, gagnant les femmes par deux ou par trois, puis les hommes et les bambins. Il s'amplifia lorsque plusieurs se mirent à l'unisson, rejoints par une partie de la foule ; déferlant comme une vague, il se répercuta contre les murs de granit de l'église. Mary Duane se persuada qu'il naissait de la terre noire détrempée et ne prendrait jamais fin.

Le Je vous salue Marie, en gaélique.

Jusqu'à l'heure de sa mort elle ne l'oublierait pas. David Merridith – son David – enveloppé dans l'imperméable de son père, les yeux rivés sur la fosse, priait en gaélique avec ses futurs fermiers ; il marmonnait les mots, pareil à celui qui parle en dormant. Il leva son beau visage pour l'offrir à la pluie. Le spectacle de son père qui pleurait à chaudes larmes le terrifia.

Anois, agus ar uair ár mbáis. Amen.

Maintenant et à l'heure de notre mort.

CHAPITRE VIII

LA DISCRÉTION

OÙ LE LECTEUR
APPROFONDIT SA CONNAISSANCE
DE LA JEUNESSE DE MARY DUANE :
LA DÉCOUVERTE DE LA GÉOGRAPHIE
ET DE CERTAINS SUJETS RELATIFS
A LA LANGUE ANGLAISE

Lord Merridith se mit à négliger son apparence. Sa barbe blanche soigneusement taillée devint hirsute. Il avait les ongles sales, les dents ternies, jaunes ou noires comme les touches d'un vieux piano ; les cloques que Mary Duane avait remarquées sur le dos de ses mains lui couvrirent bientôt le visage et le cou. Elles semblaient douloureuses. Parfois elles saignaient. Elle le vit une fois, au point du jour, se promener dans la prairie de Lower Lock en flanquant des coups de canne dans les cailloux. Lorsqu'il l'aperçut, il lui hurla rageusement de disparaître. Certains prétendaient qu'il dégageait des relents d'égout. D'autres affirmaient qu'il forçait sur le whiskey. Ses vêtements étaient souvent douteux.

Leur chaumière, de l'autre côté de Cashel Bay, était à un quart de mille du manoir et pourtant, certains soirs, ils entendaient Lord Merridith brailler dans la cour. D'étranges rumeurs commencèrent à circuler à son sujet dans le domaine. Il battait son fils jusqu'à ce que le gamin le suppliât d'arrêter. Il avait entassé les robes de sa défunte épouse et y avait mis le feu. Ses domestiques chuchotaient qu'il traitait ses animaux avec cruauté. Il avait fouetté à mort un cheval qui avait appartenu à Lady Verity. Mary Duane le croyait incapable de faire cela.

– Il aimait ses chevaux.

– Plus que ses gens, ajouta son père.

En tant que juge, il devint la terreur de tout le Connemara. Autrefois unanimement admiré pour l'équité scrupuleuse de ses jugements, sa défense de la justice contre la corruption, il était maintenant redouté de Spiddal à Leenaun. Il s'emportait contre les prisonniers déférés devant lui. Si un homme l'appelait « Lord David » ou « Lord Merridith » comme cela avait toujours été l'habitude, il se levait d'un bond et rugissait :

– Mon nom est Kingscourt ! C'est ainsi que vous devez m'appeler. Si vous me manquez encore de respect, je vous condamne pour outrage à magistrat.

Le 4 mai 1826, il prononça une sentence de mort à l'égard d'un paysan de la région. Le prisonnier, un fermier expulsé des terres du commandant Blake de Tully, avait volé un agneau à son maître et avait poignardé le garde-chasse qui tentait de l'arrêter. L'affaire fut suivie de près dans tout le Connemara. L'accusé avait cinq enfants, sa femme était morte. Même l'épouse du garde-chasse implora sa clémence. Ce que l'homme avait fait était terrible mais, un jour, il aurait à en rendre compte devant Dieu. Un jour ou l'autre nous nous retrouverons tous face à Dieu. Il y avait déjà eu trop de tueries en Irlande. Elle ne voulait pas voir d'autres enfants devenir orphelins. Mais l'homme fut pendu à la caserne de Galway une semaine après la sentence. Son corps fut jeté dans une fosse de chaux vive creusée dans la cour. Sa progéniture fut placée à l'atelier pour indigents de Galway, où elle fut rejointe dans le mois qui suivit par celle du garde-chasse. Et les enfants engendrés tant par l'assassin que par la victime furent enterrés dans la même fosse avant que l'année fût écoulée.

La cruauté de Lord Kingscourt inspira une ballade. Mary Duane l'entendit un matin au marché de Clifden.

Approchez tous, gens du Connaught, je vais vous conter l'histoire
Du lord de Carna le tyran, de sa descendance et de nos déboires.
Le responsable de nos infortunes et le bourreau de nos corps,
Pour se grandir il nous rabaisse et sur le pavé nous laisse morts.

Elle s'approcha du chanteur et lui demanda d'arrêter immédiatement. C'était un individu repoussant avec des yeux chassieux. Lord Merridith était un homme qui avait connu bien des malheurs. De cela, fit-elle, il n'était pas question dans la chanson. Et ce monceau d'âneries et de *raiméis* à propos des gens du Connaught ? Est-ce que Sa Seigneurie n'était pas née à treize milles de Clifden tout comme son père et six générations avant lui ?

toi d'où sors-tu ? ajouta-t-elle à l'adresse de l'interprète.
,e moqua d'elle et lui donna un coup de coude.
·Et alors, il n'a qu'à faire ses propres ballades, l'assassin !

Cette nuit-là elle rêva du lavoir au bord de la rivière, des femmes qui lavaient leur linge en chantant un cantique, de Lady Verity s'époussetant les fesses en riant. Elle était entourée de draps blancs qui claquaient au vent comme des voiles. Ils étaient humides et tachés de sang.

*

David Merridith fut envoyé dans un pensionnat en Angleterre. Il revint dans le Connemara passer les vacances de novembre. Il décrivit à Mary son école dans le moindre détail. La devise en était : « Les manières forment l'homme. » Située près d'un endroit nommé Water Meadows, elle avait été fondée cinq cents ans plus tôt, en 1382, trois siècles avant que les lieutenants de Cromwell arrivent dans le Connemara. Mary aimait prononcer le nom de l'établissement, les mots sonnaient bien :

Winchester College, Hampshire.

Winchester.

Hampshire.

David Merridith va à Winchester College, dans le Hampshire.

L'établissement comprenait onze « maisons » et il avait ses propres règles de football. Il y avait également onze maisons dans le village de Carna, mais les maisons avaient un sens particulier dans le Hampshire. Une maison était un bâtiment où vivaient un grand nombre de garçons mais aucune fille ni aucune dame. Ils dormaient dans des dortoirs comme les soldats ou les fous. Ils avaient des « maîtres », mais pas dans le même sens qu'un serviteur. Le fait d'appartenir à une maison vous faisait haïr les autres. Vous défendiez l'honneur de votre maison sans restriction. Mais si un combat survenait, vous deviez lutter à la loyale et vous comporter en homme. Il ne fallait jamais frapper un adversaire à terre ou blessé, et il était absolument interdit de le dénoncer auprès de son maître. Si vous faisiez cela, vous étiez un couard, un lèche-bottes et une lavette. Même pour se défendre il y avait des règles.

Le Hampshire était un comté de la côte sud de l'Angleterre. Elle interrogea une ou deux fois ses parents pour en savoir davantage. Dans sa jeunesse, son père était bien allé en Angleterre, l'été, travailler dans une ferme, mais il n'avait rien à raconter. Elle se rendit en cachette à Kingscourt Manor et demanda à Tommy Joyce, le valet de Lord Merridith, de lui montrer sur l'atlas de la bibliothèque, qui possédait un index, où se trouvait le fameux comté.

Le Hampshire faisait face aux côtes de France. Il n'avait pas seulement un intérêt historique, il était au cœur de l'histoire. On vantait ses falaises de calcaire, le caractère agréable de ses habitants et ses concrétions fascinantes de rocs fossilifères.

– Mère de Dieu, s'écria Tommy Joyce, tu vas te déformer les lèvres !

La capitale du comté s'appelait Winchester. Le roi Alfred y mourut et Henri III y naquit.

De fins lettrés suggèrent même que *Raison et Sentiments* et *Orgueil et Préjugés*, ces délicieux passe-temps unanimement appréciés, publiés par une mystérieuse « dame », sont l'œuvre d'une femme qui vécut dans le Hampshire. Le célèbre inventeur de moteurs Mr. Brunel résida non loin de là, à Portsmouth. Lord Palmerston, le ministre de la Guerre, avait sa demeure familiale à Romsey. On pouvait voir à Winchester la table ronde du roi Arthur. Elle se trouvait dans le bastion est de l'hôtel de ville, l'exemple le plus remarquable de ces superbes bâtiments dont les pierres imposantes et les poutres de chêne sont un hymne émouvant à la gloire de l'Angleterre, au génie d'un peuple, du plus humble sujet jusqu'au roi. (Voilà une formule pour toi, soupira rêveusement Tommy Joyce, « le génie d'un peuple, du plus humble sujet jusqu'à son roi ».)

Le Connemara n'avait jamais produit d'hommes célèbres, les pierres n'y chantaient pas, on n'y voyait pas de splendides bâtiments. Pas de confidences littéraires, pas de tables exposées. Aucun roi n'y était né, n'y avait vécu, n'y était mort, ou alors il y avait si longtemps que plus personne ne s'en souvenait. Pas d'inventeurs, pas d'écrivains, pas de ministre de la Guerre. Décidément le Hampshire devait être un endroit merveilleux.

Les règles du football à Winchester College étaient complexes. Les équipes portaient des noms mystérieux ou incompréhensibles. Les Scholiastes contre les Escholiers. Les Vieux Tuteurs contre les

Continents. Les règles n'avaient jamais été couchées par écrit, mais il fallait quand même les connaître, sinon les drilles vous filaient une raclée, des coups de coude dans les côtes, des horions, une bonne correction. (Drille était un mot qui voulait dire foret mais désignait aussi un joyeux compagnon.) Un drille devait se placer au centre du terrain, tenir la balle au-dessus de sa tête et crier « Lombrics ». C'était là, expliqua David, une des règles. Les connaître revenait à maîtriser une langue qu'aucun livre n'enseignait.

La nourriture était très mauvaise. « Fichtrement exécrable », selon David. Un mot merveilleux qu'elle n'avait encore jamais entendu, dont le son s'accordait bien au sens. (« Craab », comme un râle lorsque l'on a envie de vomir.) Mais ses condisciples étaient corrects. Un bon nombre de drilles venaient d'*Arlande*, ils passaient leur temps à faire les quatre cents coups sans se soucier des conséquences. Ils étaient loin d'être exécrables. C'étaient de joyeux compères.

Les pierres chantaient dans le Hampshire et les compères étaient joyeux.

Mais David Merridith, lui, ne l'était pas. Il rentrait souvent du Hampshire le teint blême et maladif. Il retirait son pantalon impeccablement repassé, sa veste du Winchester College et sa casquette de lycéen pour enfiler les vêtements grossiers qu'il portait à la maison dans le Connemara : les culottes de paysan en grosse toile, sa *bratt*, une sorte de blouse. Il pensait ainsi faire oublier sa condition mais ne faisait en réalité que la souligner davantage. Un gamin affublé d'un déguisement qui ne trompait personne, un comédien interprétant un rôle qu'il ne comprenait pas. Il passait son temps à parcourir les champs rocailleux, à s'enfoncer dans les tourbières, à arpenter les chemins défoncés et les sentiers tortueux. Il s'attardait dans chacun des treize villages du domaine de son père, parlant le gaélique qu'il avait appris auprès des domestiques.

Les fermiers avaient le plus grand mal à s'habituer aux bizarreries de sa prononciation, à l'étrange mélodie du gaélique du Connemara revue par l'accent de Winchester College.

Il disait « Ellorn » au lieu de *oileán* : une île. « Rark » pour *radharc*, un paysage. « Rark, rark », on aurait dit le cri d'un cormoran. Il était vraiment un drôle d'oiseau. Le plus drôle de Galway. La plupart ne le comprenaient pas. Mary Duane était une des rares du domaine à saisir ce dont il parlait. Même en anglais, sa langue maternelle, il devenait difficile à suivre. Il disait « Wistpawt » pour Westport, « Arlande » pour Irlande. (Certains croyaient qu'il disait « Ourland », notre pays, et y voyaient une intention politique. Ils acquiesçaient mollement et s'éloignaient en souriant.)

Il adorait s'exprimer en gaélique. Il s'adressait à la mère de Mary en l'appelant « femme Duane », au père il donnait du « mon ami » ou « honorable personne ». En entrant dans leur chaumière, il clamait en souriant, en guise de salutation : « Que le Christ soit avec nous et nous protège du mal ! Que Dieu bénisse cette maison ! » ou encore : « Que Dieu et Marie soient avec vous. » Le père trouvait cette lubie bizarre et un peu agaçante.

– Il nous fatigue avec ses simagrées. Quant à ses Dieu vous bénisse, venant d'un foutu protestant ! Il ne croit même pas en Dieu.

Sa femme lui avait recommandé de ne pas parler à tort et à travers comme un sot. N'empêche, son père trouvait suspecte la conduite de David.

– Il veut être ce qu'il n'est pas, il ne peut pas être à la fois chair et poisson, ce garçon.

– C'est parce qu'on enseigne les bonnes manières à Winchester College, répondit Mary.

– « Les manières forment l'homme », ajouta la mère.

– Le collège a été fondé en 1382, précisa Mary.

– Et mon cul ! grogna le père.

Les saisons passèrent. Il se mit au dessin. Quand elle allait au marché ou revenait du puits de Cloonisle Hill, elle le rencontrait parfois au détour d'un chemin assis avec un carnet d'esquisses et une boîte de fusains. Il était particulièrement doué pour saisir le paysage rocailleux, son intensité dramatique et ses brusques effets de lumière. Il avait le talent de le rendre en quelques traits : marne, schiste, galets, champs marbrés de cailloux. Semés comme des projectiles. Les bâtiments aussi, il les dessinait bien, avec une précision qui, pour Mary Duane, tenait du miracle. Ses personnages étaient toujours un peu trop idéalisés, plus forts et plus raffinés que dans la réalité. Mais c'était son principal sujet d'inspiration : fermiers, serviteurs, journaliers du domaine. Il les croquait comme il eût souhaité les voir, non comme ils étaient ou avaient été réellement. Ils n'auraient peut-être même pas voulu ressembler au portrait qu'il faisait d'eux, mais il ne leur demandait jamais leur avis. Il se contentait de les dessiner.

En dépit de sa pâleur et de sa fragilité, il devenait en grandissant de plus en plus beau ; il n'avait pas hérité de l'air revêche de son père. Les gens disaient souvent de David Merridith : « Tant que ce garçon vivra, sa mère ne mourra pas. » La vitalité de son père, la ressemblance avec sa mère, le maintien de sa sœur, le fantôme de sa tante. Il avait des manières courtoises et affables avec tout le monde, même s'il était incapable de regarder quelqu'un en face, sauf quand il le dessinait. Il lui arrivait de bégayer légèrement, ce qui le faisait rougir, aussi passait-il pour plus timoré qu'il ne l'était en réalité. De façon bizarre il ne bégayait jamais lorsqu'il s'exprimait en gaélique ; Mary attribuait cela à l'effort qu'il devait faire pour maîtriser une langue qui n'était pas la sienne.

Curieusement les abeilles et les guêpes le piquaient très souvent. Peut-être se méfiait-il d'elles moins que les autres ou alors avait-il une peau sucrée qui les attirait. Quelle qu'en fût la cause, cela lui arrivait tous les jours. Elle l'apercevait parfois au loin, dans un champ, qui battait l'air autour de sa tête, sautait et gesticulait dans une gigue endiablée. Il y en avait quelques-uns qui le traitaient de « grande courge » ou de « dodo bègue » mais, aux yeux de Mary Duane, son camarade d'enfance avait la beauté déchirante d'un ange dans un livre de prières, le charme étrange d'une espèce en voie d'extinction.

L'été de ses dix-sept ans, Mary était allée se promener avec lui dans le bois de sapins près du lac de Glendollagh. Pour ne pas changer il parlait de son école. Il lui expliquait qu'un drille qui avait fait ses études au Winchester College était « un vieux Wykehamist » sans avoir besoin pour autant d'être vieux ou originaire de Wycombe. (Et même, dans certains cas, être originaire de Wycombe vous mettait hors jeu.) On pouvait être un vieux Wykehamist à dix-huit ans, même si l'on venait du Connemara. Le père de David Merridith, par exemple, était un vieux Wykehamist et David en serait bientôt un à son tour.

Pour Mary Duane, le mot avait l'air d'une grave insulte. « La ferme et tire-toi de là, vieux Wykehamist, avant que je te botte les fesses. » Mais elle se garda d'en faire la remarque. Cela aurait été exécrable.

Certains drilles de l'école avaient des bien-aimées. Ils leur écrivaient des lettres et leur envoyaient de petits poèmes. Un de leurs condisciples, Millington Minor, s'en était fait une spécialité. Évidemment, il n'était pas mineur (bien que son père assez curieusement possédât effectivement une mine). Il suffisait de donner à Millickers Minimus une cigarette ou une pièce de six pence, ou de lui faire cirer ses chaussures par un élève des petites classes qui était à votre service, et il vous composait un poème qui vous laissait bouche bée.

– Vous devez avoir une nuée de bien-aimées. Est-ce que je me trompe ?

– Je ne sais pas au juste, répondit-il doucement.

– Vous ne savez pas combien, c'est cela, monsieur ?

– Il y a une jeune fille que j'aime beaucoup. J'ignore si elle le sait.

– Est-elle jolie, votre petite bien-aimée ?

– C'est la plus jolie d'ici à Dublin.

– Vraiment ? Elle en a de la chance.

– Si j'osais, je dirais que c'est la plus jolie fille du monde.

– Vous feriez bien de lui avouer vos sentiments, monsieur.

Il eut un petit rire révélateur.

– Je pense qu'elle s'en doute.

Ils poursuivirent leur promenade, s'enfonçant profondément dans les bois. La forêt était silencieuse, sombre comme une cathédrale : une pénombre imprégnée des senteurs de sapin et de reine-des-prés. Sentir le sapin était une expression qui évoquait le deuil et le désespoir, mais on était ici dans un refuge où la tristesse n'avait pas sa place. Des coulées de sève luisaient sur les troncs. Un tapis d'aiguilles et de fougères couvrait le sol. Il se dégageait des bois de Glendollagh une solennité qu'il eût été blasphématoire de rompre par des paroles. Elle entendait le souffle de sa respiration, le gazouillis d'un sansonnet dans les hautes branches. Ils s'aventuraient dans un univers inconnu, redoutant de l'éveiller. Et puis tout à coup il trébucha sur une branche moussue et tomba dans un creux où poussaient bruyères et digitales. Il se fendit la lèvre et se blessa au poignet. En essayant de se relever, il glissa de nouveau et lui tendit la main pour qu'elle l'aidât à remonter. Elle l'agrippa par le coude et le tira jusqu'à elle. Les doigts maculés de boue de David serraient ses bras nus et bronzés. C'était la première fois qu'ils se touchaient depuis leur tendre enfance.

Il remonta la pente en titubant, hors d'haleine, fit quelques pas chancelants pour s'effondrer maladroitement entre ses bras, vexé et rougissant. Il avait les yeux verts de sa mère, du vert splendide du marbre du Connemara. C'est vrai qu'un regard pouvait vous donner la fièvre.

Inconsciemment ils se prirent par la main et marchèrent dans le bois les doigts enlacés. Il se mit à parler de dessin, mais elle ne l'écoutait pas vraiment et parvenait pourtant à lui donner la réplique : *Dessiner* : représenter, croquer, tirer… un portrait, faire une touche. Ils parvinrent à une clairière où des braconniers posaient des collets. Un ruisseau murmurait sur des rochers de granit blanc. Elle y plongea la main et referma la paume pour boire. Quand elle se releva, elle le vit fixer les Twelwe Bens comme s'il ne les avait jamais vues.

Ils n'avaient échangé aucune parole depuis un bon moment. Les règles étaient complexes. Personne ne les avait jamais consignées.

Winchester.

Hampshire.

Winchshire.

Hampchester.

Il baissa la tête et poussa une pierre du bout du pied, en lui lançant des regards furtifs sous sa mèche en bataille, aussi apeuré qu'un cerf aux abois. Il avait encore la lèvre tachée de sang depuis sa chute et le pollen d'un lys sauvage avait laissé une trace sur sa joue. Il mit la main à sa poche et la retourna distraitement, faisant soudain mine de chercher quelque chose. Les oiseaux s'étaient tus. Il se balançait d'un pied sur l'autre. Le soleil apparut derrière les arbres, le nimbant d'une auréole dorée.

– Est-ce que je peux te donner un baiser, Mary ?

Ils s'embrassèrent longuement et commencèrent à se caresser. Ils défirent leurs vêtements. Mary Duane comprit qu'elle n'oublierait jamais cet instant : le creux de sa clavicule, sa sueur qui évoquait l'herbe fraîchement coupée. La sensation indéfinissable de sa pomme d'Adam entre ses lèvres, le frottement irritant de sa barbe naissante dans son cou et sur ses épaules dénudées. Elle se souviendrait toujours du contact de ses mains tremblantes sur son ventre et son nombril, puis sur l'arête de ses côtes. Sa bouche humide sur ses petits tétons nus, son poignet contre sa cuisse, la douceur incroyable de sa paume qui la fit frissonner de plaisir et s'accrocher à lui. Il avait la main légère comme l'air. Elle sentait jusqu'au dessin de ses empreintes. La façon dont il l'embrassa sur la bouche sans cesser ses caresses. Les cris de plaisir qu'ils laissèrent échapper. Sa langue pareille à un marshmallow, le grincement de leurs dents, leurs lèvres qui s'écrasaient. Ses mains sur le visage de David. Le duvet blond de sa poitrine. Et les envies étranges qui lui passèrent par la tête. Elle voulait lui mordre l'épaule, lui sucer le bout des seins. Les senteurs de leurs corps mêlées au parfum des fougères qu'ils avaient foulées. La traînée de sève de pissenlit sur sa peau bronzée. Il ne voulait pas qu'elle le touche, du moins ne le lui avait-il pas demandé, mais quand elle avait glissé une main hésitante dans sa culotte entrouverte – l'angoisse dans ses yeux, rivés sur les siens –, il s'était mis à sangloter doucement et l'avait suppliée dans un murmure de ne pas s'arrêter. Il s'accrocha à elle comme un lierre quand le plaisir le submergea, et lui couvrit le cou et la poitrine de baisers.

Ils restèrent enlacés. Une lumière grise filtrait à travers le feuillage vert sombre. L'air sentait l'humus, la tourbe et la pluie. Un râle des genêts poussa son cri si singulier. Elle n'éprouvait aucune honte, aucun remords. D'ailleurs elle n'éprouvait rien, juste une sorte de vide qui la remplissait de joie. La pluie qui s'était mise à tomber s'arrêta brusquement. Elle s'endormit.

A son réveil elle le trouva allongé à son côté ; il marmonnait : *Tá grá agam duit, a Mhuire. Tá grá agam duit.* On entendait les abeilles bourdonner dans la clairière. Elle fit d'abord semblant de ne pas comprendre ce qu'il disait en gaélique : « Je t'aime, Mary. »

Ils se rhabillèrent. Il se détourna discrètement lorsqu'elle reboutonna sa jupe et tous deux revinrent à Kingscourt à travers champs. Au loin les bateaux prenaient la mer pour aller pêcher près d'Inisheer. Un veau courait après sa mère. Un autre soufflait par les naseaux en secouant la tête. La vache s'approcha majestueusement de la rive et but au fil de l'eau. Deux minuscules silhouettes retournaient le foin au flanc du coteau. Des hommes fourbus rentraient des tourbières, bêches et pelles sur l'épaule comme des fusils. Contrairement à son habitude, il ne disait rien.

Elle se demanda s'il était gêné ou choqué par l'empressement qu'elle avait montré. Peut-être l'estimerait-il un peu moins maintenant ? Les filles du village prétendaient qu'il valait mieux garder ses distances avec un garçon, même si vous ressentiez quelque chose pour lui, même si vous l'aimiez. Un garçon convenable vous en respecterait davantage.

Il s'arrêta pour lui cueillir un bouquet de salicaires pourpres. Ils s'enlacèrent et échangèrent un baiser, moins ardent, plus courtois, empreint d'une tendresse d'adultes.

– Je suppose que tu me hais maintenant, murmura-t-il.

– Je ne pourrais pas plus te haïr que je ne me hais.

– Tu me le promets, Mary ? Je ne pourrais pas le supporter.

– Bien sûr, grand nigaud.

Elle lui posa un baiser sur les lèvres et écarta la mèche qui lui tombait dans les yeux. Avoir le droit de le toucher était une bénédiction.

– Ne t'inquiète pas, tout va bien.

– Je n'ai pas pu m'en empêcher, je suis désolé. Ne me juge pas trop sévèrement, Mary.

– Je ne voulais pas que tu t'arrêtes. Je ne le pouvais pas non plus.

– Existe-t-il un mot pour ce qui s'est passé aujourd'hui ?

– Partie de football à Winchester College, répliqua-t-elle, parce qu'elle ne trouvait rien d'autre à dire.

Cet été-là, chaque jour, ils se promenèrent dans les bois de Glendollagh Lake. Ils jouèrent souvent au football de Winchester College. Elle ne pensait qu'à cela lorsqu'elle se réveillait le matin, et aussi le soir avant de se coucher. Vers la fin de juillet, il accompagna son père à Athlone. Ils s'absentèrent pour la journée. Lord Kingscourt voulait acheter une nouvelle jument. Il lui manqua comme s'il était parti en Amérique ; elle s'efforça d'imaginer tout ce qu'il apercevrait, de voir le monde à travers les yeux de David Merridith.

Quand elle n'était pas à ses côtés, elle se demandait ce qu'il pouvait bien faire. Elle l'imaginait en train de s'habiller, de prendre son petit déjeuner, de se déshabiller, de prendre un bain. Quelle vision magnifique de le voir entièrement nu ! Mais cela n'arriva jamais, il était très pudique. Il lui avait raconté qu'à Winchester College un garçon ne devait jamais se dévêtir complètement. Il devait garder son caleçon dans la baignoire. Lorsqu'elle voulut en connaître la raison, il fut embarrassé. On avait eu à déplorer certaines pratiques barbares à Winchester College et il valait bien mieux qu'elle n'en sût rien.

Son souci de la protéger la toucha. Elle y vit un signe, la confirmation que David Merridith la traitait comme une femme. Son père agissait de la même façon avec sa mère quand on abordait la question de l'Angleterre. Quand il était jeune, il avait été témoin, là-bas, de scènes dont il valait mieux qu'une femme mariée n'eût pas connaissance. Sa mère secouait la tête en riant. Il éclatait d'un rire espiègle, la serrait contre lui et l'embrassait. Et Mary comprenait que c'était cela l'amour : la discrétion.

L'importance du silence.

CHAPITRE IX

LA CARTE D'IRLANDE

OÙ NOUS METTONS UN TERME
A LA TRILOGIE DANS LAQUELLE NOUS ÉVOQUONS
LA JEUNESSE LAMENTABLE DE MISS DUANE, L'ÉVOLUTION
DE SES SENTIMENTS DE PLUS EN PLUS FORTS
ET CERTAINS ÉVÉNEMENTS CHOQUANTS

Un après-midi, alors qu'ils se promenaient dans les champs de blé de Kilkerrin, ils avaient été surpris par un grain venu de la mer. Ils étaient allés s'abriter dans une maison abandonnée à la limite d'une clairière, la masure d'une famille partie à Liverpool. Ils avaient fait l'inventaire des petites pièces misérables : vaisselle cassée, images accrochées aux murs, le Sacré-Cœur de Jésus, saint Patrick chassant les serpents, un calendrier tiré d'un almanach Stockman. Un plat émaillé ébréché était posé sur la table ; un couteau et une fourchette y étaient disposés à la manière des aiguilles d'une pendule, comme si on attendait le retour de quelqu'un d'une minute à l'autre. Mais ce foyer-là était déserté pour toujours.

David avait réussi à allumer un feu dans les vieilles cendres de l'âtre et ils s'étaient allongés pour être l'un près de l'autre devant la cheminée. La pièce était aussi glaciale qu'une tombe, mais elle sentait la chaleur de son corps. Ils s'étaient tenus un moment enlacés, mais quand il avait voulu lui caresser la cuisse elle avait doucement repoussé sa main.

– Pas aujourd'hui, mon chaton, nous pouvons seulement nous embrasser.

Son sourire fondit comme neige au soleil.

– Est-ce que tu te sens bien, Mary ?

– A merveille, vraiment.

– Je ne t'ai pas offensée au moins ? Je ne voulais pas prendre de privautés.

– Mais non, gros bêta, fit-elle en lui donnant de nouveau un baiser. J'ai mes affaires.

Il sourit d'un air confus.
– Qu'est-ce que tu veux dire ?
– Sais-tu ce qui arrive tous les mois aux femmes ?
– Non.
– Réfléchis.
Il haussa les épaules.
– De l'argent de poche ?
Elle remarqua son air embarrassé.
– Tu plaisantes ou quoi ?
– Je ne comprends pas.
– Cela arrive une fois par mois. Cela a un rapport avec la lune.
– La lune ?
– La femme reçoit une visite. C'est ce qui m'arrive en ce moment.
Il regarda autour d'elle comme s'il s'attendait à découvrir un ange gardien.
– Ils ne t'en ont jamais parlé à Winchester College, dans le Hampshire ?
– Je ne crois pas, Mary. Cela ne me dit rien.
– Tu devrais demander à l'une de tes sœurs de t'expliquer.
– Tu crois que cela leur arrive aussi ?
– Cela arrive à toutes les femmes.
– Même à tante Eddie ?
– Seigneur ! Je t'en prie, arrête !
– Est-ce que cela porte un nom ?
– Il y en a qui appellent cela la « Malédiction ». Mais il existe d'autres termes.
– Bougrement embêtant, quoi qu'il en soit.
– C'est encore plus embêtant de ne pas les avoir, je t'assure.
– Que veux-tu dire, M… Mary ?
– Demande à tes sœurs.

*

A la fin de septembre, il retourna à l'école en Angleterre. Il lui écrivait de temps en temps et elle savait alors qu'il s'agissait de lettres d'amour uniquement parce qu'il avait dessiné dans les marges des cœurs et des flèches. Elle avait bien trop honte pour lui avouer qu'elle ne savait pas lire. Près de Toombeola Bridge, il y avait bien une classe de plein air organisée par les presbytériens, une sorte d'école de fortune destinée aux enfants des fermiers, mais son père avait déclaré qu'il ne voulait pas qu'elle fréquente des presbytériens. Mary ne voyait pas ce que les presbytériens avaient de si dangereux : le grand Wolfe Tone était presbytérien, il était mort en combattant pour l'Irlande comme chef des révolutionnaires en 98. Mais elle ne voulait pas fâcher son père. Elle s'était donc débrouillée pour apprendre à lire toute seule, durant l'automne et l'hiver de cette année-là, en se servant d'un livre de lecture qu'elle avait emprunté au curé de la paroisse, et peu à peu les taches d'encre noire sur les lignes bleues des feuilles de cahier étaient apparues comme des serments d'amour et de fidélité.

Winchester. Hampshire. Angleterre. Grande-Bretagne. Il n'avait pas disparu. On pouvait le localiser sur un atlas. On pouvait calculer sa position tout comme celle de Mary, mais la distance entre eux était bien trop grande pour se mesurer en degrés.

Mary Duane languissait, elle savait lire le terme à présent. Son bon ami lui envoyait des dessins de fleurs que l'on trouvait là-bas : myosotis, armoises, amarantes. En échange, elle lui envoyait des reines-des-prés, des bruyères de la montagne, des fougères du vallon du bois de Glendollagh. Il lui manquait tellement qu'elle devenait morose et querelleuse pour des broutilles. Le Connemara était aussi désert qu'un nid abandonné. La nuit, dans le lit qu'elle partageait avec ses deux sœurs, elle attendait qu'elles aient fini de chuchoter et soient endormies pour se caresser du bout des doigts comme savait si bien le faire David Merridith. Elle se demandait s'il en faisait autant. Les garçons le faisaient volontiers, s'il fallait en croire les conversations à voix basse qu'elle avait surprises. Elle se plaisait à rêver que ses mains étaient celles de David. Et elle essayait de le persuader par la pensée que la réciproque était vraie. Et cette pensée, elle la voyait survoler la mer jusqu'en Angleterre, pareille à une petite étoile d'or ; elle s'élevait au-dessus de l'Irlande, franchissait les eaux noires, traversait le pays de Galles, semant des étincelles dans son sillage. Elle passait au-dessus des villes anglaises scintillant dans la nuit, au-dessus des cheminées et des usines, des palais et des taudis pour gagner sa chambre de Winchester College, où il dormait dans des draps fleurant bon la bruyère. Les rêves de

Mary prirent un tour étrange et inquiétant. Ils devinrent si enflammés qu'elle s'en inquiéta. Elle les confessa, du moins certains d'entre eux, à un prêtre ; il était jeune et gai, le genre à chanter dans les mariages. Toutes les jeunes filles en raffolaient. Avec lui, se confesser était un plaisir. Mais ce ne fut pas le cas pour Mary Duane.

Il lui déclara que de telles pensées étaient le mal suprême, la plus terrible offense à l'égard de la Vierge Marie. « Un tel péché fait pleurer Notre Mère, avait-il insisté. Chaque fois qu'on le commet, une épée brûlante lui transperce le cœur. Quand une jeune fille profane son corps qui est un cadeau de Dieu, c'est la plus belle victoire de Satan. »

Les jeunes filles ne devaient pas perdre de vue un autre point important. Les hommes étaient incapables de se contrôler. Leurs sentiments étaient différents de ceux des femmes. Une femme était un glacier qui fondait lentement, mais l'homme était un volcan bouillonnant de passions. C'est la croix que chacun d'eux devait porter sur la terre, même le Saint-Père à Rome. Telle était la volonté de Dieu tout-puissant, mais le démon ne manquait pas d'en profiter à la moindre occasion. Séduire un jeune homme et l'induire en état de péché mortel entraînait des conséquences irréparables tant pour son âme que pour son corps. Tous les asiles d'Angleterre résonnaient des cris de ces pécheurs que des femmes avaient damnés. Il valait mieux attacher une pierre au cou d'une fille et la jeter dans Dog's Bay plutôt que de la laisser exposer un homme à une tentation lubrique à laquelle il n'était pas équipé pour résister sur le plan mental. Quant au plan physique, il valait mieux ne pas s'y attarder. Quand Satan pointait le bout de son nez, il était temps de fuir.

En fait, elle avait trouvé les paroles du prêtre plutôt troublantes. Elle avait sûrement tort, n'ignorait pas que c'était un péché et ne voulait pas faire pleurer la Vierge Marie, du moins pas plus que nécessaire. Elle ne parvenait pas, en proie à un désir inspiré par Satan, à chasser de son esprit l'image de David Merridith, pas longtemps en tout cas.

Elle s'y efforça pourtant. Elle essaya de le bannir complètement de ses pensées. Elle accepta d'aller cueillir des mûres avec Noel Hilliard, un garçon de sa classe qui vivait sur le domaine du commandant Blake. Mais il la laissa indifférente en dépit de sa bonne humeur et de sa force, de ses plaisanteries faciles et de son talent d'imitateur. Le soir où elle lui avoua qu'il ne serait jamais pour elle qu'un ami, il en eut le cœur brisé. Il supplia Mary de lui donner une seconde chance, une chance de la rendre heureuse. Il y a tant de sortes d'amour dans le monde qu'elle ne pouvait manquer d'en éprouver une à son égard. C'était inutile d'insister, avait-elle rétorqué, cela n'aurait pas été juste envers lui. Il méritait une fille qui l'aimât vraiment. Quant à elle, son cœur appartenait à un autre.

Un matin d'automne, elle alla avec son père acheter un couteau de boucher au marché de Ballyconneely. Chemin faisant ils aperçurent un groupe d'hommes qui regardaient l'étalon de Lord Kingscourt couvrir une jument dans un pré, le va-et-vient saccadé de son arrière-train, ses naseaux frémissants. Les hommes ricanaient bizarrement en contemplant la scène. Ils faisaient circuler une pipe entre eux. Rires gênés et peu de mots.

Cette nuit-là, elle rêva du glaive en fusion qui transperçait le cœur de la Vierge Marie. Elle s'éveilla tremblante et trempée de sueur.

Un gentil garçon de Cushatrough, qui cultivait un lopin près du lac Barnahallia, courtisait sa sœur aînée, Eliza. Mary Duane lui demanda s'ils avaient eu des rapports intimes.

– Non, fit-elle. On regarde les fleurs.

Mary Duane voulut savoir comment il fallait s'y prendre pour éviter de tomber enceinte.

– Pourquoi ?

– Juste comme ça.

– Tu n'as pas d'autre sujet d'intérêt, espèce de dévergondée ? Tu es encore à l'âge où maman pourrait te flanquer une bonne correction.

– Qu'est-ce que ça veut dire ?

– Tu le sais pertinemment, petite sainte nitouche.

– Alors, donne-moi la réponse.

– Tu n'as qu'à descendre de cheval à Chapelizod.

– Comment ?

– Tu connais la route qui mène de Galway à Dublin ?

– Oui.

– Chapelizod est juste avant Dublin.

– Ah bon !

– Tu le fais descendre à Chapelizod.

– Oh !

– Ou alors c'est toi qui descends, ça dépend.

La géographie était aussi une langue, dont la syntaxe semblait plus compliquée que celle de l'anglais.

Il lui arrivait d'apercevoir le corps nu de ses frères. Un soir, elle vit même celui de son père, alors qu'il se lavait dans le ruisseau après avoir passé la journée à dégager les pierres qui encombraient un chemin de montagne. David Merridith aurait-il un jour ce physique enrobé et laiteux, lourdaud tel un fou de Bassan déplumé, avec ce buisson de goémon entre les jambes ? Aurait-il le ventre mou ou tendu comme la peau d'un tambour ? Aurait-il les fesses pendantes ou fermes comme deux œufs d'onyx ? Les zones secrètes de son corps, là où il aimait qu'on le caresse, comment les appelait-on ? Avaient-elles seulement un nom ? D'ailleurs, comment appelait-on ces endroits qui l'avaient fait gémir de plaisir sous les caresses de David et crier son nom ? Tous ces soupirs et ces baisers désemparés qu'ils échangeaient dans ces moments-là, formaient-ils une sorte de langage tacite et secret ? Est-ce que chaque amoureux gémissait ainsi le nom de l'autre ? Eliza et son fiancé ? Sa mère et son père ? La mère de Jésus et son charpentier de mari avaient-ils hurlé leurs saints noms comme Mary et son compagnon ?

L'odeur de l'herbe fraîchement coupée lui rappelait le corps de David, le bourdonnement des abeilles la plongeait dans un état de langueur. A l'église, elle se surprit à fixer la croix ; il lui semblait qu'un soleil nouveau s'était levé dans le ciel du Connemara et baignait tout le pays d'une lumière de vitrail. Le Christ nu n'était pas seulement sacré, il était beau. Ses cuisses d'albâtre et ses épaules puissantes, ses muscles qui saillaient sur ses bras. Si on l'avait rencontré au marché de Clifden au lieu de le voir sur le crucifix, on l'aurait volontiers imaginé sans caleçon. Et plus question alors de descendre à Chapelizod. Il aurait fallu aller jusqu'au bout, et même jusqu'à Holyhead. Elle entrevoyait des sens cachés dans l'ordinaire de la messe et les prières. Ceci est mon corps. Et le Verbe s'est fait chair. Tout mon être te rend grâce. Était-ce un péché d'avoir de telles pensées ? oui, sans doute. Pauvre Vierge Marie ! Cela devait la rendre folle. Mais elle avait dû en voir d'autres depuis le temps.

Lorsque David Merridith serait vieux et fatigué, serait-il toujours aussi beau ? Ou aussi laid que sa tante ? Ressemblerait-il à son père, ce vieillard grincheux rongé d'aigreur et de culpabilité ? C'était en tout cas l'opinion du père de Mary sur celui de David. Un tyran dévoré par la rancœur.

Elle repensa à leur dernière rencontre avant qu'il rejoigne le New College d'Oxford (qui, cela va sans dire, était très ancien). Le père de David était parti pour la journée à Clifden avec Tommy Joyce. Le manoir était vide. Ils l'avaient entièrement pour eux. Elle avait pris un bain, avait mis des vêtements propres et noué ses cheveux avec un ruban. Tandis qu'elle remontait l'allée qui menait à Kingscourt, ses désirs bruissaient devant elle comme une nuée d'oiseaux. Elle se représentait la carte d'Irlande, la route de Galway à Dublin, s'imaginait les détours, les escapades, les plaisirs délicieux que promettait un tel voyage.

David Merridith vint en personne lui ouvrir la grande porte. Il revenait de chez le tailleur de Galway et sa tenue le rendait presque méconnaissable. Son mortier, sa longue toge noire, son élégante redingote sombre, son nœud papillon crème et son gilet vert émeraude à boutons de porcelaine. « Habit de cérémonie », c'est ainsi que s'appelait le costume qu'il portait. Puisque, semble-t-il, tout dans sa vie devait porter un nom.

– Je n'ai pas très envie de sortir aujourd'hui, Mary.

– Tu ne veux donc pas m'embrasser ?

– Si, j'aimerais bien mais, pour t'avouer la vérité, je préfère m'en abstenir.

– Tu crains de ne pas pouvoir te contrôler ?

– Pardon ?

– Oui, je sais. Tu es un volcan bouillonnant de passions.

Il lui effleura le visage, lui caressa la joue.

– Je n'ai jamais voulu te faire de mal, Mary.

Elle lui embrassa le bout des doigts et se rendit compte qu'il était mal à l'aise.

– Quel mal y aurait-il puisque nous nous aimons ? Nous prendrons nos précautions.

– Nos précautions ?

Elle lui déposa un baiser sur le coin de la bouche, de cette manière langoureuse qu'il affectionnait.

– Je sais comment faire. Tout se passera bien. Ne t'inquiète pas.

Il se recula, le visage blême d'inquiétude, et traversa lentement la pièce d'un air hébété. Il ouvrit le couvercle du piano puis le referma aussitôt. Il déplaça machinalement les objets posés sur le buffet.

– Quelque chose te tracasse, David ?

Une abeille bourdonnait autour de sa tête, il la chassa d'un revers de la main.

– On se connaît depuis un long… long temps, Mary ?

– 1382, répliqua-t-elle.

Sa repartie ne le fit pas rire.

– Qu'est-ce qui ne va pas, David ? Il s'est passé quelque chose ?

– Mon… père m'a interdit de te revoir.

– Pourquoi ?

– Il affirme que c'est une question de principe, Mary.

– Qu'est-ce que les principes ont à voir avec nos sentiments ?

– Tu ne comprends pas. Il dit que c'est mon devoir. Et si je n'obéis pas, il vous chassera, toi et ta famille.

– Il n'a pas le droit de nous expulser, nous sommes les Duane, répondit-elle, furieuse.

– Qu'est-ce que tu veux dire ?

– Mes ancêtres vivent sur cette terre depuis mille ans. C'est plutôt lui qu'on flanquera à la porte s'il le prend comme cela.

– Il peut le faire s'il le désire, reprit doucement David Merridith. Il pourrait vous expulser dès demain matin. D'ailleurs, Mary, il y a autre chose.

– Quoi donc ?

– C'est ton père qui lui a demandé de me parler.

Cette révélation la stupéfia. Elle garda le silence.

– Il pense que… c'est injuste d'une certaine manière. Si on considère la situation. Mary, tu m'écoutes ?

– Tu as toujours prétendu que seule notre opinion comptait.

– Je sais, je sais. Mais honnêtement, Mary.

– Tu as changé d'avis ? Tu ne pensais pas ce que tu disais ? Tu m'as donc menti des centaines de fois ?

– Mary, je pense juste… si on considère la situation.

Elle songeait à l'abeille qui plonge son dard dans votre peau. Et qui meurt dès qu'elle vous a piqué. Elle ne peut le faire qu'une fois.

– Prends cela, Mary, s'il te plaît.

Il glissa la main dans la poche de son gilet à boutons de porcelaine et lui tendit une poignée de pièces ternies d'une demi-couronne. Les larmes ruisselaient sur son visage.

C'était la seule fois qu'elle l'avait frappé ; peut-être la première fois qu'elle frappait quelqu'un. Il était resté figé comme une statue pendant qu'elle le giflait, supportant ses coups sans un mot. Elle ne pouvait plus s'arrêter. Si elle avait eu un couteau, elle l'aurait tué. Elle le lui aurait planté dans la gorge comme un boucher qui abat un bœuf.

Elle en était toujours bouleversée quand elle y repensait. La violence de cet instant.

Non pas les coups qu'elle lui avait donnés, mais la façon dont il s'était laissé faire.

Même pour se défendre, il y a des règles.

CHAPITRE X

LES ANGES

LE HUITIÈME JOUR DE NOTRE VOYAGE : OÙ LE GÉNÉREUX CAPITAINE FAIT UNE RENCONTRE DANGEREUSE (IL NE S'EN DOUTAIT POINT A L'ÉPOQUE, ET N'EN MESURA L'AMPLEUR QU'UNE FOIS QU'IL FUT TROP TARD)

Lundi 15 novembre 1847

Dix-huit jours de traversée avant le débarquement

Long. : 26° 53' 11"O. Lat. : 50° 31' 32"N. Heure de Greenwich : 00h57 (16 novembre). Heure locale a bord : 23h09 (15 novembre). Vent : force 5, direction N.-E. 47°. Mer : agitée. Cap : S.-O. 225°. Temps et remarques diverses : Tempête. Fortes averses intermittentes de neige fondue dès le lever du jour. Nous entamons aujourd'hui notre deuxième semaine de mer depuis notre départ de Cove.

En cette terrible journée, quatorze passagers de l'entrepont sont morts, portant le nombre total de victimes à trente-six depuis le début du voyage. Leurs corps furent jetés à la mer, conformément au rite. Il y avait quatre enfants parmi eux, dont un qui n'avait vécu que vingt et un jours sur cette terre. Un quinzième passager, un pauvre pêcheur de Leenaun, dont le frère s'était endormi hier dans la paix du Christ, perdit la raison et se suicida par noyade.

Que Dieu dans sa grande bonté ait pitié de leurs âmes.

Cette nuit, huit d'entre eux, suspectés d'être atteints du typhus, ont été mis en cale avec un autre qui aurait le choléra.

Un porcelet a été volé dans une des cages du pont supérieur. Nul doute que les passagers de première classe ne souffriront pas de ce larcin. J'ai donné l'ordre qu'à partir de ce moment les animaux fussent mis sous bonne garde.

A la brune, je faisais un tour du côté du gaillard d'avant. J'étais plongé dans une profonde mélancolie. La mort d'un être, quel qu'il soit, est difficile à supporter, mais celle d'un enfant, et surtout d'un tout petit, fait paraître nos vie dérisoires. Je reconnais qu'en de tels instants il est difficile de ne pas croire que le Mal gouverne le monde.

Je m'efforçais de prier en silence, méditant comme j'aime à le faire depuis tant d'années, lorsque je surpris un passager de l'entrepont à quatre pattes près des grilles des première classe. Il souffrait d'un violent mal de mer. C'est un personnage étrange, digne d'attention et dont le comportement est parfois surprenant. Bien qu'affligé d'une déformation du pied, il se plaît à arpenter le navire la nuit. Les marins l'ont affublé d'un sobriquet, « le Fantôme ».

Lorsqu'il me vit approcher de lui, le pauvre têtard se leva d'un bond, se précipita vers la rambarde, se pencha dangereusement et se trouva bientôt dans un état lamentable, vomissant tripes et boyaux. Je lui offris une pinte d'eau fraîche de la flasque que je me trouvai avoir emportée. A en juger par les remerciements qu'il me fit, un observateur aurait aisément imaginé qu'il s'agissait d'un champagne millésimé. Le gars le plus brave que j'aie jamais rencontré, en dépit de son aspect insolite, de ses cheveux en particulier.

Il me confia que le voyage le contrariait, lui qui prenait la haute mer pour la première fois. Son père avait été pêcheur dans le comté de Galloway, en Irlande, mais il ne s'était pas éloigné une seule fois de la terre, tant le poisson et les crustacés abondaient dans les eaux qui bordaient la côte. Dans le coin on disait de lui que c'était le pêcheur qui n'était jamais allé en mer. Cela me fit éclater de rire. Et mon hilarité déclencha la sienne. Il se détendit.

Nous parlâmes du temps puis de choses et d'autres. Il était de bonne compagnie et n'avait rien de commun avec le personnage sinistre dépeint par les matelots. Il s'exprimait dans un anglais mélodieux et d'une façon exquise. Je lui demandai de m'apprendre comment on disait dans sa langue « bonjour, monsieur », « je vous souhaite une excellente journée, madame », « la terre », « la mer » et des choses de la vie courante. Je les transcrirais d'une manière phonétique. J'avais souvent souhaité connaître une ou deux phrases dans cette langue, afin d'échanger quelques mots en signe d'amitié avec les passagers pour qu'ils se sentent plus à l'aise. *Awbashe* et *murra* signifiaient la mer. *Glumree* désignait les vagues. Bonjour se traduisait par *jee-ah gwitch*. Mais ils disposaient d'une infinité de mots pour dire la terre, tout dépendait du genre de terre dont on voulait parler*. *Tear* est l'un d'entre eux. (Sa prononciation rime avec « beurre ».) *Tear mahurr*, la terre du pays de mon père. Il sortit de la poche de sa capote une poignée de terreau qu'il me montra : une poignée de la terre de ses ancêtres au Connemara. « Tear mahurr Connermawra », m'aventurai-je. Il sourit ; il l'avait emportée avec lui en guise de porte-bonheur. Je lui fis part de mon enthousiasme à l'égard de cette coutume et souhaitai qu'elle lui procurât la prospérité (bien qu'il eût été préférable qu'il s'en remît à la prière et non au fétichisme).

Il me dit alors qu'il m'avait déjà aperçu sur les ponts, la nuit, et qu'il avait parfois songé à venir me saluer, mais qu'il s'en était abstenu parce que j'avais l'air accablé sous le poids de mes pensées. Je lui expliquai que j'étais coutumier de ces promenades nocturnes. Elles me permettaient de m'isoler et de prier. Nous autres quakers accordons une plus grande importance à la méditation et à la lecture de l'Écriture sainte qu'aux pratiques rituelles et aux cérémonies. Il prit alors dans la poche de son manteau un petit livre relié en cuir

* *Aibéis* : la mer (archaïque, de l'anglais *abyss*). *Muir* ou *Mora*, gaélique ancien : la mer. *Glumraidh* : faim, dévorant, vagues déferlantes. *Dia Duit* : une salutation, « Que Dieu soit avec vous ». Mulvey avait raison quant aux mots signifiant la terre. Le gaélique est une langue d'une précision lapidaire. (*Rodach*, par exemple, signifie « algue marine croissant sur une poutre immergée »). Nous adressons nos plus sincères remerciements à Mr. James Clarence Mangan du service cartographique de Dublin et à ses distingués et savants confrères Messrs. O'Curry, O'Daly et O'Donovan. (Leurs rares divergences quant à l'orthographe ou l'accentuation d'un mot sont à noter.) *Abar :* une terre marécageuse. *Ar :* terre labourée. *Banb* : parcelle laissée en jachère pendant un an. *Banba* : Nom mythique désignant l'Irlande. *Bárd :* pâturage enclos. *Brug* : terre ou exploitation. *Ceapach :* terre labourée ou jachère. *Dabach* : mesure de superficie. *Fonn* : la terre. *Ithla* : une contrée. *Iomaire* : un sillon. *Lann* : un champ fermé. *Leanna :* un pâturage. *Macha* : terre arable, champ. *Murmhagh* : terrain susceptible d'être submergé par la mer. *Oitír* : promontoire bas. *Rói :* une plaine. *Riasg :* lande ou marécage. *Sescenn :* terre bourbeuse. *Srath* : un terrain en bordure d'une rivière ou d'un lac. *Tír* : terre, la terre ferme (par opposition à la mer), un pays (comme dans l'expression *Tír na nóg*, la terre mythique de la jeunesse, le paradis). *Fiadháir* est le substantif qui désigne en gaélique d'Écosse un terrain en jachère, mais en irlandais est un adjectif qui s'applique à une personne fruste et inculte. – GGD.

et me le montra. Imaginez comme je me sentis humble lorsque je vis que c'était une bible en parfait état.

– Peut-être que Votre Grâce et moi-même pourrions en lire un passage ensemble.

A ces mots, je dois reconnaître que je fus abasourdi d'apprendre qu'il savait lire, d'une part, et d'autre part de l'audace de sa requête, mais comment aurais-je pu refuser ? Nous nous assîmes dans un recoin et il commença à partager avec moi les lignes consacrées à la charité chrétienne envers nos frères, tirées de la première épître de Paul aux Corinthiens. Sa manière de lire, à la fois simple et empreinte d'une sincère dévotion à l'égard de la sainte parole, me fit monter les larmes aux yeux. Sans mentir je sentis la Lumière de l'Esprit descendre sur nous. Une paix sacrée régna entre cet étranger et moi. Durant quelques instants nos différences terrestres si dérisoires s'effacèrent, peu nous importait que je fusse le capitaine et lui le passager apeuré. Nous nous en remettions à ce guide éternel, dont la providence aide le juste pèlerin à surmonter les tempêtes du doute. Comme les voies de notre Sauveur sont impénétrables, qui permettent à un pauvre hère frappé par le malheur de trouver nourriture et soutien dans la vérité immuable des Écritures ! Alors que nous qui possédons tant ne devrions que remercier Notre Père pour ce qu'il nous a donné. J'avais honte de ma faiblesse et de mon apitoiement sur moi-même, penchants haïssables de la nature humaine.

William Swales, tel est le nom de ce pauvre homme disgracié, comme je pus le voir inscrit au frontispice de sa bible. Je lui fis remarquer que c'était la première fois que je rencontrais un tel patronyme porté par un Irlandais et lui demandai s'il s'agissait d'un nom typique du Connemara, sa pauvre terre natale réduite à la misère et qui était à présent loin derrière nous. Il eut un sourire triste et doux et répliqua qu'il n'en était rien. Les noms les plus usuels dans cette région étaient Costilloe, Flaherty, Halloran ou Keeley. Le nom Nee était très répandu dans les environs de la ville de Cashel, tandis que Joyce était très commun dans le bourg de Recess. « C'est Cashel pour les Nee et Recess pour les Joyce » était un dicton local. Et il ajouta avec un nouveau sourire que chacun, dans ce petit coin du monde, pouvait être certain de compter un Nee ou un Joyce parmi ses ancêtres (Et ces noms j'avais souvent eu l'occasion de les entendre et de les prononcer moi-même, hélas ! au cours de dizaines de cérémonies funèbres.)

Il m'apprit un fait intéressant : que le nom Costilloe venait du mot espagnol *castillo*, « château ». Au temps de l'Invincible Armada, un galion espagnol aurait fait naufrage et se serait échoué sur la côte du comté de Galloway ; une partie de l'équipage se serait établie en Irlande. Je ne sais pas si c'est vrai, j'en doute, mais, vraie ou fausse, l'histoire est très intéressante. (On peut d'ailleurs remarquer que certains passagers de l'entrepont ont à l'évidence le teint mat des peuples ibériens et que leur mode de pensée est aussi éloigné de celui des Anglais que celui des Hottentots, des Watutsis, des mahométans ou des Chinois.)

Plus la conversation se poursuivait et plus elle devenait amicale, si bien qu'à la fin il me demanda s'il pouvait me soumettre en toute franchise un problème délicat. Je lui assurai que je l'aiderais bien volontiers dans la mesure du possible. Il m'expliqua alors que son père très âgé, resté dans le comté de Galloway, ne se portait pas bien du tout et qu'il espérait réunir bientôt la somme nécessaire pour l'arracher à ce lieu de misère et le faire venir en Amérique. J'observai qu'un tel projet inspiré par la charité chrétienne était admirable et que le respect pour les personnes âgées conférait de la dignité aussi bien à ceux qui en témoignaient qu'à ceux qui en bénéficiaient. Il manifesta alors un vif intérêt pour toute tâche rétribuée qui pourrait se trouver à bord : faire le ménage dans les cabines ou les suites de première classe ou n'importe quel autre travail du même genre. Je lui répondis que malheureusement nous n'avions pas besoin de ce genre de services en ce moment, mais que je ne manquerais pas de penser à lui si une occasion se présentait.

Il parut accablé par ma remarque et insista sur le fait qu'il avait vraiment besoin de travail. Il détestait demander l'aumône et s'était juré de ne jamais avoir à le faire. Il savait bien qu'à présent il avait l'air misérable d'un mendiant, mais il avait été fier autrefois (avant d'être blessé). Il avait l'habitude de la bonne société quand il était domestique chez un baron de Dublin ; un certain Lord Nimmo, dont personnellement je n'avais jamais entendu parler. Non, il n'avait plus de certificat de recommandation de ce gentilhomme, puisque ses papiers et son portefeuille lui avaient été volés par des vagabonds à Liverpool, mais il pouvait affirmer qu'il n'avait pas perdu la main. Et puis il en vint au cœur du sujet.

Si, par exemple, l'estimé Lord David Merridith avait besoin d'un tel service (ou d'un autre quel qu'il soit) au cours de la traversée, je pourrais peut-être avoir l'obligeance de le recommander. Un gentilhomme aussi distingué que Lord Merridith ne devait pas, affirmait-il, voyager sans son valet de chambre. Je pourrais peut-être lui faire savoir que lui, Swales, tout comme Lord David lui-même, était natif du Connemara et qu'il avait toujours eu un profond respect pour la famille de Lord Merridith, et en particulier pour sa défunte mère, une sainte femme pour qui tous les pauvres gens de la région avaient une véritable vénération. Ne pourrais-je pas faire savoir à Sa Seigneurie, insista le pauvre Swales, qu'il était un homme tombé dans la misère à cause de sa blessure, mais qu'il ne manquait ni d'ardeur au travail ni de loyauté ? Cette épreuve qui l'avait handicapé n'avait rendu le don de vivre que plus précieux à ses yeux. Maintenant, par la grâce de Dieu, il était parvenu à la surmonter presque complètement. Il pouvait marcher et travailler comme un homme. Il n'y aurait pas de plus grand privilège que de servir Lord Merridith. Il était sûr de s'en acquitter parfaitement, si on daignait lui accorder une telle faveur. Ce serait une bénédiction de se trouver à ses côtés.

Je répondis que Lord Kingscourt avait bien de la chance de susciter une telle dévotion, surtout chez un homme qui ne l'avait jamais rencontré, et qu'assurément je ne manquerais pas de le recommander si l'occasion s'en présentait ou si le besoin s'en faisait sentir. Il me demanda si je voulais bien le jurer, tout en précisant qu'il ne voulait surtout pas m'offenser. Je lui répliquai que nous, les frères de la Société des Amis, nous nous refusions à prêter serment pour de telles choses, mais je m'y engageai d'homme à homme.

Des larmes de gratitude vinrent aux yeux du malheureux et menacèrent de se transformer en violents sanglots.

– Que Dieu et la Vierge Marie bénissent la bonté de Votre Grandeur, murmura-t-il humblement en me serrant la main. Je réciterai un Ave à votre intention cette nuit et j'en ferai autant ma vie entière, que Dieu m'en soit témoin !

Puis il me demanda conseil sur le métier qu'il pourrait exercer en

Amérique. Je lui répondis que l'Amérique était un vaste pays où régnait la plus grande liberté, la seule nation sur terre à offrir l'égalité des citoyens et un gouvernement fédéral et démocratique. Tout individu prêt à travailler et à mettre de côté ses préjugés y trouvait le bonheur, il était sûr d'y faire fortune et de terminer sa vie comme un coq en pâte. La terre la plus fertile ne coûtait que quelques dollars l'acre. Un vieil Indien Cherokee que j'avais rencontré à Charlestown, en Caroline du Sud, m'avait raconté qu'un bâton planté en terre se transformait immanquablement en un arbre gigantesque. En entendant cela, Swales tomba des nues tel un séraphin qui s'éveillerait Manchester. Il me confia qu'il n'avait plus les moyens d'acheter de la terre, ayant vendu tous ses biens pour subvenir aux besoins de son vieux père et de quelques neveux et nièces orphelins ; le peu qu'il lui restait avait été englouti dans le prix de la traversée. (Voilà la triste situation de ces malheureux qui veulent échapper à leur sort !)

J'évoquai les possibilités qui s'offraient à un homme courageux que les travaux les plus humbles ne rebutaient pas : la construction du chemin de fer, l'assèchement des marécages, l'extraction de l'argent et de l'or, qui avaient l'avantage d'offrir par-dessus le marché le gîte et le couvert, pour rudimentaires qu'ils fussent. Le percement des canaux, le terrassement, la construction de murs et tout le reste. A titre d'exemple, je mentionnai le superbe Grand Canal de l'Érié, qui reliait Albany à Buffalo sur 353 milles avec ses 83 écluses et ses 18 aqueducs, construit en grande partie par ses compatriotes irlandais, magnifique fleuron de la civilisation et de la libre entreprise. On avait aussi toujours besoin de bûcherons dans ce continent si boisé, où certaines forêts étaient plus étendues que l'Irlande tout entière. Il buvait mes paroles et semblait considérer l'Amérique comme une autre planète, étrangère à notre monde. Était-ce vrai qu'en Amérique, en cet instant précis, ce n'était pas la nuit mais l'après-midi, et que sur la côte pacifique c'était le matin ?

Je lui expliquai que, pour chaque degré de longitude ouest, nous gagnions quatre minutes sur l'heure de Greenwich et que chaque minute sur la carte représentait un gain de quatre secondes. Donc à Londres c'était déjà demain, soupira-t-il, et je confirmai.

– *Arrah*, quel miracle ! On dit toujours que demain n'est jamais sûr et pourtant il est déjà là. Que Dieu et la Vierge nous bénissent !

Il s'ensuit, continua-t-il, que si un homme fait le tour du monde en voyageant vers l'ouest, il revient en Irlande au bout d'un an la veille de son départ. Et s'il fait cela tout le reste de sa vie au lieu de devenir un vieillard décrépit, il se transformera en nouveau-né. Quel bonheur de remonter le temps et de pouvoir racheter les impiétés de sa folle jeunesse !

Je crus tout d'abord que le pauvre simplet dans son innocence m'avait mal compris, mais il précisa qu'il faisait de l'humour et nous partîmes d'un grand éclat de rire avant que je lui souhaite une bonne nuit. Il riait encore lorsque je le quittai. Et moins d'une minute après il passait devant ma cabine et jetait un coup d'œil par le hublot ; hilare, il me fit un signe de la main.

– Les Écritures nous apprennent que nous devons garder l'innocence de l'enfance, s'exclama-t-il. A présent nous savons comment faire, monsieur, il suffit de garder cap à l'ouest.

Je remerciai mon professeur en lui retournant dans un rire :

– *Tear mahurr !*

Il me souhaita un paisible repos et disparut dans le noir de sa démarche traînante.

Quel exemple que cet homme ! En vérité, chaque jour les anges sont parmi nous. Le problème, c'est que notre vanité et notre esprit terre à terre nous empêchent de les reconnaître.

« Les Irlandais sont particulièrement bien accueillis en Amérique et sont considérés comme des républicains patriotes. Si vous dites à un Américain que vous avez fui votre pays pour ne pas être pendu pour trahison contre le gouvernement, il ne vous estimera que davantage et se mettra à chanter vos louanges. »

Lettre de James Richey, originaire d'Ulster
et immigré au Kentucky.

CHAPITRE XI

LE COMPOSITEUR DE BALLADES

DANS LEQUEL SONT ÉVOQUÉS
L'ENFANCE MISÉRABLE DE PIUS MULVEY,
LES EFFORTS DE SES PAUVRES PARENTS
POUR LUI DONNER UNE ÉDUCATION HONNÊTE,
SON INGRATITUDE PRÉCOCE
ET SA DÉCHÉANCE

Les parents de Pius Mulvey étaient de misérables fermiers. Son père, Michael Dennis Mulvey, était du coin, il était né sur le domaine des Blake de Tully ; c'était un homme bâti comme un cheval de trait, au visage carré et osseux, qui, pour construire les fondations de sa chaumière, avait récupéré les pierres tombales de ses ancêtres. Il avait épousé Elizabeth Costello, fille de cuisine au couvent de Loughglinn, dans le comté de Roscommon.

La mère de Mulvey était une enfant trouvée, abandonnée par des réfugiés catholiques chassés d'Ulster. Les religieuses qui l'avaient recueillie lui avaient appris à lire et elle en était très fière. Elle y voyait même un signe, la preuve que le monde avait un sens et qu'on pouvait le déchiffrer, comprendre la place qu'on y occupait et donc éventuellement en changer. Pour Elizabeth Costello, savoir lire était une marque de respectabilité. Son mari n'y voyait qu'une perte de temps.

Un livre, cela ne se mangeait pas, faisait remarquer le père de Mulvey. On ne pouvait l'utiliser en guise de vêtement ou de chaume pour la toiture. Il n'avait rien contre la lecture, pourvu qu'elle fût pratiquée par les autres. (En réalité, il était même plutôt fier que sa femme sût lire et ne manquait pas de le glisser dans la conversation avec les voisins, selon l'habitude bien excusable qu'ont les amoureux de vanter les qualités de l'être aimé.) Il considérait simplement la lecture comme une activité tout bonnement inutile, un peu comme le quadrille, le tir à l'arc ou le jeu de croquet, un passe-temps ridicule bon pour les enfants de la haute société. Sa femme n'était pas d'accord et ne tint aucun compte de l'avis de son mari. Lorsque ses fils eurent l'âge de marcher et de parler, elle entreprit de leur apprendre à lire.

Pius, bien qu'il fût le plus jeune, lisait mieux que son frère. Il avait l'esprit vif et sa logique était presque aussi impressionnante que celle d'un adulte. A quatre ans il était capable de lire une prière toute simple du missel; à six, il déchiffrait les termes d'un reçu de fermage. La lecture devint pour lui une sorte de numéro. Lors des réunions de famille, des veillées ou des fêtes de Noël, les autres enfants sortaient du rang pour chanter une petite chanson ou bien danser une matelote. Mulvey, lui, ouvrait le vieux dictionnaire tout déchiré que son père avait récupéré dans un tas d'ordures derrière la maison de son maître et, tournant les pages à moitié moisies, en lisait quelques extraits à la grande admiration des adultes. « Mon fils le savant », ricanait son père. Et Pius expliquait alors l'orthographe du mot « savant », tandis que sa mère, en silence, pleurait de joie.

Le comportement de son frère était plus complexe. Nicholas Mulvey avait un an de plus que Pius; il était plus costaud que lui, mieux bâti et beaucoup plus charmeur. S'il n'avait pas reçu en partage toute l'intelligence de sa mère, il était tout de même assez malin pour comprendre qu'il risquait de perdre sa position dominante, et il avait hérité de son père assez d'énergie pour combattre cette menace quand il la vit se présenter. Il lui fallait des heures pour apprendre ce que Pius retenait en quelques minutes, mais il ne rechignait pas à prendre le temps. Il était sérieux, méthodique, porté sur la piété, et avait un sens très pointilleux de ses devoirs d'aîné qui ne cessait d'entrer en conflit avec sa terrible crainte de se voir tranquillement supplanté dans ses prérogatives. Il disputait à son frère la meilleure part de l'amour maternel et, dans ce combat, l'arme principale était le fait de savoir lire.

Doucement, régulièrement, avec l'entêtement que peut conférer l'absence de talent, Nicholas Mulvey rattrapa son frère si doué. Il finit même par le dépasser. Son vocabulaire s'accrut, son élocution s'améliora, sa connaissance des subtilités grammaticales devint impressionnante. Peut-être est-ce tout simplement que Pius ne se souciait plus de cette compétition; la tranquille certitude de l'avoir déjà remportée lui permettait d'afficher un dédain souverain pour un tel jeu. A présent Nicholas Mulvey lisait comme un évêque. Il savait épeler n'importe quel mot sans recourir au dictionnaire.

Leur père mourut des suites d'une ruade de cheval lorsque Nicholas avait dix-sept ans et leur mère un an après, de chagrin, pensa-t-on. Le jour de son enterrement, de retour dans leur chaumière, les deux frères étaient tombés dans les bras l'un de l'autre et avaient juré à sa mémoire de mener cette existence digne que leur mère avait tenu à leur offrir au prix de tant d'efforts. Pendant un an ils s'étaient échinés à labourer le lopin caillouteux que louait leur père malgré les rigueurs de l'hiver, la tâche épuisante et la peur. L'argent était rare. Il n'y en avait jamais assez. Ils durent mettre en gage les quelques pauvres meubles qui constituaient leur seul héritage, tous sauf le lit de leurs parents. Se débarrasser du lit de ses parents, la croyance locale l'affirmait, c'était ouvrir la porte au malheur. Ils n'en avaient guère besoin, en ayant déjà largement hérité leur part.

Il leur arrivait souvent de n'avoir rien à manger. Leurs guenilles partirent en lambeaux sur leur dos courbatu. Ils avaient bien essayé au début de garder propre la chaumière, mais c'était la propreté telle que la concevaient de jeunes célibataires irlandais, élevés par une mère qui leur avait tenu lieu de servante. Ils retournaient les draps sales au lieu de les laver et ne rinçaient les bols que quand il n'en restait plus aucun de propre. Ils dormaient ensemble dans le lit des parents, dans la chaleur de ce lit où ils avaient été conçus, où ils étaient nés, où on les avait allaités quand ils étaient nourrissons, consolés à l'âge de leurs premiers pas, veillés quand ils étaient malades, où l'on avait prié pour eux quand ils étaient adolescents, le lit dans lequel leur père et leur mère étaient morts.

Et Pius Mulvey se prit à penser que lui aussi mourrait dans ce lit.

C'était ce qui l'effrayait le plus, plus encore que d'être devenu ce personnage inconcevable pour l'esprit d'un enfant : un orphelin. Pire que la misère ou la faim, cette perspective le torturait : l'image de son frère, tellement courageux, et de lui-même vieillissant ensemble, puis mourant dans cette chaumière au flanc de la montagne. Il n'y aurait personne pour porter leur deuil, personne même pour s'apercevoir de leur disparition. Et ils dormiraient toute leur vie ensemble, sans compagne. Il y en avait des quantités de ces hommes dans les collines du Connemara. De vieux frères courbés, au regard éteint, qui menaient une existence misérable en portant sur leurs épaules leur solitude comme une croix. Le jour de Noël ou à la messe de minuit, on les voyait boiter dans les rues de Clifden, sous les quolibets des jeunes filles. Pauvres vieux ânes bâtés, vierges et stériles, avec des visages presque féminins ! Ils puaient la solitude, l'urine rance et le malheur. Pius Mulvey ne se moquait pas d'eux. Il était effrayé à l'idée d'imaginer à quoi pouvait ressembler leur vie.

Ne jamais savoir ce que c'est que de tenir dans ses bras un enfant qui a besoin de votre protection, ne jamais dire à une femme qu'elle est belle aujourd'hui, que sa coiffure est ravissante et ses yeux éblouissants, ne jamais se disputer avec elle puis se rabibocher. Ne jamais serrer un être aimé entre ses bras et se sentir aimé en retour. Mulvey était trop jeune pour avoir vécu lui-même ces expériences mais avait baigné dans leur chaude lumière pendant son enfance. Et l'idée d'être à jamais privé d'un tel rayonnement le plongeait dans un abîme obscur et terrifiant.

Il avait de plus en plus de mal à supporter le Connemara et ses tristes perspectives, son paysage de tourbières désolées et de rocs lunaires, cette grisaille sinistre qui envahissait tout autour de lui, l'air acide et saturé de pluie. Le vent de l'Atlantique fouettait la campagne, obligeant les arbres à pousser dans toutes les positions possibles mais jamais droits. Il passait des heures assis à sa fenêtre, à les regarder par la vitre sale et fêlée ; ils ployaient et se tordaient sous la bourrasque, et il se demandait si la violence du vent finirait par les casser en deux ou les déraciner. Mais ils ne rompaient jamais. Ils se contentaient de gémir, de se courber toujours davantage et de rester penchés après que la tempête s'était éloignée. Voûtés, bossus, tordus, déformés : c'étaient les serviteurs d'un maître qui se moquait bien de leurs courbettes.

Son père aussi avait courbé l'échine toute sa vie, tout comme sa mère et tous ceux que Mulvey connaissait ; le destin pourtant ne les avait guère payés de ce dévouement loyal. Son frère évoquait souvent les mystères de la religion. Comment Dieu ne se trompait jamais. Comment Il ne vous envoyait jamais d'épreuves dont vous ne puissiez triompher. L'heure de la crucifixion était celle de la victoire, il fallait avoir l'humilité de l'admettre. Pius Mulvey n'en était pas convaincu. Il ne voyait en son frère qu'un esclave à genoux, adorant sa misérable condition, l'affublant d'un verbiage prétentieux parce qu'il ne pouvait supporter de la regarder en face. Qu'il faille du courage pour croire en Dieu plutôt que de la lâcheté était une conception à laquelle Mulvey n'adhéra jamais. Penser cela, c'était perdre son temps : c'était laver les rares assiettes qui vous restaient quand vous saviez pertinemment qu'elles seraient sales le lendemain. Si toutefois il vous restait quelque aliment qui pût les salir, et rien n'était moins sûr.

L'absence de leur mère était si aiguë qu'elle en devint une présence toujours tangible, même s'ils n'en parlaient jamais. Elle glissait entre eux telle une eau souterraine. Ils labouraient ensemble le lopin de leur père, de l'aube au crépuscule, affamés, désespérés ; ils allaient ramasser du goémon sur les grèves pour nourrir les pierres, ils le hachaient et le mélangeaient à leurs propres excréments pour en faire de l'engrais, ils fracassaient les roches sous la violence de leurs efforts, mais rien ne croissait si ce n'est la distance qui s'installait entre eux. Aucune violence, aucune insulte. Ils n'avaient quasiment plus rien à se dire. Nicholas passait ses soirées à lire à la lueur de la chandelle, lorsqu'ils pouvaient s'en acheter ou en mendier une aux voisins, sinon il restait à genoux à prier dans le noir. Des invocations en latin, incompréhensibles pour Mulvey. Les prières de son frère devinrent une source d'irritation ; elles l'empêchaient de dormir ou de se plonger dans ses pensées.

En janvier dernier, par un jour glacial où le gel avait transformé le sol en une plaque de marbre d'une blancheur cadavérique, un sergent recruteur de Liverpool arpentait les chemins alentour avec son lot d'histoires et de récits aventureux de la vie militaire. Mulvey en était resté bouche bée. Un simple soldat enrôlé dans le bataillon des King's Irish Rangers menait une existence de rêve. Il pouvait se retrouver en Égypte, en Inde ou à Beyrouth, là où le soleil inonde vignes et ananas et où les femmes ont toutes l'air de déesses fabuleuses. Là-bas, le vin est doux et rafraîchissant. Agapes assurées et filles à volonté. L'uniforme vous transformait un homme. « Vous grandissez de six pouces dès que vous êtes en rouge, les gars ! »

L'armée était la profession idéale pour un jeune gaillard courageux qui voulait mordre à belles dents dans les merveilles du monde et qui, en plus, voulait recevoir de l'argent pour son action. Quant au danger, bien sûr, il existait. Mais ce n'était qu'un mot pour désigner l'enthousiasme, le frisson qui pimente l'existence. De toute façon, le danger était présent partout. Le sergent balaya du regard la solitude polaire qui l'entourait ; il en parut attristé, la trouvant presque immorale. D'y voir ainsi les frères Mulvey profondément enracinés le dérangeait, le choquait même. A l'armée, au moins, on était entraîné pour affronter le danger. Aucun soldat de la Couronne ne mourrait jamais de faim.

Dix guinées par an dans votre poche, affirma le sergent comme s'il n'arrivait pas à croire lui-même à une telle munificence. Et un shilling tout de suite pour conclure le marché.

Son souffle se transformait en vapeur. Il tendait sa main grande ouverte ; la petite pièce luisait comme l'œil d'un saint au creux de son gant de cuir noir.

– On ne peut rien acheter avec ça par ici, objecta doucement le frère de Mulvey.

– Qu'est-ce que tu veux dire, gros malin ? C'est l'argent du roi.

– Alors il ferait mieux de le garder. Ici on n'en veut pas. On n'obéit à aucun roi sauf au Roi des Cieux. Et ton roi brûlera en enfer avec sa mère adorée avant qu'un Mulvey quitte la terre où il est né.

Le sergent interloqué lui lança un regard mauvais.

– Je… je ne comprends pas ce que tu dis.

– Je parle anglais pourtant, répliqua Nicholas Mulvey, mais je ne suis pas surpris. Vous ne comprenez rien à ce pays et vous n'y arriverez jamais.

Un paquet de neige tomba en pluie d'une branche toute proche. Deux rats jaillirent d'un tronc d'arbre abattu et filèrent dans un fossé.

– En effet, grommela le sergent, je crois que je n'y arriverai jamais.

Il haussa les épaules et repartit par où il était venu dans son superbe uniforme écarlate comme le plumage d'un rouge-gorge. Ses bottes lisses glissaient dans les ornières gelées. Nicholas rentra dans la chaumière sans ajouter un mot. Son frère resta planté un long moment au milieu du chemin, regardant son avenir s'éloigner ; la neige immaculée lui brûlait les yeux. Il ne bougea pas avant que le sergent eût disparu, englouti par le vide blanc d'où il était sorti.

Mulvey en fut fébrile pendant des semaines. Ses pensées bourdonnaient dans sa tête, pareilles à des guêpes dans un pot de confiture. Il se voyait en rêve faire la sieste au pied des pyramides, l'estomac bien rempli, les pieds chaussés de bottes chaudes, aussi heureux et béat que le sphinx souriant. Des Dalilas virevoltaient à la lumière dorée d'un feu de camp, leurs membres élancés brunis par le soleil et parfumés de myrrhe. Des viandes rôtissaient dans leur jus. Des grains de raisin explosaient dans sa bouche, voyelles d'une langue inouïe. Mais il se réveillait frissonnant à côté de son frère, dans l'épouvantable noirceur d'un petit matin du Connemara. La puanteur du pot de chambre flottait dans la pièce. Un nouveau jour commençait ; un jour de souffrance et de dur labeur s'étendait devant lui, sorte de route surgie d'un cauchemar provoqué par la famine.

A l'instar de la femme de la chanson qui attend le retour de son amant parti en mer, il fixait le chemin en attendant le retour du sergent mais, toujours comme dans la chanson, celui-ci ne revenait pas et ne reviendrait jamais.

Son frère n'allait pas bien. Mulvey le voyait à certains signes : son teint blafard avait pris une nuance jaunâtre ; le matin, il avait souvent les yeux injectés de sang et chassieux. On avait l'impression qu'un changement de temps s'était produit dans son regard et qu'un nuage y dérivait dans un ciel pâle et vide. Mulvey le voyait dans les prés, au loin, en train de battre les buissons et d'en arracher les feuilles qu'il avalait à pleines bouchées. Même les corbeaux l'observaient et avaient l'air de le trouver bizarre.

Malgré la faim qui le torturait, Mulvey se mit à feindre un manque d'appétit pour laisser un peu de sa part à Nicholas, mais celui-ci n'accepta jamais. La gloutonnerie était un péché. Celui qui est incapable de modérer son appétit n'est pas un homme mais une bête vorace vouée à l'enfer. Notre-Seigneur n'a-t-il pas lui-même montré que le jeûne est nécessaire, que c'est une pratique qui nous rapproche de Dieu ? Nicholas emportait les restes et les rangeait dans le buffet pour les resservir le lendemain et il continuait son manège jusqu'à ce que Pius se décidât enfin à les manger pour ne pas les laisser perdre. Cela devint entre eux une sorte de compétition : c'était à qui supporterait le mieux la famine.

Mulvey fut bientôt incapable de souffrir en permanence la présence de son frère. Il se mit à écumer la campagne la nuit, traînant de débits de boissons en soirées dansantes, de *ceilidhs*[1] en réunions de bouilleurs de cru, toutes ces fêtes qui avaient souvent lieu dans les villages du Connemara à l'occasion de la Grande Foire. En s'armant de patience, on pouvait parfois en cours de soirée récupérer une chope à moitié vide ou une bouteille contenant encore quelques gouttes et la faire durer le reste de la nuit. De temps en temps une gitane ou un chanteur des rues poussait la chansonnette moyennant quelques pièces, c'est ce que Mulvey adorait. Cela faisait fondre la glace de la solitude aussi efficacement qu'un verre de punch bien chaud. Les chansons lui rappelaient le temps heureux de son enfance, la chaleur de la famille avant que tout ait changé.

Elles s'entrelaçaient comme les ruisseaux dans la plaine. On retrouvait des bribes de l'une d'elles au milieu des autres : parfois des passages entiers étaient empruntés, des vers améliorés, des rimes enrichies et replacées dans un autre contexte ; les mêmes événements étaient racontés différemment ou laissés tels quels mais envisagés d'un autre point de vue. Comme s'il n'avait existé autrefois qu'un seul chant immense dans lequel les compositeurs de ballades ne cessaient de puiser, une source mystérieuse et sacrée.

Mulvey n'adressait pour ainsi dire jamais la parole à aucun de ces chanteurs. En revanche, il devint très familier avec les personnages typiques qu'on retrouvait dans leurs chansons, héros d'une saga en train de s'écrire. Il y avait le vieux barbon incapable de satisfaire la jeune femme qu'il a épousée, la jeune fille chassée de la maison de son père parce qu'elle est amoureuse d'un fourbe, la femme fabuleuse apparue comme un rêve sur la rive du lac, l'amant d'autrefois que l'on retrouve longtemps après que le temps et l'expérience de la vie ont démontré la sincérité de son amour, les joyeux fêtards et les dames de petite vertu, le propriétaire cruel et tyrannique et le fermier qui lui vole sa femme, les pêcheurs, fermiers, paysans et bergers qui jouent des tours aux collecteurs d'impôts venus les harceler.

Mulvey en était arrivé à la conviction que les chansons formaient un langage secret : une façon de dire des choses qu'on n'aurait pas pu exprimer autrement dans un pays occupé et soumis à la terreur.

1. Forme irlandaise de la *fest-noz*.

Du moins suggéraient-elles l'idée que ce que l'on devait taire était très important mais finirait bien, en d'autres circonstances, par être clairement énoncé. Les vérités semblaient se bousculer sous le voile de surface qui les camouflait, comme ces arbres fossiles que l'on retrouve dans les tourbières et dont l'écorce est encore vivante au bout de cinq siècles. Quand on les considère dans leur ensemble, les chansons forment un vaste corpus, le conservatoire des vérités occultées, le testament sacré du Connemara. Et, au fond, n'est-ce pas le cas de la Bible elle-même ? Un assemblage hétéroclite d'allégories fragmentaires et d'histoires à moitié oubliées racontées par des pêcheurs, des fermiers et des collecteurs d'impôts. Tous ces récits semblent vaguement définir une sorte de ligne de conduite, mais laquelle précisément, c'est difficile à dire.

Ce fut à l'occasion d'une de ces soirées, un rassemblement de violoneux et de chanteurs à Maam Cross, que Pius Mulvey vola pour la première fois. Un fermier s'était écroulé ivre mort dans les cabinets du pub et Mulvey, un peu étourdi parce qu'il n'avait rien mangé depuis plusieurs jours, l'avait soulagé de ses bottes et de son chapeau. En un bref instant il avait franchi la frontière entre l'état de victime et celui d'oppresseur, et pourtant cette transgression n'éveillait chez lui aucun sentiment de culpabilité. Il mit en gage les bottes et le chapeau chez un prêteur au bout de la rue et revint à l'auberge profiter de sa bonne fortune. Comme la musique semblait plus belle quand on avait un verre de whiskey à la main, une assiettée de ragoût devant soi et une prise de tabac ! Il était allé jusqu'à payer à boire au fermier humilié quand il avait fini par sortir des lieux pieds nus, trempé et titubant. Il avait bien conscience de lui devoir un fier service ; il lui paya une bière et lui offrit toute sa sympathie.

Ce soir-là, pour la première fois, Mulvey chanta en public. Le patron avait entonné une ballade d'amour brisé, mais il n'en connaissait que l'air et les deux premières strophes. Il était prêt à donner un shilling à celui qui lui apprendrait la suite, car c'était une des complaintes favorites de sa mère, récemment décédée, une femme d'Estersnowe dans le comté de Roscommon. Mulvey affirma tranquillement qu'il connaissait la chanson, parce que sa propre mère venait aussi du comté de Roscommon.

– Dans ce cas on t'écoute, fit le patron, ravi.

Et Mulvey s'était avancé d'un pas au milieu des clients plus ou moins rassemblés en cercle et avait chanté.

C'était au cœur de l'hiver, les collines étaient enneigées,
Quand loin de ce triste pays mon amour s'en est allé.
Je l'ai vue, la jeune femme, des larmes plein les yeux,
Serrant entre ses bras un enfant malheureux.

Mon père fut bien cruel qui me chassa de la maison.
Ma mère fut bien cruelle qui le laissa faire sans façon.
Mais plus cruel fut mon amant qui se laissa séduire par l'or.
Et cruel est le vent d'hiver qui troue mon cœur d'un froid de mort.

La voix de Mulvey n'était pas belle, mais il avait une excellente mémoire. Il se rappelait chaque strophe de cette ballade longue et compliquée, une très vieille chanson que sa mère chantait autrefois, remplie d'allusions classiques et donnant la parole à plusieurs personnages. « Macaronique », c'est ainsi que l'on désignait ce genre de chant où les paroles mêlaient deux langues, comme l'anglais et l'irlandais. Mulvey ne se rappelait pas seulement le texte mais aussi l'interprétation requise ; il savait quel passage il fallait légèrement souligner, quel autre devait être suivi d'une pause pour laisser les mots retomber comme des feuilles mortes. C'était une histoire étrange et triste, qui parlait d'une jeune servante séduite par un gentilhomme qui lui avait promis de l'épouser. Sa mère prêtait à cette chanson un pouvoir magique. Si on la chantait en pensant à un ennemi qui vous avait fait du tort, celui-ci mourait dès que vous aviez atteint la dernière note. Même enfant, Mulvey n'y croyait pas (il en avait souvent fait l'expérience sur son frère et cela n'avait pas marché). Mais cette chanson avait un charme ambigu qui lui plaisait bien ; les paroles ne permettaient pas toujours de savoir clairement lequel des amants s'exprimait et lequel avait été trahi.

Le lendemain matin, avant que Nicholas s'éveille, Mulvey était allé à pied jusqu'au village de Letterfrack et en avait rapporté dans son panier des choux, une flèche de bacon, deux miches de pain frais et un gros poulet grillé. Quand son frère lui demanda où il avait trouvé l'argent pour acheter un tel festin, Mulvey prétendit qu'il était tombé sur une bourse en chemin. Nicholas n'aimait pas les débits de boissons ni leurs clients, et il conseilla à Pius de ne pas les fréquenter.

– Tu aurais dû rapporter la bourse à la police. Elle appartient peut-être à un malheureux. Imagine dans quelle situation il se trouve maintenant !

– Je l'ai fait, Nicholas, c'est précisément ce que je suis en train de te dire. Le gentilhomme qui l'avait perdue avait chargé la police d'offrir une récompense.

– C'est bien la vérité ? Regarde-moi, Pius !

– Aussi vrai que je me tiens devant toi. Que je meure si je mens !

– Est-ce que tu le jures, Pius, sur l'âme éternelle de papa et de maman ?

– Je le jure, rétorqua Pius Mulvey. Sur leur âme, c'est la vérité.

– Dieu est bon, Pius. Il ne faut pas trop s'interroger sur Sa providence ou bien elle ne se manifestera plus. J'ai prié pour un miracle et voilà qu'il s'est produit.

Pius approuva. Oui, Dieu était bon. Le ciel venait en aide à ceux qui commençaient par se servir.

CHAPITRE XII

LE SECRET

DANS LEQUEL
MULVEY COMMENCE
A SE PRENDRE POUR UN GÉNIE,
PREMIER PAS SUR UNE ROUTE
QUI CONDUIT IMMANQUABLEMENT
AU MALHEUR

Le lendemain soir Mulvey s'en allait rôder à une croisée de chemins du côté de Glassilaun, là où les gens venaient danser et où se tenait une assemblée de musiciens. Il chanta de nouveau et en éprouva un vif plaisir, mais pour des raisons différentes. Les filles le trouvaient séduisant quand il interprétait ses ballades, bien qu'il ne sût au juste pourquoi. Il savait qu'il était laid, décharné et malingre, qu'il était loin d'être bâti comme son frère. Mais une fois qu'il eut terminé, elles n'en demeurèrent pas moins sous le charme, ce qui ne lui échappa point.

Il ne savait que dire à ces filles moqueuses qui l'entourèrent et l'invitèrent à danser. Moins il dansait, plus elles l'appréciaient. N'ayant ni sœur ni bonne amie, il n'avait jamais parlé à une femme plus de deux minutes et se trouvait totalement désemparé d'avoir à le faire. Et pourtant elles étaient si belles à bavarder et à rire, si différentes des hommes, si légères ! Elles avaient des idées aussi étranges que les étoiles. Elles racontaient des choses auxquelles il ne savait répondre. Mais, à leurs yeux, ce mutisme était plus empreint de mystère que de réserve. Il apprit très vite que le silence jouait en sa faveur, que c'était une carte maîtresse dont le pouvoir était d'autant plus grand qu'il était lié au désir de chanter. Il comprit qu'elles appréciaient la gentillesse, la courtoisie et la douceur, qualités fort peu masculines selon l'opinion des hommes. Elles ne prêtaient attention ni à sa laideur ni à sa pauvreté. Elles ne voulaient pas être bousculées. Elles souhaitaient qu'on leur parle, et aussi qu'on les écoute lorsqu'elles parlaient. Ce n'était pas difficile, surtout si cela vous intéressait, et si vous n'aviez rien à dire, cela n'avait pas non plus d'importance. Dans un monde de vantards, de grandes gueules et de fiers-à-bras, il existait des jeunes filles qui trouvaient la retenue reposante et Dieu merci ! c'étaient celles qu'il goûtait lui aussi.

Il ne passait plus ses soirées en compagnie de Nicholas. A la tombée de la nuit, il descendait péniblement le chemin et partait vers la liberté. Peu lui importait la ville où il se rendait, il y aurait là un chanteur ou un musicien qui ferait danser les autres. Il y aurait de la chaleur, de la lumière et de la compagnie pour vous aider à vous sentir bien quand la solitude vous pesait tant.

Un soir, dans un débit de boissons clandestin de Tully Cross, un petit troubadour aux yeux chassieux, tout droit sorti d'un taudis de Limerick, interpréta un morceau de sa composition : une ballade sur la cruauté d'un propriétaire des environs, Lord Merridith, qui avait fait pendre un pauvre journalier pour avoir volé un mouton. La complainte était grossière, mal chantée par un avorton qui n'avait rien dans la culotte, mais le public hurla d'enthousiasme et l'artiste reçut cet hommage avec la morgue satisfaite d'un empereur.

– Que Dieu te bénisse, pleura un homme qui s'avança vers le chanteur et baisa sa main noueuse. C'est la plus belle chanson jamais composée en Irlande. Un élixir des dieux ! Le plus pur des whiskeys !

Mulvey se mit à réfléchir à une évidence qui tourna bientôt à l'idée fixe. Tout le monde admirait les chanteurs ; ils étaient à la fois mémorialistes, chroniqueurs, garants de la tradition, biographes. Dans un pays où presque personne ne savait lire, ils étaient les hérauts du passé, de véritables livres ambulants. La plupart prétendaient connaître près de cinq cents chansons, quelques-uns même s'aventuraient jusqu'à un millier. Mulvey avait parfois l'impression que, s'ils n'avaient pas été là, personne ne se souviendrait de rien, et quelque chose dont on n'a pas le souvenir n'a pas vraiment eu lieu. Un chanteur faisait partie de la même famille que le guérisseur, le rebouteux, la sage-femme capable de soulager les douleurs à l'aide de potions secrètes, ou le bohémien qui domptait les chevaux rien qu'en leur parlant. Quant aux compositeurs, ils étaient vénérés.

Le silence se faisait lorsqu'ils entraient dans une salle, ces hommes et ces femmes qui ne payaient pas de mine mais avaient reçu en partage le don de la composition, celui de conférer la réalité aux événements qu'ils rapportaient. Ils n'avaient même pas besoin de bien chanter. D'autres interpréteraient leurs créations. On ne leur demandait pas non plus de composer de nouvelles mélodies, il leur suffisait de reprendre les anciennes connues de tous, vignerons qui versaient le nectar de l'année dans de belles et vénérables bouteilles. Cette démarche ne les rendait que plus admirables. Leur vin se bonifiait en se mêlant aux arômes du passé.

On eût dit que Dieu les avait effleurés de sa main et leur avait insufflé son propre pouvoir : celui de créer la perfection à partir du néant. Les approcher était déjà un honneur dans tout le Connemara. Une nouvelle ballade était accueillie avec autant de joie qu'une bonne moisson. Et si la complainte était particulièrement bonne, elle était saluée à l'instar d'une naissance. Il leur arrivait assez souvent de se dénigrer entre eux, mais les autres se gardaient bien de les critiquer. Insulter un compositeur portait malheur. On les craignait autant que des magiciens ; si vous les mettiez en colère, vous pouviez vous retrouver dans une chanson et l'on se moquerait de vous pour l'éternité même si l'on ne se souvenait plus de la raison.

Dans son vieux dictionnaire dont la reliure ne tenait plus, Mulvey consulta l'entrée composer : calmer, produire, assembler des caractères d'imprimerie, choisir ce que l'on imprime, écrire ou créer, mettre au point ou arranger, assembler. Celui qui avait le pouvoir de créer avait aussi celui de détruire. Aucun magicien n'était aussi puissant.

L'idée qu'il pourrait un jour appartenir à cette auguste confrérie commença à le travailler : aurait-il un jour la chance d'être célèbre pour une de ses chansons ? Il avait toujours rêvé d'un grand dessein, sa vie ne pouvait se réduire à la servitude et à la froidure. Ce désir l'aiguillonna et finit par le rendre fébrile. Il trouvait facilement les rimes, il avait toujours eu une disposition naturelle pour cela, il savait mettre les mots en musique aussi bien qu'un autre. Mais hélas ! il manquait d'expérience. Il n'était jamais tombé amoureux, n'avait jamais vécu de rupture ni mené de combat, n'avait jamais rencontré de femme surnaturelle. Il ne s'était pas marié, n'avait jamais fait la cour, il n'était pas un assassin, ne s'était pas ruiné en whiskey ou en bière, n'avait vécu aucune des aventures qui constituaient l'ordinaire des héros de chansons. Pius Mulvey n'avait jamais rien fait d'extraordinaire. Trouver un sujet était la principale difficulté de la composition.

Le soir, pendant que son frère priait dans un recoin obscur de la pièce, Mulvey, accroupi près de la cheminée où se consumait un maigre feu de tourbe, s'essayait à la composition. Ouvrir son cœur était bien plus difficile que de fendre le sol. Il se torturait pour y arriver mais rien ne venait. Cela dura des mois.

Pêcheur sur un lac d'ombres, il percevait le frétillement des profondeurs mais malgré tous ses efforts ne remontait rien dans ses filets. Des idées lui traversaient l'esprit, des images, des comparaisons. Elles filaient, presque tangibles entre ses doigts désespérés. Il implora par la pensée l'esprit de sa mère, la femme qui lui avait inculqué l'amour du chant. « Si tu m'entends, aide-moi », supplia-t-il.

Jamais depuis sa mort il ne s'était senti plus proche d'elle que durant ces longues nuits d'efforts dérisoires. Mais rien ne se produisit. Désespérément rien. Sauf le trottinement des rats dans le chaume et le murmure étouffé des prières de son frère.

Un beau matin, tout changea. Il s'éveilla d'un rêve où des feuilles bruissaient dans le vent avec un couplet déjà formé dans son esprit confus. C'était arrivé aussi bizarrement que cela, comme un enfant qui se réveille et trouve un cadeau caché sous son oreiller. Les feuilles de son rêve s'étaient envolées, dévoilant le couplet posé là comme un papillon étourdi.

Mon frère et moi cultivions notre lopin
Quand survint un sergent, des pièces plein la main.

Ce n'était pas la première fois qu'il entendait les paroles, ce fut sa première impression. C'était un bon début. Oui, il l'avait déjà entendu. Il se leva d'un bond et courut à la table, foulant aux pieds le sol glacial de terre battue. Ce papillon de mots risquait de s'échapper. Il les griffonna au dos d'un vieux paquet de sucre, comme s'ils risquaient de s'envoler d'une minute à l'autre. Il les relut. Il n'y avait rien à redire. Ils respectaient la règle fondamentale de l'art de la ballade : chaque vers faisait progresser l'histoire.

Mon frère et moi cultivions notre lopin
Quand survint un sergent, des pièces plein la main.

Une pièce de viande sans une once de gras. Rien de superflu. Les personnages étaient présentés, leurs professions précisées, leurs liens établis. Le fait que le sergent eût de l'argent sous-entendait que le narrateur et son frère qui travaillaient dur n'en avaient pas. Puis il s'aperçut que si l'on remplaçait cultiver par labourer et qu'on ajoutât au terme, assez neutre, de pièces celui d'or, beaucoup plus éclatant, leur pauvreté en était d'autant mieux soulignée. Et si l'on accordait une promotion au pauvre sergent et qu'il devînt caporal ou capitaine, on obtenait une allitération en *p* avec le mot pièces. Il s'empressa de faire la modification et lut le résultat : les vers éclataient tels des fruits mûrs :

Mon frère et moi labourions notre lopin
Quand survint un capitaine, des pièces d'or plein la main.

Mulvey se sentit pris d'une exaltation presque déplacée, comme un enfant saisi de vertige en plein milieu d'une cérémonie au souvenir d'un événement amusant. On avait d'emblée une idée du dénouement de la chanson, mais il y avait un élément tragique et on ne pouvait être sûr de rien. Toutes les bonnes histoires reposaient sur un choix. Suivraient-ils le capitaine ou resteraient-ils où ils étaient ? Qu'auriez-vous fait à leur place ? Qui serait le héros ? Qui serait le méchant ? Il pensa que « mon frère » était un peu trop vague. Mais « Nicholas » était trop personnel. Comme s'il feuilletait les pages d'un gros livre, il passa en revue le nom de tous les hommes qu'il connaissait. Quel nom pouvait-il mettre à la place de « mon frère » ? John Furey ? Le fermier de Rosaveel ? Mulvey ne l'avait rencontré que deux fois et ils n'avaient jamais labouré ensemble, mais il avait un nom de trois syllabes et c'est ce qu'il lui fallait. Il le griffonna et prononça le vers pour voir s'il sonnait bien :

John Furey et moi labourions notre lopin.

Non, cela ne valait pas « mon frère ». Il biffa le nom d'un trait et revint à la première version, et le fragile espoir d'immortalité de John Furey de Rosaveel s'évanouit à jamais.

Il partit travailler dans la tourbière, portant en lui la lumière du monde, flamme prête à s'éteindre si l'on cessait de l'entretenir. Mère, je t'en supplie, ne me la ravis pas. Pour la première fois depuis des années, il récita le chapelet en silence. Plus jamais il ne pécherait, ne volerait, ne commettrait d'impureté en privé ou avec autrui. Il ferait son chemin de croix tous les jours de sa vie si cette flamme ne s'éteignait pas. Plus tard, pendant qu'il creusait avec son frère, deux autres vers le submergèrent, venus de nulle part.

Ô récits de soldats sans peur et sans reproche !
Ô charmant jour béni si rempli de promesses !

Il eut de nouveau très peur de les oublier. Il les traça sur le plat de sa bêche, de peur de les renvoyer au néant. Agenouillé devant la souche d'un chêne déraciné, il remercia sa mère et la bonté divine en pleurant. Il sanglotait comme il ne l'avait encore jamais fait, ni au pied de son lit de mort ni devant sa tombe, il déplorait la mort de sa mère, son propre malheur et tout ce qu'il ne lui avait jamais avoué. Son frère s'approcha pour voir ce qui se passait. Mulvey le serra dans ses bras en gémissant comme un enfant ; aucun homme n'avait eu de meilleur frère que lui et il regrettait la distance qui s'était instaurée entre eux. Son frère le regarda, pensant qu'il était fou. Mulvey partit d'un grand éclat de rire et dansa dans la tourbière comme une chèvre des montagnes.

Cette nuit-là, Pius Mulvey n'alla pas traîner dehors. Il resta accroupi sur le sol de la chaumière, un crayon à la main et la rage au cœur. Ce qui s'était passé ce fameux jour d'hiver n'était pas facile à exprimer dans une ballade, à supposer qu'on pût même savoir ce qui s'était passé exactement. Il modifia légèrement les faits pour les intégrer dans le cadre. C'était sans importance. Personne ne saurait jamais ce qui s'était réellement passé et, si par hasard quelqu'un découvrait la vérité, il penserait que cela ne valait pas la peine d'être mis en chanson. La règle principale de la composition était de produire une bonne chanson. Les faits n'avaient pas d'importance, c'était là que résidait le secret. Il écrivit, ratura, réécrivit, améliora ; il recherchait la fluidité. Un mouvement entraînant et des paroles faciles à retenir. Les gens avaient besoin de croire que les mots s'étaient écrits d'eux-mêmes, que le compositeur n'était qu'un médium. Il ne chantait pas, il était possédé par son chant.

Eh là ! gentils fermiers, si vous voulez signer,
Voilà des souverains pour un copieux dîner.
Arrière, capitaine, pantin empanaché,
Tes propos scandaleux nous remplissent d'effroi.

Loin de nous le désir de toucher à ton or
Ou de prendre l'uniforme, et mieux vaudrait encore
Tous les jours aller nu dans la bise qui mord
Qu'esclaves revêtir les oripeaux d'un roi.

C'est la dernière strophe qui lui donna le plus de mal. Dans une telle ballade, l'usage voulait que l'on plaçât une allusion à l'Irlande au moment crucial. Mulvey se moquait de l'Irlande comme de sa première chemise et il était persuadé qu'une bonne partie du public s'en moquait encore plus que lui. Mais les gens aimaient faire du tapage dans les veillées. Déroger à la règle, c'était construire une chaumière sans toit.

Et s'il arrive un jour que nous prenions les armes,
Jamais pour l'Angleterre, je le jure sur mon âme,
Mais pour libérer l'Irlande, je brandirai ma lame
Et trancherai vos têtes dans le matin froid !

La première fois qu'il la chanta à la foire aux chevaux de Claddaghduff, le soir de Halloween, il fut presque effrayé par le tonnerre d'applaudissements qui l'accueillit. En voyant la pluie de pièces qui tombait à ses pieds, il se sentit envahi d'une douce chaleur. Il avait découvert l'alchimie qui transforme la réalité en fiction, la pauvreté en richesse, l'histoire en art. Le pain s'était transformé en chair et le vin en sang. Il avait découvert sa vocation.

Plus tard dans la soirée, il rencontra une jeune fille au regard très noir et, quand il fut couché avec elle dans un fossé au bord de la route, il éprouva cette sensation dont parlait son frère quand il évoquait les mystères de la religion, une exaltation qui vous donne l'envie de pleurer des larmes de sang, un sentiment d'apaisement qui dépasse tout entendement. Il avait dix-neuf ans, il était un homme, il était un prince. La demoiselle lui déclara qu'elle l'aimait et il la crut. Il se savait enfin digne d'être aimé lui aussi.

Quand il rentra à l'aube, ce fut pour trouver son frère qui marchait pieds nus dehors, se blessant et saignant aux cailloux du chemin. Il chantait gaiement un hymne qui n'avait rien de joyeux. Mulvey pensa tout d'abord qu'il devait s'agir d'un jeu. Malgré le froid, Nicholas était torse nu, il avait la chair de poule et sa peau toute pâle était couverte de rosée. Il expliqua sans s'émouvoir qu'il s'infligeait un châtiment. Qu'il punissait son corps pour le salut de son âme. Et il la méritait bien, cette punition. Si l'on connaissait les désirs lubriques qui me pourrissent le cœur, on me conduirait au bûcher ou on me noierait, avoua-t-il en souriant. Quand Nicholas se retourna pour reprendre sa pénitence, Mulvey vit un détail qui le cloua sur place : des marques de fouet en sillons sanglants sur le dos de son frère.

Il pénétra dans la chaumière et trouva le fouet encore rougi posé tel un point d'interrogation sur le sol en terre battue. Des lambeaux de la chair de son frère étaient restés accrochés à ses lanières ; il s'en saisit en tremblant et le jeta au feu. Il s'en dégagea une odeur de viande rôtie. Et Mulvey, à sa grande honte, comme s'il était en train de commettre une sorte d'inceste avec une sœur imaginaire, s'aperçut que l'eau lui venait à la bouche. En regardant le fléau se ratatiner dans les flammes et devenir un brandon noirci et tordu, il comprit qu'il avait définitivement pris la place de son frère, qu'il avait gagné la compétition tacite pour le droit d'aînesse, et il s'en voulut terriblement d'avoir désiré un tel résultat, effrayé qu'il était par les responsabilités qui lui incombaient désormais.

Il alla chercher son frère tout pantelant, le ramena dans la maison et l'installa aussi confortablement que possible au coin du feu. *Où étais-tu passé, Pius? Je t'ai cherché et tu n'étais pas là.* Nicholas Mulvey divaguait doucement, comme s'il poursuivait un rêve éveillé, et tremblait de tous ses membres, tel un veau rongé de fièvre. *C'est pour toi, Pius. C'est pour toi que je l'ai fait.* Il finit par se calmer et sombra dans un sommeil agité sans cesser de marmonner. Mulvey sortit sur le seuil de la chaumière, en proie à de terribles angoisses. Où pouvait-il aller ? Vers qui se tourner ? Un prêtre ? un médecin ? un voisin ? Qui ?

C'est alors qu'il remarqua le papier posé sous un caillou. Il le prit, le déplia. « Dernier avertissement avant expulsion. » Et ce n'était pas là le premier vers d'une ballade ou d'un chant de résistance. Les frères Mulvey avaient quatre mois de délai. Si d'ici là les loyers en retard n'étaient pas payés, ils devaient partir.

Il entendit un grognement terrifiant derrière lui dans la maison, le cri d'angoisse d'une bête prise au piège. Son frère sortit en titubant et trébucha sur les pierres noires et moussues ; sa main gauche, tendue en avant, dégoulinait de sang, et il serrait dans sa main droite un marteau de forgeron. Le temps que Mulvey le rattrape, Nicholas s'était effondré sur le tas de cendres. Un sourire de béatitude illuminait son visage émacié ; de son poing gauche crispé dépassait la pointe d'un clou de six pouces de long.

Nicholas fut conduit à l'atelier pour indigents de Galway, mais deux mois après il était de retour, affirmant qu'il était guéri. Il ne voulut jamais évoquer ce qui s'était passé ce matin-là ; ce n'était que la conséquence de la faim et de l'épuisement. Pius Mulvey n'en était pas convaincu. Les yeux de son frère brillaient d'un éclat nouveau, une lueur qui semblait l'exact contraire de la lumière et que l'on ne pouvait pourtant qualifier de noirceur. On aurait dit que quelqu'un d'autre s'était glissé dans sa peau. Un homme plus sensé et plus sûr de lui, et non cet être exalté et angoissé que Pius avait appris à connaître et avait fini par aimer.

Cette année-là, à Ardnagreevagh, ils connurent un Noël misérable, marqué par la disette. Ils passèrent la journée au lit sans avoir rien d'autre à se mettre sous la dent que deux vieilles pommes ratatinées. Mulvey se garda bien de parler de l'avis d'expulsion, craignant que son frère ne replongeât dans la folie. Le temps viendrait bien assez tôt d'envisager cet avenir terrifiant ; pour l'instant, Nicholas en était incapable. Mulvey ignorait qu'une telle conversation n'aurait jamais lieu. Il était déjà trop tard pour ce partage du malheur.

La décision de Nicholas était prise, il serait prêtre. Il avait d'abord songé à un ordre cénobitique puis s'était ravisé : il allait entrer au séminaire. On manquait cruellement de prêtres dans le

Connaught. Les pauvres en souffraient. Bien des signes annonçaient la famine qui allait arriver dans moins d'un an. On aurait alors besoin d'une armée de prêtres. Si par hasard elle ne survenait pas l'année suivante, elle ne tarderait pas. Elle était inéluctable, Nicholas en avait la certitude. Un terrible châtiment allait s'abattre sur l'Irlande. Des milliers de gens mourraient de faim, des millions peut-être. Le peuple serait écrasé jusqu'à ce qu'il n'en puisse mais, et cette plaie ne prendrait fin que lorsqu'il manifesterait un repentir sincère. Il y avait longuement réfléchi et sa décision était irrévocable. Il fut un temps où devenir prêtre eût été pour lui synonyme de gâcher sa vie, mais depuis sa maladie il savait que le véritable gâchis aurait été de prendre une autre voie. C'était la seule vocation qui pût lui apporter le réconfort. Sa folie lui avait été envoyée comme une révélation.

– Reste encore un peu, Nicholas, je t'en supplie.

– Voilà des années que j'étudie l'Écriture sainte. Le père Fagan m'a assuré que je n'aurai pas longtemps à attendre. Je serai ordonné dès que possible.

– C'est de Micky Fagan de Derryclare que tu me parles ? Cette espèce de corbeau malfaisant, bourré du soir au matin, qui ne ferait pas la différence entre son cul et un trou dans la tourbière ?

– C'est un élu de Dieu, Pius.

– Qui affirme que c'est un péché de penser à une femme et que les Juifs doivent être damnés pour avoir crucifié Notre Seigneur ?

– Il tient parfois des propos sévères, mais c'est un vieil homme.

– Et notre lopin, la terre de notre père ?

– C'est la terre de mon Père que je m'en vais labourer.

– Je ne fais pas de paraboles, moi, rétorqua Mulvey.

– Moi non plus.

– Ne me laisse pas tomber, Nicholas. Je ne m'en sortirai pas tout seul. Reste au moins jusqu'au printemps, pour l'amour de Dieu !

– Pourquoi ?

– On est vraiment dans la merde. Ils vont nous expulser.

– Aie confiance en Dieu, Pius. Et tu ne seras jamais seul.

– Est-ce que tu vas finir par m'écouter ? Ce n'est pas de religion que je te parle !

– Moi non plus, Pius, mais peut-être devrions-nous… – Nicholas lui sourit d'un air candide. Tu es amoureux, c'est cela ? Tout en toi me le prouve. Depuis quelque temps tu gambades comme un agneau d'avril.

– L'agneau d'avril finit en gigot à Pâques.

– Tu sais très bien ce que je veux dire.

– Il y a quelqu'un, d'accord, mais je ne sais même pas si c'est sérieux.

– Si ce n'est pas la bonne, une autre occasion ne tardera pas. C'est la loi de la nature. C'est là qu'est ta vocation. Saint Paul dit : « Il est préférable de se marier que de se consumer. »

– Tu n'as pas envie d'épouser quelqu'un, toi, un jour ? La terre est assez grande pour deux.

– La moitié d'un quart d'arpent ? Pour deux familles ?

– Il y en a beaucoup dans le comté de Galway qui s'en tirent avec moins. On se débrouillera, Nicholas. S'il te plaît, reste.

Le frère de Pius rit doucement comme s'il venait d'entendre une absurdité.

– Ce genre de vie n'est pas pour moi, Pius. Je ne pourrais l'endurer.

– Il n'y a pas de filles qui te plaisent dans les environs ?

Nicholas soupira et le dévisagea.

– Certaines nuits le désir s'est emparé de moi si violemment que j'en ai pleuré. Le démon est rusé. Mais ce n'est pas de l'amour, ce n'est que l'appel de la chair. Je ne saurais aimer une femme à ta manière. Tu es le meilleur de nous deux. Tu l'as toujours été. Aucun homme n'a jamais eu d'ami plus fidèle.

Une bouffée de haine semblable à une algue noire se déploya en Mulvey. Nicholas ne se prétendait inférieur que pour mieux affirmer sa supériorité.

C'était le 5 janvier 1832, la veille de l'Épiphanie, le jour où les Rois mages avaient suivi l'étoile. Le soir précédent, les frères Mulvey avaient pris leur dernier repas ensemble, dormi dans le même lit cassé. A l'aube Nicholas partit pour le séminaire de Galway, le missel de sa mère sous le bras et une poignée de terre dans sa poche pour lui porter chance. En guise de cadeau d'adieu, il laissa à son frère le petit déjeuner, auquel il refusa de toucher, et une paire de galoches en piteux état dont il n'aurait plus l'usage.

Ce fut le jour où la bonne amie de Pius Mulvey, la fille au regard très noir, Mary Duane de Carna, un petit village du domaine de Lord Merridith de Kingscourt, lui annonça qu'elle attendait un enfant pour l'été. Elle pleurait et il pensa que c'était de bonheur. Il fallait qu'ils se marient et c'était une bonne chose parce qu'elle l'aimait, et il lui avait souvent dit que c'était réciproque. Ils vivraient là, bien sûr, sur le lopin des Mulvey. Ce serait difficile, mais au moins ils ne partiraient pas. Peu importait l'avenir, ils y feraient face ensemble ! C'est là que leurs jours s'écouleraient et là qu'ils mourraient, comme ses ancêtres avant lui.

Il la conduisit au lit de ses parents ; ils se déshabillèrent, s'allongèrent et firent l'amour tout l'après-midi. Le vent hurlait à travers les tourbières. Semblable à un roulement de tambour, la grêle martelait les carreaux. Ils se prirent avec violence, comme s'ils se doutaient que c'était la dernière fois.

Il attendit qu'elle fût repartie pour Carna, puis fit un petit baluchon de ses pauvres effets. Quand la nuit fut tombée sur les champs de cailloux silencieux, Pius Mulvey quitta la terre de son père, emprunta le petit chemin et quitta le Connemara, résolu, aussi longtemps qu'il vivrait, à ne jamais y revenir.

« Je suis allé trouver untel [*en mesure de me donner du travail à New York*] mon chapeau à la main, humble comme un Irlandais, et je lui ai demandé s'il avait besoin de quelqu'un dans mon genre. Remettez votre chapeau, me dit-il. Nous sommes tous des hommes libres ici. La liberté et l'égalité sont notre lot commun. »

Lettre de James Richey.

CHAPITRE XIII

LE LEGS

NOUS RETOURNONS
A BORD DE NOTRE VAILLANT NAVIRE
AU SOIR DE SON DIXIÈME JOUR DE VOYAGE ;
LORD KINGSCOURT ÉCRIT A SA SŒUR BIEN-AIMÉE,
DOMICILIÉE A LONDRES, UNE LETTRE AFFECTUEUSE
DANS LAQUELLE, LOIN DE SE DOUTER DU GRAVE DANGER
QUI LE MENACE, IL LUI FAIT PART
DE SA SITUATION DIFFICILE
ET DE SES INTENTIONS

« L'*Étoile des mers*,
« Mercredi 17 novembre 1847.

« Mon très cher petit cœur, Rashers *,

« Vous voudrez bien pardonner ce gros gribouillis des plus inélégants, mais je ne dispose que d'un misérable bout de chandelle et ma vue depuis peu n'est plus ce qu'elle était, ni le reste d'ailleurs. ("J'ai depuis peu – mais pour quelle raison je ne sais – perdu toute ma gaieté [1]", Willie S., hurk, hurk.)

« Notre capitaine, si digne de confiance et si perspicace (qui passe son temps à étudier les cartes et les routes maritimes comme un mage mystique et emploie de looongs mots dans sa cooonversation), affirme que nous allons croiser d'ici une semaine environ le steamer *Morning Dew* en provenance de La Nouvelle-Orléans et faisant route vers Sligo avec une cargaison de maïs ; c'est pourquoi

* Lettre transmise à G. G. Dixon par le Pr Natasha Merridith de Girton College à Cambridge (la suffragette bien connue), en septembre 1882. « Rashers » était le surnom que l'on donnait dans la famille à Lady Natasha. Lord Kingscourt avait coutume de désigner Lady Natasha et Lady Emily par le terme « petites sœurs » (ou ici, petits cœurs), probablement par affection, bien qu'elles fussent l'une et l'autre plus âgées que lui (Lady E., de deux ans, Lady N., de treize mois). – G.G.D.

1. *Hamlet*, II, 2. Nous empruntons cette traduction de M. Grivelet à l'édition Laffont, coll. « Bouquins ».

je m'empresse de jeter en vrac sur le papier ces quelques réflexions et salutations dans l'espoir que vous les lirez d'ici peu. (Je plaisantais à propos du capitaine. Chic type au fond. L'autre soir il m'a expliqué le voyage en long et en large, cartes à l'appui.)

« C'est étrange mais, par moments, tout me désarçonne ; je ne sais plus que penser si je ne le couche pas par écrit. N'avez-vous jamais éprouvé cela, chère petite nigaude de Rashers ? Diantre, quel frère bizarre vous avez !...

« Comment vous portez-vous, ainsi qu'Emily et bien sûr tante Eddie ? Est-ce que ce joyeux drille de Millington a fini par se déclarer à Emily ? Il est vraiment temps qu'il le fasse, vous ne croyez pas ? (Nous autres vieux Wykehamists ne faisons généralement pas tant de pas en arrière quand il s'agit d'aller de l'avant. Dites-lui que c'est l'honneur de la maison des Vieux Tuteurs qui est en jeu.) Si elle n'est pas plus ferme, vous vous marierez avant elle*. Et comment va cette bonne vieille ville de Londres ? Je me demande quand je la reverrai. »

(Ici un passage biffé.)

« On se sent loin de tout ici, au milieu de ce vaste océan, je peux bien vous l'avouer. Il aurait pu se produire des guerres ou des révolutions au pays sans qu'on en sache rien. Remarquez, à y bien songer, ce n'est pas si désagréable. Si l'on considère ce qui s'est passé ces dernières années, en particulier depuis la mort de papa. Il y a une sorte de tranquillité enivrante ici, la nuit surtout. La mer s'insinue en vous comme une sorte de drogue. Je me surprends à parler (et même à penser) en rythmes ondoyants. C'est vraiment bizarre. Au bout d'un moment, tout le monde à bord en fait autant. La nuit spécialement, l'océan inspire la mélancolie. Le choc des vagues se brisant contre la coque. Le ciel est si noir que les étoiles

* Au terme de longues fiançailles souvent rompues, Lady Emily finit par épouser Sir John Millington, neuvième marquis de Hull, mais le mariage fut annulé au bout de quatre ans. Ils n'eurent pas d'enfants. Le professeur Merridith ne se remaria jamais. Parmi ses nombreuses publications on relève : *Essais sur les droits de la femme* (1863), *La Nécessité d'étudier* (1871), *Éducation et Pauvreté* (1872) et plusieurs volumes consacrés aux mathématiques pures. Avec Emily Davies, dont elle fut une amie intime, elle co-édita : *Les Femmes et les études supérieures* (1866). – G.G.D.

n'en sont que plus brillantes, plus éclatantes et plus belles qu'elles ne le sont à Galway. Je souhaite parfois rester ici pour toujours.

« Ce fut pour moi un crève-cœur de fermer la maison, plus triste encore que de la voir vidée de ses meubles, aussi abandonnée qu'une sépulture égyptienne violée par des pillards. Elle m'a paru si vaste et si nue tandis que j'en arpentais les pièces ! Les anciens fermiers sont venus en masse me faire leurs adieux et, comme vous pouvez l'imaginer, ils étaient très affligés eux aussi, certains même pleuraient. Il m'a bien fallu une heure pour aller jusqu'au bout de l'allée et j'avais mal au poignet à force de serrer des mains. (Bien sûr, ils m'ont tous demandé de vos nouvelles ainsi que des nouvelles d'Em.)

« Ils ont bien compris que nous ne pouvions agir autrement et m'ont souhaité bonne chance. Au moment de mon départ, ils ont poussé trois hourras en l'honneur des Merridith. Aucun d'eux ne semblait éprouver la moindre rancune, vous pouvez être tranquille sur ce point. Plusieurs ont même exprimé le désir de m'écrire et m'ont demandé de les considérer pour toujours comme des amis, en dépit des événements. Aussi, je vous en supplie, cessez de vous tracasser, de grâce. L'idée que vous vous rongez les sangs m'est insupportable.

« Vickers, le marchand de biens, m'a assuré qu'il ferait tout son possible pour vendre le domaine d'un seul tenant, sans le morceler. C'est une bonne chose. Tommy Martin de Ballynahinch n'est finalement pas intéressé, je le crains. Sa propre situation semble un peu précaire présentement et il envisage de liquider ses terres pour aller s'installer à Londinium. C'est dommage ; ce n'est pas un mauvais bougre et, bien que tous les Martin soient fous comme des lapins, ils n'auraient pas été les pires propriétaires dans leurs rapports avec les fermiers. J'ai entendu dire que ce vieux filou, cet ivrogne, de Henry Blake aurait l'intention d'étendre son fief. Cette maudite famine a évidemment fait chuter les prix et, comme il est en fonds, il profite largement de la situation. Il pourrait bien acheter tout le Connemara champ par champ. Le commandant de Tully pourrait bien lui aussi prendre le commandement de Kingscourt ou de ce qui en reste. J'ai dit à Vickers que j'aimerais mieux mourir plutôt que de voir ce parvenu vulgaire et tyrannique essayer d'acheter le domaine, mais il m'a fait remarquer que nous sommes sous le règne de la libre entreprise et que, par ailleurs, nous ne sommes pas vraiment en position de nous montrer difficiles. C'est étrange, n'est-ce pas, chère Nat, la tournure que prennent les choses ? Mais c'est ainsi. Si l'on savait ce que l'avenir nous réserve !

« Il a fallu se résoudre à détruire la plupart des "bébés" de papa, ce fut affreux. J'ai bien contacté plusieurs musées, des sociétés de zoologie et même l'Institut de paléontologie de Dublin, et j'ai réussi à placer quelques-unes des pièces les plus précieuses, les squelettes, les fossiles et certains œufs parmi les plus rares. Mais la plupart des animaux, personne n'en a voulu parce que l'humidité de la maison les avait abîmés ; certains étaient même envahis d'asticots et de poissons d'argent, et puis, il faut bien le dire, la taxidermie n'intéresse plus grand monde de nos jours. Un bohémien, appartenant à une de ces troupes ambulantes, vint à passer par là le matin de mon départ et me dit qu'il aurait bien voulu avoir de tigre *Smiladon* qu'il avait vu sur le tas d'ordures dans la cour de l'écurie près de la glacière. Il m'en offrit un shilling, mais je le lui donnai pour rien. Je l'aurais même payé pour qu'il l'emporte, tant la chose empestait comme de la viande de cheval avariée. Johnnyjoe Burke et son frère ont creusé une grande fosse près de la mer. Nous y avons jeté tout le reste de la collection pour le brûler, puis nous avons rebouché le trou. Ce fichu Darwin aura bien du boulot s'il s'avise un jour avec ses copains géologues de venir faire des fouilles à Kingscourt !

« Quant à la maison, qui sait ce qu'elle va devenir ? C'est insupportable de penser qu'elle pourrait être démolie mais, après deux longs siècles passés à affronter les tempêtes de Galway, la pauvre vieille n'est plus au mieux de sa forme. Mieux vaut, j'imagine, ne pas s'attarder à des pensées aussi affreuses.

« Je suis allé ensuite sur la tombe de père à Clifden. Elle est bien entretenue, celle de mère aussi. Des bouquets de fleurs fraîches avaient été déposés le matin même sur chacune d'elles : des asphodèles des tourbières sur celle de père, des droséras sauvages sur celle de mère. Ce n'était qu'un geste tout simple, mais je dois reconnaître qu'il m'a touché.

« Pardonne-moi de n'avoir pas répondu plus tôt à votre dernière lettre, que j'ai reçue à Dublin moins d'une heure avant l'embarquement. Je te laisse imaginer dans quelle folle agitation je me trouvais, courant çà et là pour faire un paquet, attraper quelque chose et Dieu sait quoi encore. On ne croirait jamais que deux petits enfants et leurs pauvres parents aient besoin d'emporter plus de bagages et d'attirail qu'une division d'infanterie au complet sur le point d'envahir le territoire ennemi !

« Mary Duane, dont je sais que vous vous souvenez depuis le bon vieux temps, nous accompagne en Amérique. Laura est très heureuse de l'avoir pour la seconder. Moi aussi. Cela donne un peu l'impression que nous emportons avec nous quelque chose de l'époque de Kingscourt.

« Vous me demandez dans votre lettre quels sont mes projets sur le plan pratique. Je ne saurais vous en vouloir. Jusqu'à présent je n'en ai rien dit à personne. (Même Laura est dans l'ignorance complète sur ce point et elle me harcèle souvent d'ailleurs en me reprochant mon goût du secret.) Mais si je n'en parle pas à ma chère petite Rashers, je vous entends d'ici, à qui donc pourrais-je bien en parler ?

« Je nourris en secret l'intention de me lancer dans la construction de ces belles demeures de style qui sont la nouvelle mode chez les nouveaux riches de New York. Surtout pas un mot à quiconque. Je ne voudrais pas qu'on me prenne ma balle. (Ou plutôt je ne voudrais pas me faire *coiffer au poteau* ? Il me semble que c'est comme cela qu'on dit.)

« Je ne possède pas de diplôme d'architecte, c'est vrai, mais je me flatte d'avoir un petit don pour le dessin et surtout je pense avoir un atout meilleur et plus utile : l'expérience personnelle. J'ai emporté les plans de Kingscourt que j'ai retrouvés dans les papiers de père la veille de mon départ. Je les cherchais en vain depuis des années (vous savez bien comment ces drôles de vieux documents sont entassés dans la bibliothèque en piles qui montent jusqu'au plafond comme le Colosse de Rhodes) ; aussi y ai-je vu comme un signe, de les avoir exhumés précisément à la dernière minute. C'était comme si je recevais de père un legs inattendu.

« J'ai aussi emporté des croquis et des copies des plans de plusieurs fameux manoirs irlandais – Powerscourt, Roxborough, Kilruddery, [*illisible*] et pas mal d'autres –, et j'espère que de nombreux Kingscourts et Powerscourts deviendront bientôt les plus beaux fleurons de New York et de ses environs. Je suis absolument convaincu du succès de mon entreprise.

« Certains prétendent que la mode à New York dans les années à venir sera de construire en hauteur jusqu'aux nuages, je le sais bien, mais j'ai étudié la question très attentivement et je suis arrivé à la conclusion indiscutable qu'une telle conjecture est stupide. S'il y a une chose qui ne manque pas en Amérique, c'est bien la terre. Et les gens n'y sont pas attachés de cette façon ridicule et sentimentale que nous connaissons en Irlande. Les villes s'étendront toujours en largeur, pas en hauteur. Pourquoi diable agiraient-ils autrement, si l'on y réfléchit ?

« De toute façon si l'on envisage, même de façon sommaire, l'aspect technique de la question, on voit bien qu'un immeuble plus haut que large et sans énormes fondations ne pourrait tout simplement pas résister bien longtemps. Et spécialement dans des villes comme Boston et New York qui sont exposées au climat de l'Atlantique. C'est une question de physique élémentaire. Vous savez comme moi par expérience combien les tempêtes peuvent être violentes sur l'Atlantique. (Rappelez-vous comme les ardoises étaient arrachées chaque hiver au toit de la crémerie. Sans parler de la quantité d'épingles à chapeaux que vous avez dû utiliser, Em et vous. Ha, ha !) Dans le Connemara un arbre profondément enraciné a du mal à ne pas être arraché. Alors comment un immeuble de dix étages pourrait-il résister sur la côte d'Amérique battue par les vents ? Et à supposer qu'il tienne le coup, qui d'autre qu'un singe aurait envie d'aller y vivre, perché si loin du sol ? Si une telle idée folle était théoriquement réalisable, on pourrait logiquement s'attendre à ce que quelqu'un l'eût mise en application en Angleterre, et Londres serait déjà une forêt d'horreurs de douze étages.

« Non, décidément, j'ai la ferme intention de ne pas tergiverser. J'ai parfois commis par le passé l'erreur de ne pas suivre mon intuition et de prêter trop d'attention à l'opinion d'autrui. Cette fois je vais rassembler toute mon énergie et frapper fort. Et maudit soit celui qui le premier criera grâce.

« Pour ce qui est de l'argent, j'en ai un peu de côté, mais très peu, aussi faut-il compter que la fortune sourira aux audacieux. J'espère que vous n'en serez pas fâchée, ni Emily non plus, mais j'ai dû vendre certaines vieilles bricoles qui traînaient à Kingscourt. Rien de très important : quelques tableaux. Le piano dont vous me parlez avait déjà malheureusement été emporté par les assistants du commissaire-priseur, je le crains. Je vous ai envoyé quelques bijoux fantaisie ayant appartenu à maman.

« A notre arrivée à New York je suppose que nous devrons loger à l'hôtel, mais je ne sais pas encore lequel, puisque c'est la première fois que je viens dans cette ville. Nous avons loué une petite maison à Washington Square, au numéro 22, mais elle ne sera libre qu'en mars. Je dis une maison mais, en fait, il s'agit d'une chose tout à fait nouvelle qui s'appelle une suite ; nous faisons ainsi notre entrée dans la mentalité moderne. C'est diaboliquement cher, mais j'estime que l'investissement en vaut la peine, il faut un lieu de qualité pour recevoir les clients. (Des clients, mon Dieu, si père m'entendait !) Laura s'occupera d'embaucher des domestiques à notre arrivée. Je pense que nous devrons nous contenter d'un maître d'hôtel, d'une femme de chambre, d'un valet et, bien sûr, d'un cuisinier. Il n'y a pas de quoi en faire tout un monde !

« Un étrange prince indien qui voyage à bord avec nous m'a dit que New York avait un restaurant à peu près correct, le *Delmonico's*, dans William Street, au moins sommes-nous assurés de ne pas mourir de faim. (Il est décoré, m'a-t-on dit, dans le style Louis XIV.)

« Ici, à bord, nous sommes logés dans des conditions nettement moins luxueuses, mais il ne nous déplaît pas de vivre un tantinet "à la dure". Nous disposons de quatre pièces plutôt convenables sur le pont supérieur, un peu à l'écart des autres passagers. La cabine de Laura et la mienne sont exiguës mais agréablement meublées. Jonathan et Robert disposent chacun d'un petit palais et se lancent constamment dans des disputes homériques pour savoir lequel des deux a la salle de bains la plus luxueuse. Mary a ses quartiers au bout du couloir, en haut de quelques marches ; nous disposons également d'une vaste cabine inoccupée où le capitaine a installé des tables pliantes assez remarquables qui nous permettent de prendre le petit déjeuner et le déjeuner tous ensemble. C'est un nid douillet en somme, bien qu'on doive pour ainsi dire faire de l'escalade quand on veut se coucher. Des stewards et des serviteurs ne cessent de trotter dans tous les sens autour de nous comme une armée de

Yahoos, ce qui trouble notre tranquillité et ne manque pas d'irriter Laura, mais je suppose qu'il faut en prendre son parti. (Ce serait encore bien pis si c'étaient des *Houyhnhnms*, si vous voyez ce que je veux dire*.)

« La nourriture n'est pas fameuse mais on s'en accommode.

« La vérité, c'est que l'on s'ennuie ferme, c'est le moins qu'on puisse dire. Il n'y a rien à faire sur ce rafiot. Personne d'intéressant à qui parler. Certains soirs je vais au fumoir perdre quelques shillings en jouant aux cartes avec le maharadjah. Malgré toutes mes recherches, je n'ai pas mis la main sur le moindre livre digne d'intérêt. Tout ce que j'ai fini par trouver au salon, c'est un tas de vieux numéros du *Times* et j'ai entrepris de les décortiquer** en suivant plus ou moins l'ordre chronologique. C'est assez amusant mais sacrément éreintant, surtout à présent que je deviens myope comme une tttttaupe. (Ha, ha !)

« Les garçons vont bien et vous transmettent leurs pensées affectueuses. Ils sont tout à fait à leur aise, étant des loups de mer dans l'âme, mais Jonathan souffre toujours de son problème.

« Je pense que c'est l'excitation et l'inconfort du voyage qui sont en cause. Quand il sera tranquillement installé à New York, j'espère qu'il pourra retrouver un sommeil normal et qu'il cessera d'alourdir la note de blanchisserie en mouillant ses draps. Pauvre vieille

* En parlant de *Yahoos* et de *Houyhnhnms*, Lord Kingscourt fait allusion aux *Voyages de Gulliver* de Jonathan Swift. Les Yahoos sont une espèce de primates, des sauvages dégénérés vivant sur une île qui est une sorte de colonie rurale dépendant du territoire des Houyhnhnms. Ceux-ci sont des êtres doués de raison qui ont l'aspect extérieur de chevaux; ils ont réduit les Yahoos en esclavage et les utilisent comme bêtes de somme. Gulliver fait cette remarque intéressante : « Les Houyhnhnms n'ont aucun mot dans leur langue pour désigner le mal. Ils en forgent en s'inspirant des défauts et des difformités des Yahoos » (IV, 9, 11). – G.G.D.

** Décortiquer fait référence au jeu de *doohulla* inventé par les enfants Merridith dans leur jeune âge et dont les règles et le système de marquage des points sont d'une complexité effroyable. Il consiste à découper des mots dans des vieux journaux ou d'autres documents mis au rebut et à construire une grille en forme de diamant dans laquelle on compose des anagrammes entrecroisées à partir de leurs lettres. Cela ressemble beaucoup à ce que l'on appelle de nos jours les « mots croisés », un passe-temps qui n'existait pas encore dans les années 1840. *Doohulla* est la traduction du nom d'un district du Connemara. En gaélique : *Dumhaigh Schalach*, « le mont des Saules ». – G.G.D.

saucisse ! Il est devenu une vraie clepsydre. Mais il se réjouit de fêter son anniversaire à bord. Quant à Robert, il est en pleine forme et mange comme un ogre. (Notre capitaine dirait qu'il fait preuve d'une boulimie incontrôlable.) Je me demande bien où il met tout ce qu'il avale. Comme le faisait remarquer de temps en temps notre Johnnyjoe, "notre petit lord doit être creux à l'intérieur, sacrebleu !".

« Il y a un peu de froid entre Laura et moi, ces jours-ci, mais je l'attribue au fait qu'elle n'est pas contente d'être loin de Londres au moment de Noël, la période qu'elle préfère dans l'année avec ses réceptions, ses bals et tout le reste. Mais il n'y a là, c'est sûr, rien de préoccupant. Elle est comme toujours une femme formidable.

« Le temps a été extrêmement changeant (une vraie tempête ce matin) et m'a rappelé l'époque héroïque de mes expériences maritimes, lorsque votre pauvre idiot de frère était systématiquement sujet au mal de mer d'une façon étonnante et pour tout dire embarrassante au cours de la première et seule véritable traversée que je fis. C'était un exercice d'entraînement aux Canaries, à bord d'un clipper à trois mâts, qui avait été bombardé en pleine Méditerranée par un certain N. Bonaparte et qui prenait l'eau comme une vieille éponge de bain. Un canonnier de Longford m'avait discrètement confié un bon vieux remède, *id est* : avaler un gros morceau de saindoux attaché à une ficelle, puis tirer brusquement sur celle-ci pour le faire ressortir. Seigneur ! J'ai failli mourir étouffé en me livrant à une telle manœuvre et il a fallu qu'un Espagnol m'applique le bouche-à-bouche pour me ranimer. Une expérience que je n'aimerais pas renouveler.

« "Embrasse-moi, Benoit !" avaient coutume ensuite de dire les autres gars pour se moquer de moi. Ils ignoraient que votre pauvre frère était le fils et l'héritier du fameux Lord Merridith qui avait combattu aux côtés de Nelson à Trafalgar. Je n'ai évidemment jamais mis la question sur le tapis. Peut-être aurais-je dû le faire. Je serais, qui sait, amiral à l'heure qu'il est !

« Ce que vous m'écrivez des créanciers m'ennuie. Quels fâcheux personnages ! Dites-leur que, s'ils continuent à vous embêter, votre grand frère va venir leur tirer les oreilles. Sérieusement, je verrai ce que je peux faire de New York quand nous serons arrivés. Je pense qu'il existe des succursales de Coutts à peu près partout. Et si ce n'est pas le cas, je trouverai une autre banque qui pourra faire quelque chose. Où qu'on aille, il y a toujours une banque.

« A propos de fâcheux, vous ne pouvez imaginer combien on peut en croiser ici, errant en première classe un peu comme des bêtes sauvages dans les ruelles de Tombouctou, mais deux fois plus laids et trois fois plus tristes. Vous mourriez de rire si vous deviez les supporter. Tous les soirs, Laura et moi, nous nous moquons bien d'eux. Je dois dire que je ne sais pas ce que je ferais sans elle.

« Ce peigne-cul de Dixon, l'Américain que vous avez vu un soir lors d'une réception de Laura, est à bord, plus casse-pieds que jamais. (Vous l'avez rencontré le soir où Dickens est venu à la maison. Rappelez-vous, il jacassait à propos du roman qu'il était en train d'écrire.) Je crois bien que tante Eddie l'avait trouvé "décontracté", Dixon je veux dire, pas Dickens évidemment. Enfin, les goûts et les couleurs !...

« Je vous écrirais volontiers plus longuement, mais le temps se gâte (hisse oh ! pluie et vent) et je vais devoir me mettre au lit et chercher mon saindoux, pauvre de moi !

« Ne vous en faites pas, chère vieille chose, tout s'arrangera. Je sais que cela n'en a pas l'air pour l'instant, mais tout finira par s'arranger, c'est sûr, tout ira bien.

« *Gaudeamus igitur.*

« Vous me manquez tellement !

« Votre frérot qui vous aime,

« Davey.

« P.-S. J'ai entendu un vieux loup de mer siffler ceci un soir. Est-ce que ce n'est pas un air que Johnnyjoe Burke yodlait parfois* ? »

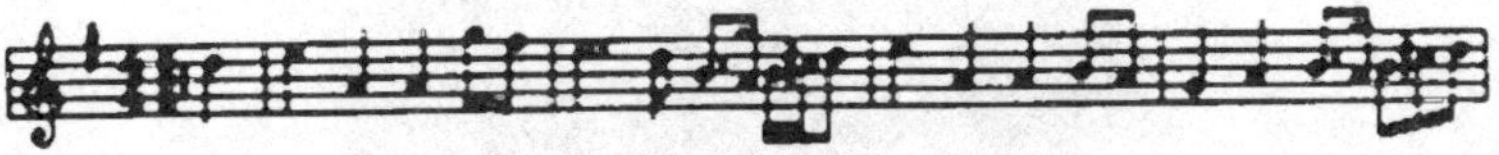

* Lord Kingscourt eût probablement été surpris d'apprendre que cet air est une marche traditionnelle irlandaise intitulée « Bonaparte franchit les Alpes ». – G.G.D.

Peu importe l'endroit du monde où un Anglais se rend, il se trouve toujours quelqu'un pour lui jeter à la figure l'état de l'Irlande, que ce soit un misérable philosophe ou un prêtre confit en dévotion.

The Times, mars 1847.

CHAPITRE XIV

LE CONTEUR

RÉCIT DE LA ONZIÈME SOIRÉE
DU VOYAGE ; ÉVOCATION DE CERTAINS ÉVÉNEMENTS
QUI EURENT LIEU LORS DE LA SOIRÉE PRÉCÉDENTE, PUIS RETOUR
A CETTE ONZIÈME SOIRÉE EN GUISE DE CONCLUSION. UN CHAPITRE
QUI SE DÉROULE EN BOUCLE ; DANS LEQUEL SONT DÉCRITES
DEUX RENCONTRES ENTRE L'AUTEUR
ET SON ADVERSAIRE

32° 31 'O. ; 51° 09 'N.
– 22 heures –

Grantley Dixon s'immobilisa sur le pas de la porte du fumoir. Un cri perçant, semblable à celui d'une mouette, l'arrêta à l'instant où il posait la main sur la poignée. Il ne vit aucun oiseau au-dessus de lui. On entendit de nouveau le criaillement ; à la fois étouffé et déchirant, il s'insinuait en vous. Grantley se dirigea vers le plat-bord et s'efforça d'apercevoir quelque chose. La mer bouillonnait, prête à l'engloutir, noire et couverte d'écume.

Le bruit ne venait ni de l'entrepont, ni d'une autre partie du bateau. Cela faisait deux jours que Dixon l'avait remarqué. Il avait interrogé bon nombre de personnes et toutes avaient eu la même réaction, mais aucune n'avait pu dire au juste de quoi il s'agissait. Un fantôme, avait répondu un matelot en riant du malaise qu'il décelait chez cet habitué du plancher des vaches. L'esprit d'un guérisseur, John Conqueroo, qui était mort des suites d'une fièvre alors qu'il était aux fers, lorsque l'*Étoile* était un négrier. La plainte d'une sirène qui cherchait à les conduire à leur perte, celle d'une autre chevauchant les vents arrière prête à fondre sur eux. Le second eut une explication plus rationnelle : il s'agissait de l'air qui s'engouffrait entre les ponts du vieux vaisseau fatigué. Un coup du vent, monsieur. La brise qui s'insinue par tous les interstices. Ce pauvre rafiot a été réparé bien des fois, la plupart du temps à la va-vite.

Chaque panneau dissimulait un enchevêtrement de rafistolages, de tuyaux rouillés, de poutres fendues et d'espars pourris rongés par les vers et les rats. Parfois, quand le vent soufflait, on avait l'impression que l'*Étoile* chantait. Le navire devenait une flûte flottante, monsieur : l'épave d'un orgue qui naguère avait été l'orgueil d'une prestigieuse cathédrale. Telle était l'opinion du second.

Le pied-bot regardait derrière les grilles. Il passait son temps à observer, ce misérable boiteux. Prêt à mendier, pensa Dixon. Le malheureux regarda le ciel, toussota. Se tourna. Éternua. S'évanouit dans la pénombre. Drôle de personnage. Il ne semblait pas avoir d'amis, se plaisait dans la solitude. Le bateau était pour lui une source inépuisable de nouveautés. Dixon l'avait vu un peu plus tôt, à la tombée de la nuit, l'œil rivé sur le bâbord du poste de timonerie. Quelqu'un y avait fait un dessin bizarre. Un *H* en lettre capitale à l'intérieur d'un cœur.

Dixon se demanda ce que Merridith pouvait bien avoir à lui dire, mais il en avait déjà une idée. Ce serait peut-être la soirée décisive où la vérité finirait par éclater. Le moment était venu. Le mensonge ne durait que depuis trop longtemps. Les tromperies mesquines de l'adultère, les noms d'emprunt, les rendez-vous furtifs dans les hôtels de gare. A la suite de l'altercation de la veille entre son rival et lui, la situation avait atteint un point culminant et la vérité était près d'éclater. Il était temps de mettre fin à ces empoignades verbales. Elles se répétaient presque tous les soirs et ne manquaient pas de plonger Laura et les autres dans l'embarras. Il était sûrement possible de régler ces problèmes à l'amiable. Il eût simplement souhaité être moins fatigué et moins déprimé.

Au cours de la quinzaine précédant l'embarquement, Dixon avait passé toute une journée à courir les éditeurs. Hurst et Blackett. Chapman et Hall. Bradbury et Evans. Derby et Dean. Leurs noms sonnaient comme des duos d'artistes de music-hall et, au vu de ce qu'ils lui avaient proposé, ils ne valaient guère mieux.

Trois mois plus tôt, il avait embauché, à grands frais, un secrétaire pour qu'il lui fît de nombreuses copies de son recueil de nouvelles. Il s'était inspiré de son récent voyage en Irlande pour les écrire. La rédaction lui avait demandé beaucoup de travail.

Il avait passé des nuits entières dans la chambre qu'il occupait à l'*Albany* à peaufiner son manuscrit. Il s'était appliqué à délier son style, à se débarrasser de l'objectivité du journaliste, à laisser poindre ses sentiments. Quand il eut terminé, il en lut un passage à Laura. C'était un après-midi, ils venaient de faire l'amour ; il affirma que, si elle acceptait de lui dire honnêtement ce qu'elle pensait de ses efforts il lui en saurait gré.

– Vos efforts ? demanda-t-elle en souriant.

– A propos de mes nouvelles.

Laura ne les aimait pas.

Ils se disputèrent.

Elle lui reprocha d'être aveuglé par la volonté de rapporter les faits. L'art, c'était créer du beau. Un grand peintre, un auteur de talent, sait extraire ce qu'il y a d'ordinaire dans la vie de tous les jours et le transformer en quelque chose de différent. C'est ce qu'avait affirmé Mr. Ruskin lors d'une conférence à laquelle elle avait assisté à Dublin.

– Vous voulez dire que je ne suis pas un artiste.

– Votre talent de journaliste est indéniable, vos récits sont excellents. Vos descriptions de paysages sont d'une précision remarquable. Et vous êtes un polémiste hors pair. Mais un artiste appartient à une catégorie supérieure. Je ne sais pas. Il voit le monde à sa façon.

– Comme votre mari.

– Ce n'est pas ce que j'ai voulu dire. Mais vous avez raison, il dessine très bien.

– Mieux que je n'écris, je suppose ?

– Vous n'êtes pas honnête, Grantley.

– Qu'est-ce qui est honnête ? Devoir se rencontrer à la sauvette ?

– Justement. Pourquoi ne pas vous satisfaire de ce que vous avez ? Allez, revenez vous mettre au lit, grand benêt.

Mais il ne retourna pas se coucher. Laura, avec ses remarques, l'avait émasculé. Ou alors peut-être s'était-il laissé aller à exprimer un besoin d'être reconnu, ce qu'il faisait pour la première fois devant quelqu'un depuis son enfance. L'incident empoisonna le reste de la soirée. Ils allèrent au restaurant puis au concert, mais ne s'adressèrent quasiment pas la parole. A minuit, il la raccompagna au train qui assurait la correspondance avec le bateau de Kingstown, la mésentente les séparait, pareille à un péché que l'on refuse de confesser. Ils se quittèrent en se serrant discrètement la main selon leur habitude lorsqu'ils étaient en public. Dixon ne put s'empêcher de penser que, ce soir-là, cette discrétion était un peu forcée. Ce ne fut qu'après le départ du train qu'il songea qu'il aurait dû s'excuser.

Il était résolu à lui prouver qu'elle se trompait à propos de son recueil. Elle n'aurait jamais pu aimer un homme qui ne fût un artiste. Qui la connaissait le savait. Elle n'en était peut-être pas consciente, mais, un jour ou l'autre, elle s'en rendrait compte. Dixon refusait d'envisager cette éventualité.

On refusa son livre partout où il se présenta. Trop long, trop court, trop sérieux, trop superficiel. Histoires incroyables. Personnages peu crédibles. Alors qu'il allait à son dernier rendez-vous, le sort sembla se jouer de lui. Il aperçut cet idiot de Dickens qui déambulait le long d'Oxford Street en soulevant son haut-de-forme, pareil à un général victorieux au milieu du peuple. Les passants l'entouraient et lui donnaient de vigoureuses poignées de main, comme s'il s'était agi d'un héros et non d'un imposteur, ce Monsieur Loyal aux relents de crottin, ce zozo de Boz[1] et ses bedeaux, ces orphelins de l'éducation, ces Juifs au nez crochu. Seigneur, c'était sinistre de les voir ainsi boire du petit-lait en l'écoutant ! *S'il vous plaît, monsieur, continuez.*

Dixon avait déjà rencontré l'éditeur Thomas Newby lors d'une des soirées littéraires de Laura. Il lui avait paru un homme de bon sens, intelligent. Il était réputé pour faire paraître sans délai les œuvres qu'il appréciait. Mais il dirigeait une petite maison d'éditions et ne rétribuait pas ses auteurs avec largesse. Peu importe, pensait Dixon, il fallait bien mettre le pied à l'étrier. Il était loin de se douter que là encore une déception l'attendait.

– Je ne dis pas que cela ne vaut rien, mon cher Grantley. Dans son genre, le style est loin de laisser indifférent. Je trouve juste cela un peu trop édifiant. Morbide aussi. Ce récit du pauvre Pat et de son âne, vous me comprenez. Parfait pour un journal. C'est ce que l'on s'attend à trouver dans les journaux. Mais le lecteur de roman veut autre chose. Il va vous falloir changer de monture.

1. Pseudonyme utilisé par Charles Dickens au début de sa carrière.

– Quel genre ?

– Une bonne vieille histoire bien ficelée, dans laquelle il puisse planter les crocs. Ce que vous avez écrit donne le cafard. Est-ce que vous voulez lire un de mes auteurs, Trollope ? Vous avez déjà jeté un coup d'œil aux *Macdermot de Ballycloran* ? Bon, il est le pauvre, il se glisse dans sa peau.

– Nous n'avons pas tous le talent de Trollope, répliqua amèrement Dixon.

– Je suis un homme d'affaires. C'est mon métier.

Grantley ramassa un livre qui traînait sur le bureau et lut le titre inscrit au dos en lettres dorées. *Seize années aux Antilles*, du lieutenant-colonel Capadose. Tome deuxième.

– Il y a quelque chose qui vous déplaît ?

– Pour vous il n'y a rien de mieux, Tom, je me trompe ?

– C'est bigrement intéressant, en fait. Si vous voulez mon avis, vous devriez vous y mettre. Renoncez à la fiction, laissez-vous emporter par les faits.

– Les faits ?

– Souvenirs de l'Ile d'Émeraude. La brume sur les lacs. Les porchers à la sagesse ancestrale. Quelques belles petites collines pour pimenter l'ensemble. Cela vous viendra dans votre sommeil. Je ne comprends pas pourquoi vous n'essayez pas.

– Vous n'ignorez tout de même pas que l'Irlande est en proie à la famine ?

– Je serais enchanté d'envoyer vos droits d'auteur à une organisation charitable.

Dixon prit un autre volume sur le bureau et lut le titre d'un ton méprisant : *La Croisière du grand pacha sur le Nil à bord du yacht du vice-roi d'Égypte.*

– Les gens aiment l'évasion, murmura Newby. Ne soyez pas trop dur avec eux, mon vieux. Ce n'est qu'un livre.

Dixon savait qu'il était dans le vrai. D'ailleurs, il avait presque tout le temps raison. C'était ce qu'il y avait de plus horripilant avec Thomas.

– A propos de départ vers des climats plus hospitaliers, mon petit doigt m'a dit que vous vous apprêtiez à retourner aux colonies.

– Je vais d'abord aller passer quelques jours à Dublin.

– Ah ! Et revoir « *La Belle Dame sans merci**[1] ».

Il se demanda ce qui se cachait derrière ses propos. Difficile de faire la part des choses entre ce que Newby savait et les commérages. Il passait pour être bien informé.

– Peut-être, mais il n'y a rien de sûr.

– On m'a dit qu'elle était en ville la semaine dernière.

– Ah ! bon !

– Elle venait faire ses adieux à son papa, je suppose. Avant de partir briser les cœurs en Amérique. Et chercher un peu d'argent frais, à n'en pas douter.

– Qu'est-ce que vous voulez dire ?

– On murmure dans tout Londres que l'honorable Merridith est ruiné. La famine l'a mis sur la paille. Des mandats d'arrêt ont été lancés. Sans la fortune de beau-papa, il y a bien longtemps que Sa Seigneurie serait en prison pour dettes – il poussa un profond soupir et frotta son gros nez. Quelle tristesse pour Laura ! Une chance sur mille. Je dois avouer qu'elle me manque beaucoup maintenant qu'elle n'est plus là.

– Si je la rencontre à Dublin, je ne manquerai pas de la saluer de votre part.

L'éditeur hocha la tête et lui lança un paquet de livres.

– Cela ne vous ennuierait pas de les lui remettre ? Des récits de passions enflammées au milieu des ruines – il jeta un coup d'œil à Dixon et lui adressa un sourire malicieux. Je me suis laissé dire que Laura n'était pas insensible aux histoires d'amour.

Dixon sentit une bouffée de chaleur lui monter au visage. Il regarda le livre qui se trouvait sur le dessus.

– C'est intéressant ? Je pourrais en faire la critique.

– Un ouvrage destiné au public féminin, mon garçon. Un pasteur du Nord de l'Angleterre. Quant à son talent, je n'en suis plus aussi convaincu. Je n'ai vendu que deux cent cinquante exemplaires.

Deux cent cinquante exemplaires, il avait dit cela avec une certaine aigreur. Dixon se serait fait couper un membre pour un tel nombre.

– Vous ne voulez vraiment pas de mes nouvelles ? Même si je suis prêt à les modifier ?

1. Titre d'un poème de Keats.

Newby fit un signe de dénégation.

– Et mon roman ? Cela fait un an que vous l'avez sous le coude.

– Je ne peux pas le publier. Ce n'est pas l'envie qui m'en manque. Mais, honnêtement, c'est impossible. J'espère que vous aurez plus de chance dans une autre maison. Essayez Chapman & Hall.

– Tom – Dixon s'efforça d'afficher un sourire viril. Le fait est, Tom, que je me suis comporté comme un imbécile dans cette affaire. J'ai commis des erreurs de jugement, si vous préférez.

– Dans quel sens ?

– Je me suis vanté auprès de certaines personnes que je serais publié au début de l'année prochaine.

– Oh ! C'est ça. Oui. J'étais déjà au courant de vos propos.

Dixon le regarda.

– Laura s'est confiée à je ne sais plus qui la semaine dernière. « Elle rayonnait de bonheur » à l'idée de votre succès, à ce qu'on m'a dit.

Le vent fit trembler la fenêtre. Dixon fixa le tapis usé, décoré de couronnes et de licornes. Une jeune fille entra, apportant le café. Il leva les yeux et s'aperçut que Newby détournait le regard.

– Grantley, j'espère que je peux vous parler comme à un ami. Je vous en supplie, soyez prudent. Merridith n'est pas dupe. Il fait semblant parce que cela l'arrange, mais je ne m'y fierais pas.

Newby eut un petit rire étouffé.

– C'est ce qu'on leur apprend, vous savez, dans les écoles privées. Comment se faire passer pour un imbécile heureux, alors que dans le même temps leurs mains vous serrent déjà la gorge. Avec leurs « mon cher vieux » par-ci et « fichtrement bien » par-là. Mais ils ont massacré la moitié de l'Inde pour garder leur thé.

– Il y a des moments où j'aurais souhaité ne l'avoir jamais rencontrée. La vie aurait été beaucoup plus facile.

Newby se leva de son bureau et lui tendit la main.

– J'aurais vraiment aimé faire paraître votre roman. Mais je ne peux prendre le risque.

– Pouvez-vous me donner quelques conseils ?

– Il y a beaucoup d'appelés mais peu d'élus, mon frère. Griffonnez-moi quelques bonnes vieilles observations lorsque vous aurez le temps, je vous promets de les lire. Un Américain en Irlande. Quelque chose dans ce goût-là. Attendez. Prenez donc celui-là aussi.

Les Soirées d'un travailleur de John Overs, agrémenté d'une préface de son ami et mentor, Charles Dickens.

– Non, merci.

– Franchement, vous devriez. Voilà un livre ! Absolument superbe, le prologue de Dickens en particulier. La façon dont cette canaille écrit, cela vous donne envie de chanter.

– Je croyais que vous n'aimiez pas ce qui touchait à la misère.

– Ah ! répliqua sérieusement Newby. Mais il ne manque pas d'humour.

*

Dixon avait gâché toute la journée de la veille à lire le roman du pasteur du Nord de l'Angleterre. Le vent était fort, la mer agitée, et Laura avait déclaré qu'elle avait besoin d'être un peu seule. Elle avait un comportement étrange depuis qu'ils étaient à bord. Elle cherchait des prétextes pour ne pas avoir à lui parler ou pour ne pas se retrouver en tête-à-tête avec lui. Peut-être avait-elle raison de rechercher la solitude. Le fait de devoir toujours se cacher rendait Dixon irritable, lui tapait sur les nerfs.

Ce matin-là, le temps était apparemment calme : l'éclat d'un soleil froid luisait sur l'océan gris-vert. Il s'était installé devant la salle du petit déjeuner avec l'intention de s'absorber quelques heures dans la lecture. Une grosse goutte de pluie s'était écrasée sur la page de titre quand il avait ouvert son livre. En moins de cinq minutes, le ciel s'était assombri jusqu'à devenir d'une couleur plombée.

– Installez les garde-corps et faites rentrer les passagers.

Les marins couraient déjà de toutes parts. Des éclairs zébraient l'épaisse masse des nuages, ils l'enflammèrent brusquement dans un vacarme assourdissant. Une violente rafale vint frapper le grand mât, provoquant une secousse qui se propagea sur tout le pont supérieur et fit trembler la vaisselle et les verres derrière Dixon dans la salle du petit déjeuner. Le navire amorça un mouvement de roulis à vous soulever l'estomac, une embardée, un plongeon. Les écoutilles furent verrouillées, les voiles ferlées. Un steward qui courait en portant une pile de chaises lui cria de se mettre à l'abri mais Grantley Dixon ne bougea pas.

Les grandes orgues du bateau se déchaînaient autour de lui : sifflements sourds, grondements étouffés, souffle poussif du vent traversant sa carcasse, claquement des lambris mal ajustés, tintement des chaînes, grognement des planches, hurlement des bourrasques. Il n'avait encore jamais rencontré de pluie semblable ; elle ne tombait pas des nuages, on eût dit que le ciel la vomissait. Il vit une déferlante se former à environ un quart de mille. Elle roulait, écumait, filait, se soulevait. Elle s'enfla, gagnant en puissance et en volume. Puis ce fut un véritable rempart d'eau noire comme de l'encre, croulant presque sous son propre poids, mais sans perdre de sa hauteur, et qui rugissait. Elle s'abattit sur le flanc du navire ballotté par les vagues, tel un coup de poing lancé par un dieu invisible. Dixon se sentit projeté en arrière contre un banc, son dos heurta le bord en métal qui céda sous son poids. Le bateau craqua violemment et s'inclina, il se coucha lentement presque sur le flanc. Des hurlements de terreur montèrent de l'entrepont. On entendit un fracas de vaisselle. Et un homme qui hurlait : « Il faut l'abattre ! Il faut l'abattre ! » Un des canots de sauvetage du bossoir tribord avait brisé la chaîne qui le retenait et se balançait comme une masse qui venait donner des coups de boutoir dans la cloison de la timonerie.

Nouveau fracas d'une lame se brisant sur la proue. Cinglé par un déluge d'eau salée, aveuglé et trempé jusqu'aux os, il se sentit emporter par le flot bouillonnant, glissant sur le pont tout droit vers le gouffre. Le frottement déchirant d'une pièce de métal contre une autre, le bruit des pales tournant à vide, soulevées hors de l'eau. Le bateau se redressa lentement. Des craquements de bois crépitèrent comme des coups de feu. Hurlement d'une sirène qui ordonnait l'évacuation immédiate de tous les ponts. Le pied-bot aidait un marin à rattraper une femme qui roulait sur le dos en direction du bastingage détruit. Elle hurlait de terreur en essayant vainement de s'agripper à quelque chose. Ils réussirent finalement à l'arrêter et à la tirer à l'abri. Cramponné au cordage visqueux qui servait de garde-corps, assurant ses prises l'une après l'autre comme un alpiniste, Dixon regagna laborieusement le rouf des premières.

Dans la coursive, deux stewards distribuaient des gamelles de soupe. Ordre fut donné aux passagers de se retirer immédiatement dans leurs cabines. Il ne fallait pas s'inquiéter. La tempête n'allait pas tarder à se calmer. Il n'y avait aucun doute là-dessus. C'était une question de saison. Le navire ne pouvait en aucun cas chavirer, cela ne lui était pas arrivé en quatre-vingts ans de navigation. La distribution de gilets de sauvetage était une simple précaution. Mais le capitaine avait ordonné que chacun regagnât ses quartiers. Au bout du couloir il aperçut Laura qui lui jeta un regard suppliant, ses fils terrifiés se cramponnaient à ses jupes en braillant. Ils furent tous les trois happés par un Merridith excédé qui les tira dans la cabine comme de vulgaires sacs.

– Rentrez, monsieur, rentrez dans votre cabine ! Et n'en sortez pas avant qu'on vous appelle !

Il avait enfilé des vêtements secs et avait mangé toute sa soupe. Au bout d'une heure, la tempête avait un peu faibli. Le maître d'hôtel avait frappé à sa porte, porteur d'un message du capitaine. Tous les passagers étaient consignés pour le reste de la journée. Aucune exception ne serait tolérée. Les écoutilles étaient sur le point de céder.

Il avait essayé de s'installer pour reprendre sa lecture, tandis que l'océan en furie lançait des paquets de mer contre le hublot et que le vent sifflait de toutes parts. Mais le roman n'avait pas vraiment contribué à améliorer son humeur.

Il ne manquait pas de passion, c'était vrai, du moins, d'une certaine sorte de passion : l'étalage habituel de sentiments exacerbés et assommants. Le livre parvenait par moments à prendre vaguement l'apparence de la vie, mais était écrasé par le poids de sa grandiloquence. Comme la plupart des premiers romans, comme celui de Dixon d'ailleurs, il se voulait le récit d'une histoire d'amour. Mais il était loin d'être à la hauteur de ses ambitions et ses personnages étaient de simples marionnettes. Il se donnait tant de mal pour rechercher les effets qu'il en perdait tout intérêt. C'était un peu comme une tourbière du Connemara ; on y trouvait quelques fleurs splendides mais rares au milieu d'un désert marécageux.

Je n'ai aucune pitié ! Je n'ai aucune pitié ! Plus les vers se tordent, plus j'ai envie de les écraser !

Doux Jésus !

Comment pouvait-on répandre une telle fange dans le monde alors que ses propres textes si soigneusement composés avaient été refusés ? Newby avait bien raison de penser que ce roman n'aurait aucun succès. Pas un critique digne de ce nom ne pourrait émettre un jugement favorable sur de tels borborygmes. C'était embrouillé, invraisemblable, mal construit, confus. La principale qualité pour laquelle il s'était lui-même donné tant de mal en écrivant, le respect pour la véritable signification des mots, était totalement et désespérément absente de ce roman.

Et pourtant, il le savait, Laura aimerait certainement ce livre. Elle qui l'avait éreinté sans ménagement ne manquerait pas d'adorer cette horreur d'exubérance juvénile, ce ramassis d'adjectifs et de névroses d'écoliers. Elle trouverait cela « esthétique », d'une inspiration élevée, émouvant. Ce qu'elle pouvait être ridicule parfois, dans son babillage ! S'il n'avait pas été aussi amoureux d'elle, se disait-il souvent, il l'aurait détestée.

Posé sur le bureau, le livre semblait tacitement l'accuser. L'auteur qui avait commis ce piètre crime contre la beauté avait réussi là où Grantley Dixon avait échoué. Que les critiques, à supposer qu'ils daignent s'en occuper, l'éreintent comme il le méritait, que personne ne l'achète à part quelques vieilles filles ne changeait rien. Ce roman existait bel et bien. On ne pouvait rien y faire.

Tout comme ce parasite de Merridith et ses prétendus dessins. Ces croûtes prétentieuses représentant les victimes de sa famille accrochées dans sa demeure comme des trophées de chasse ! Il se trouverait bien à Londres des imbéciles pour s'extasier devant elles. Ah, la magie irlandaise ! Quel pouvoir d'enchantement ! Avec quel talent il sait les rendre !

Dans un siècle ces dessins existeraient toujours. De même que *La Croisière du grand pacha à bord du yacht du vice-roi*, les idioties de Dickens et les fables absurdes de Trollope. Plus personne ne les lirait, mais là n'était pas le problème. Longtemps après que Dixon et ses grandes ambitions ne seraient plus que poussière, des éternités après que Laura l'aurait laissé tomber comme un raté, ces livres-là continueraient à exister comme une insulte à sa mémoire. Ils seraient toujours bien réels quand lui ne serait plus que fiction.

Il avait pris la boîte où il rangeait le manuscrit de ses nouvelles. Il l'avait ouverte, souhaitant presque que son contenu eût disparu.

Il avait sorti la grosse liasse de papiers et avait lu à haute voix la première ligne.

Galway est une ville amoureuse de la douleur.

C'est seulement à ce moment-là qu'il remarqua les trois petits points d'interrogation que Newby avait tracés à l'encre rouge en face de cette phrase. Il n'avait peut-être pas tort. La formule était maladroite. Qu'un endroit, quel qu'il soit, pût « être amoureux » de la douleur, cela n'avait aucun sens. Il savait bien ce qu'il avait voulu dire, mais les mots n'exprimaient pas sa pensée. Évidemment, on ne pouvait pas dire d'un lieu qu'il éprouvait des émotions. Newby avait raison. C'était plat et fumeux.

Il raya la phrase et essaya autre chose :

Galway devrait être rebaptisée «Douleur».
Douleur est le nom qui conviendrait à Galway.
Galway. Mort. Douleur. Connemara.

Il arracha la page et la jeta. Il ouvrit son calepin et se mit à écrire.

Il passa tout l'après-midi à son bureau, s'acharnant à trouver l'inspiration en buvant du bourbon. Il en vida complètement une bouteille jusqu'à ce que la nuit vînt transformer le hublot en une tache noire. Quand la chandelle se mit à vaciller, il en alluma une autre au reste de la première. Mais ses métaphores ne fonctionnaient pas, c'étaient des clichés plats et choquants. Rien ne venait. Ses mots n'étaient que de la boue. Plus il se donnait de mal, plus l'entreprise semblait désespérée. Dixon se mesurait à une invincible réalité. On ne pouvait donner vie à un équivalent de la Famine. Le meilleur mot pour *mort*, c'était *mort*.

Et cela soulevait un plus vaste problème. Dixon en était parfaitement conscient, et ce depuis des mois, depuis l'instant effroyable où il avait franchi le seuil de l'atelier pour indigents de Clifden et contemplé le spectacle qui s'offrait à ses yeux.

De la première demi-heure, il n'avait gardé aucun souvenir. Sauf la voix du vieux policier qui lui avait servi de guide dans le dédale de couloirs, dans ce brouillard de puanteur et de désinfectant, dans ces réduits obscurs où l'on amenait les gens pour mourir. Les hommes mouraient dans une salle. Les femmes dans une autre.

Les laisser mourir ensemble eût été contraire au règlement. Il n'y avait pas de mouroir spécial pour les enfants. Ils mouraient dans un autre bâtiment au bord de la rivière. On laissait les bébés mourir avec leur mère, puis on les emportait pour les jeter dans une fosse. Et quand les mères mouraient, dans la mesure du possible on les jetait dans la même fosse que leur nourrisson. Le policier expliquait le fonctionnement du système, mais sa voix était remplie de terreur comme s'il ne voulait pas parler. Dixon se rappela qu'il avait été lui-même incapable de proférer une seule parole, obsédé par cette pensée : *De telles choses ne se sont encore jamais produites, il s'en est passé beaucoup mais jamais ça.* Il s'était efforcé de se raccrocher à cette pensée, mais son silence lui faisait l'effet d'un petit caillou au milieu d'un ouragan. Tout le reste lui revenait en impressions fragmentées, fouillis d'images sans suite logique : une main, un coude, un membre fin comme une brindille, le dos nu d'un vieil homme, du sang sur les dalles, une rigole, une pile de linceuls, la chevelure tondue d'une jeune fille dans un bassin en métal, un garçon se balançant dans un coin, le visage dans les mains.

Certains bruits aussi lui revenaient, mais il préférait ne pas y penser. Il ne voulait se rappeler que la voix du policier, le débit régulier et le ton aimable de cet homme qui rappelait à Dixon son grand-père mais dont la gentillesse était minée par la peur et la honte.

A l'entrée d'une salle, un peintre était assis devant son chevalet et s'efforçait de dessiner tout ce qui se déroulait devant lui. C'était un homme de Cork, entre deux âges ; il avait été envoyé par un journal londonien recueillir des images de la Famine dans le Connemara. Les larmes coulaient lentement sur ses joues pendant qu'il dessinait. Des traces humides de fusain lui avaient noirci les yeux, on aurait dit qu'il pleurait des larmes de pétrole. Ses mains tremblaient tandis qu'il essayait de saisir des contours. Dixon avait ressenti une véritable épouvante au spectacle de cette salle. Incapable d'en supporter davantage, il était sorti.

A présent il avait sous les yeux ces dessins qu'il avait arrachés aux pages de journaux londoniens, dans l'intention plus ou moins claire de tenter de les faire publier en Amérique. Ces visages émaciés, ces bouches tordues, ces regards affolés, ces mains tendues. On n'était pas en Afrique ni en Inde, mais dans le royaume le plus riche du monde. Quoique bouleversantes, ces images n'étaient rien en comparaison de ce qu'il avait vu de ses propres yeux. Elles ne s'en approchaient même pas.

Rien ne l'avait préparé à affronter cela : la réalité de la famine. Les fosses creusées en guise de tombes, les hurlements, les monceaux de cadavres, la puanteur de la mort flottant jusque sur le plus petit chemin. Le soleil brillait par ce matin glacial où il s'était rendu à pied de son auberge de Cashel jusqu'au village de Carna, oui, le soleil continuait à briller sur ces lieux pourtant désespérément abandonnés de tous, où il avait vu trois vieilles femmes se disputer le cadavre d'un chien. Et cet homme qu'on avait arrêté aux environs de Clifden, accusé d'avoir mangé le corps de son enfant ! Son absence totale de réaction quand on le traîna au tribunal, si affaibli qu'il pouvait à peine marcher, et quand on le déclara coupable et qu'il fut emmené ! La torpeur d'un homme qui était devenu un intouchable. Dixon n'avait pas de mots pour cela. Personne n'en avait.

Mais comment garder le silence ? Que signifiait le silence ? Avait-on le droit de ne pas réagir à de tels événements ? Ne rien dire revenait à affirmer haut et fort une seule chose : que la Famine n'avait pas eu lieu, que de toute façon ces gens ne comptaient pas. Ils n'étaient pas riches, pas cultivés. Ils n'étaient pas capables d'entretenir une conversation élégante, beaucoup d'entre eux ne parlaient même pas du tout. Ils étaient morts très tranquillement. Ils étaient morts obscurément. Et tous les éléments traditionnels de la fiction – les histoires d'héritage, les grands tours en Italie, les bals au château –, ils ne savaient même pas ce que c'était. Ils avaient payé leur écot de la sueur de leur esclavage, mais leur histoire s'arrêtait là. Leur vie, leurs amours, leur famille, leurs combats, et même leur mort, leur mort affreuse, tout cela n'avait absolument aucune importance. Ils n'avaient pas leur place dans les pages des livres, dans ces romans finement ciselés destinés aux gens bien élevés. Ils ne valaient tout simplement pas la peine qu'on parle d'eux.

Il avait dormi quelques heures d'un sommeil agité de cauchemars. Il s'était vu cramponné au pont du bateau dressé quasi à la verticale. Il s'était brusquement retrouvé plongé jusqu'à la taille dans du sang. Une main l'avait violemment saisi par les cheveux pour le tirer en arrière. Il avait agrippé la manche trempée. C'était celle d'un vieux nègre qui portait un manteau en lambeaux et une écharpe déchirée autour du cou. Il tenait dans ses bras un enfant pâle comme la mort, les yeux révulsés. L'homme montrait quelque chose du doigt avec insistance : cette pièce au bout du couloir de pierre glacé, cette pièce qu'il n'était pas capable de regarder en face.

A onze heures il décida d'aller au fumoir, estimant que cela lui calmerait les nerfs de prendre un verre.

C'est ce qu'il faisait régulièrement depuis son voyage dans le Connemara.

Merridith était seul ; assis dans le salon mal éclairé, il feuilletait une pile de vieux journaux froissés. Il découpait les titres et les arrangeait dans un certain ordre. L'alcôve dans laquelle il était avachi n'avait pour toute lumière qu'une chandelle. Il clignait des yeux pour distinguer les petites lettres. Sur la table voisine se trouvait une bouteille de porto ; il avait déjà dû en boire une grande quantité, à en juger par son air négligé. En voyant Dixon, il renifla avec mépris.

– Le barde est descendu de sa tour d'ivoire pour rejoindre les mortels.

– Rassurez-vous, je n'y resterai pas longtemps.

– L'appel de la bonne vieille muse, bredouilla-t-il. Elle est plutôt insatiable, non ?

– Prêt à un assaut de mots d'esprit, ce soir, Merridith ?

– Je n'attaquerai pas un homme désarmé. Cela ne se fait pas en Angleterre.

– Cela ne vous gênait pas quand vous étiez en Irlande.

Il eut un sourire de mépris accentué par l'ivresse.

– Ah, la verte Erin chère au poète ! L'unique endroit de la création que seuls les étrangers peuvent comprendre !

– Mais bon sang ! pour qui vous prenez-vous ? Pour un véritable Irlandais ?

– Ma famille habite l'Irlande depuis 1650, soit à la veille du départ de l'homme blanc allant dépouiller les Indiens de l'Amérique. Et vous, pourquoi ne retourneriez-vous pas d'où vous venez ? C'est votre devoir. En toute logique.

Dixon le toisa. Lord Kingscourt lui rendit un regard trouble.

– Et alors, père fondateur ? Quand rentrez-vous au pays ?

– Votre argument est ridicule, comme tous vos propos d'ailleurs.

– Ils traduisent bien la vérité pourtant. C'est important si on veut comprendre la situation. Vous devez bien avoir un peu étudié la question avant de venir. Par conscience professionnelle. Ne pas partir sans biscuits et tutti quanti.

La lueur de la chandelle soulignait les ombres de son visage, accentuait sa mâchoire saillante et le creux de ses orbites. Dixon resta silencieux. Il se sentit très ivre brusquement, tremblant, nauséeux, sur le point de vomir. Un renvoi acide de whiskey lui brûla la gorge. Merridith lui décocha le sourire cruel d'un juge qui vient de prononcer une sentence de mort.

– *Ar mhaith leat Gaeilge a labhairt, a chara ? Cad é do mheas ar an teanga ?*

– Et comment dites-vous *famine* en gaélique, Votre Seigneurie ?

– *Gorta*. La faim. Même ce mot-là, vous l'ignorez ?

– Je ne parle pas non plus swahili, mais je sais reconnaître la cruauté là où elle se trouve.

– Moi aussi, monsieur. J'ai grandi au milieu d'elle.

– Je remarque tout de même que vous n'en êtes pas mort.

– Est-ce là mon dernier crime, monsieur ? Que je n'en sois pas mort ? Allez-vous l'ajouter à tout le reste ? rugit-il.

Interloqué, le steward se retourna et le dévisagea. La salive coulait sur le menton de Merridith, qui avait le visage cramoisi de colère et de haine.

– Vous êtes soûl, Merridith, encore plus pitoyable que d'habitude.

– Vous voudriez me voir mourir ? Pourquoi est-ce que vous ne me tuez pas ? Cela vous arrangerait bien, non ?

– Qu'est-ce que vous voulez dire ?

– Ma propre mère est morte des fièvres de la famine, Dixon. Votre ravissante Muse ne vous avait-elle donc jamais raconté ce petit détail ? Elle l'a attrapé en allant secourir nos fermiers en 1822. Alors, comprenez que je me passe de vos sermons prétentieux sur la cruauté.

Le navire roula dans un craquement sinistre comme si quelque force l'avait poussé de côté. La porte du fumoir s'ouvrit à toute volée et se referma en claquant.

– Elle en a sauvé beaucoup dans le comté de Galway. En particulier sur les terres de cet Irlandais archiconservateur qui n'aurait pas hésité à mettre sainte Brigitte sur le trottoir pour gagner deux shillings de l'heure. Bien sûr, c'est sans importance. Cela ne compte pas.

– Je ne voulais pas offenser votre mère. A présent je vous souhaite le bonsoir.

– Ne vous en faites pas – du bout du pied il poussa une chaise dans sa direction, Dixon refusa. Si on parlait de littérature ? Racontez-moi donc une histoire.

– Merridith…

– Ainsi, le fameux roman est censé se passer au Swaziland maintenant ? C'est absolument magnifique, terriblement *outré* *. Alors que nous étions tous persuadés que le *magnum opus* allait mettre un terme à la famine en Irlande, voilà qu'il se métamorphose en tout autre chose.

A cet instant précis, le maharadjah entra dans le fumoir, accompagné du révérend et de Wellesley, le responsable de la poste. Ils avaient le regard brillant de cette exaltation propre à ceux qui ont survécu à leur première tempête en mer. Ils saluèrent Merridith d'un signe de tête qu'il ne leur rendit pas. Sa voix s'enflammait de nouveau, comme si elle était proférée par un démon intérieur qu'il ne contrôlait pas.

– Je me demande quel serait le terme en swahili pour désigner un foutu poseur, un imbécile privilégié qui jacasse à propos de littérature alors que d'autres ont le cran de s'y colleter. Qui se gausse de ceux qui s'efforcent de soulager les souffrances de l'humanité et fait tout son possible pour contrecarrer leurs projets. Vous devez bien le connaître ce mot-là, je pense.

– Merridith, je vous mets en garde.

– Vous ne me mettez en garde contre rien du tout, espèce d'hypocrite nauséabond. Touchez-moi encore une fois et je vous abats comme un chien !

Le révérend s'était approché, contrarié.

– Lord Kingscourt, monsieur, vous me semblez un peu énervé. Puis-je… ?

– Oui, vous pouvez prendre votre piété et votre pitié et vous les fourrer dans votre cul bénit. Vous m'entendez, monsieur ? Hors de ma vue !

– Héroïque, commenta Dixon, après que le pasteur se fut éloigné. S'en prendre à un homme qui a le double de son âge !

– Dites-moi, cher vieux, vous avez déjà entendu le mot *nègre* ?

– Bouclez-la immédiatement. Espèce d'ivrogne !

– Un mot que vous avez dû entendre souvent dans votre enfance, j'imagine ? Viens ici, petit nègre. Bébé Grantley veut son gombo.

– Je vous ai demandé de la boucler !

– Est-ce qu'il y avait beaucoup de Swahilis parmi les esclaves de la plantation familiale ? Cela devait bien être le cas. Ils ne vous ont pas appris quelques mots ? A moins que bwana n'eût trouvé déshonorant de se mêler à eux ?

– Mon grand-père a combattu l'esclavage toute sa vie. Vous m'entendez ?

– S'est-il débarrassé des terres que ses ancêtres avaient pu acquérir grâce à l'esclavage ? A-t-il rendu leur héritage aux enfants de ceux qui avaient fait sa fortune ? Est-ce qu'il a vécu misérablement pour se racheter, lui et les rodomontades d'arrière-salle de café de son petit-fils ? Qui a tellement honte des sources de sa fortune qu'il brûle de trouver dans le passé des autres des crimes plus atroces encore.

– Merridith…

– Mon père a pris part à toutes les guerres qui ont mis fin à l'esclavage dans l'ensemble de l'Empire. Il a risqué sa vie. Blessé deux fois. Il a fait des choses extraordinaires, n'en parlait jamais, se contentait de les faire. Ma mère a sauvé des milliers de gens de la famine et de la mort. Pendant que vos serviteurs vous donnaient du « petit missié blanc ». C'est là-dessus, mon vieux, que vous devriez écrire un de vos prétendus romans !

– Prétendus romans, bon Dieu, vous voulez dire quoi au juste ?

– Vous voulez que je vous fasse un dessin ?

– Est-ce que vous me traitez d'imposteur, monsieur ?

– Imposteur serait vous faire beaucoup d'honneur. Vous n'êtes qu'un vulgaire menteur.

– C'est ce que vous pensez ?

– Si j'ai tort, vous n'avez qu'à le prouver. Je ne demande qu'à voir.

– Voir quoi ?

– Votre fameux roman. Votre sublime œuvre d'art. Mais peut-être tout simplement n'existe-t-elle pas ? Comme ce droit que vous vous arrogez de faire la leçon aux autres sur les crimes qu'ils ont commis dans le seul but de masquer la culpabilité que vous inspirent les vôtres, mille fois plus répugnants.

Dixon s'aperçut que le maître d'hôtel le tirait en arrière, avec la poigne d'un homme habitué à ce genre de situation. Deux marins se tenaient en renfort près de lui. La pluie ruisselait le long de leurs cirés usés. Ils furent éblouis par l'éclat des lumières qu'on venait d'allumer. L'expression de Merridith passa du dégoût à un mépris hautain.

– Je vous ai un peu titillé, Grantley, mon cher vieux ?

– Lord Kingscourt, asséna le maître d'hôtel, je vous serais obligé de trouver des distractions plus calmes.

– Oui, Taylor, bien sûr. Aucun problème. Ce n'était qu'une petite discussion entre compagnons d'oppression.

– Le capitaine insiste sur les bonnes manières qu'il convient de garder lorsque l'on est au fumoir. Il est très strict sur ces questions d'étiquette.

– J'abonde dans votre sens – il s'avachit dans l'alcôve et remplit son verre maladroitement en renversant un peu de porto sur le pied en cristal. A propos, auriez-vous la bonté de demander à Missié Dixon de quitter les lieux immédiatement.

Taylor le dévisagea.

– Il enfreint le règlement. Le port de la cravate est obligatoire le soir au fumoir. Aucun gentleman ne l'ignore.

Lord Kingscourt but en tremblant. De sa main libre il touchait la table, comme s'il craignait qu'elle ne disparût. Peut-être était-ce un effet de la lumière, mais Dixon aurait juré qu'il avait les larmes aux yeux.

*

Une fois le pied-bot disparu, Dixon pénétra dans le salon et referma la porte derrière lui pour empêcher la bourrasque d'entrer. Merridith était à la table de jeu, il battait les cartes en plaisantant avec le maître d'hôtel qui demeurait de marbre. Il était assis sur un tabouret et tournait le dos à la porte. En apercevant Dixon dans le miroir, il lui fit signe de le rejoindre, sans laisser une seconde de répit au maître d'hôtel, pareil à un de ces raseurs si nombreux dans les trains.

– Selon moi, poursuivit-il comme Dixon s'approchait, l'intérêt des mots que l'on croise dépend du matériau de base. A mes yeux, l'auteur d'un passe-temps est un trésor national. Je le vénère tout autant que j'estime Victoria Regina Magnifica.

Il semblait hagard et n'était pas rasé. Il dégageait une forte odeur de transpiration rance mêlée à un relent de viande faisandée. Des pellicules souillaient les épaules de son smoking. Mais il portait une cravate, tout comme Dixon d'ailleurs.

– Bonsoir, monsieur Dixon, fit le maître d'hôtel. Un bourbon comme d'habitude ?

Lord Kingscourt toucha le bras de Dixon pour devancer sa réponse.

– Apportez-nous une bouteille de Bollinger, s'il vous plaît, mon vieux Taylor. Du 39, s'il en reste – il ajouta à l'adresse de Dixon : le 24 est meilleur mais il y a un semblant de pénurie en ce moment. N'importe, nous ferons de notre mieux.

Dixon s'assit à son côté et son regard parcourut la table de jeu. Il remarqua que Merridith n'avait classé sa main ni par rang ni par couleurs, et pourtant on pouvait percevoir une certaine logique dans l'ordre qu'il avait adopté.

– Je suis en train de mettre au point de nouvelles règles du poker. Une sorte de passe-temps. Je prends comme critère l'ordre alphabétique au lieu de la valeur faciale des cartes. C'est assez amusant. Mais je ne crois pas que cela va révolutionner les règles du jeu.

Le silence retomba. Il battait les cartes.

– Vous avez bien reçu mon billet ?

– Oui.

– J'apprécie que vous soyez venu. Je pensais à vrai dire que vous ne viendriez pas. Mais je crois qu'il faut que nous ayons une discussion d'homme à homme en quelque sorte – il poussa un soupir contraint et leva les yeux au plafond. Je n'étais pas tout à fait dans mon état normal hier soir, mon vieux. J'avais dû un peu trop forcer sur le nectar. J'aimerais m'excuser d'avoir été aussi grossier. Je ne voulais pas offenser votre honorable famille. Ce n'était vraiment pas nécessaire. J'en suis très confus.

– Il faut bien reconnaître que j'avais moi-même pris quelques verres.

– Oui, c'est bien ce qu'il m'avait semblé. Vous aviez une mine de papier mâché. Vous autres femmelettes des colonies, vous ne supportez pas l'alcool, c'est évident.

– Avez-vous vu le révérend ?

– C'est plutôt lui qui m'a vu. Et il a aussitôt changé de chemin. Pour vous dire la vérité je n'ai pas tellement de remords en ce qui le concerne. Je ne peux pas souffrir cette engeance. Mais bon Dieu ! qu'est-ce qu'il fout avec sa bouteille ?

– Vous n'êtes pas croyant ?

Un bâillement de lassitude lui déforma les traits.

– Il peut y avoir du vrai là-dedans. Ce que je critique, c'est leur comportement lors de cet événement dont il vaut mieux ne pas parler, la Famine. Les protestants gambadant à travers la campagne pour offrir des friandises aux fermiers qui accepteraient de se convertir et l'équipe adverse les menaçant des flammes de l'enfer s'ils le faisaient. Je les maudis les uns comme les autres et les tiens pour un ramassis d'*amadain* – il eut un petit sourire désolé. Pardon, c'est un mot irlandais. Je voulais dire un ramassis d'imbéciles.

Taylor apporta le champagne, déboucha la bouteille et emplit deux coupes. Merridith trinqua avec Dixon – « Passons aux aveux » – et prit une gorgée qu'il dégusta longuement.

– Que pensez-vous de ce poison ?

Il leva son verre à la hauteur de ses yeux et en examina le contenu d'un air soupçonneux.

– Je préfère le bourbon.

– Hmm. Vous savez, parfois je me demande s'ils ne se contentent pas de coller l'étiquette d'un grand cru sur n'importe quelle vieille piquette. En pariant sur la confiance. Je suis persuadé que la moitié du temps on ne verrait même pas la différence. Qu'on se fait rouler, je veux dire.

– Moi, je le trouve bon.

– Hmm. Bon. Mais je ne suis pas tout à fait convaincu – il rota discrètement. Après tout il ne faut pas être difficile quand on n'a pas le choix.

Il remplit de nouveau les verres, sortit un cigare de sa poche et le tapota d'un air décidé sur le feutre vert de la table. Dixon eut l'impression pendant un bon moment que Merridith n'allait pas dire un mot de plus. Il se demanda s'il était censé aborder le sujet le premier. C'était peut-être la manière habituelle de régler ce genre de problèmes en Angleterre. C'est l'amant qui prenait l'initiative de parler au mari. L'Angleterre avait des codes si bizarres ! Même le cocufiage obéissait à une chorégraphie.

– Merridith, dans votre billet vous faisiez part de votre désir de me rencontrer pour discuter d'une question importante.

Lord Kingscourt se tourna vers lui et lui adressa un sourire débonnaire, les yeux fatigués et injectés de sang.

– Ah ?

– Votre billet.

– Oh, désolé ! J'étais à mille lieues.

Il sortit un livre de sa poche et le posa sur la table.

– Vous l'avez oublié au bar, hier soir. Quand vous êtes parti. J'ai pensé que vous aimeriez le récupérer.

Il l'ouvrit à la première page et en retira le billet de banque plié en deux qui lui avait servi de signet

LES HAUTS DE HURLEVENT
par Ellis Bell[1]
T.C. NEWBY & CO.
1847

– Le retour du fils prodigue dans le giron de son père, grogna-t-il à travers un écran d'épaisse fumée grise.

– C'est tout ce que vous vouliez ? Me rendre un livre ?

Merridith haussa les épaules d'un air las.

– Qu'est-ce que vous imaginiez ?

– Gardez-le.

– Je ne voudrais en aucun cas vous priver d'un tel plaisir esthétique, mon cher vieux.

– Je l'ai déjà lu.

– Hmm, moi aussi, répliqua Kingscourt avec un hochement de tête, en fourrant le volume dans sa poche.

1. Ellis Bell, pseudonyme sous lequel Emily Brontë publia son célèbre roman.

» J'en ai lu la moitié d'une seule traite, la nuit dernière. Au bord des larmes par moments. Cela m'a fichu la frousse. Je n'ai pas pu dormir, alors je l'ai dévoré, je l'ai terminé à l'aube. Il est sacrément doué ce Bell, pas vrai ? La noirceur et le reste. C'en est presque surnaturel. Frotte les mots pour en faire jaillir l'étincelle.

– Qu'est-ce que vous voulez dire ?

Dixon semblait perplexe.

– Oh, vous voyez. Absolument extraordinaire. Vous ne trouvez pas ? L'œuvre d'un sacré génie si vous voulez l'avis d'un béotien – il but une longue gorgée et s'essuya les lèvres du revers de sa manche. Seigneur, c'est tout simplement… Je ne veux pas m'avancer, les critiques n'aimeront peut-être pas. Sûrement pas. Misérables bouseux jaloux ! Et les plus fielleux seront les ratés poussés par leur propre échec. Vous voyez le genre, je suppose. Mais de toute façon aucun d'entre eux ne pourra faire l'impasse, ni à Londres ni même à New York, à y bien penser.

Merridith le regardait fixement sans ciller par-dessus le bord de son verre. Il posa lentement le livre sur la table et tira sur son cigare. Il reprit les cartes qu'il se remit à battre.

– Mon Dieu, la froideur de pierre, savez-vous, le néant. Enfin, le Connemara tout craché malgré l'habile déguisement. Connemara, Yorkshire, rien que des pays misérables. Et puis il y a autre chose. Une sorte de philosophie universelle. Une dimension propre à Keats, vous ne croyez pas ? Ce thème récurrent du paysage, sa présence palpable, l'art d'en faire presque un personnage. Alors qu'un second couteau se serait contenté de décrire platement, comme un plumitif de Grub Street [1] qui aurait pillé un dictionnaire de synonymes.

– Merridith…

– Vous le connaissez ? Ce talentueux Mr. Bell ?

– Non.

– Si par hasard vous le rencontrez, ne manquez pas de lui dire qu'il a un fervent admirateur. Cela vous arrivera bien ? Dans vos pérégrinations littéraires ?

– Je me suis laissé dire que c'était un pseudonyme, en fait.

1. Rue située dans le quartier de Moorgate à Londres, habitée par des auteurs faméliques au XVIIe siècle.

– Ha, ha ! Je m'en doutais. *In vino veritas* – il gloussa en brossant la cendre de son cigare tombée sur sa veste. J'attendais que vous reconnaissiez enfin votre enfant.

– Le reconnaître ?

– Je sais m'avouer vaincu, je suis bon perdant – Lord Kingscourt posa son verre et serra la main de Dixon. Vous valez mille fois mieux que je ne pensais, monsieur Bell, félicitations. Vous êtes un artiste. Finalement.

– Merridith.

Il eut un rire bref et secoua la tête.

– Et moi qui vous ai toujours pris pour un imbécile, Dixon. Un de ces amateurs qui cherchent à épater le monde avec de pitoyables récits et un verbiage bourré de clichés, un de ces journaleux prêts à toutes les bassesses pour être reconnus, n'hésitant pas à exploiter la mort pour se mettre en valeur. Mais à présent je suis ébloui par la vérité. Les nuages qui masquaient ma vue se sont dissipés.

– Écoutez, Merridith !

– Et cette étonnante connaissance de la psychologie féminine ! Bien sûr, personne n'est dupe, nous savons qui a servi de modèle à l'héroïne. Un portrait inspiré par l'amour, c'est mon avis. Vous l'avez miraculeusement dépeinte. Cela ne vous dérange pas si je le lui donne à lire ? Peut-être préférez-vous le faire vous-même ? Cela la toucherait davantage.

– Merridith, pour l'amour de Dieu, je ne suis pas Ellis Bell.

– Ah ! fit-il avec un sourire glacial. Ce n'est pas vous, mon vieux, vraiment ?

Dixon se sentit aspergé de champagne avant même d'avoir vu son interlocuteur brandir son verre. Il essuya ses yeux qui le brûlaient et distingua Merridith debout derrière lui, en train de sécher ses manchettes avec une serviette. Il avait du mal à contenir sa rage. Quand il réussit à articuler, ce fut d'une voix rauque :

– Si tu t'approches encore une fois de la mère de mes enfants, je te tranche la gorge, tu me comprends ?

– Va en enfer si on y veut bien de toi !

– Où donc, mon très cher vieux ?

– Tu m'as bien entendu, salaud !

Dixon s'effondra sous la violence du coup de poing, la chemise éclaboussée de sang et de salive. Le maître d'hôtel accourut et retint Merridith. Celui-ci attrapa le verre de Dixon et le vida d'un trait avant de le reposer d'une main tremblante sur le bar.

– Un conseil, petit bwana. La prochaine fois que tu tentes le diable, tâche d'avoir un bon jeu.

Et il cracha, le comte. Il cracha sur son ennemi. Et son ennemi s'essuya le visage.

Mon cher fils, j'ai aimé mon village d'un amour fier et fort.
Un jour vint le mildiou et mes troupeaux sont morts.
Mais même écrasé d'impôts, accablé de famine,
Ce n'est pas pour cela que j'aurais quitté Skibbereen.

C'est parce qu'en ce triste jour de décembre sont arrivés
Le maître et le shérif venus nous expulser.
Ils ont brûlé notre maison, ces étrangers à triste mine,
Et voilà la vraie raison de mon départ de Skibbereen.

Oh ! mon cher père, le jour viendra où à cet appel nous répondrons,
Nous les Irlandais braves et courageux, nous nous unirons.
Je marcherai en tête, brandissant le drapeau de la verte Erin,
Et à gorge déployée je crierai :

« Vengeance pour Skibbereen ».

CHAPITRE XV

PÈRE ET FILS

RÉCIT DE LA MATINÉE DU DOUZIÈME JOUR DE LA TRAVERSÉE, AU COURS DE LAQUELLE A LIEU UN ENTRETIEN ENTRE LORD KINGSCOURT ET JONATHAN MERRIDITH, CEPENDANT QUE MULVEY S'APPROCHE DE LA RÉALISATION DE SON SINISTRE PROJET

33° 01 'O. ; 50° 05 'N.
–7 h 45–

« – *Bégayez encore et vous aurez un autre coup de fouet. Le choix dépend uniquement de vous. Quelle est la définition d'une petite brise ?*

« Sourire carnassier des touches de piano reflet sur le vernis noir des chandelles qui se consument lentement en s'enroulant passent de l'or à l'éclat de la perle dansent avec une image jumelle noire comme le piano ; une copie. Un faux ? Squelette du magnifique et jadis commun *Megaloceros hibernicus* l'élan irlandais alvéoles creuses des andouillers en forme d'ailes de griffon.

« – *Un un un vvvent sous lequel un babateau de guerre en bon état, toutes vvvoiles dehors, peut sur une mer caccalme atteindre un ou deux nœuds, mmmonsieur.*

« Le magnifique et jadis commun Daniel Hareton Erard O'Connell[1] gravé sur le piano froid comme une tombe. C'était ça, maman ?

« – *Très bien, David. Et un vent fort ?*

« – *Uun vvvent sous lequel le même babateau peut naviguer à voilure réduite, monsieur.*

« – Un ouragan ? Rapidement. Et SANS bégayer.

1. Dans son rêve, Lord Kingscourt mêle les noms de Daniel O'Connell, patriote irlandais, Sébastien Erard, le facteur de pianos, et Hareton, personnage des *Hauts de Hurlevent*.

« – S'il vous plaît, papa, j'ai peur, papa.

« La magnifique mâchoire aux mains du commun vomit un flot de flammes de sa bouche macabre. Le couvercle du piano claque. Tonnerre de coups de poing à l'intérieur. La lumière des chandelles vacille et s'éteint dans un sifflement. »

David Merridith s'éveilla en sursaut, le visage ruisselant de sueur ; le sang cognait dans sa veine jugulaire.

– Papa, papa, j'ai peur. Réveillez-vous.

Son fils et héritier lui secouait violemment le bras. Il portait son costume marin blanc comme du lait et un bonnet de nuit tout fripé. Il avait la bouche barbouillée du jus sanglant d'une prune. Cadavre dans la prairie de Lowerlock. Enfant de la mort.

Merridith ouvrit péniblement les yeux. Il avait la bouche sèche et amère à cause du tabac fumé la veille. Le réveil posé sur la commode affichait huit heures moins dix. A côté un verre d'eau s'était renversé, répandant son contenu sur les pages d'un roman.

Pas de pitié.

Leur broyer les entrailles.

Le vent hurlait, le bateau roulait. Dehors, quelque part, une cloche sonna. Merridith éprouvait l'étrange sensation de se trouver sous terre. Il bâilla, massa sa nuque douloureuse. Il avait l'impression que son cerveau avait rompu les amarres.

Dans la chaleur de la cabine, l'odeur des cheveux de son fils s'imposait, un effluve désagréable de phénol mêlé à ceux de son linge de corps. Laura ne cessait de lui laver les cheveux. Obsédée par les poux. Des asticots dans la toison.

– Comment va mon petit capitaine ?

– Je me suis réveillé de bonne heure.

– Tu n'as pas mouillé ton lit ?

Le gamin secoua la tête d'un air sérieux et s'essuya le nez.

– Tu es un brave garçon. Tu vois, je te l'avais bien dit que cela s'arrêterait.

– Oui, mais j'ai fait un cauchemar. Des hommes sont venus.

– Eh bien, c'est fini maintenant. Tu te sens mieux ?

Il hocha la tête d'un air sinistre.

– Ch'peux venir sous la tente ?

– Rien qu'une minute. Et parle correctement.

L'enfant escalada la couchette et vint fourrer sa tête sous les draps. Il mordilla affectueusement l'avant-bras de son père. Celui-ci eut un petit rire las et écarta l'enfant, qui prit l'oreiller entre ses dents et se mit comme un chiot à pousser force aboiements et jappements.

– Qu'est-ce que tu fais, espèce de petit fou ?

– Je chasse les rats.

– Il n'y a pas de rats ici, mon capitaine.

– Et pourquoi pas ?

– Parce que c'est trop cher pour eux.

– Bobby en a vu un hier, gros comme un lévrier d'Irlande. Il grimpait le long d'un cordage, là où sont les pauvres.

– Ne les appelle jamais ainsi, Jons.

– C'est pourtant bien ce qu'ils sont, non ?

– Je te l'ai déjà dit, Jonathan, ne t'avise jamais de les appeler ainsi.

Il avait employé un ton plus cassant qu'il ne l'aurait voulu. L'enfant lui lança un regard perdu et pitoyable, trouvant injuste d'être réprimandé pour avoir dit la vérité. Et au fond il avait raison. Merridith le savait bien. Bien sûr qu'ils étaient pauvres, et ce n'était pas un euphémisme qui améliorerait leur sort.

Rien d'ailleurs ne pourrait le changer.

Depuis quelque temps il avait tendance à parler sèchement à Laura et aux enfants. La tension, sans doute. Mais ce n'était pas bien. Il tendit le bras et ébouriffa la chevelure déjà en bataille de son fils.

– Et qu'en a-t-il fait ?

– De quoi ?

– Du rat bien sûr, vieux farceur !

– Il l'a tué et l'a mangé sur un toast bien croustillant.

Le garçon se coucha de tout son long sur le dos et poussa un bâillement phénoménal. Le plafond de la cabine était assez bas pour qu'il pût l'atteindre en allongeant les jambes. Pendant un bon moment il se consacra exclusivement à cet exercice, pédalant dans le vide comme un cycliste à l'envers. Puis il se laissa lourdement retomber au creux du lit et eut une grimace boudeuse.

– J'en ai assez. Quand est-ce qu'on arrive en Amérique ?

– Dans à peu près deux semaines.

– C'est long. C'est l'éternité.

– Mais non.

– Mais si !

– Pas vrai.

– Mais si, et d'ailleurs maman trouve que « pas vrai » est vulgaire.

Merridith garda le silence. Il avait très soif.

– Est-ce qu'elle a raison, Paps ?

– Les squaws ont toujours raison. Maintenant, vieux camarade, piquons un petit roupillon.

Le gamin se coucha de mauvaise grâce sur le côté et Merridith se blottit contre lui pour sentir sa chaleur animale. Le sommeil vint le bercer doucement : une vague roulait sur le sable humide, des fragments d'écume flottaient dans l'air salé. L'image de sa mère essayait de s'imposer, il la vit comme de très loin ; Lady Verity marchait sur la grève de Spiddal en lui tournant le dos. Elle s'arrêta pour lancer un paquet à la mer. Des mouettes s'envolaient de la bande de goémon et tournaient autour d'elle en criant. A présent elle marchait dans le verger au printemps, les cheveux couverts de fleurs de pommier. Un pincement dans la poitrine le fit bouger et l'image se dissipa. A travers le drap il sentait faiblement le sang battre dans le corps de son fils. Quelque part sur le pont, il entendit un marin crier.

– Paps ?

– Mmm ?

– Bob a recommencé à raconter des sornettes.

– Ce n'est pas bien de dire du mal de son frère, mon vieux. Un bon frangin est le meilleur ami au monde.

– Il a dit qu'un homme est entré dans sa cabine hier matin.

– Bien.

– Il avait un grand couteau de chasse et une sorte de cagoule noire sur le visage, avec des trous pour les yeux et pour la bouche. Il faisait un drôle de bruit de sabots en marchant.

– Je crois bien qu'il avait aussi des cornes et une longue queue.

– Mais non, Paps, ricana l'enfant, trouvant l'idée ridicule.

– Tu demanderas à Bobs de regarder plus attentivement la prochaine fois, tu m'entends ? Tout monstre digne de ce nom doit avoir des cornes et une queue.

– Il a dit que quand il s'est réveillé il a vu l'homme penché sur lui, tout habillé en noir, et qu'il lui a demandé : « Dans quelle cabine dort ton papa ? »

– C'était poli de sa part. Et qu'a répondu Bobs ?

– Il a dit qu'il n'en savait rien mais qu'il ferait mieux de débarrasser le plancher sinon il allait lui flanquer un coup sur la tête. Et puis l'homme a entendu quelqu'un s'approcher et il s'est sauvé par la fenêtre.

– Il a bien fait. Et maintenant rendors-toi.

– J' peux pas.

– Alors, file voir Mary. Elle fera pour le mieux.

– Est-ce que je peux avoir une bouillie de pustules bien puante pour le petit déjeuner ?

– Parle correctement, Jons, et cesse donc de faire le nigaud.

L'enfant poussa un grognement moqueur, comme s'il désespérait de se faire comprendre par un demeuré venu lui demander l'aumône ; le genre de soupirs que Laura poussait fréquemment à Athènes quand elle se disputait avec un serveur qui faisait semblant de ne pas comprendre un mot d'anglais.

– Je veux dire du chocolat, bien sûr. Est-ce que je pourrais en avoir ?

– Si Mary est d'accord, tu peux même avoir un double whiskey.

Son fils se laissa glisser sur le plancher et attrapa une chemise. Il s'en couvrit la tête et agita les bras : on aurait dit un fantôme de l'enfance dans une campagne illustrée contre l'alcoolisme. Comme il voyait que son père ne réagissait pas, il rejeta la chemise sur le dossier d'un fauteuil.

– Paps ?

– Qu'est-ce qu'il y a ?

– Est-ce que vous étiez triste quand vous étiez petit ? De ne pas avoir de frère ?

Il regarda son fils, sa candeur magnifique. Il lui rappelait le regard de Laura aux premiers temps de leur rencontre.

– En fait, j'en avais un, mon vieux. Enfin, dans un certain sens. Avant que la bonne vieille cigogne me dépose à la maison, elle avait déjà apporté un autre petit diable. Il aurait été mon grand frère en somme.

– Comment s'appelait-il ?

– En fait, il s'appelait David. Tout comme moi, tu vois ?

Le garçon eut un petit rire en entendant cette étrange révélation.

– Oui, gloussa son père. C'est drôle, hein ?

– Et où est-il maintenant ?

– Eh bien, il a été malade un certain temps et il est monté au ciel.

– Malade ?

L'enfant savait que c'était un mensonge et Merridith le voyait bien. Il avait par moments un regard perçant, une expression qu'il était difficile de ne pas remarquer.

– Ta maman te trouve un peu jeune pour qu'on te parle de ces choses-là.

– Mais je ne lui dirai rien, Paps. Parole d'honneur.

– Eh bien, il s'est produit un accident à la maison. Une bien triste affaire. Mon grand-père était supposé garder le gamin un jour. Mais le petit chenapan a échappé à sa surveillance. Il est tombé dans le feu.

– Il a été brûlé ?

– Oui, mon amour, hélas !

– Est-ce qu'il a eu du chagrin ? Je veux dire votre grand-père ?

– Beaucoup, oui. Mon père et ma mère aussi.

– Et vous ?

– Eh bien, en fait, je n'étais pas encore là, naturellement. Mais j'ai été triste plus tard. Avec rien que des sœurs autour de moi, tu vois. Tu sais comment sont les filles. Vraiment de drôles de créatures. Ç'aurait été bien d'avoir un copain. Pour taper dans un ballon ou des trucs du même genre.

Son fils se rapprocha de lui maladroitement et lui donna un baiser sur le front.

– Je suis désolé, Paps.

– Moi aussi, fit-il doucement en lui passant la main dans les cheveux.

– Plus tard je ferai un dessin de lui. Comme ça vous pourrez le voir au paradis.

– Brave garçon.

– Est-ce que vous pleurez, Paps ?

– Mais non, c'est cette satanée paupière qui est irritée, c'est tout.

– Je peux être votre frère, si vous voulez.

Merridith embrassa la main crasseuse de son fils.

– Cela me ferait très plaisir. Maintenant file voir Mary.

– Je pourrai aller dans son lit ?

– Non.

– Pourquoi pas ?

– Parce que.

– Parce que quoi ?

– Parce que c'est comme ça.

– Paps ?

– Oui ?

– Est-ce que c'est vrai que les dames s'assoient pour faire pipi ?

– Demande à ta mère. Et maintenant fiche-moi la paix !

Il regarda son fils quitter la cabine à contrecœur. Il était trop tard maintenant pour se rendormir. Un sentiment de pitié l'étreignit douloureusement. Ses garçons avaient hérité de sa disposition aux frayeurs nocturnes. Cela risquait fort d'être leur seul héritage.

Merridith se leva de sa couchette, enfila sa robe de chambre d'un air maussade et se dirigea à pas feutrés vers le hublot. Le volet s'ouvrit en grinçant, laissant pénétrer la lumière du jour. Le vaste ciel avait la couleur d'un gruau refroidi, mais il était zébré de nuages orange et violet ; certains étaient blafards, effilochés et teintés de noir, d'autres tachetés comme une vieille peau de léopard. Sur le pont principal, deux matelots noirs se serraient auprès d'un brasero et buvaient au même gobelet. Le maharadjah se promenait près du gaillard d'avant, accompagné de son maître d'hôtel. Le pauvre type au pied bot arpentait le pont de long en large en clopinant, battant des bras pour essayer de se réchauffer. C'était réconfortant de constater la banalité de la routine quotidienne. C'est curieux tout de même de voir à quoi l'on se raccroche pour se consoler.

Il s'interrogea sur les deux marins. Ils semblaient vraiment proches l'un de l'autre. Peut-être étaient-ils frères ? Il existait d'autres formes d'intimité entre les hommes. Merridith le savait bien, et par expérience. Une ou deux fois pendant son bref passage dans la marine, certains officiers lui avaient fait des avances, mais il avait toujours refusé. Non pas que l'idée le dégoûtât. A Oxford il avait fait ses expériences, assez souvent, et il n'en était pas mécontent. Ce qui le dégoûtait, c'étaient plutôt les hommes, précisément, qui lui avaient fait ces propositions.

Il sortit de sa cabine, longea la coursive froide comme l'acier et s'arrêta devant la porte de sa femme. Il frappa. Pas de réponse. Il recommença, puis essaya d'ouvrir ; la porte était fermée à clef. Une odeur de pain frais lui arriva de la cuisine comme un cadeau immérité. Il ressentait cruellement le besoin d'une piqûre.

La veille, dans l'après-midi, elle était venue dans sa cabine lui faire part de sa décision. Elle était déterminée. Il avait commencé par en rire, persuadé qu'elle plaisantait, qu'elle essayait une nouvelle technique pour le harceler. Non, avait-elle répondu, elle avait bien réfléchi, avait considéré la question dans son ensemble. Elle voulait divorcer.

Elle avait annoncé cela avec une sorte d'effrayante tendresse. Elle n'était pas heureuse, avait-elle dit, et depuis pas mal de temps. Bien sûr, elle n'ignorait pas qu'il devait lui-même être malheureux, mais elle trouvait son indifférence insupportable. L'indifférence était un véritable poison dans un couple. Un mariage pouvait surmonter n'importe quel obstacle, sauf celui-là. Elle avait prononcé l'expression « n'importe quel obstacle » comme si elle lui donnait une signification particulière, comme si elle lui tendait discrètement une perche pour provoquer ses aveux.

Mais il s'était contenté de répondre :

– Je ne suis pas indifférent.

– David, mon amour, lui avait gentiment répondu sa femme. Nous n'avons pas passé une nuit ensemble depuis presque six ans.

– Seigneur ! Toujours la même rengaine. Vous ne vous en lasserez donc jamais ?

– David, nous sommes mariés. Nous ne sommes pas frère et sœur.

– J'ai eu pas mal de sujets de préoccupation. Je pense que cela ne vous a pas échappé.

– J'ai eu plus d'occasions que nécessaire de m'en apercevoir, et aussi de me poser des questions et même d'avoir peur de la nature exacte de ces préoccupations.

– Que voulez-vous dire, Laura ?

Elle poursuivit d'une voix très calme :

– Vous n'êtes pas un vieil homme, et pas non plus un petit garçon après tout. Je suppose que vous devriez encore éprouver pour moi tous les sentiments que vous manifestiez autrefois.

– Que voulez-vous dire ?

– Y a-t-il quelqu'un d'autre dans votre vie ? Je vous en prie, dites-moi ce qui se passe – elle lui prit la main et la garda entre les siennes, une main qui semblait morte même à Merridith. Si des erreurs ont été commises elles peuvent être pardonnées, David. Le pardon est toujours possible là où existent l'amour et la sincérité. Aucun d'entre nous n'est un saint, et moi-même je ne prétends certainement pas l'être.

– Ne soyez pas ridicule.

– Est-ce là votre réponse ou une nouvelle dérobade ?

Il ne pouvait envisager que deux réactions : une explosion de colère feinte ou l'apparence d'un calme parfait.

– Il n'y a personne d'autre, je vous assure, affirma-t-il calmement.

Mais il était rien moins que calme. Il avait envie de partir en courant, effrayé à l'idée que s'il restait là un instant de plus il allait tout avouer.

– Alors, je ne comprends pas. Pouvez-vous m'aider ?

Chaque fois qu'elle s'était approchée de lui comme une femme approche un homme, il l'avait éconduite ou s'était écarté d'elle sous un prétexte quelconque. Il lui avait fait éprouver un sentiment de honte, quand elle voulait simplement partager cette petite mais magnifique complicité de la vie conjugale, cette intimité qui leur avait valu autrefois tant de bonheur et d'amitié. Par sa faute, elle se prenait pour une putain simplement parce qu'elle l'aimait. Il était devenu renfermé, secret, complètement inaccessible. Cela avait commencé longtemps avant la mort de son père, mais les choses avaient gravement empiré dès ce moment-là. On aurait dit qu'il était mort lui aussi ou peut-être qu'il avait peur de vivre.

Il n'allait pas bien du tout, elle en était parfaitement consciente. Elle avait souvent essayé de l'aider, sans y parvenir, manifestement. Être son épouse exigeait une patience qu'elle n'avait plus. C'était un peu comme assister de la jetée au naufrage d'un bateau qui sombre dans la baie. Elle n'irait pas s'aventurer plus loin et courir le risque de couler elle-même.

Et puis il fallait aussi prendre en compte les aspects financiers. Elle avait vu sa rente engloutie dans le naufrage de Kingscourt. Il avait fallu financer l'émigration au Québec des sept mille fermiers ; cela avait coûté plus que ce que la famille dépensait en deux ans. Sans parler du coût des expulsions elles-mêmes et du salaire des transporteurs. Son père l'avait averti qu'il jugeait la situation très préoccupante et qu'il ne continuerait pas indéfiniment à leur servir de caution. S'il venait à découvrir qu'elle avait entamé son capital, il serait absolument furieux et ne manquerait pas de lui couper les vivres. Il saurait toujours bien assez tôt qu'elle était allée jusqu'à vendre les actions de ses enfants. Et à ce moment-là, Dieu sait de quoi il serait capable.

– David, il vaut mieux que je vous le dise franchement ; il m'a demandé de vous quitter.

– De quoi diable vient-il se mêler ?

– Cela ne le regarde pas, bien sûr. Mais il se fait du souci. Il dit qu'il a entendu des choses qui ne lui font pas plaisir.

– Vous parlez par énigmes. Comment voulez-vous que je vous réponde ? Si vous dressiez la liste des crimes dont je suis accusé, je pourrais peut-être me défendre.

– Il n'a rien dit de précis. Il m'a seulement conseillé d'être prudente. Vous n'êtes pas toujours celui dont vous avez l'air.

– Eh bien, lui, il a l'air d'un âne et il brait comme un âne. Vous pouvez lui dire de ma part que c'est au tribunal que je le retrouverais s'il n'apprend pas à fermer sa grande gueule.

– David, je vous en prie. Soyons courageux. Nous avons fait tout notre possible. Il faut savoir s'arrêter.

Merridith avait dû déployer des trésors de persuasion pour convaincre Laura de lui accorder une dernière chance. L'Amérique leur ferait du bien, elle leur offrirait le nouveau départ dont ils avaient besoin, l'occasion de laisser derrière eux tous les événements malheureux. Jonathan et Robert avaient désormais besoin de tranquillité. Ils avaient été assez éprouvés, ils méritaient bien d'avoir leurs deux parents auprès d'eux.

– Si vous vous imaginez qu'ils ont bénéficié ces derniers temps de la présence de leurs deux parents, vous vous trompez lourdement, David.

– Je vous en supplie, Laura, une dernière chance.

Maintenant que le jour était levé, cette conversation semblait absurde ; comme si elle n'avait pas eu lieu ou était intervenue entre d'autres personnes. Il se demanda si elle y ferait allusion. Ferait-elle comme si rien ne s'était passé ? Il ferait peut-être bien de lui apporter une tasse de thé bien chaud. Il retourna sur ses pas et longea la coursive pour aller en demander une au cuisinier.

En passant devant la cabine de Robert, il vit par la porte ouverte que Jonathan s'y trouvait. Il aurait préféré n'avoir rien vu. Jonathan tirait un drap taché de jaune comme la traîne d'une vieille robe de mariée, et tentait d'en recouvrir son frère endormi.

– Jons, qu'est-ce que tu fais dans la chambre de Bobby ?

Le garçon se figea sur place et leva les yeux sur son père, honteux et rougissant. Il ouvrit la bouche, la referma et laissa tomber le drap.

– Rien, parvint-il à balbutier en se mordant les lèvres.

– Comment ça, rien ? Réponds-moi immédiatement.

– Je... je – il haussa les épaules et fourra les mains dans les poches de sa culotte. Je ne faisais rien. Je...

Il s'enferma dans un silence coupable et se mit à fixer obstinément le plancher. Merridith soupira. Cela n'avait aucun sens de chercher à le piéger. Il voyait parfaitement ce que l'enfant était en train de faire. Il n'était pas nécessaire de l'interroger plus avant. Il entra doucement dans la cabine et attrapa le drap souillé.

– Tu m'avais dit que tu n'avais pas mouillé ton lit, vieux filou. Ce n'est pas nécessaire de mentir, encore moins de chercher à faire accuser Bobs.

– Je sais, Paps. Je ne voulais pas.

– Je suis très déçu, Jonathan. Je croyais qu'on se disait la vérité, toi et moi.

– Je suis désolé, Paps, s'il vous plaît, vous ne le direz pas.

Il aurait probablement dû se lancer dans un sermon mais, sans savoir très bien pourquoi, il ne s'en sentait pas le courage. Ce matin-là, précisément, ne lui semblait pas le moment adéquat pour exercer son autorité. Et des sermons, de toute façon, le gamin en avait déjà eu sa part.

– File donc chercher de l'eau chaude comme un bon petit gars et puis on le lavera ensemble. Qu'est-ce que tu en penses ?

Son fils sursauta et lui lança un regard plein d'espoir.

– C'est vrai, Paps, vous ne direz rien ? Vous promettez ?

– Évidemment – il frotta la joue du gamin. Nous autres les gars, nous ne passons pas notre temps comme les filles à commérer sur les autres, non ? Mais ne t'avise pas de refaire ce genre de sales blagues ou tu finiras au pilori.

Le garçon lui embrassa la jambe et trottina hors de la cabine, débordant de reconnaissance. A cet instant l'attention de Merridith fut attirée par un détail déprimant. Près du hublot on voyait la trace d'une paume sale, une main de petite taille, mais qui pouvait être celle d'un homme, le genre de marque laissée par un gant graisseux.

Il en parlerait à Laura pour qu'elle intervienne auprès de Mary. La situation était déjà bien assez pénible, ce n'était pas la peine, en plus, de se laisser aller à la négligence.

La famine en Irlande est le châtiment de son insouciance et de sa paresse, mais elle lui a apporté progrès et prospérité.

Anthony Trollope, *North America.*

CHAPITRE XVI

LE POUVOIR DES CHOSES OBSCURES

TREIZIÈME JOUR DE MER
QUI MARQUE LE MILIEU DE LA TRAVERSÉE.
OÙ LE CAPITAINE ÉVOQUE DE BIEN ÉTRANGES SUPERSTITIONS
(PARTICULIÈREMENT RÉPANDUES PARMI LES COUREURS DES MERS)
ET S'EMPLOIE A LA DÉFENSE DE LA FEMME
IRLANDAISE

Samedi 20 novembre 1847

Encore treize jours de navigation

LONG. : 36° 49' 11 "O. LAT. : 51° 01' 37 "N. HEURE DE GREENWICH : 23h59. HEURE LOCALE A BORD : 21h32. VENT : N.-N.-O. (342°), force 4. MER : calme mais écumante. CAP : S.-S.-E. 201°. TEMPS : brouillard extrêmement dense. Visibilité réduite à 400 yards. Nous avons ralenti notre vitesse à deux nœuds.

La nuit dernière neuf de nos frères et sœurs ont été rassemblés, et ce matin leurs dépouilles ont été confiées à l'océan : Carmody, Coggen, Desmond (2 individus), Dolan, Murnihan, O'Brien, Rourke et Whelehan.

Dans l'après-midi, à une distance d'environ un demi-mille, nous avons croisé un iceberg « grondeur » qui faisait plus ou moins la taille d'un immeuble londonien. Les passagers de l'entrepont sont montés en masse l'admirer, n'ayant encore jamais vu pareil spectacle.

Le cuisinier, Henry Li, est venu me proposer une idée qui pourrait soulager les souffrances de certains passagers de l'entrepont sans entraîner la moindre dépense pour la compagnie. (Que le ciel nous en préserve !) Il reste souvent de la nourriture dans les assiettes après le dîner ou le déjeuner dans la salle à manger des première classe : des os, des nerfs, de la couenne, etc., mais aussi du gras ou la peau des poissons. Au lieu de jeter ces restes ou de les hacher en pâtée pour les porcs (ce qui est l'usage habituel), il propose d'en faire un bouillon que l'on distribuerait aux affamés, ce qui serait une façon de leur venir en aide. J'ai trouvé l'idée généreuse et je lui ai donné mon accord. (Il me semble même que tout bon chrétien devrait avoir honte de voir un païen se montrer plus compatissant que bien des rachetés.)

Une puanteur étrange a envahi le bateau ce soir. Je ne parle pas du remugle habituel qui émane de l'entrepont, où les pauvres gens se débrouillent comme ils peuvent, mais de quelque chose de bien pis, d'une odeur vraiment pestilentielle dont on ne peut même pas donner une idée.

J'ai donné l'ordre de laver tout le bateau à pleins seaux d'eau de mer additionnée de vinaigre, mais au moment où j'écris ces lignes cette abominable infection persiste. Je n'ai encore jamais rencontré un tel phénomène : une puissante pestilence, comme on ne pourrait en rencontrer que dans les égouts de taudis particulièrement sordides. On n'a rien trouvé qui fût en train de pourrir ni dans la soute avant, ni dans la cale. Je ne parviens absolument pas à comprendre de quoi il s'agit. Cela perturbe gravement les passagers et certains matelots. Qu'un tel phénomène survienne précisément aujourd'hui est une circonstance malheureuse qui ne peut que provoquer le trouble.

Dans toute traversée, le jour qui se situe au milieu du voyage est considéré comme néfaste ; c'est vrai aussi du treizième jour. Lorsque les deux coïncident comme c'est le cas aujourd'hui, la chose est considérée comme de très mauvais augure par les marins. L'un d'entre eux, Thierry-Luc Duffy de Port-au-Prince, a refusé ce matin de quitter sa couchette pour prendre son quart ; il a insisté sur le fait que tous les signes étaient réunis pour attester l'intervention du vaudou. (En plus, c'est aujourd'hui samedi, le jour du « Sabbat noir » dans cette étrange superstition.) Il a affirmé à Leeson avoir entendu un cri bizarre cette nuit, une sorte de miaulement ou de cri d'oiseau. C'est d'ordinaire un homme très agréable, environ du même âge que moi. Nous avons souvent navigué ensemble et sommes amis de longue date. C'est pourquoi je me suis rendu moi-même à ses quartiers pour chercher une solution. Il m'a dit que c'était un jour néfaste et qu'il ne travaillerait pas. Je lui ai répondu que c'était un sacrilège de raconter de telles histoires, et que, s'il commençait ainsi, il finirait par faire cuire sa mère pour la manger au souper en compagnie du baron Samedi. (Ce gentilhomme semble être le diable des adeptes du vaudou, mais il porte un chapeau haut de forme pour cacher ses cornes comme la moitié de ceux qui siègent à la Chambre des communes.) Ma remarque le fit rire mais pas changer d'avis.

Il expliqua que s'il était sacrilège de croire en une vie après la mort, à l'existence du mal et au pouvoir des choses obscures, c'était tout le christianisme qui était sacrilège et, par conséquent, presque tous les gens qui se trouvaient à bord. Chaque homme adhère à la croyance de son choix, il en convenait, mais tout de même, quelle sorte de Dieu était-ce là, que celui qui était capable d'envoyer son propre fils se faire tuer sur un morceau de bois ! Quant au cannibalisme, les catholiques romains ne se vantaient-ils pas hardiment de manger la chair et de boire le sang ? Alors le pape Pie lui-même pouvait bien être une espèce de zombi vaudou. Je lui fis observer que c'était mal de manquer de respect à cette foi grande et majestueuse (bien que discutable sur le plan doctrinal) que partageaient la plupart des passagers. Il s'excusa, disant qu'il avait seulement voulu plaisanter et que, d'ailleurs, sa femme était catholique (de l'île d'Eleuthera, dans les Bahamas) et que sa jeune sœur s'apprêtait à entrer au couvent. En revanche, il demeura inflexible dans sa décision ; il préférait se passer de repas et se laisser enchaîner au cachot plutôt que de prendre son tour de garde en un jour pareil. Je lui ai accordé sa journée mais en précisant qu'elle lui serait retenue sur ses gages. Il a parfaitement compris et a paru satisfait.

Au moment où je sortais, il a murmuré des mots que je n'ai pas compris.

Ce soir je me suis trouvé dans l'obligation de punir un homme de l'équipage, Joseph Cartigan de Liverpool*, qui avait importuné des

* Contrairement à son habitude, le capitaine Lockwood semble faire erreur sur ce point. L'équipage comptait une douzaine de marins originaires de Liverpool, mais aucun d'eux ne se nommait « Cartigan ». On trouve bien un « Joseph Carrigan » sur le rôle de l'équipage, également un « Joseph Hartigan ». D'après nos recherches menées bien des années plus tard auprès des survivants de l'équipage, il semble que ce soit Hartigan, le marin dont le capitaine raconte ici la punition. – G.G.D.

passagères de l'entrepont et leur avait fait des propositions malhonnêtes en profitant de leur situation misérable du moment. Apparemment, il leur aurait proposé de la nourriture en échange. Je n'aime pas du tout devoir prendre des sanctions contre mes hommes, mais je n'accepterais certainement pas que des filles respectables soient déshonorées à bord de mon navire. Je l'ai convoqué dans ma cabine et lui ai demandé s'il avait une femme ou une fille. Il m'a répondu qu'il n'avait ni l'une ni l'autre. Je lui ai alors demandé s'il avait une mère, et quel effet cela lui ferait de la voir transformée en prostituée. Il m'a répondu que justement sa mère en était une, la meilleure de Liverpool. (Je jure avoir vu ses oreilles remuer d'insolence.)

Dans le prologue du « Régisseur », Chaucer affirme : « Nous ne savons mûrir qu'en pourrissant[1]. » Si c'est vrai, ce bâtard sorti des boues de la Mersey est tellement mûr que c'en est une infection.

Pour sa défense, il a prétendu que ce qu'il avait voulu obtenir était tout à fait naturel étant donné la durée du voyage, etc. J'ai ordonné que pendant trois jours sa ration alimentaire soit diminuée de moitié et que l'autre partie soit offerte à quelque pauvre fille de l'entrepont. J'ai souvent eu l'occasion de vérifier le bien-fondé de cette remarque que faisait feu l'amiral William Bligh[2] (premier capitaine sous les ordres duquel j'ai servi en tant que mousse à faire des relevés cartographiques dans la baie de Dublin). Il affirmait que, chaque fois qu'un homme voulait atténuer sa responsabilité en présentant ses actions comme « naturelles », il se conduisait invariablement plus mal qu'une bête sauvage et toujours à l'égard d'un plus faible que lui.

La puanteur s'est encore aggravée. On dirait que le bateau lui-même est en train de pourrir ou alors de traverser un épouvantable égout.

1. « Ainsi de nous les vieux, j'en ai bien peur, nous ne savons mûrir qu'en pourrissant » (Chaucer, *Les Contes de Canterbury*, traduit de l'anglais par André Crépin, Gallimard, coll. « Folio », Paris).

2. Célèbre capitaine de la *Bounty* (1751-1817). Voir l'Odyssée de la *Bounty* aux éditions Phébus, coll. « Libretto », 2002 (I. *Les Révoltés de la Bounty*. II. *Dix-neuf hommes contre la mer*. III. *Pitcairn*).

« Si vous pouviez voir le vieux Denis Danihy, il n'a jamais été en si bonne forme et a bien meilleure allure que du temps où il était au pays. Et vous pouvez être sûrs qu'il a autant de tabac qu'il en veut, il me charge même de bien le faire savoir à Tim Murphy. Et si vous pouviez voir Denis Reen quand Daniel Danihy l'habille avec les vêtements appropriés à ce pays, vous le prendriez pour un patron ou pour un maître d'hôtel, aussi nous manquons de mots pour vous dire combien nous sommes heureux à présent. Quant aux filles qui trottaient dans les tourbières, si vous les entendiez comme elles parlent anglais, vous n'en reviendriez pas. »

Lettre de Daniel Guiney à Buffalo, État de New York.

CHAPITRE XVII

LE SOUPIRANT

OÙ L'ON FAIT
LE RÉCIT VÉRIDIQUE ET FIDÈLE
DE CERTAINES DIFFICULTÉS QUE RENCONTRA
DAVID MERRIDITH
DANS SA JEUNESSE

A Noël 1836, alors qu'il était en permission chez lui, congé qui devait d'ailleurs se transformer en départ définitif de la marine, David Merridith se retrouva fiancé à la fille unique de Henry Blake, le voisin, propriétaire de Tully et Tully Cross. Il avait vingt-trois ans, lui avait fait remarquer son père, l'âge idéal pour enterrer sa vie de garçon. Il ne fallait pas tarder davantage ou l'on risquait à la fin de devoir se contenter de la première mule venue. On n'était pas à Londres. Les stocks étaient limités. Les terres de Blake jouxtaient Kingscourt en plusieurs endroits. Blake avait les moyens ; Kingscourt avait besoin de gros investissements. Heureuse coïncidence, avait souligné son père ; évidemment, il ne fallait pas y voir la raison déterminante ou quoi que ce soit de semblable. Tout de même les deux domaines réunis constitueraient une puissance avec laquelle il faudrait compter. Même les Martin de Ballynahinch seraient remis à leur place ; sans parler de ces vipères prétentieuses, les d'Arcy de Clifden. Et Miss Amelia, après tout, était la beauté du comté.

L'idée du mariage n'avait même pas effleuré David Merridith, mais il se dit que son père n'avait pas tort dans un sens. Amelia Blake n'était pas le plus mauvais parti. D'accord, ils étaient cousins, mais extrêmement éloignés, pas du genre à avoir des enfants aux pieds palmés affligés de strabisme. Il la connaissait depuis des années, avait dansé avec elle quelquefois lors de mariages. Elle était agréable à regarder. Ils s'intéressaient tous les deux aux chevaux. On ne pouvait pas dire qu'elle était une lumière, mais pas non plus qu'elle était une imbécile.

David Merridith et Amelia Blake. Leurs noms sonnaient bien ensemble. C'était une jeune fille aux traits réguliers, innocente et d'humeur fantasque, dotée d'un remarquable sens de l'humour dont les saillies perçaient par moments son vernis d'insouciance, pareilles à une étincelle par une nuit de brume. Elle faisait preuve d'un type d'ironie qui le troublait. Elle instaurait une complicité en trouvant la personne que vous n'aimiez pas et en s'acharnant sur elle sans relâche. Cela gênait David Merridith parce qu'il y avait fort peu de gens qu'il détestait. Elle adorait le frapper en signe d'affection. Lorsqu'il plaisantait avec elle, elle lui assénait une bonne bourrade dans le dos. Si elle avait un verre de sherry à la main, elle était capable de le lui lancer au visage. Merridith ne fut pas long à s'apercevoir qu'il évitait dorénavant de plaisanter en sa présence (et de lui servir du sherry) parce qu'il trouvait vexant d'être malmené par sa fiancée.

Deux semaines après l'annonce de leurs fiançailles, il se rendit à la partie de tir annuelle du vicomte de Powerscourt dans le comté de Wicklow. Il n'aimait pas particulièrement le tir et n'était pas une bonne gâchette, mais il s'intéressait au fonctionnement des armes et n'était pas insensible à l'odeur de la poudre dans l'air frais du matin. Au dîner il s'était retrouvé placé en face d'une ravissante Anglaise délurée. Elle riait sans contrainte et il ne l'avait pas quittée du regard. Elle venait en Irlande pour la première fois et était sous le charme. Sa meilleure amie, avec qui elle était allée à l'école en Suisse, était la deuxième fille du maître de maison, une des Wingfield de Powerscourt, réputées pour leur beauté. Il avait un peu dansé avec l'Anglaise. Elle l'avait taquiné à propos de sa maladresse lors du quadrille des Lanciers parce qu'il en ignorait le pas. Ils s'étaient promenés sur la terrasse illuminée par des flambeaux, avaient admiré la fontaine rococo qui décorait le lac artificiel. Elle lui confia que le père de son amie l'avait achetée en Italie et que c'était une copie d'une œuvre du grand Bernin. Tout le monde pensait qu'il s'agissait d'un original, mais elle savait que c'était une copie. Elle avait un don pour déceler les imitations. Elle aurait bien aimé aller en Italie. Elle le ferait sûrement un jour. Ses propos dénotaient une assurance séduisante, un aplomb qu'il n'était pas accoutumé à rencontrer chez les femmes de son milieu. Elle ne ressemblait pas à ses sœurs, n'avait rien à voir avec sa tante, et ce n'était pas une luronne comme Amelia Blake. Elle donnait une impression d'aisance presque effrontée ; elle lui rappela une jeune paysanne à laquelle il ne pensait presque plus. La nuit de sa rencontre avec Laura Markham, il ne dormit quasiment pas. Il eut l'impression qu'il la connaîtrait à jamais, sans trop savoir au juste comment il s'y prendrait.

Le lendemain, il se surprit à l'observer au travers de ses jumelles au lieu de tirer ou de regarder les autres tirer. En compagnie des autres jeunes femmes emmitouflées dans des couvertures, elle buvait du café sur la terrasse. Certaines jouaient aux échecs, d'autres plaquaient quelques accords de guitare. Mais Laura Markham passa la matinée à lire le *Times*. Merridith trouva cela déroutant. Il ne se souvenait pas d'avoir jamais vu une femme lire le journal. Il ne cessa d'espérer qu'elle trouverait une bonne raison pour venir dans la prairie ; mais elle ne bougea pas et resta plongée dans sa lecture.

Le dîner fut bruyant et trop arrosé. Ensuite les jeux de société se déroulèrent dans une atmosphère tout aussi assourdissante : une véritable cacophonie où chacun cherchait des excuses pour échanger furtivement sourires et caresses. Ce soir-là, avant le souper, toute la compagnie s'était rendue à la cueillette du houx. Laura Markham et lui firent équipe. Elle l'avait hardiment pris par le bras, et c'est ainsi qu'ils avaient foulé l'allée gravillonnée puis la première pelouse entretenue comme un tapis, avant de gagner la rangée majestueuse d'arbres exotiques qu'une véritable armée de jardiniers s'efforçait de maintenir en vie dans ce comté de Wicklow. Ils ne mirent pas beaucoup de zèle à chercher du houx, ni autre chose d'ailleurs, excepté un endroit tranquille. Sous la lumière du soir qui étirait les ombres, les buissons dégarnis et les haies soigneusement taillées (des topiaires en forme d'hippogriffes et autres oiseaux fantastiques) parurent un peu macabres au vicomte Kingscourt. Mais il se sentait bien avec Laura, elle était d'une compagnie agréable. A un moment, il se retourna et remarqua que l'empreinte de leurs pas avait formé deux traces plus ou moins parallèles sur la pelouse. Merridith y vit un signe apaisant. Ils se retrouvèrent bientôt dans le Lower Pet Cemetery, où les Wingfield, avec un respect touchant, offraient à leurs animaux une sépulture qu'ils n'accordaient pas à la plupart de leurs fermiers.

Elle contemplait les jardins d'un air indéchiffrable. De loin, dans la brume, la maison illuminée faisait penser à un navire sorti d'un rêve magnifique.

– Est-ce ainsi à Galway ?

– Non, c'est plus sauvage à Galway.

– Alors je crois que je l'aimerais mieux. La nature sauvage me plaît.

Elle s'assit sur une des dalles de porphyre sculpté, la tombe d'un cheval qui avait fini deux fois placé au Derby, puis croisa les bras en poussant un soupir amusé. Une effraie, surprise, jaillit d'un massif de rhododendrons dans un grand battement d'ailes.

– Le Yorkshire, la Bretagne et les endroits de ce genre, ces jardins trop soignés m'inspirent un peu de tristesse. Comme si on obligeait une fée à s'enfermer dans un corset. Vous ne trouvez pas ?

Merridith en fut quelque peu interloqué. Le peu de femmes qu'il connaissait n'auraient jamais prononcé le mot *corset* en public. Il pensa d'ailleurs que, même en privé, Amelia Blake ne se le serait pas permis.

– Peut-être viendrez-vous un jour me rendre visite à Galway ?

– Pourquoi pas ? fit-elle, souriante. Peut-être m'inviterez-vous à votre mariage ? J'aimerais bien vous voir dans votre cadre familier.

Il ne se doutait pas qu'elle était au courant de ses fiançailles et se demanda comment elle l'avait appris. Qu'elle eût pris la peine de se renseigner le toucha ; il y vit une marque d'intérêt flatteuse.

– M'accorderez-vous une danse ?

Ce fut la seule réponse qui lui vint à l'esprit.

– Certainement, répondit-elle, en regardant le lac où glissait une gondole illuminée par des flambeaux, mais il me semble que vous devriez d'abord prendre quelques leçons. Ne trouvez-vous pas ?

Il se rappela la première fois qu'il l'avait prise par la taille. C'était un dimanche ; ce soir-là, elle portait une robe blanche avec une ceinture bleu ciel à nœud bouffant qui soulignait la courbe délicate de ses hanches. Une croix brillait au creux de sa gorge. Tandis qu'ils valsaient, ses bras lui faisaient mal tellement il était tendu.

– J'ai l'impression qu'on ne valse pas souvent à Galway, reprit-elle. Voulez-vous m'apporter un petit cognac ? Nous le boirons ensemble.

Le cognac l'écœurait depuis toujours ; l'usage immodéré qu'on en faisait à bord des bateaux avait contribué à lui gâcher son séjour dans la marine. Il alla néanmoins en chercher un et regarda Laura le boire. Elle fredonnait tranquillement les airs que jouait l'orchestre, lui chuchotait une plaisanterie quand passait devant eux un danseur maladroit, lui effleurant parfois le poignet.

Ils étaient allés admirer la galerie de portraits au troisième étage : le regard solennel des Wingfield depuis longtemps disparus. Devant la porte de sa chambre, elle lui avait serré la main et donné en prime un baiser sur la joue. Avant qu'il eût eu le temps de comprendre ce qui lui arrivait, il s'était retrouvé devant le battant clos, seul sous le regard des ancêtres, un verre vide à la main.

Elle était la fille unique d'une famille d'industriels du Sussex. La demeure familiale se trouvait sur la côte. Son père possédait plusieurs importantes manufactures de poterie et de faïence. Elle avait trois ans de moins que David Merridith et avait déjà été fiancée deux fois ; la première à un lieutenant de cavalerie qui était mort de consomption, la deuxième à un homme d'affaires qui faisait partie des relations de son père. C'était elle qui avait rompu ces fiançailles et elle ne le regrettait pas.

La réception terminée, après que les invités blasés furent partis sans enthousiasme se préparer pour la fête suivante, le vicomte de Carna était resté à Powerscourt. Bien des années plus tard il pensait souvent à cette période comme si, à l'époque, il avait été revêtu d'une armure ; c'était une période heureuse dans une vie qui ne l'avait guère été, la plus heureuse à coup sûr, si on laissait de côté, comme il le faisait volontiers, l'épisode avec Mary Duane.

Laura Markham et lui avaient accompagné les Wingfield à Dublin. Ils étaient allés au théâtre, avaient assisté plusieurs fois au concert, s'étaient rendus à un bal masqué chez le duc de Leinster. En les voyant valser, le vieux poivrot de duc s'était approché d'eux en titubant pour les féliciter :

– Personne ne m'avait dit que votre fiancée était une telle merveille, Merridith. Je dois dire que si j'avais su je vous l'aurais fauchée le premier. Un pur-sang parmi des trotteurs.

Quand leur hôte chancelant se fut éloigné dans un nuage d'haleine fétide et de relents de gin, ils rirent de sa remarque. Pourtant leur façon de danser s'en trouva légèrement modifiée. Comme si on avait fini par mettre un nom sur le lien qui les unissait. La proximité que la danse autorisait devint alors pour eux un moyen de le reconnaître.

Merridith l'emmena au cirque italien ; ils firent une promenade à cheval dans Phoenix Park au petit matin. Là, ils assistèrent à une parade militaire, tandis que les singes du zoo s'éveillaient en poussant des cris déchirants. Au bout de quinze jours, ils étaient devenus inséparables. Le jour de son retour dans le Sussex, il alla dans l'après-midi l'accompagner au ferry à Kingstown. Il neigeait. Des files d'émigrants attendaient sur l'embarcadère. Quand il voulut l'embrasser au pied de la passerelle, elle se détourna sans rien dire, mais son regard lui parut plein de promesses. Il essaya une nouvelle fois mais elle se détourna encore. Bien sûr, fit-elle gentiment, il ne lui était pas indifférent, mais elle ne voulait pas commettre une mauvaise action envers une autre jeune fille.

Elle plaignait Merridith de se trouver face à un tel dilemme, mais ne voulait pas l'influencer ni exiger quoi que ce fût. Il était le seul juge de ses sentiments. Il devait faire ce qui lui paraissait juste et rien d'autre. Le bonheur de plusieurs personnes était en jeu. Blesser une jeune fille à qui l'on avait donné sa parole était quelque chose de grave qu'on ne saurait faire à la légère. Il devait réfléchir calmement, sérieusement. Tout choix impliquait un rejet. Quelle que soit sa décision, elle la comprendrait et ne cesserait de le respecter et de penser à lui avec affection. Mais elle ne chercherait pas à entrer en contact avec lui s'il n'en prenait d'abord l'initiative. Et de toute façon pas avant que les fiançailles avec Amelia Blake ne fussent rompues.

Dans la malle-poste qui le ramenait à Galway, Merridith avait bien compris ce qui allait se passer. L'attitude réservée de Laura dénotait une noblesse qui le rendait encore plus amoureux ; elle avait fait preuve d'une honnêteté dont il se savait lui-même probablement dépourvu. N'avait-il pas après tout sans scrupule, lui qui était fiancé, parlé d'amour à une autre femme ? Il serait même allé plus loin si on l'avait laissé faire. Les conséquences de cette nouvelle situation ne seraient pas faciles à affronter, mais il devait le faire sous peine de le regretter éternellement.

La nuit tombait quand la malle-poste franchit le Shannon. La rivière était en crue, gonflée par les pluies, et des fermiers vêtus de cirés trempés tentaient de l'endiguer en empilant des sacs de sable. Le paysage changea rapidement : les riches pâturages des terres prospères du centre cédèrent la place aux étendues caillouteuses de la région de Galway. L'air froid sentait la mer et le feu de tourbe. Il n'oublierait jamais la frayeur qui s'empara de lui quand il aperçut dans le lointain les lumières de Kingscourt Manor.

Son père se trouvait dans la bibliothèque. Assis à une table, il examinait à la loupe un œuf jaune gros comme le poing et prenait des notes dans un grand registre relié de cuir. Merridith n'avait pas vu son père depuis trois semaines seulement, mais il eut l'impression qu'il avait vieilli de plusieurs années. C'était peu de temps après sa deuxième attaque, qui lui avait laissé une sorte de tremblement et une vue considérablement affaiblie. Le gant de cuir noir qu'il portait habituellement à la main droite reposait froissé sur le buvard, telle une araignée venimeuse.

Merridith frappa. Sans lever la tête, son père murmura :

– Entrez !

Il eut un pas hésitant, sans franchir vraiment le seuil.

– Je me demandais, monsieur, si nous pourrions avoir une petite conversation.

– Je vais très bien, David. Merci de me l'avoir demandé.

– Pardonnez-moi, monsieur. Bien sûr, j'allais le faire.

Son père hocha la tête d'un air lugubre, sans pour autant lever les yeux sur lui.

– Cette petite conversation que vous voulez avoir, est-ce pour me parler du fait que vous utilisez ma maison comme un hôtel pour vous y reposer de vos obligations mondaines ?

– Non, monsieur. Je m'excuse de la longueur de mon absence, monsieur.

– Je vois. Alors c'est à quel sujet, cette conversation que vous aimeriez avoir ?

– Eh bien, il s'agit de Miss Blake et de moi-même, monsieur.

– Oui, et alors ?

– J'ai… Enfin, je crois… C'est-à-dire… J'ai noué des liens avec une autre personne, monsieur.

Le comte sortit tranquillement d'un tiroir un minuscule pinceau et se mit en devoir d'épousseter l'œuf d'une main tremblante :

– Bien, fit-il tranquillement, comme s'il se parlait à lui-même. Dans ce cas il vous faut les dénouer au plus vite. N'est-ce pas ce que vous avez fait ?

Il leva l'œuf pour l'examiner à la lumière dorée du feu de bois, le caressa du bout du doigt comme s'il voulait l'encourager à éclore.

– Je crois me rappeler, poursuivit-il, que certains des « liens » que vous avez formés par le passé n'étaient pas particulièrement avisés et qu'il a fallu eux aussi les défaire.

– Je crois que c'est différent, cette fois, monsieur. En fait, j'en suis sûr.

Son père, à présent, le fixait. Son regard était dur comme la pierre. Il se leva et enfila son gant.

– Approchez, murmura-t-il. Venez à la lumière.

Merridith vint vers son père en tremblant.

– Avez-vous mal aux épaules, David ?

– Pardon. Que voulez-vous dire, monsieur ?

Lord Kingscourt battit des cils, lentement, comme une vache assoupie.

– Peut-être pourriez-vous me faire l'inestimable honneur de vous tenir droit quand je vous parle, s'il vous plaît.

Il obéit. Son père le dévisageait. Le vent faisait claquer les volets, gémissait dans la cheminée et soulevait les ardoises sur le toit de la crémerie.

– Avez-vous peur, David ? Répondez-moi sincèrement.

– Un peu, monsieur.

Au bout d'un long moment, Lord Kingscourt hocha la tête.

– Aucune honte à cela. Je sais ce que c'est que d'avoir peur.

Il se dirigea d'un pas lourd et traînant vers le buffet d'acajou, y prit une carafe de grès et la déboucha d'un geste malhabile. Il remplit soigneusement un gobelet de cognac malgré le tremblement qui agitait sa main. Sans se retourner, il demanda :

– Prendrez-vous un verre avec moi, David ?

– Non, monsieur, merci.

Sa main tenant la carafe s'était arrêtée au-dessus d'un deuxième gobelet, comme si son propriétaire s'apprêtait à prononcer une sentence lourde de conséquences.

– Pourquoi un homme ne pourrait-il boire un verre avec son fils sans devoir aller jusqu'à Dublin pour une telle faveur ?

L'horloge de parquet émit un cliquètement suivi d'un vrombissement. Elle retardait de plusieurs heures. Quelque part dans la pièce, une pendule tictaquait avec régularité comme si elle voulait prouver sa supériorité sur son auguste ancêtre.

– P... pardonnez-moi, monsieur, je vais boire avec vous. Merci. Un petit verre de vin peut-être.

– Du vin ! Ce n'est pas une boisson. C'est de la pisse d'âne. C'est juste bon pour les Français et les dandys qui font les jolis cœurs.

Il remplit à ras bord un deuxième verre de cognac et le posa sur une desserte près du piano. Merridith vint le prendre et le trouva froid au toucher.

– A votre santé, David.

Lord Kingscourt vida d'un trait la moitié de son verre.

– A la vôtre, monsieur.

– Je vois que vous ne buvez pas. Votre toast ne serait-il pas sincère ?

Merridith trempa ses lèvres dans le cognac. Son cœur se souleva.

– Buvez donc davantage. Je tiens à être en bonne santé.

Il se força à avaler une gorgée. De dégoût, les larmes lui vinrent aux yeux.

– Buvez tout. Je suis très malade, vous savez.

Il vida son verre, son père le remplit aussitôt.

– A présent prenez place, David. Par ici, s'il vous plaît.

Merridith traversa la pièce et s'assit sur le canapé trop rembourré, tandis que son père se traînait péniblement jusqu'à un fauteuil de cuir noir, les traits déformés par l'effort que lui coûtait le simple fait de se déplacer. Il avait aux pieds des chaussons dépareillés et ne portait pas de bas. Ses chevilles décharnées étaient couvertes d'ampoules et de cicatrices blanchâtres zébrées de griffures d'ongle, conséquences de l'eczéma dont il souffrait.

Il garda longtemps le silence. Merridith se demanda ce qui allait suivre. Quelque part au loin, on entendit un âne braire de façon grotesque. Quand son père reprit enfin la parole, ce fut en détachant soigneusement les syllabes, avec cette prononciation exagérément appliquée qu'il employait pour masquer ses difficultés d'élocution depuis son attaque. On eût dit un ivrogne s'efforçant de cacher son ivresse.

– Quand j'avais votre âge, il m'arrivait parfois d'avoir peur de votre grand-père. Nous n'avions pas, lui et moi, la relation de confiance qui nous unit. Il se comportait parfois en véritable tyran, il faut bien le dire. Il était de la vieille école. Du moins, c'est ce que je pensais. C'est seulement récemment que j'ai compris qu'il agissait pour mon bien. Ce que je prenais pour de la sévérité était une tendre affection – il déglutit péniblement comme s'il avalait un gros morceau de nerfs. Quand on est jeune, on a toujours ce genre de sentiment à l'égard de son père. C'est naturel pour un garçon.

Mal à l'aise, Merridith ne savait plus quelle attitude adopter.

– Et sur le champ de bataille aussi, j'ai souvent connu la peur – il pinça ses lèvres décolorées et hocha la tête d'un air désabusé. Oui, vous semblez surpris, mais c'est la vérité. A la bataille de Baltimore, j'ai bien pensé mourir, David. Nous nous sommes retrouvés coupés du reste de l'armée. Et alors j'ai eu peur.

– Peur de mourir, monsieur ?

L'air absent, son père semblait contempler le fond de son verre comme si d'étranges images s'en élevaient, mêlées aux vapeurs d'alcool. Malgré le froid qui régnait dans la pièce, il avait la barbe maculée de sueur.

– Je crois bien, oui. Peur de souffrir. Quand un jeune homme voit mourir des garçons de son âge, quand il les a lui-même par devoir envoyés à un trépas certain, alors il sait bien que la mort n'a rien de glorieux mais qu'elle est répugnante – il frissonna et épousseta sa manche d'un air désinvolte. Tous ces mensonges que l'on répand à propos de l'honneur qu'il y a à mourir pour sa patrie ! Car ce n'est rien de plus, David, savez-vous ? Des atrocités et des mensonges.

– Monsieur ?

– Je suis arrivé à la conclusion que toutes ces absurdités sont destinées à combattre la peur. A étouffer la frayeur qui ne manquerait pas, sinon, de s'emparer de nous. La religion, la philosophie, la notion même de pays, mensonges que tout cela ! C'est ma conviction.

Merridith était très troublé.

– Je ne comprends pas, monsieur.

– Nous sommes tous semblables en dépit des apparences. Tous humains, je suppose. Si on nous ouvre le ventre, etc. – il hocha de nouveau la tête et but une longue gorgée de cognac. Sauf les Français, bien sûr, ces primates bouffeurs d'ail.

– Oui, monsieur.

Son père fronça les sourcils.

– Je plaisantais.

– Je suis désolé, monsieur.

– Moi aussi, je suis désolé. Plus que vous ne l'imaginez.

Il eut un rire bref et amer.

– En fait, je me demande parfois si ce ne sont pas ces vieux mangeurs de grenouilles qui ont raison. Liberté, égalité, fraternité, etc. – il balaya du regard la pièce froide et triste comme s'il la haïssait. Personnellement, je prendrais bien une petite tranche de liberté. Pas vous ?

Ses propos laissaient transparaître une nuance d'ironie que David Merridith ne comprenait pas.

– Eh bien, oui, monsieur, bien sûr.

– Oui, évidemment. Et moi donc.

L'horloge de parquet sonna dans les profondeurs de son cabinet : un son triste, exsangue, comme un toussotement chronométrique. Des ombres bougèrent. Le feu siffla. Cliquetis des engrenages se rembobinant. Son père regarda le plafond enfumé, puis l'horloge et enfin son fils.

– Qu'est-ce que je vous disais, David ?

– Vous parliez de la mort, monsieur.

– Vraiment ?

– Oui, monsieur. Lors de la bataille de Baltimore.

Son père se remit lentement à parler :

– Ce qui m'effrayait, bien plus que cette possibilité…

Les yeux de Lord Kingscourt semblaient noyés de larmes.

Merridith était aussi horrifié que si son père avait perdu le contrôle de ses sphincters devant lui. Il le voyait assis là, la tête complètement baissée, sa main gauche agrippée au galon argenté qui était supposé décorer le bras du fauteuil. Ses épaules s'agitèrent quand il se mit doucement à pleurer. Des sanglots lui soulevaient la poitrine, mais il s'efforçait de ne pas bouger. Il luttait pour ravaler sa douleur, secouait la tête. Ses efforts pour respirer semblaient autant de coups de poignard dans la poitrine.

– Est-ce que… Est-ce que vous vous sentez bien, monsieur ?

Lord Kingscourt acquiesça sans lever les yeux vers son fils.

– Voulez-vous un verre d'eau ?

Pas de réponse. On entendait un chien : toujours le même aboiement sur deux tons et le sifflement d'un berger qui tentait de le rappeler. Lord Kingscourt porta ses doigts tremblants à son visage et se cacha les yeux comme s'il avait honte.

– Il faut me pardonner, David. Je ne me sens pas très bien ce soir.

– Je comprends, père. Puis-je faire quelque chose ?

– Votre mère… était la personne la plus remarquable qui soit.

– Oui, monsieur.

– Sa compassion à l'égard des gens. Son sens du pardon. Il ne se passe pas une heure sans que j'éprouve cruellement sa perte. Comme un blessé amputé d'un membre.

Des larmes ruisselaient sur son visage et Merridith était trop effrayé pour prononcer le moindre mot. Il savait que s'il s'y risquait il éclaterait en sanglots.

– Vous devez savoir, David, que nous avons connu des hauts et des bas. J'étais bien loin, Dieu le sait, d'être l'époux qu'elle méritait. En bien des occasions. Par colère et par bêtise. Je me suis si mal comporté que je ne supporte même plus d'y penser. Mais je ne voudrais surtout pas que vous puissiez penser qu'il n'y a jamais eu d'amour entre nous.

– Bien sûr, monsieur.

– Parce que… ce qui m'effrayait cette nuit-là à Baltimore, David, c'était moins la douleur, la souffrance physique, que l'idée que jamais plus je ne pourrais vous revoir, vous et votre mère. Et vous en particulier. Ne plus jamais pouvoir vous embrasser. Mon seul fils. C'est le sentiment le plus terrible que j'aie jamais éprouvé.

– Monsieur, je vous supplie de ne plus vous torturer en pensant au passé.

Son père avait la bouche tordue par le chagrin.

– Non, c'est moi qui vous supplie de ne jamais craindre de venir vers moi quand vous rencontrez de petites difficultés dans la vie. Jamais, David. On peut tout surmonter. Ne pensez jamais que vous êtes seul. Me ferez-vous cette promesse ?

– Oui, bien sûr, monsieur.

– Alors, pouvons-nous nous serrer la main ?

Merridith s'était approché de son père et avait saisi la main sans vie qu'il lui tendait. Il ne s'était jamais senti aussi proche de lui. Ce sentiment de proximité viscérale, presque animale, il ne l'avait encore jamais éprouvé. Son père avait pleuré comme un orphelin et David Merridith lui avait tenu la main. Il aurait voulu le serrer dans ses bras, l'entourer comme d'une armure, mais le temps d'y penser, c'était déjà trop tard. Peut-être était-ce mieux ainsi ? Son père n'avait jamais aimé qu'on le touchât.

Lord Kingscourt s'essuya les yeux et afficha courageusement un pâle sourire.

– Vous voilà donc amoureux. On finit par rentrer dans le rang.

– Oui, monsieur, on dirait bien.

– Vous en êtes sûr ?

– Oui, monsieur.

Son père gloussa et lui donna une petite tape sur l'épaule.

– Vous devez penser que votre vieil ogre de paternel n'a jamais connu ce genre de démangeaison.

– Oh ! je ne me permettrais pas, monsieur.

– Et comment que j'ai connu cela ! Souvent. Je n'ai pas toujours été l'épave lamentable que je suis devenu. J'ai fait trembler quelques petites gueuses en mon temps, je puis vous l'assurer. Aussi je comprends parfaitement votre situation, mon garçon.

– Merci, monsieur, j'étais sûr de votre réaction en vous mettant en courant.

– Mais oui, c'est parfaitement compréhensible. Même tout à fait naturel, en somme.

Il se versa un autre verre de cognac.

– Joli minois. Œil brillant. Bien rembourrée, je n'en doute pas – il eut une toux pénible et se détourna pour s'essuyer la bouche. Bon, voyez-vous, tout va bien. Nous savons tous ce que c'est. Mais un mariage, après tout, ce n'est pas que cela.

– Bien sûr, monsieur, je le sais.

– Il faut l'envisager sous l'angle du devoir. Un mariage est un contrat.

– Oui, monsieur.

– On raconte des flots de balivernes à propos de l'amour au jour d'aujourd'hui. Connaissez-vous la définition de l'amour ?

– Quelle est-elle ?

– Garder fermement la parole donnée, David. Ni plus ni moins. Faire son devoir, en toutes circonstances, qu'on le veuille ou non.

– Oui, monsieur.

– Les animaux obéissent à leurs instincts. Et un animal peut être beau. C'est la nature même de la beauté d'être animale. Les hommes suivent la morale. C'est la seule différence. La seule chose qui justifie la vie.

– J'ai bien évidemment la ferme intention de respecter mon engagement auprès de Miss Markham, monsieur. Et je le ferai avec grand plai… plaisir. Vous serez de mon avis, j'en suis sûr, quand vous l'aurez rencontrée.

David Merridith vit le sourire de son père s'éteindre comme un feu de charbon. Et il entendit sa voix devenir tout à coup terriblement froide et calme.

– C'est de votre engagement envers Miss Blake et son père que je vous parlais.

Dans la cheminée le feu craqua, une bûche rougeoyante roula en sifflant sur la grille du foyer.

– Vous avez aussi des devoirs envers les gens de ce domaine. Vous arrive-t-il parfois d'y songer, ne serait-ce qu'un instant ?

– Monsieur…

– Je me suis engagé à amender les terres dès que votre mariage me permettrait de disposer des fonds nécessaires. Dois-je maintenant expliquer que ma parole ne vaut rien ? Et que la vôtre, celle que vous avez donnée à votre fiancée et à son père, a encore moins de valeur ?

– Mmmonsieur… j'ai écrit aujourd'hui à Miss Blake pour lui expliquer la situation, et aussi au commandant. Quant aux fermiers…

– Je vois. Vous avez écrit. Comme c'est courageux ! Et donc toute la conversation que nous venons d'avoir n'était qu'un leurre ?

– J'ai pensé qu'il était préférable d'aviser le commandant de la nouvelle situation, monsieur.

Son père eut un sourire forcé.

– Et qui est l'idiot qui vous a élevé ? Est-ce le commandant ? Est-ce le commandant qui vous a nourri ?

– J'ai… fait de mon mieux pour vous exposer les faits, monsieur.

– Voulez-vous dire que vous avez l'intention de vous opposer à ma décision ? Est-ce là votre dernier mot ? Réfléchissez bien, monsieur. Vos actions ne seront pas sans conséquences – Lord Kingscourt se dirigea vers le cordon de sonnette qu'il saisit de sa main gantée. Vous êtes à la croisée des chemins, David. Le choix dépend uniquement de vous. Vous devez choisir en homme.

– Je… je… vous explique que la situation n'est plus la même, monsieur, que mes sentiments ont changé.

Lord Kingscourt hocha brusquement la tête et tira le cordon de sonnette. Quelque part au loin on entendit résonner un carillon.

– Très bien donc. Qu'il en soit ainsi.

Il se tourna et boita lourdement jusqu'à la table.

– Père ?

– Quittez cette maison avant que je sois levé demain matin. N'y revenez jamais.

– Mais, père…

– Votre rente est supprimée à partir de cet instant. Maintenant sortez.

– Père, s'il vous plaît.

– S'il me plaît de quoi, monsieur ? De continuer à excuser le moindre de vos caprices ? De vous entretenir pour que vous puissiez vous dandiner à travers le pays comme un maître de danse ? Croyez-vous que je ne sois au courant de rien, monsieur, c'est cela ? Je n'ai plus beaucoup d'amis, certes, mais encore assez pour me tenir informé du dernier scandale. Et bien vous ne gaspillerez plus mon argent, monsieur. J'en fais le serment sur la tombe de votre mère.

– Ce n'est pas une question d'argent, monsieur. Sûrement…

– Oh ! ce n'est pas une question d'argent, monsieur. Vraiment, jeune insolent ? Et comment comptez-vous subvenir aux besoins de celle dont vous prétendez faire votre femme ? Avec votre solde d'aspirant ?

– Non, monsieur.

– Oui, monsieur. Et tenez-vous droit quand je vous parle.

D'après ce que j'apprends de vos misérables efforts, vous n'êtes même pas capable de passer commandant.

– De fait, j'ai l'intention de résilier ma charge, monsieur.

Son père se moqua :

– Je suppose que vous ne parlez pas de la charge que je vous ai achetée avec des fonds gagnés par mon labeur ?

– Miss Markham dispose de gros moyens, monsieur. Sa famille a fait fortune dans les affaires.

Lord Kingscourt se figea sur place. Son visage afficha une expression de dégoût.

– Vous plaisantez à présent !

– Non, monsieur.

– Me haïssez-vous à ce point ? Avez-vous décidé de me tuer ?

– Monsieur, je vous en prie.

– Vous ai-je élevé, éduqué et entretenu, espèce de bon à rien, pour vous voir vivre comme un boutiquier des revenus du commerce ?

– Je ne... ne vois pas exactement les choses comme cela, monsieur.

– Oh, vous ne voyez pas ! Comme c'est commode ! Comme c'est touchant et moderne ! Et vous ne trouvez pas cela choquant ? Qu'un homme vive aux crochets de sa femme ?

– Monsieur !

Lord Kingscourt pointa vaguement le doigt vers la fenêtre. Son visage semblait presque sale de colère. *Salach* était l'adjectif irlandais pour sale, et la sonorité du mot semblait parfaitement adaptée à sa signification.

– Il n'y a pas un seul homme sur toute cette terre, pas même le plus pauvre, qui accepterait d'être entretenu par sa femme – il reposa son verre sur le couvercle du piano si violemment que le contenu gicla sur son gant. Avez-vous jamais entendu parler de responsabilité, de devoir, de loyauté ? Avez-vous seulement une once d'humanité en vous, monsieur ?

David Merridith ne répondit rien. Les cordes du piano continuaient à résonner. Le métronome, absurdement, s'était mis en marche, mais Lord Kingscourt ne semblait pas s'en être aperçu.

– Et je suppose que vous allez aussi torcher les moutards pendant que votre ribaude s'occupera de la boutique ?

– Monsieur, je vois bien que vous êtes bouleversé, mais vous m'obligez à vous dire que je n'approuve pas votre choix de…

Son père se jeta sur lui et le frappa au visage.

– Vous n'approuvez pas, dites-vous, espèce de vaurien méprisant ! – il se tint douloureusement la main tant le coup avait été violent. Seigneur, ce jour n'est pas encore venu, il n'arrivera jamais. Je vais vous chasser à coups de poing jusqu'à Clifden, espèce de chien en rut ! Vous me comprenez à présent ? Vous me comprenez, monsieur ?

David Merridith pleurait, complètement bouleversé.

– Tenez-vous droit quand je vous parle, monsieur ! Ou je vous fais passer à travers ce mur.

– Je vous prie de m'excuser, père.

– Versez encore une seule larme devant moi et vous allez pleurer comme un chien battu, espèce d'imbécile bredouillant !

– Oui, père.

– Je l'ai déjà fait et je suis prêt à le refaire. Vous avez eu une vie beaucoup trop facile. On vous a fourni tout ce dont vous aviez besoin sans la moindre contrepartie. Vous êtes mon fils unique et j'ai eu pour vous une tendresse naturelle, mais je vois bien, à ma grande honte, que je vous ai gâté.

Tommy Joyce, le valet du père, entra. Il s'arrêta sur le seuil, l'air inquiet. Il avait manifestement entendu une partie de la dispute.

– Votre Seigneurie a sonné, monsieur.

– Prépare les vêtements du vicomte et toutes ses affaires. Il doit partir demain matin à l'aube. Tu porteras ses bagages à l'adresse qu'il voudra bien te donner.

Le valet hocha lentement la tête et s'apprêta à sortir.

– Et puis non, à la réflexion. Attelle le cheval et sors le phaéton. Il va partir immédiatement, mon soi-disant fils. Dès que ses affaires seront prêtes.

– Je demande pardon à Votre Seigneurie, hasarda Tommy Joyce, mais c'est une nuit diablement glaciale pour prendre la route.

– Es-tu sourd ?

– Monsieur, je pensais seulement…

– Es-tu sourd autant qu'effronté, espèce de malappris ?

– Monsieur.

– Obéis et fais vite ce que je t'ordonne si tu veux rester à mon service une minute de plus !

– Père, je vous en supplie.

– N'ayez plus jamais l'audace de m'appeler père. Vous avez échoué à Oxford. Vous avez échoué dans la marine. Quelle que soit l'épreuve que la vie vous a présentée, aussi facile fût-elle, vous avez échoué. Et à présent vous voulez encore une fois vous conduire comme un lâche et traîner mon nom dans la boue ?

– Père, je vous en supplie, calmez-vous. Vous allez vous faire du mal.

– Sortez de cette maison avant que je vous en chasse à coups de fouet. Vous me dégoûtez.

– Père…

– Dehors !

David Merridith avait quitté la pièce. Refermé la porte aussi doucement que possible. Vomi dans l'entrée tandis que le phaéton arrivait dans la cour. Vomi une nouvelle fois tandis qu'on traînait ses bagages dans les escaliers.

Il entendit encore un hurlement dans le bureau :

– Dehors !

Ce fut le dernier mot jamais échangé entre les Merridith.

Caractéristiques mentales de l'Irlandais. – Doté d'une vive sensibilité, mais incapable d'un raisonnement profond ; entêté et irritable, tendance à la contradiction ; *emporté aussi bien dans l'amour que dans la haine ;* passant sans transition de la joie à la mélancolie. Imagination fertile ; extrêmement sociable avec *une forte propension à se regrouper* ; hardi et sûr de lui ; incapable de s'appliquer à des études approfondies mais capable *d'une grande concentration dans l'exécution de tâches monotones ou purement mécaniques* comme la cueillette du houblon, la moisson, le tissage, etc. ; manque de sagesse et de prévoyance ; inadapté à la navigation maritime.

Daniel Macintosh, « Anthropologie comparée »,
La Revue d'anthropologie, janvier 1866.

CHAPITRE XVIII

L'INTERPRÈTE

LE QUINZIÈME JOUR DU VOYAGE :
LE CAPITAINE FAIT UNE ÉTRANGE RENCONTRE
AVEC UN CERTAIN PASSAGER
(ET LIVRE SES RÉFLEXIONS
SUR LA FOLIE DES AMOURS
DE JEUNESSE)

Lundi 22 novembre 1847

Encore onze jours de mer

LONG. : 41° 12' 13"O. LAT. : 50° 07' 42"N. HEURE DE GREENWICH : 02h10 (23 novembre). HEURE LOCALE A BORD : 23h26 (22 novembre). DIRECTION DU VENT ET VITESSE : E. (88°) ; force 5. MER : forte. CAP : O. (271°). TEMPS ET REMARQUES DIVERSES : abondante chute de neige dans l'après midi. Ciel chargé toute la journée. A cinq heures moins le quart, un corps humain a été aperçu flottant à la surface des eaux, à 300 yards par tribord. Sexe indéterminé. État de décomposition avancé. Membres inférieurs manquants. Le pasteur Deedes et quelques autres ont récité une prière.

Sept passagers sont morts la nuit dernière et ont été confiés ce matin à la paix des profondeurs. Selon le règlement, leurs noms ont été rayés du manifeste.

La puanteur inexpliquée qui règne à bord du bateau, loin de s'atténuer, augmente de façon inquiétante. Ai donné l'ordre que tous les ponts soient briqués trois fois par jour jusqu'à ce que l'on constate une amélioration. Leeson signale un fait pour le moins inhabituel, observé dans les cales. Les rats les ont désertées, mais ils grouillent, affolés, sur les ponts. Aujourd'hui, un enfant, un pauvre misérable, a été mordu. Tous les autres ont été mis en garde ; ils ne devaient en aucun cas s'approcher de ces animaux. L'invasion des parties communes par cette vermine inquiète le chirurgien Mangan au plus haut point. J'ai ordonné que l'on répande du grain empoisonné.

Plusieurs rapports font état de cris bizarres entendus la nuit sur le navire, sanglots ou « miaulements ». Tintamarre et boucan qui nous sont bien familiers à nous autres les vieux loups de mer, les Mathusalems de l'Atlantique : à n'en pas douter, la plainte de John Conqueroo, mais plus forte et plus sinistre qu'à l'accoutumée. Un des passagers de l'entrepont a demandé au pasteur Deedes s'il accepterait de prononcer les formules d'exorcisme. Il lui a répondu que cela ne lui semblait pas nécessaire mais, ce soir, il a célébré un office sur la plage arrière. Assistance très fournie.

La seule explication possible réside dans le fait que nous avons dû heurter et tuer un gigantesque poisson de mer, probablement un énorme requin ou un cétacé. Des sécrétions ou des lambeaux de chair ont dû adhérer à la coque du navire. La puanteur ne peut venir que d'une bête en décomposition. (Inutile de préciser que l'interprétation de King Duffy, originaire d'Haïti, est beaucoup plus macabre, mais un homme doué de raison se doit de chercher la vérité dans un monde rationnel.)

J'ai tout récemment pris la décision de consacrer quotidiennement une demi-heure de mon temps à l'écoute des passagers qui souhaitent m'entretenir de sujets qui ne sauraient être que de la plus extrême importance. (Leeson sépare le bon grain de l'ivraie, tâche d'autant plus nécessaire que les demandes sont pressantes.) Cet après-midi, un couple de l'entrepont s'est présenté dans mes quartiers. Ils m'ont fait part de leur désir de se marier. Ils ne savaient pas un mot d'anglais, ils étaient venus avec William Swales, le handicapé que j'ai déjà rencontré et qui leur servait d'interprète. Ils avaient eu une riche idée ; autrement j'aurais été bien incapable de comprendre ce qu'ils me disaient dans leur langue étrange mais non dépourvue de charme. Il me souhaita un bon après-midi et affirma que c'était une bien agréable coïncidence que de me retrouver. Je m'efforçai d'accueillir ces jeunes gens en leur parlant gaélique – *Jee-ah gwitch* –, non sans un certain succès, suis-je fier de l'avouer, puisqu'ils me saluèrent d'un hochement de tête joyeux en reprenant mes propos. « Que Dieu bénisse ce jour », renchérit Swales en riant doucement, puis nous nous considérâmes tous les quatre, pareils à des danseurs prêts à s'élancer, mais hélas ! le bal n'eut pas lieu.

Les jeunes gens m'expliquèrent, par l'entremise de mon pédagogue en haillons, qu'on leur avait souvent répété qu'un capitaine pouvait célébrer un mariage lorsqu'on était en mer. Je les détrompai, toujours par le truchement de Swales ; c'était un pouvoir que je n'avais pas (en dépit de ce qu'on lisait dans les romans d'amour si prisés du public féminin). En effet, je n'avais aucun droit de procéder à une cérémonie officielle (à l'exception d'un enterrement ou de l'exécution d'un prisonnier en temps de guerre). Je leur conseillai donc d'attendre jusqu'à New York. Une fois là-bas, ils n'auraient qu'à se mettre en quête d'une autorisation officielle qui leur serait délivrée par les services de la ville. (Comme disait le capitaine Bligh : « La légitimité d'un mariage en mer cesse dès que le bateau rentre au port. ») Quelle que soit la manière dont Swales leur rapporta mes explications, ils furent très affectés. Je crus l'avoir entendu dire : *Shay dear on budduckknock will bresh beah lefoyle* *.

Je voulus savoir depuis combien de temps ils se connaissaient. Ils me répondirent que cela faisait presque une quinzaine. Ils s'étaient rencontrés sur le bateau. (Lui venait des îles Blasket, elle de celles d'Aran.) Je leur demandai ce qu'ils pensaient du dicton plein de sagesse : « Celui qui se marie en hâte se repent à loisir. » Ils s'en moquaient, ils étaient follement amoureux, me confièrent-ils par l'intermédiaire de Swales. Le jeune homme avait dix-huit ans, la jeune fille un an de moins. C'était une Irlandaise aux cheveux bruns, avec les plus beaux yeux que j'eusse jamais vus. Il n'était pas difficile de comprendre pourquoi le garçon avait été ensorcelé. Elle me rappelait mon épouse lorsqu'elle était fraîche comme une fleur.

Je leur répétai que je n'avais pas le droit de les unir, ils allaient devoir patienter encore onze jours ; j'ajoutai que cela n'était rien

* Remarque étonnante. Selon un certain nombre de spécialistes de la langue gaélique, dont Samuel Ferguson, avocat de la Couronne à Dublin, *Se deir an bodach nach bhfuil breis bia le fail* signifie : « Le rustaud (ou vieux fou) dit qu'il ne faut pas s'attendre à avoir du rabiot. » Le mot *bodach* (prononcé *buddock*) peut être rapproché de *bod*, terme gaélique familier pour désigner les organes génitaux masculins. L'emploi de ce mot n'est pas inconnu dans le Connemara. – G.G.D.

pour un couple si heureux, qui avait l'éternité devant lui. Ils s'en allèrent très abattus. Swales manifesta le désir de rester en ma compagnie.

Nous plaisantâmes sur l'ardeur juvénile. Je lui fis remarquer que si l'on m'avait donné une guinée pour toutes les filles que j'avais voulu épouser après deux semaines de déclarations enflammées et de baisers passionnés, je serais sans conteste l'homme le plus riche de Grande-Bretagne. Il éclata d'un rire sonore et me donna une bourrade familière dans le dos, ce que je n'appréciai guère. Il me dit qu'il avait espéré m'apercevoir sur le pont ces derniers temps, il m'avait attendu jour et nuit, des heures durant, mais hélas ! sans succès. Il avait fallu cette rencontre fortuite avec ces jeunes gens dans la matinée. Je lui expliquai que j'avais de nombreuses occupations et que le passe-temps, bien agréable, consistant à commander le navire m'empêchait de me consacrer à cet emploi rémunéré de grand ordonnateur des babillages des passagers, mais je formai des vœux pour que nous puissions bientôt reprendre nos entretiens.

Swales désirait ardemment entrer le plus vite possible au service de Lord Kingscourt ; la traversée touchait à sa fin et le temps lui était compté. Il redoutait qu'une fois arrivés à New York Kingscourt et sa famille ne se mettent à voyager, il perdrait alors son unique chance.

Je lui précisai que j'avais fait part de sa requête à Lord Kingscourt, mais ce dernier n'avait pas besoin de personnel : sa famille avait déjà une domestique. Sa Seigneurie m'avait donné cinq shillings que je devais remettre à Swales en lui souhaitant bonne chance. Je les lui tendis, mais l'ingrat ne manifesta guère d'enthousiasme en les prenant. Lorsque je lui demandai ce qui le mettait dans un tel état, il me répondit qu'il était incapable de manger cinq shillings et à y bien réfléchir dix mille non plus. Sur ce, je lui souhaitai le bonjour. Les devoirs d'un capitaine sont nombreux et écrasants, mais trouver un emploi à un balourd suffisant n'en fait pas partie (du moins pas encore).

Alors qu'il sortait (et que d'autres entraient), Leeson me révéla que cela faisait plusieurs jours qu'il l'importunait pour que je le reçoive ; il criait haut et fort que lui et moi étions les meilleurs amis du monde. Je confiai à Leeson qu'il était bien triste que je ne puisse me diviser en autant de morceaux identiques que de passagers, de façon que chacun en eût un bout. Comme un ver, conclut Leeson. (Je ne crois pas qu'il pensait à mal.)

Un peu plus tard dans la soirée, alors que je lisais les Saintes Écritures sur le pont avant, je vis le jeune homme qui avait tant souhaité que je le marie. Il faisait de tendres mamours à une autre déesse, une belle petite Hélène auréolée de tresses blondes. Le Pâris des Blasket s'était remis de sa déconvenue. Ainsi sont les voies des amours de jeunesse. Brûlantes comme le sirocco lorsqu'il se met à souffler, mais qui refroidissent bien vite ou changent de direction.

Pensait qu'il avait entendu parler de Bonaparte ; savait pas qui c'était ; pensait qu'avait entendu parler de Shakespeare ; mais savait pas s'il était mort ou vivant, et s'en moquait. Un homme de ce nom-là gardait une jolie poupée [*une prostituée*] et faisait de l'épate, mais c'était une brute, s'il était mort ça n'aurait pas eu d'importance. Avait vu la reine mais avait oublié son nom à la minute même, oui, il avait entendu parler de Dieu qui avait créé l'univers mais ne se souvenait pas quand est-ce qu'on lui avait parlé. Jamais entendu parler de la France, mais des Français, si. Avait entendu parler de l'Irlande. Ne savait pas où c'était, mais sûrement pas bien loin, parce qu'autrement ces gars-là ne seraient pas à Londres. Dirait bien qu'ils étaient venus à pied.

Colporteur de l'East End (identité inconnue),
au journaliste Henry Mayhew[1].

1. Voir note de Dixon p. 259.

CHAPITRE XIX

LE VOLEUR

OÙ LE LECTEUR
SE VOIT OFFRIR POUR SON ÉDIFICATION
LE RÉCIT SCANDALEUX DE LA DESCENTE
DE PIUS MULVEY DANS LA FANGE DE L'INFAMIE
ET DE L'IGNOMINIE, ET DES CONSÉQUENCES
QUI EN DÉCOULENT IMMANQUABLEMENT

La nuit où Pius Mulvey quitta le Connemara, un ouragan dévasta l'Ouest de l'Irlande, abattant vingt mille arbres en moins de six heures (selon l'article publié le lendemain dans le *Times* londonien). Les vents soufflèrent avec une violence incroyable, mais les arbres furent responsables des dégâts. Ils bloquèrent les routes, s'abattirent dans les rivières, écrasèrent dans leur chute fermes, chaumières et églises. La tornade fit rage, balayant toute la côte, des îles Skellig au large du Kerry jusqu'à l'extrême pointe nord du Donegal. Des dizaines de ponts s'effondrèrent ou furent emportés. Deux hommes périrent dans un glissement de terrain à Sligo. Une femme de Clare mourut frappée par la foudre. Un aristocrate de Cashel, étudiant au New College d'Oxford, écrivit dans le journal de son école que le pays ne serait jamais plus comme avant.

Mulvey parcourut à pied les deux cents milles qui séparaient sa misérable demeure de la grande ville de Belfast, dans le comté d'Antrim. Ce voyage dura près d'un mois. Il n'avait jusqu'alors foulé le sol d'aucune cité, ni à plus forte raison d'une qui fût aussi majestueuse et imposante. Elle était si prospère, si superbe et si vaste que parfois les habitants disputaient de son emplacement exact ; il y en avait une partie dans le comté d'Antrim, une autre dans celui de Down, chacun tenait à la sienne. Si beau était le fleuve qui la traversait qu'ils le louaient par des chansons : ce sympathique vieux Lagan qui coupait la ville en deux. Les gigantesques palais de granit qui flanquaient la place semblaient autant de merveilles aux yeux de Mulvey, forteresses de marbre et colonnades impériales, mais ce qui le laissa bouche bée, ce furent les innombrables rangées de maisons attenantes de pierre rouge construites pour les ouvriers. On vous donnait une maison. On vous donnait des *voisins*. Si le Connemara c'était l'Antarctique, Belfast c'était Athènes ! Du moins c'est ainsi qu'il le vit. Le drapeau de l'Empire qui flottait au-dessus de l'hôtel de ville était de la taille du champ de son père.

Il se dirigea vers les quais qui grouillaient d'activité et se fit embaucher dans une équipe d'ouvriers qui s'activait à agrandir et approfondir le port. C'était un travail qui lui plaisait, facile et sain, bien différent des labours du Connemara et dont on voyait le résultat. Certes, le froid lui pelait la peau ; il avait le dos brisé quand il arrêtait, les muscles en purée et les mains pleines d'ampoules, comme un ermite qui aurait reçu les stigmates, mais, à la fin de la semaine, il recevait une poignée de shillings, baume délicieux propre à apaiser toutes les douleurs. Il était facile de trouver à manger à bon compte. Il en était de même pour la boisson ; rien à voir avec le whiskey distillé en fraude qui vous empoisonnait dans le nord du comté de Galway, il n'y avait là que les bières blondes les plus suaves et les whiskeys les plus purs.

Dans le port personne ne se souciait de vos mouvements. La plupart ne faisaient qu'aller et venir. Ayant grandi dans le vase clos quasi incestueux du Connemara, Mulvey accueillit l'anonymat de la ville comme une bénédiction. Discuter en toute liberté avec un étranger aimable, un gars qui ne voulait parler que pour tuer le temps. Un compagnon qui ne demandait rien et n'offrait rien en retour. Un inconnu que vous n'aviez aucune chance de revoir et avec qui vous pouviez vous entretenir sans crainte. Ou n'entamer aucune conversation, mais avec la possibilité de le faire si l'envie vous en prenait, choix que vous n'aviez guère sur le flanc d'une montagne du Connemara. Le silence envoûtant de la cité, la nuit. Flâner dans les rues de la métropole endormie, écouter l'écho de ses pas sur les pavés mouillés, apercevoir au loin les collines sous la lune, par une échappée entre deux rangées de maisons, avant de regagner avec une bouteille votre cabane sur les quais. Pius Mulvey était l'égal d'un dieu.

Lorsqu'elle était jeune fille, sa mère avait passé une quinzaine de jours à Dublin. Chaque fois qu'elle évoquait les mœurs qui régnaient dans la ville, elle était très sévère, prétendait que c'était un endroit où il était impossible d'être soi-même. Mais pour Pius Mulvey on pouvait être qui l'on voulait ; Belfast était une feuille blanche sur laquelle il était loisible de redessiner sans cesse son passé. Un palimpseste, un parchemin dont on a effacé la première écriture pour la remplacer par un nouveau texte. Il la nomma Palimpsestia, comté d'Antrim. Rien ne vous obligeait à rester prisonnier de votre personnalité. Il ne tarda pas à découvrir mille occasions d'être quelqu'un d'autre à Palimpsestia.

Ce fut à ce moment-là qu'il commença à prendre des noms d'emprunt. Un camarade protestant avec qui il partageait son logis lui glissa quelques conseils. Belfast changeait. Les gens revenaient à leurs vieux démons. Or la bigoterie n'avait jamais été son lot et ne risquait pas de le devenir. Les croyances religieuses d'un homme ne regardaient que lui, et s'il appliquait ce principe, le monde n'en serait que plus heureux. Mais maintenant il fallait qu'un catholique fît attention. Et lorsque l'on portait un nom aussi riche de signification que Pius, il était préférable d'éviter certains quartiers.

Pendant un certain temps il se fit passer pour son frère, Nicholas Mulvey, mais cette usurpation d'identité finit par lui paraître immorale, une sorte d'annexion indécente. De toute façon « Mulvey » exhalait suffisamment de relents de papisme pour rebuter la plupart des patrons. Choisir le nom juste se révéla une tâche très difficile. En tant que John Adams il travailla quatre mois comme arrimeur, en tant qu'Ivan Holland il aida à embarquer les troupeaux, en tant que Billy Ruttledge il fut matelot à bord d'un remorqueur. La vie trépidante des quais permettait des baptêmes aussi fréquents.

Sous le nom de William Cook il servit aussi de compagnon à un débardeur qui vénérait le Seigneur et ne cessa d'encourager Mulvey à suivre son exemple. Trouver Jésus était bien le cadet des soucis de Pius, de même qu'il espérait que la réciproque fût exacte, mais cependant il ne se lassait pas d'écouter l'étrange poésie des paroles de son chef. Danser, c'était « forniquer des pattes » ; le whiskey ou la bière brune, c'était « le babeurre du diable ». Les gens ne mouraient pas, « ils s'endormaient ». Le pape, c'était « le capitaine au chapeau rouge » ou « le guignol aux bas blancs ».

Le débardeur affirmait qu'il était protestant et que la Bible en avait fait un juste, mais que la Volonté de l'Esprit saint l'écartait de l'Évangile. Mulvey ne comprenait pas ce que « juste » ou « écarté » signifiaient d'un point de vue religieux. En quoi le fait d'être juste était-il une fin en soi ? Quelles épreuves l'Esprit saint pouvait-il bien lui infliger pour le tenir ainsi à l'écart ? Mais cette façon de parler de la religion conférait une force indéniable à ses propos. Il avait reçu le baptême évangélique sous un chapiteau à Lisburn et avait assisté le soir même, sur le chemin de retour, à une messe célébré à Derriaghy, les vêtements encore trempés de son immersion. Quant à Pius, il n'avait jamais vu la Volonté de l'Esprit saint se manifester au cours d'une cérémonie. Comme disait son père lorsqu'il avait trop bu : Faut pas s'attendre à des miracles quand on invoque le bon Dieu.

Mulvey se lassa de cette vie sur les quais, de ces soupçons et de cette méfiance grandissante qui s'installait entre les hommes. Il décida d'aller tenter sa chance sous d'autres cieux. Daniel Monaghan s'enrôla sur un bateau qui faisait la traversée jusqu'à Glasgow avec un chargement de bétail. Gabriel Elliot revint le mois suivant, parce qu'il n'avait pas trouvé d'embauche dans cette ville frappée par la misère et secouée de tensions analogues à celles qui agitaient sans bruit Belfast.

Il ne supportait plus les efforts physiques. Il se demanda ce qu'il pourrait faire pour gagner sa vie. Le soir venu, il se mit à écumer les nombreux pubs du port et interpréta la ballade qu'il avait composée. Il l'adapta en fonction du public, en faisant très attention aux quartiers où il se rendait. Si les clients étaient protestants, le sergent bafoué devenait un catholique irlandais paresseux, qui mendiait la main tendue ; s'ils étaient catholiques, le recruteur se transformait en un pasteur brandissant sa bible à tout va, arpentant la contrée pour convertir les affamés. Lorsque l'on finit par découvrir, ce qu'il avait toujours su inéluctable, qu'il ne faisait que servir la même chanson aux deux camps ennemis, ceux-ci s'allièrent, le battirent comme plâtre et, une fois inconscient, le flanquèrent hors de la ville.

Il se réveilla sous une bâche, sur le pont d'un bateau qui transportait une cargaison de charbon, les poches vides, les vêtements en lambeaux. Les matelots parlaient un langage qu'il ne connaissait pas, une langue où les voyelles abondaient et qu'il prit pour de l'allemand. Ce ne fut qu'au bout d'un certain temps qu'il comprit que c'était de l'anglais mais prononcé avec un accent qu'il n'avait jamais entendu. Ils laissaient tomber les *h*, exagéraient les consonnes. Ils disaient « Ed » pour « *Head* », « *Gorde* » pour « God ». Des Nordiques, peut-être, des Vikings des temps modernes, ou alors des Américains, pensa Pius. Les Américains étaient réputés pour leur vantardise et leurs fanfaronnades. Ce ne fut que lorsque le capitaine porta un toast à la santé du roi Guillaume en lançant un tonitruant « Gored blissim » au lieu de « *God bless Him* » que Mulvey sut qui étaient ces étranges créatures. Le peuple qui avait donné son nom à cette langue.

Il ne quitta sa cachette qu'un jour plus tard, attendant que la côte fût en vue. Les Anglais saluèrent son apparition avec des cris de surprise mêlés de joie. Il ne fut, contrairement à ce qu'il avait craint, ni battu ni frappé ou jeté à la mer. Ils lui donnèrent à manger et à boire, lui remontèrent le moral et lui dirent qu'il était sympathique. Ils l'appelèrent « mon drôle », « mon compère », « mon lascar » : des termes qu'ils utilisaient entre eux pour marquer leur camaraderie. On expliqua au voyageur la position exacte du navire, on lui indiqua le nom des terres inconnues qu'il apercevait au loin. Foulness Island. Southend-on-Sea. Rochford et sa garnison, la vénérable cité de Basildon dans le comté d'Essex.

Sheerness légendaire. L'île de Sheppey. Ils remontèrent l'estuaire de la Tamise, passèrent Purfleet et Dagenham, Woolwich et Greenwich, l'île des Chiens, Deptford et Limehouse, Stepney et Shadwell. Le bateau fendit le brouillard jaune clair qui tourbillonnait sur le fleuve et ce rideau de soufre, pareil à celui d'un théâtre gargantuesque, s'ouvrit sur Londres, la ville des villes. Féerique dans le crépuscule, colossale et biblique, étincelante de ses millions de lumières mais abandonnée comme une prima donna déjà flétrie, couverte de bijoux qu'elle aurait empruntés. Mulvey était subjugué, aucun mot ne sortait de sa bouche. La diva avait sans doute des origines douteuses, mais il était conquis.

Dans les docks, le navire se dirigea lentement vers Saint-George-in-the-East en longeant Wapping et Pennington ; la surface de l'eau semblait recouverte d'une mince feuille d'or, le dôme de Saint-Paul évoquait un Croagh Patrick[1] de cuivre. En amarrant le navire, ses sauveteurs lui souhaitèrent bonne chance. Il retrouva la terre ferme et s'éloigna en titubant. Les matelots plaisantèrent avec leurs épouses qui les attendaient et mirent sa démarche sur le compte de celui qui n'a pas le pied marin. Mais ils se trompaient. Le voyageur était ivre d'amour. Il espérait bien que cette ébriété ne le quitterait plus jamais.

Sur le quai, deux galopins, des enfants du ruisseau, jouaient aux dés et chantaient la ballade d'un bandit de grand chemin intrépide :

Oh ! je m'appelle Fred'rick Hall
Grands et petits je vole
Mais un jour pendu par le col
Tous je rembourserai
Quand je mourrai, quand je mourrai.

Pius Mulvey fit le signe de la croix. Désormais il n'avait plus besoin d'être baptisé.

Il vécut deux ans dans les quartiers pauvres de l'East End, gagnant son pain en escroquant et volant. C'était moins fatigant que de chanter et beaucoup plus rentable. Et si l'on prenait un minimum de précautions, il n'y avait guère de risque de se faire rouer de coups. La nuit tombée, les gentlemen en quête de filles qui s'aventuraient dans les ruelles sordides étaient des proies si faciles que Mulvey n'en croyait pas sa chance. Vous surgissiez d'un passage en prétendant que vous aviez un pistolet et le gogo vous refilait son portefeuille sans un mot. Si vous brandissiez un gourdin, il se pliait à vos quatre volontés. Si vous vous faufiliez derrière lui au moment où il quittait le bordel en se reboutonnant la braguette et qu'à l'instant précis où il pensait en son for intérieur qu'une fois encore il avait réussi son coup vous lui glissiez doucement au creux de l'oreille : « Je sais où tu habites et je vais aller le dire à ta femme », il vous suppliait de prendre tout ce qu'il avait et vous remerciait après de l'avoir fait.

Mulvey ne tarda pas à découvrir que le moyen le plus simple de se procurer de l'argent était de le demander. Il repérait dans la rue

1. Pic situé dans le comté de Mayo.

un bourgeois mal à l'aise, probablement un novice selon le vocabulaire du quartier, un pauvre nigaud qui ne parvenait pas à dissimuler l'érection qui déformait son pantalon coupé chez un des meilleurs tailleurs de Savile Row. Mulvey s'approchait de lui en arborant un sourire qui lui fendait le visage et le saluait d'un large geste de la main, pareil à un maître d'hôtel accueillant un client. « Je connais un joli petit bijou qui crèche au coin de la rue, monsieur. Une vraie merveille, elle a des seins, on dirait des pêches. Est-ce que vous voulez que j'aille vous la chercher ? Sa chambre est à côté. Calme et discrète. La petite ne vous refusera rien. » Parfois, une hésitation fébrile saisissait le jeune homme, alors Mulvey répétait doucement : « Elle ne vous refusera rien. » Le bourgeois lui donnait deux pièces pour le prix de sa convoitise ; Mulvey le remerciait et filait directement vers le pub le plus proche, certain que le rupin ne l'y suivrait pas. Et sûr aussi qu'aucun homme ne se risquerait à venir réclamer publiquement la putain qu'on lui avait promise ! Pas un gentleman, en tout cas. Ils devaient se plier aux règles. Il y avait toujours un moyen de les détourner pour qu'elles servent vos intérêts ; la vie de Londres reposait sur ce secret. Il régissait la survie des immigrés et Frederick Hall le comprit mieux que quiconque.

Il aimait la ville comme un mari son épouse. Les habitants étaient honnêtes, justes, tolérants, ouverts à la discussion, lorsqu'ils étaient sobres, et terriblement généreux lorsqu'ils étaient ivres, beaucoup plus hospitaliers à l'égard des étrangers qu'il ne l'avait cru, mais il est vrai que bon nombre d'entre eux étaient aussi des étrangers et n'ignoraient pas qu'ils pouvaient le redevenir. Arpenter les rues de Whitechapel, c'était faire le tour du monde. Les Juifs avec leurs boucles couleur de jais, leurs kippas et leurs barbes ; les femmes aux yeux de biche dans leurs saris magnifiques ; les Chinois avec leurs queues de cheval ou leurs chapeaux pointus ; les terrassiers à la peau si noire qu'elle en devenait bleue sous l'effet de la lumière comme l'Atlantique à l'aurore. Il fut souvent frappé par la véracité des termes qu'employaient les Irlandais pour désigner un Noir : *fear gorm*, un « homme bleu ».

Sous les poutres affaissées de la soupente qu'il occupait, il comptait les étoiles par les trous de la toiture en écoutant les flots de musique qui lui parvenaient de la rue. S'il ne dormait pas – ce qui lui arrivait souvent –, il s'asseyait sur le rebord de la fenêtre dans ses sous-vêtements en loques et regardait les marins remonter des docks ; ils entraient par petits groupes dans les maisons de passe et les débits de boissons, allaient dans les spectacles où l'on exhibait des monstres et où l'on passait des vues stéréoscopiques, ou bien ils assistaient à des pantomimes comiques que l'on jouait sur la chaussée. Il lui arrivait de descendre et de se couler au milieu d'eux, sans aucune autre raison que le plaisir d'être dans la foule. D'être bousculé, submergé, de ne pas se sentir seul.

Les Marocains en turbans, Les Hindous au visage brunâtre, les superbes Texans à la peau tannée d'un brique si vif que, la première fois qu'il en vit un, Mulvey crut que le pauvre gars avait la jaunisse. Les Français, les Hollandais, les Espagnols qui sentaient les épices. Les marchands de vins venus de Bourgogne, les acrobates de Rome. Un soir il assista du haut de son perchoir, au septième étage, à une procession de chanteurs d'opéra arrivés de quelque coin d'Allemagne. Ils avaient quitté Tobacco Wharf et traversaient l'East End en un cortège majestueux, qui n'avait rien à envier à celui des juges. Ils chantaient en chœur *Le Messie* et faisaient mine de bénir les passants hilares. Mulvey, subjugué, ne les quittait pas des yeux de son taudis, où la tête lui tournait. Esclave libéré, il leur renvoya comme en écho :

Roi des Rois !
Et Dieu des Dieux !
Et il régnera pour toujours et à tout jamais !

Mais ce qu'il préférait, c'étaient les langues de Londres, cette fanfare éclatante de la ville qui discutait avec elle-même. Entendre de l'italien ou de l'arabe était monnaie courante ; du portugais et du russe, du gaélique et du roumain, ces envoûtantes supplications funèbres et ces louanges qui s'échappaient des synagogues le vendredi à la tombée de la nuit. Il écoutait parfois des langues sur lesquelles il était incapable de mettre un nom. Elles étaient étranges, résistaient aux efforts que l'on faisait pour les comprendre, si bien que l'on doutait que ce fussent des langues ; seules les deux personnes qui les parlaient les connaissaient. Le javanais, le pidgin, l'argot des marchands des quatre-saisons, le jars des assassins, le baragouin des parieurs et des tricheurs de cartes, le patois traînant des Jamaïcains, les intonations chantantes des Gallois et des créoles. Ils se faisaient des emprunts mutuels comme des enfants s'échangeant des serpentins : une langue véhiculaire culottée, qui appartenait à tous. La Tour de Babel s'était vidée de sa multitude dans les rues puantes de Whitechapel. Mulvey venait d'un endroit où le silence était aussi persistant que la pluie, mais jamais il ne retournerait dans un tel néant.

Et puis les cockneys parlaient en couleurs. Banderoles de mots indisciplinées, exubérantes. Il les écoutait jacasser des heures durant sur les marchés ou lorsqu'ils déambulaient pendant le carnaval de Paternoster Square. Comme il aurait souhaité s'exprimer avec une telle verve et un tel mordant ! Il passa de longues soirées à s'exercer, effectua de fidèles traductions en cockney :

Not' bon prince
qui êtes au pieu à Lewisham,
que vot' nom soit louangé,
que vot' rapine vienne,
que vot' cambriole soit faite,
à Sainte-Mary-le-Bow comme à Lewisham,
fourguez-nous aujourd'hui not' butin quotidien
et assurez-nous not' défense
comme nous nous défendons en bottant le cul des margoulins et des [crétins
qui nous ont bien cherchés ;
et ne nous donnez aucune pince, monseigneur, pour crocheter bien [planqués,
mais éloignez-nous à toutes jambes de la violence,
parce que c'est à vous qu'appartiennent not' territoire, la jouissance [et la bagarre
jusqu'à c' que not' mère sorte de tôle.

Le vocabulaire du crime devint son sujet d'étude préféré. L'anglais disposait d'autant de mots pour dire dérober que le gaélique en comptait pour désigner les algues ou la culpabilité. Avec rigueur, précision, mais par-dessus tout avec poésie, ils avaient divisé la langue du vol en catégories, distinguant des sous-espèces, tâche identique à celle des vénérables diacres fossilisés qui répertoriaient les papillons. Chaque sorte d'escroquerie avait son propre verbe. Des formes de canaillerie dont il n'avait jamais entendu parler lui apparurent comme autant de mots magiques. Accrocher, acheter à la foire d'empoigne, arnaquer, baluchonner, cambrioler, caroubler, casser, chaparder, chauffer, chiper, choper, chouraver, écorcher, empiler, emplafonner, enquiller, entuber, estamper, faire un fric-frac, faisander, faucher, filouter, flouer, gauler, grappiner, grincher, lever, monter en l'air, pigeonner, piquer, piper, plumer, ratiboiser, ratisser, refaire, rincer, rouler, soulever, sucrer, travailler au bec-de-cane, tirer, truander. Voler à Londres rimait avec danser, et Mulvey dansait par les rues à l'égal d'un prince.

Au début était le Verbe et le Verbe était Dieu. Il aimait ces verbes, leur pétillement splendide, la noblesse de leur musique dans son accent du Connemara. Il faucha un carnet pour les noter. Quand il l'eut rempli, il en chaparda un autre, plus grand. Pareil au dictionnaire de son enfance, il l'étudiait sans arrêt. C'était une bible, une encyclopédie, un passeport et un oreiller.

Il se promenait dans Londres comme Adam dans le jardin d'Éden, il tendait la main pour cueillir les fruits. Mais il se gardait de commettre le péché mortel, la cupidité, qui l'aurait chassé du paradis et conduit à la prison de Newgate. Il volait ce dont il avait besoin. Rien de plus. Il n'y avait aucune raison d'être avide, aucune nécessité d'ailleurs.

Il adorait voler. Cela le rendait heureux. Une sensation qu'il n'avait jamais éprouvée sauf quand il chantait, le sentiment étourdissant de la puissance. Vivre de rapine, c'était se laisser guider par son intelligence, le patron de la Libre Entreprise des ruelles et des marchés.

Il endossa les fringues princières des gandins de la pègre des quartiers est. Les gilets écarlates, les demi-guêtres et les foulards, les redingotes à cols de velours, les pantalons à boutons : l'uniforme qui proclamait au monde entier votre appartenance à la confrérie des voleurs et qui lui signifiait votre arrivée. Ses vêtements furent la seule chose qu'il ne vola pas. S'il l'avait fait, il n'aurait eu aucune garantie quant à leur qualité. L'acompte qu'il laissa au petit tailleur juif équivalait à plus de six mois de fermage dans le Connemara. Des vêtements bien coupés se disaient *schmatta* en yiddish, *schmock* (littéralement, un pénis) désignait un homme qui s'habillait n'importe comment. L'époque où Pius Mulvey était un schmock était révolue. Dans l'East End, être voleur n'avait rien de déshonorant ou de démoralisant ; bien au contraire, c'était l'exemple à suivre pour les jeunes. Dans les chansons qui couraient à travers la ville, il était toujours question de criminels, de bandits de grand chemin, d'agresseurs, de voleurs à la tire et de monte-en-l'air qui pullulaient dans les rues comme des pépites d'or sur un tas de fumier. On murmurait religieusement leurs noms en une sorte de litanie des saints. Sal l'Escroc. Joe le Bonimenteur. Ikey Solomons, le receleur qui s'échappa de Newgate en 1831. Ils se servaient de leurs habits pour singer la classe dirigeante. *Méfiez-vous*. Leur apparence était un avertissement. Un jour, nous vous dépouillerons de vos vêtements et nous les enfilerons. Le roi sera nu. Nous prendrons votre place et vous la nôtre. Et si cela était, tiendriez-vous cinq minutes ?

Même dans la défaite, ils affichaient leur noblesse. Ils se rendaient au gibet en cortège, dans des carrosses d'argent tirés par seize chevaux, escortés d'une armée de serviteurs en livrée et de pleureuses en robes ornées de pierres précieuses. Mourir était sans importance au regard du spectacle de la mort qu'ils allaient jouer, impénitents et méprisants. Un tel départ nécessitait un indéniable talent dramatique auquel la plupart s'étaient entraînés des années durant. La première fois que Pius assista à une pendaison, il repartit en enviant le condamné qui se balançait au bout de la corde. Ce dernier avait gravi les marches de la potence avec majesté, lançant à la foule une brassée de roses à l'instar d'un comédien. Une main posée sur la hanche, l'autre collée à l'oreille, comme s'il n'entendait pas bien les applaudissements et qu'il eût l'air de vouloir annuler la représentation s'ils ne redoublaient pas.

Tout en fouillant dans les poches de la populace hurlante qui l'entourait, Frederick Hall se jura qu'un jour il ressemblerait trait pour trait à ce cadavre boudeur et glorieux.

Chaque fois qu'il se lassait de la facilité de voler, il tentait sa chance en tant que chanteur de rues. Il interpréta les vieilles ballades de Galway, mais elles ne semblaient pas du goût des Londoniens. Ils les trouvaient ennuyeuses et elles les mettaient mal à l'aise. Pourquoi auraient-ils donné la pièce ? Les complaintes lugubres ne faisaient pas recette à Whitechapel. Le quartier était assez déprimant comme cela.

Il essaya alors la chanson qu'il avait composée, la ballade du sergent recruteur éconduit du Connemara. Il était hors de question de l'interpréter dans sa version originale, mais si l'on changeait l'uniforme ou si on le camouflait, elle pouvait sans peine rapporter de quoi manger à son auteur. Il passa deux nuits à remanier les paroles. Il l'affubla de noms de rues, y coula des pointes d'argot londonien, ôta ce qui était dérangeant ou trop irlandais. Cela ne l'ennuya pas le moins du monde de modifier l'ensemble. Il retaillait les coupons de Galway pour les mettre à la mode des élégants de Whitechapel. Dès qu'il eut achevé de faufiler et de surfiler, il courut au marché de Bethnal Green et la chanta quatorze fois d'affilée, avec l'accent de l'East End qu'il commençait à maîtriser. « Merdeux de Cockney », marmonna un policier sur son passage. Frederick Hall connut là son heure de gloire.

Mon compère et moi déambulions dans le Strand,
Quand survint le major à la main l'épée brandissant,
Il parlait de ses gars intrépides plein d'allant,
Jour béni et charmant.

Il nous dit, mes coqu'lets, vous n'avez qu'à signer,
Et c'est dix souverains qu'alors vous verrez,
Avec une couronne pour conclure le marché
A la santé de not' roi tout-puissant.

Brisons là, major, répondîmes-nous fièr'ment.
Nous aimons Piccadilly, y rest'rons longtemps.
Consacrer nos jours et nos nuits à l'égar'ment,
C'est vivre dans l'enchant'ment.

Les filles que nous aimons sont libres com' l'air,
Les belles de Dean Street ou de Leicester Square.
Et vous nous expédieriez tout là-bas en Ulster
Où l'on se f'rait descendre sans avertiss'ment.

D'ici nous ne bougerons, à nous amuser rest'rons
Le long de la Tamise de Bow Church à Richmond.

Et sur ce, major, bien bas nous nous inclinons.
Et l'envoyâmes se faire foutre bonnement.

Un soir, à Limehouse, il avait à peine fini de la chanter qu'un gentleman barbu, légèrement inquiétant, s'approcha de lui. Il portait une queue-de-pie et un haut-de-forme. Il lui demanda poliment s'il pouvait lui parler. Mulvey l'avait déjà remarqué dans le voisinage. La nuit, il rôdait dans les rues comme un voleur. L'inconnu avait l'air tellement mal à l'aise dans Whitechapel qu'une fois ou deux l'idée de le détrousser avait traversé l'esprit de Pius. Le bourgeois lui expliqua qu'il se nommait Dickens, mais il préférait que ses amis l'appellent Charlie ou Chaz. Mulvey eut l'impression qu'il lui mentait. Personne n'avait jamais donné du Chaz à ce rupin trouillard, sauf dans ses rêves ou dans ses fantasmes grotesques.

Charlie ou Chaz ou Charles Dickens écrivait des histoires dans des revues littéraires. Il était très intéressé par la vie des prolétaires, par leurs chansons et leurs conversations. Tout ce qui était authentique le passionnait, et il avait trouvé la ballade de Mulvey fascinante. Il voulut savoir si elle était ancienne, comment Mulvey l'avait découverte. Dans l'avidité avec laquelle il posait ses questions, Pius crut discerner qu'il pouvait y avoir là quelque bon coup à faire qu'une trop grande franchise risquait de compromettre.

Il confia à Charlie qu'il était affamé et que cela l'empêchait de raconter quoi que ce soit. L'auteur l'emmena dans un restaurant de l'autre côté de la rue et commanda un dîner qui aurait rassasié un synode d'évêques. Pendant qu'ils mangeaient et buvaient, Mulvey lui parla de la ballade. Il mentit effrontément. Il la tenait d'un vieux pickpocket qui vivait à Holborn. Un Juif qui dirigeait une école, où il recueillait les jeunes voleurs et les gamins en fugue. C'était une complainte très ancienne, dont l'authenticité était indéniable. Charlie était fasciné, il notait toutes les réponses de Mulvey et plus vite il écrivait, plus vite les mensonges fusaient. Cette facilité avec laquelle il mentait ne manqua pas de l'étonner. L'image de l'Israélite avisé au rire étouffé, des petits élèves si habiles qui faisaient bon ménage avec les prostituées volubiles, était si vive dans son esprit qu'il finit par se persuader qu'il ne rapportait que la vérité. Quand il fut à court d'inspiration, il alla puiser dans les ballades du Connemara : la jeune fille trahie par l'aristocrate au cœur fourbe, la demoiselle de petite vertu assassinée par son amant, le misérable enfant abandonné envoyé à l'atelier pour indigents. C'était comme s'il avait vécu parmi ces êtres imaginaires, il était devenu le personnage d'une de ses propres histoires. Charlie le sollicita pour qu'il lui donnât les paroles. Mulvey répondit qu'il s'exécuterait volontiers, mais il avait la gorge si sèche qu'il en était incapable. On s'empressa d'apporter un pichet de bière et Pius chanta deux fois la ballade. Charlie le roulait, mais c'était de bonne guerre, puisque lui aussi se faisait posséder. La chanson était une forme de vol réciproque. Il y avait de quoi gagner sa vie en fabriquant de l'authentique.

– Et son nom ? fit Dickens pressant. Le nom du Juif ?

Un visage hideux surgit de la mémoire de Mulvey. Le plus grand contempteur de Juifs qu'il eût connu. Le prêtre de la paroisse de Derryclare. Le voleur qui lui avait ravi son frère. L'occasion d'une revanche bien mince mais en un certain sens divine s'offrait à lui ; par un coup de baguette magique il transformait l'immonde individu en ce qu'il haïssait par-dessus tout.

– Fagan [1], répondit-il.

Charles Dickens sourit.

– Vous m'avez comblé.

1. On trouve un Fagin dans *Oliver Twist*.

CHAPITRE XX

LE MISÉREUX

OÙ LES MÉFAITS SCANDALEUX
DE MULVEY SE POURSUIVENT
NON SANS CONNAÎTRE TOUTEFOIS
PENDANT UN CERTAIN TEMPS
UN ARRÊT BRUTAL

Par une triste et chaude nuit de juillet 1837, la maison qu'il occupait illégalement fut rasée (par son propriétaire) et Frederick Hall se résolut donc à suivre le cours de la rivière pour aller tenter sa chance plus au sud, dans un autre quartier. Il s'installa un moment à Southwark, sans grand succès. Les gens du coin étaient méfiants et n'avaient de toute façon rien à voler. A Greenwich aussi, il comprit qu'il perdait son temps. Il y avait trop de soldats et de patrouilles de police. A Lambeth, il tomba sur une fripouille de Glasgow, un pickpocket du nom de Right McKnight (du moins prétendait-il s'appeler ainsi, ce qui est peu vraisemblable). Il avait réussi à dérober une soutane dans une teinturerie à Ealing et avait imaginé un stratagème pour lequel il avait besoin d'un partenaire.

Entourloupe, c'était le terme pour définir la combine qu'il proposait et qui consistait à soutirer de l'argent, déguisé en prêtre avec l'aide d'un complice jouant lui aussi un rôle. C'était là un ajout très intéressant au dictionnaire de Mulvey, et un point de lexique qui suscitait une fois de plus son admiration pour les peuples britanniques. Un langage digne d'être parlé pouvait-il, en effet, ne pas avoir de mot pour désigner une telle pratique ?

Mulvey barbouillait de cirage noir toutes les parties visibles de son corps et enfilait en guise de tunique un sac de charbon. Il devenait ainsi l'« Africain converti » accompagné de son rédempteur, le révérend McKnight. Il roulait des yeux et cabriolait devant les passants médusés. Et il débitait un flot incessant d'irlandais du

Connemara tandis que McKnight, la main pointée vers le ciel et brandissant un crucifix, tonitruait en roulant les *r* avec fracas : « Oh ! écoutez donc le parrrler du païen, mes frrères et mes sœurs, le vérritable dialecte de Lucifer en perrsonne. Donnerrez-vous quelques pennies pour aider à convertir ces sauvages qui se vautrent aujourd'hui encorre dans la fange de l'idolâtrrie ? » Ils étaient peu à remarquer que le charabia débité par l'infidèle n'était autre que le Très Saint Mystère du Rosaire ou une liste de noms de villages pris au hasard dans le comté de Limerick, une région dont Mulvey avait toujours trouvé les autochtones particulièrement ennuyeux.

Le clou du spectacle était le moment où le barbare tombait à genoux, pris de piété, et crachait copieusement sur « une idole païenne ». (C'était en fait une statuette souvenir représentant Léopold, le roi des Belges, volée dans un bazar miteux de Charing Cross Road, et que l'Écossais avait décapitée à la cuiller.) Un baiser au crucifix et une dernière bordée de menaces proférées à pleine gorge en irlandais suffisaient généralement à persuader les derniers incrédules de sortir leur porte-monnaie. Ils savaient très bien que ce n'était pas un véritable Noir. Mais quoi qu'il en fût, c'était un vrai sauvage.

Ce petit jeu pouvait rapporter de cinq à dix livres par jour, l'équivalent de ce que gagnait un paysan en six mois. L'Écossais dépensait pratiquement toute sa part en gin et en prostituées. Mulvey, lui, se ruinait en toilettes. Le gin ne le tentait pas et les prostituées ne l'avaient jamais intéressé. Pas grand-chose ne l'intéressait d'ailleurs, si ce n'est survivre et s'acheter des habits, et aussi bien sûr augmenter sa collection de mots désignant le vol.

Parfois, quand il avait un peu d'argent de côté, ce qui lui arrivait souvent car il avait peu de besoins, il envoyait quelques livres à Mary Duane à Carna. Mais sans jamais y joindre une lettre. Il n'avait rien à écrire. Il était tout simplement incapable de trouver quelque chose à lui dire.

A force de boire, McKnight finit par échouer à l'asile d'aliénés de Bethlehem et Mulvey fut bien obligé de se débrouiller seul. Cela ne le dérangeait pas. Il trouva le changement bienvenu. Il avait toujours apprécié les Écossais, c'étaient des gens lettrés et qui aimaient la discussion tout comme lui, mais McKnight n'était pas un de leurs meilleurs représentants : ennuyeux comme la pluie quand il était sobre et d'une violence imprévisible quand il était soûl. En outre, Mulvey le soupçonnait d'avoir souvent essayé de le rouler en douce.

Il continua donc le spectacle en solitaire, avec le trottoir comme scène et un drame nouveau chaque jour que Dieu faisait. Il était fier de ses capacités et de son énergie inépuisable, fier aussi de pouvoir se passer de partenaires ou de support. Tous les matins il flânait à travers les rues, comme un joueur sur un terrain bourré de bonnes occasions, armé de sa seule imagination. Tantôt il était un marin tombé dans la misère après avoir combattu les Français, tantôt un veuf aux abois avec sept orphelins affamés à sa charge, ou encore un mineur rescapé d'une tragique explosion, un ancien propriétaire de boutique de fleurs de Chelsea qui avait été honteusement dépouillé par un associé malhonnête. Les femmes pleuraient en écoutant ses histoires. Les hommes le priaient d'accepter leurs derniers sous. Ses récits avaient une telle force de conviction que souvent il en pleurait lui-même.

Les autres miséreux qui opéraient dans le secteur l'accusaient d'être insatiable et de leur apporter une concurrence déloyale. Comme il refusait leurs propositions visant à réguler le marché, l'un d'entre eux le piégea et le dénonça à la police. Le juge se montra moins réceptif que les différents publics dont Mulvey avait l'habitude. Frederick Hall fut déclaré coupable d'extorsion frauduleuse de fonds et condamné à sept ans de travaux forcés à Newgate. A la prison de Gate-House, on le fit se déshabiller pour le soumettre à une fouille sévère, on l'obligea à se baisser pour lui inspecter l'anus, on lui rasa les cheveux, on le doucha à la lance à incendie, on le fit examiner par un médecin qui le déclara en bonne santé. On le saupoudra d'un produit contre les poux, on lui demanda d'avaler une dose de salpêtre qui, d'après les gardiens, avait pour effet de refroidir le désir sexuel. Comme il refusait de l'absorber, on l'attacha sur une chaise et on le lui fourra dans le gosier à l'aide d'un entonnoir. Seulement vêtu d'une serviette maculée de sang, il fut attaché à une chaîne et emmené. Il franchit des grilles de fonte, longea des couloirs blanchis à la chaux et gravit un escalier métallique pour parvenir au bureau du directeur. Là, le prisonnier Hall et deux autres détenus fraîchement arrivés eurent droit au discours d'un adjoint du directeur, un homme dont le sourire benoît évoquait un oncle pédophile. Sur son bureau une plaque portait cette devise discutable : NOUS DEVONS CESSER DE FAIRE LE MAL ET APPRENDRE A FAIRE LE BIEN. On racontait beaucoup de choses sur Newgate, mais ils ne devaient pas accorder foi à toutes ces folles rumeurs. L'institution n'avait d'autre but que de les aider. Le châtiment pouvait être la plus haute expression de l'amour.

La cellule où on l'enferma était un cube de sept pieds de côté, pourvu d'une fenêtre scellée et opaque, guère plus grande qu'un mouchoir de poche. On distinguait vaguement le clair de lune à travers les éraflures laissées dans la crasse. Mulvey s'assit par terre et se mit à compter les briques noircies. Il en était arrivé à une centaine quand il entendit crier « Extinction des feux ! », et que ce qu'il avait pris pour le clair de lune s'éteignit brusquement. Il entendit claquer les portes des cellules, les unes après les autres tout au long de son étage, comme les portières d'un train s'apprêtant au départ. Il sentit la queue d'un petit animal glisser sur son pied nu. Presque aussitôt les hurlements commencèrent. Il les entendait résonner aux étages inférieurs. Mulvey ne comprenait pas ce qui se passait, il ne voyait pas à quoi cela pouvait servir de crier. Ce n'est que le lendemain qu'il en apprit la raison. Les prisonniers ne souffraient pas seulement de l'enfermement. Le directeur de Newgate avait des idées progressistes.

Se retrouver seul la nuit dans sa cellule était une expérience à laquelle Mulvey avait eu largement le temps de se préparer. La solitude était un mode de vie dans le Connemara. Ce qui le stupéfiait, c'était que l'isolement était aussi la règle dans la journée. La camaraderie était néfaste entre détenus, tel était le credo qui fondait la conception idéaliste du directeur. Les criminels endurcis risquaient de contaminer les simples brebis égarées. Aucun contact n'était autorisé, pas même avec les gardiens ou les visiteurs de prisons. Toute forme de relation humaine ne pouvait que nuire au projet d'amender les prisonniers ; c'était même faire preuve d'une cruauté bien peu chrétienne envers ces malheureux et, par extension, envers la société où ils pouvaient espérer un jour retrouver leur place. Quand on le tirait de sa cellule pour l'exercice ou pour les corvées, chaque prisonnier se voyait affubler d'une cagoule de cuir noir avant d'être autorisé à pénétrer dans la cour. Le masque était pourvu de fentes minuscules qui permettaient de voir et d'une série de trous d'épingles pour respirer. Il était fixé au cou par un cadenas et un collier de fer qui vous étranglait si vous essayiez de lever les bras au-dessus de la tête. De plus chaque homme devenait ainsi impossible à identifier, absolument semblable à tous les autres qui cassaient des cailloux ou poussaient leur roue et cessaient de faire le mal pour apprendre à faire le bien.

Parmi les gardiens qui adhéraient avec le plus d'enthousiasme aux idées progressistes, certains répandaient le bruit qu'il leur arrivait parfois de revêtir eux-mêmes le masque, de sorte que vous ne pouviez jamais savoir qui travaillait à vos côtés, qui hurlait et griffait l'air. Les souffrances étaient-elles réelles ou n'était-ce qu'un numéro d'acteur ? Dans un autre contexte cela n'eût pas tiré à conséquence. Mais il faut savoir que toute tentative de conversation était passible du fouet. Si un prisonnier était surpris par un surveillant en train de parler à un autre, il recevait cinquante coups de nerf de bœuf par mot prononcé. S'il avait l'inconscience ou l'imprudence de récidiver, il était confiné au cachot pour toute la durée de sa peine. Il y avait dans les profondeurs obscures de Newgate des hommes qui n'avaient pas vu un être vivant depuis quinze ans. Ni un détenu, ni un gardien, pas même un rat, car les cellules avaient des murailles si épaisses que rien ne pouvait y pénétrer et de toute façon elles étaient plongées en permanence dans l'obscurité complète. Même à la chapelle, l'isolement était de règle. Chaque prisonnier était agenouillé dans une stalle séparée, d'où il ne voyait rien sauf la croix au-dessus de l'autel. Mais les prisonniers avaient le droit de chanter et de répondre aux prières, aussi étaient-ils nombreux à la chapelle bien que leur présence ne fût pas obligatoire.

Mulvey était considéré comme un excellent sujet. Il ne provoquait aucun désordre, ne se plaignait jamais et, la seule fois où il reçut une punition, deux cents coups de fouet pour avoir dit « Je ne vous ai pas compris », il subit son châtiment avec courage. Il pleura cette nuit-là dans la solitude de sa cellule. Son dos et ses fesses lui cuisaient horriblement. Son coccyx n'était plus qu'un noyau de douleur, mais il lui semblait avoir remporté une petite victoire grâce à son comportement. Dès qu'on lui avait enlevé les menottes et qu'on lui avait ordonné de se remettre debout, il avait tiré sur les manches de sa camisole en toile de sac et s'était dirigé tout droit vers le gardien qui venait de le fouetter sauvagement. Il lui avait tendu la main pour le remercier. Il était tellement abasourdi par la douleur qu'il distinguait à peine son bourreau. Il ne pouvait quasiment pas tenir debout. Mais il s'était contraint à faire ce geste.

Le gardien, un Écossais sadique qui avait violé fréquemment des prisonniers débiles, et Mulvey lui-même à deux reprises en menaçant de le châtrer, fut si étonné qu'il prit la main qu'on lui tendait. Mulvey qui affichait une attitude repentante hocha humblement la tête plusieurs fois de suite. Il savait que le directeur et le comité des visiteurs de prisons observaient la scène depuis la galerie, et il comptait bien leur laisser une forte impression. Pour sortir de la salle des punitions, il dut passer devant eux et en profita pour faire un signe de croix. Une des visiteuses pleurait doucement, comme si le spectacle d'un tel progrès vers la vertu était trop émouvant pour elle. Frederick Hall marqua un temps d'arrêt et fit une révérence à la dame. Elle s'évanouit en sanglotant dans les bras du directeur et Mulvey sut qu'il venait de gagner une bataille. Car accepter de se laisser fouetter sans rien obtenir en échange n'aurait pas seulement été lâche mais stupide.

Plus jamais il ne fut fouetté ou puni. Au contraire, il commença à se voir accorder quelques petits privilèges. Il remarqua que les gardiens ouvraient toujours la porte de sa cellule en premier et qu'ils la laissaient entrebâillée même après le couvre-feu. Une nuit ils négligèrent même de la refermer, aussi le fit-il de son propre chef au moment où passait un gardien en s'assurant bien que le surveillant voyait son geste. Ayant appris qu'il savait lire, le directeur s'était arrangé pour qu'on lui procurât quelques livres. Une bible d'abord, puis les *Œuvres complètes* de Shakespeare. Le prisonnier Hall adressa au directeur une lettre de remerciement dans laquelle il eut l'habileté d'affirmer qu'il ne méritait pas une telle faveur et surtout de ne formuler aucune demande. Une semaine plus tard, un nouveau lot de livres lui arrivait avec, en prime, une petite lampe qui lui permettrait de lire la nuit. Il avait découvert une caractéristique importante des autorités anglaises. Moins on leur demandait de faveurs, plus on avait de chances d'en obtenir.

Il lut la Bible intégralement, puis tout Shakespeare, les fables d'Ésope et des biographies de poètes. Milton devint très vite son préféré. Il dévora les douze volumes du *Paradis perdu*. La description de l'enfer du premier tome, où « l'espoir accordé à tous ici n'entre jamais », lui semblait particulièrement adaptée à la prison de Newgate. « Comme il était différent le monde d'où ils étaient tombés !... » Mais la puissance du style le transportait, la grandiose cadence du rythme. Il s'amusa secrètement à désigner les gardiens d'après les noms bizarres que Milton avait donnés à ses démons : Moloch et Bélial, Asmodée et Baalim. Le directeur hérita du nom de Mulciber, l'architecte du Pandémonium.

Il se trouva bientôt au mieux de sa forme. Le régime carcéral impliquait une nourriture régulière et un sommeil tout aussi régulier, l'un et l'autre encouragés par la crainte du châtiment. (Refus du prisonnier de prendre son repas : trente coups de fouet. Rester éveillé après le couvre-feu : une semaine de cachot.) Le tabac à fumer ou à priser et l'alcool étaient interdits ; ses poumons s'en trouvèrent plus propres et ses pensées plus claires. Le travail avait développé ses muscles, qui étaient devenus durs comme du roc. Au bout de la deuxième année, Mulvey était capable de soulever son propre poids de pierres. Même la solitude ne lui pesait plus guère. « L'esprit se suffit à lui-même, comme l'affirmait bravement Milton, et il peut transformer l'enfer en paradis. » Ce n'était peut-être pas tout à fait exact, mais cela valait la peine d'essayer. Mulvey en vint à considérer la porte de sa cellule comme une barrière qui le protégeait des folies de l'extérieur plutôt que comme un obstacle à sa liberté.

Au bout d'un certain temps il fut placé dans une cellule plus vaste qui disposait d'une fenêtre surplombant Gate-House. La nuit, il voyait les gardiens bavarder et plaisanter avec une petite troupe de mendiants qui se massaient devant la porte en suppliant qu'on leur donnât un abri pour la nuit. Il était notoire parmi les miséreux de Londres que le personnel de Newgate, en échange d'un penny, vous laissait parfois passer la nuit dans une cellule inoccupée.

Il fallut à Mulvey un certain temps pour comprendre quel parti il pouvait tirer de la vue dont il disposait, mais il trouva assez vite la solution. En se postant à la fenêtre de bonne heure le matin, il pouvait assister à la levée d'écrou des prisonniers qui avaient purgé leur peine. Le sergent-chef posté à la grille d'entrée lisait leurs noms à voix haute, et en prêtant bien l'oreille on pouvait les distinguer. De toute façon on pouvait toujours, en se rendant dans la cour le matin, noter au passage les cellules vides que l'on était en train de désinfecter. En rassemblant toutes ces observations et en attendant le moment opportun, on disposait sans danger d'un pouvoir considérable.

En effet, à Newgate, pour un prisonnier qui aurait dénoncé un de ses codétenus, il était impossible d'espérer survivre jusqu'à la fin de la semaine. Mais on pouvait sans s'exposer à la vengeance dire tout ce qu'on voulait de ceux qui avaient déjà été relâchés. Mulvey mit soigneusement au point un programme de délation à l'intention du directeur, mais en prenant soin de moucharder des prisonniers dont il savait pertinemment qu'ils venaient d'être libérés. Il ne fallait pas le faire trop souvent pour ne pas éveiller les soupçons mais, utilisé à bon escient, le procédé vous conférait un air zélé, surtout si l'on avait l'air d'y recourir à regret. « Le détenu C 34 a parlé l'autre nuit, monsieur. » « B 92 m'a fait des propositions indécentes, monsieur. » « F 71 m'a dit son nom, monsieur. Je ne voudrais pas que cela nuise à mon désir de m'amender, monsieur. » Les autorités notèrent l'attitude positive de Mulvey et il en fut largement payé de retour.

Il sentit bien une certaine hostilité à son égard de la part des autres détenus. Dans la cour ils l'évitaient, ne lui passaient plus leurs outils. Mais Mulvey s'en moquait. Il était, si l'on peut dire, heureux. Plus il était tenu à l'écart, plus il apparaissait aux yeux des autorités comme un de leurs meilleurs éléments. On lui demanda de se présenter devant le comité des visiteurs à qui il fit un vibrant éloge du système d'isolement. Des crottes de souris apparurent bientôt dans son gruau, un morceau de verre cassé dissimulé dans un savon lui déchira l'avant-bras. Il considérait ces avanies comme le signe de sa promotion, les rites d'un passage à un stade supérieur. Il se mit aussi souvent que possible à s'infliger lui-même des marques de coups, prétextant des agressions qui n'avaient jamais eu lieu. Chaque fois qu'il procédait ainsi, on le transférait dans une cellule plus confortable, au point qu'il finit par aboutir dans le pavillon du directeur, là où n'étaient logés que les criminels les plus riches et où les cellules disposaient de lits de plume et de murs tapissés.

Quand il fut parvenu à la moitié de son quarantième mois de détention, on lui confia, en récompense de ses progrès, une mission spéciale. On avait besoin d'un prisonnier pour nettoyer la cour inférieure le soir, pour graisser les engrenages et nettoyer la chaîne de la roue de discipline, et pour gratter les fientes de pigeon sur les bornes et le dallage. Un tel homme, fit observer le directeur, avait bien de la chance, car il devrait effectuer sa tâche tout seul et ne serait donc pas astreint au port du masque de cuir. Il serait même autorisé à adresser la parole au garde de service, pourvu que ce fût uniquement à propos de questions pratiques. Les minutes officielles de la rencontre rapportent que le prisonnier Hall pleura de gratitude : « Que Dieu vous bénisse, car je ne le mérite pas. »

La cour inférieure était limitée sur trois côtés par le bâtiment des gardiens et par le bloc cellulaire proprement dit. Le quatrième côté était fermé par un mur cimenté de vingt pieds et dont le sommet était garni d'une rangée de pointes, un *cheval de frise* *, d'après le dictionnaire, mais le jargon implacable de Newgate le désignait sous le nom de « cheval de la mort ». Dans l'angle où le mur venait s'appuyer contre le bâtiment des gardiens, à environ cinq pieds en contrebas de la haie de piques, une petite citerne de métal avait été sommairement installée ; juste au-dessus il y avait un espace exigu où le mur n'était pas hérissé de pointes.

Mulvey trouva étrange qu'on eût laissé cet endroit sans protection. On eût dit qu'il manquait neuf pouces au cheval de frise ou peut-être le mur avait-il été construit trop large. Un jour, très respectueusement, il attira l'attention du gardien sur ce détail. N'était-ce pas là une tentation pour les détenus les plus sauvages de Newgate, pour les malheureux qui, contrairement à Mulvey, n'étaient pas en bonne voie sur le chemin de la vertu ? Le gardien se contenta de rire et de regarder le cheval de la mort. Le dernier malheureux qui avait tenté de s'évader s'était retrouvé si profondément empalé sur les pointes qu'on avait dû couper celles-ci pour le récupérer. Il avait agonisé dans des souffrances si atroces que plus personne n'avait essayé de suivre son exemple. On l'avait entendu hurler à un demi-mille à la ronde.

Le mur et les possibilités qu'il offrait devinrent le principal sujet d'intérêt de Mulvey. Lorsqu'il travaillait, il se plaçait de façon à pouvoir l'observer ; il notait ses fêlures, ses petites saillies, les irrégularités où le crépi était tombé. Il prit l'habitude d'étudier ce mur avec toute l'attention d'un détective examinant un faux billet. Il le divisa mentalement en seize parties et s'efforça de mémoriser le moindre détail de chacune d'elles. A l'aide de miettes de pain, de bouts de fil et de débris de ciment, il le reconstitua sur le sol de sa cellule. Une miette représentait la saillie d'une brique à laquelle une main pourrait s'accrocher ; un fil, une fente minuscule où un orteil pourrait trouver appui. Avec de la poussière de mortier, il s'appliqua à les relier, à représenter une voie d'escalade depuis le dallage jusqu'à la citerne. Mais quelle que fût la façon de considérer le problème, cela semblait impossible, à moins qu'il ne lui poussât une paire de mains supplémentaire.

Il commença à venir à son travail plus tôt qu'on ne le lui demandait et à rester dans la cour aussi longtemps que le garde l'y autorisait. Souvent, en travaillant, il repensait à sa mère, à un vieux dicton qu'elle citait souvent quand les temps étaient particulièrement durs à la maison. Il n'existe aucune montagne qui ne puisse être surmontée. Jésus te montrera le chemin.

Pendant deux mois il ne cessa d'étudier la question du mur, sans s'apercevoir qu'il avait déjà la solution à portée de la main. Et tout à coup il comprit. Tranquillement, simplement. Comme le déclic d'une clef dans une serrure compliquée.

Ce fut un dimanche soir de février 1841. La plus grande partie de l'Empire était en paix. La reine fêtait son premier anniversaire de mariage et, en l'honneur de cet heureux inceste, l'aumônier célébrait une action de grâces. La plupart des âmes damnées de Newgate y assistaient. La chapelle résonnait de reconnaissance envers Dieu.

Il est une fontaine emplie de sang,
Du sang de saint Emmanuel.
Et les pécheurs qui plongent en elle
Sont lavés de tous leurs péchés.

Il attendit son heure, le voleur ; il écouta les chants des prisonniers qui massacraient les cantiques. Ce soir-là, le gardien de service était l'Écossais au fouet. C'était une bénédiction que le prisonnier Hall n'avait même pas espérée.

Moloch ouvrit la grille à l'aide d'une clef fixée à une chaîne et Mulvey le suivit dans la cour. Le jour déclinait, tout était baigné d'une lumière dorée. Les fenêtres des cellules semblaient incendiées par le soleil couchant. Un merle qui buvait à une flaque entre les pavés redressa brusquement la tête, comme pour montrer que les intrus le dérangeaient.

Le matin même, la roue était tombée en panne, ainsi que Pius Mulvey s'y attendait. Un clou glissé dans son mécanisme y avait pourvu. Il entreprit soigneusement de déposer le panneau d'érable qui protégeait le bas de la crémaillère et de la poulie, puis dégagea la chaîne graisseuse des dents de l'engrenage. Elle était plus lourde qu'il ne l'avait imaginé et mesurait près de douze pieds de long.

– Qu'est-ce que tu fais là ?

Mulvey leva les yeux vers le violeur à la mâchoire pendante. Une étrange question lui traversa l'esprit. Il se demanda si l'homme pouvait avoir d'une manière ou d'une autre le pressentiment de ce qui allait lui arriver. Peut-être s'était-il éveillé le matin hanté par une vague prémonition, une impression funeste de douleur. S'était-il douté en disant au revoir à sa femme que c'était la dernière fois qu'il faisait ses adieux à quelqu'un ? En se dirigeant vers la prison de Newgate, avait-il eu le sentiment, que connaissaient bien ses centaines de victimes, et que Mulvey lui-même avait éprouvé à plusieurs occasions, le sentiment donc que le soleil se couchait pour la dernière fois sur sa vie, que le moment était venu d'abandonner tout espoir ?

– Monsieur, le directeur m'a demandé de graisser la chaîne, monsieur.

Par ce simple mensonge, Mulvey avait entamé son évasion. Son ombre avait déjà bondi vers la liberté et franchi le mur si longtemps étudié. Mentir à un garde était passible de deux mois de confinement au fin fond de la prison, dans une cellule à peine plus grande qu'un cercueil. Il allait le franchir, ce mur, ou ils l'en sortiraient à l'état de cadavre, mais il n'allait certainement pas s'éveiller à Newgate le lendemain matin.

– La graisser ?

– Monsieur, oui, monsieur. Ou bien elle ne marchera plus, monsieur.

– Il ne m'en a pas parlé.

– Monsieur. J'arrête de le faire si vous me dites qu'il ne faut pas, monsieur, si le directeur ne veut pas, monsieur. Je ne veux pas d'histoires, monsieur. Il semblait très intransigeant, monsieur.

– Intransigeant ?

– Monsieur, oui, monsieur.

– Qu'est-ce que ça veut dire ?

– Cela veut dire décidé, monsieur. Il tenait vraiment à ce que cela soit fait, monsieur.

– T'es un malin, toi, Mulvey, hein ?

– Monsieur, je ne sais pas, monsieur. Si vous le dites, monsieur.

– T'es drôlement malin pour le bâtard obséquieux d'une pute irlandaise syphilitique. Qu'est-ce que tu es ?

– Monsieur, un bâtard obséquieux, monsieur.

– Et ta mère ?

– Monsieur, une pute irlandaise syphilitique.

– Eh bien, qu'est-ce que tu attends, espèce de bouton de gale ? Vas-y puisqu'il est si intransigeant ! Tout le monde sait que tu passes ton temps à lui lécher le cul.

Moloch s'éloigna et regarda le ciel. Mulvey retira prestement ses souliers. Le merle s'envola et se percha sur une corniche. A la chapelle les hommes entonnaient un nouveau cantique ;

Ô Dieu, tu nous as secourus par le passé.
Sois notre espoir dans l'avenir,
Notre havre dans la tempête,
Et notre demeure éternelle.

Il ramassa un caillou, bondit sans un bruit sur le surveillant écossais et lui asséna un coup violent sur la nuque. Celui-ci s'écroula comme un sac d'ordures éventré et Mulvey se mit à le frapper à coups redoublés, lui fracassant la mâchoire jusqu'à ce que son œil gauche éclatât comme un œuf cassé. Le gardien tenta d'appeler à l'aide, mais Mulvey lui marcha sur la gorge en enfonçant bien son pied comme s'il écrasait un serpent. Le gardien émit un gargouillis et tenta de demander grâce dans un souffle. C'était tentant de refuser, de le faire bien souffrir avant de le tuer, mais Mulvey se dit que cette cruauté n'était pas nécessaire. Il tomba à genoux, murmura un acte de contrition à l'oreille du violeur moribond et fracassa d'un coup de pierre ce qui lui restait de visage.

Il plongea le doigt dans le sang de sa victime et traça dans la poussière du dallage ces deux vers de Milton :

Faire le bien n'a jamais été notre rôle,
Mais le mal est notre seul délice.

Il défit la boucle du surveillant et lui retira sa ceinture, l'attacha à l'extrémité de la chaîne et la lança en l'air de toutes ses forces. Elle s'éleva pesamment, heurta le mur avec un bruit sourd et retomba dans un ferraillement sinistre. A la deuxième tentative, la chaîne dépassa le sommet du mur. Mulvey la tira vers lui d'un coup sec ; elle glissa avant de se bloquer dans les pointes du cheval de frise. Il prit son élan, sauta aussi haut qu'il put pour atteindre le bout de la chaîne et se mit à l'escalader ; ses pieds nus faisaient cliqueter les anneaux. Il se cramponna de toutes ses forces aux étançons du cheval de la mort. Un coup de vent s'éleva, qui fit doucement tourner les pointes. Il eut immédiatement les mains lacérées, mais tint bon, imprimant à son corps un mouvement de balancier le long du mur afin d'atteindre la vieille citerne toute rouillée. De la plante des pieds, il prit solidement appui sur le bord poussiéreux. Sous son poids, la citerne émit un craquement sinistre. Il avait les bras qui tremblaient, ses mains étaient comme des enclumes. D'un bond, il gagna le sommet du mur au moment où la citerne s'effondrait dans la cour. Il le franchit et se laissa glisser de l'autre côté, le corps couvert de sang et d'eau rouillée.

Perdant son sang comme un porc égorgé, il s'enfuit en titubant vers le fleuve. Mais à peine l'avait-il aperçue qu'il fut sur le point de perdre connaissance. C'était fichu. Il n'y arriverait pas. Entendant derrière lui les coups de sifflet des policiers, il rebroussa chemin vers Newgate à travers allées et ruelles. Il franchit des jardins où il déroba du linge sur un fil : une salopette et une vieille capote de soldat. Il se banda les mains très serré pour arrêter l'hémorragie et continua à progresser en trébuchant, ivre de frayeur. Tout à coup il s'avisa qu'il lui restait une issue. S'il pouvait encore tenir debout cinq minutes, on ne le prendrait pas, il ne serait jamais rattrapé. Il avança tant bien que mal en direction de la prison. Il vit sa masse noire se dresser devant lui, tel un fantôme dans une histoire d'épouvante. Retour à la prison. Une seule issue : la prison. Quand il fut assez proche pour distinguer les barreaux des cellules, Frederick Hall sut qu'il était désormais un homme libre.

Il passa toute la nuit devant la grille d'entrée, blotti parmi les mendiants qui de temps en temps tambourinaient à la porte pour qu'on les laissât entrer. Il resta là une semaine entière, le temps que ses blessures commencent à guérir.

Plus il frappait à la porte avec insistance, plus on lui conseillait de déguerpir.

CHAPITRE XXI

LE MAÎTRE D'ÉCOLE

SUITE DES ACTIONS
ABOMINABLES PERPÉTRÉES
PAR PIUS MULVEY, TRISTEMENT SURNOMMÉ
« LE MONSTRE DE NEWGATE » ; OÙ L'ON VERRA
COMMENT IL SE JOUE DE LA LOI,
PARMI D'AUTRES PÉRIPÉTIES
NON MOINS SINISTRES

Des récits de cette atrocité parurent dans les journaux. La plupart furent édulcorés ou abondamment censurés, et les détails voilés : tant d'abomination ne devait à aucun prix souiller les yeux des femmes et des enfants. Certains articles décrivaient sa victime comme « un homme marié, père de famille » ; d'autres comme « un officier fort expérimenté », ou encore « un fervent wesleyen [1], buveur d'eau, qui était entré dans la fonction publique afin de secourir les malheureux ». Mulvey songea que, sans doute, il avait été tout cela et bien davantage. Les nombreuses allusions à ses œuvres charitables ne le surprirent guère. Il avait vu trop de malotrus grimaçants disposés à vous lancer un penny pour le seul plaisir de vous regarder plonger.

Les journaux donnaient aussi son signalement ; comme celui du mort, celui-ci était exact, bien qu'incomplet : un malfaiteur insensible et rusé ; irrémédiablement corrompu ; un « loup solitaire » qui se repaissait de victimes sans défiance. Ces expressions ne l'offensaient en aucune façon. Elles ne lui apprenaient rien, et il les savait justes ; par ailleurs, à chaque histoire il fallait son scélérat et son héros. Simplement, cette histoire-ci comportait deux scélérats au

1. Du nom des frères Wesley, John (1703-1791) et Charles (1707-1788), fondateurs en Angleterre du méthodisme, mouvement qui se voulait un retour aux sources de la Réforme, dévoyée selon eux par l'Église anglicane.

lieu d'un. La description s'appliquait à la fois à l'assassin et à sa victime.

Des affiches offrant vingt livres de récompense à qui le capturerait mort ou vif furent placardées dans les rues de Londres. On y voyait le visage d'un meurtrier, un Belzébuth ricanant, dont les yeux n'étaient que des fentes et dont le menton évoquait celui d'un gorille ; pourtant Mulvey reconnut dans ce visage le fantôme du sien. L'artiste avait fait ce que fait l'auteur de ballades, tout bonnement ; ce que font l'historien, le général et le politicien, et tous ceux qui veulent dormir la conscience en paix. Il avait embelli certains détails et en avait escamoté d'autres. Que pouvait-on lui reprocher ? Il ne faisait que son travail.

La présence de « Frederick Hall, le Monstre de Newgate » fut bientôt signalée d'un bout à l'autre du royaume : de toutes les agglomérations parvinrent des rapports. L'East End fit exception. A Whitechapel, un homme qui a fracassé la tête d'un officier des prisons est aussitôt nommé citoyen d'honneur. Le meurtrier se réfugia donc dans ce vieux quartier turbulent, dont il se remit à emprunter les labyrinthes et les catacombes. Pius Mulvey d'Ardnagreevagh était son nouveau pseudonyme.

Chaque jour il volait les journaux pour s'informer de la dernière apparition du Monstre. Le bruit courait qu'il avait été aperçu dans les contrées sauvages de l'Écosse septentrionale ; dans les ghettos de Liverpool ; dans un cimetière proche de Douvres, occupé à briser ses menottes à l'aide d'un burin de forgeron. Six miséreux furent arrêtés pour son crime et, au grand embarras de la police, que les miséreux haïssaient déjà, cinq d'entre eux passèrent aux aveux au cours d'interrogatoires énergiques (nul n'ignorait que le sixième s'était évadé de la prison de Manchester sous un déguisement, se faisant passer pour la maîtresse de l'aumônier).

Peu à peu les détails des événements de cette fameuse nuit transpirèrent jusque dans les feuilles de chou. Sous couleur de condamner leurs concurrents aux tirages impressionnants, les quotidiens de qualité les publièrent à leur tour. Les termes horrifiants des vers inscrits avec le sang de la victime favorisèrent une spéculation effrénée, conformément aux calculs élaborés par l'assassin. Quel homme, fût-il à demi demeuré, prendrait le temps de faire une chose pareille au cours de son évasion ? Que pouvait bien vouloir dire ce troublant distique ? Cette partie de l'histoire était-elle vraie ou inventée ? Aux alentours de l'East End on commença de murmurer que « Frederick Hall » devait être un *nom de guerre**. Le crime avait été commis par quelqu'un d'autre. Le gardien avait été assassiné par un collègue qu'il avait fait cocu. Le meurtrier était un membre de la famille royale en visite, un duc syphilitique de seconde zone qui était brusquement devenu fou. Le massacre observait le rituel d'un culte maçonnique bizarre auquel l'officier défunt avait un jour adhéré. (Les actions de ce dernier ragot grimpèrent de façon impressionnante lorsque, dans un entretien avec un journaliste, la veuve eut l'air de confirmer que son mari avait bel et bien fait partie d'une loge maçonnique. Quand, au cours d'un entretien ultérieur, le maître de la loge infirma ces dires, ils furent considérés comme parole d'Évangile.)

« Freddie Hall » était un *agent provocateur** de la Couronne. Un fanatique de la religion. Un agent secret des chartistes[1]. « Freddie Hall » avait été admis dans la maison du directeur de la prison, autorisé à travailler sans son masque ; on lui avait donné des livres ; on lui avait permis de parler, de circuler dans Newgate comme un hôte d'auberge. De plus sinistres rumeurs se mirent à circuler. Les journaux populaires attisèrent le feu. On disait à présent que la prison était un nid de satanistes. Si vous donniez à chaque lettre du prénom de la brute sa valeur numérique et que vous additionniez les chiffres correspondants, vous aboutissiez à un total de 66. Il ne manquait plus alors que le 6, correspondant à la lettre majuscule F, pour obtenir le nombre de la Bête biblique. C'est le magazine *Tomahawk* qui fit remarquer le premier que « Freddie Hall » était une anagramme de Hellfire Dad !

Rendu téméraire par la réussite de son évasion, Mulvey commença d'utiliser comme verbe ce prénom désormais infamant, Freddie, un peu comme un écolier grave ses initiales sur un penny pour voir combien de temps il mettra à lui revenir. Et il lui revenait peu de temps après. *Enfréder* quelqu'un voulait dire le rouer de coups jusqu'à lui faire perdre connaissance. Dans tout le pays on

1. Adeptes d'un mouvement de réforme démocratique (1837-1848).

enfrédait. Oxford avait enfrédé Cambridge lors de la course à l'aviron annuelle. Un de ces jours, ces foutus ingrats d'Irlandais se prendraient le bon dieu d'enfrédage qu'ils méritaient si bien*.

Chaque fois qu'il entendait une rumeur se rapportant au monstre, Mulvey la critiquait avec ardeur, comme s'il voulait y mettre fin, sachant qu'ainsi il encourageait le colporteur de ragots à la répéter en y ajoutant les fioritures nées de son imagination. Dans les estaminets, des hommes lui confiaient discrètement qu'ils savaient de source sûre qui avait commis le terrible crime. Ils l'avaient rencontré, ou ils lui étaient apparentés, ou encore ils avaient pris un verre avec lui. La femme avait un frère qui avait un copain maton à Newgate, et lui disait que tout ça était machiné par les Juifs, et si vous n'y croyiez pas vous n'aviez qu'à aller lui poser vous-même la question.

Quand enfin un jeune journaliste scrupuleux du *Morning Chronicle*, organe libéral, après avoir interrogé un grand nombre de prisonniers, insinua que Frederick Hall, le monstre de Newgate, était en réalité un Irlandais rusé nommé Murphy ou Malvey, qui avait déguisé son crime afin de faire croire à l'œuvre d'un fou, Pius Mulvey quitta la ville en hâte et se dirigea vers le nord. Le magazine *Punch* releva l'article et s'en gaussa. Aucun Paddy ne pouvait être assez intelligent pour concevoir une telle mise en scène. La plupart d'entre eux venaient à peine de descendre de leurs arbres !

Dix-huit mois s'écoulèrent, pendant lesquels Mulvey parcourut le Nord de l'Angleterre et les régions limitrophes de l'Écosse, de Berwick à Gretna Green ; il descendit ensuite dans les Midlands et l'est du pays de Galles, et parvint à l'ouest du Devon avant de pénétrer en Cornouailles, où Lancelot et Merlin côtoyaient les élus. Souvent le fugitif trouvait à moissonner. L'époque des plantations lui était parfois favorable, elle aussi. Cueillir des pommes ou semer du blé constituait un déguisement plaisant. Il était facile de se fondre dans les hordes de saisonniers irlandais qui peuplaient les

* Voir la monographie de Henry Mayhew : *Discours et Langage des pauvres de Londres* (1856) : « *Freddie* (n. m.) : voie de fait d'une sauvagerie fatale. *Enfréder* (v. t.) : assaillir ou tuer. *Enfrédeur, euse* (adj.) : insulte répandue parmi les malfaiteurs et les femmes d'un certain milieu. » Le terme ne tarda pas à s'introduire au sein du lexique de la littérature. Enfréder un auteur signifiait l'éreinter sans nécessité aucune. – G.G.D.

prairies anglaises à cette époque de l'année, leurs accents remuaient des souvenirs qu'il voulait à tout prix écarter. Les lointaines nuits de chant, les nuits avec Mary Duane. Songer à elle éveillait en lui un sentiment de culpabilité presque insupportable. Il ne pouvait souffrir leur compagnie quand ils commençaient à chanter.

Pendant un mois il fut manœuvre et creusa les fondations de voies de chemin de fer. Il passa tout un hiver à la porte de Sheffield, en un lieu où un marchand de grains faisait construire un château gothique, une sorte d'énorme grange dépourvue de toit, aussi grande que l'église de Westport. Le marchand et sa famille couchaient dans leur ancienne demeure, Mulvey et les autres ouvriers dans un wigwam sur le chantier. Au premier souffle du printemps, il s'en alla sans bruit. Il ne restait jamais trop longtemps au même endroit.

Pendant quelque temps il se joignit au cirque ambulant de Lord Johnny Danger et s'occupa de monter et démonter la tente. C'était un travail qu'il aimait, simple et satisfaisant, et pourtant cela réclamait un esprit rationnel. La tente était un théorème de géométrie dans l'espace, un vaste conglomérat de cordes et de crochets, de poteaux et de manchons d'accouplement, de boulons et de rivets, et il n'existait qu'une façon correcte de les assembler. Mulvey vit un moyen d'y parvenir plus rapidement, et fut nommé responsable de l'équipe chargée de la tente par un maître de piste reconnaissant. Sous la direction de ce petit bohémien irlandais, les hommes apprirent à dresser l'ossature tout entière en moins de deux heures. Il aimait rester assis à contempler la carcasse de la tente, le squelette du dragon que le roi Arthur eût pu transpercer.

Bizarrement, il se sentait chez lui au milieu des phénomènes et des femmes à barbe, des clowns lilliputiens et des lutteurs à face porcine. Gagner sa vie en tirant profit d'une difformité reconnue lui paraissait un acte de courage, un effort qui exigeait une bonne dose de capacité d'adaptation authentique, qualité qu'il jugeait maintenant estimable entre toutes. Après le spectacle, les filles ne manquaient pas ; les beuveries se prolongeaient parfois jusqu'à l'aube. Mais les temps heureux ne devaient pas durer. Un jour qu'il démontait une cage, il fut mordu par un lion et perdit la plus grande partie du pied gauche. Sa blessure fut cautérisée par l'arlequin qui soignait les animaux, et l'un des trapézistes lui sculpta un sabot de bois dans un débris de panneau sur lequel on lisait à l'origine : « La Bête La Plus Laide Du Monde » mais où n'apparaissait plus que le M majuscule.

– M comme Mulvey, plaisanta le trapéziste.

Ils le gardèrent deux mois, mais il savait qu'il était devenu une charge. Il ne pouvait plus travailler à l'installation de la tente, et on n'avait plus vraiment besoin de lui pour diriger les opérations. D'autres avaient appris de lui comment s'y prendre ; ils avaient même trouvé des moyens pour améliorer sa méthode. Il n'était pas davantage capable de manier la pelle, de balayer ou de frotter ; d'autre part, il avait peur d'approcher le vieux sac de fourrure minable qui l'avait estropié. Un acrobate piémontais l'aida à réapprendre à marcher, lui montra comment déplacer son poids et modifier son centre de gravité. Ils lui confièrent un moment la place d'éclaireur. Son travail consistait à se présenter dans une ville avant la caravane pour y distribuer des affichettes ou des invitations. Un jour, à York, ayant accompli sa mission, il s'assit sur un pont qui enjambait l'Ouse pour guetter l'arrivée des roulottes. A la tombée de la nuit elles n'étaient toujours pas venues, et il sut qu'elles ne viendraient plus. Les gens du voyage n'avaient pas eu le cœur de lui dire qu'ils n'avaient plus besoin de lui, et ces scrupules eurent le mérite de lui inspirer un sentiment qui ressemblait à de la gratitude. Mais elle ne lui serait pas d'une grande utilité, cela aussi il le savait. Une fois de plus il était seul dans un monde peuplé d'étrangers.

L'hiver de 1842 fut impitoyable, dévastateur ; de mémoire d'homme on n'en avait pas connu de pire, et il s'en fallait de beaucoup. La neige se mit à tomber dès les premiers jours de novembre et fut suivie de multiples gelées : sur les branches, les rares feuilles se muèrent en lames dures comme l'acier. Enfouies sous des yards de glace et de boue glacée, les routes de campagne anglaise devinrent des remparts de neige à moitié fondue. Mulvey s'essaya à la mendicité, mais le métier ne lui venait pas naturellement ; d'ailleurs, les gens de la campagne n'étaient impressionnés ni par sa pauvreté ni par son infirmité. Une infirmité n'était rien en cet hiver 1842. Eux-mêmes presque réduits à l'état de mendiants, ils ne possédaient rien qui vaille d'être volé.

La nouvelle année arriva, mais le temps ne changea point. Janvier passa bien vite. Le temps empira. Un jour, non loin de Stoke, il rencontra un Gallois souriant, sorte d'épouvantail si maigre qu'à voir ses jambes on avait le sentiment qu'une simple torsion du poignet suffirait à les briser. William Swales était un pauvre maître d'école de l'âge de Mulvey, qui s'en allait chercher une situation au village de Kirkstall, près de Leeds. Il ne transportait guère de nourriture, et pas davantage de boisson, mais il était étonnamment disposé à partager le peu qu'il possédait. Il aimait les Irlandais, expliqua-t-il à Mulvey, parce que sa mère avait tenu une pension de famille sur Holy Island, près d'Anglesey, port situé juste en face de Dublin, et qu'elle avait toujours trouvé les Irlandais d'une propreté scrupuleuse. Swales, quant à lui, ne partageait pas cette conviction, mais les Irlandais avaient payé sa pitance et ses études, aussi estimait-il avoir une dette envers leurs compatriotes, abstraction faite de leur hygiène comme de leur comportement.

Ils passèrent dix-neuf jours ensemble, à marcher vers le nord, et dix-neuf nuits glacées dans des granges ou des étables. Souvent, tandis qu'ils s'enfonçaient dans la boue enneigée des sentiers, ils s'adonnaient à des conversations savantes. Mulvey trouvait un surprenant plaisir à ces entretiens. Bien que son nouvel associé fût aussi érudit qu'éloquent, Mulvey était capable de disputer avec lui sur des sujets d'intérêt général et avait parfois même le dessus.

Swales était un amoureux des classiques, un homme de la vieille école. Il connaissait la musique et la géographie, la poésie et l'histoire : toutes sortes de légendes et de contes d'autrefois. Mais son plus grand amour, c'était les mathématiques. Les nombres étaient si mystérieux, et pourtant si simples et si beaux !

– Par exemple, disait-il, où serions-nous sans le 9 ? Songez-y, Mulvey, où serions-nous ? Quelle précision, mon ami ! C'est la perfection totale. Ce n'est pas tout à fait dix, je vous l'accorde ; 10, tout bien considéré, est l'empereur des nombres. Mais c'est tellement plus que le pauvre vieux 8 ; c'est là un bien gentil petit nombre, je n'en disconviens pas, c'est un genre de nombre plaisant, mais ce n'est pas 9. Vous feriez l'amour au 8, mais vous épouseriez le 9. L'authentique, la subtile, la jouissive, la miraculeuse satanée « neuvité » de la chose !

Ce bavardage varié intriguait Mulvey, mais il essayait souvent de le saper pour le seul plaisir de passer le temps. 9 était un nombre qui ressemblait fort à tous les autres, il n'en démordrait pas, mais il n'était pas tout à fait aussi utile que beaucoup. Vous ne pouviez pas vous en servir pour compter les jours de la semaine, les mois de l'année, les péchés capitaux, les dizaines du rosaire, les comtés de l'Irlande, ni même les dents qui meublent votre crâne obtus de Gallois. Swales se gaussait et roulait des yeux. 9 était magique. 9 était divin. Vous pouviez multiplier 9 par n'importe quel autre nombre, et les chiffres de votre réponse, si vous les additionniez, donneraient toujours 9.

Une journée entière s'écoula, de Woodhouse à Doncaster, pendant que Mulvey s'efforçait en vain de réfuter cette affirmation sans avoir recours aux fractions ni aux pourcentages, entités que Swales considérait comme proprement malignes.

– Les fractions sont illégitimes, soutenait-il souvent. Ce sont les bâtardes des mathématiques pures.

Il avait une voix de basse plus qu'honorable, chose que Mulvey jugeait stupéfiante chez un homme si hâve. Lorsqu'il chantait, on croyait entendre gronder un antique violoncelle. Il apprit à Pius Mulvey sa chanson préférée, une absurde ballade de marins qui, bien scandée, vous faisait une marche convenable, et ils la chantaient tous deux en écrasant la neige des chemins ; les accents de l'érudit apportaient une touche grave indispensable pour soutenir la voix de ténor hésitante et flûtée de son compagnon irlandais.

Un soir que, pris de fièvre, il se mit au lit tôt,
Il se vanta: « C'est moi le trompeur rigolo ! »
Mais la bougie faiblit : tandis que minuit sonne,
Un spectre s'approchant à l'oreille lui corne :
« REGARDE ! MISS BAILEY ! »

Ils beuglaient les trois derniers mots de tout leur cœur. Bientôt ce fut à qui rugirait le plus férocement. Souvent Pius Mulvey laissait gagner son concurrent, pour la simple raison qu'il l'aimait bien et voulait lui faire plaisir. Il ignorait tout de la férocité, le petit maître d'école maigrelet ; il n'avait jamais rien gagné de sa vie.

Chanter était une façon de soutenir son courage, mais Mulvey avait de plus en plus de mal à conserver son calme. Des pulsations atroces lui déchiraient le pied. Chaque jour son dos le faisait souffrir davantage. Un matin, il s'éveilla trempé de rosée, le bout des doigts insensible ; son nez coulait d'abondance et ses yeux larmoyaient. Une étrange démangeaison lui incendiait le cuir chevelu. Il se gratta et contempla ses ongles ensanglantés. L'horreur le traversa comme une flèche. Ses cheveux grouillaient de poux.

Il pleura de honte et de dégoût quand Swales lui rasa le crâne, il pleurait encore quand il plongea la tête dans un cours d'eau glacée, au bord de la route. S'il avait connu un moyen facile de mourir, il ne l'aurait pas laissé passer. Il ne prononça pas une parole de deux jours.

– Nous approchons de Leeds, répétait Swales dans un sourire.

Tout irait bien quand ils arriveraient à Leeds ; on eût dit qu'ils suivaient la grand-route pavée d'or menant au paradis. L'homme du Yorkshire était le plus honnête benêt de toute l'Angleterre. Toujours il vous donnait votre chance. C'était un homme de parole que l'homme du Yorkshire : rien d'un faux jeton ni d'un plastronneur, comme certains que Swales aurait pu citer. Il y aurait du travail pour Mulvey quand ils arriveraient à Leeds.

– On pourrait se trouver deux bonnes filles, hein, Mulvey, mon petit cœur ? On s'installera. On vivra comme des princes. Du vin, des gâteaux et une côtelette de porc pour le petit déjeuner. Et de la reine-des-meringues[1] pour le déjeuner, par le Christ !

En attendant, ils mangeaient tout ce qu'ils trouvaient de comestible le long de la route : racines, feuilles, herbes et cresson sauvages, et les rares baies qui n'avaient pas été volées par les oiseaux sur les arbustes noircis. Parfois ils mangeaient jusqu'aux oiseaux décharnés ; de temps en temps ils avaient la chance de tomber sur un faisan affamé. Un matin, près d'Ackworth, ils trouvèrent un chat mort sur le chemin. Il préparèrent un feu dans un fossé envahi par les orties et l'allumèrent ; alors chacun exprima la pensée de l'autre : il aimait mieux avoir faim que de manger un chat.

Mulvey s'émerveillait de constater que, pour Swales, parler de nourriture ou l'absorber, c'était tout un, ou peu s'en fallait. L'évocation des aliments semblait réellement lui donner des forces, et chose étrange, Mulvey ne s'en irritait jamais. Avec le temps, il en vint même à anticiper les plaisirs du jour, le banquet de mots que

1. Recette inventée au XVIIe siècle et adaptée par les cuisiniers de la reine.

son compagnon concocterait en piétinant les champs gelés et les sentiers glissants des canaux.

– Un cygne rôti, Mulvey, et un plat de steaks juteux. Des branches de céleri et des asperges. Des pommes de terre, de la taille de votre tête d'Irlandais. Des fromages, par le ciel ! et du vin de Toscane et une cruche de cidre chaud pour faire descendre le tout.

– Ce n'est là qu'amuse-gueule, disait Mulvey. Et le plat principal ?

– J'y viens, j'y viens. Ne nous emballons pas ! Un bougre de sanglier sauvage avec une Bramley[1] dans les côtelettes. Une baignoire de sauce et une autre de vin de Bordeaux. Des oranges de Séville dans un coulis au cognac. Le tout servi par Hélène de Troie. En pantalons de dentelle !

– Bon. Ça m'irait assez bien, je crois. Mais vous ne prenez donc rien, Willie ?

Et ainsi de suite, de jour maigre en jour de famine. « Avaler ses paroles » était une expression argotique anglaise : retirer, ravaler, une phrase stupide ou imprudente que l'on venait de prononcer. Mais le pauvre William Swales semblait littéralement avaler, boire ses paroles ! Son disciple apprit à l'imiter.

Il y avait des moments où Mulvey se disait que le maître était si malade qu'il ne passerait pas la nuit. Quant à voir Leeds… il recrachait une écume sanguinolente. Il était secoué de tels frissons qu'il ne pouvait tenir une tasse. Rien pourtant n'interrompait le cours de ses bons mots, ni la démonstration de ses talents de ventriloque, comme s'il savait que la mort le prendrait s'il cessait de rire un seul instant.

Le 1er mars 1843, ils quittèrent la ville de Gildersome à cinq heures du matin. Trois heures plus tard, à l'aube, comme un soleil froid jaunissait les champs enneigés, William Swales entonna un hosanna. Il donna un coup de coude à Mulvey qui piétinait péniblement et lui désigna, droit devant eux, les cheminées et les clochers noirs de Leeds qui se dressaient au loin. C'était la fête de saint David, souligna-t-il, le héros et le patron de tous les Gallois du monde.

Tout le jour ils marchèrent tels des soldats las, mais la route était difficile et leur progression lente. Ils se perdirent même, et il leur

1. Bramley : grosse pomme à cuire.

sembla qu'ils revenaient sur leurs pas. Vers quatre heures, le crépuscule commença d'assombrir la terre. Un vagabond répondant au nom étrange de Bramble Prunty les croisa près de Castleford et leur conseilla de prendre garde. Les gendarmes locaux étaient de méchants coquins, déclara-t-il. Dès qu'ils vous voyaient, ils vous flanquaient à la maison d'arrêt pour vagabondage ; ils étaient capables aussi de vous coller une raclée pour le plaisir. La meilleure solution, pour dormir, c'était de s'enfoncer dans les bois. Les arbres étaient touffus, le sol de la forêt sec, et jamais les gendarmes ne prenaient la peine d'y aller voir. Deux gars avec une petite pinte de gin pouvaient s'en payer une bonne tranche, sans visiteurs importuns pour les chagriner. Supposant que l'homme demandait à boire, Mulvey lui dit qu'il regrettait de ne rien avoir à lui offrir. Le vagabond grimaça et sortit de son manteau un flacon de terre cuite.

– Dix shillings, dit-il en les fixant d'un œil avide.

Il vendait son gin neuf shillings et six pence au-dessus du prix du marché, mais ils marchandèrent et il accepta une paire de chaussures.

La nuit était tombée quand ils trouvèrent un endroit pour camper. Le bois sur le sol était trop humide pour s'enflammer, et Swales alluma un feu avec quelques-unes de ses chemises ; Mulvey s'en fut chercher de l'eau. L'air était si froid que les arbres craquaient. Quand il regagna le campement, son compagnon frissonnant jetait ses recueils de philosophie dans les flammes.

– Héraclite disait que toutes les satanées choses qui existent au monde étaient constituées de feu. Maintenant il sait ce que c'est, ce crétin de sodomite grec !

– Willie… c'est terrible. Vous aurez besoin de vos livres.

– Le Dr Faust a brûlé les siens. Ça lui a pas servi à grand-chose. Au moins, grâce aux miens, nos culs bénis s'offrent un peu de chaleur, pas vrai ?

Il regarda dans son havresac et émit un petit rire.

– Que vous en semble, homme lige ? Shakespeare ou Chaucer ?

– Shakespeare brûlerait plus longtemps, répondit Mulvey.

– Ah ! Le cher oncle ! soupira Swales, mais Chaucer brûlerait plus joliment – il jeta les *Contes de Canterbury* dans les flammes crépitantes. Et que ton âme se consume, ô toi, l'ultime fils de pute !

Le tord-boyaux qu'ils avaient obtenu du vagabond fut partagé équitablement ; Mulvey céda toutefois une lampée supplémentaire, car c'étaient les chaussures du dimanche de Swales qui leur avaient procuré la boisson. En dehors de celle-ci, d'une poignée de thé et d'une petite miche volée par Mulvey à Dewsbury, ils n'avaient rien qui pût les protéger de ce froid noir.

Ils purifièrent par le feu l'histoire de la littérature anglaise ; ils commencèrent par *The Dream of the Rood*[1], n'épargnèrent que Shakespeare, et s'arrêtèrent à l'*Endymion* de Keats. Toutefois l'acte III du *Roi Lear*, lorsque le gin atteignit la paroi de l'estomac vide de Swales, remplit une fonction à laquelle son auteur ne l'avait pas destiné.

– *Soufflez, vents, soufflez*, glousse-t-il misérablement en s'accroupissant.

– *A crever vos joues*[2] *!* caqueta Mulvey.

A minuit toute la boisson était consommée, mais elle n'avait pas produit l'effet que Mulvey en attendait. Il était encore assez sobre pour réfléchir et ses pensées s'assombrirent, ce qui ne le surprit guère. C'était la dernière nuit que William Swales et lui passeraient ensemble. En dépit des discours enthousiastes qui lui avaient chanté les merveilles de Leeds, Mulvey savait que la ville n'aurait rien à lui offrir. Il avait déjà parcouru cette région de l'Angleterre et connaissait les qualités nécessaires à la survie dans des cités comme celle-ci. Le travail en usine et tous les travaux manuels exigeaient une force physique, une résistance qu'il ne possédait plus. C'était aussi simple que cela. Il avait vu les bataillons d'hommes au visage fermé qui se rassemblaient aux grilles des usines, le matin, dans l'espoir d'être choisis par les chefs d'équipe pour la journée ; des hommes solides, flanqués de familles affamées. Des hommes qui travailleraient douze heures d'affilée sans même s'arrêter pour boire une gorgée d'eau. Les contremaîtres feraient les cent pas le long de la file tels des caporaux, en désignant les plus costauds d'un signe de tête, et en dédaignant les supplications pitoyables des autres. Ce n'étaient pas tous des brutes ;

1. « Le Songe du crucifix », *Poèmes héroïques vieil-anglais*, traduction et présentation d'A. Crépin, 10/18, Bibliothèque médiévale, Paris, UGE, 1982.

2. Trad. P. Leyris et É. Holland (Shakespeare, *Œuvres complètes*, Gallimard, « Bibliothèque de la Pléiade », t. 2, Paris, 1959).

ils étaient tout bonnement réalistes. De Brighton à Newcastle, pas un contremaître ne donnerait sa chance à un infirme clopinant.

Leeds ne lui apporterait que de nouvelles tribulations, dans un climat plus froid et plus humide que celui de Londres. Swales s'en irait prendre son poste à Kirkstall. Mulvey se retrouverait livré à lui-même et à son ingéniosité blessée, dans une ville dont il ignorait les rouages. Revenir à sa vie de rapine lui paraissait à présent insurmontable, à la manière d'un mur qu'il n'avait plus le cœur d'escalader. Dans un moment d'accablement, tandis qu'il contemplait le feu de camp crachotant, il songea qu'il aurait mieux fait de rester à Newgate.

– Un penny pour connaître vos pensées, mon oncle, s'enquit Swales.

– Zéro, rétorqua Mulvey.

L'érudit leva vers lui un visage rougi par les flammes.

– Neuf fois zéro, dit Mulvey, font toujours zéro.

Swales, mélancolique, opina du chef, comme s'il se résignait à quelque chose.

– En effet, mon vieux soldat. C'est dommage, ça !

– Il faudra bien que je vous dise adieu demain, Willie. Vous le savez, je crois.

– Ne soyez pas sot. La fortune nous attend.

– Pas moi, pas à Leeds, maître Swales.

– L'amitié vaut une fortune. Nous sommes amis, à présent, non ?

– Nous sommes amis, mais… je ne sais pas. J'ai le moral au plus bas en ce moment, Willie.

– Les choses vous paraîtront plus gaies après une bonne nuit. Vous verrez ce que je vous dis.

Ils se roulèrent en boule l'un contre l'autre, à l'abri d'un frêne, Swales dans sa couverture et Mulvey dans son pardessus ; ils chantèrent doucement sous la pluie pour s'endormir.

Mulvey s'éveilla à l'aube et trouva William Swales qui concoctait du thé avec les feuilles infusées la veille au soir. Le matin était paisible, un peu brumeux et froid. Il boita jusqu'à un ruisseau qui suintait sur les rochers noirs, puis il s'agenouilla et se lava le visage et les mains. Quand il eut fini, la neige avait commencé à tomber en gros paquets humides de blancheur laineuse. *Je n'ai pas le choix.*

Cette phrase l'obsédait. La mort lui avait déjà paru très proche, mais à ce point jamais. S'il tentait de regagner Londres à pied, il mourrait. La neige descendait en cristaux d'un blanc laiteux. Il n'y avait pas de pierres dans le ruisseau, aucune du moins qu'il pût porter. Il prit la branche cassée d'un chêne.

9 fut multiplié par 0.

Il ensevelit William Swales dans une fosse qu'il creusa tant bien que mal dans le sol de la forêt, il recouvrit le défunt de branches et de fougères cassées, combla la tombe avec tout le respect possible et pleura le seul homme d'Angleterre qui lui eût jamais témoigné une bonté si parfaitement spontanée et dénuée d'arrière-pensées. Ne connaissant pas la religion de sa victime, si elle en avait une, il récita un Ave Maria et une dizaine de chapelet, puis il chanta la seule strophe du *Tantum ergo* qu'il se rappelait. Quand vint le moment de dresser la petite croix de bois, il grava ces mots : « Pius Mulvey, voleur et natif de Galway ». Puis il but le thé, fit son baluchon et prit la route de Leeds.

Pendant dix-huit mois, Mulvey vécut dans la peau d'un autre. Il trouva la vie de maître d'école paisible et satisfaisante. Les enfants avaient entre cinq et onze ans, aussi point n'était besoin, pour les instruire, d'un doctorat de théologie. Il lui suffisait de prendre l'air assuré, sans trop s'avancer, et personne ne remarquait ses lacunes. Ses leçons, en tout cas, étaient importantes : il leur apprenait à lire, à compter et à écrire, tous accomplissements qui avaient illuminé ses jours les plus sombres. Mulvey apprenait lui aussi une leçon importante : les gens ne voient que ce qu'ils veulent voir. Le meilleur endroit pour se cacher est la place publique.

Ce fut la période la plus heureuse de sa vie d'adulte, songea-t-il souvent par la suite, peut-être la seule période où il eût été vraiment heureux. La petite maison en pierre taillée destinée au maître d'école était chaude l'hiver et fraîche l'été. Il avait un lit, un toit, cinq shillings par semaine et toute la nourriture qu'il pouvait désirer, car les gens du pays le comblaient inlassablement de victuailles. Cette générosité s'expliquait par la sympathie qu'inspire souvent le célibataire.

Parfois, le soir, il parcourait du regard son cottage propret. Il ne manquait qu'une chose pour que ce fût un paradis, mais il ne souhaitait pas donner de nom à la chose qui manquait.

Le meurtrier constata qu'il aimait la compagnie des enfants. Il jugeait leur curiosité et leur absence d'affectation touchantes, tout comme la gravité de leur étonnement face aux choses ordinaires. Une pierre, une plume, un fragment de toile à voile déchirée, tels étaient les éléments d'une histoire merveilleuse. Il avait une prédilection pour les plus pauvres, les petits garçons au nez sale et les gamines loqueteuses qui arrivaient à l'école en traînant les pieds, vêtus des reliques de leurs aînés. S'instruire ne les intéressait guère, et Mulvey répugnait à le leur reprocher, mais il insistait toujours pour qu'ils prissent part aux leçons. Tout ce qu'ils voulaient vraiment, c'était un endroit où se réchauffer, un répit dans les tribulations et la faim qu'ils connaissaient à la maison, la tasse de lait chaud qu'ils recevaient le matin et peut-être aussi un mot gentil de l'imposteur qui leur servait de maître. Puisqu'il était question de leçons, la suivante semblait aussi utile à Mulvey que n'importe quelle autre : pour obtenir des autorités ce dont on avait besoin, il fallait parfois savoir dissimuler ; en effet, tous les maîtres, si l'on considérait les choses de manière objective, étaient des imposteurs, mais ils avaient besoin que leur pouvoir soit confirmé de temps en temps. Sur ce point il ne se sentait nullement supérieur aux enfants. L'expérience de la pauvreté lui avait fait découvrir cela, et il voulait tout simplement transmettre son acquis.

Ils pouvaient se montrer indisciplinés et exigeants quand cela leur chantait, et quelques-uns prenaient un plaisir malin à le provoquer. Pourtant, jamais il ne se servit de la canne qui était accrochée au mur de la salle ; un soir, il la brisa et la jeta dans le petit fourneau ventru. Mulvey estimait que battre un enfant constituait un acte répréhensible et grotesque de la part d'un adulte, un aveu de faiblesse et d'incompétence absolues. Il était incompétent, il le savait déjà, mais il existait des limites qu'il ne fallait à aucun prix transgresser. Un enfant n'était pas capable de faire souffrir délibérément un adulte. Répondre à cette réalité en infligeant une souffrance équivalait à soutenir qu'être adulte n'avait aucun sens.

L'idée que lui-même était père, que son sang coulait dans les veines d'une autre créature qu'il n'avait pas eu le courage d'aimer, commença de le ronger. De telles pensées l'avaient déjà hanté en Angleterre, mais il avait toujours réussi à les chasser. A présent qu'il était entouré d'enfants, cela devenait plus difficile. Chaque enfant qui lui était confié semblait le fantôme du sien.

L'enfant aurait treize ans à son prochain anniversaire, un âge terrible, un âge où l'on avait besoin de son père pour guide. Toute vie comportait des moments où la vraie nature de l'individu était mise à l'épreuve. Quand un tel moment était venu, Pius Mulvey avait pris la fuite comme un vampire tourne le dos à la lumière. Le souvenir de la force d'âme de son propre père, celui du dévouement de sa mère pour ses fils et de son travail inlassable le torturaient dans son sommeil. Des calamités s'étaient succédé, et jamais ses parents ne l'avaient quitté. Comment les avait-il remerciés de leur amour ? Comment avait-il honoré leur mémoire ? Il avait abandonné le seul petit-enfant qui porterait jamais leur nom. Comment avait-il remercié Mary Duane de son amour ? Son abandon n'était pas seulement une trahison, c'était aussi une condamnation. Il savait comment cela se passait ; ne l'avait-il pas vu souvent ? La honte de la mère célibataire était une variante du veuvage. Aucun homme en Irlande n'accepterait d'être le père de l'enfant d'un autre. Un jour, il avait entendu un prêtre demander : « Qui achèterait un œuf fendu ? » Il lui avait fait perdre tout espoir de se marier un jour, d'avoir auprès d'elle un compagnon. L'abomination de ce qu'il avait fait ! Il ne pouvait espérer de pardon. Et pourtant un tel sentiment de culpabilité était aussi une lâcheté et un mensonge, il le savait. L'imaginer mariée à un autre lui était insupportable.

Pourquoi était-il parti ? Que fuyait-il ? Était-ce la crainte de mourir de faim, ou bien avait-il voulu la faire souffrir ? Se pouvait-il qu'un désir aussi monstrueux se cachât au fond de son cœur ? Il se demandait s'il était le père d'une fille ou d'un garçon. A l'idée que ce pût être une fille, des picotements de terreur lui parcoururent la colonne vertébrale. Une fille sans père pour la conseiller et la protéger. Une jeune femme dans un monde grouillant de mâles de la trempe de Pius Mulvey. « Bâtarde », murmurerait-on sur son passage, dans les rues de Clifden. La bâtarde engendrée par Pius Mulvey, fille de la putain qu'il avait également fabriquée.

Souvent il rêvait de la nuit où il avait fui le Connemara, cette terrible nuit de l'ouragan dévastateur. Tant de fois il avait voulu faire demi-tour mais, sans qu'il pût se l'expliquer, chaque pas avait rendu son retour plus difficile. Il ne pouvait pas mourir de faim, il ne pouvait pas mourir tout court. Il aimait Mary Duane mais il avait eu si peur. L'égoïsme en lui avait vaincu l'amour, mais il avait laissé faire ; il ne pouvait échapper à la honte de son acte. Il se voyait courant à travers les forêts abattues et les sureaux fracassés, fouetté par les feuilles comme par une tempête de neige. Des ponts s'écroulaient, emportés par les eaux. Il avait fait grand tort à l'enfant et à sa mère. Après un péché d'une telle ampleur, était-il possible de revenir en arrière ? Un pont effondré pouvait-il être étayé ? Les gravats étaient-ils toujours là, juste au-dessous de la surface glacée ? Ces ruines-là pouvaient-elles permettre de passer le gué ?

Le 1er septembre 1844, il s'assit à sa table et lui écrivit une lettre. C'était le document le plus long qu'il eût jamais écrit, vingt et une pages d'excuses et de supplications, et il était décidé à ne pas le polluer de l'ombre d'un mensonge. Dans sa jeunesse, il l'avait aimée et avait espéré en leur avenir. Pendant toutes ces années passées en Angleterre, jamais il n'avait aimé une autre femme. Il ne pouvait invoquer aucune excuse à la cruauté de son acte. Il s'était affolé, tout simplement, et il avait succombé à sa lâcheté. Si seulement elle acceptait de le reprendre, jamais plus il ne la ferait souffrir. Il lui était arrivé des choses en Angleterre, des choses terribles ; lui-même avait commis des choses terribles en Angleterre. Les pires horreurs auxquelles il eût jamais été contraint de faire face n'avaient été supportables que parce qu'il savait qu'elle l'avait aimé. Il avait pensé à elle quotidiennement pendant près de treize ans ; à ses heures les plus sombres, il s'était rappelé combien il avait été aimé.

A minuit, il cessa d'écrire et relut sa lettre. Il comprit qu'il faisait fausse route, s'égarait complètement. Les mots ne pouvaient pas déguiser la vérité de ce qui s'était produit. Il avait abandonné la seule femme qu'il eût jamais voulu faire sienne, et seule sa répugnante faiblesse en était cause. Il déchira la lettre et la regarda brûler.

La semaine suivante, un beau matin, lorsque Mulvey sortit de son cottage pour aller ouvrir l'école, il trouva le président du conseil d'administration qui l'attendait sous le porche. Il souhaitait l'entretenir d'une petite affaire délicate. Il avait reçu une lettre de la mère de William Swales, qui s'inquiétait de savoir pourquoi son fils ne répondait jamais au courrier qu'elle lui adressait. Allait-il bien ?

Lui était-il arrivé quelque chose ? Le monstre parvint à garder le silence en parcourant du regard la prose anxieuse de la veuve. Il était de l'avis du président : il s'agissait là d'un échantillon d'enthousiasme maternel quelque peu exacerbé. Ses larmes furent attribuées à l'amour filial.

– Soyez chic, William, voulez-vous ? Envoyez-lui un mot. On n'a qu'une mère, après tout.

– Je n'y manquerai pas, monsieur. Merci, monsieur.

Ce soir-là, il mit tout ce qu'il possédait dans un sac de voyage et quitta Kirkstall à pied. Au bout de quatre jours, il arriva à Liverpool. Il y vendit les livres qu'il avait dérobés à l'école et le cheval qu'il avait volé à la porte de l'auberge à Manchester.

Ses errances touchaient à leur fin. Il retournerait à Carna, retrouverait Mary Duane et l'enfant. Il lui expliquerait ce qui s'était produit : il avait eu peur de rester. S'il le lui disait en face, peut-être lui pardonnerait-elle ; sinon tout de suite, il n'était pas exclu que plus tard… Il travaillerait, il s'échinerait pour elle et l'enfant. Tout ce qu'il demandait aujourd'hui, c'était de rester auprès de l'enfant, de prouver qu'il n'était pas un animal, mais un homme qui avait pris peur.

Il s'embarqua sur un vapeur au quai Wellington, chipa le portefeuille d'un duc qui tombait de sommeil et arriva à Dublin le lendemain matin. Sur le débarcadère attendait la malle-poste qui partait pour Galway ; il paya le cocher qui accepta de le prendre. Une fois à Galway, il se mit en marche vers le sud du Connemara et parvint au village de Carna avant la nuit.

Il pensa tout d'abord s'être trompé ; ce n'était pas l'endroit qu'il cherchait. Il regarda la cabane noircie et croulante, les murs effondrés, le chaume qui disparaissait sous l'herbe aux poux. Des débris de mobilier jonchaient le sol, comme s'ils avaient cherché à improviser des instruments de torture.

Des monticules de cendres détrempées, des traces de roussi sur les dalles, le manche d'une pelle à travers une vitre verdie de lichen.

La brise du lac apportait une chaleur surprenante et, avec elle, un léger parfum estival d'ajoncs. Mais il vit quelque chose qui le rafraîchit d'un seul coup : la porte de la cabane avait été sciée en deux. Il savait ce que cela signifiait. L'équipe des expulsions.

Personne alentour. Les champs étaient déserts. Près de la clôture, un coracle de pêcheur tombait en poussière ; son armature blanchie trouait par endroits la toile pourrie.

Il tourna le dos au cottage dévasté. Il monterait au manoir pour s'informer de ce qui s'était passé. Où étaient-ils tous partis ? Au bout d'un moment, il se rendit compte que la panique le faisait trébucher. Encore une hutte détruite. Une porcherie brûlée jusqu'au sol. Du fil de fer barbelé tendu à travers les fondrières. Sous une croûte boueuse, un tibia de chèvre. Un châlit retourné, en morceaux, rouillant dans un fossé limitrophe. Un dessus de table barbouillé, enfoncé à coups de marteau dans le fumier, servait de pancarte :

CES TERRES SONT LA PROPRIÉTÉ DE
HENRY BLAKE DE TULLY.
LES CONTREVENANTS SERONT ABATTUS
SANS SOMMATION.

Un vieil homme parut sur le sentier, menant un poney hirsute.

– Que Dieu soit avec vous, lui dit Mulvey en irlandais.

– Et Marie avec vous, répondit le vieillard.

– Êtes-vous d'ici, monsieur, si je puis me permettre ?

– Johnny deBurca. Je travaillais là-haut, au manoir, dans le temps.

– Je cherche Mary Duane. Elle habitait en bas, près de la baie.

– Y a plus de Duane ici, monsieur. Y a plus personne.

L'idée qu'elle ait pu émigrer avec l'enfant monta en lui comme une nausée. Mais le vieillard lui dit que non, elle habitait toujours Galway. Du moins c'est ce qu'il croyait, s'ils parlaient de la même femme.

– Mary Duane, dit Mulvey. Sa famille est de Carna.

– Vous voulez dire Mary Mulvey, qu'elle habite du côté d'Ardnagreevagh.

– Qu'est-ce que vous dites ?

– Mary Mulvey qu'a épousé le prêtre, monsieur. Ça fait douze ans maintenant, à ce que je crois.

– … Le prêtre ?

– Nicholas Mulvey, qu'on lui dit, çui qu'était prêtre. Le frère de çui-là qui l'a engrossée et qu'a fichu le camp en Amérique.

« Le traitement réservé au prisonnier et à l'immigrant par le gouvernement, celui qu'il réserve aussi aux démunis comme à ceux qui sont dépourvus d'influence montrent que ce gouvernement souhaiterait secrètement étendre la méthode à nous tous. »

David Merridith

Extrait de notes destinées à un pamphlet
sur la réforme pénale, 1840. Inachevé.

CHAPITRE XXII

LA LOI

DIX-SEPTIÈME JOUR DU VOYAGE :
OÙ LE CAPITAINE RELATE COMMENT MULVEY ÉCHAPPA DE JUSTESSE
A UN CHATIMENT BIEN MÉRITÉ

Mercredi 24 novembre 1847

Il reste neuf jours de navigation

LONG. : 47° 04' 21 "O. LAT. : 48° 52' 13 "N. HEURE DE GREENWICH : 2h12 (25 novembre). HEURE LOCALE A BORD : 23h04 (24 novembre). VENT : N.-N.-E. (38°) ; force 5. MER : agitée. DIRECTION : S.-S.-O. (211°). TEMPS ET REMARQUES DIVERSES : averse de très gros grêlons dans l'après-midi. Vent violent et âpre. La mauvaise odeur récemment répandue dans tout le navire semble s'atténuer.

Hier soir, deux passagers de l'entrepont sont décédés : Paudrig Foley, ouvrier agricole de Roscommon, et Bridget Shouldice, née Coombes, domestique d'âge avancé, récemment internée à l'atelier pour indigents de Birr, dans le comté de King. (Démente.) Leurs restes ont été livrés aux flots.

Le total des décès au cours de ce voyage est aujourd'hui de quarante et un. Dix-sept passagers ont été mis en quarantaine par crainte du choléra.

Je me vois contraint de relater une série d'incidents troublants qui se sont produits dans la journée et qui ont gravement perturbé les esprits des passagers de l'entrepont, avec des conséquences angoissantes et presque catastrophiques.

Aux alentours de trois heures, j'étais dans ma cabine où j'étudiais les cartes, plongé dans d'absorbants calculs, lorsque Leeson entra. Il me dit qu'une jeune femme de l'entrepont lui avait affirmé qu'il régnait une agitation considérable parmi les passagers ordinaires et que, si je ne l'accompagnais pas au plus vite, nous pourrions bien avoir un meurtre sur les bras. Ce n'était pas une échauffourée sans gravité, mais une véritable foire d'empoigne. Il insista pour que nous prenions chacun une arme dans le coffre, parce que les passagers étaient dans une fureur hystérique. Nous partîmes.

Sur le pont principal, nous croisâmes le révérend Henry Deedes qui se livrait à la méditation, et je le convainquis de descendre avec nous. En effet, bien que la plupart des passagers de l'entrepont fussent d'obédience romaine, ils regardaient tous les hommes d'Église d'un œil favorable et leur montraient du respect ; je jugeai donc que sa compagnie pourrait nous être précieuse.

Quand nous descendîmes l'échelle menant au panneau (Deedes, Leeson et moi-même), une scène épouvantable se jouait. Le malheureux infirme, William Swales, était recroquevillé sur le sol près des lieux d'aisances. Il faisait pitié. Il était aisé de conclure des marques qu'il portait sur lui qu'il avait été victime d'une agression, voire de plusieurs agressions prolongées. Ses vêtements étaient déchirés ; il tremblait de peur et son visage n'était que bouillie de sang, d'ordures et d'immondices indicibles.

Tout d'abord, les passagers refusèrent d'expliquer comment cela s'était produit ; le malheureux lui-même répugnait fort à évoquer l'événement et répétait qu'il avait bu, qu'il était tombé et que sous peu il n'y paraîtrait plus. Il faut noter que parmi les Irlandais de basse extraction sévit une coutume étrange et universelle, qui consiste à ne pas informer les personnes investies d'une quelconque autorité des faiblesses et des crimes de leurs égaux, quelle qu'en soit l'ignominie. Et jusqu'à ce que je promette que les rations seraient réduites de moitié à l'instant, et les règles relatives à la boisson à bord du navire plus sévèrement contrôlées qu'elles ne l'avaient été auparavant, le silence fut maintenu. Une fois ces menaces proférées, l'enchaînement des faits nous fut peu à peu révélé.

Nous apprîmes qu'une tasse de farine indienne avait été dérobée à un passager nommé Foley et que l'infirme était l'objet des soupçons. Ce forfait fut invoqué pour justifier son châtiment. Je déclarai que le navire était soumis à la loi anglaise et qu'au regard de cette loi il était partie intégrante du territoire de l'Angleterre ; que selon cette même loi clémente un homme était innocent tant que sa culpabilité n'était pas démontrée, qu'il s'agît d'un grand de ce monde ou de la plus humble des créatures. J'ajoutai que si un homme, quel qu'il fût, osait semer le trouble sur mon vaisseau ou rendre la justice lui-même, il serait enfermé et enchaîné pour le reste de la traversée afin de mieux peser le bien-fondé de sa philosophie. Le bon révérend prit alors la parole, disant qu'il n'était pas chrétien de maltraiter un malheureux sans même le connaître, surtout un infirme, et notre Rédempteur n'avait-il pas pitié d'hommes comme lui, etc.

– Je le connais, fut-il rétorqué à l'arrière de la foule.

Les gens s'écartèrent pour livrer passage à un dénommé Shaymus Meadowes, passager violent fort enclin aux larcins, aux bouffonneries de la pire espèce et aux outrages à la pudeur. Il est perdu de boisson et livré à la dégradation crapuleuse que l'ivrognerie entraîne inévitablement, et possède avec cela la physionomie d'un chien de voleur de grand chemin. Pas plus tard que ce matin, il était sorti du cachot grâce à l'insistance du révérend Deedes, qui s'était pris d'amitié pour lui et avait généreusement intercédé en sa faveur.

– Tu te nommes Pius Mulvey, dit-il. Tu as pris la terre d'un voisin quand ses affaires allaient mal.

(Chez ces Irlandais asservis, aucun homme ne suscite autant de mépris que celui qui s'est emparé de la tenure d'un autre en pareille circonstance. Ils préfèrent voir la terre inutile et stérile plutôt qu'exploitée par un homme qui n'y est pas né.)

– Tu me confonds avec un autre, protesta l'infirme. Mon nom n'est pas Mulvey.

Sur ce, il entreprit de prendre le large en boitant, l'air terrorisé.

– Je crois et j'affirme que c'est bien ton nom, insista l'autre, car c'est souvent que je t'ai vu, avec ta jambe folle.

– Non, soutint l'infirme.

– Ton voisin a été mis à la porte – expulsé, je dirai – par ce vendu aux Anglais de Blake de Tully. Qu'il s'étouffe dans sa propre merde, celui-là, voilà ce que je dis !

D'autres remarques, que je laisse à l'imagination de ceux qui me liront, furent ensuite dirigées contre un certain commandant Henry Blake, personnage des moins populaires au sein des pauvres du Connemara. L'accusateur parlait toujours :

– Plutôt qu' d'ignorer c' bâtard dégoûtant de propriétaire terrien, tu lui as soutiré le bail de la terre du voisin et pour pas cher, encore !

Là-dessus s'éleva une grande clameur d'insultes ponctuées de crachats.

– Je lui fendrais le crâne, à ce chenapan, si j'avais la force, dit l'un.

– Il n'y a pas d'homme pire que lui sous le soleil, renchérit quelqu'un d'autre, une femme.

Et de suggérer que l'on préparât un nœud coulant. (Il est pénible de remarquer que dans ce genre de situation les femmes sont parfois plus acharnées que les hommes.)

– Il se nomme William Swales, objectai-je.

– Le *môvais* change souvent de nom, cria Meadowes. C'est Pius Mulvey d'Ardnagreevagh, aussi vrai que je suis en vie et que je respire ! Qu'a fait périr un autre homme avec sa cruauté, en le volant !

Quelques-uns se remirent à rugir. Une fois de plus le révérend Deedes tenta d'intervenir, mais il fut lui-même insulté, accablé de vocables horribles ayant trait à ses convictions religieuses. Il me fallut affirmer qu'une sainteté sincère et sage n'était pas l'apanage d'une faction déterminée, mais que la bannière de la vraie religion, si elle était constituée d'un assemblage de fils distincts, apportait au monde entier beauté et fierté grâce à leur intime fusion. Je fus à mon tour la risée de la foule.

A présent Meadowes occupait le devant de la scène ; il jouissait pleinement de sa célébrité et ne voulait pas la lâcher (comme c'est le cas des hommes dont le seul talent consiste à fanfaronner et à brutaliser autrui).

– Est-ce que je leur raconte le plus beau ? demanda-t-il.

L'infirme ne répondit rien. Il avait trop peur.

– Supplie-moi de ne pas le faire, reprit le premier, un affreux sourire aux lèvres.

– Je te supplie de ne pas le faire, plaida l'infirme.

– Supplie-moi à genoux, exigea Meadowes.

Le pauvre infirme se laissa tomber sur les planches et se mit à pleurer doucement.

– Appelle-moi « Dieu », dit Meadowes, espèce de sale enc… de laquais de la couronne !

– Tu es mon Dieu ! s'écria l'infirme à travers ses larmes.

– C'est bien, alors, ricana la crapule de bas étage. Et tu feras tout ce que je te commanderai.

– Oui, balbutia l'infirme, mais aie pitié de moi, je t'en conjure.

– Lèche mes bottes, nettoie l'ordure, ordonna Meadowes.

Sa pitoyable victime s'exécuta. Devant ce déploiement de cruauté dégradante, beaucoup de passagers éclatèrent d'un rire moqueur. Cependant, bien d'autres, les meilleurs d'entre eux, protestèrent.

– S'il te plaît, reprit l'infirme, ne dis rien, je t'en supplie.

Meadowes se pencha très bas et lui cracha au visage.

– Le voisin que tu as tué était ton propre frère, affirma-t-il.

– Mensonges ! cria l'infirme.

– Nicholas Mulvey qu'était prêtre à Maam Cross. Je l'ai bien connu. Un homme bon. Honnête. Que le Christ le reçoive en son paradis ! Et son sang est sur tes mains, ça c'est sûr ! Tu l'as assassiné ! Tu as assassiné ton frère ¡

– C'est faux ! hurla l'infirme – puis il ajouta : Ai-je l'air d'un homme qui exploite une ferme ?

– Tu as été chassé de la terre que tu avais volée par tes honnêtes voisins et les Redresseurs de torts de Galway, que Dieu les bénisse ! insista le premier. Et c'est la vérité. Je vendais des choux à Clifden, avec mon vieux. Alors vous pensez si j'en ai entendu parler en ville ! Voleur de terre ! Meurtrier ! Ennemi des prêtres ! Judas !

– Ce n'est pas moi. Tu te trompes. Je le jure.

Il nous fallut sortir nos armes pour éviter la catastrophe absolue, et même alors je fus amené à craindre pour ma vie au moment où nous tentions de sortir le malheureux infirme de l'entrepont.

Il est à présent sous les verrous en raison des menaces qui pèsent sur lui. Et quelles que soient les fautes qui entachent son passé – comme elles entachent le passé de tout homme et de toute femme, ou du moins leurs cœurs et les profondeurs de leurs consciences –, je prie que nul ne porte plus la main sur ce pauvre homme. Car si cela se produisait, ses jours s'achèveraient sur ce navire.

Je crois que je n'ai plus rien à ajouter.

Aujourd'hui j'ai fait la connaissance du valet de pied du Malin, qui répond au nom de Shaymus Meadowes.

Si je verrais ma régulière en train de causer à un aut' type, j'y flanquerais un coup de poing à lui faire perd' l'envie de r'commencer. Ça traînerait pas. Les femelles – c'est bizarre quand on y pense –, y a pas, elles aiment les hommes qui leur balancent des raclées. Tant que les bleus font mal, pas de danger qu'elle oublie le responsable ! Quand les filles sont en cloque, les types le plus souvent ils les collent à l'atelier pour indigents sur la fin, et i' va quéquefois leur porter un peu d'thé et d'sucre. C'est souvent que j'ai entendu les copains s'vanter d'avoir perdu des filles. On aurait dit qu'i' s'prenaient pour les plus nobles gentilshommes du royaume.

Colporteur londonien (identité inconnue)
au journaliste Henry Mayhew.

CHAPITRE XXIII

L'ÉPOUX

OÙ L'ON TROUVERA
DES RÉVÉLATIONS INÉDITES
D'UNE FRANCHISE ABSOLUE CONCERNANT
LES PASSE-TEMPS SECRETS DE LORD KINGSCOURT ;
QUELQUES HABITUDES ET ASPECTS CACHÉS DE SA PERSONNALITÉ ;
SES VISITES NOCTURNES A CERTAINS ÉTABLISSEMENTS
QUE LES HOMMES DU MONDE SERAIENT BIEN INSPIRÉS
DE NE POINT FRÉQUENTER

«Les hommes dont les ambitions excèdent leurs capacités sont voués aux déceptions, du moins jusqu'à l'âge adulte. Les hommes dépourvus d'ambition sont également condamnés. Un individu dénué d'esprit d'entreprise est perdu...»

DAVID MERRIDITH, lettre au *Spectator*, du 7 juillet 1840, ayant pour titre « Le Crime à Londres ».

Emily et Natasha Merridith avaient encouru la fureur paternelle en se rendant à Londres pour assister au mariage de leur frère. Une coïncidence fortuite était venue justifier l'absence de Lord Kingscourt : le couronnement de la reine Victoria devait être célébré le matin même, et tous les membres de la Chambre des lords avaient reçu l'ordre d'assister à la cérémonie. Les parents de Laura comprenaient. En réalité, ils avaient paru plutôt fiers de cette absence, et le père de la mariée avait tenu à y faire allusion dans son discours :

– Le comte, vous le savez tous, est retenu ailleurs.

John Markham se révéla un bienfaiteur des plus généreux. Comme cadeau de mariage, il loua pour cinq ans et demi une maison de ville située à Tite Street, dans le quartier à la mode de Chelsea. Pour sa fille unique bien-aimée et l'époux de celle-ci, il voulait ce qu'il y avait de mieux. Les jeunes mariés ne passèrent que peu de temps à Londres, aussi n'avaient-ils pas besoin de dix-huit pièces à Chelsea – sans compter la remise pour les voitures –, mais Mr. Markham soutint que la question n'était pas là. Leur maison les attendrait, voilà tout.

Pendant deux ans, le vicomte et sa jeune femme voyagèrent ; ils allèrent à Paris, à Rome, en Grèce, à Florence ; ils poussèrent jusqu'en Turquie et en Égypte, collectionnant sur leur passage les bibelots et les œuvres d'art. Venise fut pour eux un second foyer. Ils s'installèrent dans une suite, au palais Gritti, où ils passèrent le dur hiver de 1839 ; c'est là que naquit leur premier fils, au mois de décembre. Des amis londoniens vinrent leur rendre visite. On descendit à Amalfi ; on remonta vers les lacs. Lady Kingscourt avait un œil très sûr, possédait la science d'un expert et ne laissait jamais passer une bonne affaire. Elle s'y connaissait en matière de tableaux, de sculptures et de livres. Sa famille lui accordait onze mille guinées par an. Elle acheta beaucoup de livres.

On visita le Maroc, Tanger et Constantinople. On retourna à Athènes. On passa l'été à Biarritz. Quand on se trouva à court de destinations, on se laissa dériver jusqu'à Londres. La vaste maison confortable ne demandait qu'à être habitée. Elle fut remaniée sur-le-champ au gré de la vicomtesse, qui exigea le dernier cri et la meilleure qualité en matière de papiers peints et de moulures dorées. On accrocha des tableaux ; on exposa des objets ; on installa pour un temps au plafond de la chambre des maîtres une fresque Renaissance qu'elle avait acquise à Fiesole, puis on la démonta pour la mettre dans le bureau. (Ses diables grimaçants et ses pécheurs qui se contorsionnaient avaient tendance à aggraver les cauchemars du vicomte.) On ne tarda pas à engager un régiment de domestiques pour satisfaire les besoins des Merridith et de leurs trésors. Des experts de la National Gallery vinrent prendre des croquis. Le conservateur des tableaux de la reine écrivit un article sur la collection. Laura lança ses fameuses soirées.

Poètes et essayistes, romanciers et critiques arrivaient en troupeaux le mercredi soir, le plus souvent affamés et toujours en retard. Ils s'agglutinaient autour du buffet comme des gnous autour d'une mare. L'argent, ou sa pénurie, était leur sujet favori, et non la beauté, l'art ou de mystérieux lacs. Égrener la liste des invités, c'était faire l'appel du Londres des belles-lettres. Qui était invité chez les Merridith savait qu'il était arrivé. G. H. Lewes du *Fraser's Magazine*, Thomas Carlyle, le journaliste Mayhew, Tennyson, Boucicault, Newby, l'éditeur ; même le célèbre et jalousé Mr. Dickens, assis dans un coin, l'air déprimé jusqu'au morbide, et qui se rongeait les ongles quand il croyait qu'on ne le regardait pas. Une caricature parut dans le magazine *Punch* : on y voyait deux gendelettres, coiffés de turbans et vêtus de smokings, occupés à se transpercer à coups de plumes ensanglantées. La légende rendait hommage aux efforts diligents de Laura : « Par Jupiter ou par Allah ! Il n'est arrivé qu'une seule invitation à la "soirée" de Lady Kingscourt ! Pour un ancien d'Eton, c'est à se faire afghan ! »

Laura acheta l'original ; elle le fit monter et encadrer. Elle l'accrocha à côté de la glace, dans les cabinets destinés aux invités, au rez-de-chaussée ; cet endroit avait été choisi avec soin, car il présentait divers avantages : la plupart des invités le verraient au moins une fois au cours de la soirée, mais ils penseraient qu'elle était trop lancée pour s'en soucier. Si elle s'en était souciée, elle l'eût pendu dans le vestibule ou le salon, là où étaient pendus les paysages du Connemara de son époux. La vicomtesse s'y connaissait en matière de style.

Pendant quelque temps ils jouirent d'une sorte de bonheur tranquille, un contentement de chaque jour qui n'était guère remis en question. Leur fils était un beau bébé, rose et robuste, le genre d'enfant devant lequel les agents de police tombent en arrêt avant de se pencher sur le landau et de roucouler comme une vieille religieuse. Mais peu après le retour à Londres de cette famille toute récente, quelque chose d'étrange commença d'arriver à David Merridith.

Un malaise se glissa dans sa vie, le déchirant de ses griffes. Il reconnut l'agitation et l'anxiété de son enfance. En épousant Laura Markham il les avait chassées, mais l'état d'époux, sans qu'il sût comment, ne pouvait les contenir. Il commença à se sentir insatisfait et sujet aux dépressions. Les gens remarquèrent peu à peu qu'il perdait du poids. Les insomnies qui empoisonnaient ses nuits depuis l'adolescence s'aggravèrent. Plus on s'extasiait sur les agréments de son existence, plus l'obscur mécontentement du vicomte croissait.

Une partie de celui-ci était due à l'ennui, à la simple absence de but défini. La vie de gentilhomme oisif ne lui convenait pas ; il se sentait inutile et vaguement ingrat, l'ingratitude rendait l'inutilité plus aiguë. Ses journées étaient vides : rien d'important ne s'y produisait. Pour les combler, il projetait de se cultiver et de s'améliorer : il lirait tout Pline par ordre chronologique, il apprendrait le grec ancien ou bien il se trouverait quelque passe-temps ; il s'occuperait des pauvres, par exemple. Il visita des infirmeries, devint membre de comités philanthropiques, écrivit des multitudes de lettres à des éditeurs de journaux. Mais les comités ne lui semblaient jamais arriver à rien, pas plus que ses sempiternelles et interminables lettres. L'élaboration de projets lui prenait beaucoup de temps, mais il n'en restait jamais assez pour les mener à bien. Ses journaux intimes de ces années-là révèlent d'innombrables commencements : de longues promenades dans le parc, des livres inachevés, des plans abandonnés, des idées avortées. Une vie passée à attendre que les jours s'écoulent, à attendre, peut-être, que son avenir commence.

Sa femme était bonne, belle et douce, avec un don pour la joie qui souvent l'avait inspiré. Si on lui donnait le choix, elle préférait être heureuse et, après l'enfance qu'il avait connue, cela lui semblait attrayant. Leur maison était élégante, leur fils prospère et bien portant. Aussi ordonnée qu'un uniforme étendu sur un lit, telle était la vie de David Kingscourt de Carna ; pourtant, il avait souvent le sentiment que leur mariage était une sorte de mascarade. Ils ne conversaient plus autant que par le passé, et lorsqu'ils le faisaient, ils s'entretenaient immanquablement de leur enfant. Le père du garçon devint chicaneur et plus passionné qu'auparavant. Il avait conscience de devenir quelqu'un qu'il n'aimait pas : il reprenait les domestiques sur des points de grammaire, cherchait querelle aux maîtres d'hôtel et à ses invités. Il se mit à soutenir avec fureur des opinions qui n'avaient jamais été les siennes. Bientôt il ne se passa plus de soirée sans dispute.

Ils rompirent avec des amis de longue date. Son médecin lui conseilla d'arrêter de boire, ce qu'il fit pendant quelque temps.

Les couples qui constituaient leur cercle le plus intime étaient également de nouveaux parents, fous de leur progéniture. Ils sombraient dans le gâtisme avec le même bonheur et le même dévouement que Laura, dont Merridith ne partageait pas l'enthousiasme. Au cours d'un dîner ou dans une loge d'opéra, il se surprenait à saluer de son plus large sourire le dernier mot d'enfant d'un génie à peine né, la robustesse des appétits, la fermeté des selles, alors qu'il rêvait en secret d'être ailleurs. Il ne se sentait pas supérieur : il se considérait plutôt comme un raté. Quelle merveille que d'être un père aussi éperdu, grisé du vin de l'amour paternel ! D'étudier le contenu des couches de vos héritiers à la manière d'un devin romain interprétant les runes. Il aimait son petit garçon, mais il ne pouvait l'aimer à ce point. Souvent, ô scandale, la paternité lui semblait un boulet à traîner. Le caquetage des nounous qui se répandait par toute la maison avait une irritante tendance à gêner ses projets.

Il en vint à se représenter Laura et lui-même comme les acteurs d'une pièce écrite par quelqu'un d'autre. Il y avait de la courtoisie dans le texte, il était policé et contenu. Un critique lui eût sans doute accordé un commentaire élogieux. Chacun à son tour disait ses répliques. Il était rare que l'un ou l'autre acteur interrompe ou démolisse le texte. Mais il n'avait pas le sentiment d'être marié pour de bon. Il avait plutôt l'impression de vivre sur un plateau en se demandant si le public était bien présent derrière les feux de la rampe, et, s'il n'y était pas, pour qui avait donc lieu la représentation.

Les soirées littéraires continuèrent, mais Merridith, les jugeant éprouvantes, déclara qu'il désirait les voir cesser. Il fut surpris par l'intensité de la réaction de Laura. Libre à lui de ne pas y assister, mais il était hors de question qu'elle y mît fin. Il avait tort de le lui demander. Elle n'était pas un objet inanimé destiné à décorer son existence. Elle avait choisi un époux et ne voulait pas d'un maître.

– Faut-il qu'un homme soit contredit dans sa propre maison ?

– C'est aussi ma maison.

– Ces soirées sont une perte de temps et d'argent.

– Mon temps m'appartient, de même que mon argent. Je les perdrai ou les emploierai à mon gré.

– Qu'entendez-vous par là, Laura ?

– Vous le savez fort bien.

– Pas le moins du monde. Soyez assez aimable pour m'éclairer.

– Quand vous pourrez en dire autant de vous-même, vous serez en mesure de faire des sermons. En attendant je ferai exactement ce qu'il me plaira.

Parfois, au cours de leurs disputes qui devenaient fréquentes, elle disait qu'elle ne comprenait pas pourquoi il s'était marié. Tous deux connaissaient la raison, même s'ils ne voulaient pas la donner. Elle n'avait pas grand-chose à voir avec Laura Markham.

Souvent, au beau milieu d'une de ces fameuses soirées, ou après que sa femme se fut retirée dans sa chambre, il s'échappait de la maison et descendait Tite Street ; il parcourait les quelques centaines de mètres qui menaient au fleuve. Rester debout tranquillement, seul sur la rive de la Tamise, cela lui procurait le soulagement que seule apporte l'eau. Londres à cette époque pouvait encore être paisible le soir, offrir ce calme tangible et béni propre aux villes à de certains moments, quand tout alentour semble n'être que tumulte violent. Les soirs d'été sans fin, il y avait des poules d'eau dans les bancs de vase, et des cygnes glissaient vers Richmond. Le courant et les poules lui rappelaient l'Irlande, le pays de son enfance, le seul endroit sans doute où il se fût jamais senti chez lui.

Et souvent, face à ce fleuve paisible et boueux, il se souvenait d'une jeune fille qu'il avait connue. On eût dit que le murmure de l'onde la faisait surgir, tel un esprit. Il se demandait si elle pensait à lui. Non, sans doute. Pourquoi diable y eût-elle pensé ? Mieux à faire, sûrement.

Quand ils étaient tout jeunes, ils se promenaient par les prairies de Kingscourt, les bois et les marécages, le long des récifs de Cashel Hill. Il apportait la carte dressée par l'un de ses ancêtres, délicieux tracé du « Domaine Merridith ». En dépit du raffinement des détails et de la beauté de l'ouvrage, son auteur, un marin, s'était amusé en établissant cette carte. Les terres de Kingscourt étaient représentées comme une étendue liquide, et la mer qui les bordait comme la terre ferme. On découvrait des itinéraires de navigation dans les monts Maumturk, et les sentiers les plus sûrs pour franchir la baie de Roundstone. Un fou, disait-elle en riant de tant de perfection inversée. Et elle lui avait montré des choses qui lui appartenaient mais n'apparaissaient sur aucune carte : un if dont les baies étaient censées guérir les fièvres ; un rocher où un saint avait laissé les empreintes de ses genoux ; un puits très fréquenté des pèlerins, à Tubberconnell. Les rares fois où il connaissait déjà ce qu'elle lui montrait, il feignait l'ignorance, car il lui plaisait d'écouter les explications de la jeune fille.

Elle aimait cette carte étrange. Il avait bien fallu la lui donner, à la fin. Et il aimait l'entendre disserter sur les galets et les rochers. Ils avaient erré sur les pentes aux profondeurs établies, sur les contours et les méplats, sur les champs de blé qui menaient à la mer à Kilkerrin. La cruauté et le carnage allaient de pair avec la cartographie ; avec les dieux aussi, et leurs saints guerriers. De tels complots semblaient bien éloignés des falaises de Kilkerrin. C'était là qu'il l'imaginait maintenant : elle contemplait l'île d'Inishtravin – le lac d'Inishtravin, d'après la carte de l'ancêtre – comme si celle-ci était apparue dans la nuit. Dans les choses ordinaires elle trouvait de la beauté : l'odeur de noix de coco d'un buisson de genêts épineux, la spirale d'une coque, l'éclair du phare de la pointe d'Eeragh. Son rire écumait les vagues de la baie de Ballyconneely, rebondissait vers l'horizon comme un caillou d'ardoise. Le monde entier lui paraissait aussi neuf qu'à un enfant. Pourtant, elle n'était plus une enfant ; elle n'était pas non plus une sainte. Mais pas une fois il ne l'avait vue commettre un acte de cruauté délibérée.

Elle aurait vingt-huit ans aujourd'hui. Elle devait avoir changé. Peut-être avait-elle déjà les cheveux gris et le visage ridé : les femmes du Connemara vieillissaient de bonne heure. La pluie et le vent salé leur tannaient la peau. A moins qu'elle ne fût comme sa propre mère, plus belle avec l'âge : des cheveux sombres comme la tourbe, un corps de statue ; une femme forte de son empire sur elle-même, et forte aussi de l'appropriation des vicissitudes qu'elle avait surmontées. Il se demanda si elle s'était mariée ; peut-être même n'était-elle pas restée à Kingscourt. S'il était né plus pauvre, il eût songé à l'épouser. Tout ce qu'il avait possédé avait fini par le déposséder ; mais c'était là se juger avec indulgence, et il le savait. Il n'avait pas eu le courage de briser ses fers. Il était trop jeune pour cela, il avait trop peur. Empêtré dans son désir mutilant – et mutilé – de plaire, il avait assassiné la confiance de la jeune fille au nom de la seule obéissance. Sa faim d'amour l'avait amené à rejeter l'amour. En un sens, il s'était servi d'elle comme d'un appât.

Et voyant que l'appât était inutile, que son père ne mordait pas, il s'était servi de Laura Markham comme d'une arme. Il l'avait épousée principalement parce que nul ne pouvait s'y opposer. Il n'était pas un enfant qui se laissait intimider, il avait passé l'âge d'obéir, était même prêt à payer n'importe quel prix pour prouver sa virilité. Le mariage, pour Merridith, avait été un acte de vengeance, mais cet exploit n'avait réussi qu'à emprisonner son auteur que les coups de pied avaient envoyé bouler à terre, alors même qu'il semblait lui avoir procuré la liberté : ce qui l'avait rendu libre l'avait aussi rendu esclave, et ce servage était d'autant plus intolérable qu'il se l'était imposé lui-même.

Le laudanum qui lui avait été prescrit contre l'insomnie se révéla peu efficace. Lorsqu'il l'était, Merridith faisait des rêves presque aussi intolérables que ses cauchemars : des blizzards chatoyants aux teintes opalescentes, qui lui donnaient l'impression de nager dans du goudron. Des teintures opiacées et des comprimés lui furent recommandés par son apothicaire, mais ses rêves lui amenaient toujours de terrifiants éblouissements, des anéantissements d'images qu'il ne comprenait pas. Pour finir, le médecin de la famille lui enseigna l'art de la piqûre; il lui apprit à se servir d'un tourniquet pour faire ressortir la veine, à bien tenir la seringue et à exercer le degré de pression approprié sur le piston. L'injection, déclara le praticien, était le meilleur remède à l'insomnie; c'était aussi une façon moins dangereuse d'administrer le médicament. Chacun savait que l'on ne pouvait devenir dépendant de l'opium en l'injectant. La piqûre était la méthode qui convenait à un gentilhomme, affirma-t-il, celle dont le médecin usait toujours.

En février 1841, la reine Victoria célébrait le premier anniversaire de son mariage. Un voleur s'évada de prison après avoir fracassé le crâne d'un gardien. Un journaliste originaire de Louisiane fit son apparition dans les soirées londoniennes. Un aristocrate originaire de Galway venait de devenir père d'un bébé dont les parents ne s'adressaient guère la parole depuis des mois. Bien que né six semaines avant terme, il se portait bien. Cependant l'union dont il était issu semblait alors à l'agonie. Il arriva même que les gardiens de la paix, ameutés par les voisins inquiets d'entendre des hurlements, vinssent frapper à la porte de chez lui. Le soir de son baptême, le journal paternel demeure muet. Les sujets jugés dignes de mention par les rédacteurs de journaux intimes nous apprennent bien des choses, croyons-nous, sur l'époque. Peut-être les sujets qui en sont exclus nous en apprennent-ils davantage.

Si l'on en croit le journal de Merridith, c'est en février 1841 qu'il commença à rôder la nuit dans le quartier de l'East End. Il quittait sa magnifique maison et longeait le fleuve à pied, vers l'est, pour entrer dans un monde que l'imagination n'aurait pu concevoir. Et parfois, tandis qu'il dérivait par les rues assourdissantes, il songeait à un chant qu'il avait connu dans son enfance : une ballade que la mère de Mary Duane lui chantait souvent et où il était question d'une fille qui enfilait l'habit militaire et s'en allait chercher celui qu'elle aimait au milieu des soldats.

Ici, les journaux intimes deviennent ardus, voire chaotiques ; l'auteur a souvent recours à un code extraordinairement méticuleux, mélange de gaélique du Connemara et d'écriture « en miroir ». Des semaines entières ne comportent aucune annotation ou sont remplies de détails inventés qui ont dû réclamer des heures de travail. D'autres remarques sont imprégnées du plus violent mépris de soi ; les esquisses enfiévrées, au fusain, du quartier qui devait devenir son repaire, abondent au cours de cette période*. Le parfum qui se dégage de ces pages atroces est véritablement terrifiant ; il l'est à un point inoubliable. Les images griffonnées sont obsédantes, dues à la main d'un homme en proie à la torture. On songe à la fresque figurant *Les Châtiments de l'enfer* qui dominait le lit nuptial de l'auteur du journal.

Exhibitions de phénomènes, fêtes travesties, chiens tueurs de rats, débits de boissons, boutiques de prêteurs sur gages, « saloons-suicides », échoppes de bookmakers et scènes démontables de gué-

* A l'époque de la révision de la présente édition de cet ouvrage (1915), les exécuteurs testamentaires de Lord Kingscourt insistent toujours sur l'interdiction définitive de la publication des dessins ; ils affirment que seuls peuvent être utilisés certains extraits des journaux intimes. (Nul ne peut expliquer comment l'un de ses dessins est paru dans un ouvrage pornographique publié anonymement à Londres vers la fin des années 1870. Il ne s'agit pas en réalité de l'une de ses esquisses dites « de Whitechapel », mais d'une copie des *Trois Grâces* tirée du livre de symboles d'Andrea Alcation, *Emblematum Liber* [1531], que Lord Kingscourt exécuta au cours de sa lune de miel en Italie.) Les journaux contenant les dessins de Whitechapel sont conservés sous clef au « Secretum » ou Musée secret des ouvrages obscènes du département des antiquités de la British Library, à Londres. – G.G.D.

risseurs mystiques, baraques évangéliques et tipis destinés aux réunions pour le renouveau religieux; cagibis de médiums et bancs de diseuses de bonne aventure, où des gens qui n'avaient pas grand-chose à attendre de l'avenir payaient ce qu'ils ne pouvaient se permettre pour s'entendre affirmer le contraire. Selon le mythe local, il était possible de prédire l'avenir, et les pauvres ne se lassaient pas d'y aspirer. La guérison, le salut, une expérience mémorable vous attendaient au coin de la rue. La délivrance était à vendre, ou en tout cas vous pouviez la gagner, si seulement vous étiez assez malin pour acheter un ticket de loterie. Le tout petit risque que vous refusez de prendre pourrait bien être le miracle qui vous transformerait en homme riche. « Qui sait ? » proclamaient les parasites. Cela pourrait être vous.

Tout, dans l'East End, pouvait se différer, à condition de payer. L'ennui, la pauvreté, la soif, la faim, les déceptions, la concupiscence, la solitude, le chagrin, la mort même et son caractère irrémédiable. Au pays des miroirs, ceux que vous aimiez ne mouraient jamais, ils ne faisaient que se glisser dans la chambre invisible, d'où ils pourraient vous accorder une tendresse inaltérable pourvu que vous donniez une pièce à la voyante.

Des promesses de délivrance s'élevaient de l'embrasure des portes et des coins noirs, et ces cris l'attiraient comme le centre de la terre. Ici, dans les ruelles de Cheapside et de Whitechapel, se trouvaient les bâtisses chimériques dont s'entretenaient tout bas, tard dans la nuit, les membres de son club. Souvent il avait rêvé de ces entresols et de ces arrière-salles où des femmes faisaient jouir ou souffrir des hommes. Certains aimaient la douleur, Merridith le savait; ils aimaient qu'on les frappe, qu'on leur crache dessus, qu'on les fouette, qu'on les humilie. Et d'autres choisissaient d'infliger les humiliations. Il avait rencontré des brutes de cet acabit au cours de sa carrière dans la marine; il avait même risqué de passer en cour martiale pour avoir osé intervenir*. La violence était

* « Vers la fin de la traversée se produisit un incident déplaisant, dont le souvenir ne m'a jamais vraiment quitté. Un garçon de cabine noir, esclave affranchi, subissait les brutalités d'un commandant ivre lorsqu'un jeune lieutenant irlandais, le vicomte Kingscourt de Carna, fit irruption. Au mépris de tous les règlements, le commandant avait déshabillé le garçon. Une bagarre s'ensuivit, au cours de

un aphrodisiaque pour certains hommes. Ils trouvaient l'usage de la torture excitant. À quelle dégradation terrible fallait-il se résoudre pour en arriver là ! L'homme devenait une bête ; il se coupait de toutes ses émotions. Merridith se félicitait de ne pas être un pareil monstre : ses propres appétits frénétiques ne sortaient pas de l'ordinaire.

Pour une poignée de pièces, elles satisfaisaient tous vos désirs. Non pas qu'il lui fût venu à l'idée de leur demander de le toucher. C'eût été indigne d'un gentilhomme tel que lui ; au demeurant, il ne souffrait guère qu'on le touchât. Ce n'était pas nouveau. Ce qu'il préférait, c'était les regarder se dévêtir, et il existait des établissements qui pourvoyaient à ce désir. Tous les désirs trouvaient leur satisfaction. Rester assis dans l'ombre, l'œil rivé au judas, et assister au déshabillage, encore et encore. Un homme normal, se livrant à une distraction normale. Un homme qui savait reconnaître la beauté.

Dans certains de ces établissements, elles étaient trop jeunes : des enfants. Il renvoyait toujours les enfants. Alors les maquerelles en envoyaient encore, à moins qu'elles n'envoient de vieilles femmes habillées comme des enfants. Il ne retournait jamais dans ces maisons-là.

Mais il y en avait d'autres. Il y en avait toujours d'autres. Il trouva un endroit qui lui convenait mieux et prit l'habitude de s'y rendre presque chaque soir. C'était une maison pour les hommes, disait la patronne. Pour les hommes normaux, virils, civilisés. Elle ne recevait ni les enfants effrayés, ni les vieilles femmes. Pas de fouets, pas d'humiliations, rien que de belles dames. Fraîches et naturelles, cueillies à la main comme des orchidées : le genre de femme que l'on voit dans les tableaux de maîtres. Il n'y avait réellement aucune différence, soutenait la patronne, entre son établissement raffiné et la National Gallery.

laquelle le vicomte frappa son supérieur. Le premier avait été champion des poids moyens à l'université d'Oxford, et le second ne tarda pas à s'en apercevoir. Des désagréments plus sérieux ne furent évités que grâce à l'intervention du père du vicomte. » Extrait de *Sonnerie de quatre heures pour le petit quart ; une vie en mer*, du vice-amiral Henry Hollings K.C.M.G. (Knight Commander of the order of St. Michael and St. George), Hudson and Hall, Londres, 1863.

Il tremblait de désir, assis dans l'obscurité, et son souffle ternissait la vitre qui séparait le spectateur du spectacle. Il lui arrivait de se piquer en regardant les femmes se dénuder. La douleur d'une piqûre d'abeille. Une légère convulsion de la chair, semblable aux fourmillements de la circulation qui reprend, mais en beaucoup plus soudain, puis le soulagement qui s'infiltre jusqu'à la moelle de ses os. De la glace pilée dans un désert.

Si sa femme lui demandait où il allait le soir, ce dont elle ne se donnait plus guère la peine, il répondait qu'un tournoi de cartes était prévu à son club. D'autres alibis fabriqués sont notés dans son journal; les heures et les lieux sont presque toujours précisés avec minutie, et il transcrivait souvent de longs comptes rendus de conversations purement fictives. Un rassemblement des Amis de l'asile de Bethlehem. Le comité d'une œuvre en faveur des « Filles déchues* ». Un dîner des anciens de Winchester qui n'avait jamais eu lieu. Au commencement de l'automne 1843, elle annonça qu'elle souhaitait emmener les garçons passer quelques semaines dans le Sussex. Il ne souleva aucune objection; cela valait mieux, car elle avait déjà préparé leurs valises et commandé la voiture. Le vicomte Kingscourt déclara à un ami qu'il n'était pas sûr qu'elle reviendrait et il ajouta, ce qui pouvait bien être vrai, que cela lui était indifférent.

Un soir, ce fut une Irlandaise qui se dévêtit dans la cabine; une Irlandaise de Sligo aux yeux sombres, avec des cheveux noirs et brillants, et quand elle demanda tranquillement s'il avait besoin d'autre chose, David Merridith s'entendit répondre que oui. Elle ouvrit le verrou et retira l'écran qui les séparait.

– Eh bien, mon petit, murmura-t-elle en l'embrassant. Entre, chéri, et montre-moi comme tu m'aimes.

Ce qui se produisit alors fut réglé en moins de temps encore qu'il n'en avait fallu au vicomte pour trouver un mensonge lorsqu'elle lui avait demandé son nom. Ensuite la fille s'était levée du divan; elle s'était lavée à la hâte dans une cuvette de métal, au coin de la cabine, puis elle avait quitté le réduit sans prononcer un mot. Son

* Il ne fit jamais partie d'aucun comité de cette sorte, mais semble avoir apporté une contribution financière régulière à une œuvre fondée par Dickens et son amie Angela Burdett-Coutts (issue d'une famille de banquiers bien connue) « afin de sauver les malheureuses filles abusées et abandonnées ». – G.G.D.

client regagna Tite Street juste avant l'aube ; en traversant le pont de Chelsea, il contempla la Tamise et fut tenté de s'y jeter. Seule la pensée de ses enfants le retint.

Comme le soleil levant rougissait sa chambre solitaire, il injecta tant de laudanum dans son biceps qu'il dormit presque toute la journée. Les domestiques ne l'importunèrent point. Ils avaient l'habitude. Il rêva qu'il était son père dans les premiers temps de son mariage, le matin où il avait trouvé le corps de son propre père pendu à l'arbre aux Fées, dans la prairie de Lower Lock. Quand enfin il s'éveilla, il se fit une nouvelle piqûre et enfonça l'aiguille si fort qu'il toucha l'os. Alors il se leva, s'habilla, alla dîner à son club et retourna à Cheapside comme la nuit tombait sur l'East End. (Toutefois, comme il le dit lui-même dans son journal : « La nuit n'y tombe pas. Elle monte, plutôt : elle soulève la pierre de lumière diurne sous laquelle rampe Whitechapel. ») Son établissement favori avait été envahi par la police ; la patronne arrêtée et incarcérée à la prison de Tothill. Mais il y avait d'autres établissements. Il y en avait toujours d'autres.

Il en arriva à connaître la moindre ruelle et le moindre passage de Whitechapel comme un prisonnier connaît la moindre brique de sa cellule. Il emportait le plan dans sa tête et il le suivait comme le pèlerin d'une fable à l'envers, condamné à en savoir de moins en moins à mesure qu'il avançait. Quelque part au cœur du labyrinthe l'attendait ce dont il avait besoin. L'Irlandaise. Une autre fille. Deux filles ensemble. Un homme et une fille. Deux hommes, pourquoi pas ? Souvent il entrait au hasard, et toujours il se rendait compte très vite qu'il ne pouvait rester. Aussitôt que ce qu'il demandait devenait disponible, il cessait de le désirer, et il lui fallait partir.

Ce qu'il cherchait précisément demeurera un mystère ; et si une remarque frappante contenue dans son journal renferme un indice, il est permis de supposer qu'il n'en savait pas grand-chose lui-même. Il avait souvent entendu dire au cours de sa carrière navale qu'un pendu avait une érection au moment de sa mort. David Merridith éprouvait à présent des sensations identiques. « Étouffé, étranglé, raide comme la mort. »

Il commença à prendre davantage de risques, et des risques plus grands. Sous peu, même Whitechapel ne lui suffisait plus. Spitalfields. Shoreditch. Mile End Road. Il dériva jusqu'à Stepney, où les réjouissances étaient plus sinistres; vers l'est, jusqu'à Limehouse où les enfants étaient armés; il descendit en direction du fleuve, erra dans les quartiers de Shadwell et Wapping, où la police elle-même ne s'aventurait pas la nuit. Une fois au moins il se décrivit comme un journaliste venu d'Irlande, une autre fois comme un professeur de criminologie d'Oxford. Comme le propriétaire d'un brigantin, un entraîneur de boxeurs, un homme à la recherche de sa fiancée en fuite. Des années plus tard, on se souvenait encore de lui, sur les quais : un loup d'aristo surnommé « Lord Craques ».

Une cité tapie dans l'ombre d'une cité. Dans les souterrains et les entrepôts, des gars se mesuraient à des chiens; des femmes droguées se louaient pour le prix d'un journal. Mais les femmes n'intéressaient plus le rôdeur. « La femme ne me ravit point, l'homme pas davantage », écrivait-il en paraphrasant Hamlet au milieu de la mascarade de la folie. L'opium que l'on trouvait en ces lieux était fort et pur, débarqué tout droit des navires en provenance de Chine ou d'Afghanistan; l'acheter sans autorisation du gouvernement était illégal, mais on le jetait sur les quais comme du riz à la sortie d'une église. Il suffisait de la moitié d'une graine pour que les étoiles explosent; une boulette de graines et il vous semblait que votre cœur allait éclater. David Merridith le mâchait par bouchées juteuses, jusqu'à ce que sa langue se boursouflât, que ses gencives et son palais fussent en sang; alors, il s'élevait au-dessus de Londres comme un ange de mort et s'enfonçait dans les nuages. Il en vint à aimer la saveur piquante du sang dans sa bouche. Quelquefois il s'imaginait qu'il ne lui restait plus de cœur à faire éclater.

Entre Sutton Dock et Lucas Street s'étendait Hangman's Quarter[1], terrain vague semé de moellons et infesté de rats, où les filles étaient à demi mortes de faim et de maladie. Souvent il tentait de leur parler, de leur donner de l'argent ou de la nourriture, mais elles ne comprenaient pas qu'il n'avait plus besoin que de conversation. Ses dessins hallucinés en montrent quelques-unes; leurs

1. « Quartier du Bourreau ».

visages, noircis par les bâtons et les bottes de leurs maquereaux, évoquent des suaires pendus à des poings. Ce lieu devint son ultime refuge. Toutes ses nuits s'achevaient au Hangman's Quarter. Il n'approchait plus les femmes. Des ruines, il les regardait se battre et racoler. Comme un couteau traçant des courbes sanglantes, son fusain traçait le portrait de ces femmes asservies.

Peut-être qu'à les regarder et à rester là, il courait le risque dont il avait besoin. Le risque comme une drogue ; il lui donnait le sentiment d'exister.

Une nuit qu'il arpentait Mile End Road, un gardien de la paix l'aborda et lui déclara qu'un homme du monde n'avait rien à faire dans un endroit pareil. Merridith voulut prendre un air offensé devant tant d'impertinence, mais l'officier – un Irlandais – s'obstina paisiblement. Sa manière insistante d'appeler l'aristocrate « monsieur » ne laissait aucun doute sur la personne qui détenait l'autorité.

– Un gentilhomme pourrait bien faire l'objet d'un chantage, monsieur.

– Le ton de vos insinuations ne me convient pas, monsieur l'agent. Je me promenais, et je me suis perdu en rentrant chez moi, voilà tout. Je dînais avec mon père à la Chambre des lords.

– Faut qu' Votre Grâce trouve son chemin alors, voilà ! La prochaine fois vous voudrez bien m'accompagner au poste. Je vous montrerai un petit plan que le sergent a mis dans les cellules.

A travers la brume opiacée de ses embrasements nerveux, il fut vaguement déçu quand le gardien de la paix s'éloigna. En cet instant vertigineux, il comprit qu'il ne voulait pas dissimuler, mais être exposé et déshonoré ; être poussé dans le caniveau à coups de pied ; il voulait que les gens respectables le couvrent de crachats. Il voulait être reconnu comme l'intouchable qu'il se savait être.

En cette nuit étouffante il rentra chez lui, tremblant d'une émotion qu'il prit pour de la crainte. Nous savons qu'il passa la plus grande partie de l'après-midi suivant à s'entretenir seul à seul avec un homme d'Église, mais nous ignorons le sujet de leur discussion qui, au demeurant, semble n'avoir rien changé. Au crépuscule de ce même jour on le vit à Whitechapel.

Cette nuit-là, il s'aperçut qu'il était suivi. Il remarqua l'homme pour la première fois aux alentours de Christ Church, à Spitalfields : un grand gaillard cadavérique à la tignasse rousse bouclée, bizarrement vêtu d'un spencer de chasseur. Le teint mis à part, il eût fait un excellent gondolier. Il fumait un cigare bon marché et contemplait la lune. Quelque chose en lui attira l'attention de Merridith. Il lui fallut du temps pour comprendre ce dont il s'agissait. Et puis, en un instant de clarté brutale « semblable à celui qui précède immédiatement le sommeil ou la stupeur dus à l'opium », la vérité lui apparut. C'était la nonchalance de cet homme, son air dégagé, qui le désignait comme un doigt pointé vers lui. C'était le seul homme qui venait dans l'East End à minuit sans rien avoir à vendre ni à acheter.

Il le revit dans King David Lane, et puis encore en bas de Ratcliff Road ; debout sur le seuil d'un débit de boissons, le dos à la lumière, il lisait un journal plié en deux. Un chant rauque s'échappait du débit d'alcool ; on y vantait la beauté des filles de Whitechapel. Merridith le surveilla un quart d'heure. L'homme ne tourna jamais une page de son journal.

Deux femmes glissèrent vers le vicomte et tentèrent un instant de le racoler. Un allumeur de réverbères illumina les lampes à huile sphériques du coin de la rue. Une fenêtre s'ouvrit, une autre se ferma. Une voiture passa avec fracas. Il regarda encore. L'homme avait disparu.

Peut-être n'était-ce que de la paranoïa, une forme d'hallucination, comme ces pas qui claquaient derrière lui dans la suie pendant qu'il traversait devant la fabrique d'allumettes pour aller chercher une voiture de louage. Mais trois jours plus tard, le matin, il vit l'homme à la porte de sa maison ; curieux, celui-ci se penchait pour surveiller ce qui se passait au sous-sol. Comme s'il avait senti ces yeux qui le fixaient de la fenêtre du salon, il avait levé la tête avec une lenteur imperturbable pour soutenir leur regard. Une face de renard. Des favoris couleur carotte. L'homme sourit, donna un coup de chapeau et s'éloigna d'une démarche nonchalante et paisible, comme si Tite Street et tous ses habitants lui appartenaient et qu'il vînt d'achever l'inventaire de ses biens.

Pendant des semaines Merridith trembla à l'arrivée du courrier, ne doutant pas qu'il allait lui apporter la lettre d'un maître chanteur. La nuit, assis sur sa couche, trempé d'une sueur glacée, il se maudissait de sa faiblesse et davantage encore de sa stupidité. Laura le quitterait. Les garçons lui seraient enlevés. Le déshonneur entier rejaillirait sur Laura et les enfants.

Le matin de son trentième anniversaire, il s'aperçut qu'il avait contracté une infection. Un médecin consultant discret, ancien camarade d'Oxford, l'avait soigné avec efficacité. Il n'avait porté aucune accusation, ni n'avait posé de question. Sans doute n'avait-il pas besoin d'en poser. Mais il conseilla à Merridith d'être prudent. Il avait eu de la chance cette fois-ci, mais il ne fallait pas compter que cela se reproduise. La gonorrhée rendait fou parfois, et la syphilis tuait. Ces maladies épouvantables pouvaient être transmises à sa femme. Étant donné les arrangements nocturnes de Tite Street, cela n'était pas à redouter, mais il semble qu'il se soit alors juré de ne pas retourner dans l'East End.

Décembre vint. Laura et les garçons rentrèrent du Sussex. Cette année-là, Noël fut assez paisible chez les Merridith. Le comte commença de se calmer et de diminuer les doses de laudanum. En avril la famille eut recours aux lumières d'un nouveau médecin aux théories controversées, pionnier de l'hypnotisme et d'autres méthodes peu orthodoxes ; il prescrivit à son patient de fumer du chanvre pour apaiser ses nerfs. Cela parut marcher, au moins pour un temps. Merridith, qui depuis l'enfance pratiquait avec ardeur la natation sur les bords de l'Atlantique, entreprit de se baigner chaque jour, de bon matin, dans la Serpentine. Les notes de son journal commencent alors à exprimer plus de légèreté, montrent un homme qui émerge d'une nuit effrayante, interminable. Au début de l'été il était devenu un habitué des bains turcs proches de Paddington, où il se faisait « étriller à coups de branches par des types rondouillards ». Il fréquentait le gymnase de son club de Mayfair et « balançait le médecine-ball comme un satané champion pugiliste ». Bien entendu, ses relations avec sa femme s'améliorèrent un peu ; ils ne renoncèrent cependant jamais à faire chambre à part. Sextines et villanelles, petits sonnets un tant soit peu laborieux quoique non dénués de mérite, font leur apparition dans le journal de Lord Merridith. L'un d'eux, et cela vaut d'être signalé, a pour titre « Réparation ». Il est probable que sa conviction d'avoir fait du tort aux « malheureux de l'East End de Londres » lui inspira de graves réflexions ; c'est du moins ce qu'il ressort des dons nombreux et substantiels qu'il adressa aux comités ecclésiastiques ainsi qu'aux œuvres charitables qui se consacraient au quartier. En octobre 1844 il écrit en marge : « Certains événements douloureux de ces dernières années me font aujourd'hui l'effet d'avoir appartenu à la vie d'un autre, à un être sans grand rapport avec moi. »

Et puis, un beau matin, au petit déjeuner, ce qu'il avait redouté se produisit enfin. Il avait décroché le gros lot, et celui-ci lui arriva par la boîte aux lettres.

CHAPITRE XXIV

LES CRIMINELS

OÙ DAVID MERRIDITH CONNAÎT DE SÉRIEUX REVERS

Il la contempla un moment au milieu du plateau. « Kingscourt. Tiet Street. Chelsea. Londres. » Ce n'était pas la faute d'orthographe qui trahissait le contenu de la lettre, mais la main qui s'était appliquée à transcrire l'adresse avec des caractères impersonnels. Pas d'écriture calligraphiée qui eût risqué d'être identifiée, mais la précision exagérée de la plume empoisonnée.

– Quelque chose ne va pas ? demanda la vicomtesse.

Elle n'avait pas vu la lettre, Merridith en était certain. Il lui eût été facile de l'empocher et de la lire plus tard. Mais il n'essaya pas de la cacher, pas plus que sa peur. Il ordonna seulement aux domestiques de quitter la pièce sur-le-champ et attendit que sa femme fût revenue s'asseoir. Nous ne pouvons qu'imaginer ce qu'il pensait en cet instant, mais nous savons ce qu'il fit, et ce qu'il fit peut paraître étrange.

Il dit à Laura Markham qu'il l'avait toujours aimée et qu'il l'aimerait toujours, tant qu'elle voudrait bien de lui. Mais ce qu'il y avait dans cette lettre ne pouvait leur apporter le bonheur. Elle changerait les choses entre eux, peut-être de façon irrémédiable. Il s'était attendu à la recevoir. Il l'avait reçue à présent. Peut-être jugerait-elle nécessaire de partir ; il le comprendrait. Il partirait lui-même si elle le souhaitait. Mais quel que fût le contenu de la lettre, il ne pouvait plus se cacher. Il se cachait depuis si longtemps ; l'heure était venue de faire face. Comprenait-elle ce qu'il lui demandait ? Pouvait-elle souffrir qu'il le lui demandât ? Elle répondit que oui, ou du moins qu'elle le croyait, et qu'elle le soutiendrait, quoi qu'il dût lui en coûter.

En ouvrant l'enveloppe, il s'entailla le bout du doigt. Une trace de sang accusateur s'étale encore en travers de la première page.

«Le 11 novembre 1844 fait' de la Saint Martain
«Lord David Merridith
«fils du MEURTRIER

«Nous aut' on est des fermiers de vot' Père dans la commune de kilekierin carna pisque sa fait six moas qu'i' mont' les loyers du doub' et plus tout partout

«touceux qui sont en r'tard d'une s'maine avec le loyer i' disent qu'i' s'ront explussés temp pi pour sa position et sa Famile

«il a d'ja vendu d'la terre

«un tierre de nous ses fermiers on nous ordonnent de payer les loyers à Blake ed' Tully c't ordure qu'i' a pas de pire avare qu' lui et i' va pour en explussé beaucoup

«cinq cents qui sont su l' bord d' la route beaucoup crèv'ed faim cheu nou pi y a pas de Secours anoncé

«y a RIEN *qu'est anoncé ici sauf mourir ed' faim de suite.*

«vot' Père on l'a averti mais l'a rien fait alors par les présents j' vous averti de lui consayer très fort qu'i' r'mette les loyers comme avant et qu'il aide le monde pendant se moment terrib que si i' veut pas vous et vot Famile vous sauré c' que ça coût ed' me fâcher ainsi qu' mes confrères

«moi et mes hommes on n'en peut pu ON NAIT PAS DES CHIENS

«faite lui arréter ou alors i' s'ra r'dressé

«nous sommes des hommes qu'aimerait mieu travailler que d'se batte mais nom de Dieu on se battra quand i' faudra

«si i' continue d'nous écraser on s'ra dans l'aubligation de tirer sur un membre d' vot' Famile en plain jour passe qu'on aime mieu perd' la vie que perd' not' métié

«y aura pas d' pitié pour personne, pas vous, pas vot' Femme ni vos Fils ni personne tant qu' nos femmes et nos enfants ont qu' la famine et le froid

«je veu autant mourir sur une Corde que d' faim

«ça nous fait pas plaisir d'écrire ses mots mais nous l' ferons nous jurons par le Christ Jésus crucifiyé et nous faisons l' sermen solanel avec not' sang que Dieu nous aide

«CEST VOTRE CONDANATION DAVID MERRIDITH

«ALORS SI SA VOUS PLET

«que vot' Père i' continue avec sa tiranie

«et bientô vous s'rez tenu resseponssab' et redressé

«pouvez voir par cette lettre qu' nous savons ou qu'elle est vot' maison

«prenez gard' – Londres c'est pas si loin du connemara

«Z'ETES SUREVAYÉS ET ON PEUT VOUS ATTINDRE NINPORTE QUAND

«je suis

«vot' humble et resseponssab' serviteur (pu mintnant)

«Cptne Clair de Lune des Redresseurs de torts Hiberniens

« Que Jésus i' donne le r'pos mais feu vot' Mère qu'è s'rait HONTEUSE au jour dui du nom POURRIT de Merridith. »

Le sourire de l'homme à la face de renard lui traversa l'esprit comme une flamme : il le revit dans la rue, qui s'éloignait.

Il tenait la lettre entre deux doigts, comme si la feuille était brûlante.

– Comment le saviez-vous ? demanda Laura éplorée.

Son mari lui répondit tranquillement que c'était une question d'intuition.

*

Il écrivit sur-le-champ à son père qui renvoya la lettre sans l'avoir ouverte. Il la réexpédia mais ne reçut pas davantage de réponse. Laura estimait qu'il devait se rendre à Galway sans tarder, mais Merridith craignait que sa présence n'aggravât les choses. Près de huit années s'étaient écoulées sans que le père et le fils eussent échangé un mot. Le comte n'avait pas même réagi à l'annonce de la naissance de ses petits-enfants ; il avait ignoré les tentatives successives de réconciliation de Merridith. Ce dernier ne pouvait envisager de se présenter chez son père sans prévenir.

– Dans ce cas écrivez et dites que vous y allez, que cela lui plaise ou non, insista Laura.

Mais le fils renié n'en avait pas été capable.

Il préféra écrire au recteur de Drumcliffe, Richard Pollexfen, sans lui parler du message qu'il avait reçu des fermiers ; il se contenta de demander des nouvelles du domaine. Une longue réponse lui parvint la semaine suivante. Le recteur remerciait Merridith de sa généreuse donation et l'assurait qu'il en ferait bon usage auprès des pauvres des environs. Les choses à Kingscourt allaient bien mal ces derniers temps. L'aile nord avait été fermée ; le toit s'était effondré. Les tempêtes de novembre dernier, qui avaient endommagé le manoir, avaient aussi abattu les jetées dans la baie. Les pêcheurs ne savaient plus où décharger leurs prises. Beaucoup en étaient réduits à la mendicité. Certains étaient entrés à l'atelier pour indigents. Depuis que le dernier domestique avait donné sa démission à son père, le manoir s'en allait à vau-l'eau. Seul le valet d'écurie, un dénommé Burke, était resté ; il habitait les ruines de la loge de garde qui avait brûlé. Le comte ne sortait plus guère de la maison.

Les loyers des fermiers avaient été augmentés d'un tiers en février, puis multipliés par deux au début de l'été. Chacune des trois mille familles avait reçu la visite d'un agent engagé pour l'occasion, qui leur avait annoncé que les loyers devraient être payés sans délai à l'avenir, sous peine d'expulsion au cours des semaines suivantes. De nombreux témoins avaient jugé la tournure des événements inexplicable. Lord Kingscourt, s'il avait une manière toute personnelle d'agir, avait toujours été considéré comme un propriétaire équitable. Mais ce n'était plus le cas. Certains de ses actes dépassaient l'entendement. Le recteur en personne avait tenté d'intervenir, mais Sa Seigneurie avait refusé de le rencontrer et n'avait pas même répondu à ses lettres.

De fait, environ un tiers du domaine semblait avoir été vendu à Blake de Tully. Le commandant avait immédiatement expulsé sept cents familles qui étaient en retard dans le paiement de leur loyer. La situation devenait critique. Une bande d'agitateurs qui se faisaient appeler « Les Partisans de l'Hibernie » ou encore « Les Redresseurs de torts » – vous leur obéissiez, sans quoi ils avaient vite fait de vous remettre dans le droit chemin – attaquaient depuis quelque temps les champs isolés des domaines du Connemara, mutilant le bétail et brûlant les récoltes. Ils écumaient la région, dissimulés sous des capuchons et de grands manteaux. Leur symbole était la lettre « H » entourée d'un cœur. Si un homme était dénoncé comme collaborateur par l'un de ses voisins, il ne tardait pas à recevoir la visite de ces misérables sauvages. Cette année, sept propriétaires du Connaught avaient été victimes d'agressions. Pour que l'un d'entre eux soit assassiné, ce n'était plus qu'une question de temps. « Les vieilles allégeances s'usent avec une soudaineté effrayante, comme les rivages de la baie après les tempêtes de novembre. » Les vieux clichés retrouvaient un pouvoir nouveau, car il était aujourd'hui permis d'énoncer cette vérité amère, que le Connemara se rapprochait dangereusement du précipice. Toutes les suppositions étaient permises quant à l'issue des événements, mais un soulèvement général n'était pas exclu. « Si Monsieur le vicomte pouvait songer à un moyen de détourner son père de ses méthodes présentes, il lui rendrait, ainsi qu'à l'ensemble de la population, un très grand service. »

Emily revint de son voyage en Toscane. Natasha quitta Cambridge, où elle avait entrepris des études à titre privé dans l'espoir d'être admise à passer sa licence. Toutes deux partirent pour Galway à Pâques 1845 et y restèrent. Les lettres qu'Emily envoyait à Londres exprimaient ses inquiétudes et son trouble. La pauvreté du peuple était effarante, écrivait-elle, et lui semblait pire que tout ce qu'elle avait connu, et de loin. Elle avait lu dans les journaux des articles se rapportant à l'apparition en Europe d'une nouvelle maladie de la pomme de terre, inconnue jusqu'alors ; si cette peste atteignait l'Irlande, il se produirait quelque chose d'abominable. Son père refusait de discuter de ses décisions. Sa manière de gérer son domaine ne regardait personne. Sa santé se détériorait à une vitesse consternante. Il pouvait à peine se tenir assis et ne pouvait rien faire sans aide. Au marché de Clifden, une femme avait craché aux pieds de Natasha. Un petit garçon avait crié : « Chienne de propriétaire ! » Un jour qu'elle se promenait, elle avait été suivie à travers champs par trois hommes encapuchonnés et drapés dans des manteaux.

En septembre, il devint clair que la brunissure inconnue était parvenue en Irlande. Douceâtre et suffocante comme un parfum bon marché, l'odeur des tubercules pourrissants viciait l'air du Connemara. Les pauvres n'avaient rien. Beaucoup mouraient déjà de faim. Lady Emily écrivit à son frère pour le supplier d'agir. Il envoya un don de deux cents livres.

C'est alors que son père mourut. Et puis tout changea. Il se rappelait les mots du télégramme d'Emily : « Les souffrances de papa touchent à leur fin. Il vous réclame, Davey. »

Cette nuit-là, il était parti pour Dublin avec Laura. Son père était mort le lendemain soir dans les bras de l'héritier qu'il avait chassé. Sous son oreiller il avait laissé un billet, assemblage de pattes de mouche à peine lisible. D'après sa date, il avait été écrit plus d'un an auparavant, et Merridith ne savait pas quelle éventualité était la plus terrible : que son père eût perdu la notion du temps, ou qu'il eût véritablement rédigé ce message un an plus tôt, sachant qu'il allait sombrer dans le néant. « Pardonne-moi, David. Enterre-moi auprès de maman. Fais l'impossible pour les fermiers, toujours. »

Les couleurs de l'Union qui avaient flotté sur son dernier bateau de guerre furent drapées sur le cercueil par le vice-roi d'Irlande. Dessus fut posée une paire de gants de daim qui avaient été offerts au défunt par Nelson à Copenhague. Sur le conseil du sergent de la police locale, des « surveillants » armés de fusils furent embauchés pour accompagner le cercueil, pour le cas où les « Redresseurs » viendraient l'attaquer. Les sabots d'un cheval sans cavalier sonnaient sur la route de Clifden, en tête de la procession. Merridith trouvait l'idée légèrement absurde, et il se demandait à qui on la devait.

Les routes étaient chargées de cette puanteur de saccharine ; les prairies si vertes au printemps s'étaient changées en marécages de poussière bourbeuse. Une cabane brûlait au flanc d'une colline semée de cailloux. De petits tas de vêtements traînaient dans les champs.

La plupart des propriétaires du comté qui résidaient sur leurs terres attendaient dans la chapelle obscure et transpercée de courants d'air. Amelia Blake et son époux, le baron de Leinster. Tommy Martin de Ballynahinch, Hyacinth D'Arcy de Clifden. Le catafalque près de l'autel avait été recouvert d'une bannière vert émeraude, ornée d'une imposante harpe d'or. C'était la volonté du défunt comte, expliqua le recteur ; l'étendard avait été drapé sur le cercueil de son propre père. Pas un seul des fermiers de Kingscourt ni des anciens fermiers ne vint. Bien des gens dans les rues de Clifden tournèrent le dos sur le passage du cortège. Un homme qui avait été expulsé cracha par terre. Un autre lança : « Puisse le salaud pourrir ! » Mais les membres du cortège feignirent de ne pas avoir entendu.

L'assistance tenta courageusement de chanter, et même d'atteindre à une certaine harmonie, mais les dix-neuf voix qui la composaient ne parvinrent pas à se faire entendre au-dessus de l'orgue.

Jésus Sauveur, sois mon guide
Sur la mer tempétueuse de la vie.
Des vagues inconnues roulent devant moi,
Me cachant les rochers et les profondeurs sournoises.
La carte et le compas viennent de Toi,
Jésus Sauveur, sois mon guide.

Le vice-roi jeta la première motte de terre dans la tombe. Il salua tandis que retentissait la sonnerie Aux morts !, mais il n'y eut ni allocution ni salve, le comte ayant bien précisé qu'il ne voulait ni l'une ni l'autre. Le recteur lut les versets du commencement de la Genèse : la création du monde, l'attribution d'un nom aux animaux. Le capitaine Helpman du corps des gardes-côtes déposa une couronne de lys blancs. Aussitôt que les prières d'adieu furent achevées, Merridith déclara qu'il avait besoin de rester seul un moment. Tous les assistants comprirent. On lui dit de prendre son temps. Il avait déçu le défunt, certitude éprouvante pour un fils.

Il se réfugia derrière l'église aux pierres noircies, défit le poignet de sa chemise et remonta sa manche. Il improvisa un tourniquet à l'aide de sa cravate de New College ; il prit ce dont il avait besoin dans la poche de son pardessus.

Lorsque la pointe lui perça la peau, il ressentit une légère brûlure, très précise. Une perle de sang brillant tremblait à son avant-bras ; il l'essuya avec un mouchoir au chiffre de son père. Une langueur l'envahit, une pesanteur soporifique. Il se retourna pour partir.

C'est alors qu'il la vit.

Debout devant le portail rouillé, un bébé dans les bras.

Elle portait un corsage noir et une jupe vert sombre, des bottines noires lacées, qui s'arrêtaient aux chevilles, et sans raison aucune il lui vint à l'esprit qu'il ne se rappelait pas l'avoir vue chaussée.

Un ruban était noué autour de son cou blanc comme la gelée, et une torsade de joncs séchés ornait son poignet fragile. Doucement, froidement, d'une voix calme et solennelle, elle fredonnait une ballade où il était question d'amour brisé. Derrière elle, des corneilles s'élevèrent au-dessus des broussailles comme des fragments de papier calciné emportés par la brise. Ses yeux avaient une expression vaincue, fermée ; c'était le seul changement qu'il pût déceler en elle. Il fut choqué de la trouver si peu différente. Un peu plus mince, peut-être. Un peu plus pâle. Mais sa chevelure était toujours aussi belle, noire et lustrée.

Il tenta de sourire. Elle ne lui répondit pas. Déboutonnant son corsage, elle donna son sein droit au nouveau-né et continua pour lui sa vieille chanson rythmée. Il la connaissait, il l'avait souvent entendue. Si vous la chantiez à un ennemi, disait-on, l'ennemi mourait.

– Mary ?

Elle recula d'un pas, brusquement, sans cesser de fredonner. Il regardait l'enfant minuscule qui tétait, et les doigts de la mère caressant sa tête duveteuse autour de la fontanelle. L'enfant s'agita et régurgita avec lassitude. La faiblesse secouait les jambes de celui qui les observait. Il voulait s'asseoir, il voulait courir. Une soif chaude, puissante, lui salait la bouche.

– Quelque chose ne va pas, David ?

Il prit conscience de la présence, derrière lui, de sa femme et de Johnnyjoe Burke. Sans dire un mot, elle lui avait tourné le dos et s'en était allée, serrant le bébé contre elle en se frayant un chemin à travers les orties. Il la regarda s'éloigner à travers le marécage de boue et d'épines. L'ourlet de sa jupe faisait voler les spores de l'herbe de Saint-Jacques.

– Monsieur le comte ? Êtes-vous malade, monsieur ?

Il parvint à rire :

– Pourquoi serais-je malade ?

– Vous êtes tout blanc, monsieur. Voulez-vous que j'aille chercher le Dr Suffield ?

– Non non. Ça m'a plutôt secoué, de revoir Miss Duane au bout de si longtemps, voilà tout.

Sa femme le regardait d'un air intrigué.

– Je n' me soucierais pas de celle-là, monsieur, à vot' place. Elle est devenue diablement bizarre !

– Comment s'appelait-elle au juste, Johnny ? Mary, ou quelque chose du genre, non ?

– Oh, celle-là, c'était pas Mary, monsieur. C'est sa sœur, Grace Gifford.

Merridith se tourna lentement vers lui.

– Vous ne voulez pas dire la petite Grace ?

– Elle est mariée à présent, monsieur. Elle habite Screeb.

Les chevaux empanachés de noir hennissaient tandis que le corbillard descendait la colline creusée d'ornières pour se diriger vers la ville affamée de Clifden.

– Et ses parents ? J'espère qu'ils vont bien tous les deux.

– La mère est partie, ça fait un an, monsieur. Le père six mois. Paix à leur âme !

– Oh, mon Dieu ! Je ne savais pas. Voilà de bien tristes nouvelles.

– Vous l'avez dit, monsieur ! La vieille Mrs. Duane – que Dieu la reçoive en son paradis –, elle vous était très attachée, monsieur. Elle parlait souvent de vous. Ah, ça oui !

– Moi aussi, je lui étais extrêmement attaché. C'était une personne très naturelle.

Ses paroles lui semblèrent si triviales qu'il se détesta. Il voulut dire à Burke que Margaret Duane avait été comme une mère pour lui, mais il se ravisa : cela pouvait paraître indélicat.

– Et… comment déjà… Mary… elle doit être mariée, à présent, je suppose ?

– Oui-da, monsieur. Ça fait dix ans et plus. Elle habite du côté de Rusheenduff. Elle a un petit bouchon à elle, maintenant, je crois. Une fillette, à ce qu'il me semble.

– Elle donne de ses nouvelles de temps en temps, non ?

– J' l'ai vue au marché de Galway l'autre semaine, si je me souviens bien.

Burke eut un geste signifiant qu'il souhaitait clore le sujet et contempla le sol pierreux. Il ajouta toutefois :

– Mais è' n' vient plus guère par ici, monsieur. Ça fait des années. Elle a son clan à elle, là-haut, à présent.

– Je me demandais… Serait-il possible d'aller sur la tombe de Mr. et Mrs. Duane ? Je voudrais leur rendre mes devoirs. Pensez-vous que ce soit faisable ?

– Vous n'avez pas beaucoup de temps, monsieur, je le sais. Il faut que vous rentriez à Londres le plus vite possible.

– Cela ne prendrait qu'une heure. Je suppose qu'ils sont à Carna, non ? A la chapelle catholique romaine ?

– J'ai l'impression que vous ne me comprenez pas, monsieur. Cela fait un moment que vous êtes parti.

– De quoi s'agit-il, Johnny ? Que voulez-vous dire ?

Burke répondit tout bas, comme s'il avait honte d'un crime :

– Leur tombe… on ne la connaît pas. Ils sont morts à l'atelier pour indigents de Galway.

CHAPITRE XXV

LE COMPTE IMPAYÉ

OÙ DAVID MERRIDITH PREND POSSESSION DE SON ROYAUME

Le tic-tac imperturbable de l'horloge de parquet, l'odeur de poussière et de vieux cuir qui lui rappelait tant le bureau du directeur à Winchester.

Il construirait une nouvelle jetée et un mouillage pour les pêcheurs, peut-être une école modèle pour les enfants des métayers. Il engagerait un véritable régisseur pour aider les fermiers : un homme du pays, un jeune, intelligent et juste. Et pourquoi ne l'enverrait-il pas en Écosse, à l'Institut d'agriculture ? Il enseignerait l'hygiène aux gens, leur apprendrait comment enrichir la terre. Il leur apporterait le bénéfice des idées modernes. Il les encouragerait à élargir leur mode de pensée démodé, à modifier leurs coutumes dépassées et leurs mœurs malavisées. Cette manie de compter sur une seule pomme de terre, la Lumper par exemple, alors qu'il ne faisait pas de doute qu'elle fût gravement sujette à la brunissure – il fallait mettre un terme à tout cela. Merridith s'en chargerait. Kingscourt serait le domaine le mieux dirigé d'Irlande, ou même d'Angleterre, pendant qu'il y était.

La lourde porte s'ouvrit, mettant un terme à ses réflexions. L'homme de loi entra majestueusement dans la pièce aux lambris sombres, tel un bourreau dans la cellule du condamné. Il s'assit derrière le bureau sans prononcer un mot et brisa le sceau du rouleau de parchemin.

– J'ouvre ici les dernières volontés et le testament de Thomas David Oliver Merridith, R.N., K.C.B. [1], amiral de l'Enseigne blanche

1. Royal Navy, Knight Commander (of the Order) of the Bath.

de la Flotte de la reine, Lord Kingscourt, vicomte de Roundstone, huitième comte de Cashel et Carna.

– Quoi ? Tout ça ? gloussa faiblement la tante douairière de Merridith, ce qui lui valut un regard désapprobateur de l'officier ministériel.

Le document commençait par une série de donations modestes : cinquante guinées à un fonds destiné aux pêcheurs indigents, soixante pour l'institution d'une bourse navale à Wellington College « destinée à un enfant des classes laborieuses qui souhaiterait servir son pays mais dont la famille ne posséderait pas les moyens financiers nécessaires à l'exploitation de ses talents ». Deux cents livres par an pour le nouvel atelier pour indigents de Clifden, « réservées à l'amélioration du sort des femmes et des enfants, mon fils bien-aimé David devant être l'administrateur principal et l'unique exécuteur testamentaire pour la totalité de mes biens ».

Sa collection de spécimens zoologiques disparus, d'une grande rareté, serait donnée « à une institution réputée se consacrant à l'étude du monde animal, et de préférence accessible aux pauvres et à la jeunesse, afin que les fruits d'une vie entière passée à cataloguer et à classifier puissent être partagés, et que soit plantée la semence du plaisir procuré par l'étude solitaire ». Il était stipulé que la collection devait être exposée tout entière, convenablement assurée pour la totalité de sa valeur, et baptisée « collection Verity Kingscourt » en souvenir de sa défunte épouse. L'aînée des sœurs de Merridith, Emily, reçut la bibliothèque de son père, ainsi que sa collection de cartes marines et de cartes géographiques anciennes. A son autre sœur, Natasha, étaient destinés des tableaux, les instruments de navigation paternels et son piano à queue Erard. De petites rentes avaient été instituées pour les deux filles du comte ; elles seraient « bien entendu supprimées à l'occasion de leur mariage ». Vingt livres allaient à Mrs. Margaret Duane de Carna « en remerciement des soins qu'elle a donnés à mes enfants ». Les deux meilleurs chevaux de Lord Kingscourt étaient légués à l'un de ses fermiers, John Joseph Burke, auquel il avait confié la responsabilité des écuries, « en témoignage de sa gratitude envers un ami loyal et fidèle ».

A la lecture de cette dernière phrase, Emily se mit à pleurer doucement :

– Pauvre père !

Merridith se leva vivement et lui prit la main, ce qui eut pour effet de la bouleverser davantage.

– Qu'allons-nous devenir sans lui, Davey ?

– Dois-je continuer, monsieur le comte ? demanda l'homme de loi sans s'embarrasser de précautions oratoires.

Merridith acquiesça. Il entoura sa sœur de son bras.

– « Le domaine, l'habitation, les dépendances, la pêcherie, la crémerie et les diverses autres terres actuellement en location à Kingscourt, dans le comté impérial de Galway, reviennent en totalité à la Law Life Insurance Company de Londres, au profit de laquelle lesdits biens ont été entièrement hypothéqués. »

Le tic-tac continu de l'horloge ; comme il semblait emplir la pièce ! En bas, dans la rue, passa une charrette. Il entendit le martèlement des sabots, le cri solitaire d'un marchand ambulant. Sa tante et ses sœurs ne lui jetèrent pas un coup d'œil. Elles savaient que l'indignité du moment interdisait les regards directs. Elles avaient baissé la tête, ou contemplaient leurs mains, tandis que la voix du notaire continuait sa sinistre énumération. Les cadences latines des lois anglaises. Les anciennes tournures françaises de cette poésie qui n'appartient qu'à la loi. La précision chirurgicale de l'exhérédation de Merridith.

Quand la lecture fut achevée, l'homme de loi exprima ses regrets. Il pria discrètement Merridith de demeurer un moment avec lui. Il restait à évoquer diverses questions. Il était inutile d'importuner maintenant les dames avec des préoccupations aussi insignifiantes ; leur douleur était trop légitime et trop récente.

Il sortit d'un tiroir un dossier de la taille d'une bible familiale, bourré de lettres de banques et de compagnies d'assurances, se rapportant à l'hypothèque de Kingscourt. Son père avait donné des gages sur la propriété quinze ans auparavant, afin d'investir des fonds dans une mine de bauxite, au Transvaal. Malheureusement il avait été mal conseillé et l'aventure avait tourné à la catastrophe. Il fallait espérer que la vente du domaine couvrirait au moins le capital. La valeur de la terre en Irlande dégringolait, ces temps-ci. Mais nous nous inquiéterions de cela quand viendrait le moment de s'en inquiéter. A chaque jour suffit sa peine. Et il y avait des questions dont il faudrait se préoccuper sans tarder.

Au cours des périodes de pénurie alimentaire, en 1822, 1826 et 1831, Lord Kingscourt avait dépensé des sommes considérables pour importer du grain destiné aux pauvres. Feu Lady Verity lui avait apparemment suggéré d'armer un brigantin et de l'envoyer en Caroline du Sud acheter une cargaison de farine indienne qu'il ramènerait à Galway ; l'idée lui avait coûté fort cher. Il n'appartenait pas au notaire de décider si l'entreprise avait été entièrement judicieuse. Une chose était certaine : le revenu des loyers promis ne s'était pas matérialisé à la suite de ces fâcheux événements. Pour tout dire, cela faisait plusieurs décennies qu'on laissait les terres se détériorer gravement et qu'on ne les entretenait plus de manière satisfaisante.

Tous les comptes du défunt lord étaient à découvert depuis plusieurs années. Il y avait divers autres emprunts impayés, parfois considérables et depuis longtemps échus, qui avaient permis des investissements substantiels et nombreux, lesquels tantôt n'avaient pas abouti, tantôt s'étaient révélés décevants au dernier point. On hésitait à employer un terme aussi indélicat, mais feu le comte était ruiné dans les faits s'il ne l'était pas nommément. De grosses sommes étaient dues à des négociants en vins et à des marchands de chevaux, ainsi qu'à des relieurs et à des fournisseurs de curiosités animales. Une somme fort substantielle avait été empruntée à un certain Blake de Tully quatorze ans auparavant, moyennant un intérêt modéré mais non négligeable. Le paiement de la dette était exigé, sans quoi le débiteur saisirait les tribunaux. Le commandant souhaitait étendre ses terres affermées, et il en était empêché par le non-paiement du déficit. De prime abord, le commandant semblait fondé à invoquer un délit par abstention. En tant qu'unique exécuteur, Merridith était personnellement responsable. Une action en justice serait coûteuse et extrêmement déplaisante.

Il y avait aussi le petit problème du propre compte du notaire qui grossissait depuis trente ans sans jamais avoir été honoré. Le moment était peut-être bien choisi pour éclaircir la situation, en quelque sorte. Il poussa le parchemin armorié à travers la table d'un air un peu contrit, comme s'il tendait un document pornographique qui lui faisait honte.

Avec cette somme, David Merridith aurait pu acquérir un hôtel particulier à Sloane Square.

– Vous accepterez un chèque en garantie, je suppose ?

– Oh ! Je ne crois pas que ce soit… – l'homme de loi s'interrompit. C'est-à-dire… – il s'arrêta et reprit : Quand il vous conviendra de vous pencher sur cette question, ce sera parfait, lord Kingscourt. Vous avez d'autres préoccupations en ce moment.

Merridith sortit son carnet de comptes et rédigea une traite de trente-cinq mille guinées, sachant qu'il avait moins de deux cents livres à la banque. Le notaire la prit sans la regarder et la rangea dans un dossier.

– Je suppose que Votre Seigneurie est un peu déconcertée par ces nouvelles.

– Comment cela ?

– Je veux dire ce qui concerne les terres irlandaises, etc. Votre Seigneurie devait nourrir certaines espérances.

– Mon père m'avait expliqué la situation il y a quelques années, bien entendu. Nous avions eu une bonne conversation. Je comprenais parfaitement sa position.

– Je n'imaginais pas que Votre Seigneurie et l'amiral étaient si proches. Il me semble que ce doit vous être un grand réconfort aujourd'hui.

– En effet.

– Vous étiez auprès de lui à la fin, sans doute ?

– Naturellement.

Le notaire acquiesça avec tact et baissa le regard.

– Si je puis me permettre, monsieur, votre père était un grand homme. Un homme qui méritait mieux que ce que la Providence lui a accordé. Nous qui étions destinés à entrer dans son orbite étions extrêmement privilégiés, c'est indiscutable. Encore fallait-il que nous le sachions.

– Sans doute, sans doute.

– Que voulez-vous… C'est ainsi. Nous ne connaissons ni le jour ni l'heure, monsieur.

– En effet.

– Enfin… Vous recevrez la chose la plus importante, bien sûr. Le trésor qu'aucune vicissitude ne peut jamais déprécier.

– Quel est-il ?

L'homme de loi le fixa comme s'il jugeait la question absurde.

– Eh bien, son titre, naturellement, lord Kingscourt ! De quoi d'autre pourrait-il s'agir ?

Le discours de début du neuvième comte à la Chambre des lords portait sur les modifications proposées au décret d'amendement de la loi sur le paupérisme de 1834 qui avait fait du travail disciplinaire une condition d'admission dans les ateliers pour indigents. Son discours fut rapporté dans le *Times* le lendemain matin sous le gros titre : « Nouvelles exhortations à la dignité au sein de la Chambre des lords ». Laura le découpa et le colla dans un album.

« Je remercie le noble lord de la chaleur de ses remarques, mais j'avoue ma honte d'être présent ce soir à la Chambre. Cet endroit qui a donné sa bénédiction à l'une des manœuvres les plus ignominieuses jamais issues d'un parlement civilisé ; cette invention répugnante visant à tordre le cœur de la veuve désespérée ; à refuser la main de l'amitié au vieil âge nécessiteux ; à incarcérer les enfants trouvés dans des bastilles d'oubli et à condamner à la mendicité les miséreux trahis et abandonnés. »

A trois cents milles au nord-ouest de l'endroit précis où il se tenait, une femme dépassait une borne sur la route de Chapelizod. Elle avait faim, cette vagabonde inutile, ce fourrage d'ouvroir. Ses pieds étaient en sang et ses jambes très flageolantes. Peu de temps auparavant, elle avait accouché dans un champ, mais le contribuable ne serait pas accablé pour maintenir l'enfant en vie. Elle cheminait lentement vers l'est, vers Dublin, et à côté d'elle coulait la Liffey, qui allait se jeter dans la mer. Sur la mer elle trouverait bien un bateau pour l'emmener à Liverpool. Glasgow ou Liverpool. Cela n'avait guère d'importance. Ce qui importait à la minute présente, c'était de tenir sur ses pieds lacérés, de continuer à marcher, de traverser la ville de Chapelizod. En cette soirée ensoleillée, son nom ne serait pas mentionné à la Chambre ; il ne le serait pas davantage le lendemain, dans le *Times*.

Comme elle atteignait une crête et apercevait la mer au loin, ceux qui discutaient de son sort de l'autre côté de cette mer remarquaient une chose curieuse : l'extraordinaire passion avec laquelle s'exprimait le nouveau pair. Combien étranges étaient son ardeur, son indignation évidente face au crime, alors que la galerie était presque aussi vide que la Chambre proprement dite ! Le Hansard[1] rapporte les termes d'une intervention courtoise :

« MONSIEUR LE PRÉSIDENT,

« Puis-je me permettre d'adresser une remarque au noble lord, sans déroger au respect que je lui dois ? Bien que certains nobles lords soient peut-être légèrement durs d'oreille, et bien que ses accents hiberniens soient plaisants au plus haut degré, il n'est vraiment pas utile de les amplifier au point d'atteindre à une telle intensité lyrique. » *(Rires dans la Chambre. Cris d'approbation : « Très bien ! Très bien [2] ! »)*

On eût dit qu'il ne faisait pas de discours du tout, déclarèrent un grand nombre d'assistants, mais qu'il s'en prenait à une personne présente, à un ennemi sur lequel il attendait depuis longtemps de fondre. Cela devenait encore plus étrange si l'on consultait les comptes rendus : l'homme qui avait appuyé le projet de loi initial était Thomas David Kingscourt de Carna, vicomte de Roundstone, père de l'orateur débutant.

*

Le directeur général de la compagnie d'assurances consentit à un compromis. Quarante mille guinées devraient être payées sur-le-champ, et les trois cent mille restantes à la fin de l'année. Il ne pouvait pas faire mieux. Des conditions aussi favorables n'avaient pu être envisagées qu'en raison de la position de Lord Kingscourt. Nul ne souhaitait causer la ruine d'un pair du royaume. Il était parfaitement impensable de mettre aux enchères les terres dont il avait hérité à la naissance. Il fallait bien que les anciens de Winchester College se tiennent les coudes, non ?

Les soirées littéraires cessèrent. Les sculptures furent vendues, puis les tableaux et finalement toute la bibliothèque. La fresque

1. Compte rendu officiel des séances du Parlement britannique.
2. Hansard, vol. 234, col. 21 (1846).

Renaissance fut acquise par un marchand de grains du Yorkshire qui se faisait construire un palais gothique à côté de Sheffield. Le total des sommes obtenues frisait les dix-neuf mille guinées. Cela ne suffisait pas, déclara la compagnie.

Laura vendit les bijoux qu'elle avait hérités de sa mère, après avoir fait réaliser une copie en strass de chaque pièce. Elle n'osa pas informer son père de la décision qu'elle avait prise, ni des circonstances qui l'avaient poussée à la prendre. La découverte du sacrifice de sa fille, ou celle de ses motifs, eût suffi à le rendre fou furieux. La vente aux enchères chez Sotheby rapporta six mille guinées, chiffre décevant par rapport à la valeur réelle des bijoux. Cela ne suffisait toujours pas, affirma le banquier de la compagnie. L'acompte exigé était de quarante, sans quoi les terres seraient vendues.

Le loyer de la maison de Tite Street était de huit mille guinées par an. S'ils y renonçaient et s'ils retiraient les enfants de l'école, ils réuniraient tant bien que mal les quarante mille exigées. Le projet fut présenté aux garçons comme une grande aventure ; ils servirent la même version au père de Laura. La famille s'installerait quelque temps à Galway. L'air pur, les champs sans enclos, les terres ancestrales.

Ils arrivèrent à Kingscourt en août 1846 pour trouver une forêt de tipis dans la prairie de Lower Lock, où les fermiers expulsés par Blake avaient installé leur campement. La fumée de leurs feux se voyait à cinq milles à la ronde. Il était question d'une épidémie de fièvre typhoïde. Quand Merridith se présenta à la population de Kingscourt, bien des gens refusèrent de lui parler, ou même de le regarder ; certaines femmes pourtant vitupérèrent sa crapuleuse famille.

Le soir, il voyait les hommes en colère se réunir dans la pénombre. Des foules de cinquante ou cent malheureux s'assemblaient sous les arbres. Il chargea la police de faire savoir qu'il ne tolérerait aucune agitation. Il ne chasserait personne de ses terres en ces temps difficiles, mais il existait des règles auxquelles il fallait se plier. Toute personne portant une arme à feu serait arrêtée et expulsée. A sa demande, Johnnyjoe Burke équipa les fenêtres de barreaux.

L'eau passait à travers la toiture ; tout moisissait dans la maison. Ils cherchaient des domestiques : personne ne répondit à leurs annonces. Ils s'installèrent à l'arrière du château, dans les pièces réservées aux domestiques, pour ne plus entendre les gens crier la nuit. Ils voyaient les visages ravagés de ceux qui regardaient à travers les carreaux. Les visages faméliques des enfants en larmes. Les garçons n'osèrent plus sortir tant ils avaient peur. Laura refusa de quitter la maison sans se munir d'un pistolet, si elle n'était pas accompagnée d'un garde du corps armé. Merridith en vint à redouter d'ouvrir les rideaux le matin, sachant qu'une douzaine de tentes auraient poussé dans la nuit. Au début de septembre la multitude des sans-logis recouvrait la prairie tout entière, et leur colonie se répandait dans les champs au loin.

La police se présenta chez lui et exigea que les terres fussent vidées de leurs occupants. Le camp, qui avait atteint les dimensions d'une petite ville, constituait une grave menace pour la santé et la sécurité publiques. Trois mille personnes campaient sur le domaine et toutes, de la première à la dernière, étaient favorables aux « Redresseurs ». Il renvoya les représentants de l'ordre en les priant de ne plus revenir. Il ne pouvait jeter sur les routes des familles affamées.

Il écrivit plusieurs fois à Londres en insistant pour que l'on envoie des secours supplémentaires. Il fallait que cessent tous ces discours à propos de « travaux publics » organisés pour secourir les sinistrés. Le peuple avait besoin de nourriture ; il était trop faible pour qu'on lui demandât de travailler pour la gagner. S'il était vrai que la récolte de l'année n'avait pas été entièrement perdue, elle était bien trop faible et trop dépourvue d'éléments nutritifs, car elle provenait des semences pourries par la brunissure de l'an passé. Et bien des gens n'avaient pas de terre où faire pousser ces misérables graines. On les expulsait par dizaines de milliers.

En octobre eurent lieu les premiers décès au sein du campement. Quatre le premier jour, neuf le suivant. Dès novembre il mourait quatre-vingts personnes par semaine. Il chargea Burke d'appliquer une couche de vernis noir sur les fenêtres des garçons.

Ils passèrent Noël dans la maison de ville des Wingfield, à Dublin. Les garçons avaient supplié leurs parents de ne pas les ramener à Galway le 31 décembre. Les Wingfield partaient pour la Suisse, où ils comptaient passer quelques mois de vacances ; quand ils proposèrent d'emmener les garçons, Lord et Lady Kingscourt acceptèrent. Laura était invitée elle aussi, mais elle refusa bravement. Il lui faudrait rester aux côtés de son époux désormais.

Le soir du nouvel an, ils arrivèrent à Kingscourt pour trouver un cordon d'agents de police armés déployé autour de la maison. Un informateur les avait avertis de l'imminence d'une attaque des Redresseurs. Près de deux cents métayers étaient morts la semaine de Noël. Le sergent n'autoriserait les Merridith à pénétrer dans le château que s'ils acceptaient d'héberger cinquante hommes de troupe à l'intérieur du bâtiment.

Le 6 janvier 1847, Merridith repartit seul pour Dublin. Laura était alitée ; le médecin craignait une pneumonie et il n'était pas question pour elle d'entreprendre le voyage. Elle l'avait supplié de rester : le voyage était dangereux. On racontait maintenant que des propriétaires terriens et leurs agents avaient été victimes d'agressions sur la route de Dublin. Mais il n'avait guère le choix. Il n'avait pas le choix du tout. Un document était arrivé en leur absence pendant les fêtes de Noël. C'était un avis d'expulsion du domaine de Kingscourt.

L'attitude du représentant de la compagnie le choqua. Il s'était attendu à rencontrer le directeur général, Lord Fairbrook de Perthsire, neuvième duc d'Argyle. Mais des excuses avaient été transmises par le directeur du bureau de Dublin. Sa Seigneurie avait été retenue par une séance tardive à la Chambre. Il avait envoyé à sa place Mr. Williams, du bureau des recouvrements. Lord Kingscourt se trouva en présence d'un petit Londonien chauve qui suait comme un furieux et semblait capable de tuer un chien à coups de pied s'il se permettait d'aboyer.

– Avez-vous apporté le nécessaire ?

– Je vous demande pardon ?

– Avez-vous apporté la somme nécessaire au remboursement de votre dette, monsieur ?

– Pas aujourd'hui. Je pensais que nous pourrions sans doute trouver un compromis. Lord Fairbrook et moi-même en avons déjà discuté.

Williams opina distraitement du chef et se mit à écrire dans son grand-livre.

– Il m'a semblé qu'une période de trois ans conviendrait parfaitement, poursuivit Merridith.

Williams ne répondit rien. Il s'essuya la bouche avec un mouchoir.

– Je préférerais cinq ans, mais je crois que trois amèneraient déjà des résultats. Mes projets sont exposés dans le document que je vous ai donné. Vous y trouverez les coûts et le reste. Je puis vous assurer que tout est en ordre. Il faut surmonter la crise, voilà tout !

Williams acquiesça encore sans lever les yeux de son livre. Il tripotait sa moustache luisante de graisse en écrivant. A la fin, il apposa un sceau sur la page qu'il venait de remplir et ferma le registre avec un bruit sourd, si brusquement qu'un nuage de poussière s'en échappa.

– Vous n'avez pas réussi à rembourser l'hypothèque. Les biens seront vendus le plus tôt possible. Les terres sur lesquelles vivent encore des métayers devront être libérées.

– J'ai bien peur que ce ne soit absolument hors de question.

– Ce sera fait, lord Kingscourt, que vous vous en chargiez ou non. Une terre dont les locataires ne paient pas de loyer ne rapporte rien. De plus, leur occupation prolongée lui fait perdre de sa valeur.

– Leur occupation ?

– Comment appelleriez-vous cela, lord Kingscourt ?

– Certains de ces gens vivent sur ces terres depuis cinq cents ans. Longtemps avant que ma famille se soit installée dans le Connemara.

– Cela n'intéresse en aucune façon la compagnie.

– Je connais très bien la compagnie, je vous remercie. Le directeur général est un ami de longue date de ma famille.

– Lord Fairbrook est parfaitement au courant de la situation, lord Kingscourt. Je puis vous assurer que j'agis selon ses directives. Les terres seront libérées, voilà tout.

– Et comment voulez-vous que je m'y prenne ? Dois-je jeter dehors des gens qui meurent de faim ?

– Je me suis laissé dire qu'il y a des professionnels de ce genre de travail.

– Des brutes soudoyées, vous voulez dire ? Des chasseurs de pauvres ?

– Appelez-les comme vous voudrez. Ils font respecter la loi.

– Aucun huissier n'a jamais mis le pied sur la terre des Merridith. Pas une fois depuis deux cents ans que ma famille est établie à Galway.

– Ce n'est pas la terre des Merridith, monsieur. Elle appartient à la compagnie. Vous aviez promis de rembourser et vous ne l'avez pas fait. Vous n'avez pas été capable de respecter vos engagements, monsieur, absolument pas. Il eût été permis de supposer que les satisfaire serait pour vous une question d'honneur, mais il apparaît clairement que vous n'êtes pas lié par votre parole.

– Comment diable osez-vous me parler sur ce ton, monsieur ? Je ne tolérerai pas qu'un usurier mal déguisé en use ainsi avec moi !

– Vous ne dédaignez pas de vous servir quand cela vous convient, monsieur le comte. Vous vivez en invité sur des terres qui ne vous appartiennent pas.

– J'occupe, moi aussi, si je comprends bien ?

– Vous occupez depuis très longtemps, monsieur. Au moins, eux payaient quelque chose pour habiter le domaine !

– Jamais je ne me déferai de mes titres de propriété.

– Les titres sont déjà en notre possession, je puis vous l'assurer. Tous les autres documents peuvent être obtenus par les voies judiciaires. Les juristes de la compagnie contrôlent parfaitement la situation.

– Je ne doute pas… qu'il soit possible de prévoir une compensation quelconque pour les familles.

Williams eut un rire froid.

– Vous plaisantez, monsieur ?

– Je ne comprends pas. Que voulez-vous dire ?

– Ce n'est pas la compagnie qui profite du labeur de vos fermiers depuis deux cents ans. Dans ces conditions, pourquoi devrait-elle maintenant offrir une compensation ?

– Ils sont complètement démunis. Je ne peux pas croire que vous n'en soyez pas conscients.

– Vous pouvez les expulser et les dédommager comme il vous conviendra. Si vous ne le faites pas, nous les expulserons sans compensation. C'est à vous de choisir. Vous avez jusqu'au 1er juin. Les expulsions commenceront à cette date. Ensuite les terres seront vendues le plus tôt possible.

– Je ne vous demande qu'un court répit. Deux ans, pas davantage.

– Le temps est écoulé. Je vous souhaite le bonjour, lord Kingscourt.

– Un an, dans ce cas. Je vous en prie. Vous pouvez quand même m'accorder un an.

Williams désigna la porte de sa plume dégoulinante.

– Je vous souhaite le bonjour, monsieur le comte. J'ai d'autres rendez-vous. Je prends le bateau de sept heures, ce soir.

Le crépuscule était tombé quand il sortit du bureau. La neige fondue gargouillait le long des rues semées d'ordures. Une jeune fille qui avait l'air d'une femme de chambre embrassait un soldat sur le seuil d'une boutique. Un trio d'écoliers les observait en riant. Il marcha un moment parmi la foule et les mendiants ; arrivé à College Green, il passa sous les élégantes colonnades du Parlement. Il descendit vers le fleuve et Sackville Street. La Liffey lui parut noire et inquiétante. Un grand vaisseau était amarré au quai de la rive sud ; ses trois mâts dénudés tendaient leurs gréements en toiles d'araignée. Des escouades de manœuvres déchargeaient des tonneaux pour les empiler sur la pierre humide et grise du quai.

Un éclair claqua violemment au-dessus du dôme de l'office des douanes. Il se remit en marche dans un brouillard de grêlons cinglants. Une page échappée d'un journal lui frappa la poitrine. Il se dit qu'il ne savait pas où il allait ; mais cela, au moins, il le savait. C'était la seule chose, peut-être, qu'il savait.

Il luttait à présent, il repoussait la dalle du vent en traversant le pont glissant ; les pans de son manteau voletaient. Du haut de sa colonnade, Nelson à la silhouette sévère le fusillait de l'œil ; il avait l'air d'une idole de l'île de Pâques dans son uniforme de granit. Autour du piédestal, les camelots remballaient leur marchandise. Une colonie de mouettes s'abattit sur les détritus, avant de remonter en se chamaillant à deux ou à trois. Il parvint bientôt à Faithful Place, puis à Little Martin's Lane. Les rangées de maisons devenaient plus sombres et les habitants plus miteux. Avec leur regard fixe, les logements sans fenêtre ressemblaient à des têtes de mort. Puanteur de charbon humide et de vêtements jamais lavés. En se faufilant par les ruelles qui menaient au Diamond, il aperçut un petit cercle de galopins au visage noir recroquevillés autour d'un brasier. L'angélus sonna au clocher de vingt chapelles.

Le fracas du tonnerre. La rengaine stridente qui rythme le saut à la corde. Un type qui avait plus ou moins l'air d'un vieux soldat se traînait dans la rue avec un panneau sur lequel il avait peint : « Repentez-vous ! » ; mais les lettres avaient commencé à baver sous la pluie.

Un gars tentait sa chance, perché sur un tonnelet métallique crasseux ; il proclamait les vertus miraculeuses d'une potion, espérant trouver des amateurs. Deux marins se hâtaient, abrités sous une ombrelle rose de jeune fille. Les femmes se disposaient à se mettre à leur travail nocturne.

Certaines étaient assises sur le rebord de leur fenêtre, à siroter des tasses de thé. D'autres, debout sur le seuil de leurs petites maisons sombres, appelaient doucement les passants :

– Bonsoir, mon mari.

– Bonne nuit, mon canard.

– J'ai ce qu'il te faut, mon chéri. Du beau et du tout frais.

Il traversa Mecklenburgh Street dans ses bottines qui prenaient l'eau et suivit sans y prendre garde la minuscule ruelle qui reliait Curzon Street et Tyrone Street, si étroite que l'on pouvait toucher les deux murs en marchant. Un vagabond s'était écroulé dans l'encoignure d'un porche nauséabond ; de sa voix pâteuse d'ivrogne, il fredonnait un air de music-hall bien rythmé. Il parvint à une maison. S'arrêta. Leva les yeux. Une lumière rouge brûlait à la fenêtre d'une mansarde, semblable à la lueur qui vacille devant le tabernacle, dans les églises catholiques. Il retira son alliance et la glissa dans sa poche, puis frappa à la porte garnie de verrous.

Le guichet s'ouvrit brusquement. Des yeux morts se posèrent sur lui. Le guichet se referma d'un coup sec et la porte s'ouvrit.

Le portier disparaissait sous un capuchon de grosse toile noire. Il portait un long manteau, également noir, sous une veste verte en cuir épais. Un gourdin était coincé au creux de son coude, une chaîne où glisser le poignet accrochée au manche.

– Cinq, murmura-t-il en lui mettant sous le nez sa paume gantée.

Merridith y déposa deux demi-couronnes.

L'homme claqua la porte derrière lui et la verrouilla.

On lui fit descendre une volée de marches fort raides. Derrière une porte un piano criard égrenait « *Bucks of Oranmore* ». Un peu plus loin, une autre porte était entrebâillée ; trois filles cadavériques, chacune assise sur les genoux d'un soldat de cavalerie, avaient gardé leur corset.

La tenancière était une autochtone musclée, convenablement vêtue, qui s'exprimait avec l'accent séculaire des quartiers affranchis du centre de la ville. Elle fumait une cigarette turque au bout d'un fume-cigarette d'ivoire ; sur sa poitrine étincelait un extraordinaire collier de pièces d'or. Le visiteur fut accueilli avec une hospitalité toute professionnelle. Prendrait-il une tasse de thé ? Un bon grog bien chaud ? Elle s'exprimait comme une aubergiste disposant d'un peu de temps à tuer.

– Vous n'êtes pas un enfant de Dublin, monsieur. Si j'en crois votre agréable façon de parler. Votre Grâce serait-elle anglaise ? Commerce ou plaisir ? Eh bien, je vous souhaite la bienvenue en tout cas, mille fois la bienvenue. Il n'y a pas d'étrangers ici, monsieur. Simplement des amis que nous ne connaissions pas. Et Votre Grâce aurait bien envie d'un peu de sport, je suppose, par un froid pareil, monsieur. Pour oublier tous les soucis et les ennuis de la journée. Demain il sera toujours temps de penser aux chagrins, me direz-vous.

Merridith acquiesça en frissonnant dans le courant d'air. Elle émit un gloussement discret, comme si elle jouissait de son embarras.

– Et pourquoi pas, me direz-vous ? Est-ce qu'on ne sera pas mort pour longtemps ? Que le diable m'emporte si une cabriole a jamais fait le moindre mal ! Nous allons vous colophaner l'archet, monsieur, que vous m'en direz des nouvelles !

Sa main tremblait très fort lorsqu'il tendit l'argent. L'homme au masque avait réapparu et lui désignait un couloir que Merridith n'avait pas remarqué. Il monta quelques marches et franchit un palier minable. Il entra dans une pièce sombre et se déshabilla à la hâte. Couché sur le matelas répugnant, il se rendit compte qu'il pleurait, mais il s'essuya les yeux. Il ne voulait pas pleurer. L'air puait la sueur, la putréfaction et le pipi de chat, mais l'odeur était noyée sous une touffeur de parfum douceâtre. De la rue montaient des rires stridents ; le pas lourd des chevaux traînant leur charrette sonnait sur les cailloux.

Il lui sembla qu'un long moment s'était écoulé avant que s'ouvre la porte noircie. La fille entra sans bruit, comme si elle était fatiguée. Elle tenait une chandelle dans une main, une serviette déchirée dans l'autre. Sa chemise avait été entrouverte de manière à laisser voir ses seins. Son visage, creusé comme un masque mortuaire, était peinturluré de rouge à en devenir grotesque.

– Bonsoir, monsieur, dit-elle.

Et le silence s'installa.

La flamme de la chandelle vacilla.

C'était Mary Duane.

« Il n'y a pas de mots pour décrire l'étrange aspect des enfants de la famine. Jamais je n'ai vu de regard aussi brillant, aussi bleu, aussi clair, fixer le vide avec une telle constance. Je n'étais pas loin d'imaginer que les anges de Dieu avaient été envoyés pour dessiller les yeux de ces petites créatures patientes qui se mouraient, et leur révéler les béatitudes d'un autre monde. »

Elihu Burritt, *Journal d'une visite de trois jours à Skibbereen*, Londres, 1847.

CHAPITRE XXVI

COMPTE RENDU DE NAVIGATION

DIX-NEUVIÈME JOUR DU VOYAGE, AU COURS DUQUEL CERTAIN ÉLÉMENT D'INFORMATION DES PLUS ALARMANTS EST FOURNI AU CAPITAINE

Vendredi 26 novembre 1847
Il reste sept jours de navigation

LONG. : 48° 07' 31"O. LAT. : 47° 04' 02 "N. HEURE DE GREENWICH : 02h31 (27 novembre). HEURE LOCALE A BORD : 23h19 (26 novembre). VENT : E. (92°), force 6. MER : très fortes vagues. CAP : O. 267°. TEMPS ET REMARQUES DIVERSES : rafale de vent maximale enregistrée : 51 nœuds. Voile artimon arrachée. Mer bouillonne sur l'est du Grand-Banc de Terre-Neuve.

Le boiteux est enfermé. Depuis trente-six heures il dort presque sans interruption. Mangan, notre médecin de bord, a nettoyé les blessures de son visage; il s'agit de lacérations légères et de contusions. Pas d'os brisés. Il semble que son nom soit bien « Mulvey » comme on l'a dit. Je me trompais en l'appelant « Swales » ; mon erreur était due au nom inscrit sur sa bible, mais il semble qu'un ami la lui ait donnée. Selon Leeson, il ne faut faire aucune confiance à cet homme. Cependant, aucun homme au monde n'est assez intégralement mauvais pour que la vie ait étouffé en lui toute trace de bonté.

Hier soir sont décédés sept passagers de l'entrepont et leurs dépouilles mortelles ont été livrées aux flots. Ils se nommaient John Barrett, George Fougarty, Grace Mullins, Denis Hanrahan, Alice Clohessie, James Buckiner et Patrick Joseph Connors. Que Dieu les reçoive en son paradis.

Peu après l'aube nous aperçûmes le brigantin *Morning Dew*, parti de La Nouvelle-Orléans et faisant route vers Sligo. Nous envoyâmes les signaux d'amarrage; bien reçus, ils nous furent renvoyés.

Nous jetâmes l'ancre par 47° 01' 10"O., 47° 54' 21"N. et organisâmes une équipe destinée à accoster. Je me rendis à bord, ainsi que le responsable de la poste, Wellesley, et plusieurs hommes d'équipage (de même qu'un certain nombre de passagers parmi les plus robustes et un jeune garçon) afin d'effectuer l'échange des sacs postaux et de confier au *Morning Dew* une enfant de sept ans, Eliza Healy, dont le père et la mère étaient morts à bord et qui n'avait aucun parent susceptible de l'accueillir en Amérique.

Le capitaine Antoine Pontalba de Shreveport m'offrit l'hospitalité de sa cabine, ainsi que du café et un peu de cognac (excellent pour mes bronches). Il me donna des nouvelles fort alarmantes.

Il me demanda tout d'abord si nous faisions route vers Québec, et quand je lui eus répondu par la négative, il déclara que cela valait infiniment mieux. Nous nous entretînmes des événements épouvantables qui s'y étaient produits l'été dernier* et qui alimentaient toujours le gros des conversations sur son navire. Je fus extrêmement alarmé quand il me déclara que le fléau n'avait pas fini de sévir et qu'il fauchait encore des centaines de victimes chaque semaine. J'avais cru ces maux terribles éteints, mais je me trompais, hélas ! Certains prétendent même que le pire est à venir.

Le capitaine Pontalba me confia que son second avait rencontré à La Nouvelle-Orléans un homme qui arrivait du Québec en affirmant qu'une vaste portion du Saint-Laurent, dont le cours constitue l'accès principal au Canada, était entièrement gelée, de même que d'énormes étendues de terre sur les rives du fleuve ; il parlait de plusieurs vingtaines de milles, de chaque côté. Ce négociant en fourrures, originaire de Russie, était intarissable lorsqu'il se lançait dans le récit des souffrances endurées par les infortunés habitants de la région. Son anglais n'était certes pas très bon, mais le sens général de ce qu'il racontait était abominable.

* Le capitaine Lockwood fait allusion à la tragédie qui se déroula à Grosse-Île durant l'été 1847, au cours duquel les services de quarantaine du Saint-Laurent croulèrent sous le nombre affolant des immigrants malades et affamés, dont beaucoup venaient d'Irlande. Des milliers d'entre eux moururent. Québec et Montréal connurent des épidémies de fièvre dévastatrices. Au moment du voyage de l'*Étoile*, le fleuve était en réalité fermé à toute espèce de navigation, et les autorités commençaient au moins à maîtriser la catastrophe ; mais il ressort clairement de ce qui précède que de terribles récits des événements circulaient encore parmi les voyageurs. – G.G.D.

Il semble que quarante navires au bas mot attendent d'être admis au Canada, formant une file de plusieurs milles le long du fleuve ; à leur bord s'entassent plus de quinze mille émigrants, dont la plupart viennent d'Irlande. Nombre d'entre eux ont contracté le choléra et le typhus ; il est impossible de les soigner, comme de les mettre en quarantaine. On rapporte que sur certains bâtiments hommes, femmes, enfants, tous sont atteints, aussi bien les passagers que l'équipage : nul n'a échappé à la contagion. Sur deux navires, dit-on, tous ont péri ; il ne reste pas une âme à bord. Il n'est pas permis d'espérer une atténuation de cette calamité, avec son immense cortège de morts.

Comme si ces affreuses nouvelles ne suffisaient pas, on chuchotait que les autorités de New York et de Boston pourraient bien renvoyer tous les navires en provenance d'Irlande, car de nombreux vaisseaux empêchés de pénétrer au Canada engorgeaient maintenant ces deux ports, et les autorités de New York redoutaient grandement les épidémies.

Je le suppliai de n'en informer aucun de mes passagers, mais je crois qu'il était trop tard, car, une fois dans le canot, je notai que plusieurs d'entre eux avaient l'air bien effrayés et abattus. J'enjoignis au maître d'équipage de cesser de ramer quelques instants et déclarai à tous ceux qui avaient accosté avec moi que nous avions le devoir solennel de ne pas inquiéter nos congénères et que le meilleur ami du voyageur était le sang-froid. Tous convinrent de garder le secret, y compris le jeune garçon qui avait très peur. Mais dès que nous fûmes remontés à bord de l'*Étoile* et que nous eûmes largué les voiles, je remarquai que nombre de passagers se rassemblaient sur l'avant-pont, arborant un visage des plus sombres. Ils se mirent aussitôt à invoquer tout haut la Mère de Jésus, avec la ferveur incantatoire qui leur est propre, en récitant la longue litanie des noms étranges qu'ils lui donnent.

Ma longue expérience m'a appris que c'est le signe d'une profonde terreur.

J'allai m'étendre dans ma cabine, avec l'intention de me reposer un moment, mais je sombrai dans un sommeil profond et très agité. Et je rêvai que je contemplais le navire d'une hauteur terrifiante et que sa coque demandait grâce à la Reine des Cieux.

CHAPITRE XXVII

Samedi 27 novembre 1847
Vingtième jour

50° 10' 07 "O.; 43° 07' 01 "N.

Ô
Terre
non semée,
Ora pro nobis.
Fontaine choisie, *Ora*
pro nobis. Délivrance
d'Adam, *Ora pro nobis.*
Avocate d'Ève, *Ora pro nobis.*
Aqueduc de Grâce, *Ora pro nobis.*
Fiancée du Cantique, *Ora pro nobis.*
Pluie venue des Cieux, *Ora pro nobis.*
Porte de l'Orient, *Ora pro nobis.* Fleur de
la Racine de Jessé, *Ora pro nobis.* Puits promis
aux assoiffés, *Ora pro nobis.* Épouse du Très-Haut,
Ora pro nobis. Lys parmi les épines, *Ora pro nobis.*
Rose immortelle, *Ora pro nobis.* Jardin clos, *Ora pro*
nobis. Temple de l'Incarnation, *Ora pro nobis.* Maison
d'Or, *Ora pro nobis.* Épouse de Joseph, *Ora pro nobis.*
Prairie épargnée par les labours, *Ora pro nobis.* Tour
d'ivoire, *Ora pro nobis.* Trône de Dieu, *Ora pro nobis.*
Immaculée, *Ora pro nobis.* Vierge revêtue de lumière,
Ora pro nobis. Trône de la Rédemption, *Ora pro nobis.*
Plus pure que le Séraphin, *Ora pro nobis.* Trésor de
Sainteté, *Ora pro nobis.* Plus resplendissante que les
prairies du Paradis, *Ora pro nobis.* Miroir de Pureté,
Ora pro nobis. Cathédrale inexpugnable, *Ora pro nobis.*
Colombe sans tache, *Ora pro nobis.* Vase de dévotion,
Ora pro nobis. Source de virginité, *Ora pro nobis.* Vierge
très pure, *Ora pro nobis.* Toi qui ignores les ruses d'Ève,
Ora pro nobis. Toi qui as vaincu le serpent, *Ora pro*
nobis. Espoir des Exilés, *Ora pro nobis.* Citadelle
de David, *Ora pro nobis.* Reine de l'Afrique,
Ora pro nobis. Notre sœur et notre mère,
Ora pro nobis. Marie Immaculée Étoile
de la mer, *Ora pro nobis. Ora*
pro nobis. Mea maxima
culpa. Ora pro nobis.

CHAPITRE XXVIII

LA DÉNONCIATION

OÙ UN DOCUMENT
MIS A JOUR A LA DEMANDE
DE L'AUTEUR EST RÉVÉLÉ AU LECTEUR
(QUI COMPRENDRA
CE QU'IL SIGNIFIE)

ASSISES DE SA MAJESTÉ IMPÉRIALE
PIÈCE N° 7B/A/11 *

Avril 1847,
Galway,
au capitaine des gare-aux-redresseurs.

*mon nom est Mary D**** et je suis d'une bonne famille. j'étais marié à N******* M***** d'A'nagcraomha pendant près de treize an et cinq mois avant qu'il mette fin par la noiade à sa propre vie et à celle de notre nouveau-né (une fille) A**** M**** M**** la veille de Noël 1845.*

* Document découvert cinq ans après le voyage par un détective que G.G.D. avait chargé de mener des investigations à Dublin. Copie au net. Original égaré. Témoignage enregistré par le ministère public aux assises de Galway, le 6 juin 1849. « Procès de James O'Neill, agriculteur, précédemment domicilié à Kilbreekan, Rosmuck (expulsé), alias "Capitaine Clair de Lune" ou "Capitaine de l'Obscurité", d'un groupe d'agitateurs connu sous divers vocables : "Les Hiberniens", "Les Défenseurs hiberniens", "Les Redresseurs" ou "Gare-aux-Redresseurs" ; accusé de

je remet cette lettre à quelqu'un qui j'en suis sûre saura à qui la donner. que Dieu vous envoie la prendre car il faut qu'elle le soit.

je pars bientôt pour l'amérique et ne reviendrai jamais chez nous c'est pourquoi je veux dire ce qui suit et j'espère que vous et vos homme feront le nécessaire. je sais que les gens dans ce pays chrétien d'hypocrites me méprisent et répandent de la boue et des ragots sur mon nom et je m'en vais alors maintenant cela ne me fait ni chaud ni froid ce qu'ils peuvent dire mais voici la vérité toute entière.

*quand j'avais dix-neuf ans j'était promise à un certain p**s M***** d'A'nagcraomha, l'unique frère de N******* M*****, celui qui avait été prêtre. et je le jure sur ma vie, aucun homme ne m'a jamais connue avant lui. le même p**s M***** m'a mise dans une certaine situation et puis il a décampé à mon grand désespoir. il m'a trahie. je fus chassée de ma maison par mon père à cause du déshonneur et un temps j'ai traîné sur les routes mais ensuite j'ai habité avec mon beau-frère et ma sœur à screeb. et lui qui m'a déshonorée le joyeux laboureur vagabond.*

*son frère N******* était prêtre à **** *****. quand il a appris l'état que je me trouvais il est venu me voir et il a dit qu'il était navré et qu'il avait honte de la vile fourberie de son frère et de sa malhonnêteté envers moi. il a dit qu'il cesserait d'être prêtre et qu'il m'épouserait et qu'il élâverait mon enfant si je voulais bien de lui. d'abord j'ai dit que non mais il insisté qu'il le ferait et qu'il ne voulait pas qu'un petit engendré par un M***** devienne un bâtard et que sa mère soit déshonorée. j'ai dit que ce serait mal de sa part et que c' n'était pas la volonté de dieu mais il ne voulait pas qu'on lui cause de n' plus êt' prêtre et il l'a fait de toute façon et il revenait toujours sur le mariage. Nous nous sommes épousés à la chapelle de C. (mon village) le 9 juillet 1832 et je suis montée à tully pour vivre avec lui sur la terre de sa famille.*

destruction des biens d'autrui, voies de fait, violence envers agent de la force publique, conspiration en vue d'assassinat, incitation au meurtre et appartenance à une organisation spécifiquement interdite par la loi. Document trouvé par des gardiens de la paix lors d'une fouille du refuge de l'accusé, dans l'île de Hayes. » (Il fut pendu à la caserne de Galway le 9 août 1849. Bon nombre de ceux qui comparaissaient avec lui furent déportés à vie à Botany Bay pour avoir fait partie de la « Fraternité républicaine irlandaise » ou du parti des « Fenians ».) Les noms ont été retranchés par le greffier du tribunal.

j'ai accouché d'un enfant mort né (requiescat in pace) un mois plus tard mais nous étions mariés et rien à faire pour annuler ni légalement ni religieusement.

*N******* M***** était un homme sobre et honnête mais pendant maintes années nous n'avons pas vécu comme mari et femme. c'était en partie dû à mon époux qu'était souvent malade et affaibli quant à la santé et en partie aux sentiments naturels qui n'existaient pas entre nous. Tantôt cela causait des disputes entre nous et de la tristesse mais tantôt non. A la fin je suis allée en parler à un prêtre le père Fagan et à ma sœur et ils ont dit que je n'avais pas le droit de refuser à mon mari ce qui lui était dû et aussi qu'il n'y aurais personne pour cultiver la terre après lui si nous n'avions pas de descendance. Alors nous avons commencé à vivre comme mari et femme. En 1843 j'ai appris que j'attendais un événement et notre enfant est né en jenvier 1844. nous étions en paix tous les deux à ce moment-là. mon mari avait un grand désir d'être père et il n'y avait pas plus aimant ni plus doux que lui. il me couvrait de fleurs et de peignes, les rubans qu'il m'apportait feraient le tour de la terre. il était comme une femme exactement avec l'enfant. il n'en faisait jamais assez pour l'enfant pour ça non. ceux qui le traitent de fou ou d'imbécile ne sont pas justes avec lui du tout. il n'a jamais été comme ça avant que la cruauté d'un autre l'y pousse.*

*en septembre 1844 son frère p**s M***** est revenu de dieu sait où il était et il a commencé notre torture. même s'il m'avait abandonnée et n'avait aucun droit sur moi il était dévoré de jalousie de ce coup-là. la première chose qu'il a fait il est revenu sur notre terre et il a dit que la moitié lui appartenait de par la loi et la coutume et qu'on ne pouvait pas le chasser ou alors il dirait dans tout le comté que nous voulions lui voler sa terre et il nous noircirait. il a écrit une lettre au cmmndt blake pour dire qu'il avait droit à la terre et qu'il pourrait payer un loyer plus cher que celui que nous pouvions verser. il s'est construit une cabane sur le terrain et il ne voulait pas s'en éloigner. chaque fois que je sortais de la maison il serait planté là et même qu'il me regardait d'une certaine manière qu'était pas convenable et qu'il regardait son propre frère l'air haineux, et l'enfant innocent pareil. le soir à l'heure que je me déshabillais il venait regarder par la fenêtre de notre maison. son visage* *apparaissait à la fenêtre. une fois je l'ai vu qui nous regardait quand mon mari et moi on était réunis comme la nature le veut. toute la tristesse est revenue dans la maison. à ce que je crois il a tué une vache qu'elle nous appartenait. il a revagé nos plants de pommes de terre qu'ont été perdus. il a démoli un pailler que mon mari avait fait et un mur qu'il avait fait pour séparer notre lopin de terre de sa moitié à lui. il n'y avait pas de pais pour nous. quand son frère mon mari était parti à son travail il arrivait près de moi et disait qu'il me désirait toujours et qu'il m'aimait avec des mots doux. il est le même menteur enjôleur le même traître fourbe qu'il a toujours été avec une langue timide mais un cœur noir. il convaincrait la pluie de ne pas le mouiller pour ça oui qu'il le ferait.*

*une fois et une fois seulement quand mon mari était absent et que nous ne nous entendions pas bien j'ai été faible ce dont je m'en repentirai toute ma vie et je lui ai cédé à p**s M***** je veux dire à ma grande honte. il m'a donné du whiskey pour commencer. Il a dit qu'il m'aiderait pour l'enfant si je le faisais et qu'il cesserait de harceler mon mari. c'est ma propre faute et mon propre péché ce que j'ai fait mais aussi il a profité du sentiment qu'il y avait entre nous dans notre première jeunesse. Après il m'a torturée avec ma faute et il a dit qu'il pouvait m'avoir quand il voudrait. Il m'a brisé ma vie, que le diable emporte l'affreux judas.*

il ne cessait de répéter qu'il le dirait à mon mari. il m'en parlait d'une façon qui n'était pas convenable. il y a des choses qu'il faisait je n'ose même pas les raconter. il attendait d'être sûr que mon mari était là et alors il poussait des soupirs comme ceux qui se produisent entre une femme et son homme à certains moments et tout ce temps il me lorgnait. une fois il a retiré certains vêtements féminins m'appartenant des buissons de genêts où je les avais mis à sécher et il a attendu que mon mari paraisse sur le chemin pour les sortir de sa poche. il bativolait dans le pays et disait aux voisins que mon enfant n'était pas le rejeton légitime de mon mari mais un bâtard de gitan ou d'anglais. je jure sur ma vie que c'est un mensonge ce qu'il a dit. mon mari et lui se sont battus à cause de ça. mon mari a failli l'expédier dans la tombe et je regrette bien qu'il n'ait pas achevé la besogne.

quand la brunissure est venue sur la récolte l'été d'avant celui-ci *il a refusé de nous aider. pour lui pas de souci il avait de l'argent en suffisance après ses voyages acquis dieu sait comment et je crois en tout cas que c'est un rusé voleur qui n'est jamais à court d'argent ou de fanfreluches ou peut-être que c'est le laquais d'un propriétaire en secret ou un limier de château. je crois ce renard capable des pires sournoiseries et fourberies ah pour ça oui. il est le jésus Christ de la fourberie. il y a des gens qui racontent que c'est un chasseur de pauvres ou un huissier en secret. il avait de la nourriture par boisseaux quand mon agneau avait faim. à quelques uns il dit qu'il est redresseur de torts et à d'autres un ami des propriétaires et des shérifs. il dirait n'importe quel mensonge. il ferait un trou dans un poêlon à force de jurer s'il pensait que ça lui rapporterait de l'argent. nous avons été expulsés par l'agent du commndt blake en Ottobre 1845 pour non paiement du loyer. un chasseur de pauvres est venu de Galway avec quinze bandits pour nous jeter dehors. ils ont frappé mon mari devant moi et devant son propre enfant pendant que son frère regardait. ils l'ont roué de coups. pendant tout le temps qu'ils le frappaient le chasseur disait comprends-tu bien maintenant, M*****, comprends-tu bien espèce de sale cochon de laveur de vaisselle, voilà une rossée que tu n'oublieras jamais de toute ta vie. est-ce que je n'ai pas raison. réponds-moi cochon. et ils l'ont obligé à dire que oui, il avait raison, et qu'il était un cochon, et ils ne l'ont pas lâché tant qu'il ne l'a pas dit. il n'a jamais été le même après cette séance. c'était de la graine de sorcière que ces hommes-là, pas des hommes normaux. Ils l'ont brisé ce jour-là.*

*nous ne pouvions rien payer à cause de la brunissure et de p**s M***** qui avait tué notre vache. blake n'a pas voulu nous faire crédit mais il nous a jetés dehors sur la route. c'est frère p**s M***** qui a repris notre terre et il se fendait la pêche et se payait notre tête quand on nous a chassés. nous sommes allés à rossaveel et nous avons vécu dans un trou que mon mari a creusé sur la hauteur, dans les bois, moi et mon mari et mon tout petit enfant dans la crasse pendant que p**s M***** prenait la terre qui nous appartenait et qu'il jouait au seigneur. il est encore là-haut en ce moment comme le roi d'angleterre.*

les gens lui ont craché dessus et jeté des pierres aux obsèques de son propre frère et personne ne lui parlait mais il n'y en a pas eu un pour lever le petit doigt pour m'aider.

*j'ai eu la vie dure après la mort de mon mari et de mon enfant. ç'a été l'atelier pour indigents pour moi jusqu'à ce que j'en puisse plus d'y rester. je m' suis rendue à Dublin à pied et j'ai perdu un autre enfant en route. j'ai dû mendier dans la rue pendant presque un an et faire là-bas ce qu'aucune femme ne devrait jamais être obligée de faire. je suis bonne d'enfants à présent et je pars pour l'amérique. je travaille comme bonne d'enfants pour la famille de lord et lady *********. je ne reviendra plus jamais à galway même si je vis jusqu'à cent ans. il n'y a rien à faire à galway pour une femme honnête.*

*tout ce que les gens racontent au sujet de p**s M***** est vrai. j'affirme que c'est un voleur de terre, un séducteur et une canaille. il a tant tourmenté son propre frère qu'il en est mort et mon unique enfant aussi et je voudrais que vous et vos hommes vous lui fassiez quelque chose. je sais fort bien que vous l'avez déjà fait à d'autres*[*]*. vous le reconnaîtrez parce qu'il a une démarche bancale n'ayant qu'un pied et un autre en bois avec écrit M (comme meurtrier, à c' qu'on dirait). tout ce qui pourra lui arriver il le mérite. si une crapule comme lui est permise de faire c' qu'elle veut faut pas s'étonner que les gens tombent si bas par les temps qui courent. je ne sais pas comment des soi-disant irlandais peuvent le permettre.*

que l'enfant de ma chair aille en enfer aujourd'hui si j'ai dit un seul mot qu'est un mensonge ici dedans. un seul pied, qu'il a, et une balle de fusil à la place du cœur.

les chiens du Connemara savent que je dis la vérité.

je le dénonce de toutes les manières possibles, lui le plus noir de tous les poltrons de roquets à avoir jamais chaussé du cuir et pourri la terre de galway rien qu'en marchant dessus.

dieu veuille qu'il meure en hurlant de honte.

Mary M***** (née D****)

* Cette phrase est soulignée et le paraphe du buréau du procureur de la Couronne, Dublin Castle, y est apposé.

« N'attendez pas que la famine vous balaie : ce serait partir sans gloire. S'il vous faut mourir, sachez mourir avec gloire. Servez votre pays par votre mort, et diffusez autour de vos noms le halo d'une renommée patriotique. Allez, parcourez l'île tout entière et choisissez deux millions d'arbres ; quand vous les aurez trouvés, pendez-vous sans tergiverser. »

John Mitchel, *A la population excédentaire d'Irlande*, 1847.

CHAPITRE XXIX

LES INCONNUS ENFUIS

OÙ IL EST QUESTION
DU VINGT-DEUXIÈME JOUR DU VOYAGE ;
ET D'UNE SINISTRE DÉCOUVERTE RELATÉE
PAR LE CAPITAINE (AVEC UNE SOMBRE MÉDITATION
SUR LE SORT DE CEUX QUI DOIVENT QUITTER
LEUR PAYS ; ET DIVERSES RÉFLEXIONS
TOUCHANT AU CARACTÈRE
DU PEUPLE IRLANDAIS)

Lundi 29 novembre 1847
Il reste quatre jours de navigation

LONG : 54° 02' 11 "O. LAT : 44° 10' 12 "N. HEURE DE GREENWICH : 03h28 (30 novembre). HEURE LOCALE A BORD : 23h52 (29 novembre). VENT : S.-S.-O., force 7 (force 9 la nuit dernière). MER : toujours très forte. DIRECTION : N.-O. 315°. TEMPS ET REMARQUES DIVERSES : pluie battante presque toute la journée. Banc de brume au nord.

«N'y a-t-il point de baume en Galaad?»

JÉRÉMIE, 8, 22.

Hier soir, quatre passagers de l'entrepont sont décédés ; et leurs obsèques ont eu lieu ce matin conformément aux usages de la mer. *Requiescat in pace*. Leurs noms : Owen Hannafin, Eileen Bulger, Patrick John Nash et Sarah Boland, tous natifs du comté de Cork, Irlande.

En ce jour nous fîmes une abominable découverte.

Le mât de beaupré s'était cassé pendant la tempête de la nuit dernière et ses haubans s'étaient emmêlés dans les chaînes, à hauteur de la ligne de flottaison. Le second, Abernathy, était descendu par une corde le long de la coque, avec quelques hommes d'équipage, lorsqu'il constata une très importante invasion de rats monstrueux qui s'étaient assemblés dans le conduit d'égout partant des cabines de première classe : un orifice d'environ quatre pieds de diamètre.

Pensant découvrir la source de l'odeur répandue dans le bateau ces derniers jours, il s'approcha avec quelques hommes pour approfondir la question. Un pitoyable spectacle les attendait.

Devant l'évacuation, ils trouvèrent les restes – en état de décomposition avancée – d'un jeune garçon et d'une jeune fille ; ils étaient étendus côte à côte et semblaient s'étreindre encore. Le Dr Mangan fut appelé pour déclarer les décès. Le gars avait à peu près dix-sept ans, et la fille aux alentours de quinze ; elle était enceinte de plusieurs mois.

Tandis que j'écris ces mots, des larmes amères me montent aux yeux, je le confesse.

Personne n'est oublié sur la liste des passagers. Il faut donc supposer que ces malheureux enfants terrifiés étaient cachés là depuis le départ de Cork. Ou même, Dieu du ciel, depuis le départ de Liverpool ! Ils ont dû descendre le long des chaînes et se glisser dans le conduit, avec l'intention d'y rester jusqu'à notre arrivée à New York. Comme Leeson l'a fait remarquer, le très grand nombre de passagers supplémentaires qui se sont embarqués à Cove charge considérablement le navire qui s'enfonce beaucoup plus profondément que de coutume.

Des enfants jouaient sur le pont et j'ai exigé qu'on les fasse redescendre.

Nous les avons tirés de là et avons fait de notre mieux pour leur offrir des obsèques chrétiennes ; mais rien sur eux ne nous permettait de découvrir ne fût-ce que leurs noms. Beaucoup parmi les hommes d'équipage étaient bouleversés, même ceux qui en avaient vu de dures en mer. Submergé moi-même par l'émotion, je n'ai pas pu prononcer les paroles d'usage et il a fallu que les hommes viennent à mon secours. Le révérend Henry Deedes m'a aidé lui aussi ; il a dit une prière toute simple : « Que ces enfants de Dieu, d'Irlande ou d'Angleterre, dont chacun était l'enfant d'une mère, et dont chacun était tendrement aimé de l'autre, trouvent refuge pour l'éternité dans les bras du Sauveur. » Les hommes et moi chantâmes ensuite un cantique. Mais il était très difficile de chanter quelque chose aujourd'hui.

Combien j'ai songé à ma chère femme et à nos enfants bien-aimés ! Comme j'aurais voulu les avoir auprès de moi ! Combien j'ai réfléchi au fait que toutes les petites querelles qui surgissent entre époux sont dues précisément à la proximité qu'entraîne le mariage, laquelle ne diffère pas de celle qui existe entre pays voisins ! Comme j'ai songé aussi – et c'était là le plus douloureux – à mon petit-fils chéri, et souhaité pouvoir le serrer dans mes bras, ne fût-ce qu'un instant !

Pour moi, en effet, abandonner ma vie heureuse pour aller naviguer est une chose extrêmement douloureuse, même après tant d'années. Quelle souffrance, alors, doivent endurer ceux de nos passagers qui ne reverront plus en ce monde les êtres chers qu'ils laissent derrière eux ? L'homme qui plus jamais ne fera sa promenade du soir, en compagnie de son frère, dans la ville où ils sont nés, qui plus jamais ne passera en revue avec lui les événements de la journée. Ou la jeune fille qui doit dire adieu à des parents vénérés, dont elle sait que la santé ne leur permet pas d'affronter un voyage aussi éprouvant. Le jeune couple heureux qui doit se séparer, et le père contraint de quitter sa femme et ses enfants et de partir seul pour l'Amérique parce qu'il ne peut payer qu'un passage. Pour s'en aller à l'aventure, seuls au milieu d'étrangers, ils risquent tout.

Et ceux-là, que Dieu nous pardonne, sont parmi les plus favorisés de ce peuple. Ce ne sont pas les pauvres entre les pauvres d'Irlande, qui sont presque entièrement démunis de tout. « Les plus vils mendiants ont en abondance la chose la plus misérable », dit le barde ; mais il n'en va pas ainsi au pays torturé de Connaught. A l'ouest de cette province, beaucoup de gens ne possèdent presque rien, et bien souvent littéralement rien. Quelques-uns parviennent à gratter de quoi traverser la mer d'Irlande ; à Liverpool ou bien à Londres, ils se font embobiner par des « agents d'immigration » sans scrupule qui rôdent au milieu d'eux comme des sangsues et des voleurs ; qui leur prennent dans certains cas jusqu'à leurs vêtements ; ou bien ils prennent les outils dont un homme a besoin pour gagner dignement, selon les lois de la nature, le pain de sa famille ; et qui en retour les embarquent nuitamment sur un vaisseau, en leur faisant miroiter des richesses imaginaires sur une terre pleine de promesses.

Les conditions qu'ils subissent au cours de la traversée sont atroces au dernier point ; à côté d'elles, les privations infligées sur l'*Étoile* font songer au paradis. Parfois le vaisseau ne part même pas pour l'Amérique, mais pour n'importe quel pays ou territoire autre que la Grande-Bretagne, quels que soient l'hostilité et le froid qui les y attendent.

Et tout cela est d'une injustice amère. Car aussi vrai que la nuit tombe sur chaque jour, s'il était possible de mettre le monde la tête en bas, si l'Irlande était une terre plus riche et que les autres nations aujourd'hui puissantes sombrassent dans la misère, aussi sûrement que l'aube doit venir, le peuple d'Irlande accueillerait l'étranger angoissé avec la douceur et l'amitié qui confèrent tant de noblesse à son caractère.

Je ne puis en écrire davantage. Tout est dit.

Je regrette d'être né pour assister à cette journée.

« S'il est une classe qui mérite d'être protégée et soutenue par le gouvernement, c'est bien la classe qui est bannie de sa terre natale et qui doit chercher ailleurs le moyen de ne pas mourir de faim. »

Charles Dickens, *Voyage en Amérique* [1].

LE LION BRITANNIQUE ET LE SINGE IRLANDAIS

1. Trad. fr. Gérard Piloquet et Éric Chédaille, Paris, Phébus, 1994.

CHAPITRE XXX

LE PRISONNIER

VINGT-TROISIÈME NUIT
DU VOYAGE (ET DERNIÈRE NUIT
DE NOVEMBRE); AU COURS DE LAQUELLE
MULVEY REÇOIT, DE TOUTES LES VISITES POSSIBLES,
CELLE QU'IL DÉSIRAIT LE MOINS

57° 01 'O.; 42° 54 'N.
– 21 heures –

Le meurtrier, qui rêvait de dictionnaires, fut réveillé par le tintement de la cloche de quart sur le pont supérieur, enchaînement de sons discordants et froids dont il goûtait presque la saveur métallique. Il s'assit sur son séant, l'esprit embrumé, dans la demi-obscurité suintante. Des pierres dans une boîte à mitraille. Des pierres pareilles à des balles. Il regarda le sourire grimaçant des barreaux, une tête de rat.

Une lune pleine était visible au centre du panneau; une auréole lui donnait un air de sainteté. Au-delà, deux ou trois étoiles, trop peu nombreuses pour qu'il pût les nommer. Il les contempla un moment. Cassiopée, peut-être. Mais si l'on n'avait pas l'ensemble du tableau sous les yeux, les étoiles étaient anonymes. Un éternuement le secoua de sa violence. Une douleur dans l'abdomen. Tout dépendait de l'étendue visible.

Le coup de vent s'amplifia soudain; une rafale siffla, secouant les poutres disjointes et faisant vibrer une porte. Elle mourut aussi vite qu'elle s'était déchaînée. Se ravisa. Mulvey songea que tout ce fracas pourrait bien annoncer une nouvelle tempête. Il espérait se tromper. Il ne pourrait supporter une nouvelle tempête.

Il percevait dans son dos la plainte assourdie des cornemuses et des violons ; elle avait transpercé la masse du navire. La mélodie avait plusieurs noms, c'était un branle de Leitrim, mais il ne pouvait s'en rappeler aucun, bien qu'il eût entendu cent fois cet air. Il tenta de se lever ou tout au moins de s'accroupir, mais une douleur fulgurante lui parcourut la jambe.

Il avait un goût dans la bouche qui lui répugnait. Un goût cuivré, astringent : la souillure du sang. Ses dents avaient été ébréchées lors de la rossée infligée dans l'entrepont ; chaque fois qu'il dormait, elles frottaient contre sa langue. Il avait peur de se rendormir, tant il avait mal. Il n'avait plus de cauchemars : rien que des souffrances physiques. Plus de démons ni d'incubes depuis la mort de Nicholas. Mais l'exaspérant affûtage de ses dents cassées contre sa langue et ses gencives.

Il rampa jusqu'au coin de la petite cellule sombre et but une lampée d'eau grasse à la cruche fixée à la paroi. On avait passé par la trappe un pot de bouillie détrempée. Le contenu était complètement froid, mais il avait mangé pis. Une sorte de gelée de pomme de terre, agrémentée d'abats de porc et de biscuits de mer écrasés, mixture que les matelots avaient baptisée « ragoût Boxty[1] ». Il se hâta d'avaler le tout et nettoya le récipient à coups de langue. C'était meilleur que tout ce qu'on pouvait se procurer dans l'entrepont.

Il observa un moment les graffitis gravés dans les parois suintantes. Des mots anglais, des mots irlandais : des noms, des obscénités. Plus étranges étaient les dessins représentant des insignes. Des lions et des gorilles. Peut-être une girafe. Un diagramme qui ressemblait à la carte d'une forêt. Les caractères d'une langue qu'il n'aurait su nommer :

≈ א # ψ ℨ Ψ Ξ Φ

Des menottes et des anneaux avaient été fixés aux cloisons. Un treillis de fonte au milieu des planches du pont faisait office de latrines ; trente pieds plus bas, au fond d'un puits à tubage de plomb, c'était les ténèbres sonores d'une mer agitée. Et vous pouviez observer cela, aussi, mais pas pour longtemps. Une lame se lève, elle est aspirée vers le fond. Comme un chaudron en ébullition. Le genre de distraction qui pourrait vous égarer. La veille au soir, il avait envisagé une tentative d'évasion par ce trou ; il avait

1. Cf. les *Boxty pancakes* : crêpes à base de pommes de terre (cuites et crues) et de graisse.

songé aux moyens de déboulonner le treillis. Retenir son souffle et plonger; sentir le raclement de la quille sur son dos. Mais au moment même où il y pensait, il savait qu'il ne faisait que passer le temps. Ces choses-là appartenaient au passé. Il n'avait plus de force.

Un capitaine intrépide, près de Halifax,
Dans un cantonnement de campagne,
Séduisit une servante qui se pendit un matin,
Elle n'avait que ses jarretières.

Au fond du couloir aux lambris de chêne chantait le garde du Northumberland :

Sa méchante conscience le tourmentait;
De jour en jour cœur il perdait,
Il se mit à boire de l'essence de térébenthine,
Et à Miss Bailey il pensait.

Drôle de surnom qu'il avait, le petit gars bien propret du Northumberland; il avait l'air d'un oiseau et gazouillait en chantant. Il avait expliqué la chose plusieurs fois à son prisonnier intrigué. *Scrimshaw*, terme utilisé par les marins pour désigner des babioles fabriquées à partir des débris d'un naufrage ou sculptées dans l'ivoire. Il vous parlait parfois quand vous vouliez qu'il parle. Mais, ce qui était beaucoup plus important, il vous laissait tranquille.

Mulvey s'approcha de la grille et cria pour ameuter Scrimshaw. Quand celui-ci se montra par la trappe, le prisonnier lui dit qu'il se desséchait. Le garde s'en alla en traînant le pas, sans prononcer un mot, et revint une minute plus tard avec une chope de cidre. Le prisonnier l'avala d'un trait, mais le cidre n'étancha pas sa soif. Il retourna en rampant vers sa couche et s'y laissa tomber comme une masse.

Débris d'un naufrage. Ossements et bois flotté. Il faisait plus sombre à présent; le vent soufflait et puis s'arrêtait, pareil aux échanges de tirs sur un champ de bataille quand les munitions s'épuisent. Tout virait au bleu, comme si une ombre était descendue sur les choses. Il essaya de se rouler en boule pour résister à ce froid sinistre et repoussa ses pensées du mieux qu'il put. La couverture était un réconfort par une nuit comme celle-ci.

Le fait que personne ne puisse le tuer semblait une couverture moins misérable : lui-même n'aurait à tuer personne ! Le navire se balancerait et l'eau cognerait mais il ne plongerait son poignard dans la chair d'aucune victime suffocante. Il n'entendrait pas craquer de côtes brisées, il ne sentirait pas se tordre les cartilages, ni s'affaisser le corps quand il ressortirait sa lame.

Douze aubes plus tôt il lui eût été facile de le faire. La cible dormait quand Mulvey s'était faufilé dans la cabine. Ses yeux s'accoutumaient lentement à l'obscurité froide et confinée : enfin il discerna sa proie étendue sur le dos. Le sommeil agité de l'ivrogne qui marmonne tout bas. Les geignements d'un homme qui se perd dans ses propres méandres. Et Mulvey s'était glissé comme un amant jusqu'à son lit, si près qu'il pouvait sentir la transpiration imprégnée d'alcool de sa victime. L'étoile du matin se lèverait sous peu ; le rêveur ne la verrait pas. Tout s'apaisa. Même la mer parut s'apaiser. L'assassin avait le sentiment que la dilatation de ses pupilles pourrait bien faire assez de bruit pour le trahir.

Il songea au murmure du fils de sa cible, au petit garçon hébété de sommeil qu'il distinguait à peine, et qui s'était éveillé dans la noirceur de la nuit océane pour voir une ombre s'éloigner du hublot grand ouvert et traverser la cabine. L'enfant esquissa un mouvement. Mulvey ne dit rien.

– Grantley ? murmura l'enfant. Sommes-nous arrivés en Amérique ?

Mulvey ne bougea pas. Le bateau tanguait paisiblement.

– Dormez, souffla-t-il. Ce n'est que le steward de nuit.

La respiration de l'enfant se fit plus somnolente ; il bâilla dans son traversin.

– Dans quelle chambre votre papa dort-il ? chuchota la silhouette de son rêve.

L'enfant esquissa un geste vague et retourna au néant.

Son père était mort au monde, les bras repliés sur sa poitrine, comme si on l'avait déjà déposé dans un cercueil ou enveloppé d'un linceul de toile à voile. Un cadavre, David Merridith. Et un tueur penché sur lui. Le Monstre de Newgate ressurgi du passé, reparaissant avec la première lueur blême, à l'orient.

Le couteau à la main. Le couteau levé pour frapper. Mais sa main tremblait. Il ne pouvait pas se décider à passer à l'acte. Nullement une question de moralité mais de dégoût viscéral. Tuer était une affaire d'angle et de propulsion, le mouvement de l'acier d'une coordonnée à une autre, mais lui qui avait assassiné sans autre motif que d'assurer sa survie se heurtait à l'impossibilité de résoudre une nouvelle fois l'équation. Il ne savait pourquoi, il savait simplement que c'était impossible. Il le savait depuis le moment où il avait été chargé du meurtre, depuis bien plus longtemps que cela : depuis son passage à Leeds, peut-être. Il avait tué deux hommes. Jamais il ne pourrait en tuer un troisième. On pouvait appeler cela de la lâcheté, peu lui importait. Ici, dans la cellule, il était à l'abri des définitions. Son seul problème immédiat était la menace de sa libération.

Il somnola quelque temps, mais son sommeil ne fut ni profond ni paisible. La musique étouffée prenait de la vigueur, stridulait ; à travers elle lui parvenaient les battements de mains indistincts des danseurs. « Mon amour est en Amérique ? » Nom de la chanson. Les docks de New York. A quoi ressembleraient-ils ? Aux docks de Liverpool, de Dublin ou de Belfast. *Dock* désigne aussi en anglais l'endroit où se tient le prisonnier, le banc des prévenus. Ses meurtriers l'attendraient-ils ? Fanfaronnades et bluff. *Bluff*, toujours en anglais : colline, talus, précipice. Terme de poker. Vantardise dénuée de fondement. Pourrait venir du moyen allemand *blaffen* : se vanter. Son frère était avec lui maintenant, assis dans les ténèbres. Le directeur de Newgate. Une fille qu'il ne connaissait pas. Son père à la lumière du foyer. Dickens. Moloch. Michael Fagan de Derryclare. La voix venait de tout près, mais il ne savait d'où. Elle s'éleva de nouveau ; une lame chauffée au rouge, mais qui plongeait avec férocité dans le Corrib gelé ; un sifflement chuchoté : Je ssssuis un ami, Mulvey.

Il ouvrit les yeux sur l'obscurité caverneuse, leva les yeux vers la grille. Une ombre bougeait.

– Qui est là ? appela-t-il.

Pas de réponse.

– Y a-t-il quelqu'un là-haut ?

Des pas effleurèrent discrètement le pont, près des barreaux. Il lui sembla entendre la respiration oppressée d'un homme corpulent, un claquement de bottes quand il s'assit sur les planches.

– Rapprochez-vous de la fenêtre, marmonna instamment la voix. Je suis un ami qui ne demande qu'à vous aider.

– Quel est votre nom ?

– Je suis le révérend Henry Deedes. Faites vite. Je ne puis m'attarder.

Mulvey se leva de la couverture répugnante et s'avança avec précaution. Le vent s'emballait dans une rage orgueilleuse, puis s'arrêtait comme tout à l'heure, comme s'il avait été vaincu par quelque chose de violent. Il discernait plus clairement la respiration à présent.

– Allons, mon bon Pius ! Venez donc plus près. N'ayez pas peur. Je suis un homme de Dieu, après tout.

Un gloussement contenu, celui d'un mouchard qui regarde pleuvoir les coups de canne.

– Dites qui vous êtes en réalité, sans quoi je ne bougerai pas d'un pouce.

Nouvel assaut de la voix, folle d'angoisse :

– C'est ton frère. Nicholas Mulvey. Je suis à la torture cette nuit. Ils font griller mon âme, Pius ! Ils me fouettent sur les braises !

– Par le diable, qui est là ?

Silence. Il fit un pas. Allongea le cou. Monta sur le banc. Une main surgit entre les barreaux et l'empoigna par les cheveux. Mulvey vacilla en arrière et tomba sur le sol trempé. Un ricanement lugubre lui parvint de la fenêtre. Le rire étrangement nostalgique d'un homme qui s'adonne à la torture.

– T'as eu d' la chance c' coup-là, cadavre. Mais le jour est proche. Avant longtemps, tu r'verras c't ingurgiteur d'eau qui t' sert de frère.

La main repassa entre les barreaux, mais plus lentement cette fois, et laissa choir une masse spongieuse sur les bordages gluants.

– Voilà ton cœur, cadavre. Je viens de te l'arracher.

Le prisonnier poussa la chose du pied avec précaution ; elle suintait. Une masse gélatineuse de varech noir et jaune.

– Tu sais lire ça, l'homme de lettres ?

Mulvey ne répondit rien.

– T'as compris, cadavre. On approche de la terre. Plus que trois jours et nous serons à New York la mignonne.

– Qui est-ce ?

– Il était chargé d'un travail, les gars, mais i' l'a pas fait. Vérole ! Il a cru qu'i' s'en sortirait en s' faisant coffrer.

– Qui es-tu ?

– On t'a dit qu' tu s'rais surveillé sur le bateau. Eh bien, tu es surveillé.

Une toux sèche. Le frottement d'une allumette.

– J'ai ben envie d' me faire coffrer, moi aussi. On va s'en payer une bonne tranche, tous les deux ! J' te montrerai des nouveaux pas. Tu les oublieras point, fais-moi confiance.

– Comment me connais-tu ?

– Tu te souviens pas de moi, l'homme de lettres ? Cherche bien. Réfléchis.

– Je ne te connais pas du tout.

Pas de réponse. Rien que le sifflement asthmatique de son rire. Un tonnerre d'applaudissements venu de l'entrepont.

– Dis-moi ton nom si tu es un homme.

– Tu pourrais ben aller me dénoncer.

– J' suis pas un lâcheur ni un mouchard.

– T'es les deux et pire que ça, espèce de gibier de potence qu'a pas de poil au ventre ! Mais ça fait rien, i' en a plein d'autres comme moi. Ils savent tous à quoi tu r'ssembles, t'en fais pas.

– Montre ton visage, par le ciel !

– Mais ça n' servira à rien. Il avait un joli p'tit masque la dernière fois que tu l'as vu.

– Un masque ?

– Tout juste, cadavre. J'étais un d' ceux qui sont v'nus organiser une petite fête pour ton départ, le dernier soir, à Ardnagreevagh. Moi et mes copains, on t'a fait brailler comme une mule qu'on lui a passé une corde autour du cou, c'te fois-là. Mais c'était rien à côté de c' que tu crieras quand on en finira avec toi.

– Menteur ! hurla Mulvey. C'est une farce. Va au diable !

Des pieds qui frottent. Un mouvement dans l'obscurité venteuse. Un visage parut à la grille éclairée par la lune. Un rictus malveillant que le prisonnier reconnut.

– T'es enterré, cadavre. T'es surveillé à chaque minute. Si jamais le traître Merridith descend de ce bateau, y a cinq cents types à New York qui s'aligneront pour t'épingler. Et si tu causes de moi à quelqu'un, le plaisir durera encore plus longtemps à l'arrivée.

A travers les barreaux rouillés, Seamus Meadowes grimaça un sourire :

– J' ferai une tombola, Mulvey. L' gagnant coupera la première tranche de viande.

« *Caractéristiques physiques du Celte*. – Bas du visage protubérant, plus marqué à la mâchoire supérieure ; menton plus ou moins fuyant (en Irlande le menton est souvent absent) ; front fuyant ; grande bouche et lèvres épaisses ; écart important entre le nez et la bouche ; nez court, fréquemment concave, et retroussé, avec des narines béantes ; pommettes plus ou moins proéminentes ; yeux généralement enfoncés et sourcils bombés ; crâne étroit et très étiré vers l'arrière ; oreilles décollées à un point très frappant ; ouïe très fine. Signes distinctifs : bouche ouverte proéminente et dents en avant (mâchoire prognathe, type négroïde), pommettes saillantes et nez en creux, etc. »

Daniel Macintosh, « Anthropologie comparée »,
La Revue d'anthropologie, janvier 1866.

CHAPITRE XXXI

L'INVITÉ D'HONNEUR

LE VINGT-QUATRIÈME JOUR
DU VOYAGE (MERCREDI 1er DÉCEMBRE) ;
OÙ SONT PROPOSÉS AU LECTEUR DIVERS DOCUMENTS
CONTEMPORAINS ; AINSI QUE LES SOUVENIRS VÉRIDIQUES
DE CERTAINS PASSAGERS, AYANT TRAIT AUX ÉVÉNEMENTS
EXTRÊMEMENT IMPORTANTS SURVENUS EN CE JOUR ;
ET LE RÉCIT – RÉDIGÉ PAR L'AUTEUR LUI-MÊME –
D'UN INQUIÉTANT REPAS D'ANNIVERSAIRE
(QU'IL N'OUBLIERA
DE SA VIE)

Cabine du capitaine Lockwood
– 9h38 –
Note urgente portée au registre

CALENDES DE DÉC. 47

Il n'y a pas cinq minutes que je viens de mettre fin à une conférence à laquelle se sont joints mon second, Leeson, le prisonnier, Pius Mulvey, et Lord Kingscourt. Les circonstances qui l'ont provoquée sont les suivantes :

Voici deux heures, à l'aube de ce jour, je fus averti que ma présence était requise en cellule. Le prisonnier, Mulvey, avait passé la nuit dans l'angoisse la plus profonde. Il affirmait qu'il devait s'entretenir d'urgence avec moi-même et Lord Kingscourt d'un sujet des plus sinistres. Il refusait d'en dire plus long, mais donnait à entendre qu'il avait obtenu par hasard des renseignements extrêmement inquiétants touchant à la sécurité de Lord Kingscourt et de sa famille à bord de ce navire.

Je donnai des ordres pour qu'il fût conduit chez moi. Il refusa encore d'ajouter une syllabe tant que Lord Kingscourt en personne ne lui serait pas amené. Bien entendu, j'y étais opposé, mais il affirma qu'il ne parlerait pas (que, d'ailleurs, il retournerait dans sa cellule et garderait ses renseignements pour lui) s'il ne pouvait voir Sa Seigneurie et s'adresser directement à elle.

Je fis porter à Lord Kingscourt un message le priant de venir partager mon petit déjeuner, assorti d'un prétexte destiné à éviter de semer l'inquiétude. Lorsqu'il entra, Mulvey perdit la tête. Il tomba à genoux et poussa des exclamations, tout en baisant les mains et les vêtements de Lord Kingscourt ; il invoquait le nom de sa défunte mère comme s'il se fût agi d'une sainte. Sa Seigneurie parut déconcertée par de tels épanchements et lui demanda de se relever. J'expliquai à Lord Kingscourt que c'était là l'homme dont je lui avais parlé auparavant, celui qui avait proclamé son grand attachement à la famille Merridith.

Mulvey nous déclara que la veille au soir, aux alentours de minuit, alors qu'il regardait par les barreaux de sa cellule, il avait aperçu deux hommes de l'entrepont qui passaient sur le pont. Ils s'étaient arrêtés non loin de lui et s'étaient mis à marmonner et à chuchoter.

L'un d'eux confia à l'autre qu'il appartenait à une société secrète révolutionnaire, les « Redresseurs de torts » de Galway. Il lui révéla qu'il avait été envoyé à bord de ce vaisseau pour assassiner Lord Kingscourt, sa femme et ses enfants, afin de venger les expulsions et autres méfaits perpétrés par la famille Merridith dans cette malheureuse province.

Lord Kingscourt fut bouleversé ; mais il me confirma ensuite avoir bel et bien déjà reçu des menaces écrites adressées par cette même bande de voyous. Il ajouta qu'il avait des raisons de croire que la tombe de son père avait été profanée par ces mêmes sauvages ; la police irlandaise lui avait déconseillé de parcourir son domaine sans être accompagné d'un garde du corps armé. Il était on ne peut plus soucieux de la sécurité de son épouse et de ses enfants sur le bateau. Je lui assurai que des gardes seraient chargés sur-le-champ de veiller personnellement sur eux. Il me supplia de faire en sorte que sa femme et ses enfants ne se rendissent compte de rien, car il ne voulait pas les inquiéter. Je lui dis qu'il vaudrait mieux qu'ils restent dans leurs cabines jusqu'à la fin du voyage et il me répondit qu'il s'y emploierait.

Mulvey n'avait pu identifier le premier conspirateur, mais, selon lui, le second, celui qui avait parlé de meurtres ignobles, était Shaymus Meadowes, récemment domicilié à Clifden.

Je chargeai aussitôt Leeson, accompagné de quelques hommes, de descendre l'arrêter dans l'entrepont. Une fouille méticuleuse de ses objets personnels aboutit à la découverte d'un échantillon de littérature révolutionnaire : il s'agissait des paroles d'une ballade haineuse, hostile aux propriétaires, que plusieurs matelots l'avaient entendu chanter le soir, à des heures tardives, quand il était pris de boisson. Il a été enfermé dans la cellule et, quand nous arriverons à New York, il sera livré aux autorités.

Lord Kingscourt remercia très sincèrement Mulvey de ce qu'il avait fait, ajoutant qu'il était conscient de tout ce qu'il lui devait. Il dit qu'il se doutait bien que cela avait dû être difficile, sachant parfaitement qu'un homme qui fournit des renseignements aux autorités est considéré par les Irlandais du peuple comme un paria. Il offrit à Mulvey une récompense pour son courage, mais celui-ci la refusa catégoriquement. Mulvey dit qu'il n'avait rien fait d'autre que son devoir de chrétien et qu'il n'aurait pas pu dormir la nuit s'il avait agi autrement. Il évoqua une fois encore la mémoire de la mère de Lord Kingscourt et révéla que ses propres parents avaient un jour bénéficié de sa bonté, qu'ils priaient souvent pour le repos de son âme et allaient une fois l'an se recueillir sur sa tombe, à Clifden. (Étrange… Je croyais que sa mère était morte.) Qu'un portrait de la défunte comtesse était toujours pendu au mur de leur humble cottage et qu'une bougie, symbole de leur dévotion, brûlait en permanence devant son effigie. Que l'une de ses propres sœurs avait été baptisée Verity afin de vénérer la mémoire de la mère de Lord Kingscourt. Qu'il lui était impossible de laisser assassiner le fils de Lady Verity par un réprouvé tel que Shaymus Meadowes. Et que la pensée que les deux petits garçons puissent être blessés ou pis lui était tout simplement insupportable.

A ce point du discours, Lord Kingscourt parut bouleversé. Mulvey le supplia de ne pas être triste et l'exhorta à croire que la grande majorité des hommes de Galway partageraient son sentiment à lui, Mulvey, mais qu'il y avait toujours dans le verger une pomme pourrie pour nuire à la réputation de toutes les autres. Il dit que la pauvreté et l'oubli de leur foi avaient causé tant de souffrance parmi les gens que la violence avait malheureusement levé dans ce champ stérile où auparavant il y avait l'amitié spontanée qui unit l'humble serviteur et le maître protecteur. Lord Kingscourt le remercia encore et se reprit un peu.

Là-dessus, Lord Kingscourt fit remarquer que, Meadowes occupant la cellule et l'entrepont ne pouvant lui être un refuge, il n'y avait sur le navire aucun endroit sûr où Mulvey pût se cacher.

– Je suppose que c'est vrai, répondit Mulvey. Je n'y avais pas pensé. Mais tout est dans les mains du Sauveur, que Sa volonté soit faite sur la terre comme au ciel. Il me protégera, je le sais. Si je suis assassiné à cause de ce que j'ai fait aujourd'hui, au moins je pourrai mourir la conscience pure. Et je sais que, ce soir, je verrai votre mère au paradis.

Je suggérai que je pourrais peut-être lui offrir une couchette avec les hommes, mais Lord Kingscourt ne voulut à aucun prix en entendre parler. Il dit que ce n'était pas tous les jours que l'on sauvait la vie d'un homme, et qu'il entendait au moins manifester sa gratitude d'une manière ou d'une autre. Sa Seigneurie et Mulvey convinrent avec moi qu'il serait logé en première classe pour le reste du voyage, dans un réduit attenant à la cabine de Lord Kingscourt, lequel réduit sert entre autres choses à entreposer le linge. On se mit d'accord sur un subterfuge qui rendrait l'arrangement plausible.

Lui, Lord Kingscourt, dit qu'il lui faudrait un peu de temps pour en discuter avec sa femme. (Il semblerait que ce soit Lady Kingscourt qui porte la culotte.)

*

Dans la cabine de la comtesse Kingscourt
– aux alentours de 10 heures –

– Vous n'êtes pas sérieux, dit Laura Merridith.

– C'est fâcheux, je le sais. Mais Lockwood soutient que ce malheureux est aux portes de la mort.

– Précisément, David.

– Qu'entendez-vous par « précisément » ?

– Il pourrait avoir le choléra ou le typhus… ou je ne sais quelle autre maladie répugnante. Et vous envisagez de l'autoriser à coucher à côté de vos enfants ?

– Pas à côté, ne soyez pas absurde !

– Dans la cabine voisine, si vous préférez, et en face de la mienne. Comme ce sera pratique, s'il a besoin de trois personnes pour jouer au bridge !

– Ne comprendrez-vous donc jamais que nous avons des responsabilités envers ces gens ?

– Je n'ai rien fait à « ces gens », David. Mais eux, oui, et beaucoup.

– Je viendrai en aide à un pauvre diable contre lequel le sort s'acharne. Avec ou sans votre bénédiction, Laura.

– Alors faites-le sans ! cria-t-elle. Cela ne me changera pas.

Elle se dirigea vers le hublot et fixa intensément l'horizon, comme si elle espérait apercevoir la terre d'une distance de cinq cents milles.

– Laura, il doit être possible de s'entretenir sans hausser le ton.

– Ah, oui ! J'oubliais. Nous ne devons jamais hausser le ton, n'est-ce pas ? Nous ne devons jamais éprouver une seule émotion humaine à propos de quoi que ce soit. Nous devons aspirer à cette absence de sang et de vie qui vous séduit tant chez les satanés squelettes de votre père !

– Je préférerais que vous ne transformiez pas cette cabine en chambrée avec vos grossièretés, Laura. Et la première des choses est de penser aux garçons. Vous savez qu'ils sont malheureux quand nous avons des mots.

– Ne vous mêlez pas de me dicter mon comportement envers mes enfants, David, je vous avertis.

– Je ne me le permettrais pas. Mais vous savez bien que j'ai raison.

Elle lui parla par-dessus l'épaule, comme s'il ne méritait pas qu'elle lui fît face :

– Comment sauriez-vous ce qui les rend malheureux ? Est-ce vous qu'ils vont trouver quand ils ont de la peine ? Leur père qui se préoccupe davantage d'individus qu'il ne connaît pas que de sa propre femme et de sa famille…

– Ce n'est pas juste.

– Ah, non ? Savez-vous que c'est l'anniversaire de votre fils aîné, aujourd'hui ? Cela ne vous aurait pas coûté bien cher de le lui souhaiter, si vous le savez.

– Je regrette. Vous avez raison. Il s'agit d'un oubli momentané.

– Vous feriez mieux d'exprimer vos regrets à la personne que votre étourderie a peinée. Mais prenez le temps de sauver le monde de ses propres errements, surtout !

– Ils meurent par dizaines de milliers, Laura. Nous ne pouvons pas ne rien faire.

Elle ne réagit pas.

– Laura, dit-il, avançant la main pour lui caresser les cheveux.

Comme si elle avait deviné son intention, elle se déroba.

– Cela ne nous gênera guère, Laura, nous pouvons aider un peu. Je suis sûr que vous le comprendrez. Plus que trois jours et nous serons à New York.

Elle répondit tout bas, comme si cela lui faisait mal de parler :

– Ils ne vous aimeront jamais, David. Pourquoi refusez-vous de voir la vérité en face ? Il s'est passé trop de choses…

Il partit d'un rire brusque :

– Quelle étrange remarque !

Elle se retourna :

– Vous trouvez ?

– Le seul amour que j'aie vraiment désiré, c'est le vôtre. Le vôtre et celui des garçons. Si je les possède, je ne demande rien d'autre.

– Vous devez me croire encore plus aveugle que je ne le suis. Je ne me trompe pas ?

Une vague éclaboussa le hublot et dégoulina le long de la vitre. A travers les cloisons ils entendaient les éclats de voix de leurs fils. On frappa à la porte : le murmure du steward chargé du ménage.

– Acceptez-vous d'aider cet homme, Laura ?

– Courez vite les retrouver, David, comme d'habitude !

*

La cellule
– 10 h 41 –

Le soussigné … *John Lowsley* … matelot de service, certifie que ce jour, à … *10 h 41* …, un prisonnier du nom de … *P. Mulvey* … a été remis en liberté, et que ses effets, contre une décharge par lui signée, lui ont été restitués dans leur totalité, savoir : … *une bible six pennies et un farthing.*

*

Le réduit de Pius Mulvey
– aux alentours de 11 heures –

(Extraits d'une lettre de George Wellesley, agent de la Poste royale, à G. Grantley Dixon, datée du 11 février 1852.)

« Le matin du mercredi 1er décembre, un steward est venu dans ma cabine pour me prévenir que l'on avait besoin de reprendre le vestiaire (ou débarras) dans lequel j'avais entreposé deux malles… Un passager de l'entrepont, malade à ce qu'il me dit, devait y être installé. La nouvelle m'irrita un peu, je l'avoue ; mais le steward déclara qu'il avait des ordres et voilà tout… Dans l'une des malles il y avait des papiers que j'avais besoin de garder auprès de moi, impossible de me rappeler laquelle. Mon lourdaud de domestique, Briggs, souffrait du mal de mer ce matin-là et vomissait comme un geyser, j'allai donc les chercher moi-même. […]

« Des plantons gardaient les cabines de première classe ce même matin ; un homme posté à chaque porte. Le steward ne savait pas pourquoi, et je ne me posai guère de questions. A mon avis, nous aurions dû être protégés dès l'instant où nous avons quitté Queenstown ; il est scandaleux que cela n'ait pas été le cas, étant donné la mentalité déplorable de la plupart des passagers. […]

« Lorsque j'entrai dans la petite pièce – qui pouvait faire six pieds sur huit et ne possédait pas de hublot mais dont les parois étaient entièrement garnies d'étagères –, Lord Kingscourt et son fils aîné Jonathan Merridith aidaient un homme à improviser un lit en disposant des coussins et des couvertures à même le sol. Selon moi, l'homme en question mesurait aux alentours de cinq pieds quatre pouces, il était très mince et avait des yeux bleus taciturnes. Il était émacié, en haillons, et appartenait sans aucun doute à cette catégorie d'individus qui préfère toujours se tourner les pouces plutôt que travailler. Il répandait l'odeur désagréable à laquelle on pouvait s'attendre. On eût pu penser que son infirmité serait la chose la plus frappante chez lui – il avait une « patte folle » qui le faisait boiter très bas –, mais ses yeux étaient en fait le plus mémorable de ses traits. Quand il vous regardait, il faisait penser à un bâtard que l'on a chassé dehors à coups de pied par une nuit pluvieuse.

« Je ne saurais dire que j'ai relevé quoi que ce soit de violent ou de criminel dans sa physionomie. Loin de là ; il avait l'air de quelqu'un chez qui l'innocence dominait, au point peut-être de confiner à une douce idiotie. Il ressemblait assez à un nègre du Caucase, à supposer qu'il existe un aussi horrible centaure. Pas mauvais en soi, mais plutôt enfantin et stupide.

« Après si longtemps je ne puis non plus me rappeler si des propos furent échangés ; mais dans l'affirmative, ceux-ci ne purent être qu'anodins. Toutefois, je me souviens qu'à un moment donné je cessai de fouiller dans mes malles et levai les yeux ; j'eus alors conscience qu'une sorte de silence contraint planait dans la cabine. Lord Kingscourt et l'homme – je veux bien être pendu si j'arrive à exprimer la chose –, ils semblaient mal à l'aise de se trouver ensemble dans un espace aussi réduit. Et cependant ils se souriaient comme deux idiots bizarres. C'est difficile à expliquer. On aurait dit une débutante forcée de danser avec un affreux baron, sans quoi maman la gronderait et la famille serait ruinée. Ni l'un ni l'autre ne parlait, et pourtant il régnait un malaise profond, que ressentaient, j'en suis convaincu, les deux parties.

« Je retournai à mes recherches et trouvai les documents dont j'avais besoin. Le jeune garçon avait commencé à tripoter les draps sur les étagères et son père lui avait dit de se tenir tranquille. La scène était paisible et bon enfant : rien qui sortît de l'ordinaire. Et c'est à ce moment précis que la fille est entrée.

« Elle est restée sans bouger sur le seuil, aussi immobile qu'une madone de plâtre. Jamais de ma vie je n'ai vu une femme aussi parfaitement immobile, ni avant ce jour, ni depuis. Vous savez comme ces dames s'agitent et se trémoussent, on jurerait des lépreuses. Mais cette immobilité-là était celle d'une sentinelle. La fille pouvait avoir un comportement d'une bizarrerie affirmée ; elle affichait l'attitude négligée propre à cette classe et à cette nationalité ingrates ; elle était totalement dépourvue de grâce et d'amabilité, et vous fusillait du regard si vous lui faisiez le plus petit compliment. Mais, cette fois, sa réaction me fit l'effet d'une excentricité ou d'une étrangeté d'un nouveau genre ; comme si la vue de l'infirme l'avait profondément choquée. Quant à l'infirme, il avait l'air tout aussi abasourdi.

« Elle portait deux oreillers, que, je suppose, on l'avait envoyée chercher. Mais elle restait plantée là, sur le seuil, sans les poser nulle part. Elle ne pâlit pas, ne manifesta rien. Simplement elle ne bougea pas pendant longtemps, si longtemps que cela en devenait presque inquiétant.

« Ensuite Merridith entreprit de faire les présentations, comme si une sorte d'étrange réunion familiale était sur le point de commencer :

« – Oh ! Mulvey, je ne sais pas si vous connaissez la nurse de mes enfants. Miss Duane.

« – C'est toi, Mary ? dit tout bas l'Irlandais.

« Kingscourt paraissait un peu perdu :

« – Vous vous connaissez ?

« Le silence s'éternisa encore une fois.

« – Vous vous serez croisés ici et là sur le bateau, je suppose ?

« – Miss Duane et moi, monsieur, nous nous sommes connus dans notre jeunesse, monsieur. Nos familles étaient amies, dans l' temps. Là-bas, à Galway, je veux dire, rétorqua la patte folle d'un ton très humble.

« – Je comprends. Voilà qui est charmant. N'est-ce pas charmant, Mary ?

« Pas un mot de la part de la bonniche. Pas même une syllabe.

« – Si je vous laissais seuls un moment pour que vous refassiez connaissance ? s'enquit son malheureux maître.

« Elle posa les oreillers sur une étagère et sortit sans un mot. Merridith émit un gloussement mécontent, comme si la scène le laissait perplexe.

« – Satanées bonnes femmes, hein ?

« – Oui, monsieur.

« – Elle a perdu son mari il y a peu de temps. Elle n'est pas dans son assiette. Il faut lui pardonner.

« Il répondit avec son accent aussi laid que ridicule :

« – Je comprends, m'sieur. Mârci, m'sieur. Qu' la bénédiction de Dieu et celle de sa mâre soit sur vous, m'sieur.

« En plus de tout le reste, ils assassinent l'anglais de la reine.

« Et c'est tout ce que j'ai à vous dire. J'ai fermé mes malles à clef et je suis parti.

« La fille était debout à l'extrémité du couloir ; elle me tournait le dos cette fois. Les gardes la regardaient, mais elle ne semblait pas s'en apercevoir. Je n'y songeai plus et regagnai mes quartiers. [...]

« On aurait pu penser que le fait de se trouver en présence du meurtrier et de sa victime aurait laissé une plus forte impression, mais pour être parfaitement clair, il n'en fut rien. J'étais surtout inquiet d'avoir abandonné mes malles dans le réduit d'un homme qui les eût ouvertes avec les dents s'il avait pu supposer qu'elles contenaient une bouteille, un pistolet ou un chapelet. »

*

Couloir principal des cabines de première classe
– aux alentours de 13 heures –

D'après une déposition reçue par l'agent Daniel O'Dowd et le capitaine James Briggs, de la police de New York, le 20 décembre 1847, une quinzaine de jours après le meurtre. John Wainwright, matelot jamaïcain chargé de la protection des passagers de première classe, y rapporta les termes d'une violente altercation qui s'était élevée dans la salle de réception ou salon ; il crut d'abord à une dispute entre Lord et Lady Kingscourt. « Ils étaient toujours à se combattre et à se quereller, mais le capitaine nous avait ordonné de les laisser tranquilles. »

LA FEMME : Hors de ma vue, ignoble crapule !

L'HOMME : Je t'en supplie. Cinq minutes.

F : J'aurais su que tu étais sur ce bateau, comment que je me s'rais jetée par-dessus bord ! Va-t'en !

H : Aucune excuse ne pourrait l'excuser. Je meurs de honte quand j' pense à c' que j'ai fait.

F : Tu n'auras jamais assez honte. Jamais ! Tu m'entends, espèce de résidu de gamelle de chienne ? Tu pourrais rôtir en enfer pour l'éternité que ça ne ferait pas une minute de c' que tu mérites.

H : Je t'aimais. J'ai perdu la tête.

F : Mon enfant innocente, noyée comme un chien bâtard !

H [*éperdu*] : Ce n'est pas moi qui lui ai fait ça, Mary.

F : Pour sûr que si, qu' c'est toi, et tu le sais bien. Aussi sûr que si tu lui avais tenu la tête sous l'eau et qu' tu l'avais étouffée avec tes propres mains, tes mains de meurtrier.

H : Mary, pardonne-moi, pour l'amour du Christ…

F [*criant*] : L'enfant de ton propre frère ! Qui avait le sang de ta race dans les veines ! Quelle espèce de diable de la chienne de Satan es-tu ? Quelle espèce d'excuse rampante pour une vermine ?

H : Mary, jamais j' n'aurais cru qu'i' f'rait ce qu'il a fait. Sur ma vie ! Jamais. Et d'abord comment j'aurais pu savoir ?

F : Tu le savais très bien quand tu les as vus nous jeter sur la route comme des moins que rien.

H : Je n' savais pas qu'on en viendrait là. Je n'savais pas qu'ils allaient le rouer de coups. Si j'aurais été là le jour qu'ils sont venus, je les aurais empêchés, je le jure.

F : Tu leur aurais donné un coup de main, oui !

H : Mary, non. Je le jure par Jésus, je les aurais empêchés. J'ai été dénoncé aux Redresseurs [?] pour ça, Mary.

F : Tu l'as pas volé. J'espère qu'ils te tueront. Je rirai bien.

[Son interlocuteur « poussa un cri perçant, assourdissant ».]

H : Regarde, alors ! Regarde ce qu'ils m'ont fait. Ça te plaît ? Tu vois assez bien ? Est-ce que j'ai mérité cela, Mary ? Tu aurais tenu le couteau qui m'a fait ça ?

[La femme ne dit rien.]

H : J'ai parcouru le Connemara à pied, Mary. Je l'ai parcouru pouce après pouce pour te chercher. Toi et Nicholas et la petite aussi. J'ai parcouru chaque champ d'un bout à l'autre, de Spiddal [?] à Westport, jusqu'à m'arracher la peau des pieds.

F [*criant*] : Sinistre menteur, répugnant et rusé ! Maudit soit le jour où je t'ai laissé m'approcher. Espèce de bâtard de chienne qui veut se faire passer pour un homme.

H : Ça… ne te va pas de parler ainsi, Mary.

F : Il t'a maudit avant de mourir. J'espère que tu le sais. La malédiction d'un prêtre est sur ta tête et ne pourra jamais être levée.

H : Mary, ne dis pas cela !

F : Puisses-tu ne jamais regarder d'eau sans voir son fantôme dans les flammes ! Puisses-tu ne jamais trouver le sommeil de toute ta vie ! Puisses-tu mourir dans les tortures ! M'entends-tu ? Puisses-tu mourir !

On entendit une bousculade. La femme poussa un grand cri.

Le matelot jugea opportun de frapper vigoureusement à la porte. On ne lui répondit point. Des phrases furibondes furent alors échangées dans une langue que le matelot ne comprenait pas. Quelque chose se brisa dans la chambre. L'homme décida d'oublier les ordres et ouvrit la porte, craignant que la dispute n'aboutît à de fatales violences.

Le passager de l'entrepont, Mr. Mulvey, était dans la pièce avec Miss Mary Duane, la domestique de la famille Merridith. Il avait la chemise ouverte et était en larmes.

Le matelot demanda à Miss Duane si tout allait bien. Sans répondre, elle sortit du salon. Sa grande détresse ne faisait aucun doute.

Mr. Mulvey fut prié de quitter les lieux et de regagner ses quartiers. Lorsqu'il se retourna, le témoin fut horrifié de constater qu'une importante cicatrice « de la forme d'un cœur avec un *H* à l'intérieur » barrait la poitrine de Mulvey et la partie supérieure de son abdomen. La cicatrice suppurait de manière inquiétante et la gangrène noircissait la peau. « Je sentais la puanteur à l'autre bout de la pièce. »

Il quitta le salon sans ajouter un mot.

*

Salle à manger des première classe sur le pont supérieur
– aux alentours de 14 heures –

– Que se passe-t-il ?

– Le déjeuner. Quoiqu'il vienne peut-être de se terminer.

– Le capitaine Lockwood m'a dit que les enfants et moi devrions rester derrière les grilles dorénavant. Pourquoi ?

– Il faudra que vous le demandiez à Lockwood. Ce n'est pas moi qui donne les ordres sur ce vaisseau.

– Grantley dit…

– Je me fiche éperdument de ce que dit votre bien-aimé Grantley. Ou qui que ce soit d'autre. M'entendez-vous, Laura ? Vous et votre bien-aimé Grantley pourriez vous noyer que cela ne me ferait ni chaud ni froid. Je dirais même que cela tomberait à pic.

Elle s'assit à table.

– David, est-ce vrai ?

– Qu'est-ce qui est vrai ?

– Que nous sommes en danger ?

Il tourna une page de son journal.

– Ne soyez pas ridicule, bon Dieu !

– Des serrures ? Des verrous ? Des couvre-feux ? Des gardes du corps ? Il y avait sept hommes armés pour garder le couloir lorsque je suis sortie il y a quelques instants. Toute espèce de conversation privée paraît désormais impossible dans les appartements de première classe.

– C'est atrocement gênant, Laura ! Vous pouvez dire adieu à votre vie privée.

– Ce n'est pas de la mienne qu'il s'agit mais de celle de vos enfants. Ils n'ont pas été accoutumés à vivre dans une prison – elle hésita avant d'ajouter : Ce n'est pas juste non plus pour Mary.

– Il faudra bien que Mary fasse ce qu'on lui ordonnera de faire.

Deux stewards qui passaient retirèrent la vaisselle. Une éclaboussure d'écume sale atterrit sur les bordages du pont.

– Je me serais attendue à ce que vous ayez un peu plus de respect que cela pour elle. Eu égard aux circonstances.

– Je ne vois pas du tout ce que vous voulez dire.

– Mais si. Vous voyez très bien. Aussi bien que moi.

– Mary est une vieille amie de la famille, comme je vous l'ai déjà dit.

– Cela regarde votre conscience, David. Je ne m'attends pas plus à recevoir d'explications que je n'en demande. Je ne m'attends pas non plus à de l'hypocrisie lorsqu'il s'agit de juger les miennes.

Il la regarda. Elle avait les yeux fixés sur la mer.

– Sommes-nous en danger sur ce bateau, David ? J'ai le droit de savoir.

– Ce ne sont que de foutus racontars à dormir debout. Une rumeur, rien de plus.

Elle acquiesça paisiblement :

– Et les enfants sont visés eux aussi ?

Merridith ne répondit pas.

– Comment l'avez-vous appris ?

– Puisque vous tenez vraiment à le savoir, nous avons été alertés par Mulvey. L'homme pour lequel vous refusiez de lever votre précieux petit doigt. Mais, grâce au ciel, tout le monde n'est pas aussi atrocement snob que vous, sans quoi nous aurions peut-être déjà reçu quelques balles de revolver pendant notre sommeil !

Le révérend Deedes s'approcha alors de la table des Merridith et les salua. Il avait un cadeau d'anniversaire pour Jonathan, qu'il donna à la comtesse ; il s'agissait d'un exemplaire des *Cantiques d'Olney* de John Newton[1]. Remarquant sans doute qu'il interrompait une querelle domestique, il ne s'attarda point mais s'installa à une autre table, plus éloignée que celle qu'il occupait jusque-là. Lord Kingscourt retourna à son journal. Lorsqu'il leva les yeux, sa femme pleurait sans bruit.

– Laura.

Les larmes coulaient le long de ses joues.

– Je suis vraiment désolé, dit-il. Pardonnez-moi, Laura. J'ai été cruel. Je n'aurais pas dû vous parler si brutalement.

Un sanglot déchirant, désespéré, lui tordit les traits. C'était la première fois depuis des années qu'ils se touchaient délibérément. Pleurant toujours, elle enroula les doigts autour de ceux de son époux et les serra très fort. Elle ravala ses larmes et parcourut le pont d'un regard hébété ; une indicible incompréhension avait gommé toute expression de son visage.

– Il n'arrivera rien, Laura, rien. Je vous le promets.

Elle acquiesça derechef et lui baisa les doigts ; elle se leva et s'éloigna à la hâte.

1. Catholique, John Newton prêcha l'Évangile à Olney, près de Londres, après avoir commandé un vaisseau négrier anglais.

*

Le réduit de Pius Mulvey
– aux alentours de 16 heures –

(On trouvera ici les souvenirs de Jonathan Merridith, tels qu'il les évoqua bien des années après les faits ; il avait huit ans lors de ceux-ci.)

– Tout va bien, j'espère ?

Mulvey se leva d'un bond lorsqu'ils entrèrent dans la petite cabine. Une croûte de pain et un petit morceau de fromage étaient posés sur sa couche, enveloppés d'un chiffon de mousseline.

– Oui, monsieur. Merci, monsieur.

Le malheureux avait l'air aussi pétrifié que si on était venu l'arrêter.

– Parfait, parfait. C'est une belle chemise que vous avez là, dites-moi !

– C'est madame la comtesse qui me l'a apportée il y a un moment, monsieur. Je ne voulais pas l'accepter.

– Allons donc ! Elle vous va sacrément mieux qu'à moi, en tout cas.

– Vous êtes trop bon, monsieur. Merci, monsieur. Ç'a été un grand honneur pour moi de faire la connaissance de Mme la comtesse, monsieur. C'est vraiment une dame très gentille, monsieur, pour ça oui.

– Elle vous a même déniché de quoi vous ravigoter un peu, à ce que je vois, non ?

– Oui, monsieur. Merci, monsieur.

– Bien, bien. Dites-moi, Mulvey, nous voulions vous dire un mot, le capitaine et moi-même.

– Monsieur ?

Il donna un coup de coude à son fils. L'enfant fit un pas en avant et, de la voix traînante et inexpressive du gamin qui se fait tirer l'oreille, prononça un discours qu'on lui avait rabâché :

– Monsieur Mulvey, je souhaiterais vivement vous inviter à mon repas d'anniversaire, ce soir, si toutefois vous n'êtes pas empêché par des devoirs plus urgents ou par d'autres engagements.

– Et ? insista Lord Kingscourt.

– Et nous aurons un gâteau si, moi et mon frère, nous sommes sages pendant le reste de la journée.

– Mais ?

Il se renfrogna :

– Mais si nous ne nous tenons pas bien il n'y aura pas de gâteau.

Merridith adressa un clin d'œil entendu à sa bonne œuvre.

– Qu'en dites-vous, Mulvey ? Ça vous paraît une aventure intéressante ?

– Je… n'aurais rien de convenable à me mettre, monsieur. Rien d'autre que ce que j'ai sur le dos.

– Oh ! La comtesse peut demander à Mary de passer mes affaires en revue. Elle trouvera bien quelques vieilles nippes pour vous équiper !

– J'aimerais autant pas, monsieur, si ça ne fait rien à Votre Grâce. Je gênerais, c'est tout ce que je ferais.

– Allons donc ! Nous serions mortellement offensés si vous ne veniez pas. N'est-ce pas, Jons ?

– Vous croyez ?

– Diantre oui ! rétorqua son père.

– Pouvons-nous inviter Mr. Dixon, aussi ?

– J'imagine qu'il sera occupé, vieille branche.

– Non, il n'est pas occupé, Paps. Je lui ai déjà demandé. Il a dit qu'il serait enchanté. J'ai pensé qu'il pourrait nous raconter une histoire, après. Il raconte de drôlement bonnes histoires, Paps. Presque aussi bonnes que les vôtres.

Le père de Jonathan Merridith n'avait pas l'air heureux.

– Ne préférez-vous pas n'avoir que la famille et les amis, mon vieux capitaine ? J'n'aurais pas cru qu'on ferait venir une chaloupée d'étrangers.

– Moi non plus, répondit son fils, mais vous et maman avez dit que nous devions inviter Mr. Mulvey.

Lord Kingscourt poussa un soupir et dit qu'il supposait que tout irait bien.

– Votre Grâce, s'interposa Mulvey, livide et manifestement angoissé, j'aurais l'impression de gêner. Votre Grâce est bien bonne, mais c'est trop.

– Foutaises ! C'est un ordre de la comtesse… et de moi. Nous avons dans l'idée que c'est bon pour les garçons, si vous voyez ce que je veux dire.

– Monsieur le comte ?

– De frayer avec un large éventail de gens, etc. etc. Nous ne voulons pas qu'ils se figurent qu'il n'existe que des bon dieu d'aristos qui minaudent, n'est-ce pas ?

– Monsieur.

– Ma mère, que vous avez eu l'amabilité d'évoquer plus tôt. Elle organisait tous les ans un grand raout pour son anniversaire. Les fermiers, les ouvriers agricoles. Pas de chichis, pas de grands airs. Tout le monde accourait et se frottait à son voisin. Plus de maîtres ni de serviteurs. Satanée absurdité, cette distinction… Tous ensemble, ceux de Galway, vous comprenez. Une tradition que nous aimerions maintenir, si vous voulez.

– Monsieur.

– Bon. Soyez un chic type. Faites un saut jusque chez nous aux alentours de sept heures. D'accord ? Merci, mon vieux. Oh ! Et puis il y a ceci.

Il tendit un coupe-chou à Mulvey.

– Idée de la comtesse, expliqua Lord Kingscourt. C'est un bon instrument, vous verrez.

*

Pièce de réception servant de salle à manger à la famille Merridith
– aux alentours de 19 heures –

Mulvey entra en traînant les pieds, en nage, le visage enfariné ; il flottait dans son habit d'emprunt. Il avait eu recours à une espèce de graisse pour coller ses cheveux sur son crâne, et sa peau brillait comme de la glace sur un cadavre.

Car c'est un joyeux boute-en-train
Car c'est un joyeux boute-en-train
Car c'est un joyeux boute-en-train
Ça, personne ne peut le nier.

D'un côté de la table étaient assis Robert Merridith et sa mère ; entre eux Jonathan, le vicomte de huit ans, portait une couronne rudimentaire en papier journal. Sa mère et son frère arboraient eux aussi des chapeaux de papier. Mary Duane et Grantley Dixon, tous deux mal à l'aise sous leurs bonnets de carton, tournaient le dos à la porte, et Mulvey ne pouvait les voir. A l'extrémité de la table, près du hublot, avait pris place Lord Kingscourt de Carna. Il lui adressa un geste de bienvenue. Il ne portait pas de chapeau.

– *Failte*, cria-t-il.

« Bienvenue » en irlandais.

– Les garçons ? dit Laura Merridith en se levant vivement. Voici notre invité d'honneur, Mr. Mulvey.

– Bonsoir, monsieur Mulvey, sourit Jonathan de toutes ses dents.

Armé d'une cuiller à dessert reluisante, il l'encouragea d'une large bénédiction.

– D'où peut-il bien sortir, celui-là ? demanda Robert Merridith d'un ton dédaigneux.

– Mr. Mulvey est un ami qui se joint à nous pour le dîner.

– Madame la comtesse est bien aimable de m'inviter, murmura l'intrus.

– C'est plutôt vous qui êtes aimable d'avoir bien voulu accepter, monsieur Mulvey. Asseyez-vous, je vous en prie. Nous vous avons gardé votre couvert.

Il se dirigea vers la dernière place libre et s'assit entre Grantley Dixon et Mary Duane. En face de lui, les enfants et leur mère riaient discrètement. Il contempla l'arsenal de couverts d'argent resplendissants, la phalange de verres de cristal et les piles d'assiettes magnifiques. Quatre stewards portant des plateaux à tréteaux chargés de victuailles firent leur entrée sous les acclamations et les sifflements enthousiastes des enfants.

– Du pain d'épice ! hurla le premier.

– Du gâteau ! clama l'autre.

– N'auriez-vous pas oublié quelque chose, Mulvey ? s'enquit Lord Kingscourt.

Il leva la main droite et claqua des doigts avec sévérité. La comtesse alla chercher une calotte en papier journal et la déposa, non sans cérémonie, sur la tête de l'invité.

– Cela ne vous ennuie pas, j'espère ? demanda-t-elle avec un petit rire gêné.

– Diantre non, que cela ne l'ennuie pas, espèce de dinde ! Je n'ai encore jamais rencontré personne qui n'aime pas les fêtes à Galway.

Les stewards n'avaient pas fini de disposer les plats sur de petites tables : jattes de pommes de terre et de carottes fumantes, plats scintillant de moiteur, cruches de limonade, de *syllabub*[1] et de crème anglaise.

– Qu'est-ce que vous vous êtes fait à la figure ?

– Je me suis coupé en me rasant, jeune maître.

– Vous vous êtes quasiment arraché la tête !

– Jonathan ! dit sa mère.

D'autres tables roulantes arrivèrent, suivies de plateaux. Mary Duane se leva de table pour aider les stewards. Jonathan Merridith souriait béatement à Mulvey :

– Mon grand-père s'est battu aux côtés de Nelson. Il a tué des tas de Froggies. Vous avez déjà tué un Froggy, monsieur Mulvey ?

– Non, jeune maître.

– Un Allemand ?

– Non, jeune maître.

– Il pourrait bien vous tuer dans une minute, si vous ne vous taisez pas, dit Lord Kingscourt. A boire, Mulvey ?

– Je ne bois pas, monsieur, je vous remercie.

– Allez ! Un petit coup. Bordeaux ou chablis ?

– Le vin… je ne connais pas le vin, monsieur.

– Oh ! Vous devez bien avoir une préférence. Allez, avouez !

Sensible à l'embarras de leur invité, Laura Merridith s'interposa :

– Vous savez, monsieur Mulvey, je n'ai pas de préférence non plus. Il m'a toujours semblé que le temps consacré à des sujets pareils était du temps perdu. N'est-ce pas votre avis ?

– Madame.

– Peut-être accepterez-vous de goûter un peu de xérès avec moi ? C'est ce que je préfère.

– Merci, madame. J'accepte dans ce cas, merci.

– Je ne vois pas ce satané xérès par ici ! s'écria Lord Kingscourt.

1. Dessert alcoolisé à base de crème battue ou de lait.

– Il est là, David, à portée de votre main.

– Ah ! en effet. Ayez pitié du pauvre aveugle. Je suis là à tourner en rond comme un imbécile, ce soir.

Lord Kingscourt le servit et lui apporta son verre.

– J'aimerais tuer quelques Froggies quand je serai grand. Peut-être bien quelques Allemands aussi. Envoyer un boulet de canon en plein dans leurs vilaines faces joufflues !

– Jonathan, je vous en prie, dit sa mère.

– Oui, eh bien, je le ferai.

– Saviez-vous que le mari de la reine Victoria était allemand, vieille branche ? demanda son père.

– C'est un affreux mensonge.

– Pas du tout. Aussi allemand que les saucisses.

– Vous aimeriez peut-être dire le bénédicité ce soir, Jonathan.

– Je veux que ce soit Mr. Mulvey qui le dise. Il a une belle voix.

– Quelle idée épatante ! dit Lord Kingscourt. Cela ne vous ennuie pas, Mulvey ? Quand vous serez disposé, naturellement.

Il récita les mots de la prière à voix basse, sans y mettre la moindre expression : « Bénissez-nous, Seigneur, bénissez ces dons que nous devons à votre bonté, par le Christ notre Seigneur. »

– Amen.

Lady Kingscourt et Mary Duane entreprirent de servir des assiettes de salade. Le héros de la fête vidait sa timbale de limonade.

– Êtes-vous un disciple de Wesley, monsieur Mulvey ?

– Non, jeune maître.

– Méthodiste, alors ?

– Non, jeune maître.

– Vous ne seriez pas un de ces satanés Juifs, par hasard ?

– Mr. Mulvey est catholique romain, Jonathan, dit Lord Kingscourt. Du moins, je le suppose. C'est bien cela, Mulvey ?

– Oui, Votre Grâce.

– Ah oui ! dit Jonathan Merridith. Bien sûr. J'aurais dû m'en douter.

– J'ai toujours considéré le catholicisme comme une religion très sympathique, commenta faiblement Laura Merridith. Douée d'un merveilleux sens théâtral, à mon avis. Nous avons beaucoup d'amis très proches qui sont catholiques romains.

– Oui, madame.

– Mr. Dixon est juif, dit Lord Kingscourt d'une voix paisible. Voilà encore une religion sympathique.

Jonathan Merridith parut sidéré :

– C'est vrai, Grantlers ?

– Ma mère l'était, en effet.

– Je croyais que les Juifs avaient des barbes – il parlait la bouche pleine. Ils en ont toujours dans les journaux.

– Vous feriez peut-être bien de ne pas croire tout ce que vous voyez dans les journaux.

Quelques-uns des adultes présents saluèrent ce commentaire d'un rire poli.

– Voilà une remarque à laquelle personne ne trouvera rien à redire, approuva Lord Kingscourt.

– A quoi croient donc les Juifs, Grantlers ?

– Ils croient à bien des choses auxquelles nous croyons nous aussi, répondit Lord Kingscourt : qu'il faut donner à chacun sa chance. Qu'il ne faut pas frapper un homme à terre. Ce sont souvent des gens remarquablement bons et humains.

– Ce n'est pas ce que disaient certains professeurs de Winchester.

– C'est bien triste, voilà tout, et bien bête de la part de ces vieux birbes…

L'enfant se tut et fixa son assiette. Pendant un moment pesa sur les convives un silence fiévreux, que seul troublait le grincement des fourchettes sur la porcelaine. Chacun d'entre eux, semblait-il, attendait que son voisin dénichât un sujet de conversation, mais au bout de plusieurs minutes personne n'avait rien trouvé.

Les chandeliers de cristal et les colonnes luisantes, en bois de teck, donnaient à la salle l'aspect d'un restaurant parisien. Seul le cliquetis d'une chaîne derrière le hublot rompait l'illusion.

– Oh, Dixon ! lança Lord Kingscourt en plantant sa fourchette dans son assiette, je voulais vous dire que j'avais vu cet article de vous, dans le *New York Tribune*. Celui dans lequel vous avez été assez aimable pour parler de moi. Votre réponse à cette lettre idiote que j'avais écrite. Un gars me l'a trouvé sur ce rafiot que nous avons croisé l'autre jour.

– Il se pourrait que je me sois un peu trop échauffé en le rédigeant.

– Du tout. En fait je me suis dit qu'il y avait là matière à réflexion. Si je puis me permettre. Vous avez mille fois raison. Tout ce que nous possédons… Cela paraît injuste, d'une certaine façon. Votre prose a plutôt cristallisé certaines choses que je pense moi-même.

Dixon le regarda, sûr de retrouver sur le visage de son hôte l'éternel sourire sarcastique. Mais ce dernier ne souriait pas. Il était pâle et semblait épuisé.

– Mmm, marmonna le comte.

Il secoua la tête et mit un petit pain en miettes. Ses yeux parcoururent la pièce et prirent une expression étrangement désorientée ; on eût dit que tout à coup il ne savait plus comment il était arrivé là.

– Il n'y en a pas de meilleurs au monde, à mon avis. Que les Irlandais, je veux dire. Je me suis toujours senti chez moi là-bas, avant que les choses tournent mal.

Il eut un sourire mélancolique :

– Le monde est bien injuste, vous ne trouvez pas ?

– Il est exactement ce que nous l'avons fait, selon moi.

– Parfaitement. Parfaitement. Bien dit – il mâcha longuement la bouchée suivante. J'avais pensé… vous savez… si ce bon vieux domaine de Kingscourt m'était revenu… J'avais espéré réussir un peu mieux. Que par le passé, je veux dire. J'eusse tenté le coup, en tout cas.

Il se versa un verre de vin mais ne le but pas tout de suite :

– Y a plus d'espoir que cela arrive, maintenant. Dommage.

– Paps, dit Jonathan Merridith, « y a plus » est vulgaire.

– Et si nous parlions de quelque chose d'un peu moins ennuyeux, suggéra Lady Kingscourt d'un ton appuyé.

– Désolé. Voilà que je redeviens fichtrement empoisonnant. Il y avait longtemps – il se tourna vers son fils. Combien de coups de canne pour père ? Décidez de ma punition.

Le garçon tendit son verre :

– Encore de la limonade pour le roi !

Son père rit franchement et se dirigea vers la petite table chargée de boissons. Il souleva une cruche et se mit à verser. Ce qui arriva ensuite à David Merridith fut si choquant qu'il lui fallut un moment pour comprendre qu'il souffrait.

– David ? demanda sa femme. Que se passe-t-il ?

Dixon se leva précipitamment et le rejoignit à l'instant où il perdait l'équilibre. Il heurta un plat dont le contenu se répandit sur la carpette. Des gouttes de sueur perlaient à son visage. Un tremblement le secoua. Il eut un léger hoquet.

– Vous allez bien, Merridith ? Vous êtes tout pâle.

– Je vais on ne peut mieux. Ce n'est rien. Satanées aigreurs d'estomac !

Dixon et la comtesse l'aidèrent à se remettre sur ses pieds. Il eut un nouveau frisson et s'appuya des deux mains sur la table.

– Paps ?

– Voulez-vous que j'appelle le médecin, David ?

– Ne soyez pas si bête, bon Dieu ! Ce n'est qu'une petite crampe d'estomac ou quelque chose du même genre.

– Jonathan chéri, voulez-vous courir voir si le Dr Mangan est chez lui ?

– Laura, je vous en prie, tout va bien. Continuons notre repas et n'en faisons pas un drame, je vous assure.

Il se rassit péniblement et but un grand verre d'eau glacée, eut un geste apaisant pour rassurer la comtesse, se tamponna le front avec une serviette froissée.

– Satanées rations de bord ! gloussa-t-il. Colleraient la chiasse à un macchabée.

A l'entendre jurer, ses fils pouffèrent de soulagement et de plaisir.

– David, je vous en prie.

– Désolé. Oubliez cette remarque, vous deux.

– Puis-je vous repasser les légumes verts, Jonathan ? demanda Grantley Dixon.

– Non, merci. Je ne mange que du pudding.

– Certainement pas, monsieur, dit Laura Merridith, l'œil sévère.

L'enfant accepta une cuillerée de légumes ramollis. Fronçant le nez, il pignocha dans son assiette avec son couteau.

– Il y aura double dose de leçons demain, pour les jeunes gens nerveux qui ne mangent pas leurs légumes, menaça Lord Kingscourt. Ensuite, ils devront subir le supplice de la planche.

– Je hais les leçons. Encore plus que les filles.

– Avez-vous jamais entendu une chose pareille, Mulvey ? Un garçon qui n'aime pas ses leçons !

– Non, monsieur.

– A votre avis, qu'arriverait-il à un garçon de ce genre s'il ne s'amendait pas ?

– Je ne sais pas, monsieur.

– Diantre oui, que vous le savez ! Vous êtes trop poli pour le dire, voilà tout. Vous pensez qu'il n'arrivera pas à grand-chose dans la vie, n'est-ce pas ?

– Monsieur.

– Tout juste. Il pourrait être forcé de devenir ramoneur, par exemple ?

– Monsieur.

– Quel autre métier pourrait-il embrasser sinon, à votre avis ? Un paresseux qui aurait négligé ses leçons ?

Tout le monde le regardait maintenant, à l'exception de Mary Duane.

– Marchand des quat'-saisons, peut-être, monsieur.

Lord Kingscourt partit d'un rire joyeux :

– Vous entendez cela, espèce de petit fainéant indolent ? Vous deviendrez marchand des quat'-saisons, si vous n'y prenez garde. Par ici les pommes à couteau, m'dame ! Un penny la douzaine, mais oui, madame !

Le garçon se renfrogna et s'écarta brusquement de son père.

– Aujourd'hui, nous avons eu une leçon d'astronomie, dit Lord Kingscourt en ébouriffant les cheveux de son fils. Mais j'ai bien peur que cela ne vous ait pas inspiré, hmm ? Le caramel et la mélasse sont les seules choses qui vous inspirent. Mais du moins essayons-nous de faire preuve de bonne volonté. N'ai-je pas raison ?

A l'aide de sa fourchette, l'enfant divisa un œuf en quartiers des plus approximatifs. Son visage avait la couleur du vin de son père.

– Jons, dit doucement sa mère, votre père plaisantait.

Il approuva d'un air maussade mais garda le silence. Merridith observa sa femme. Elle posa sur lui un regard difficile à déchiffrer. A plusieurs reprises, le comte sembla sur le point de parler, mais il y renonça.

– Vous savez où aller à New York, monsieur Mulvey ? s'enquit Grantley Dixon.

– Non, monsieur.

– Vous y avez de la famille, je suppose ?

– Non, monsieur.

– Des amis, alors ?

– Non, monsieur.

Mulvey continuait de manger, la tête basse. Il mangeait comme un homme qui avait connu la faim, un homme pour qui manger était devenu aléatoire : en cadence, avec détermination, avec une extrême concentration, comme si le niveau baissait inexorablement dans le sablier de la Providence et que son assiette dût lui être enlevée à la disparition des derniers grains. Il ne se goinfrait pas, il n'engloutissait pas ; c'eût été beaucoup moins efficace : en se hâtant, on risquait de négliger la plus infime des miettes. Ses mains s'élevaient et s'abaissaient comme celles d'un petit tambour de marionnettes, de l'assiette à la bouche, de la bouche à l'assiette, et il avalait cependant qu'elles s'abaissaient, de façon que sa bouche soit vide à l'instant où sa fourchette s'élèverait pour la surprendre une fois encore. Il mâchait rapidement, machinalement : le goût ne lui importait guère. Cela faisait des années qu'il ne se souciait plus du goût. Ses mains tremblaient parfois. Son visage ruisselait sous l'effort. Le spectacle est difficile à décrire ; à la lecture il semble ridicule, mais y assister était plus difficile encore et pas drôle du tout. Même ces deux joyeux bambins cessèrent de rire lorsqu'ils remarquèrent le comportement de Mulvey. J'avais le sentiment qu'aucun de nous ne rirait plus jamais. La pièce pouvait bien prendre feu, ou le navire heurter un iceberg : il eût continué implacablement de manger cependant que la mort s'attablait.

– Peut-être… commença Laura Merridith.

Sa voix se perdit ; jamais auparavant elle n'avait assisté au repas d'un homme affamé.

– Peut-être nous feriez-vous l'honneur de rester avec nous quelque temps, reprit-elle. Cela ne vous paraît-il pas une bonne idée, David ?

Elle essayait de ne pas pleurer.

Lord Kingscourt contempla sa femme avec une expression de gratitude effarée.

– Quelle charmante pensée ! Je me demande pourquoi elle ne m'est pas venue.

Mulvey cessa de manger et fixa le plancher. On avait le sentiment étrange que l'air se colorait autour de lui.

– Cela ne me serait pas possible, monsieur.

– Vous nous combleriez en acceptant. Le temps de vous remettre en selle.

La comtesse effleura le dessus de son poignet décharné.

– Vous nous combleriez vraiment. Nous vous sommes tellement reconnaissants !

Les larmes montèrent aux yeux de leur hôte, mais il les écrasa entre ses doigts. Il pencha davantage la tête pour dissimuler son visage, avança la main pour prendre un verre et but une gorgée d'eau trouble.

– Reconnaissants de quoi ? demanda Jonathan Merridith.

– Mr. Mulvey m'a rendu un petit service, voilà tout, répondit son père.

– Mais lequel ?

– Mêlez-vous de vos affaires, mon garçon !

– Je vous demande pardon, madame, dit tout à coup Mary Duane, mais m'autorisez-vous à me lever de table ?

La comtesse la regarda :

– Êtes-vous de nouveau souffrante ?

– Oui, madame.

– Vous n'en avez pas l'air. En êtes-vous sûre ?

– Madame.

– Au nom du ciel, que se passe-t-il ? Je vous ai avertie au moins par trois fois, c'est une réunion très spéciale.

– Seigneur Dieu, soupira Merridith, si Mary dit qu'elle est souffrante, c'est qu'elle est souffrante, Laura. Faut-il donc que sa tête tombe et roule sur la table ?

Robert Merridith eut un rire nasillard à cette pensée. Son père lui lança un regard malicieux, assorti d'une grimace de clown.

– Voilà votre mère qui fait sa tête de mule ! Cela lui prend de temps en temps, hein ?

– J'ai simplement voulu dire que ce serait dommage de gâcher l'anniversaire de Jonathan, protesta la comtesse. Mais si Mary veut partir, qu'elle parte, bien sûr.

– Ne pourriez-vous pas rester un petit peu, Mary ? s'enquit Jonathan d'un ton geignard. Je préférerais vraiment que vous restiez.

Un long moment s'écoula. Elle se replongea dans son assiette.

– Puis-je vous offrir un verre d'eau, miss Duane ? suggéra Grantley Dixon.

Elle le remercia d'un signe de tête. Il remplit son gobelet. Les convives finirent leur salade sans ajouter un mot.

On emporta les assiettes, puis un plat chargé de trois volailles fut déposé sur la table. Lord Kingscourt saisit un couteau à découper et le tendit à Mulvey.

– Petite tradition, expliqua-t-il. Nous demandons toujours à l'invité d'honneur de bien vouloir découper.

– David, je vous en supplie, un peu moins de cérémonie !

– Oh, mais taisez-vous donc, femme, par pitié ! Tout le plaisir est là. Garde à vous, au pas de charge, caporal Mulvey, et faites votre devoir si vous ne voulez pas être fouetté.

Mulvey prit le couteau, se leva péniblement et se mit à découper la viande. La comtesse et Dixon lui passaient les assiettes. Il tranchait avec une précision surprenante, comme s'il avait l'habitude de la chose. Chaque fois que quelqu'un disait merci, il inclinait brièvement la tête sans souffler mot.

Les assiettes remplies, ils recommencèrent à manger. Plats de légumes et saucières passèrent rapidement de main en main. On remplit des verres, on ouvrit des bouteilles de vin. Seul le silence de Mary Duane nuisait au climat de réjouissance ; le sien et celui de Mulvey le tueur. Leur mutisme planait sur la table comme une question non formulée.

– N'est-ce pas agréable ? lança Lord Kingscourt au bout de quelques minutes. Tout le monde picore ensemble. Nous devrions organiser cela plus souvent.

Les garçons émirent de vagues grognements à peine audibles. Aucun adulte ne réagit.

– Comment le barde exprime-t-il cela, Dixon ? Joyeuse fête, etc. ?

– « Petite chère et grand accueil font un joyeux festin. »

– Voilà. Et comme c'est vrai ! C'est dans ce bon vieil *Othello*, Jonathan.

– En fait, le reprit gentiment Dixon, c'est dans *La Comédie des erreurs* [1].

1. Shakespeare, *op. cit.*, t. 1, d'où nous reprenons la traduction de François-Victor Hugo.

– Bien sûr, que je suis bête ! Antipholus, non ? Le drille d'Éphèse.

– Balthazar, pour être exact. Acte III, scène 1.

– Sacré nom, soupira Merridith en se tournant vers son fils, c'est le bonnet d'âne pour votre imbécile de Paps, ce soir. Dieu soit loué, nous avons Mr. Dixon parmi nous !

Dixon émit un rire circonspect :

– J'ai joué le rôle quand j'étais étudiant, voilà tout !

– Oh ! Je parie que vous étiez très bon.

Lord Kingscourt sourit.

Le navire piqua du nez. Le lustre tinta. Le comte détacha un morceau d'aile de poulet et se mit à le manger avec les doigts.

– Je vous demande pardon, monsieur Mulvey, fit une petite voix timide qui avait à peine prononcé une syllabe depuis le début du repas.

L'invité contempla le visage de Robert Merridith, assis en face de lui. Un joli petit garçon. La vitalité de son père.

– N'êtes-vous pas entré dans mon gaillard, un matin ?

– Non, jeune maître, je n'y suis pas entré.

Mulvey secoua la tête.

– Un matin vous êtes entré dans mon gaillard. Avec un drôle de masque noir sur la figure et un énorme couteau…

– Bobby, cela suffit, l'interrompit Merridith en soupirant. Veuillez nous excuser, Mulvey, nous avons une imagination fertile.

– Ce n'était qu'une plaisanterie, monsieur. Ne vous inquiétez pas.

– Je ne plaisante pas – l'enfant eut un gloussement inquiet. C'était vous, monsieur Mulvey, n'est-ce pas ?

– Bobby, je vous ai dit que cela suffisait. Maintenant taisez-vous et avalez votre satané dîner.

– Je crois que nous sommes un peu fatigué, David, dit doucement la comtesse. Vous savez que nous devenons plus imaginatif quand nous sommes fatigué.

– Nous pouvons être aussi fatigué que nous le souhaitons. Cela ne nous donne pas le droit d'être impoli.

– Je ne voulais pas être impoli, Paps. Je pensais que c'était lui, voilà tout !

– Ce n'est rien, tout le monde peut se tromper, intervint sa mère, qui se tourna vers l'invité d'honneur. Je suis sûre que Mr. Mulvey comprend.

Robert le fixait à présent. Mulvey s'efforça de rire :

– Un grand type comme moi ne passerait jamais par une petite fenêtre comme celle-là, jeune maître.

– Mais il avait une drôle de façon de marcher. Exactement comme la vôtre. Il était infirme. Il…

Ensuite on entendit claquer une gifle. La tête de l'enfant bascula en arrière. Le bateau tangua. Nul ne pipait mot.

– Présentez vos excuses à notre invité, et vite !

– Monsieur, ce n'est pas la peine, balbutia Mulvey.

– Que si ! Exécution !

– Je v-vous demande pardon, monsieur Mulvey.

– Et maintenant demande pardon à ton frère d'avoir gâché son anniversaire.

– David, au nom du ciel…

– Je vous *interdis* de m'interrompre, Laura, quand je parle à mon fils. Vous me comprenez, femme ? Faut-il que je l'écrive avec mon propre sang ? *Faut-il vraiment que vous affichiez en toute occasion le manque de respect et le mépris que vous éprouvez pour moi ?*

Elle ne répondit pas. Il s'adressa de nouveau à l'enfant :

– J'attends, Robert.

– Je te demande pardon, J-Jons.

– *Appelez-le par son prénom, imbécile, vous êtes ridicule* !

– Je te demande pardon, J-Jonathan.

– Acceptez-vous ses excuses, Jonathan ?

– Oui, monsieur.

– Serrez-vous la main.

Ils firent ce qu'on leur ordonnait. Robert pleurait sans bruit.

– Et maintenant allez vous coucher tout de suite. *Vous me faites mal au cœur.*

L'enfant se laissa glisser de son siège et, chancelant, sortit du salon. Au bout de quelques minutes, Mary se leva et le suivit.

Merridith se servit du vin et but longuement. Il se replongea dans son assiette comme si rien ne s'était passé. Un air d'hébétude noya ses traits, et il coupa sa viande avec une attention chirurgicale.

– Je souhaiterais joindre mes excuses aux siennes, Mulvey. Les miennes et celles de ma femme. Ma femme estime qu'il faut laisser les enfants libres de faire tout ce qui leur passe par la tête. C'est la conséquence de l'éducation qu'elle-même a reçue, j'imagine.

– Votre Grâce…

– Plus un mot. Je n'ai rien contre les plaisanteries. Mais je ne tolère pas les mauvaises manières. Nous ne sommes pas dans une porcherie.

Dixon était comme frappé d'immobilité. Jonathan Merridith était pâle. La comtesse alla empiler les assiettes sales sur une petite table. John le Conqueroo poussa un grognement et se rapprocha de l'Amérique.

– Et maintenant, sourit le comte, qui veut du gâteau ?

CHAPITRE XXXII

EXTRAIT DE « LA BRUNISSURE »

FRAGMENT D'UNE NOUVELLE INACHEVÉE
DE G. GRANTLEY DIXON

Les détails de l'extrait suivant furent tirés des notes du Dr William Mangan (prises au moment des faits), ainsi que d'un long entretien que l'auteur eut avec lui peu de temps avant sa mort en 1851.

62° 08 'O. ; 44° 13 ' 11"N.
– 23 h 15 –

– Je ne vous dérange pas, Monkton ? demanda Lord Thomas Davidson.

Le chirurgien au visage las recula sur le seuil et loucha de surprise.

– Lord Queensgrove ! Du tout. Entrez, monsieur, entrez.

La cabine était en ordre, bien que fort encombrée. La sœur du praticien, assise auprès d'une table à jeu sur laquelle une théière et des tasses de porcelaine voisinaient avec un jeu d'échecs aux pièces japonaises, portait un kimono, japonais lui aussi. Elle se leva pour l'accueillir ; un pli soucieux barrait son front.

– Bonsoir, Mrs. Darlington. Pardonnez-moi de vous déranger à cette heure indue !

– Je vous en prie. J'espère que tout va bien – ses cheveux détachés étaient humides. Il ne s'agit pas d'un enfant ?

– Ils dorment tous deux comme Endymion. Nous avons fêté un anniversaire, ce soir.

La lampe fixée au plafond, mise en veilleuse, éclairait faiblement la table à jeu, et les coins de la pièce se perdaient dans l'ombre. Un miroir sombre surplombait le bureau coincé dans une alcôve ; une gravure de chasse s'y reflétait.

– Vous prendrez bien une tasse de thé avec nous ? ou quelque chose d'un peu plus fort ? J'ai une bonne bouteille de madère au fond d'un placard.

– Non, merci, Monkton. En fait, je voulais vous demander une consultation, si vous avez un moment à m'accorder.

Le médecin acquiesça à demi.

– Très honoré, lord Queensgrove. Vous ne vous sentez pas très en forme, c'est cela ?

– Euh … il y a cela, et encore une petite chose.

– Bien, bien. Il se trouve justement que, Mrs. Darlington et moi, nous avions remarqué que vous étiez un peu pâle, ces temps-ci. Nous en parlions à l'instant.

– Je crains que ce ne soit un peu délicat.

– Ah ! Vous préféreriez que Mrs. Darlington nous laisse seuls un moment ?

– Non, non. Pas du tout. Ce n'est pas ce que je voulais dire.

C'était précisément ce qu'il voulait dire, mais il avait peur de vexer Mrs. Darlington. Le médecin parut comprendre et se tourna vers sa sœur :

– Marion, très chère, cela vous ennuierait-il de vous occuper de ce petit message dont je vous ai parlé ?

– J'y allais, cher ami, répondit-elle en souriant.

Comme elle sortait de la cabine, Monkton émit un petit rire jovial :

– Nous autres hommes avons parfois du mal à prendre soin de nos personnes comme il le faudrait, et à dire les choses. En cela nous ne ressemblons pas du tout aux *memsahibs*. Et pourtant, vous savez, c'est absolument nécessaire.

– Tout à fait, acquiesça Lord Queensgrove.

Il sentait déjà qu'il avait eu tort de venir. Il exécrait les manières bavardes du médecin, qui croyait se faire bien voir en papotant, comme il détestait la familiarité et la présomption que celles-ci supposaient.

– Voulez-vous m'en dire un peu plus ? Oh ! Veuillez excuser ma balourdise. Asseyez-vous, je vous en prie, monsieur le comte, asseyez-vous.

Il lui désigna un fauteuil, à côté du petit bureau à cylindre, et s'assit lui-même sur un tabouret.

– C'est plutôt déconcertant à dire. Je me sens un peu embarrassé.

Le praticien ouvrit un tiroir et en sortit un calepin. Nord ou sud ? Si j'ose dire.

– Sud.

Il opina diplomatiquement du bonnet et plongea sa plume dans l'encrier.

– Un petit problème digestif ? Ce genre de chose ?

– Ce n'est pas cela.

Il se lécha les doigts pour séparer les pages, opina derechef et se mit à écrire.

– Sud-sud-ouest, alors. Seigneur Nabuchodonosor.

– Je vous demande pardon ?

– Les bons vieux jeux d'eaux, si vous voulez.

– C'est bien cela. L'image n'est pas mal trouvée.

– Manque de vigueur ?

– Non, ce n'est pas cela.

– Inflammation, douleur ?

– Un peu des deux.

– Mm… Vous urinez normalement, ces temps-ci ?

– Pas vraiment. Cela devient extrêmement douloureux dans ces moments-là.

Le médecin opina encore du chef, comme si cette réponse ne le surprenait pas. Pendant un moment on n'entendit que le grattement de la plume sur le papier.

– Des écoulements, peut-être ?

Le mot frappa le patient comme une gifle en travers de la bouche. Il rougit brusquement ; son visage était presque en feu.

– Parfois, répondit-il.

– Ah, je vois !

Le médecin prit des notes dans son calepin. Cela parut long à Lord Queensgrove. Ensuite le Dr Monkton pinça les lèvres, qu'il avait pâles, et poussa un soupir de fatigue.

– Les conditions à bord d'un navire ne sont pas ce qu'elles devraient être, bien entendu. Je me place sur le plan de l'hygiène. Même ici, en première classe. C'est ma petite bête noire, je dois l'avouer. La mienne, mais aussi celle de Mrs. Darlington. Ah ! lord Queensgrove, que d'ennuis la seule propreté pourrait nous épargner ! Mrs. Darlington réalise un travail important auprès des pauvres.

Pendant un moment Davidson ne sut que dire. Il se demandait si on l'invitait à défendre la politique d'hygiène en vigueur sur le bateau ou la sienne propre, ou bien à commenter le labeur mystérieux de Mrs. Darlington chez les pauvres. Mais déjà l'homme de science fourrageait dans un petit sac de cuir.

– Vous appréciez l'alcool, monsieur ?

– Peut-être trop, parfois.

– Vous n'êtes pas le seul, loin de là ! gloussa le médecin.

– En effet.

– Mais nous avons tous besoin de surveiller notre consommation habituelle. L'alcool n'arrange ni les jeux d'eaux ni le foie. C'est une question de renforcement des toxines, voyez-vous. Son abus peut entraîner des douleurs dans la région lombaire, et aussi dans la zone intime en général. Des sueurs nocturnes, également.

– Je comprends.

– Vous prenez des bains régulièrement, monsieur, bien entendu ? s'enquit-il en retirant un stéthoscope et deux ou trois petits instruments métalliques de sa valise.

– Deux fois par semaine, oui.

– Mm. Voilà un garçon raisonnable. C'est bien.

Il retourna à son calepin et se remit à écrire, en prononçant à haute voix les derniers mots, comme un maître d'école satisfait remplissant un bulletin : « Se baigne deux fois par semaine. » Dans un effet de manches il souligna en appuyant bien fort, et conclut par un point final vigoureux, comme s'il essayait d'épingler un insecte avec la pointe de sa plume.

– A votre place, je passerais à un jour sur deux. Ou même à un bain par jour, si vous y arrivez.

– Très bien.

– A la bonne heure. Et maintenant, venez par ici, que nous examinions le vieux champ de bataille, hein ?

Le praticien alluma une lampe à huile et rallongea la mèche ; la flamme, ravivée, prit une riche nuance dorée. Des vêtements humides et des draps avaient été suspendus tout autour du salon : sur les chaises, sur le sofa, sur un paravent pliant.

Davidson ouvrit sa culotte et son caleçon et les laissa glisser jusqu'à ses cuisses. Il défit les trois derniers boutons de sa chemise. Le médecin retira d'une pile de vêtements repassés un linge qui avait l'air d'une taie d'oreiller ; d'un geste vif, il en recouvrit le dossier d'une chaise :

– Appuyez vos arrières contre ce siège, si vous le voulez bien.

Il fit ce qu'on lui demandait. Monkton s'agenouilla et entreprit de l'examiner.

– Un peu délicat par ici ?

– Oui.

– Là aussi, je suppose.

Davidson frémit.

Le médecin fit claquer sa langue pour exprimer sa sympathie fraternelle.

– Soyez gentil. Encore une ou deux minutes de patience. Je crois que l'ennemi est en vue.

L'un des instruments d'acier était si froid qu'à son contact il frissonna. Ensuite il ne sentit que la chaleur de la lampe sur sa peau qui le démangeait ; les doigts du praticien qui lui exploraient le scrotum et le périnée. Puis une douleur fulgurante lui transperça les reins et le bas du ventre, un tremblement agita ses cuisses.

– Mm… Bien ce que je pensais, marmonna Monkton, qui se leva en grimaçant sous l'effort. Petit parasite. Infection d'un genre assez bénin, rien de plus. Contrariété douloureuse, mais facile à vaincre. La petite bête sévit toujours dans les endroits où la promiscuité est intense. Les prisons, les casernes. Ce genre de choses – il s'arrêta et renifla. Les ateliers pour indigents.

– Avez-vous une idée de la façon dont je l'ai attrapée ?

Il regarda Davidson dans les yeux quelques instants.

– Vous en avez peut-être une vous-même, monsieur.

Lord Queensgrove eut chaud tout à coup. Il haussa les épaules :

– Non.

Le praticien hocha la tête. Il se dirigea vers une table de toilette et commença de se laver les mains et les poignets avec soin :

– Des vêtements ou une serviette mal lavés. Un siège de cabinets, aussi. La friction des cuisses ou des sous-vêtements peut aggraver les choses. Mais un bon bain chaud vous remettra d'aplomb. N'utilisez pas de savon, rien que de l'eau très chaude. Aussi chaude que vous pourrez la supporter. Demandez à votre femme d'envoyer votre jolie petite domestique aux cuisines chercher une bonne poignée d'ail et flanquez cela dans l'eau en plus. A l'odeur, on vous prendra pour un Français, mais cela ne durera pas longtemps, ajouta-t-il en souriant aimablement.

Le bateau roulait doucement et se redressait avec lenteur, faisant osciller la lanterne suspendue au plafond. Des ombres dansaient autour de la pièce sans air.

– Oh ! Et il vaudrait sans doute mieux s'abstenir de toute espèce d'effort pendant une quinzaine ou deux. Maritalement. Vous voyez ce que je veux dire.

– Je comprends.

Monkton baissa la voix et poursuivit sur un ton bizarrement lugubre :

– Ces petites choses peuvent être transmises aux dames. Et avec les dames, bien entendu, le traitement est infiniment plus difficile. La tuyauterie, voyez-vous. Elle n'est pas aussi accessible.

– Parfaitement.

Davidson remonta sa culotte et commença de reboutonner sa chemise. Un gémissement monta du plancher, comme si le bois luimême souffrait. Il remarqua alors que le médecin semblait le fixer. Il souriait de nouveau, mais pas avec les yeux.

– Quel est ce joli petit bonhomme ? Là, sur votre abdomen.

– Oh, ça ! – il baissa les yeux. Un quelconque bouton.

– Il vous fait mal ?

– Non, non. A la vérité, je l'avais oublié. J'en ai de temps en temps.

– Puisque vous êtes là, autant que je louche un peu dessus ! Pouvez-vous ouvrir un peu plus votre chemise ?

– Je vous assure que ce n'est rien.

– Tout de même. Puisque vous êtes là. Ce sera plus prudent.

Il y avait dans sa voix une insistance à laquelle il était difficile de résister. Lord Queensgrove ouvrit sa chemise et appuya les fesses contre le dossier de la chaise. Le praticien traîna le tabouret sur le sol et s'assit devant lui.

– Bon Dieu, marmonna-t-il. Il fait sacrément sombre ici.

– Puis-je vous aider ?

– Vous pourriez me tenir la lampe, comme un brave garçon. Cela ne vous ennuie pas ?

Davidson la prit et la tint au niveau de sa taille ; l'âcre odeur de l'huile montait jusqu'à ses narines. Le Dr Monkton le palpait du bout des doigts à présent, il étirait doucement la peau autour de la croûte qui recouvrait la petite ampoule. Il était assez proche pour que le patient sente un souffle chaud sur son nombril, et Davidson songea aux extraordinaires privautés permises aux médecins. Il fut prié de se tenir tranquille et obéit. Monkton tendit le bras et tira à lui sa valise fatiguée ; il en sortit une loupe et un rouleau de gaze.

Il garda le silence pendant plusieurs minutes en poursuivant son examen. Lorsqu'il reprit la parole, sa voix était calme.

– Vous n'avez pas eu d'autres lésions ? Des éruptions ? Rien de tel ?

– Il y a quelques années, peut-être. C'est héréditaire, j'en ai peur.

Le médecin leva sur lui un regard railleur.

– Ichtyose, expliqua Davidson. Mon défunt père y était sujet lui aussi. Évidemment il a passé de nombreuses années en mer. Il avait l'habitude d'attribuer cela au manque de fruits dans les rations.

– Vous avez déjà eu des lésions à la paume des mains ou à la plante des pieds ?

– Maintenant que vous en parlez, oui. Mais cela fait de nombreuses années.

– Combien ?

– Cinq ou six, je crois. Elles se sont guéries toutes seules.

– Vous arrive-t-il d'avoir des maux de gorge ? Des vertiges ?

– De temps en temps.

– La vue est bonne ?

Davidson eut un rire brusque :

– Je me suis entendu dire que j'avais besoin de lunettes. Par ma chère et tendre épouse, en général. Je dois avouer que c'est encore une petite chose que j'ai eu tendance à négliger.

– Les dames, que Dieu les bénisse, ont bel et bien tendance à nous harceler, ne trouvez-vous pas ? demanda Monkton en souriant.

– En effet.

– Mais nous les aimons bien tout de même, ces bonnes vieilles mégères qui ne nous lâchent jamais.

Il se leva et se rinça encore les mains dans la cuvette, puis les sécha avec soin à l'aide d'un morceau de gaze propre. Quand il eut fini, il s'arma de pincettes et fit brûler le chiffon à la flamme de la lampe. Il attendit qu'il se fût entièrement consumé. Le soin qu'il apporta à l'opération troubla Davidson. Pourquoi tant de précautions ?

– Il existe une sorte de lotion pour soigner les ampoules, dit Davidson. Mon père en usait parfois. Smithsonite, je crois que cela s'appelait. Un liquide rosâtre.

– C'est parfaitement exact. Zinc et oxyde ferrique.

– C'est bien ça. J'ai oublié d'en emporter, comme un fichu crétin que je suis ! Vous n'en auriez pas, par hasard, dans votre sac à malice ?

Le médecin se retourna et posa sur lui un regard sérieux :

– Lord Queensgrove, je vais avoir besoin de l'aide de ma sœur ; il s'agit simplement de prendre quelques notes et de faire un petit examen. Je suis presque certain que vous n'avez rien, mais j'aimerais m'en assurer. Surtout, que votre pudeur ne soit pas offensée. Ma sœur est une personne d'une discrétion à toute épreuve. D'autre part, elle est très bien formée.

Davidson sentit une goutte de sueur glisser le long de sa cuisse :

– Très bien.

Monkton sortit très vite.

Lord Queensgrove entendit des hommes courir sur le pont. Il alla vers le mur, vers son miroir de verre sombre. A l'angle supérieur droit de son cadre d'acajou avait été inséré un article de journal. Il y était question de la prochaine saison lyrique à New York. *Première américaine du chef-d'œuvre du signor Verdi.* Il releva doucement l'ourlet de sa chemise. Un grain de beauté légèrement saillant, de la taille d'un sixpence. Il le toucha du bout des doigts, puis du pouce. Il eut l'impression de tâter du papier de verre, mais le bouton n'était pas douloureux.

Des acclamations joyeuses fusèrent sur le pont. Il se dirigea vers le hublot et scruta l'obscurité. Il aperçut au loin une minuscule lumière rouge. Le phare de Halifax. La côte de la Nouvelle-Écosse.

Le praticien et sa sœur entrèrent. Monkton avait l'air grave et harassé.

– Il faut vous déshabiller entièrement. Ensuite vous viendrez ici.

– Mais pourquoi ?

– Il n'y a aucune raison de vous inquiéter, répondit Mrs. Darlington d'une voix paisible. Vous n'aurez qu'à nous suivre quand vous serez prêt. Tout va bien.

Ils pénétrèrent dans un réduit pourvu d'une couchette. Il se déshabilla en hâte et les suivit, portant ses vêtements et ses chaussures. La pièce était très froide ; elle sentait vaguement la sève de pin. Sous ses pieds nus, les planches paraissaient gluantes. Le praticien retira les couvertures du lit ; il suspendit une lanterne à un crochet fixé à une poutre.

– Voudriez-vous vous allonger sagement ? Ce ne sera pas long.

Monkton se plaça d'un côté de la couchette et sa sœur de l'autre. Ils se mirent à l'examiner de près, sans oublier un pouce de peau. Le buste et l'aine. Les aisselles et les cuisses. Derrière les oreilles. Le nombril et le cuir chevelu. Sous la langue. Autour des gencives. Un instrument surgit, qui lui écarta les narines ; une bougie fut allumée, qui permit de scruter les fosses nasales. De temps à autre le médecin prononçait un mot et sa sœur le notait dans son calepin. Dehors, sur le pont, des hommes chantaient une chanson de bord. Le Dr Monkton dessina du doigt une spirale, pour faire comprendre à Davidson qu'il devait se mettre sur le ventre.

– Voilà qui est bien, monsieur. Et maintenant essayez de vous détendre complètement.

Il sentit que leurs mains exploraient son dos, ses épaules tendues comme du fil de fer, ses jambes et ses pieds, qu'elles écartaient ses doigts de pied, ses fesses. Comme s'il observait la scène d'en haut, il se figura qu'il voyait son propre corps, les têtes penchées de ceux qui l'examinaient en chuchotant, leurs mains agiles semblables à des oiseaux folâtres.

La minuscule cabine résonnait de murmures qui ressemblaient à des prières, de mots que Lord Queensgrove ne comprenait pas : phtisie, urticaire, desquamation, fébrilité. Les chuchotements avaient un effet apaisant, soporifique : il était tellement fatigué qu'il commença à sombrer dans le sommeil. Le bateau, en se soulevant, l'envoya vers les profondeurs, vers sa mère. Alors il fut intensément conscient de la lourdeur de sa propre charpente, de la couchette qui supportait son corps épuisé. La mer se calma un peu. Sa douleur se calma aussi. Et il se rendit alors compte que plus personne ne le touchait. Lorsqu'il ouvrit les yeux, le médecin était parti.

– Vous pouvez vous rhabiller à présent, lord Queensgrove, merci, dit doucement Mrs. Darlington.

Davidson se leva de sa couche et fit ce qu'on lui demandait. Tout à coup il se sentit vidé de ses forces, complètement éreinté. Il lui fallait à tout prix s'échapper de la cabine du médecin, marcher sur le pont et sentir le froid salé de l'air. Contempler les lumières dorées de la terre.

Il entra dans le salon en bras de chemise et demanda vivement :

– Vous me direz ce que je vous dois, Monkton, n'est-ce pas ?

Mais le médecin ne semblait pas écouter son patient. Il s'était dirigé vers la table sur laquelle était posée une mappemonde et la faisait tourner d'un geste machinal. Les marins chantaient. La mappemonde s'emballa. Lorsqu'elle s'arrêta, il avait les doigts sur l'Afrique.

– Willie ? appela sa sœur. Lord Queensgrove vous parle.

Monkton se retourna. Son visage était blanc.

– Lord Queensgrove, dit-il à voix basse, vous avez la syphilis.

« Michael, je suis en parfaite santé. Je n'ai jamais été mieux de ma vie. L'air des montagnes Rocheuses me convient parfaitement. J'ai tout ce qui pourrait rendre la vie confortable. Et pourtant la nuit, quand je suis dans mon lit, mon esprit s'évade à travers le continent et survole l'Atlantique jusqu'aux collines de Cratloe. En dépit de tout, je ne pourrai jamais oublier le pays, comme aucun Irlandais qui vit en terre étrangère ne pourra jamais oublier la terre où il a grandi. Mais hélas ! Je suis bien loin des lieux que j'aimais. »

Lettre du sergent Maurice H. Woulfe, du Wyoming,
à son frère, dans le comté de Limerick.

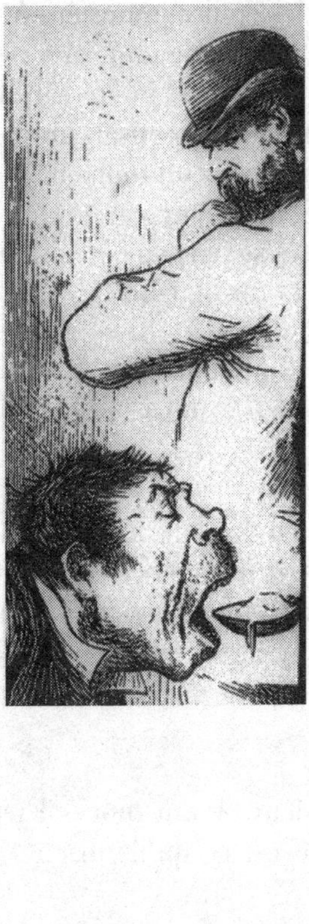

CHAPITRE XXXIII

LA FRONTIÈRE

OÙ IL EST QUESTION
DE DIVERSES CONVERSATIONS
QUI EURENT LIEU DE TRÈS BON MATIN
LE JEUDI 2 DÉCEMBRE, VINGT-CINQUIÈME JOUR DU VOYAGE
(CES TEXTES N'ONT JAMAIS ÉTÉ PUBLIÉS
DANS LES PRÉCÉDENTES
ÉDITIONS)

Par tribord devant
– aux alentours de 1 h 15 –

– Vous contemplez les étoiles, monsieur Mulvey ?

– Monsieur, c'est vous. Bonne nuit, monsieur. Dieu vous bénisse.

– Vous voyez quelque chose d'intéressant là-haut ?

– Rien du tout, monsieur. Je pensais au pays, voilà tout.

– Puis-je me joindre à vous un moment ?

– J'en serais honoré, monsieur.

Dixon se rapprocha et se plaça à côté du tueur. Tous deux étaient accoudés au bastingage du plat-bord, comme deux camarades au comptoir d'un débit de boissons.

– Ardnagreevagh, c'est bien cela ?

– *Ard na gCraobhach*, nous l'appelons. Ou plutôt comme l'appellent les vieux.

– C'est petit, non ?

– Un p'tit pays de rien du tout, monsieur. Là-haut, vers Renvyle. Vous pourriez ben passer à travers sans vous en apercevoir.

– Je suis allé dans le Connemara, mais je ne suis pas monté aussi loin. Il paraît que le paysage y est magnifique.

– Oh ! il… ne reste plus grand-chose, monsieur. C'était beau dans le temps.

– Avant la Famine ?

– Bien avant, monsieur. Avant moi – il referma son col pour se protéger des rafales. C'est ce qu'ils disent, en tout cas, les vieux.

Mais, bien sûr, vous passeriez toutes ces histoires au crible, vous n' sauriez pas vraiment. Y a probablement une bonne part d'affectation là-d'dans.

– Vous fumez ?

– C'est gentil à vous, monsieur, mais je n' voudrais point en priver Votre Grâce. Il lui en reste si peu.

Dixon commença à prendre conscience de quelque chose de bizarre chez son compagnon : il exagérait son accent irlandais. Il parlait comme un acteur dans un sketch de music-hall.

– J'en ai d'autres dans ma cabine. N'hésitez pas, c'est de bon cœur.

– C'est ben honnête de vot' part, Votre Grâce. Je vous suis obligé.

Le Fantôme prit un cigare dans l'étui en argent de Dixon et baissa la tête lorsque ce dernier lui offrit du feu. Sa main effleura celles de Dixon, qui abritaient l'allumette du vent, et parut à celui-ci étonnamment douce. A la lueur de la flamme, le visage de Mulvey ressemblait à celui d'un clown. Il inspira très fort ; la fumée lui monta aux yeux et il fut pris d'accès de toux. On eût dit qu'il faisait partie des gens qui ne fumaient pas, mais qu'il avait accepté le cigare pour la seule raison qu'il lui avait été offert. A le regarder de si près, il semblait encore plus petit et plus fragile. Parfois sa respiration se transformait en sifflement agressif. Il empestait le rhume et les vieilles chaussures.

Les deux hommes restèrent un moment côte à côte, appuyés au bastingage, sans échanger une parole. Dixon songeait à la vie sans Laura Markham, aux mots qu'il prononcerait quand viendrait l'heure de se dire adieu. Elle lui avait fait part de sa décision au cours de la journée : leur histoire était finie. Ils se quitteraient à New York pour ne plus se revoir. Elle lui avait rendu ses lettres et divers petits gages d'amour. Non, une amitié ne saurait être envisagée. Il était faux, pour ne pas dire malhonnête, de prétendre le contraire. Il ne devait pas tenter de la convaincre. Sa résolution était inébranlable. Merridith avait été parfaitement clair : jamais, au grand jamais, il ne consentirait à divorcer ; pour lui, la chose était inconcevable. Le lit était fait, et maintenant il faudrait bien qu'elle s'y couche. Et elle se coucherait comme elle se couchait depuis des années. Mais parfois il fallait vivre dans le mensonge. Malgré tout, cet homme était son époux.

L'étrangeté des étoiles occupait maintenant ses pensées : la façon dont les choses ordinaires deviennent mystérieuses tard dans la nuit. Certains y voyaient la preuve de l'existence d'un Créateur : un élan qui dirigeait la terre à travers le néant illuminé et qui continuerait de le faire jusqu'au jour où il annihilerait ce vide même. Pour d'autres, leur ordonnance ne prouvait rien : il y avait là un désordre céleste, un beau désordre, assurément, mais un désordre auquel il ne fallait prêter ni souci esthétique, ni projet, et à la description duquel, par conséquent, le mot « arrangement » ne saurait convenir. Nulle force n'avait présidé à l'arrangement des étoiles ; le hasard seul y avait pourvu. Le hasard et ceux qui, de l'étoile solitaire qu'ils nommaient Terre, les contemplaient, le nez en l'air et la bouche ouverte, comme des singes. Voici ce que Grantley Dixon en était venu à croire : que les descendants des singes avaient observé les excréments de Dieu et décidé de les appeler des étoiles. C'était l'humanité, et non le Tout-Puissant, qui avait ordonné l'univers : seul un homme était capable de regarder un accident et de voir en lui une création dont Lui-même constituerait le centre.

Et il se demandait si, un jour, les singes apprendraient à voler, s'ils construiraient des vaisseaux qui navigueraient autour des planètes, comme le vaisseau sur lequel il se tenait en cet instant avait navigué sur les mers. Il supposait que cela arriverait. Sans doute était-ce inévitable. Ils baveraient derrière leurs hublots et se gratteraient d'ahurissement, et ils se congratuleraient en poussant des grognements de chimpanzés. Et tout cela serait considéré comme un motif de réjouissances.

Grace Toussaint, la vieille Yoruba de la plantation qui avait aidé son grand-père à l'élever, lui avait souvent parlé de ce qu'elle considérait comme le secret essentiel de la vie : toutes nos épreuves étaient dues à l'insatisfaction, au refus d'accepter le fait qu'il existât des limitations. C'était la personne la plus tendre que Dixon eût connue en Louisiane, où les gens pouvaient être aussi ardents que le soleil sans merci, mais sur ce point elle savait se montrer ardente. Le grand-père de Dixon, qui était juif, haïssait l'esclavage et s'était souvent pris de bec avec elle à ce sujet. Il connaissait les malveillants chuchotements des voisins, et il avait franchi bien des frontières pour gagner le Mississippi, l'Est du Texas, puis le Sud de l'Arkansas. Il y achetait les plus délabrés des esclaves, puis les ramenait en Louisiane. Il parcourait à pied ses prairies bien entretenues, alors que les récoltes levaient sous le soleil, et calculait le nombre de malheureux qu'il pourrait sauver cette année-là. Un bon champ équivalait à dix esclaves, un mauvais à deux à peu près. Pas une seule des précieuses moissons de ses cinquante mille acres qui ne fût vendue pour permettre la libération des enchaînés.

Le Mississippi était l'enfer pour l'homme noir, racontait-il à son petit-fils, et si la Louisiane n'était pas le paradis – il s'en fallait de beaucoup – du moins n'était-ce pas tout à fait l'enfer. Le *Code Napoléon** y avait veillé. Il avait racheté Grace Toussaint et son pauvre frère torturé et privé de la vue afin de leur rendre un semblant de liberté ; il s'était souvent disputé avec elle à propos d'une chose appelée libre arbitre. Il affirmait qu'être humain, c'était refuser tout ce qui s'apparentait à la proscription, c'était vivre selon les limites imposées par notre conscience, et uniquement selon ces limites. Mais Grace Toussaint n'était pas d'accord. Il était facile de faire de grandes déclarations quand on possédait la richesse. Si elle était restée toute sa vie au pays qui l'avait vue naître, remontrait-elle à son acquéreur, peut-être eût-elle fait les mêmes déclarations, car sa famille avait jadis régné sur cette terre lointaine.

Ses arguments étaient étranges. Dixon ne les comprenait pas. Un soir, quand il était enfant, il s'était arrêté dans le vestibule, près de la porte entrouverte du bureau de son grand-père, et avait prêté une oreille indiscrète à la querelle qui faisait rage dans la pièce : « Tu crois que Dieu a une couleur ? Tu le crois vraiment, Grace ? Jésus-Christ était probablement un nègre, Grace ! Sa peau avait la couleur du tabac, Grace ! » Et elle lui avait répondu sur un ton acerbe que si le vieillard croyait vraiment à ce qu'il disait, il était le plus indécrottable imbécile qui eût jamais mis le pied en Louisiane, car le Christ était blanc comme lys, de même que tous les puissants.

Par les matins d'été, elle emmenait Dixon se promener. Ils suivaient l'allée de yuccas et de hêtres qui descendait au pâturage, dépassaient les cabanes blanchies à la chaux de la prairie du haut, puis traversaient la chaleur brumeuse des champs de tabac. L'air chaud était sucré du parfum des plantes arrosées, vibrant du vacarme des criquets. Son frère, dont le nom était Jean Toussaint, bien qu'il fût connu parmi les garçons de ferme sous le sobriquet de « Jean le Beau », les suivait parfois en s'aidant d'un bâton. En général il n'appréciait pas la compagnie. Le matin, il ne l'appréciait pas. Jamais.

Malgré son grand âge c'était un homme puissant, aux mains énormes ; les veines de ses tempes saillaient, sa peau avait la couleur du vieil or. Souvent il tirait une mélodie de la guitare déglinguée à deux dollars qu'il portait sur son long dos droit tel le chevalier poussiéreux d'un conte son bouclier. Mais jamais Dixon ne l'avait entendu chanter, ni même parler. Un jour, il en demanda la raison à son grand-père. Dixon avait douze ans à l'époque, et il lui fut répondu que lorsque Jean Toussaint avait la moitié de son âge, son maître, un homme du Mississippi né d'une chienne d'Irlandaise, qui méritait de brûler en enfer jusqu'à la fin des temps, lui avait coupé la langue pour le punir ; que Jean Toussaint n'était pas le vrai nom de Jean le Beau ; que Grace Toussaint n'était pas non plus le nom de Grace Toussaint ; que même leurs noms leur avaient été enlevés quand eux-mêmes avaient été enlevés d'Afrique. C'est à cet instant précis de l'enfance de Dixon que tout avait basculé. Plutôt que lorsqu'il avait compris que ses parents étaient morts, plutôt que lorsque la police était venue lui dire qu'il y avait eu un accident chez lui, un terrible accident, que sa maison avait brûlé et que ses parents étaient morts, et qu'il lui faudrait quitter New Haven pour aller vivre avec son grand-père, là-bas, à Evangeline. Cet instant était entré en lui comme une balle de pistolet que l'on ne pourrait jamais retirer.

« Les choses sont ce qu'elles sont, avait coutume de dire Grace Toussaint à Dixon. N'adhérez jamais à rien. Ne posez pas de questions. Le monde sera toujours là quand vous l'aurez quitté. Ces arbres, ces champs, seront toujours des arbres et des champs. » Et plus tard, au temps de ses études, il avait trouvé une autre version de cette idée dans les *Pensées* si révérées du savant Pascal : « … Tout le malheur des hommes vient d'une seule chose, qui est de ne savoir pas demeurer en repos dans une chambre. » Non pas que Dixon désapprouvât véritablement, mais que pouviez-vous faire d'une telle pensée ? Pouviez-vous contempler un monde où des langues étaient arrachées, où des êtres humains étaient marqués comme des bœufs à longues cornes, où ils portaient, gravé dans leur chair, le nom des sauvages qui les avaient achetés, et dire que cela ne vous concernait pas ? Les vêtements qu'il portait, les belles bottes qu'il avait aux pieds, et jusqu'aux volumes de philosophie dans lesquels l'égalité était décortiquée, tout cela avait été acquis avec le produit de l'asservissement, avec les revenus institués par ses ancêtres marchands d'esclaves. « C'est de l'argent propre à présent », affirmait son grand-père. Mais il n'y avait pas d'argent propre dans un monde sale.

Même aujourd'hui il devait sa subsistance à l'argent sale. Le journalisme payait mal et presque toujours en retard. Sa vie londonienne, dispendieuse et stérile, n'avait été possible que grâce aux subsides envoyés par son grand-père. Il avait espéré le « scoop » susceptible de lui procurer la liberté, l'histoire que personne d'autre ne serait capable de raconter, mais en six longues années ce vœu ne s'était pas réalisé. Il n'avait récolté que la confirmation de sa dépendance. Les enveloppes rebondies qui arrivaient en recommandé, portant le cachet de la poste de Louisiane. Les liasses de dollars gras qu'il n'avait pas gagnés lui-même. Les lettres de son grand-père qui débordaient de sympathie pour la vie difficile du jeune homme de lettres. *Tu as un talent, Grantley. Tu ne peux le cacher. Quoi que tu fasses d'autre, tu dois continuer à écrire. Ne te décourage jamais. Fais ce que tu dois faire. Il ne s'agit pas de dire que la fin justifie les moyens, mais de créer de nouveaux moyens et de nouveaux desseins.* Il exécrait la tendance à se défendre avant d'avoir été attaqué dont ces lignes étaient imprégnées ; il y voyait aussi la culpabilité furieuse des douteuses compromissions. Désormais il existait une façon d'échapper à tout cela.

D'autres pensées bouillonnaient comme un poison dans sa tête, et il se demandait si le moment était bien choisi de les énoncer. A certains égards, il était plus commode de ne rien dire du tout, de jouir de ce voisinage paisible avec un membre de sa propre espèce et de tenter d'imaginer ce qu'il pensait – s'il pensait –, et dans quelle catégorie de contemplateurs stellaires il convenait de le ranger. Mais cela, Grantley Dixon le savait déjà. Tous les meurtriers, quelle que fût leur dénomination, ne pouvaient être que des incroyants.

– Vous ne savez pas ? Votre visage me paraît très familier, monsieur Mulvey.

Étonné, Mulvey pencha la tête de côté, comme un chien entendant venir un intrus, puis il opina du chef à petits coups et brossa la cendre de ses revers.

– Sûrement qu' vous m'avez vu m' promener sur le bateau, monsieur. C'est souvent que j' me balade un peu partout, la nuit. Je rumine, en quéq' sorte.

– Sans doute. Mais vous savez, cela me turlupine. La première fois que je vous ai remarqué, le soir où nous avons quitté Liverpool, il m'a déjà semblé vous reconnaître. Je vous ai même mentionné dans mon journal intime.

– Je n' vois pas comment vous pouvez supposer ça, monsieur. Je n'crois pas que nous nous soyons rencontrés.

– En effet, c'est bizarre, non ?

– On dit qu' chaque homme a un double, monsieur. C'est peut-être vrai, gloussa-t-il, comme si l'idée l'amusait. P't êt' que l' mien est là-bas en Amérique, monsieur. Dans votre pays, monsieur. Y' s'pourrait même que j' le rencontre moi-même, si Dieu le veut. Et que je lui serre la main. Qu'en pensez-vous, monsieur ?

– Oh ! Il n'est pas en Amérique. Je pense qu'il est à Londres.

– A Londres, monsieur ? Qu'est-ce que vous me dites là ? En v'là une affaire ! – sur quoi il tira une longue bouffée de son cigare humide, comme un homme qui s'apprête à marcher au supplice et veut le fumer jusqu'au bout avant de mourir. Mais là encore quand vous vous dites... – une bouffée plus longue et une expiration plus profonde – ... dans le monde y' s' passe des énigmes plus étranges que tous les rêves de la philosophie. Comme dit Shakespeare.

– Vous connaissez ?

– Quoi, déjà, monsieur ?

– Londres, Whitechapel, l'East End.

Une miette de tabac était restée collée à sa langue. Il mit du temps pour la retirer.

– Non, monsieur, et je le regrette. Je crois bien que j' n'irai jamais à présent. J' suis jamais allé plus loin que Belfast.

– Vous en êtes sûr ?

Il rit avec une insouciance inattendue et contempla rêveusement l'obscurité.

– Y m' semble que si y a une ville qu'un peu-eu-rticulier se souviendrait d'être allé, monsieur, c'est bien Londres. Je crois qu' c'est un endroit superbe, absolument, à c' qu'on m'a dit – il se retourna et regarda Dixon droit dans les yeux. Il paraît que tout y est possible, monsieur. Je ne me trompe pas ? Il paraît qu'on peut s'offrir tous les sports imaginables à Londres.

– Ce qu'il y a, c'est que pour un homme qui n'est jamais allé à Londres, je ne peux pas m'empêcher de remarquer que vous parlez comme si vous y étiez allé.

– Je vous demande bien pardon, monsieur, mais je ne vois pas c' que vous voulez dire.

– Vous voyez, par exemple, la façon dont vous avez prononcé ce mot, « peu-eu-rticulier ». Des plus surprenantes pour un Irlandais, vous ne trouvez pas ? On s'attendrait plutôt à « pêrticulier » ou « pâticulier ».

– Je n' me permettrais pas de décider de c' qu'attend Votre Grâce, monsieur.

– Et ce soir au dîner vous vous êtes servi d'un terme précis que je ne pouvais pas ne pas remarquer. « Marchand des quat'-saisons », me semble-t-il. C'est le mot londonien qui désigne un marchand de légumes ambulant, si je ne me trompe.

– Je n' me rappelle pas avoir jamais prênoncé c' mot-là de toute ma vie, monsieur. Peut-êt' que Votre Grâce aura mal entendu, pour ainsi dire. Ou qu'elle se s'ra trompé sur m'n accent.

– Oh ! Mais vous l'avez dit, monsieur Mulvey. Laissez-moi vous rafraîchir la mémoire. Vous n'y voyez pas d'inconvénient ?

– Si j'en voyais, j' n'insulterais pas Votre Grâce en l' disant.

Dixon sortit son calepin et en lut tranquillement quelques lignes :

– *Ce soir nous avons dîné avec Mulvey, un natif du Connemara, dont les habitudes de langage en particulier m'ont fort intéressé, car il truffe ses discours de locutions familières qu'il ne peut avoir entendues qu'à Londres, c'est indéniable. Je citerai « marchand des quat'-saisons » et « poteau », qui signifie « ami ».*

– Ce doit être une tâche écrasante pour vous, monsieur, de tout écrire comme ça.

– Je suppose que vous pourriez appeler cela une habitude professionnelle. Je constate que j'oublie les choses si je ne les note pas.

– C'est une profession ben honorable, la vôtre, monsieur. On dit que la plume est plus puissante que l'épée.

– On le dit. Mais je ne suis pas certain que ce soit vrai.

– C'est une immense bénédiction qu' vous avez reçue, monsieur, tout d' même, monsieur. Et comment, qu' j'aimerais en avoir reçu autant ! Y sont nombreux, ceux qui la désirent, mais peu la reçoivent.

– De quelle bénédiction parlez-vous ?

– Le don que vous avez de met' une chose en anglais, monsieur. La langue des poètes et de Notre-Seigneur lui-même dans les Écritures.

– Je crois que le Seigneur en question parlait plutôt araméen.

– A Votre Grâce peut-êt'e, monsieur. A moi, il parlait anglais.

– Ou peut-être parlait-il cockney. Comme les marchands des quat'-saisons.

Le Fantôme partit d'un rire brusque et secoua la tête.

– J'ai dû entend' l'un des marins se servir de c' mot, monsieur. Même pour avoir la vie sauve, je s'rais incapable d' dire à Votre Grâce ce qu'il veut dire.

– Oh ! votre vie n'a nul besoin qu'on la sauve, monsieur Mulvey. Pas encore, du moins.

Il souffla, comme si une intense lassitude l'écrasait, et plissa le front un court instant sous l'effet de la perplexité.

– J' compte sur vous pour me l'expliquer, celle-là, monsieur. Vous avez une façon ben intrigueuse de causer tantôt.

– Je venais d'arriver à Londres quand il a été question dans les journaux d'une affaire qui m'a beaucoup intéressé, je ne sais pourquoi. Il s'agissait de la prison de Newgate et d'un voleur sans envergure qui avait assassiné un gardien avant de s'échapper. Vous vous en souvenez sans doute. Il se nommait « Hall ». Surnommé « le Monstre de Newgate ».

– Je n' crois pas en avoir entendu parler, monsieur.

– Non. Cela va de soi. Vous étiez à Belfast à ce moment-là.

– C'est exact, monsieur. J'y étais. La jolie ville sur le Lagan.

– Vous ne vous rappelez pas avoir entendu parler de l'affaire, mais vous vous rappelez où vous étiez lorsque vous n'en avez pas entendu parler.

Mulvey le regarda froidement :

– J'ai passé beaucoup de temps à Belfast.

– Et moi beaucoup de temps à Londres.

– Tant mieux pour vous, monsieur. Et maintenant je vous souhaite le bonsoir.

– Je collaborais à un journal londonien à l'époque. Le *Morning Chronicle*, un journal libéral. Alors je me suis assigné la tâche d'en apprendre davantage sur le fameux Mr. Hall. Je me suis rendu à la prison et j'ai étudié les registres. J'ai parlé à quelques anciens, dans les bouges du coin. Puis je suis allé dans l'East End et j'ai fouillé un peu partout pendant plusieurs semaines. Je suis tombé sur un monsieur très disert qui répondait au nom de McKnight. Un gentilhomme d'Écosse, un peu porté sur la boisson. Il m'a dit qu'il s'était produit du côté de Lambeth en compagnie d'un Irlandais du nom de Murphy ou Mulvey, originaire du Connemara, semble-t-il. Près d'Ardnagreevagh. Ce qui est bizarre, c'est qu'il se faisait appeler « Hall ». Ils avaient mis au point un numéro ingénieux, tous les deux.

– Comme vous avez dû trouver cela fascinant, monsieur !

– Oui. Il a récolté sept ans à Newgate, ce Murphy ou Mulvey. Vous l'ai-je déjà dit ?

– M'est avis qu'il doit y avoir pas mal d'Irlandais dans c't' auberge, monsieur. Le pauvre Pat ne l'a pas facile là-bas, en Angleterre.

– Peu d'entre eux y ont été admis le même jour que le Monstre. Le 19 août 1837. Sous les mêmes chefs d'inculpation. Avec le même visage, de surcroît.

D'un coup sec, Dixon ouvrit son bloc-notes de journaliste et en sortit une coupure cornée. Le papier de journal troué avait jauni comme un lambeau de vieille dentelle trop souvent déplié, replié et froissé. Il l'ouvrit avec précaution, pour éviter qu'il ne s'envolât. Une bordure noire. Caractères de vingt points. Le monstrueux regard charbonneux de Frederick Hall : Meurtrier.

– Comme vous le dites, commenta Grantley Dixon. Chaque homme a son double.

Mulvey cligna lentement des paupières, mais rien n'indiquait qu'il fût troublé. Ses mains ne quittèrent pas leur point d'appui sur le bastingage. Elles étaient petites et blanches, comme celles d'une jeune fille. Il était difficile de les imaginer en train de faire ce qu'elles avaient fait.

– Qu'est-ce qu' vous voulez ? marmonna-t-il tout bas.

– Cela pourrait dépendre de ce que vous voulez vous-même.

– Vous ne souhaiteriez pas entendre ce qu' je veux en cet instant. Cela vous occasionnerait un cauchemar qu' vous n'oublieriez sans doute pas de sitôt.

– Peut-être devrions-nous apprendre au capitaine qu'il y a un assassin sur son bateau.

– Courez donc le prévenir ! Je vous souhaite bonne chance.

– Vous croyez que je n'oserais pas ?

– Je crois qu'une putain servile de votre espèce serait capable d' tout. Et il y a toutes sortes de choses qu' nous pourrions aller dire au capitaine. Et à d'autres personnes également, si vous souhaitez qu'elles soient au courant.

– Pardonnez-moi, monsieur Mulvey, je ne vous comprends pas.

Il lâcha un bref ricanement chargé d'ironie :

– Si un bateau sombre, mon joli, tous les bateaux peuvent sombrer. J'espère qu' votre comtesse nage aussi bien qu'elle fait danser le bateau.

– On ne pend pas les gens convaincus d'adultère, monsieur Mulvey. Les meurtriers, si.

– Alors allez le voir, si vous en avez le courage. Vous savez où me trouver – ses yeux luisaient de haine quand il grimaça : Courez donc, mon petit, avant de récolter ce qui vous pend au nez.

– Je ne vous veux aucun mal.

– Va au diable, excrément de chienne ! Et lèche-moi le cul avant d' partir. J'en ai retiré d' moins sales qu' toi de mes semelles de bottes.

– Je sais ce qu'il en est du gardien. De ce qu'il vous a fait subir.

– Et vous estimez que ce que vous faites maintenant est différent.

– Je n'ai pas d'arme.

– Rien qu' votre plume.

– Une plume ne fait pas tout à fait autant de dégâts qu'une pierre qui écrase un visage. Mais vous pourrez en débattre avec le juge au cours de votre procès, si vous le souhaitez.

Mulvey cracha aux pieds de Dixon. Le journaliste s'en allait. La réplique le rattrapa, froide comme une lame.

– Je vous l'ai déjà demandé. Qu'est-ce qu' vous voulez ?

Il rejoignit lentement son gibier. Quand il fut près de lui, il répondit :

– Je suis journaliste, monsieur Mulvey. Ce que je veux, c'est l'histoire.

Le tueur ne dit rien. Il avait les mains dans les poches.

– Votre vie à Londres. Pourquoi vous avez fait ce que vous avez fait. Votre évasion, décrite avec précision. Où vous êtes allé, très exactement. Il n'est pas nécessaire que votre nom soit précisé, mais je veux tout le reste. Sans quoi je vais de ce pas trouver le capitaine.

– C'est le prix, de nos jours : l'histoire ou la vie.

– C'est une façon de voir les choses.

– Et quand nous arriverons à New York ?

– Je vous ai vu pour la dernière fois à Belfast il y a dix-huit mois. On vous mettait en terre. Vous m'aviez fait ces révélations une semaine avant de mourir.

Le capitaine apparut sur le pont supérieur ; il se promenait avec le cuisinier. Ils avaient l'air de rire en levant la tête vers la voilure. Il se retourna et leur adressa un salut joyeux à travers une faible traînée de brume. Il les appelait à présent, il leur faisait signe de venir.

– C'est à vous de décider, monsieur Mulvey. Quelle que soit votre réponse, j'ai un papier.

– Pas Belfast, murmura-t-il en resserrant son manteau. Je suis enterré à Galway. Auprès de mon frère.

*

Bâbord arrière
– 3 h 15 –

– Quelle sorte d'homme suis-je ?

– Un homme malade, Merridith, voilà tout.

– Un homme malfaisant, vous voulez dire. Plus vil qu'un animal.

Le médecin toucha le bras de Lord Kingscourt avec une douceur toute professionnelle.

– On ne peut pas voir le mal au microscope. Ce que l'on voit porte un nom. *Morbus Gallicus*. Ce n'est pas une peste. Ce n'est pas non plus un châtiment. Cela fait ce que nous-mêmes faisons chaque jour.

– Que voulez-vous dire ?

– Tout ce qui est nécessaire pour survivre.

Le drapeau claqua violemment et s'enroula autour du mât. Non loin de là, deux vieilles femmes de l'entrepont, anciennes pensionnaires de l'atelier pour indigents, saluaient la lueur bénie du phare de Coffin Island.

Ave, maris stella, Dei Mater alma;
Atque semper Virgo, felix caeli porta.

– A quoi dois-je m'attendre?

– Nous distinguons quatre stades distincts de la syphilis. Vous approchez de la fin du troisième stade. Nous l'appelons la phase latente finale.

Merridith jeta le bout de son cigare par-dessus le bastingage.

– Ce qui veut dire?

– La chose se sera déjà installée dans vos tissus. Dans les glandes lymphatiques également. La maladie peut agir sur la vue. Uvéite, vascularite, œdème papillaire.

– Dites-moi la vérité. Inutile de prendre des gants.

Le médecin soupira et regarda ses mains comme s'il leur en voulait.

– Vous allez presque certainement perdre la vue. Cela se produira assez rapidement. C'est déjà en train de se produire.

– Continuez.

– Après l'invasion de la maladie, elle a tendance à coloniser et à croître rapidement. Vous allez développer des lésions gommeuses – des ulcères – sur toute la surface de la peau. Ainsi que sur les os et les organes vitaux. Nous pensons que l'infection atteint la substance externe des parois artérielles. Elle la ronge, si vous voulez.

– La ronge, dites-vous?

– C'est une métaphore.

– Et ensuite?

– Lord Kingscourt… Vous êtes bouleversé. Tout ceci est angoissant, bien évidemment. A la vérité je…

– Je veux savoir, Mangan, je suis prêt.

– Dans ce cas… ou le système nerveux est atteint ou c'est le système cardiovasculaire. Dans le premier cas peuvent se produire de très graves modifications de la personnalité, allant parfois jusqu'à la P.G.D.

– Qu'est-ce que c'est?

– La paralysie générale des déments.

Un souvenir d'enfance ressurgit, tel un spectre. Une folle, à Galway, hurlant et déchirant ses vêtements sous les yeux des passants. Sa nounou, la mère de Mary Duane, s'était efforcée de lui épargner ce spectacle ; elle lui avait fait traverser la rue boueuse en toute hâte. Ivre de terreur. Les mains collantes de confiture.

– Il n'y a pas de traitement ?

– Nous pouvons atténuer très légèrement les symptômes grâce au mercure. Il est impératif que votre état n'empire pas avant notre arrivée à New York. Vous devez observer un repos complet pendant les deux jours qui viennent.

– Qu'y a-t-il donc à New York ?

– Un hôpital privé pour les gens atteints de votre maladie. Je puis vous y faire admettre dès que nous débarquerons.

– Un asile pour vérolés, je crois que c'est ainsi qu'on appelle ces hôpitaux.

– Peu importe le nom qu'on leur donne, les sœurs sont très bonnes. On spécule aussi dans certaines revues (attention, il ne s'agit que de spéculations) sur les perspectives qu'ouvrirait un nouveau produit : l'iodure de potassium. Mais nous n'y sommes pas encore. Et les résultats ne sont absolument pas concluants.

– Il n'y a donc rien d'autre à tenter ?

– Si nous en étions au stade primaire ou même au secondaire, nous pourrions essayer de nous battre. Et nous le ferons, bien entendu. Mais il y a peu d'espoir.

– Combien de temps me donnez-vous ? Au pire ?

– Peut-être six mois. Un an éventuellement.

Solve vincula reis, profer lumen caecis,
Mala nostra pelle, bona cuncta posce.

Une vague moutonnante projeta une poignée d'écume jaune pardessus le bastingage. D'épaisses stries de mousse giflaient le francbord. Il s'essuya vivement les yeux au revers de sa manche.

– Je voudrais vous remercier de votre courage, Mangan. Pas facile, une situation comme celle-ci.

– Je suis vraiment navré, monsieur. J'aimerais tellement vous donner plus d'espoir.

– Du tout, du tout. C'est plutôt moi qui devrais vous serrer la main. Ce n'est pas la faute du bourreau s'il doit accomplir son devoir.

– Puis-je vous demander si vous avez déjà eu un problème de ce genre, monsieur ?

Lord Kingscourt ne répondit rien.

– Je suis vieux, Merridith, il en faut beaucoup pour me choquer, dit tout bas le médecin.

– Quand j'étais plus jeune j'ai contracté une b-blennorragie.

Le mot resta suspendu en l'air comme une pierre flottante.

Le praticien acquiesça et regarda au loin, bien au-delà du bastingage, comme s'il essayait de distinguer quelque chose qui remuait dans l'obscurité :

– Vous avez fréquenté certains lieux, je présume ?

– Une ou deux fois. Il y a des années.

– Mmm. Bien sûr, bien sûr.

– Une fois à Oxford, pendant mes études. Une sortie entre camarades. Une autre fois dans la marine. Une troisième à Londres.

– Nous avons cru longtemps que la blennorragie et la syphilis étaient deux versions de la même maladie. Liées par le sang, si vous voulez. Maintenant nous savons qu'il n'en est rien. Le professeur Ricord a découvert la différence voici quelques années. En 1837, je crois. Un Français plutôt brillant.

– Et ma femme ?

– Je pourrais lui annoncer la nouvelle, si vous préférez. A moins que nous demandions à Mrs. Derrington de s'en charger. Mais il vaudrait mieux qu'elle l'apprenne de votre bouche, naturellement.

– Il ne faut pas qu'elle le sache, Mangan. Pas pour le moment.

– Merridith, il se peut qu'elle soit atteinte. Elle…

– Nous ne sommes plus intimes, interrompit-il tranquillement. Nous ne le sommes plus depuis des années.

Une lune sombre se dégagea lentement de la vaste nuée qui la dissimulait.

– Rien ?

Il secoua la tête :

– Nous n'avons plus aucune relation charnelle. J'ai voulu la protéger. A la suite de ma première infection.

– Tout de même, soupira le médecin, l'état latent de la maladie peut durer entre un mois et dix ans. Parfois même beaucoup plus longtemps. Elle court un très grand danger. Il en va de même de toute femme avec laquelle vous avez pu être en contact. Une telle femme existe-t-elle, Merridith ? Je vous supplie d'être franc.

Le praticien estima que l'absence de réponse l'autorisait à poursuivre :

– Il y a une jeune femme parmi nous, sur ce bateau, dont vous ne pouvez prononcer le nom sans détourner les yeux. Nous l'avons remarqué très tôt, Mrs. Derrington et moi. Et j'ai remarqué que cette jeune femme ne semble jamais vous adresser la parole. Plutôt inhabituel entre une domestique et son maître !

– Et puis ?

– Vous avez eu des rapports physiques ? Je vous prie de parler franchement.

– Non.

– Mais un contact ?

– Il y a eu un temps où j'allais dans sa chambre, le soir.

– Que se passait-il lorsque vous y alliez ? Je veux tout savoir.

– Si vous le voulez vraiment... Elle me permettait de la regarder s'apprêter pour la nuit.

– Se déshabiller ?

– Comment diable voudriez-vous qu'elle s'apprête pour la nuit ?

– Touchiez-vous son corps, Merridith ? Et elle le vôtre ?

Il regarda le visage de son inquisiteur, mais le trouva vide d'émotion. Tout à coup il pensa au confessionnal de l'Église catholique. N'était-ce pas ainsi que le prêtre les interrogeait dans cette petite boîte qui ressemblait à un cercueil ? Il avait toujours trouvé que c'était une idée bizarre que de décrire à un autre homme ses faiblesses et ses appétits, les plus secrets désirs de son cœur et de son corps. Maintenant il y voyait une sorte de libération. Rien à voir avec la sainteté. Bien au contraire.

– Il m'est arrivé de la toucher. Mais pas comme vous l'entendez.

– Pas au sens intime ?

– J'ai touché son corps. Elle n'a pas touché le mien.

– Vous n'avez pas connu d'union charnelle avec elle ?

– Je vous ai déjà répondu.

– Jamais ? C'est la vérité ? Vous me donnez votre parole ?

Il s'était remis à pleurer, tout doucement, craintivement. Le Dr Mangan lui tendit un mouchoir, mais il secoua la tête et se ressaisit.

– Je vous parle en ami, Merridith, et non en juge.

– Dans notre jeunesse, nous allions souvent nous promener ensemble dans la campagne. Chez nous, je veux dire. A Galway. Je suppose qu'il nous est arrivé une ou deux fois de manquer de prudence.

– Vous voulez dire que vous avez eu des rapports ?

– Non.

– Alors que voulez-vous dire ? Des privautés, ce genre de choses ?

– Au nom du ciel, Mangan, n'avez-vous donc jamais été jeune et amoureux ?

Virgo singularis, inter omnes mitis,
Nos culpis solutos, mites fac et castos.

– L'aimez-vous encore ?

– J'éprouve des sentiments très forts. Ceux que j'ai toujours éprouvés. Je n'ai pas été en mesure de vivre selon ces sentiments.

– Ce n'est pas ce que je veux dire, et je crois que vous le savez pertinemment. Je parle d'amour au sens physique.

– Rien qui ressemble à ce que vous évoquez ne s'est produit depuis plus de quinze ans.

– Et plus récemment ? Il s'est agi de caresses et de ce qui s'ensuit ?

– Oui.

– Pas d'exploration ?

– Puisque vous insistez…

– Pas d'infiltration ?

– Non.

– Il n'a pas été question en sa présence de manipulation personnelle, ni de rien de ce genre ? Pas d'émission de fluides ?

– Mangan, vous n'en avez pas assez ? Pour qui diable me prenez-vous ?

Le médecin parla doucement, mais sa voix était glaciale :

– Je vous prends pour un homme en position de force. Comme tous les hommes par rapport aux femmes.

Vitam praesta puram, iter para tutum.

– Il ne s'est rien produit qui l'expose à un danger quelconque.

– Vous ne devez plus jamais l'approcher de cette façon. Vous me comprenez ?

– Cela ne risque guère d'arriver, je peux vous l'assurer.

– Puis-je savoir pourquoi ? Vous devez vous en porter garant. Sans cela il sera de mon devoir de déplacer cette jeune femme sur-le-champ ; elle devra loger ailleurs.

– Mangan, je vous en prie…

– Je ferai mon devoir, point final. Si vous ne me fournissez pas une raison de croire que cette jeune femme n'aura plus à subir vos assiduités, j'irai trouver le capitaine pour qu'il lui attribue immédiatement une nouvelle cabine.

– Ne faites pas cela, je vous en conjure, Mangan.

– Alors expliquez-vous, Merridith, par pitié.

Il acquiesça. Se retourna lentement. Contempla l'océan. La noirceur de l'espace où devaient se trouver les vagues.

– Il y a un fait concernant ma vie dont j'ai récemment pris conscience. Quelque chose d'extrêmement difficile à accepter ; un sujet de honte incommensurable. Je n'en ai encore jamais parlé à personne.

– Le moment est venu.

– Je suppose que notre conversation restera secrète.

– Naturellement.

Il baissa la tête brusquement, comme s'il était sur le point de vomir. Le vent se prit dans sa chevelure et s'agrippa à ses vêtements.

– Merridith, je vous supplie de vous décharger de ce que vous avez à me dire.

Mea culpa, mea maxima culpa.

– Je ne suis pas le premier membre de ma famille à former un attachement semblable. Le mariage de mes parents eut à souffrir d'une infidélité de mon père, à une certaine époque. Ils ont vécu séparément durant plusieurs années ; je n'étais alors qu'un tout jeune enfant.

– Quel rapport avec ce qui nous occupe ?

– Mon père avait une liaison avec l'une de nos fermières. J'ai tout découvert le soir où j'ai fermé notre maison de Galway. Certains papiers personnels me sont tombés entre les mains. Un enfant était né de cette liaison. Une fille.

– Et ?

– On la fit passer pour un membre de la famille de la femme. Je ne crois pas que son mari ait jamais rien su. Pas plus que ma défunte mère, me semble-t-il.

– Merridith, je suis désolé, mais je ne vois pas où vous voulez en venir.

– Non. Je n'ai rien vu moi-même, et pendant trop longtemps. Mais la mère était ma bonne. Une dame qui se nommait Margaret Duane.

Sit laus Deo Patri, summo Christo decus,
Spiritui Sancto, tribus honor unus[1].

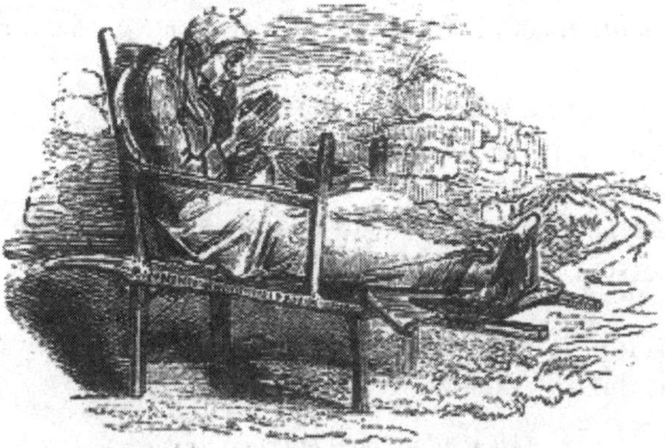

1. Vers tirés du cantique *Ave, maris stella*, à l'exception du *Mea Culpa, mea maxima culpa*, qui vient du *Confiteor*.

CHAPITRE XXXIV

LE MÉDECIN

OÙ IL EST TOUJOURS QUESTION
DE L'AVANT-DERNIER JOUR DU VOYAGE :
ON TROUVERA ICI LA COPIE EXACTE D'UN CHOIX DE RAPPORTS
D'EXAMENS ÉTABLIS PAR LE DOCTEUR
WILLIAM JAMES MANGAN,
M.D., R.C.S.I.

DIES JOVIS II DEC. XLVII

Ce matin et cet après-midi, assisté de Mrs. Derrington, j'ai examiné un grand nombre de passagers de l'entrepont (67). Beaucoup de scrofules, rhumes, diarrhées, fièvres bénignes, toux, violentes nausées, mauvaises digestions et crampes d'estomac; de poux du cuir chevelu, poux corporels, scorbut, rachitisme, engelures, infections oculaires, infections des oreilles, de la gorge, du nez et de la poitrine; un certain nombre d'autres troubles mineurs.

Un cas très sévère de colite dysentérique. Avais déjà vu le patient et lui avais donné du bicarbonate de potasse, mais souffre maintenant d'une douleur de l'épigastre solidement implantée. Alcool de térébenthine pour le ventre avec citrate d'ammoniaque et 1/2 drachme de morphine. Très peu d'espoir. Il mourra certainement.

Patient présente clou enflammé dessous du pénis. Retiré avec un couteau. Une femme de vingt-cinq ans sur le point d'accoucher. Des jumeaux. Mari extrêmement faible. Lui donne la totalité de ses rations. Ai dit à l'homme qu'elle avait plus besoin d'un père pour ses enfants que de quelques onces de biscuit. Va essayer d'obtenir du lait. Lui ai dit que s'il n'y arrivait pas, j'en prendrais demain au petit déjeuner et le lui apporterais. Un homme (20 ans environ) : très grave paralysie de la face. Ne parlait pas un mot d'anglais. Enfant (3 ans) : probable fracture du tibia. Gangreneux. Adolescente très neurasthénique (14 ans) a dit à Mrs. Derrington qu'elle se croyait mourante. En fait elle avait ses premières règles mais ignorait tout de la question, sa mère étant décédée il y a deux ans. Nombre significatif de cas (25 environ, dont plusieurs nourrissons) nécessitant hospitalisation immédiate. Dysenterie largement répandue. Coliques intestinales également. Membranes dans la gorge. Gencives ramollies et ulcérées. Tous les patients présentent des symptômes de sévère malnutrition, avec insuffisance de poids importante, parfois dangereuse. Alimentation aux biscuits et à l'eau parfaitement inadéquate. Quantité très réduite de couvertures propres. Aucun endroit sûr et propre où entreposer ou préparer la nourriture qu'ils ont emportée. Aucun endroit sûr et propre pour la toilette personnelle et les impératifs divers. Aucune espèce d'intimité, ce qui est évidemment affligeant, en particulier pour les femmes. Cabine de l'entrepont très sombre et dépourvue d'air frais. Plusieurs de ces malheureux ont sombré dans l'alcoolisme. Rien n'est prévu pour laver les vêtements.

Effectué ensuite « visite de routine » en première classe pour laquelle j'avais insisté auprès de Lord K. Examiné l'honorable Robert et le très honorable Jonathan Merridith de Kingscourt (Robert 6 ans et 10 mois, Jonathan 8 ans). Dents, yeux, gorge norm. Cheveux propres. J. avait souvent été soigné par l'infirmière de Winchester College, Hampshire, où il était pensionnaire pour « démangeaisons insoutenables ». (Baume calmant prescrit.) Clavicule fracturée en jouant au football. Chaque enfant a plusieurs petites inflammations cutanées sur le cou, le visage et le haut du corps ; sèches, rougeâtres à brun tirant sur le gris, légère tendance à former des écailles ou à épaissir. Suintement de fluide séreux sur certaines. Robert présente en outre plaque importante sur le haut du dos. Préoccupante. Boursouflée, s'écaillant, mais rien qui puisse suggérer l'éventualité d'une S. congénitale. Lorsque par malheur l'un des parents est infecté, les enfants ne présentent souvent aucun symptôme à la naissance, mais développent par la suite de sévères rhinites (et autres affections) ; cependant mon impression générale est qu'il n'y a pas lieu de s'inquiéter pour ces deux garçons.

Souhaiterais qu'ils soient examinés de façon approfondie par un spécialiste des maladies vénériennes dès notre arrivée à New York (ai recommandé Freddie Metcalf, à Mercy, il est toujours discret), mais pour le moment selon mon diagnostic il ne s'agit que d'un simple eczéma atopique avec séborrhée. Mrs. D. partage mon opinion.

R. aurait tendance à l'embonpoint ; il lui faudrait du mouvement et de l'huile de foie de morue. J. s'est plaint d'éruptions assorties de démangeaisons dans la région supérieure de la cuisse droite. Visiblement dues à des mictions nocturnes et compliquées d'eczéma. Manifestement gêné d'en discuter ouvertement jusqu'à ce que je lui confie qu'un certain Dr W. M., de l'Amphithéâtre d'anatomie de Peter Street, à Dublin, avait connu les mêmes difficultés jusqu'à l'âge de douze ans. M'a demandé de lui expliquer les mystérieux rouages du secret médical et du serment d'Hippocrate. Ce que j'ai fait. A paru intéressé. Charmant enfant. Esprit vif. Lui ai expliqué qu'un médecin n'avait pas davantage le droit de révéler l'état d'un patient qu'un général ses plans de bataille ou un magicien chinois ses secrets. A voulu savoir si les autres médecins lui flanqueraient une correction s'il ne respectait pas les règles. Ai répondu qu'ils le battraient comme plâtre, mettraient le feu à ses vêtements, puis formeraient un cercle autour de lui et lui pisseraient dessus en modulant des alléluias à la tyrolienne. (Mrs. Derrington n'était pas dans la cabine.)

Examiné la domestique de la famille, Miss Duane, dans un salon inoccupé, sa propre cabine étant trop exiguë (à peine mieux qu'un placard). C'est une veuve de trente-cinq ans, une dame aux manières discrètes. Poids insuffisant. Un peu craintive. Intelligence nettement au-dessus de la moyenne. Parle anglais très couramment, avec un étrange petit parfum chaucérien. Sur le qui-vive. Forte ressemblance physique, maintenant que j'y pense. N'avait vu qu'un médecin dans sa vie, et ce voici onze mois, quand elle a commencé à travailler chez Lord et Lady K. Avait connu des temps difficiles après la mort accidentelle de son mari et de son enfant (elle a parlé de noyade). A été envoyée à l'atelier pour indigents de Galway en janvier 1846. S'y est rendu compte qu'elle était enceinte de deux mois. S'est échappée de l'ouvroir et a parcouru 180 milles à pied pour gagner Dublin. A fait une fausse couche en route. Une fois à Dublin, a vécu un temps dans un foyer réservé aux femmes, puis dans un couvent où elle travaillait à la blanchisserie. (Ne se rappelait ni le nom du couvent, ni celui du foyer, ni aucune des deux adresses.) A dit que Lord K. l'avait trouvée « à bout de ressources » dans une rue de Dublin en janvier de la même année et qu'il avait insisté pour qu'elle retournât avec lui à Galway. Lady K. s'était inquiétée de sa santé et avait convoqué un médecin de Clifden, le Dr Scolfield (ou Suffield). Il avait diagnostiqué un cas de sévère malnutrition. Avait été engagée par charité, faisait office de domestique familiale et de bonne d'enfants. Est partie pour Dublin avec la famille en avril. Lorsque j'ai commencé à l'examiner, elle a paru un brin inquiète. J'ai entamé la conversation pour la mettre à l'aise. A l'intention de quitter les Merridith dès le débarquement à New York. « Pas de raison particulière, monsieur. » Elle ne souhaite pas continuer à travailler comme domestique, tout simplement. A la suite de cette première expérience, a décidé que cette vie ne lui convenait pas. Ira peut-être à Cleveland, dans l'Ohio. Pas de famille là-bas, du moins à sa connaissance. Mais avait entendu dire que de nombreux immigrés originaires du Connemara s'y étaient établis, chose que j'ignorais. Envisage également d'aller jusqu'à Québec ou au Nouveau-Brunswick. Beau-frère avait une tante sur l'île de Cap-Breton, autrefois, mais elle pouvait être morte ou avoir déménagé. J'ai dit qu'il devait faire bigrement froid dans ces pays esquimaux, tout là-haut dans le Nord, et elle a ri fugitivement. D'une beauté parfaitement exceptionnelle quand elle rit. Je ne veux pas dire d'une façon bébête, ni simplement jolie. En réalité, elle n'est pas jolie, mais authentiquement et profondément belle. Mais elle n'a pas ri longtemps et je ne suis pas parvenu à la faire rire une seconde fois. Avait un peu d'argent de côté, économisé sur ses gages. Souhaiterait travailler comme couturière ou comme vendeuse peut-être, mais accepterait n'importe quel travail, « sauf une place de domestique ». Je lui ai dit en plaisantant qu'en entrant au service d'une famille elle pourrait rencontrer un beau palefrenier ou un superbe maître d'hôtel, par exemple, et abandonner son propre nom pour le sien. A répondu qu'elle n'avait pas l'intention de se remarier. Sans aucune amertume. Elle disait la vérité, tout simplement. « Voilà une triste perte pour les candidats d'Amérique, ai-je risqué. – Peut-être que c'en est une, monsieur ; mais peut-être pas. »

Possibilité d'un début d'arthrite ou de tendinite au poignet gauche. Ongle incarné qui nécessite des soins. Brûlure de fer à repasser peu étendue, mais méchante, sur la face interne de l'avant-bras gauche. Sujette aux infections bronchiques et aux difficultés respiratoires au cours d'hivers aussi durs que celui-ci. « J'attrape facilement », expliqua-t-elle. Hérité de son défunt père. « Fermier et pêcheur, monsieur. »

Multiples marques cicatrisées mais visibles, sur l'abdomen, la partie supérieure du dos, les fesses, les cuisses, et j'en passe. Mais, cette fois, elle ne m'a pas offert d'autre explication que les jeux un peu brutaux auxquels elle s'est livrée avec les deux enfants. Parfois sujette à des éruptions cutanées bénignes, dit-elle, en supposant une fois de plus qu'elle les avait attrapées chez les garçons. Avait calmé les éruptions toute seule avec une décoction émolliente d'extrait de ruche (!), une chose que sa mère lui aurait recommandée bien des années auparavant. Lui ai dit que je venais tout juste de lire un article savant sur ce thème précis, recommandant une substance tirée de *l'Apis mellifera* ou abeille domestique. Pas de réponse.

Pas d'exanthème pour le moment. Pas de lésion ni de gonflement sous-cutané ; ne s'en rappelle aucun. Pas d'écoulement ni de douleur. Lui ai montré diverses illustrations de symptômes, mais elle a dit qu'elle n'avait jamais rien eu de tel. Comme je rangeais le livre, elle m'a demandé si c'était la S. que je cherchais. Désarçonné par sa question (et sa science), mais j'ai reconnu que oui. A dit qu'elle n'avait jamais rien eu de semblable. Si c'était le cas, elle le saurait.

Absolument aucun problème féminin, si ce n'est de temps à autre des douleurs menstruelles normales (qu'elle appelait « mensuelles »), une légère tendance à la mélancolie lors de l'ovulation et, une fois, à la suite d'une grossesse antérieure (en 1832, elle avait vingt ans), une mastite soignée par une femme du pays avec des plantes et des cataplasmes. (Enfant mâle mort-né.) Une varice au mollet gauche. Plusieurs dents du fond en très mauvais état. Importante gingivite des deux mâchoires. Molaire creuse gravement corrodée et ulcérée ; doit lui causer des douleurs insupportables mais elle ne s'en plaint pas. Rien remarqué qui puisse justifier un diagnostic de S., mais très inquiet de ses réponses vagues ou inexactes à mes questions touchant à l'origine de ses cicatrices. Il ne s'agit pas d'éraflures ou d'hématomes pouvant résulter de jeux un peu brutaux, mais d'importantes abrasions, de cicatrices boursouflées et de stries profondes. Je dirais qu'elles remontent à douze ou à dix-huit mois, avant l'époque où elle travaillait comme bonne d'enfants. A affirmé que ni son maître ni sa maîtresse ne la fouettaient. (N'avais pas évoqué la question, ni mentionné le mot fouet ; il est cependant incontestable que le fouet a causé ces blessures.) Je crains que cette malheureuse femme n'ait pendant quelque temps gagné sa vie d'une certaine manière. Elle possède de ce qui concerne la conception et les moyens de l'éviter, et même des mystères de l'anatomie féminine, une connaissance beaucoup plus étendue que la plupart des gens.

Comme je me disposais à partir, elle m'a dit une chose renversante : « Merci, monsieur. Vous êtes très doux. Vous êtes un homme très bon. »

Tout ce que j'ai trouvé à lui répondre, c'est qu'il était de mon devoir d'être bon, après tout. Et elle a secoué la tête de la façon la plus étrange : « Votre femme a beaucoup de chance, monsieur. La douceur est un don. »

Je lui ai confié que ma femme était morte depuis pas mal d'années déjà, et qu'à la vérité elle n'aurait pas toujours considéré comme une chance d'être mariée à un médecin un peu sot, affligé d'un trop grand nombre de patients. Mais elle n'a pas ri, ni même souri. « Étiez-vous heureux, monsieur ? me demanda-t-elle. – Oui, répondis-je. Très heureux. – Avez-vous eu des enfants, monsieur ? Vous et votre femme, que Dieu lui accorde le repos éternel. » J'expliquai que nous avions eu deux filles et un fils, tous trois mariés avec de jeunes enfants. Elle me demanda leurs noms, je les lui donnai ; elle hocha la tête. « Je dirai une prière pour votre famille, monsieur. Merci. Vous avez été bon de penser à moi. Je n'oublierai jamais la gentillesse que vous m'avez témoignée aujourd'hui. »

Les mots me manquèrent tout d'abord ; enfin je lui assurai que tout l'honneur avait été pour moi, ce dont j'étais convaincu, et je lui adressai mes vœux sincères pour l'avenir. Je lui donnai ma carte de visite avec l'adresse de Dublin, et je lui dis que si jamais elle avait besoin d'un ami, il lui suffirait de me le faire savoir. Nous nous serrâmes la main et elle s'en alla travailler. Mais je remarquai qu'elle avait laissé la carte sur une table. J'avais le sentiment de m'être trouvé en présence de quelqu'un de très exceptionnel.

J'ai examiné la comtesse Laura Kingscourt en dernier. Elle a trente et un ans et jouit d'une santé parfaite, surtout si l'on tient compte de son état.

Comme avec son fils aîné, nous nous entretînmes du secret professionnel, quoique d'une façon plus concentrée et intensive sans doute.

CHAPITRE XXXV

LES BALISES LUMINEUSES

UN INCIDENT HORS DU COMMUN SURVENU LE DERNIER JOUR DU VOYAGE

Vendredi 3 décembre 1847
Notre dernière nuit en mer commence

LONG. : 72° 03' 09 "O. LAT. : 40° 37' 19 "N. HEURE DE GREENWICH : 2h47 (4 décembre). HEURE LOCALE A BORD : 22h17 (3 décembre). VENT : 42°, force 7. MER : agitée. CAP : S.-O. 226°. TEMPS ET REMARQUES DIVERSES : température de l'air en baisse. Vents de nord-est très forts toute la journée. Force croît considérablement. Premier phare de l'île de Nantucket visible ce matin à 3h58. Officier de quart a signalé balises lumineuses de Newport (Rhode Island) visibles au télescope à tribord dès midi.

Notre intrépide vieille dame se porte assez mal ce soir; elle craque de lassitude et de détresse sous de violentes rafales. Mais j'y reviendrai.

Cet après-midi, peu après deux heures, un bruit assourdissant alarma le bateau tout entier; il fut bientôt suivi d'un deuxième, lequel se répercuta violemment d'un pont à l'autre, secouant les mâts comme des arbres sous la bourrasque. Lorsque je quittai la timonerie, je regardai par-dessus bord : à plusieurs centaines de yards à la ronde, l'eau était pleine d'un sang épais et bouillonnant, d'un rouge étonnant. Il m'apparut immédiatement que nous avions été heurtés par une baleine, et il ne s'agissait pas d'un spécimen ordinaire, à en juger par la force du choc et l'abondance de sang.

Quelques instants plus tard, mes soupçons furent confirmés par l'apparition de son grand corps boursouflé surnageant dans l'eau écarlate à quelques soixante-dix yards à tribord ; cette magnifique bête continuait, la malheureuse, à donner des coups de queue féroces, à lancer des jets d'eau et à émettre des sons terrifiants, semblables à des hurlements humains. C'était un rorqual mâle adulte, ou *Balaenoptera physalus* ; il mesurait plus de quatre-vingts pieds de long et sa queue avait la taille d'un yacht ; son corps était couvert de grandes touffes d'algues et de petites créatures à coquilles, et sa noble tête était fendue dans toute sa longueur pour avoir heurté la coque du navire. Ses jets d'eau torturés atteignaient pas moins de quinze pieds de haut. Des passagers firent leur apparition sur le pont, en proie à une grande anxiété. Certains me demandèrent de remonter la baleine dans un filet, afin que l'on puisse la découper et la manger, mais je leur dis que ce ne serait pas possible. J'essayai bien de les renvoyer, mais le maharadjah les avait rejoints et il leur conseilla de fixer l'océan un moment, s'ils voulaient voir quelque chose qu'ils n'oublieraient de leur vie. Bientôt les requins vinrent se jeter sur leur proie : la pauvre créature, vidée de ses forces, agonisait. Il sembla alors que la mer se mettait à bouillir tout autour du rorqual. Comme je regrette que Son Impériale Imbécillité n'ait pas réfléchi un instant avant de donner pareil conseil ! Peut-être alors se fût-elle rappelé le principal usage que nous avons fait de l'océan au cours de ce voyage.

Moi-même, Leeson et plusieurs ingénieurs descendîmes en toute hâte à la cale ; nous trouvâmes à tribord une fissure d'environ trois pieds de long. Nous prenions l'eau à une vitesse alarmante, et elle nous monta bientôt jusqu'au ventre. Une équipe fut rapidement chargée d'écoper et le dommage réparé. Il fallut pour cela que les hommes déployassent des efforts herculéens, car les pompes étaient rouillées, quand elles n'étaient pas cassées, et des rats énormes grouillaient dans la cale.

Une fois les réparations effectuées, on examina le chargement. Treize sacs de la Poste royale étaient perdus sans recours, et je fis descendre George Wellesley, le responsable de la Poste, pour qu'il apposât sa signature à un rapport. (Un goujat d'une suffisance intolérable, d'une arrogance à vous rendre fou !) Deux très gros barils de porc avaient pourri dans la cale ; ils étaient infestés d'asticots et j'ai donné ordre de les jeter par-dessus bord. On les a remontés de la cale, mais il a suffi qu'ils restent dix minutes sur le pont, pendant que les hommes allaient chercher des cordes, pour qu'ils soient fracturés, sans que personne ait vu les auteurs du vol, et entièrement vidés de leur contenu.

Nos aventures du jour ne se sont pas arrêtées là. Un peu plus tard dans l'après-midi, un petit incendie s'est déclaré dans l'entrepont, embrasant temporairement les espars au-dessus et menaçant le pont principal. Sept passagers et deux hommes d'équipage furent légèrement blessés en l'éteignant. Le Dr Mangan les a tous examinés et leur a prescrit des traitements opiacés pour soigner leurs brûlures. Le navire a subi un dommage considérable, en particulier la cloison supérieure et celle de bâbord, mais des réparations sont possibles.

Plus graves sont les constatations dont m'a fait part mon second, Leeson, à la suite de son inspection : certains passagers de l'entrepont ont brisé les planches du revêtement intérieur et enlevé une partie des couchettes et des bordages du pont dans la réserve, afin de s'en servir comme combustible. A un endroit, vers l'arrière, la quasi-totalité du lambris interne a été arrachée ; plusieurs larges trous ont même été pratiqués à la hache, semble-t-il, dans les bordages extérieurs, et rien à présent n'empêche plus les éléments de s'y engouffrer.

J'ai aussitôt renvoyé Leeson dans l'entrepont afin qu'il convoquât tous les passagers sur le gaillard d'arrière. Une fois le rassemblement effectué, je leur rappelai, dans les termes les plus énergiques possibles, les réglementations concernant les feux, bougies et autres flammes nues au-dessous du pont. J'ai également souligné que la destruction d'une quelconque partie du navire était un délit très grave, passible d'emprisonnement. Même s'il ne nous restait qu'une courte journée de navigation, je veillerais à ce que ces règles soient appliquées avec la dernière vigueur, car un navire peut disparaître à une demi-lieue d'un port aussi rapidement qu'il sombre dans l'océan.

Mr. Dixon se tenait à quelque distance en compagnie de Lady Kingscourt qui, bien que je l'aie exhortée à se cantonner dans les locaux de première classe, a pris l'habitude ces derniers temps de rendre visite aux passagers de l'entrepont, auxquels elle s'efforce d'apporter quelque soulagement. Il est intervenu plusieurs fois à contretemps, me demandant bien fort, en se plaçant de façon à être entendu de tous, s'il était normal que les gens aient froid la nuit, qu'ils ne puissent se mettre au sec, etc., bref, attisant leur hostilité déjà marquée.

– Que feriez-vous à leur place, nom de D… ? s'exclama-t-il.

Je répondis que jurer ne leur serait d'aucun secours, pas plus que de proférer les blasphèmes les plus grossiers ne les tiendrait au chaud ni au sec ; et qu'en toute hypothèse je ne détruirais pas le vaisseau qui empêchait précisément ma propre destruction, car un tel acte serait digne de l'empereur de Bedlam [1].

Une véritable fanfare d'imprécations salua sa sortie ; il revint peu après avec une couverture prise sur sa couchette et une autre provenant de celle de Lady Kingscourt. Il insista pour que je les donne aux passagers de l'entrepont. Je m'exécutai. Mais je trouvai curieux, je dois l'avouer, qu'il ne se sentît aucunement gêné de défaire le lit d'une dame mariée, et ce sans même lui demander son avis, me sembla-t-il.

Nos amis américains ont accompli des merveilles dans bien des domaines, mais dans celui des manières il leur reste à combler de graves lacunes.

23 h 53. Phares allumés à la pointe est de Long Beach, près de la baie de South Oyster. Menace d'orage.

1. Célèbre asile d'aliénés londonien.

CHAPITRE XXXVI

LE MOUILLAGE

NOTRE ARRIVÉE A NEW YORK ; LES DIFFICULTÉS INATTENDUES AUXQUELLES NOUS DÛMES FAIRE FACE ; AINSI QUE CERTAINS ÉVÉNEMENTS INFÂMES QUI SURVINRENT PAR LA SUITE

Samedi 4 décembre 1847
Cela fera vingt-sept jours que nous avons quitté Queenstown

LONG. : 74° 02 'O. LAT. : 40° 42 'N. HEURE DE GREENWICH : 4h12 (5 décembre). HEURE LOCALE A BORD : 23h17 (4 décembre). HEURE DE L'OBSERVATOIRE NATIONAL DES ÉTATS-UNIS : 23h12 (4 décembre). VENT : E. 88°, force 2. TEMPS ET REMARQUES DIVERSES : Froid extrême et rafales glaciales. Vaisseau à l'ancre dans le port de New York.

Ce matin à cinq heures moins le quart nous avons longé la baie de Jamaïque et Coney Island, puis nous avons atteint le bateau-phare *Scotland*, dans la Lower Bay, qui ouvre le chenal sud du port de New York. Là nous avons hissé le pavillon pour demander un pilote. Pendant que nous attendions les timoniers et le gardien du quai, le révérend Deedes rendit grâces à Dieu de l'heureuse issue de notre voyage au cours d'une brève cérémonie ; jamais, de toute ma vie de marin, je n'ai été plus heureux ni plus reconnaissant au Tout-Puissant que ce matin. Lord Kingscourt s'est joint à notre prière, événement des plus extraordinaires. Il m'a avoué avoir du mal à dormir depuis quelque temps.

Plus de deux heures s'écoulèrent sans que nous eûmes reçu aucun signal en retour, mais je ne m'en souciai point, car le port est extrêmement actif depuis plusieurs années. Je retournai dans ma cabine et commençai d'emballer mon fourniment. A onze heures, aucun pilote ne s'était encore présenté et je commençai à éprouver une légère appréhension. Je retournai sur le pont supérieur et attendis avec les hommes.

Enfin, peu avant midi, les remorqueurs apparurent au loin et un grand cri de joie s'éleva au sein des passagers. Beaucoup se jetèrent dans les bras les uns des autres et entonnèrent des cantiques et des chants nationaux. Mais il leur fallut patienter encore, et leur allégresse eut tôt fait de se refroidir. A bord du premier bateau-pilote se trouvait un représentant des services de quarantaine de la ville ; il était chargé de me présenter, conformément à la législation des douanes, une injonction de ne pas débarquer, mais d'entrer et d'attendre de plus amples instructions. Il refusa de m'en dire davantage ; je devais simplement suivre la consigne et maintenir le calme à bord. Je ne dis rien à l'équipage ni aux passagers ; je ne me confiai qu'à Leeson. Nous estimâmes tous deux que la nouvelle risquait fort d'être mal accueillie.

Un pilote, le capitaine Jean-Pierre Delacroix, monta à bord et prit la barre. C'était un Acadien de Louisiane. Comme il semblait à peine parler anglais, j'appelai Mr. Dixon qui connaît un peu de français. Mais Delacroix refusa de commenter ce qui se passait dans le port, se contentant de déclarer qu'il avait un travail à mener à bien.

Beaucoup de passagers donnèrent libre cours à une folle jubilation lorsque les remorqueurs nous guidèrent dans le goulet et que nous pénétrâmes dans la baie supérieure de New York. Au bout de près d'un mois de navigation, voir la terre si proche semble toujours une bénédiction. Et vraiment la terre paraissait si belle et si verdoyante à la froide lumière du soleil ! Staten Island et le New Jersey à l'ouest, les terres arables et les petites villes de Brooklyn à l'est. Les marins disent parfois que la terre a une odeur, et en ce jour cela me parut se vérifier : un merveilleux arôme de végétation et de fourrage. On apercevait la ville de Red Hook à travers la brume qui se levait, et plusieurs gardiens de troupeaux, sur les collines à peine esquissées, levèrent leur bonnet et les agitèrent à notre passage, ce qui provoqua des transports de joie chez les passagers.

Ce n'est que lorsque les pilotes nous firent entrer dans le chenal de Buttermilk que je compris qu'il se passait quelque chose de grave, car je faisais le voyage depuis quatorze ans, et jamais cela ne s'était produit. Un très lourd pressentiment m'accabla. Nous fûmes ensuite remorqués autour de l'île et nous entrâmes dans le port où une situation extrêmement préoccupante nous attendait.

De ma vie je n'avais vu une telle scène. Selon mon estimation, environ une centaine de bâtiments mouillaient dans le port, aucun n'ayant obtenu l'autorisation d'accoster dans le bassin. Les remorqueurs nous conduisirent à un ancrage situé à un quart de mille environ des bassins de South Street, entre le *Kylebrack* venu de Derry et le *Rose of Aranmore* de Sligo, avec le *White Cockade* de Dublin sur l'arrière. Nous reçûmes l'ordre de jeter l'ancre et d'attendre de nouvelles instructions. A peine avions-nous ancré, arrimé et rédigé un rapport destiné aux douanes, que deux autres navires étaient entrés à notre suite, le *Kylemore* de Belfast et le *Sir Giles Cavendish* de Mobile, en Alabama, qui faisait route vers Liverpool mais dont la grand-voile s'était déchirée au large de la côte nord de la Pennsylvanie.

J'examinai la situation dans son ensemble. Si je disais que j'avais de nombreux malades à bord, ce qui était le cas, cela risquait de réduire considérablement les chances d'admission de mes passagers. Très difficile de savoir quelle position adopter. J'envoyai un message au port disant que j'étais presque à court de vivres et d'eau et que j'avais nettement plus de trois cents personnes à bord en comptant l'équipage et les passagers. En retour me parvint un avis des autorités portuaires m'enjoignant d'attendre. De l'eau fraîche pourrait m'être fournie ainsi qu'un médecin en cas de nécessité, mais toute tentative de débarquement serait considérée comme un acte illégal et impitoyablement punie : par la saisie du navire ou sa destruction par le feu, si nécessaire, et par l'emprisonnement de chaque membre de l'équipage et de tous les passagers. Je demandai qu'un représentant de la compagnie me soit envoyé pour que nous envisagions ensemble les événements, mais à l'heure où j'écris personne ne s'est présenté.

A deux heures, je reçus la visite du Dr Wm. Mangan qui se dit extrêmement préoccupé par la situation à bord du navire. Un certain nombre de passagers étaient gravement malades et devaient être admis sur-le-champ dans un hôpital pour contagieux. Je lui fis part des circonstances et lui dis que je n'y pouvais rien. Il me demanda s'il était exact que notre cargaison comportât une bonne quantité de mercure. Je lui répondis par l'affirmative, et il demanda s'il pouvait en prendre afin de préparer je ne sais quel médicament. J'accédai bien évidemment à sa requête. (« Un débauché quelconque, en bas dans l'entrepont, a besoin de sa dose », plaisanta Leeson quand le bon docteur fut parti. Et d'ajouter : « Une nuit avec Vénus, une vie entière avec Mercure. » Mais cette remarque ne m'amusa pas du tout : j'ai vu des hommes mourir de cette maladie, et je ne souhaiterais une telle mort à personne, pas même à mon pire ennemi.)

La situation devient alarmante, pour ne pas dire précaire. Beaucoup de passagers, convaincus que leur matériel de couchage allait être inspecté par les officiers de quarantaine à l'affût des poux, l'ont jeté par-dessus bord ; ils n'ont donc plus aucune protection contre le froid nocturne. Ils ne comprennent pas que, étant donné le froid du jour, la froideur de la nuit peut être mortelle à cette latitude. Nous mouillons si près du *Ferrytown* et du *Clipper* que les passagers peuvent s'interpeller d'un navire à l'autre. Toutes sortes de rumeurs se répandent en ce moment : les douanes ne laissent passer aucun Irlandais ; tous les immigrants européens doivent, pour être admis, sortir une somme de mille dollars américains ; les hommes sont séparés de leurs femmes et de leurs enfants, etc., et rapatriés.

Je chargeai donc Leeson de rassembler tous les passagers et leur assurai qu'il n'y avait nullement lieu de s'affoler, mais mes remarques furent mal accueillies. Les quolibets fusèrent, ainsi que les reparties hostiles. J'ordonnai que toutes les réserves de vin, de bière et d'alcool destinées aux passagers de première classe fussent distribuées à ceux de l'entrepont. Peut-être ai-je pris là une décision stupide, mais il est trop tard à présent.

Il faut espérer que nous aurons des nouvelles demain, car beaucoup de passagers sont surexcités.

*

Premier jour*, 5 décembre, dimanche,
Cela fera vingt-huit jours que nous avons quitté Queenstown

LONG. : 74° 02 'O. LAT. : 40° 42 'N. HEURE DE GREENWICH : 23h14. HEURE DE L'OBSERVATOIRE NATIONAL DES ÉTATS-UNIS : 18h14. TEMPS ET REMARQUES DIVERSES : températures extrêmement basses toute la journée, descendant cette nuit à -16,71° Celsius. Ponts et échelles dangereux car recouverts d'une épaisse couche de glace. Enfléchures et gréements raides de froid. Des glaçons pendent des mâts, focs et haubans, constituant un danger pour les passagers; ai ordonné qu'on les brise avec des perches. La nuit dernière a été agitée, avec des vents forts; beaucoup de passagers malades.

Toujours à l'ancre dans le port de New York, à marée basse. Ciel noir et plombé toute la journée. J'estime le nombre de vaisseaux dans une situation identique à 174, mais ce nombre augmente d'heure en heure. Les eaux du port sont chargées à un point alarmant de fèces et de toutes sortes de matières fétides. Des centaines de grosses anguilles noires dans l'eau répugnante. Hier soir, une enfant de l'entrepont a pêché à la ligne ce qu'elle prenait pour un gros ballon violet. Très gravement piquée par une physalie. Risque de mourir.

J'ai envoyé un message à midi, demandant à rencontrer de toute urgence un représentant des autorités portuaires, mais je n'ai toujours pas de réponse. Il y a environ une heure, Leeson a envoyé des signaux à la Maison des quais, pour solliciter au moins la permission de débarquer les femmes et les enfants, dont beaucoup sont maintenant dans un état pitoyable, mais, là encore, je n'ai reçu aucune réponse.

Deux passagers de l'entrepont sont décédés hier soir, John James McCraghe de Lee, près de Portarlington, comté de Queen, et Michael Danaher de Caheragh, comté de Cork. J'ai fait placer leurs

* « Premier jour », locution employée par les quakers pour désigner le dimanche. – G.G.D.

dépouilles dans la cale, car les funérailles dans les eaux du port sont strictement interdites. (De toute façon, les passagers d'obédience catholique considèrent comme une impiété de célébrer des obsèques le jour du sabbat.) William Gunn, un marin originaire de Manchester, pris d'une forte fièvre, ne passera sans doute pas la semaine.

Ce matin, l'un des marins, John Grimesley, est venu me trouver en me disant que ses camarades l'avaient chargé de cette mission (ils l'avaient même élu pour cela). Il m'a dit que les hommes étaient on ne peut plus inquiets de la récente tournure des événements et qu'on ne pourrait pas leur demander de supporter la situation beaucoup plus longtemps.

Hier soir diverses altercations, dont certaines d'une violence extrême, avaient éclaté dans l'entrepont ; huit passagers de sexe masculin avaient été mis sous les verrous ; deux d'entre eux n'avaient pu être maîtrisés qu'en recourant aux menottes ou aux fers. Il m'a parlé d'une rumeur selon laquelle les passagers de l'entrepont comploteraient de couler le navire ou d'y mettre le feu si la permission de débarquer ne nous était pas accordée sans délai.

Cette remarque m'a fait sortir de mes gonds : je lui ai dit que j'allumerais la première torche moi-même ; que si je m'embarquais, c'était pour être marin, et non pour jouer les croque-morts, et que s'il ne retournait pas immédiatement tenir son quart, j'élirais l'extrémité de ma botte pour pouvoir l'enfoncer bien haut dans son trou de démocrate.

Réserves de nourriture très basses. Presque plus d'eau. Ce qui nous reste est gelé, dur comme de la pierre.

*

Lundi 6 décembre

Cela fera vingt-neuf jours que nous avons quitté Queenstown

Long. : 74° 02'O. Lat. : 40° 42'N. Heure de Greenwich : 0h21 (7 décembre). Heure locale a bord : 19h21 (6 décembre). Temps et remarques diverses : Froid extrême et gelée mordante. Température à 14 heures était : – 17,58° Celsius. Fumée et suie dans l'air.

Notre camarade William Gunn a rendu son dernier souffle tôt ce matin ; nous en sommes affreusement tristes, car c'était un brave et honnête garçon. Il avait dix-neuf ans et venait de Manchester. Tous ceux qui le rencontraient trouvaient en lui un ami loyal.

Il tombe une neige abondante. Le port est bouché jusqu'à Governors Island. On raconte de toutes parts que le port a été fermé par la marine ; qu'au large de Coney Island et de Rock'way Beach des frégates arrêtent tous les vaisseaux et envoient des hommes à bord. Les pauvres se rassemblent en masse sur les quais, en face de nous : ils attendent des nouvelles de leurs êtres chers qui ont traversé l'océan. Un grand nombre de policiers et d'hommes de troupe les contiennent.

A la suggestion de Lord Kingscourt, j'ai donné ordre de répartir équitablement toutes les provisions du bord entre les passagers de l'entrepont, les hommes et les passagers de première classe. J'ai essuyé les protestations véhémentes de Wellesley, le représentant de la Poste royale : il dit qu'il n'embarquera plus jamais sur les bateaux de la Silver Star Line. J'ai répondu que je déplorais vivement sa décision (ce qui est faux), mais que je ne pouvais pas laisser mourir de faim mes passagers pour conserver sa clientèle.

Mr. Grantley Dixon a commencé d'envoyer par bateau divers rapports et articles dans lesquels il décrit notre situation ; sa prose est destinée au *Tribune* de New York. Je ne me prononcerai pas sur l'utilité de cette initiative. (L'homme sécrète une connaissance si intime du bien que l'on jurerait qu'en se rasant il voit un archange dans le miroir.)

Des bandes de reporters sortent en mer dans des youyous et des bateaux plats ; il vient aussi des groupes considérables de simples curieux. Bien qu'il leur soit strictement interdit de monter à bord des vaisseaux ou de s'en approcher à moins de vingt yards, ils interpellent les passagers et les interrogent, ce qui ne sert qu'à répandre l'inquiétude et l'affolement. J'apprends qu'un reporter a été arrêté pour avoir tenté de persuader un passager de sauter du *Slieve Gallion Brae* en provenance de Wexford ; il espérait ainsi se concocter un article distrayant.

Des groupes d'Irlandais résidant à New York sortent aussi à la rame pour s'enquérir de parents ou d'amis dont ils attendent la venue ; ils prennent toutes sortes d'embarcations, des coracles aux youyous, dont certaines ne valent guère mieux que des baignoires flottantes. Ils apportent parfois des paniers de nourriture ou des ballots de vêtements et, bien que nous ne soyons pas censés les accepter, nous détournons bien souvent le regard. C'est un spectacle très triste que de voir ces gens lancer au hasard les noms et les villes d'origine de ceux qu'ils chérissent : « Mary Galvin de Sligo, est-ce qu'elle est là-haut avec vous ? » « Michael Harrigan, d'Ennis, est-il là ? C'est son frère ! » etc., pour s'entendre dire parfois que leurs parents sont morts et que leur dépouille a été confiée aux flots. Le révérend Deedes a remarqué un malheureux qui appelait gaiement le nom de son père, comme pour lui souhaiter la bienvenue, en lui disant que sa place était prête chez son fils, à Brooklyn, qu'il y serait heureux et que jamais plus il ne connaîtrait le besoin. Il lui fut répondu que son père n'était jamais monté à bord, car il était mort un mois plus tôt sur le quai de Derry. Un autre homme avait emmené son bébé dans le bateau, une petite fille que ses grands-parents n'avaient jamais vue. Il la tenait à bout de bras, tout fier, quand on lui apprit une terrible nouvelle : sa mère et son père étaient morts en mer. Cela produit un son un peu surnaturel, la nuit en particulier, tous ces noms que l'on crie dans le noir.

Ce matin, j'ai moi-même été pris à partie sur le pont, par un groupe d'Irlandais d'humble extraction qui étaient venus à la rame. Ils avaient eux aussi l'air très pauvres et affamés. Ils m'ont interpellé pour me demander si un passager du nom de Pius Mulvey, d'Ardnagreevagh, était à bord. J'ai répondu que oui. Ensuite, ils ont voulu savoir si un certain Lord Merridith s'y trouvait aussi. Là encore, j'ai eu le plaisir de leur confirmer sa présence. Lord Merridith se portait-il bien ? s'enquirent-ils. Je dis qu'il était en excellente santé, bien qu'un peu fatigué du voyage, ce qui n'avait rien d'étonnant, et que je l'avais vu un quart d'heure plus tôt.

Sur ces entrefaites, une petite discussion secrète s'engagea entre eux. Ils me prièrent de prévenir Mulvey, la prochaine fois que je le verrais, que le comité d'accueil l'attendait pour lui souhaiter la bienvenue. Ils espéraient sincèrement qu'il ne les avait pas oubliés. Pourrais-je dire simplement que « les camarades hiberniens » se rappelaient à son bon souvenir ? Ils seraient au bord du quai, à surveiller et à guetter. Ils lui préparaient une fête de tous les diables, dirent-ils. Une réception dont il se souviendrait toute sa vie. On apprêtait le veau gras pour le sacrifice, maintenant que le fils prodigue en personne arrivait en Amérique. Dès qu'il passerait le poste des douanes, il les trouverait prêts, dirent-ils encore.

Je suis sûr que cette nouvelle lui sera d'un immense réconfort, pauvre homme, car il est toujours agréable, au terme d'un voyage long et difficile, de voir un grand nombre de visages amicaux.

CHAPITRE XXXVII

LE MEURTRE

On ne peut qu'imaginer les pensées qui ont dû torturer Pius Mulvey le mardi 7 décembre 1847, son dernier jour à bord de l'*Étoile des mers*.

De bon matin on le vit à l'arrière du pont supérieur, jouant à *shuffle-penny* [1] avec Jonathan et David Merridith, à la suite de quoi il leur apprit les paroles d'une absurde ballade. Le père et le fils l'initièrent à leur tour aux mystères d'une distraction étrange ; on

1. Ou *shovelboard* : jeu qui consiste à pousser des pièces de monnaie sur une surface plane, après y avoir tracé des lignes ou des carrés.

sut plus tard qu'il s'agissait du « football de Winchester College ». On le remarqua sur le pont, brandissant au-dessus de sa tête un ballon fait de chiffons et criant « Lombrics ! » ; apparemment, une des phases importantes de ce jeu.

Aux alentours de dix heures, il alla aux cuisines et demanda au sommelier s'il n'aurait pas un travail à lui confier en échange d'une bouteille de vin. Il expliqua qu'il souhaitait faire un petit cadeau à Lord et Lady Kingscourt pour les remercier de leur grande gentillesse. Le coq, un Chinois, le chargea de s'attaquer à l'eau qui avait gelé dans les tonneaux et lui donna en effet une demi-bouteille de bourgogne en récompense de ses efforts ; Mulvey l'offrit à Lady Kingscourt avec un petit mot exprimant sa gratitude. Elle trouva son comportement très étrange : il souriait de toutes ses dents et devenait craintif tour à tour. « Il donnait l'impression de parler de biais, commenta-t-elle plus tard, comme s'il ployait sous une lourde charge dont il souhaitait se libérer. » Il ne cessait de répéter que Jonathan et Robert Merridith étaient « de beaux garçons, des garçons bien », que le mari de Lady Kingscourt était « un honnête homme » ; qu'il était bien dommage que toutes ces perturbations, dans leur pays, aient causé de telles « séparations » entre les gens. Rien de tout cela n'était souhaitable, surtout par ces temps difficiles. Nous avions tous fait dans le passé des choses que nous n'aurions pas dû faire, mais « œil pour œil, et tout le monde finit aveugle ». Plus elle approuvait ses paroles, plus il les répétait. Il semblait vouloir se convaincre lui-même de quelque chose.

Nous savons qu'il eut une conversation des plus surprenantes avec le capitaine ce matin-là : il lui demanda s'il ne pourrait pas faire partie de l'équipage du bateau et regagner Liverpool. Lockwood jugea la question stupéfiante. Jamais, et cela faisait des années qu'il naviguait, un passager ne lui avait présenté une telle requête. Qu'on la lui soumît alors que l'Amérique était presque à un jet de pierre lui parut bizarre au point de confiner à l'absurde ; cette fantaisie pouvait toutefois s'expliquer, se dit-il, par l'anxiété que ressentaient souvent les émigrants, ainsi que par les vexations dont Mulvey avait été victime à bord. Il lui répondit que le bateau ne retournerait pas tout de suite à Liverpool, car il avait besoin de réparations substantielles en cale sèche, dans le port de New York, et que selon toute vraisemblance il y resterait jusqu'après Noël. Il fit également part à Mulvey d'un incident curieux qui s'était produit le matin précédent : l'arrivée inopinée d'un groupe d'Irlandais, apparemment animés de bonnes intentions, qui avaient rejoint l'*Étoile* à la rame pour s'informer de sa santé. La nouvelle lui était communiquée dans l'espoir de le rassurer, mais il n'eut pas l'air rassuré du tout. On rapporte même qu'il devint très pâle, et que peu après il fut pris de vomissements; il les attribua au fait qu'il avait mangé quelque chose de gâté.

Dans la matinée je descendis à la prison, car je désirais m'entretenir avec le prisonnier, Seamus Meadowes, mais je ne l'y trouvai point. L'humidité et le froid de la cellule lui ayant donné une forte fièvre, il avait été confié à la vigilance du capitaine; celui-ci l'avait averti qu'il serait abattu à la première incartade. Il était enfermé dans la cabine de Leeson, le second, et refusa de m'y recevoir. Il n'aimait pas beaucoup les journaux, dit-il, et encore moins ceux qui y publiaient des articles. De plus il affecta de parler mal l'anglais, mais je savais qu'il s'exprimait très couramment dans cette langue quand cela lui convenait. D'ailleurs, lorsque je m'éloignai, je l'entendis distinctement demander à son gardien s'il lui permettait de monter prendre l'air.

Je passai ensuite près d'une heure dans l'entrepont où, dans la mesure de mes faibles moyens, j'aidai le Dr Mangan à soigner les passagers. Beaucoup étaient réduits à l'épuisement et, malades d'inquiétude, le suppliaient d'user de son influence pour les faire débarquer. En rentrant, je vis Mulvey dans la partie du navire réservée aux voyageurs de première classe. Il me parut perturbé lorsque je le rencontrai dans le couloir et ne dit pas un mot en me croisant mais, comme il avait souvent cet air-là, je n'y prêtai aucune attention.

Ce qu'il trouva dans sa cabine ne put qu'accroître considérablement son anxiété.

Nous savons que cela devait y avoir été déposé tard dans la matinée ou dans l'après-midi, car un steward était passé aux alentours de dix heures chercher des couvertures et, dans une déposition ultérieure faite à la police, il avait décrit le réduit en ces termes : « complètement vide, je veux dire que je n'ai rien remarqué d'inhabituel». Le même homme y retourna peu avant quatre heures et aperçut le message, encore cacheté, sur le lit. Estimant que cela ne lui était pas destiné, il n'y regarda pas de plus près.

L'initiale de Mulvey – M – avait été tracée à l'encre sur l'enveloppe par une main appliquée, la main froide, impersonnelle, d'un homme qui tient à rester anonyme. Les caractères sobres qui constituaient le message avaient été découpés dans un livre. A bien des gens ces mots eussent paru impénétrables. A Pius Mulvey ils ne pouvaient sembler que terrifiants.

OCCUPE-TOI DE LUI
TOU D' SUIT
Ou Alor Gare Au Redresseurs

Ce n'était rien de moins qu'un refus de commutation de peine. David Merridith ou Pius Mulvey : l'un des deux ne poserait jamais le pied à Manhattan.

Quant à la victime désignée, il est possible d'établir avec quelque précision ses faits et gestes au cours de la matinée et de l'après-midi de ce même jour.

Peu avant l'aube, à sept heures et quart, Merridith appela un steward et lui dit qu'il ne se sentait pas bien. Il le pria de lui envoyer immédiatement le Dr Mangan, mais lorsque ce dernier se présenta, Merridith paraissait un peu mieux. Il ne se plaignit que d'un mal de tête, qu'il attribua à une méchante gueule de bois ainsi qu'au froid intense, et il renvoya le médecin chez lui après lui avoir déclaré qu'il avait l'intention de sommeiller un peu.

Aux alentours de huit heures et demie, il rappela le steward et commanda un petit déjeuner qu'il prendrait dans sa cabine. Lorsque l'homme apporta le café et le porridge, Lord Kingscourt lui demanda de lui faire couler un bain. Il semblait de bonne humeur, bien que peu disert.

Après avoir pris son bain, il pria le steward, un Brésilien nommé Fernão Pereira, de l'aider à se raser et à s'habiller. Sa vue n'était pas bonne depuis quelque temps, expliqua-t-il, et il ne voulait pas s'entailler la figure. Il dit au steward de lui laisser le rasoir, en ajoutant qu'il avait l'habitude de se raser deux fois par jour, une fois le matin et une fois avant le dîner. « Il insista beaucoup là-dessus », ainsi que le steward en témoigna plus tard.

Lord Kingscourt resta dans sa chambre jusqu'aux alentours de onze heures trente : son épouse et son fils Jonathan le virent tous deux en passant. Il fourrageait dans une petite mallette où il serrait des papiers. Il les salua comme à l'accoutumée.

Ensuite, personne ne le vit avant une heure de l'après-midi ; il déjeuna avec le maharadjah dans la petite salle à manger, derrière le fumoir. Divers rafraîchissements digestifs leur furent apportés. Ils firent quelques parties de gin-rummy en misant des shillings et, contrairement à son habitude, Lord Kingscourt gagna. S'ensuivit une conversation touchant aux diverses règles du poker, du billard et d'autres distractions à l'usage des messieurs. Le représentant de la Poste royale, George Wellesley, se rappelait encore, des années après le voyage, que Merridith l'avait assommé en tentant de lui expliquer un jeu fondé sur les mots, appelé *doohulla*, que lui et ses sœurs avaient inventé dans leur enfance, et que, ce faisant, il avait bu un petit verre de vin de porto avec les autres. Lorsque la conversation s'était achevée, Merridith avait commandé une bouteille du porto en question et avait regagné sa cabine en déclarant qu'il avait l'intention de lire.

Il fut établi que vers trois heures moins le quart il s'était arrêté en cours de route pour jouer au football sur le pont avec ses deux fils, devant les cabines de première classe. Il avait l'air « content comme tout », selon les dires d'un témoin nommé John Grimesley, un marin anglais.

Son plus jeune fils, Robert, avait trop mangé au déjeuner et ne se sentait pas bien, aussi Lord Kingscourt le raccompagna-t-il dans sa cabine. Une conversation s'engagea à propos du désordre de la pièce et Robert fut tancé par son père, choqué de la malpropreté ambiante et du manque d'aération. Pas étonnant que le garçon soit malade, insinua-t-il. Il lui dit aussi qu'il ne devait pas profiter de la gentillesse de Pius Mulvey pour l'obliger à jouer au football toute la matinée, alors que le givre rendait les ponts dangereux. L'infirmité du pauvre Mulvey était très grave et il était important de se montrer charitable envers quelqu'un de si affligé. Lord Kingscourt se dirigea vers le hublot qu'il ouvrit, après avoir écarté le rideau. C'est alors que Robert Merridith dit une chose qui devait être lourde de conséquences :

– Vous savez, quand vous étiez en pétard après moi, l'autre soir, papa, à propos de Mr. Mulvey ?

– Je ne voulais pas me mettre en colère, mon petit vieux. C'est simplement que nous ne devons pas nous laisser emporter par notre imagination, voilà tout.

– Pourquoi a-t-il dit qu'il ne pourrait pas passer par la fenêtre ?

– Comment cela ?

– Au dîner. Il a dit qu'un grand type ne passerait jamais par une petite fenêtre comme celle-là.

– Et alors ?

– Je n'ai jamais mentionné la fenêtre à Mr. Mulvey. Alors comment savait-il ? dit l'enfant.

– Savait-il quoi, Bobs ?

– Enfin… que la personne que j'avais vue était entrée par la fenêtre.

Pendant quelques minutes Lord Kingscourt ne dit mot, ce qui n'avait rien de surprenant. Bien des années plus tard son fils affirmait qu'il ne se rappelait pas avoir connu, en présence de son père, un moment de silence absolu aussi long que celui-là. Le comte semblait « totalement absent, comme un homme saisi d'extase, comme un hypnotisé », affirma-t-il. Il s'assit sur la couchette et contempla le plancher. Il paraissait avoir totalement oublié que quelqu'un était présent dans la pièce avec lui. A la fin, l'enfant s'approcha de son père et lui donna un coup de coude. Lord Kingscourt leva les yeux sur son fils et lui sourit « comme s'il s'éveillait à l'instant ». Il lui ébouriffa les cheveux et lui dit de ne s'inquiéter de rien. Tout irait bien à présent.

– Pensez-vous que Mr. Mulvey jouait à quelque chose ?

– Oui, Bobs. C'est cela. Il jouait.

Robert Merridith retourna sur le pont, laissant son père seul dans la cabine. Nous ignorerons toujours à quoi songeait le comte. Mais une chose est certaine ; il ne pouvait qu'être aux prises avec une évidence choquante : Pius Mulvey était bel et bien entré dans la chambre de son fils, un couteau à la main. Il avait l'intention de commettre un meurtre sur ce bateau.

A partir de là, le tableau devient confus. Le Dr Mangan se rappelle s'être rendu à deux reprises chez Lord Kingscourt, dans le courant de l'après-midi, et lui avoir administré sous forme de piqûre de très fortes doses de mercure ; il lui prescrivit également du laudanum pour l'aider à dormir. Le comte paraissait souffrir abominablement ; il en perdait presque la tête. Cependant, plusieurs passagers de l'entrepont témoignèrent plus tard l'avoir vu entrer chez eux pendant les heures qui suivirent. D'autres soutinrent qu'ils avaient remarqué Lord Kingscourt qui se promenait seul du côté de l'arrière et contemplait la ligne découpée sur le ciel par la pointe de l'île de Manhattan, à l'époque une masse confuse d'immeubles de rapport et de logements misérables. Un grand incendie s'était déclaré dans un taudis, ce jour-là. Les flammes et la fumée étaient bien visibles à bâbord. Une veuve âgée, originaire des environs de Limerick, jura avoir vu Lord Kingscourt assis devant son chevalet pour peindre les immeubles en flammes. Il neigeait dru à ce moment-là et le comte ne portait pas de manteau, mais elle ne l'aborda pas, le croyant « en proie à des visions de cauchemar ».

Ce soir-là, il régnait à bord de l'*Étoile* une atmosphère lourde de menaces. Les provisions étaient presque totalement épuisées ; la neige fondue était devenue la seule source d'eau potable. Du premier au dernier, tous les passagers de l'entrepont croyaient maintenant dur comme fer que le navire serait renvoyé en Irlande un jour prochain. Beaucoup de gens en première classe partageaient cette croyance. On racontait également un peu partout que des passagers projetaient de sauter par-dessus bord et de tenter de franchir à la nage les quatre cents yards qui les séparaient de la terre. La plupart avaient vendu tout ce qu'ils possédaient pour payer le voyage. Beaucoup voyaient pour ainsi dire leur famille les attendre sur le quai. Étant venus jusque-là au prix de tant de privations, ils n'avaient pas l'intention de s'en retourner.

De leur côté, les marins étaient profondément mal à l'aise. Se voir confier brusquement un rôle de gardien de prison convenait à bien peu d'entre eux. Il ne leur plaisait pas davantage de servir d'infirmières aux passagers malades, car ils n'avaient pas été formés à ce métier. On chuchotait même qu'un certain nombre d'hommes d'équipage étaient sur le point de déserter, d'abord parce qu'ils craignaient d'attraper la fièvre en raison de la dégradation des conditions de vie à bord, et ensuite parce qu'ils ne souffraient plus de devoir surveiller des passagers affamés, dont ils ne s'expliquaient pas l'incarcération prolongée. Un marin me dit que si des passagers tentaient de s'échapper il ne ferait rien pour les en empêcher, mais qu'au contraire il leur souhaiterait bonne chance. Un autre, un Écossais, ajouta que si on lui ordonnait de tirer sur des passagers il refuserait et jetterait son arme par-dessus bord. Je lui ai demandé ce qu'il ferait si on le lui ordonnait à la pointe du fusil. (Une rumeur circulait selon laquelle la police de New York pourrait bien donner un tel ordre.) « Je tirerai sur le premier salaud qui braquera une arme sur moi, répliqua-t-il. Qu'il soit yankee ou rosbif, il y aura droit. »

A sept heures, j'ai vu Merridith à la salle à manger. Il était impeccablement vêtu, comme toujours, et paraissait plein de vigueur. Il faisait un froid redoutable sur le bateau, ce soir-là ; presque tout le monde dans la salle portait un pardessus. Merridith, très à cheval sur l'étiquette, n'en portait pas. Nous nous parlâmes peu, mais je me souviens que les paroles qu'il a prononcées étaient parfaitement claires. Il m'a un peu mis en boîte, comme d'habitude, mais sans rien dire qui sortît de l'ordinaire.

Ce soir-là, je dînai à la table du capitaine, en compagnie de Wellesley, le représentant de la Poste, de l'ingénieur principal, du maharadjah, du révérend Deedes et de Mrs. Marion Derrington. Mangan, le médecin, était littéralement épuisé, ayant lui-même contracté une méchante infection de l'estomac, et il avait chargé sa très compétente sœur de l'excuser.

Les Merridith s'étaient installés à l'écart ; ils avaient choisi une table pour deux. Ils ne se dirent pas grand-chose mais ne se querellèrent point. Lord Kingscourt parut manger d'assez bon appétit, bien que, même en première classe, nous fussions maintenant réduits à la morue sèche et aux biscuits de mer. En quittant la salle, il nous souhaita bonne nuit. Nous parlions littérature. Il lança quelques commentaires sans grande conséquence. Et je me rappelle qu'il me serra la main juste avant de partir, chose qu'il n'avait jamais faite auparavant, sauf peut-être à Londres, six ans plus tôt, le jour où nous fûmes présentés l'un à l'autre. « Persévérez, c'est du bon travail, vieille branche ! Ce n'est pas la matière en elle-même, mais la façon dont elle est rendue », me lança-t-il.

De retour dans sa cabine, il exécuta plusieurs dessins : d'assez jolies petites études de résidences aristocratiques ; une esquisse représentant un jeune paysan des collines du Connemara, où certains observateurs retrouvèrent un peu de lui. D'autres furent frappés par la ressemblance avec ses fils et, en particulier, avec Jonathan. Dessiner de mémoire a dû être difficile ce soir-là. Et pourtant l'image n'est pas dépourvue de paix. Manifestement l'enfant est pauvre, mais il est tout aussi manifeste qu'il n'est pas en train de mourir. Personne n'est en train de mourir. Ses parents pourraient fort bien être à la maison. Si c'est le portrait de l'un de ses fermiers – et beaucoup de gens le prétendent –, il lui a fallu rappeler des souvenirs vraiment lointains.

Vers dix heures et quart il commanda un verre de lait chaud, mais le steward de service lui dit qu'il ne restait plus de lait sur le bateau. Il se contenterait d'un verre d'eau chaude ou de cidre chaud épicé. Il demanda aussi au steward s'il lui serait possible d'emprunter une bible, celle du capitaine, par exemple, ou celle du médecin. Le steward alla voir dans la cabine de Lockwood, mais le capitaine n'y était pas et il n'y avait pas de bible sur son étagère. L'homme se rendit alors chez le révérend Deedes, où on lui donna ce qu'il cherchait. Lorsqu'il rapporta le livre à Lord Kingscourt, celui-ci le gratifia d'un généreux pourboire et lui enjoignit de ne pas monter la garde derrière la porte. Apparemment Merridith déclara en plaisantant qu'il ne pouvait pas dormir sous surveillance (« ni pisser un coup avec un autre type dans la pièce »), deux calamités qui avaient empoisonné ses jours dans la marine. L'homme déclara qu'il préférait monter la garde pour des raisons de sécurité. Lord Kingscourt saisit son rasoir et déplia la lame : « Laissez tomber, Macduff, dit-il dans un sourire. Il n'y a pas un homme sur ce bateau qui puisse se mesurer à un Merridith. »

Un marin de garde sur le pont le vit ouvrir le hublot vers dix heures et demie. Comme la nuit était très froide, cela lui parut bizarre. La lumière était baissée, mais pas éteinte. Le comte déposa ses chaussures derrière la porte de la cabine pour qu'on les lui cirât. Il retira sa tenue de soirée et la suspendit avec soin dans l'armoire. Et il revêtit les antiques effets mangés aux mites qu'il avait sans doute emportés d'Irlande : culotte de paysan en toile et *bratt* en fil, sarrau porté par les fermiers du Connemara.

Il lut et souligna les versets suivants de l'*Évangile selon saint Marc*, chapitre XII :

« 1. Puis il se mit à leur dire par une parabole : Quelqu'un, dit-il, planta une vigne, et l'environna d'une haie, et il y creusa une fosse pour un pressoir, et y bâtit une tour ; puis il la loua à des vignerons, et s'en alla dehors.

« 2. Or, en la saison des raisins, il envoya un serviteur aux vignerons, pour recevoir d'eux du fruit de la vigne.

« 3. Mais eux, le prenant, le battirent et le renvoyèrent à vide.

« 4. Il leur envoya encore un autre serviteur ; et eux, lui jetant des pierres, le meurtrirent à la tête et le renvoyèrent après l'avoir honteusement traité.

« 5. Il en envoya encore un autre, lequel ils tuèrent ; et plusieurs autres, desquels ils battirent les uns, et tuèrent les autres.

« 6. Mais ayant encore un fils, son bien-aimé, il le leur envoya aussi pour le dernier, disant : Ils respecteront mon fils.

« 7. Mais les vignerons dirent entre eux : C'est ici l'héritier : venez ; tuons-le, et l'héritage sera nôtre[1]. »

1. Traduction David Martin, Utrecht, 1827.

Ce même soir, peu avant onze heures, les marins dont c'était le tour de garde furent assaillis par un groupe d'une vingtaine d'hommes de l'entrepont, auxquels ils ne purent tenir tête. Le meneur en était Seamus Meadowes de Ballynahinch, qui s'était évadé de la cabine du second une demi-heure auparavant. Quand il fit irruption sur le pont supérieur verglacé, Meadowes « vitupérait, couvert de sang » et « rugissait que ce soir, ils avaient frappé un grand coup au nom de la liberté ». Ils brisèrent les chaînes de deux canots de sauvetage, soulevèrent ceux-ci, les descendirent dans l'eau glacée et se jetèrent à leur suite. Un homme resta dans l'eau et se mit à nager. Les autres se hissèrent tant bien que mal dans le plus petit des deux bateaux et entreprirent de gagner la rive. Aucun d'entre eux n'avait l'expérience de la navigation ; la panique se répandit très vite. Les rames disparurent presque aussitôt et l'on put voir les fugitifs désespérés tentant de pagayer avec les mains.

Quelques instants plus tard Pius Mulvey paraissait sur le pont, très agité, et suppliait qu'on le laissât partir avec le second groupe. Il fut repoussé et violemment insulté. A ce moment, un groupe plus important se forma : une cinquantaine de passagers se rassemblaient, venus de tous les coins du bateau. Parmi eux se trouvait Mary Duane.

Certains malheureux sautaient déjà par-dessus bord. Beaucoup se retrouvèrent immédiatement en danger, car le froid de l'eau avait dû les paralyser, or la majorité d'entre eux ne savait pas nager. Il semble qu'une altercation ait éclaté sur le pont au sujet de l'attribution des places dans le second canot. Les quelques femmes et enfants furent installés d'abord, puis leurs maris et leurs parents de sexe masculin, ou leurs fiancés. L'une des deux dernières places fut proposée à Mary Duane, qui était la dernière femme présente sur les lieux. Elle hésita un court instant avant d'accepter. La place voisine de celle de Mary fut offerte à un homme très âgé, originaire de Galway, qui se nommait Daniel Simon Grady. Les passagers de l'entrepont avaient beaucoup d'admiration pour lui : c'était un vieillard très doux.

Mulvey s'avança et déclara que cette place lui revenait, car Mary Duane était sa parente.

– Tu peux crever, rétorqua Mary Duane.

Les témoins entendirent alors Mulvey répondre :

– Aie pitié de moi, Mary. Ne me retire pas ma dernière chance, je t'en supplie !

Il se mit à pleurer en lui agrippant les mains. Il paraissait absolument convaincu que sa vie était en danger. Il ne cessait de répéter qu'il ne pouvait quitter le bateau en franchissant le contrôle des douanes comme le gros des passagers, qu'il avait de bonnes raisons de croire que, s'il s'y aventurait, il serait assassiné. Il ne pouvait pas non plus risquer qu'on le renvoyât en Irlande, car un sort identique l'y attendait, et de toute façon un second voyage était au-dessus de ses forces.

Elle dit que c'était le sort qu'il méritait, qu'il méritait même pis.

– N'y a-t-il pas eu assez de torture, Mary ? Assez de sang ? Assez de tout ?

Le vieil homme de Galway lui demanda si ce que prétendait Mulvey était exact. Était-il bien de sa famille ? Elle devait dire la vérité. Renier quelqu'un de sa propre famille était une chose épouvantable. Bien trop de gens en Irlande l'avaient déjà fait. Tant d'entre eux avaient trahi ceux de leur sang. Il ne blâmait personne ; ce que le peuple avait subi était si cruel ! C'était à vous briser le cœur, de voir une chose pareille ! Voisin contre voisin. Des familles déchirées. Il n'y avait pas de péché plus noir pour un homme que de tourner le dos à son frère. Mais les hommes étaient faibles. Ils avaient peur bien souvent. Qu'une femme les imitât serait impardonnable.

– Ton nom est Duane, mon enfant ? lui demanda le vieillard.

Elle acquiesça.

– De là-bas, près de Carna ?

Elle dit que oui.

– Ce nom est ta richesse. Les tiens n'ont pas démérité.

Comme elle ne répondait rien, il lui demanda encore si elle abandonnerait un membre de sa famille à la souffrance, à la mort peut-être. Était-ce bien ainsi qu'agirait une Duane ? Le vieil homme déclara que dans un cas pareil il ne pouvait accepter la place. Rien de bon ne pourrait résulter d'une telle action, car celle-ci n'en serait pas digne. Il n'était ici lui-même que grâce à un légitime amour familial : ses enfants de Boston lui avaient envoyé l'argent de la traversée. Ils n'avaient pas grand-chose, mais avaient économisé sou à sou pour y arriver. Souvent ils avaient eu faim pour parvenir à le sauver. Rien ne les y obligeait, que la simple miséricorde des hommes. « La seule chose qui rende nos vies supportables ici-bas. » Il ne pouvait pas entacher leur nom en se mettant en travers de la famille. Sa femme au paradis pleurerait son honneur s'il s'abaissait à cela.

– Montez dans le bateau, dit Mary Duane au vieil homme de Galway.

De la neige fondue se mit à tomber. Il posa la main sur son épaule et, m'a-t-on rapporté, lui dit :

– Il ne me reste rien.

Et aux dires de certains, il ajouta bien vite, en Irlandais :

– Rien au monde. Que mon nom.

Une fois encore Mulvey s'avança et la supplia de lui donner une chance. Une fois encore elle lui jeta à la figure qu'il ne le méritait pas. Il avait encore reçu des crachats et ses vêtements étaient déchirés. Il paraissait presque insensible aux coups de pieds et aux horions qu'on lui lançait. On m'a dit qu'il tremblait de crainte ou de douleur, mais qu'il ne leva même pas le bras pour se protéger.

– N'as-tu aucun doute, Mary ? Pas même une once de doute ? C'est cela que Nicholas aurait voulu, n'est-ce pas ? C'est bien ce que tu dis. Est-ce que cela réparera les torts ? Cela permettra-t-il de revenir en arrière ? Je mourrai si tu le veux. Je suis déjà mort.

Je crois savoir quelle réponse j'aurais donnée pour ma part. Il me semble connaître les mots mêmes dont je me serais servi, la moindre malédiction, la moindre rancune exprimée, toutes les accusations jusqu'à la dernière. J'ai entendu l'anathème que j'aurais déversé sur Pius Mulvey. J'ai vu mon poignard s'enfoncer dans son cœur de traître. La joie exaltante, vertigineuse, de la haine chauffée à blanc que j'aurais éprouvée ! Ou bien peut-être aurais-je dit simplement : « Je ne vous connais pas. Je ne vous ai jamais vu. Vous ne faites pas partie de mon monde. »

Mais ce n'est pas la réponse que donna Mary Duane.

Près de soixante-dix ans ont passé depuis les événements de cette nuit et pas un jour de ces sept longues dizaines d'années ne s'est écoulé – j'entends bien, pas un seul jour – sans que je m'interroge, que je me creuse la tête pour trouver une explication à ce qui se produisit ensuite. J'ai parlé à chacun des témoins de cette scène : hommes, femmes, enfants et marins. Je m'en suis entretenu avec des philosophes, des médecins de l'esprit. Des prêtres. Des pasteurs. Des mères. Des épouses. Pendant une bonne part de ces années je l'ai vue en rêve, cette scène. Il m'arrive encore de la voir aujourd'hui. Et je crois que lorsque mon heure viendra, je la reverrai ; je reverrai des faits auxquels je n'ai pas assisté, mais qui m'ont seulement été rapportés. Pius Mulvey à genoux, implorant qu'on lui laisse la vie sauve. Mary Duane au-dessus de lui, secouée de larmes. Car elle pleura cette nuit-là sur l'*Étoile des mers*, comme seule peut sans doute pleurer la mère d'un enfant assassiné. Personne n'avait jamais dessiné le visage d'Alice-Mary Duane, dont le père, ruiné, avait éteint d'un coup le souffle et les souffrances. Sa mère pleurait en prononçant son nom. « Comme une prière », aux dires de nombreux témoins.

Et tandis qu'elle prononçait le nom de l'enfant, quelques-uns se mirent à prier, et d'autres à pleurer, par sympathie. Et d'autres encore, qui avaient eux-mêmes perdu des enfants, se mirent à prononcer leurs noms. Comme si en les clamant tout haut – en clamant qu'un jour ils avaient eu un nom –, ils disaient l'unique prière qui puisse jamais commencer à compter dans un monde qui refusait de voir les affamés et les mourants. Ils étaient réels. Ils existaient. Ils avaient été tenus dans ces bras. Ils étaient nés, puis ils avaient vécu et ils étaient morts. Et je me vois sur le pont, qui hurle vengeance ; comme si c'était mon propre conjoint qui avait été opprimé jusqu'au désespoir total, et mon propre enfant sans défense privé de vie avec cette cruauté.

Était-ce magnanimité ? Crédulité ? Ivresse de puissance ? Chagrin ? Quelque sinistre agrégat de tous ces éléments, ou bien quelque chose de plus sinistre encore ? Peut-être Mulvey en personne n'eût-il pas connu la réponse. Peut-être Mary Duane ne la connaissait-elle pas elle-même.

Si c'était de la clémence – et je suis tout bonnement incapable de dire ce que c'était –, ce qui a poussé Mary Duane à l'exercer ne peut être que l'objet de conjectures. Nul ne saura jamais d'où elle fit surgir ce sentiment. Mais elle l'exerça, elle le fit surgir. Lorsque l'histoire, en se déroulant, lui offrit, tel le glaive du bourreau, le moment du châtiment, elle se détourna et ne s'en saisit point.

Au lieu de cela, toujours éplorée, ne pouvant plus se soutenir, elle confirma que Pius Mulvey d'Ardnagreevagh était le frère de son défunt mari, son seul parent à trois milles à la ronde.

On lui demanda si elle voulait rester sur le bateau et courir le risque d'être renvoyée en Irlande avec lui. Elle hésita quelques instants, puis répondit que non.

Ils montèrent ensemble dans le second canot de sauvetage, prenant ainsi les deux dernières places ; l'embarcation les emporta vers le quai et nul ne les revit plus.

CHAPITRE XXXVIII

LA DÉCOUVERTE

Cela fera trente et un jours que nous avons quitté Queenstown.

LONG. : 74 ° 02 'O. LAT. : 40 ° 42' N. HEURE DE GREENWICH : 0h58. (9 décembre). HEURE LOCALE : 19h58. TEMPS ET REMARQUES DIVERSES : Port de New York. Marée basse.

†

En ce huitième jour de décembre de l'an de grâce mille huit cent quarante-sept, il m'incombe, et ce m'est un devoir pénible, de rapporter ici la nouvelle du meurtre abominable de Lord Kingscourt de Carna, notre ami David Merridith, le neuvième comte. Son corps fut découvert ce matin, peu après le lever du jour, par la comtesse Kingscourt, dans les locaux de première classe. Le Dr Mangan s'est rendu immédiatement sur les lieux mais a déclaré que la mort était survenue la veille au soir, aux alentours de onze heures. Le décès a été provoqué par sept coups de poignard dans la partie supérieure du dos (l'assassin ayant enfoncé l'arme profondément) plus un coup porté au bas du crâne. Mais, et c'est là le plus horrible, la gorge a été tranchée avec tant de fureur que la tête tenait à peine au corps.

Aucune arme n'a été trouvée et les recherches continuent. Le comte a dû éprouver une surprise terrible, car on n'a trouvé sur ses mains et ses bras aucune blessure indiquant qu'il eût résisté, et personne non plus ne l'a entendu crier.

Toutes les cabines et tous les salons de première classe ont fait l'objet d'une fouille approfondie, et l'on a sorti un message étrange, déchiré en petits morceaux, de la boîte à ordures du pont inférieur principal : une sorte de lettre de chantage. Elle a été conservée et sera remise à la police de New York.

En tant que maître à bord, l'entière responsabilité de la sécurité sur le navire repose exclusivement sur moi ; en conséquence je renonce par le présent document au commandement de ce vaisseau, et je remets également ma démission à la Silver Star Shipping Line & Co. à compter du débarquement et du déchargement à New York.

J'ai envoyé un canot à quai pour rendre compte de l'affreux événement, compte tenu duquel j'ai sollicité l'autorisation d'entrer dans le port ; mais celle-ci m'a été énergiquement refusée par les autorités. Un groupe important d'officiers de police et de fonctionnaires du bureau d'immigration est venu prendre les dépositions d'un grand nombre de passagers de l'entrepont ainsi que d'autres personnes. Il a été confirmé que Seamus Meadowes, natif de Ballynahinch dans le comté de Galway, l'un de ceux qui ont fui le bateau hier soir, avait par le passé proféré de graves menaces à l'encontre de Lord Kingscourt et d'autres propriétaires terriens d'Irlande, et qu'il devait par conséquent être considéré comme le principal suspect, ou du moins comme le meneur de cette entreprise criminelle. Mr. Mulvey n'était pas le seul à le juger dangereux. De nombreux passagers le croyaient membre des « Redresseurs » de Galway, ce dont il s'était souvent vanté, paraît-il. Il avait proclamé à diverses reprises qu'il savait de source sûre que Lord Kingscourt ne sortirait jamais vivant du bateau.

Il se peut que les passagers de première classe soient autorisés à débarquer dans quelques jours ; mais ceux de l'entrepont devront attendre d'avoir tous été interrogés, examinés et déclarés en bonne santé.

J'ai expliqué au capitaine Daniel O'Dowd, de la police de New York, que nous avions plusieurs dépouilles humaines dans la soute, qu'il n'ignorait pas les conséquences que cela ne pouvait manquer d'entraîner et que j'étais très inquiet de la santé de ceux qui m'étaient confiés. J'ai suggéré que nous soit fournie une grande quantité de mort-aux-rats, mais il m'a été répondu que cela ne serait pas possible, du moins pas pour le moment, mais que des dispositions seraient prises pour évacuer les corps.

Deux barges accostèrent l'*Étoile* peu avant midi, et les restes déposés dans la soute y furent transférés, y compris ceux de Lord Kingscourt. Nous n'avions pas de drapeau à lui offrir comme linceul ; nous descendîmes donc du grand mât le pavillon de l'Union. Au grand désarroi de Lady Kingscourt et de ses fils, un petit nombre de passagers applaudirent quand on amena les couleurs. J'ai rappelé ceux-ci au plus élémentaire respect dû aux morts et ils se sont tenus tranquilles, après m'avoir déclaré que ce n'était pas le défunt qu'ils conspuaient, mais le drapeau. Lorsque je leur dis que c'était le drapeau sous lequel le comte avait un jour servi son pays, un homme répondit que beaucoup d'Irlandais l'avaient servi eux aussi et qu'ils n'avaient pas de drapeau qui leur appartînt en propre dans lequel ils pussent être enterrés ; les morts de l'*Étoile* n'en avaient pas non plus. Pas de drapeau pour eux, répéta-t-il, ni de chichis. Le jour où il s'était embarqué sur l'*Étoile des mers*, neuf cents corps de malheureux morts de la faim avaient été jetés dans une fosse, chez lui, à Bantry. Pas de croix. Pas de pierre tombale. Pas de cercueil. Pas de drapeau. Je lui répondis que je comprenais ce qu'il éprouvait, ce qui est exact, mais que le moment était mal choisi pour une telle discussion, car la douleur était la même pour toutes les veuves, comme devait l'être le chagrin de tous les petits enfants privés de leur père. Nous nous sommes serré la main et il a ôté son chapeau quand on a descendu le corps de Lord Kingscourt ; toutefois, j'en ai vu d'autres qui tournaient le dos.

La petite barge ne pouvait contenir beaucoup de monde. Des places furent attribuées à Lady Kingscourt et à ses enfants, à Mr. G. Dixon en tant qu'ami de la famille, au révérend Deedes et à moi-même en tant que maître du navire. Les passagers de l'entrepont qui avaient perdu des êtres chers furent bouleversés, mais le pilote déclara qu'il ne pouvait embarquer personne d'autre. Mr. Dixon proposa de renoncer à sa place, mais les deux petits garçons en parurent très affectés et le supplièrent de rester. Le pilote allait s'éloigner, mais il fut touché par les pleurs des familles endeuillées. C'était un homme bon, un Écossais des Hébrides, et l'on voyait bien qu'il avait de la sympathie pour le peuple. A la fin, il annonça qu'il prendrait une autre personne chargée de représenter toutes les familles, à condition que celles-ci la désignassent rapidement. On tira au sort, et Rose English, une femme de Roscommon dont le mari figurait parmi les morts, fut désignée.

Nous fûmes remorqués sur quelques milles le long du chenal de Gedney, un peu à l'ouest du phare de Sydney ; nous passâmes ensuite le goulet de Verazano et accédâmes à Lower Bay, où l'on nous ordonna d'attendre la marée montante. A une heure moins sept, le pilote nous donna le signal. Mrs. English demanda si nous ne pourrions pas retarder la manœuvre quelques petites minutes de plus. La pauvre dame, bouleversée à présent, s'efforçait de parler calmement. A une heure à New York il serait six heures du soir chez nous, dit-elle, et toutes les cloches d'Irlande sonneraient l'angélus. Le pilote convint d'attendre jusque-là.

Mrs. English, qui était catholique romaine, se mit à réciter discrètement le rosaire en latin ; le second pilote, un Napolitain, se joignit à elle. Le reste de l'assistance, debout dans la barge, pria en silence et conclut son oraison par un amen. Les deux garçons s'efforçaient d'être braves, mais comment y seraient-ils parvenus en des circonstances aussi tragiques ? Lady Kingscourt se mit à pleurer, et je vis Mrs. English, qui pleurait aussi, la prendre par la main.

Lorsque le pilote nous fit signe que les sept minutes étaient écoulées, nous abandonnâmes aux flots la dépouille mortelle de David Merridith, avec celles de neuf hommes, femmes et enfants d'Irlande, et celle de notre charmant camarade, William Gunn, de Manchester. Avec l'accord de Mrs. English, le révérend Deedes lut d'un ton recueilli un passage du Livre de prières publiques[1] : « Afin que nous attendions la Résurrection des corps (quand la mer rendra ses morts) et la vie du monde à venir, par le Christ notre Seigneur ; qui lorsqu'Il viendra transformera nos corps infâmes pour qu'ils deviennent semblables à Son corps glorieux ; car dans Sa toute-puissance Il soumet toutes choses à Sa volonté. »

Que le Dieu tout-puissant lui accorde la paix. Il laisse une épouse, Lady Laura, et deux petits garçons, Robert et Jonathan, le dixième comte. On suppose qu'ils séjourneront quelque temps à Albany, New York, dans la maison d'une sœur mariée de Mr. Grantley Dixon.

Voici les noms des autres compagnons que nous avons perdus ; pour le salut de leur âme, nous invoquons aujourd'hui la miséricorde du Sauveur :

Michael English, fermier ; Peter Joyce, fermier ; James Halloran, petit enfant d'un fermier ; Rose Flaherty, couturière ; John O'Lea, apprenti forgeron ; Edward Dunne, métayer ; Michael O'Malley, ouvrier agricole itinérant ; Winnifred Costello, femme mariée ; et Daniel Simon Grady, un vieillard de Galway, qui est mort de bonne heure ce matin dans l'entrepont, alors qu'il se rendait chez ses enfants à Boston. Le nombre total de décès au cours du voyage s'élève à quatre-vingt quinze.

La liste complète de ceux qui ont fui le bateau cette nuit n'a pas encore été établie, mais parmi eux se trouvaient Shaymus Meadowes, Grace Coggen, Francis Whelan, Fintan Mounrance, Thomas Boland, Patk. Balfe, Wilm. Hannon, Josephine Lawless, Bridget Duignan, Mary Farrell, Honor Larkin, auxquels il faut ajouter entre vingt-cinq et cinquante autres personnes, ainsi que Pius Mulvey, le malheureux infirme, et Mary Duane, la bonne d'enfants de la famille Merridith.

En raison de la quantité de débris qui encombrent le port, les deux canots de sauvetage se sont perdus au cours de la nuit. La plupart des corps ont été retrouvés à l'aube dans la baie de Gravesend,

1. Livre du rituel anglican, 1549.

mais il doit en rester quelques-uns dans le lit du port. Il se peut fort bien que d'autres aient été emportés vers la haute mer. Un rapport complet a été donné à la police de New York, mais il ne reste qu'un infime espoir de retrouver des survivants, en raison de la force impitoyable des courants dans ces eaux.

En ce qui me concerne, jamais plus je ne reprendrai la mer. Cela fait de nombreuses années que je suis peu satisfait de cette vie et torturé à l'idée de ce que je pourrais entreprendre à la place ; tout au long de ces années, seules deux certitudes m'ont éclairé : je suis un grand pécheur, mais le Christ est un grand Sauveur. Maintenant, avec le secours de sa grâce souvent terrible, j'en sais davantage.

Lorsque je rentrerai chez moi, à Douvres, j'entends consacrer le reste de mes jours à quelque entreprise destinée à soulager la souffrance des pauvres, que ce soit en Irlande, en Angleterre ou ailleurs. J'ignore en quoi elle consistera, mais je dois tenter quelque chose. Le pays des pauvres ne peut plus être abandonné.

Car je redoute ce qui germe aujourd'hui dans ce pays. Je crains que la récolte ne soit vénéneuse.

CHAPITRE XXXIX

EXTRAIT
D'UN RECUEIL D'ANCIENNES
CHANSONS IRLANDAISES
(BOSTON, 1904)

Préface du capitaine Francis O'Neill, du département de police de Chicago. L'auteur du texte suivant est inconnu.

♣ NUMÉRO TROIS CENT SEPT ♣
« La Meule à Broyer » ou « Vengeance pour le Connemara »
(sur l'air de « Skibbereen »)

♣♣
♣

Voici un autre joyau étincelant que nous devons aux antiques ménestrels d'Irlande. Comme la plupart de ceux qui composent la présente anthologie, c'est à bord d'un vaisseau que celui-ci fut pour la première fois couché sur le papier ; le navire faisait route vers les États-Unis libres et venait de cette terre verdoyante mais lugubre qui s'étend au-delà de l'océan, et où la liberté, hélas, n'est encore qu'un songe. La mélodie fut entendue voici près de soixante ans par un homme répondant au noble nom de John Kennedy de Ballyjamesduff, comté de Cavan ; c'était le jour de son vingtième anniversaire, le 3 décembre de l'année 1847. Le bateau-cercueil s'appelait l'*Étoile des océans*.

Tous les vrais Irlandais ploieront la nuque à l'évocation de « 1847, l'Année Noire », l'année la plus abominable de cette ère maléfique, où deux millions de nos compatriotes périrent martyrisés par la faim ; où le vieil ennemi, redoutant le fer irlandais, choisit, pour tuer, l'arme des lâches. Toutes les femmes et toutes les jeunes filles pudiques d'Irlande, porteuses de suppliques adressées à notre Mère bénie, assailliront les portes du paradis. Ô la plus sombre des époques ! Que Satan a dû se réjouir de voir les catholiques enfants d'Erin décimés comme des esclaves sur cette terre si belle, leur propre terre ! De les voir bannis comme les Hébreux par les crimes d'un pharaon idolâtre !

Une querelle amicale a sévi entre les rédacteurs et les sagaces vieillards à barbe grise du Club de musique irlandaise de Chicago à propos de l'âge véritable et de la provenance de cette ballade. Mais un homme raisonnable ne balancera pas : il est évident qu'elle remonte aux temps anciens et sanglants de la résistance, quand le prêtre et ses ouailles s'unissaient pour lutter ensemble contre les meurtres et les rapines de l'étranger. Ce n'était pas la première fois, et ce ne sera pas la dernière, si les rédacteurs ne se trompent pas sur l'ardeur de leur compatriotes ! La haine peut être chose sainte et purifiante. Veuille le Dieu du paradis qu'avant longtemps le livide visage de l'Irlande, notre Mère profanée, retrouve sa joliesse avenante en s'abreuvant du vin rouge de la vengeance !

Cette noble lamentation fut chantée à bord du vaisseau des martyrs ; un enfant de six ans, qu'animait la flamme patriotique, l'entendit. Que Marie le bénisse ! Il convient de la chanter très lentement et sans accompagnement d'aucune sorte, en ayant soin d'accorder à la dignité des paroles le respect qu'elle mérite ; on comprendra alors qu'elle ne convienne ni à des chœurs ni à des rassemblements.

♣

Venez tous, mes frères de Galway, oyez ma ballade;
Elle parle du tyran saxon, fauteur des maux d'Erin.
Source de nos tourments, il nous brise les os;
Pour s'élever il nous écrase, sur la meule nous broie.

Leurs impôts et leurs terreurs, frères, nous tuent;
Ils étanchent leur soif avec notre sang, volent notre pain quotidien.
Perfides princes de la noire perdition, sourds à nos gémissements,
Jusqu'à quand souffrirons-nous qu'ils s'emparent de nos maisons?

Les mêmes brigands nous ont pendus, ils ont empoisonné Eoghan O'Neill,
Et envoyé leurs lâches mercenaires, frères, voler la terre de nos pères.
Puisse le sang se figer dans leurs veines, puissent leurs cœurs se dessécher,
Car ils ont dérobé le meilleur et laissé le reste, la noire moisson amère.

Est-ce là la terre de Sarsfield, frères, le berceau de Wolfe Tone le brave?
Ô fidèles héros du sol d'Irlande, où sont tombées les graines par eux semées?
Où sont-ils à présent, eux qui ont fait le serment qu'Erin serait libre?
Dans le sang et la fumée ils ont secoué le joug de l'esclavage des Saxons.

Venez, dignes fils du Connaught, où que vous soyez!
Une belle moisson nouvelle va croître : la fleur de la liberté.
De nos soins nous la ferons mûrir, jamais plus ils ne nous briseront les os,
Car nous les pourfendrons, nous dressant pour les broyer sur les pierres.

Cuchulainn, Maeve, ces âmes vaillantes, sainte multitude de jadis,
Qui combattirent Albion la païenne, frères, ne fléchirent point au combat.
Lutter, mourir; à nous, saint Patrick! Du nord au sud,
Les seigneurs de l'ancienne Tara crient d'une seule voix :

« VENGEANCE POUR LE CONNEMARA ! »

ÉPILOGUE

L'HOMME HANTÉ

« L'histoire se passe à la première personne mais s'écrit à la troisième. C'est ce qui fait de l'histoire un art parfaitement inutile. »

DAVID MERRIDITH, extrait d'un essai composé au cours de ses études à New College, Oxford (1831, premier trimestre), sur le thème : « Pourquoi l'histoire est-elle utile ? »

C'était l'histoire de trois ou quatre personnes. Le lecteur saura qu'il y en eut bien d'autres. Selon une enquête instituée par les pères de la cité, entre mai et septembre de cette année atroce, 101 546 immigrants misérables entrèrent dans le port grouillant de New York. 40 820 d'entre eux étaient irlandais. On ne sait pas exactement combien d'hommes moururent à un jet de pierre de ce qu'eux-mêmes avaient coutume d'appeler « la Terre promise ». D'après certains, le chiffre pourrait atteindre les deux tiers.

Bien des années se sont écoulées, mais certaines choses n'ont pas changé. Nous continuons à nous congratuler d'avoir la chance d'être en vie, alors que le fait que nous soyons en vie n'a presque rien à voir avec la chance, mais bien plutôt avec la géographie, la pigmentation et les taux de change internationaux. Peut-être ce nouveau siècle verra-t-il une nouvelle répartition des richesses, à moins que nous ne continuions à admettre que les moins chanceux meurent de faim, et à qualifier leur mort d'accidentelle, au lieu de voir en elle le résultat de notre logique.

1847 : *Misère de la philosophie*, de Marx. *Macbeth*, de Verdi. *Calculus of Deductive Reasoning*, de Boole. *Les Hauts de Hurlevent*, d'Emily Brontë. *Jane Eyre*, de Charlotte Brontë. Les *Poèmes* de Ralph Emerson. Les *Principes du communisme*, d'Engels. Sur la terre de nulle part de cette année-là, un quart de million d'hommes moururent d'inanition : des anonymes dans les latitudes de la faim.

Nous autres passagers de première classe de l'*Étoile des mers* embarquâmes sur un ferry qui nous déposa à Manhattan dans la soirée du samedi 11 décembre, quatre jours après le meurtre de David Merridith. Pour se faire pardonner les désagréments que nous avions subis, la Silver Star Shipping Line annula nos factures et nous convia à une réception arrosée de champagne dans un hôtel élégant. C'est la seule fois en quatre-vingt seize ans que j'ai entendu jurer un ministre de la religion méthodiste. Le révérend Deedes adressa au directeur des paroles que ce dernier n'aura pas oubliées de longtemps. Comme beaucoup de gens discrets, il était remarquablement courageux, Henry Hudson Deedes de Lyme Regis, dans le comté du Dorset. Il regagna l'*Étoile* le lendemain matin et devait être le dernier à quitter le navire, à l'exception du capitaine.

Ceux de l'entrepont durent rester sur le bateau pendant près de sept semaines, au cours desquelles ils furent régulièrement interrogés par des groupes de policiers et de fonctionnaires délégués par le Bureau des étrangers. Ils avaient payé leurs propres billets avant la traversée et ne reçurent aucune espèce de compensation. Je me suis laissé dire qu'on ne leur offrit pas non plus le champagne.

En janvier commença le nettoyage du port engorgé de détritus, qui était devenu une usine à grippe flottante. Mais les immigrants n'étaient toujours pas autorisés à entrer dans Manhattan. Des bâtiments de ferme et des hangars de Long Island et Staten Island servaient de locaux de quarantaine ou de centres de rétention. Mais la crainte de la contagion sévissait dans le voisinage, et beaucoup de ces bâtiments furent attaqués et incendiés par les riverains. L'administration municipale prit à bail une vaste parcelle de terrain située dans l'île de Ward, non loin de Manhattan ; l'emplacement paraissait sûr, et les immigrants n'en sortiraient pas tant que leurs demandes n'auraient pas été agréées et leurs maladies guéries. Ce morceau de basalte battu des vents, que l'Atlantique frappe comme un marteau, devint bientôt un centre d'accueil officiel. Pour se faire une idée du dénuement dans lequel vivaient ses occupants, peut-être suffira-t-il de savoir que 10 308 articles vestimentaires « de base » figurent sur la liste de leurs besoins établie pour une période de cinq mois. Afin d'apprécier les instincts généreux des New-Yorkais, il suffira en tout cas de savoir que ces articles, qui faisaient si cruellement défaut, furent fournis avec la plus grande rapidité.

Lorsque les survivants de l'*Étoile* furent enfin autorisés à poser le pied à Manhattan, tous les hôpitaux, refuges et maisons de charité de l'île étaient combles. Le sentiment d'hostilité envers les immigrants, déjà considérable, allait croissant. Des milliers de nouveaux immigrants étaient tout simplement payés par les autorités pour quitter la ville et prendre la direction de l'ouest. Il n'est pas douteux que certains d'entre eux firent partie des 80 000 Irlandais de naissance qui combattirent dans les rangs de l'Union pendant la guerre civile. D'autres firent partie des 20 000 Irlandais qui prirent les armes pour défendre la cause des Confédérés ; pour défendre le droit légal que possède l'homme blanc épris de liberté de considérer l'homme noir comme une marchandise !

Quelques Irlandais gagnèrent des fortunes et, grâce à elles, parvinrent au pouvoir. D'autres furent absorbés par les ghettos : on les craignit et les méprisa. Il se peut que Mary Duane ait été assez forte pour endurer une telle existence, mais Mulvey ne l'aurait pas pu, du moins me semble-t-il. Il n'en pouvait plus d'être méprisé. Ses crimes étaient nombreux, mais il servait de bouc émissaire pour bien d'autres, et le mépris d'autrui avait contribué à sa perte. Le ghetto de David Merridith était d'une tout autre sorte, mais il avait dû porter lui aussi plus que sa part de haine.

Ce qui arriva eut lieu en 1847, année importante dans l'histoire de la fiction, au cours de laquelle parurent des histoires où des gens mouraient de faim, où des épouses étaient enfermées dans des greniers, tandis que les maîtres épousaient des domestiques. Une époque funeste pour la terre que ces trois créatures outragées considéraient comme la leur. Une époque où certaines choses se faisaient tandis que d'autres ne se faisaient pas, ce qui entraîna la mort de plus d'un million d'êtres humains ; la mort lente, douloureuse, ignorée, de gens qui ne comptaient pas aux yeux de leurs seigneurs.

Ce qui arriva est une des raisons pour lesquelles ils meurent encore aujourd'hui. Car les morts ne meurent pas en ce pays tourmenté, cette île au cœur brisé, patrie de haines incestueuses, si maltraitée au cours des siècles par les puissants de l'île voisine tout autant que par les puissants de sa propre terre. Et les pauvres des deux îles mouraient en foule, tandis que le Jahvé des châtiments vomissait ses hymnes sur leurs têtes. Les drapeaux flottent et les pupitres résonnent. A Ypres, à Dublin. A Gallipoli, à Belfast. Les trompettes sonnent et les pauvres meurent. Pourtant ils marchent, les morts, et ils marcheront toujours ; non comme des fantômes, mais comme des soldats enrôlés de force, comme les conscrits d'une bataille qu'ils n'ont pas voulue. De leurs souffrances on fait une métaphore, de leur existence même une transposition et de leurs os un ragoût, qui tous seront déversés dans le bourbier de la propagande. Ils n'ont pas même un nom. Ils sont tout simplement « Les Morts ». On peut choisir la signification que l'on souhaite leur donner. Tous les usages sont permis.

La lutte est parfois inévitable, il n'en faut pas douter. La question est de savoir avec quelles armes on se battra. Et qui combattra qui, et sur quel sol. Les pauvres d'une tribu massacreront les pauvres de l'autre au nom d'un champ trempé de sang dans lequel les riches enterreraient gaiement tout vifs les guerriers des deux tribus à l'instant précis où cela deviendrait profitable : ce n'est pas un monument digne de ceux que l'on a jadis dépossédés de leur terre. Mais cela fournit la matière d'une autre histoire. Une histoire qui peut-être reste à écrire, avec une fin plus fraternelle et beaucoup moins d'abominations.

*

Comme j'étais le seul journaliste professionnel présent sur le bateau où Lord Kingscourt fut assassiné, mes articles étaient sollicités dans le monde entier. Partout, en réalité, sauf au *New York Tribune*, d'où je fus renvoyé pour cause de « sympathies égalitaires ». On me proposait d'écrire des livres ou des essais, de donner des tournées de conférences. De plus, lors de la fondation du *New York Times* en 1851, j'acceptai le poste de chef de rubrique, titre qui signifiait en réalité : « couche-tard très grassement payé ». Plus jamais je n'aurais à compter sur l'argent du sang accumulé grâce aux crimes de mes ancêtres. Ce qui arriva débarrassa également son épouse de l'opprobre qui s'attache à la femme adultère ; cette réputation ne lui avait jamais convenu. Je semblerais manquer de cœur en disant que sa mort me donna une sorte de liberté, mais je ne serais pas totalement honnête en ne l'avouant pas. Peut-être ai-je eu tort de rendre compte de ce qui est arrivé, peut-être n'avais-je pas le choix. Il est indéniable que n'importe quel journaliste en eût fait autant ; du moins me suis-je efforcé de me montrer impartial.

La série d'articles que j'avais commis pour le *Bentley's Miscellany* sur le Monstre de Newgate fut réimprimée dans mon recueil intitulé *Un Américain à l'étranger*, publié pour la première fois par mon défunt ami Cautley Newby en 1849, avec mon récit de l'équipée de l'*Étoile* et de ses passagers, plus des notes prises lorsque j'avais visité certaines régions du Connemara. J'avais insisté pour que trois nouvelles fussent aussi incluses, mais aucun critique ne les mentionna, ni pour les louer ni pour les dénigrer. Un silence poli paraissait planer au-dessus d'elles. Elles furent discrètement retirées des éditions ultérieures. Newby ne fit jamais allusion à leur disparition et je m'en gardai bien moi aussi. La situation pouvait se comparer à celle d'un somnambule qui s'éveillerait au beau milieu d'un enterrement et se verrait contraint d'opérer une retraite discrète avant qu'un des assistants fît remarquer qu'il n'avait pas été invité. Ces trois nouvelles médiocres et justement oubliées furent les seuls ouvrages de fiction que je publiai.

Nous disputâmes longtemps, Newby et moi, à propos du titre de l'ouvrage. Je voulais l'appeler *Réflexions sur la famine en Irlande* ; Newby, lui, se prononçait vigoureusement en faveur de *Confessions d'un scélérat*. *Un Américain à l'étranger* constitua une tentative de compromis ; un peu lâche, à notre avis. Sur la couverture de la seconde édition fut ajouté un sous-titre discret : *Monstrueuses Révélations*. Lorsque fut publiée la quatrième édition, le sous-titre avait grandi. A la dixième, il écrasait le titre. A la vingtième, le nom véritable du volume était presque illisible sans le secours d'une loupe*.

* C'est Mr. Newby et non l'auteur qui composa les sommaires frappants des chapitres du volume original, avec leurs allusions à faire dresser les cheveux sur la tête : « DÉTAILS CHOQUANTS », « ACTIONS ABOMINABLES », « ASPECTS CACHÉS », etc. Alors qu'elles avaient vivement contrarié l'auteur lors de la publication, elles semblent aujourd'hui plutôt innocentes (même si elles ne le sont pas, bien entendu). Le lecteur de la présente édition les trouvera inchangées : nous souhaitons rendre ainsi un hommage affectueux à un ami parfois peu scrupuleux. – G.G.D.

La courte partie du livre qui traitait du Monstre de Newgate fut, bien sûr, la plus lue et la plus amplement commentée. Elle sembla même séduire l'imagination des foules. La sortie du livre valut au monstre l'intérêt de tout un public nouveau. L'histoire de ses méfaits – presque toujours hautement romancés – s'étala dans des publications anglaises de toutes sortes, des magazines à un demi-penny aux livres brochés pornographiques, du *Punch* et du *Tomahawk* au *Catholic Herald*. Se rendre aux soirées costumées de la bonne société déguisé en Monstre – ou même, chose incroyable, en l'une de ses victimes, dont le nombre s'était accru – devint à la mode. Les théâtres londoniens jouèrent pendant un temps deux versions différentes de sa vie. Le monstre fut bientôt soumis à la dernière des indignités, cette horreur entre les horreurs : la comédie musicale.

Le monstre pénétra ensuite le jargon politique. Mr. Charles Parnell, ce parlementaire irlandais qui mena bravement les pauvres de son pays vers une espèce de libération, fut un jour décrit à la Chambre des communes comme « valant à peine mieux que le Monstre de Newgate ». On rappelait volontiers que Daniel O'Connell, le député qui avait prôné avant son compatriote une forme d'émancipation, nommait les immenses concours de peuple qui se réunissaient à son appel dans tous les coins d'Irlande non pas des manifestations ni des rassemblements, mais des meetings monstres. Ce choix fit bientôt l'objet de discussions fréquentes dans les trous de villes d'eaux et les salons où se réunissaient les puissants d'hier. Les caricatures grotesques qui représentaient les gueux d'Irlande dans les journaux anglais commencèrent à changer. Jusqu'alors on les avait toujours représentés comme des crétins et des ivrognes ; on se mit à montrer des meurtriers, proches des gorilles. Diaboliques. Bestiaux. Sauvages. Nous mettons dans le portrait de l'ennemi ce que nous redoutons en nous-mêmes. Chaque fois que je voyais l'un de ces dessins, je voyais le Monstre de Newgate, dont j'avais tant contribué à répandre la sinistre réputation.

Pendant tout ce temps, je fus contraint de me demander s'il valait la peine d'entrer au royaume des mensonges sous un déguisement. De me servir de l'horrible histoire du Monstre de Newgate pour raconter une autre histoire, plus importante et encore plus horrible. Pendant de nombreuses années je me convainquis moi-même que cela était moralement acceptable : on pouvait du moins soutenir que la fin justifiait les moyens. Aujourd'hui, bien entendu, je n'en suis plus si sûr. Aux jeunes ces choses paraissent tellement simples ! Mais elles ne sont pas simples. Elles ne l'ont jamais été.

On me dit que le livre servit à faire connaître du public les souffrances endurées par les Irlandais au temps de la Grande Famine. A supposer que ç'ait été le cas, il ne contribua guère à mettre un terme à ces souffrances. Ce ne fut pas la dernière famine qui sévit en Irlande, tant s'en faut, et encore moins dans cet ouvrage de fiction à deux sous, fort compliqué, qui avait pour titre l'Empire britannique. De modestes sommes d'argent étaient parfois réunies par des lecteurs et leurs familles : quelques *farthings*, une pièce de *sixpence*, très rarement un shilling. En général, ces sommes nous étaient envoyées par des femmes ou des pauvres bien que, ce qui peut paraître bizarre (mais peut-être pas), nous ayons reçu parfois des dons de soldats britanniques, en particulier de ceux qui servaient aux Indes. Newby et moi fondâmes pour gérer les fonds une petite société, dont le très vilipendé (et très envié) Mr. Dickens exerça un temps la présidence avec une parfaite compétence. Nous conçûmes tout d'abord d'ambitieux projets : l'argent disponible servirait à apprendre à lire aux enfants du Connemara. Dickens objecta, non sans brusquerie, qu'un enfant mort ne lisait pas. Je vis dans sa réaction la marque d'un philistinisme facile ; de violentes querelles s'ensuivirent et plus jamais nous ne nous adressâmes la parole, ce que je déplore : moi seul y perdis, et c'est moi qui me trompais. Il était parfaitement fondé à soutenir, pour des raisons politiques, morales, ou pour toute autre raison, qu'il convenait de consacrer l'argent à de la nourriture, et non à de la poésie. J'aurais dû me rappeler que sa propre enfance avait été hantée par la faim et la terreur, tandis que la mienne ne l'avait pas été – du moins par ma propre faim ni ma propre terreur. Si le livre est parvenu à sauver une seule vie, il n'aura pas été qu'une perte de temps pour toutes les personnes concernées.

Des réformes non dénuées de valeur, quoique modestes, furent apportées au système pénal britannique ; elles résultaient (de la façon la plus indirecte cependant) du succès du livre. Les prisonniers effectuèrent un travail moins humiliant. Des visites plus fréquentes de membres de la famille furent autorisées. On commença à s'interroger sur le « régime d'isolement cellulaire » en vigueur dans certaines prisons de la reine Victoria, mais on ne devait pas y mettre fin avant de nombreuses années. Il n'est pas douteux que ces choses seraient arrivées quoi qu'il en soit et, tout en me réjouissant de leur avènement et en saluant leurs véritables auteurs, je ne serais pas entièrement honnête si je disais que l'altruisme constituait mon unique motif ; ce n'était même pas le principal, à vrai dire. J'étais journaliste. Je voulais mon histoire.

David Merridith avait bien raison de se payer ma tête. Peut-être voulais-je me faire admirer. C'est si abrutissant, ce besoin d'être admiré ! Quelle merveille d'avoir appris qu'il s'atténue avec l'âge !

*

Seamus Meadowes fut arrêté pour le meurtre de Merridith, mais un verdict unanime le déclara non coupable. Je fus moi-même cité comme témoin mineur de la défense et affirmai que l'accusé n'avait pas élaboré la menace de mort trouvée en première classe. J'en étais certain et j'expliquai pourquoi. A l'époque, Seamus Meadowes ne savait ni lire ni écrire, ainsi qu'il me l'avait avoué avec une sorte de fierté bizarre, le matin où j'avais cherché à m'entretenir avec lui.

On ne me demanda pas si j'avais un autre suspect à proposer, et je ne m'avançai point là-dessus. J'avais promis l'anonymat à Pius Mulvey, et comme tout journaliste honorable, j'entendais tenir ma promesse. Je répondis à toutes les questions, ne racontai pas de mensonge et fus félicité par le juge pour la sobriété de mon témoignage.

Le procès fut une *cause célèbre** du New York irlandais et la publicité fit de l'accusé un héros aux yeux de beaucoup. Il se lança dans une carrière de boxeur professionnel, mais sa tentative avorta ; il entra alors dans la police, puis dans la vie politique, comme homme de main du boss « Honey » Maguire, d'abord, puis comme collecteur de fonds, agent électoral, et enfin comme candidat. Sous le sobriquet de « Jimmy Meadows le Gaucher, défenseur des travailleurs* »,

* Il abandonna le deuxième « e » de son patronyme à l'aube de sa carrière politique, estimant qu'il le faisait paraître trop anglais. Voir Meadows J., *Quinze rounds pour la justice : l'histoire de ma vie* (New York, 1892). – G.G.D.

il fut élu onze fois dans la circonscription de l'East Bronx, et il s'en fallut d'un cheveu qu'il ne fût élu maire en 1882, échec qu'il imputa toujours aux erreurs de calcul de ses acolytes plutôt qu'aux vœux de l'électorat. Il considérait les vicissitudes de la démocratie comme des embarras mineurs. Bien souvent, quand on faisait le compte de ses voix, le total égalait le nombre d'inscrits de la circonscription tout entière ; et lors de deux élections mémorables, il le dépassa pour de bon. (« Un homme devrait exercer ses droits le plus souvent possible, aimait-il à commenter de manière assez hermétique, avant d'ajouter : C'est bien ça, l'Amérique, non ? »)

Deux ans plus tard il fut inculpé de fraude pour avoir été surpris alors qu'il passait l'examen écrit auquel étaient soumis les futurs facteurs de New York, non sans avoir usurpé l'identité d'un électeur illettré auquel il avait promis un emploi. (Le procès fut abandonné lorsque le principal témoin à charge tomba d'une fenêtre dans des circonstances mystérieuses et se brisa la mâchoire.) Meadows fut réélu l'année suivante, sa majorité déjà monumentale s'étant accrue du tiers. « Ils ne comptent pas mes voix, les gars, ils les pèsent », déclara-t-il aux reporters. Il mourut très paisiblement, à l'âge de cent un ans, dans la demeure de style néo-Regency qu'il était parvenu à acquérir grâce à ses émoluments de représentant du peuple de toute une vie.

Au moment de sa mort il examinait, disait-on, une offre de la Compagnie cinématographique Edison d'Orange, dans le New Jersey. L'un de ses responsables, le dénommé Edwin S. Porter, voulait produire une courte histoire romancée, inspirée de la vie de Meadows et de ses multiples aventures. Le titre provisoire était « Le farouche corsaire irlandais », mais les négociations s'étaient enlisées au cours des mois précédents. (Apparemment, le corsaire avait insisté pour jouer lui-même).

Une foule énorme de pauvres gens, dont beaucoup l'idolâtraient et l'avaient toujours idolâtré, assista à ses obsèques. Si certains d'entre eux voyaient en ce lutteur un adepte des coups bas, ils soutenaient, et l'argument avait de quoi convaincre, qu'un lutteur honnête les eût laissés pourrir au fond de leurs taudis. Seamus Meadowes n'était pas le marquis de Queensberry. (Mais, comme ne manqueront pas de le savoir les admirateurs d'un autre Irlandais plein de panache, le marquis de Queensberry ne l'était pas non plus[1].)

La messe fut concélébrée par quinze prêtres, parmi lesquels on remarqua deux de ses cinq fils et divers parents. Une cornemuse joua une antique complainte du Connemara lorsque le cortège fit une courte halte le long du bassin de Fulton Street, à l'endroit même où, pour la première fois, Meadows le gaucher avait posé le pied sur le sol américain. L'archevêque de Boston, Mgr O'Connell, qui menait les obsèques, affirma : « Jimmy était démocrate avant tout. Il lui suffisait, pour savoir ce que voulait le peuple, de sonder attentivement les profondeurs de son cœur noble et magnifique. »

Lors de son procès pour le meurtre de Merridith, certains faits extrêmement douloureux pour la famille de la victime avaient été exposés au grand jour. Il fut révélé que l'homme bizarre que l'on avait souvent vu s'attacher aux pas de Merridith dans le quartier de l'East End n'était pas un révolutionnaire irlandais, mais un détective privé anglais embauché par le père de Laura Markham, qui se demandait de quelle manière son gendre dépensait tant d'argent appartenant à sa belle-famille. Ignorant la ruine imminente du domaine de Kingscourt, ne sachant pas non plus que le propre père de Merridith lui avait coupé les vivres, Mr. Markham avait soupçonné l'existence d'une maîtresse. Les visites de Merridith aux bordels londoniens furent étalées en plein tribunal ; ce fut une période difficile pour Laura Markham et ses fils. Les détails concernant son état de santé furent inévitablement dévoilés eux aussi, et tous les journaux s'en délectèrent avec lubricité ; ils ne manquèrent pas d'en tirer la morale évidente et habituelle ni de disséquer celle-ci, comme si le public avait encore besoin de leurs conclusions et dissections. Jamais il ne fut dit que ce dont il souffrait était une maladie : non pas une malédiction, ni une vengeance, ni un châtiment, mais un microbe. La soif populaire d'attribuer des qualités surnaturelles aux affections (de même qu'aux famines, et ce n'est peut-être pas un hasard) était si forte que lorsque vint le temps d'écrire cette histoire,

1. Le huitième marquis de Queensberry (1844-1900) fut chargé d'établir une liste d'articles destinés à régir le sport de la boxe en Grande-Bretagne. Ces règles sont encore en vigueur aujourd'hui. Par extension, l'expression « règles de Queensberry » s'applique également à la politesse et à la correction du comportement.

la tentation fut grande de laisser de côté son mal, ou d'accommoder sa chronologie, ou même de le transformer à tout prix en autre chose. Mais cela eût été répréhensible, car ainsi j'aurais paru approuver tacitement le jeu. Il avait ce qu'il avait, et il fut déclaré coupable de ce qu'il avait, bien qu'il ne fût pas, en réalité, jugé pour quoi que ce soit. Il fut condamné à titre posthume par un juge pieux à l'excès, étoile montante de la politique new-yorkaise, qui savait faire appel à ce besoin, commun à nombre de mes compatriotes parmi les plus confits en dévotion, de mettre la main sur un scélérat. S'il avait pu déclarer Merridith coupable de s'être assassiné lui-même, il l'eût fait, et il eût pendu son cadavre à la porte d'une chapelle.

Quant au message destiné à pousser Mulvey au meurtre, le lecteur en aura déjà identifié l'auteur, bien que pour ma part je n'y fusse parvenu que peu avant le procès. Mais à l'instant où je le vis, je compris : ce n'était pas Mary Duane, ni Seamus Meadowes, ni aucun des misérables qui gémissaient sur ce bateau.

Comme David Merridith avait coutume de le dire, tout est dans la façon dont la matière est rendue.

(*get him. right sune. els be lybill* [1]. h.)

Un expert en doohulla aurait remarqué l'anagramme :

WUTHERING HEIGHTS
by Ellis Bell.

Le M de *get him* a été mis la tête en bas pour former un W.

C'est la victime qui élabora le fatal billet, autorisant ainsi sa propre exécution. La matière brute qu'il utilisa fut le roman que je lui avais donné, le cadeau de l'homme qui lui avait déjà volé son bien. On retrouva en effet le volume dans l'une de ses valises ; il était visible que la page de titre avait été arrachée. Quant à la raison de son choix, nous ne pouvons émettre que des conjectures. La lâcheté fut évoquée, mais c'était là lui faire injure. On avança aussi des suggestions qui fleuraient le Romain : le noble cœur se laisse tomber sur son épée, etc. Il me semble qu'il aimait trop ses enfants pour s'adonner à des gestes si impériaux.

1. « Occupe-toi de lui. tou d'suit. ou alor gare au redresseurs. »

Je crois, quant à moi, que David Merridith était un homme d'une bravoure admirable qui savait que sa vie s'achèverait sous peu et qui a voulu épargner à sa famille la honte de le voir mourir en paria. Peut-être d'autres pensées bien compréhensibles lui avaient-elles traversé l'esprit, car les papiers que l'on retrouva dans son bureau se rapportaient au Royal Naval Relief Trust, une caisse qui prenait en charge l'éducation privée des fils d'officiers décédés, qu'ils fassent encore partie de la marine ou non. (Pas leurs filles, leurs fils uniquement.) Comme tous les systèmes de cet ordre qui furent établis durant cette ère respectable jusqu'à la démence, il devenait caduc en cas de suicide ou de syphilis. Mais pas de meurtre. Le meurtre n'abolissait rien. Le meurtre donnerait à ses enfants un semblant d'héritage.

Quoi qu'il arrive le dividende serait saisi par ses créanciers, la dette absorbant la quasi-totalité du domaine ; le reste serait mangé par les honoraires d'avocats, les impôts et les droits de succession. On ne sut qu'après le meurtre qu'une procédure avait déjà été engagée à Londres à l'encontre du banqueroutier, mais qu'elle avait été brièvement retardée sur les instances de ses avocats. (Ces derniers avaient fait remarquer qu'en tant que failli il serait contraint de démissionner de la Chambre des lords. Un perspective consternante ! fut-il commenté.) Les terres de Kingscourt furent acquises par le commandant Henry Edgar Blake de Tully Cross qui les divisa, chassa les rares exploitants qui s'y accrochaient encore, en leur imposant des loyers exorbitants, et remplaça les fermiers et les métayers par des moutons. Les moutons se révélèrent plus rentables que les humains, et moins importuns, car, à la différence des susdits, ils ne revendiquaient pas le droit de ne pas mourir. Il constitua l'énorme fortune dont ses petits-enfants jouissent aujourd'hui. L'un d'entre eux s'occupe activement de politique dans son pays.

Lors d'un voyage au Connemara, en 1850, je retrouvai le capitaine Lockwood. Sa femme et lui, ainsi que d'autres membres de la Société des quakers partis là-bas manifester leur solidarité aux Irlandais affamés, habitaient alors le village de Letterfrack, près de Tully Cross. Son épouse était la cousine d'une personne nommée Mary Wheeler qui, avec son mari, James Ellis, originaire de Bradford, s'était installée dans le nord du comté de Galway en 1849, où elle espérait venir en aide à la population locale. Aucun lien antérieur ne les rattachait au Connemara ; mais ils virent des liens là où d'autres, qui auraient dû les voir, se contentaient de regarder ailleurs. Ils construisirent des maisons, des routes, des égouts, une école ; ils payèrent un juste salaire à leurs ouvriers et les traitèrent avec respect. Lockwood travaillait avec des pêcheurs de l'endroit, il réparait les filets et les bateaux. Il avait le cœur modeste, Josias Lockwood de Douvres, et il se serait gaussé si l'on s'était risqué à louer son héroïsme. Et pourtant c'était l'un des plus grands héros que j'aie connus. Lui et ses frères et sœurs, les quakers anglais – il appuyait toujours avec une douce insistance sur le terme « Amis », qu'il préférait –, ont sauvé des centaines, voire des milliers de vies.

Il attendit le dernier soir de ce séjour pour me faire un cadeau. J'hésitai beaucoup à l'accepter, bien sûr, mais cette fois encore derrière sa douceur transparaissait son insistance. Peut-être devina-t-il plutôt que mon hésitation était feinte. Nous avions souvent débattu de questions religieuses – il savait que je n'étais pas croyant et je savais qu'il croyait avec passion –, et c'est à ce langage-là qu'il eut recours la dernière fois que je le vis ; il ne cessait de créer des liens, il l'avait toujours fait. « Vous êtes juif, du peuple du livre. Voici mon livre, dit-il tranquillement. Les choses qui sont arrivées y sont toutes inscrites. » Et je n'ai jamais oublié tout à fait le regard qu'il posa sur moi en ajoutant : « Ne permettez jamais que l'on oublie ce que nous nous sommes fait les uns aux autres. »

On eût dit qu'il savait ce que moi-même j'avais fait.

Peut-être pensais-je trouver dans son livre de bord un indice qui éclairerait ce qui s'était produit sur le navire ; une chose qui sur le moment n'était pas claire du tout. Peut-être le considérais-je comme un souvenir macabre des trente jours qui ont décidé du reste de ma vie. Peut-être pensais-je, pourquoi ne pas le dire maintenant – un vieillard doit se laver de toutes ses hontes –, qu'il me fournirait la structure d'une histoire. Le roman que j'avais toujours voulu écrire sans y parvenir.

Une chose est certaine : je l'ai pris et l'ai toujours auprès de moi, ce terrifiant registre de l'humaine souffrance, avec ses pages flétries et jaunies par le temps, et sa couverture en veau décolorée par les taches d'eau de mer. Le lecteur a vu les mots de Josias Tuke

Lockwood, décédé à Douvres, en Angleterre, quatorze mois après notre dernière soirée, pour avoir contracté la fièvre des affamés. Ces mots présentent l'avantage d'être contemporains, tandis que mes propres souvenirs, si vifs qu'ils puissent me paraître, sont évidemment sujets à caution après tant d'années. Tout cela est parfaitement conforme à ce que l'on peut souhaiter. J'ai essayé de ne pas déformer les faits mais n'y ai sans doute pas toujours réussi.

Je voudrais croire mon récit objectif, mais il ne l'est évidemment pas ; comment l'aurait-il pu ? J'étais là. J'étais impliqué. Je connaissais certaines personnes. J'en aimais une ; j'en méprisais une autre. Je pèse le terme : je le méprisais vraiment. Il est si facile de mépriser pour une cause telle que l'amour. D'autres encore m'étaient tout simplement indifférents, et cette indifférence fait elle aussi partie du récit. J'ai également choisi, pour encadrer et dire mon histoire, les mots du capitaine que le lecteur a vus. Un auteur différent eût fait un choix différent. Comme David Merridith avait coutume de le dire, tout est dans la façon dont la matière est rendue.

Grâce à la découverte de papiers et de documents, grâce à certaines recherches, souvenirs et entretiens ; grâce à l'enquête menée auprès d'autres passagers de l'*Étoile*, grâce aux questions posées lors de multiples retours sur ces rochers que les cartes nomment les « Iles britanniques », de nouveaux éléments sont apparus que l'on peut sans risque d'erreur classer dans la colonne des faits. Les voici, puisqu'il faut bien satisfaire les curieux :

Il y eut un homme de Galway nommé Pius Mulvey, et un autre nommé Thomas David Merridith. Ils s'embarquèrent pour l'Amérique avec l'espoir d'une vie nouvelle. Le premier avait été chargé d'assassiner le second, auquel étaient reprochés les crimes de ses ancêtres. Dans un monde différent, peut-être n'eussent-ils pas été ennemis ; peut-être même, à une époque différente, eussent-ils été amis. Ils avaient beaucoup plus de choses en commun qu'ils ne le croyaient. L'un avait été élevé dans la religion catholique, l'autre dans la religion protestante. L'un était irlandais de naissance, l'autre anglais. Mais ces différences-là n'étaient pas essentielles. L'un était né riche et l'autre pauvre. Voilà la vraie différence.

Il y eut une belle femme nommée Mary Duane, qui venait d'un village nommé Carna, dans le Connemara ; elle était la quatrième des sept enfants de Daniel Duane et Margaret Nee ; le père était pêcheur et métayer à l'occasion, la mère bonne d'enfants. Mary aima un garçon dont elle ne savait pas qu'il était son frère. Avant de savoir qu'elle était sa sœur, il l'aima en retour ; ou il l'eût aimée, peut-être, s'il avait été capable de l'aimer. A la fin, lui et la jeune fille qui l'avait si tendrement chéri furent séparés, comme c'est sans doute toujours le cas, non par ce qui les opposait mais par ce qu'ils avaient en commun : les faits enchevêtrés d'un passé auquel ils n'avaient aucune part. Ce que l'on appelle parfois en Irlande « la configuration du terrain ».

Certains le jugeront entièrement responsable de sa propre incapacité ; d'autres verront en lui une victime. Pour moi, je ne me risquerai pas à juger les péchés d'un autre, car mes propres péchés absorbent déjà une bonne part de mes pensées. Appelez-le le fils du père qui l'a détruit. Traitez-le d'intouchable, de vil entre les vils. C'était un homme qui aurait pu faire de bonnes choses si seulement il s'en était douté. Je crois que Mary Duane avait décelé en lui ce don miraculeux alors qu'ils étaient assez jeunes pour croire que le pouvoir n'importait pas, avant que la richesse les séparât et que la notion de rang s'insinuât entre eux, offrant au jeune noble la possibilité d'abuser d'elle. Ils n'étaient pas Roméo et Juliette. Ils étaient maître et servante. Il avait le choix entre plusieurs voies, elle non. Ce qu'il a choisi est un fait établi. Que chaque homme soit la somme de ses choix n'est que la pure vérité. Chacun est peut-être également quelque chose de plus.

Concluons l'histoire des proches de Mary Duane. Son père, sa mère et ses trois sœurs moururent de faim sur leur terre natale, de même que l'aîné et le plus jeune de ses frères. Son seul frère survivant fut tué dans une explosion en décembre 1867, alors qu'il tentait de s'évader de la prison de Clerkenwell, à Londres. Il avait été incarcéré en raison de son appartenance à une faction révolutionnaire qui souhaitait mettre fin à la domination anglaise en Irlande. A l'époque de sa mort, il attendait d'être jugé pour avoir pris part au meurtre d'un agent de police de Manchester.

J'ignore ce qu'il advint de Mary Duane en Amérique. Elle arpenta un certain temps les trottoirs du bas Manhattan. Elle fut arrêtée à deux reprises et brièvement emprisonnée une fois, à la suite de quoi elle semble avoir tout bonnement disparu. Je sais qu'elle mendiait à Chicago pendant l'hiver de 1849, et qu'en 1854 elle fut admise dans la salle des vagabonds d'un hôpital de Minneapolis spécialisé dans les voies respiratoires, où elle resta deux jours. Le temps que nous y arrivions, elle s'était discrètement éclipsée. Les annonces visant à la retrouver restèrent sans réponse. Les offres de récompense restèrent sans effet. Des détectives enquêtèrent. Leurs recherches s'étalèrent sur plusieurs dizaines d'années ; ils dénichèrent des femmes dont la description et la nationalité correspondaient à celles de Mary Duane en des milliers d'endroits d'Amérique, et leurs conditions sociales étaient aussi variées que leurs régions d'origine. La Nouvelle-Orléans, l'Illinois, le Minnesota, le Colorado, le Wisconsin, le Massachusetts, le Maryland, le Maine. Une religieuse enfermée dans un couvent du nord de l'Ontario, une balayeuse de lieux d'aisances, une servante de bordel, une cuisinière dans un orphelinat, la femme d'un frontalier, une femme qui faisait le ménage des trains, la grand-mère d'un sénateur. Laquelle de ces femmes était Mary Duane de Carna, à supposer qu'elle fût l'une d'elles ? Je serais incapable de le dire et il est trop tard à présent pour en apprendre davantage.

Un jour pourtant, à la suite d'une annonce parue dans un journal, je reçus quelque chose qu'elle-même eût pu écrire. C'était le récit à la troisième personne (bien qu'il fût indubitablement autobiographique) de la vie d'une femme qui avait travaillé comme « belle de nuit » dans le Dublin impitoyable des « faméliques années 1840 », après avoir été abandonnée par le fils d'un aristocrate. Il n'y avait ni signature, ni adresse, ni indice susceptible de m'aider à identifier l'auteur ; l'orthographe était chaotique. Je relevai toutefois d'innombrables tournures propres au Connemara du Sud. La missive avait été postée à Dublin, dans le New Hampshire, la veille de Noël 1871 ; pourtant l'enquête menée dans cette petite ville par les autorités locales ne donna rien, pas plus qu'une nouvelle enquête menée à travers l'État tout entier, puis à travers toute la région de la Nouvelle-Angleterre.

Beaucoup estimeront que l'histoire est incomplète si elle ne va pas jusqu'au bout de chaque destinée. Sans doute ont-ils raison. Je suis de leur avis. En me relisant, j'ai le sentiment de n'avoir presque rien dit de Mary ; comme si elle n'était qu'un assemblage de notes au bas des pages qui racontent la vie d'autres êtres plus violents qu'elle. Je l'ai cherchée pendant tant d'années que si je la trouvais maintenant j'éprouverais comme un manque. Mais je ne la trouverai plus. Peut-être ne l'aurais-je jamais pu. J'eusse aimé pouvoir en dire plus au cours de ce récit, faire plus que relater les quelques faits connus de son existence en fonction de l'existence des hommes qui l'ont fait souffrir. Mais je ne le puis, voilà tout. J'ai inventé certaines choses mais je ne pouvais inventer Mary Duane, du moins pas plus que je ne l'ai déjà fait. Elle a subi plus qu'assez de « composition ».

Il m'est arrivé de croire que je la voyais. Sur un quai de gare, à San Diego, Californie, par exemple. Endormie sous un porche, dans le bas de Pittsburgh. Infirmière dans un hôpital d'Edenton, en Caroline du Nord. Mais je me trompais toujours. Ce n'était jamais Mary Duane. On ne peut que supposer qu'elle ne voulait pas qu'on la retrouve ; qu'elle avait changé de nom et commencé une nouvelle vie, comme tant de centaines de milliers d'Irlandais en Amérique. Mais je ne sais pas. Il se peut que je prenne mes désirs pour des réalités.

La dernière fois que j'ai cru la voir, c'était en novembre dernier, à Times Square : une ombre qui se déplaçait lentement à travers une forêt de parapluies noirs. Les salles de spectacle se vidaient dans les rues ; une violente tempête de pluie hivernale soufflait de l'Atlantique. Une grande foule s'était rassemblée pour applaudir le défilé d'une troupe de volontaires ambulanciers qui partaient pour la guerre et l'Europe ; et c'est sur le pourtour de cette masse de gens que je me suis imaginé la voir, seule sous un lampadaire, dans le vent et la pluie, dont les gouttes, à la lumière, luisaient comme des perles. Elle vendait quelque chose qu'elle tenait sur un plateau : des fleurs, je crois. Mais elle était si fragile et si jeune, la fille que j'ai vue ce soir-là, et Mary Duane serait vieille aujourd'hui, si elle vit toujours. Le seul culte que j'aie jamais pratiqué est celui de la raison, et ma foi doit me dire que ce n'est pas elle que j'ai vue. Mais si vraiment son fantôme erre par les rues étincelantes de Broadway, il est loin d'être le seul ; tous les acteurs vous le diront. Les esprits, paraît-il, sont quelquefois attirés par les théâtres autant que par la guerre.

L'affreux destin de son amoureux, Pius Mulvey, ne sera pas long à conter. Il est mort au cours de la nuit lugubrement enneigée du 6 décembre 1848, presque un an jour pour jour après avoir débarqué à New York; déchiqueté à coups de couteau dans une ruelle de Brooklyn, non loin du croisement de Water Street et de Hudson Avenue, à Vinegar Hill, misérable conglomérat de masures où s'entassent les immigrés Irlandais. Sur un mur à moitié détruit, une phrase inscrite à la peinture blanche n'avait pas eu le temps de sécher : « L'IRLANDE ENCHAINÉE NE SERA JAMAIS EN PAIX. »

Dans la poche de son manteau, on trouva une bible reliée de cuir, une pièce de cinq *cents* et une poignée de terre. Il portait un anneau bon marché, en cuivre, à l'annulaire gauche, mais nous ne saurons jamais qui il épousa en Amérique, à supposer qu'il eût épousé quelqu'un. Il avait pris l'habitude de se présenter sous divers noms d'emprunt, dont Costello, Blake, Duane et Nee, mais, dans le voisinage, beaucoup de personnes savaient exactement qui il était. On racontait que les gens l'évitaient, et qu'il était fréquemment victime d'agressions, qu'il dormait sur les bancs dans les parcs de la ville et qu'il mendiait des rogatons auprès des passants. Souvent, le soir, on le voyait au bord de l'eau, les yeux fixés sur les navires qui entraient dans le port. Il s'était mis à boire et était d'une maigreur désespérante. Avant de mourir, il avait été torturé et horriblement défiguré. Le coroner de la ville qui examina sa dépouille déclara que le cœur avait été découpé et jeté dans la gouttière, et ce probablement du vivant de la victime. On raconta que quelques-uns parmi les plus superstitieux des New-Yorkais du Connemara trouvèrent la date du meurtre significative : il eut lieu le jour de la Saint-Nicolas, et la coïncidence avait bien de quoi donner le frisson.

On ne mit jamais la main sur le coupable et personne ne se rappelle exactement où fut enterrée la victime. Il est devenu difficile de croire que Mulvey ait jamais existé. J'en douterais moi-même si je ne l'avais rencontré et connu, ce monstre qui assassina son ennemi dans la prison de Newgate et son ami dans une forêt, non loin de Leeds. S'il avait tué David Merridith, peut-être en eût-on fait un héros. Le sujet, pourquoi pas, d'un chant guerrier, au lieu de quoi il est oublié, comme un personnage un peu embarrassant, voilà tout. Le lâche qui n'a pas pu se résoudre à assassiner pour une cause.

Une partie de la terre qui s'étend à quelques milles à l'ouest de Vinegar Hill fut préemptée par la ville voici environ vingt-deux ans ; un minable terrain vague appelé « Champ du Traître », où les miséreux et les prostituées du quartier étaient souvent jetés dans des tombes creusées à la sauvette, faisait partie du lot. Aux dires de certains, c'est là qu'il repose, Pius Mulvey d'Ardnagreevagh, dernier-né de Michael et Elizabeth, frère de Nicholas, père de personne. Les tombes sont anonymes et les pierres envahies par les mauvaises herbes. En ce lieu de tant de hontes enterrées se dressent aujourd'hui les soutènements du pont de Manhattan sur la rive de Brooklyn.

D'autres passagers de l'*Étoile* avaient leurs secrets. Je rencontrai pour la dernière fois l'un de nos compagnons de voyage dans le Dakota du Sud en 1866 ; mon rédacteur en chef m'y avait envoyé écrire une série d'articles sur les immigrants du Midwest. Mes recherches m'avaient conduit à un spectacle itinérant de Bandoleros dont on m'avait dit que la plupart des gros bras étaient irlandais. J'eus des entretiens intéressants avec des cow-boys natifs du Connemara et d'autres régions du Connaught. Mais au moment où j'allais partir, il se produisit quelque chose de fascinant. Mon attention fut attirée par une baraque de lutteurs installée à l'extrémité du terrain : là, pour la modique somme d'un demi-dollar, les braves pouvaient se mesurer au « plus grand conquérant de tous les temps », un certain « Bam-Bam Bombay, le Sultan étrangleur ». Son ancien valet de chambre (qui était aussi son frère aîné) faisait à présent office de soigneur et d'aboyeur, charges dont il s'acquittait à merveille.

Ils parurent follement heureux de revoir un vieil ami et, dans la nuit du Sud Dakota, que de verres d'alcool de contrebande nous vidâmes ! Ils avaient nom George et Thomas Clarke, et ils étaient nés à Liverpool, d'une laveuse de vaisselle de Galway et d'un marin portugais ; de leur père ils avaient hérité le teint olivâtre, mais pas grand-chose d'autre, manifestement. Ils avaient passé les années 1840 à traverser l'Atlantique dans les deux sens, toujours revêtus de leurs atours impériaux ; à bord, ils consacraient leurs loisirs à de menus larcins et trichaient aux cartes avec discrétion. Un beau jour pourtant, à Boston, un policier irlandais à la carrure impressionnante les reconnut ; renonçant aussitôt à leurs manières impériales, ils battirent en retraite et s'enfoncèrent dans les bas quartiers. Nous évoquâmes les jours passés sur l'*Étoile* ; ce voyage se classa, paraît-il, parmi les moins profitables de leur carrière. C'étaient le maharadjah et son domestique qui avaient écumé les cabines de première classe et prélevé dans nos tiroirs ce qu'ils considéraient tout bonnement comme leur tribut. Et non seulement comme leur tribut, mais comme un service spirituel car, m'expliquèrent-ils, « le bouddhisme enseigne qu'il faut mettre de côté les possessions matérielles » ! Des excuses furent offertes d'un cœur sincère, et d'un cœur sincère elles furent acceptées. Ils me conduisirent à la gare, ponctuèrent leurs adieux de maintes étreintes vigoureuses et me supplièrent de leur donner régulièrement de mes nouvelles.

Je ne m'aperçus de la disparition de ma montre que plus tard, dans le train qui me ramenait à New York.

Je ne leur en voulus pas. Ils avaient insisté pour me payer mes libations. Mais onze ans plus tard, en 1877, une enveloppe postée d'un trou perdu du Texas, affligé du nom mélancolique de Desdémone, arriva chez moi. A l'intérieur je trouvai ma montre, sur laquelle on avait gravé ce message mémorable : « Affectueux souvenir du pays des Indiens ».

Il y eut indiscutablement une femme appelée Laura Merridith, car nous nous mariâmes un an après la mort de son mari, et jamais femme au monde n'eut le cœur plus grand que le sien. Notre mariage ne fut pas heureux, mais je ne songe plus à cette époque-là. Nous divorçâmes au bout de dix-huit mois, mais n'allâmes jamais jusqu'à la séparation. J'ai encore les papiers définitifs quelque part dans mes dossiers ; nous ne les avons pas signés. Pendant cinquante-quatre ans, chacun de nous fut pour l'autre un compagnon et un camarade, et chaque année fut un peu plus heureuse que la précédente. L'amour est venu tard, mais il est venu. Il faut si longtemps rien que pour savoir ce qu'aimer veut dire !

Plus tard, lorsque des amis nous demandaient le secret de notre parfaite harmonie, elle répondait qu'elle avait toujours l'intention de signer ces papiers mais qu'elle attendait que les enfants soient morts.

Elle perdit la vue en 1868, dans un accident de tramway qui la priva également de l'usage de ses jambes pour le restant de ses jours. Mais cela ne l'empêcha guère de faire ce qu'elle voulait.

Pendant toute sa vie en Amérique, elle œuvra pour l'amélioration du sort des pauvres et soutint avec une ardeur particulière la cause des suffragettes comme celle des Noirs. Elle fut mêlée à un grand nombre d'événements importants, mais je crois que sa plus grande fierté fut d'avoir figuré parmi les femmes emprisonnées pour avoir voulu voter aux élections présidentielles de 1872 (pour Ulysses S. Grant). Lorsque le juge demanda ce que ressentait une comtesse douairière contrainte de partager une cellule avec la fille d'une esclave, elle répondit que c'était le plus grand honneur qu'elle eût connu. Elle combattait les préjugés et l'étroitesse d'esprit partout où elle les rencontrait, et avec plus de virulence encore lorsqu'elle les décelait en elle-même, ce que d'autres, moi tout le premier, ne font jamais. Elle mourut en 1903, le jour de son quatre-vingt-septième anniversaire, lors du meeting d'inauguration de l'Union des dames américaines pour le soutien aux ouvrières du textile, organisation qu'elle avait contribué à fonder. L'avoir connue fut le plus grand honneur de ma vie, l'avoir aimée la seule chose véritablement bonne que j'aie jamais faite.

Notre belle enfant naquit prématurément et ne vécut que le temps de recevoir par le baptême les noms de deux femmes courageuses dont l'histoire était liée à celle des siens : Verity Mary Merridith Dixon. Nous apprîmes peu après que nous ne pourrions plus avoir d'enfant ; ce fut pour nous une croix. Nous ne pouvions pas davantage élever ni adopter un enfant. Les « gens de couleur » ne possédaient pas ce droit à l'époque, et bien que la couleur de mon corps soit identique à celle du président Wilson, la couleur de mon âme, aux yeux de la loi, ne l'est point. L'aïeul Choctaw de mon père, qui faisait de lui un quarteron, pesait lourd dans la balance. Lorsque les papiers nous furent renvoyés par le Bureau des mineurs, la rubrique « motifs d'inaptitude » comportait un seul mot d'explication : « négritude ».

Les deux remarquables fils de ma femme font la joie de mon existence. Ils ne parlent plus jamais de l'Irlande à présent. Ils en arrivent à dire qu'ils sont nés en Amérique.

Robert s'est marié trois fois, Jonathan jamais. Un jour, il y a longtemps, il m'a confié qu'il préférait la compagnie des hommes. Et si tel est le cas, le fait d'avoir vécu en conformité avec ses goûts semble lui avoir apporté le bonheur, et peut-être avoir contribué à faire de lui l'un des hommes les plus accomplis que je connaisse. Ils portent mon nom, ces deux garçons vieillissants, ils en ont fait le choix peu après leur majorité. Leur décision m'a d'autant plus surpris que je ne l'avais aucunement méritée. Les gens vont jusqu'à dire qu'ils me ressemblent et, sous un certain angle, c'est vrai. On nous a souvent pris pour trois vieux frères taciturnes, en nous voyant assis à la terrasse d'un café, unis dans la désapprobation du monde qui nous entoure. (« Shadrak, Meshak et Abed Nego », dit le garçon quand il se figure que nous ne pouvons l'entendre.) Cela me procure un tel plaisir que « plaisir » n'est pas le terme qui convient.

L'hiver, quand les feuilles des tilleuls sont tombées, je vois la tombe de leur mère par la fenêtre, devant mon bureau, et je puis la contempler en écrivant. La belle petite fille que nous avons perdue repose auprès de Laura. Je vais les voir presque tous les jours, et même chaque jour, en ce moment. J'aime entendre les poulies des trams qui passent et les sirènes des remorqueurs qui remontent le fleuve : elles me rappellent que cette cité bruyante est une île très ancienne, un affleurement préhistorique sous un masque de béton. Le matin, d'étranges oiseaux chantent dans le jardin du cimetière. Le vieux prêtre m'a dit leur nom bien souvent, mais ces temps-ci je n'arrive pas à le garder en tête. Peut-être cela n'a-t-il pas d'importance. Ils chantent, en tout cas.

Des couples s'y promènent souvent par les après-midi de printemps, des employés de bureau ou des étudiants de l'université. Parfois je vois un enfant qui, armé d'un filet, chasse les étonnants papillons qui s'assemblent dans les orties, à l'arrière de la chapelle. Il les vend dans des bocaux à confitures, à sa place de cireur de chaussures, dans la 12e rue ; le joyeux petit mulâtre qui rit tout bas et siffle des cantiques religieux du Sud en se glissant entre les tombes sur la pointe des pieds. Bientôt c'est sur moi que les oiseaux chanteront. Les médecins m'ont dit qu'il me reste très peu de temps. J'aime à penser que l'enfant sifflera des hymnes au-dessus de moi, et puis que ses fils siffleront aussi, quand il sera un homme. Mais je sais que cela n'arrivera pas. Je ne pourrai rien entendre alors. Il n'y a rien à espérer, ni rien à craindre.

Les événements qui précèdent se sont tous produits. Ce sont des faits.

Quant au reste – détails, mises en relief, certains procédés de narration et de structure, événements qui n'ont peut-être jamais eu lieu, ou bien qui se sont déroulés d'une façon tout à fait différente de celle dont je les ai décrits –, tout relève de l'imagination. Et pour cela aucunes excuses ne seront présentées, même si d'aucuns insistent sur le fait qu'on les leur doit.

Peut-être ont-ils raison, de leur point de vue tout au moins. Prendre les événements survenus dans la réalité et les fondre pour former autre chose est une tâche qu'il ne convient pas d'entreprendre froidement ni sans réfléchir. Quant à savoir si une telle tentative vaut la peine qu'on s'y lance, ou même si elle est morale, le lecteur souhaitera sans doute en juger lui-même. D'autres interrogations planent inévitablement au-dessus de tout récit du passé : l'histoire est-elle compréhensible si l'on ne s'enquiert pas de la personne qui la raconte, du public auquel elle est destinée et du but précis poursuivi par l'auteur ?

Quant au meurtrier de David Merridith, sa réponse est la suivante : au mur de son bureau est accroché le portrait d'un monstre qu'il découpa dans un journal il y a soixante-quinze ans, quand il était assez jeune pour croire que la fin justifiait les moyens. « Amour » et « liberté » sont en effet des mots odieux au dernier point. Tant de cruautés ont été commises en leur nom ! C'était un homme très faible et un homme de bon sens, combinaison capable d'accomplir l'indicible. Il croyait ne pas pouvoir vivre sans ce qu'il désirait ; or, ce qu'il désirait appartenait à un autre. Lorsqu'il pleurait dans la nuit, c'était pour cela qu'il pleurait. Et il pleure encore à cette heure, bien que pour des raisons différentes. Quant à savoir si son désir se serait affranchi de cette terrible limite, le prix en eût-il été à sa portée, il ne peut se prononcer. Il nommait cette dépravation « amour », mais la haine entrait dans sa composition, comme aussi la vanité ou encore la crainte ; les hommes n'ont jamais commis de meurtres que pour ces raisons-là. Sa vie était inconcevable s'il ne possédait pas le prix. Certains appellent cela patriotisme et d'autres amour. Mais un meurtre reste un meurtre : la traduction n'y change rien.

C'est un vieil homme aujourd'hui, dont les jours sont comptés. Les gens sont gentils quand ils le croisent dans la rue. Ils savent qu'il a écrit quelque chose autrefois, mais ne savent pas quoi. Il fut une époque où il engrangeait les citations lorsqu'il rencontrait des présidents et des hommes éminents. Mais cette époque ne dura pas et il s'était réjoui de la voir se terminer. Il se rend chaque matin sur la tombe de sa femme. Le soir, il s'assied devant sa fenêtre pour écrire. Et le portrait d'un tueur, accroché à son mur, le couve d'un regard furibond. Tantôt il lui rappelle Pius Mulvey, tantôt Thomas David Merridith, mais le plus souvent il lui rappelle d'autres intouchables de sa connaissance qui vécurent jusqu'à des âges canoniques et moururent dans leur lit.

Bien des passagers de l'*Étoile* avaient leurs secrets, leurs hontes. Peu d'entre eux les ont gardés cachés aussi longtemps.

Le regard fixe du meurtrier sous-entend bien des choses dont l'une, qu'il oublie parfois, est essentielle : chaque image confiée au papier contient le fantôme de l'auteur qui l'a façonnée. A l'extérieur du cadre, au-delà de la frontière, se situe souvent l'espace où se tient le sujet. Une présence mouvante et fuyante, sans aucun doute, mais une présence palpable en dépit de ses camouflages. Il est là, le tueur, dans les tableaux qu'il peint. Mais ceux-ci contiennent aussi les histoires non révélées, de la même façon que chaque homme jamais habité par la haine contient le sang de ses innombrables pères. Chaque femme. Chaque homme.

De toute éternité. Depuis Caïn.

G. Grantley Dixon.
New York City.
Samedi de Pâques 1916.

SOURCES

BIBLIOGRAPHIE

DALY, MARY, *La Famine en Irlande*, Association historique de Dublin, 1986.

FOSTER, R.F., *L'Irlande moderne 1600-1972*, Allen Lane, 1988.

JOHNSON, JOAN, *James et Mary Ellis, Circonstances de la famine et secours apportés par les quakers à Letterfrack*, Société des Amis de la religion en Irlande, 2000.

LITTON, HELEN, *La Famine en Irlande, une histoire illustrée*, Wolfhound, 1994.

MILLER, KERBY A., *Émigrants et exilés, l'Irlande et l'exode irlandais vers l'Amérique du Nord*, Oxford U.P., 1985.

Ó GRÁDA, CORMAC, *La Grande Famine irlandaise*, Macmillan, 1989.

ROBINSON, TIM, *Connemara, carte et répertoire*, Folding Landscapes, Roundstone, 1990.

SHANNON, WILLIAM V., *Les Irlandais d'Amérique*, Université du Massachusetts, 1963.

VILLIERS-TUTHILL, KATHLEEN, *Histoire de Clifden 1810-1860* et *Patiente endurance. La Grande Famine au Connemara*, Connemara Girl Publications, 1997.

Pour des bibliographies plus complètes, outre ouvrages ci-dessus, consulter aussi :

www.swan.ac.uk/history (site de l'université du pays de Galles) ;
www.ucg.ie/depts/history/famine0.html ;
www.historyplace.com/worldhistory/famine.

RÉCITS DE TÉMOINS OCULAIRES DE LA FAMINE

BENNETT, WILLIAM, *Six semaines en Irlande* [1], Gilpin, Londres, 1847;

Détresse en Irlande, récit de la visite de William Edward Forster, Friends' Historical Library, Morehampton Road, Dublin 4;

Les carnets irlandais d'Elizabeth Smith 1840-1850, Oxford U.P., 1980;

SOMERVILLE, ALEXANDER, *Lettres d'Irlande pendant la famine de 1847*, Irish Academic Press, 1994, Editions K.D.M. Snell;

NICHOLSON, ASENATH, *Lumières et nuances d'Irlande* [2], 1850.

EXPÉRIENCES DE BORD

www.theshiplist.com : détails se rapportant à des traversées déterminées, comprenant parfois des manifestes de passagers;

www.acronet.net/~robokopp/irish.html : nombreuses ballades d'émigrants sous la rubrique « Irish Folksongs » ;

http://list.uwaterloo.ca/~marj/ : *Le Voyage de Dublin à Québec*, de James Wilson, dans la rubrique « Immigrants to Canada » ;

fortunecity.com/littleitaly/amalfi : *Le Voyage d'un vaisseau-cercueil irlandais, 1847*, de Robert Whyte.

Le *Journal de la Famine ou l'Été du malheur 1847*, de Gerald Keegan, a d'autre part été publié pour la première fois en 1895.

ILLUSTRATIONS

Dans son ouvrage *Des Gorilles et des anges : l'Irlandais et la caricature victorienne*, 1971), L. Perry Curtis défriche le sujet, bien que certaines hypothèses exposées dans ce livre soient contestées sur www.people.virginia.edu/~dnp5c/Victorian/index.html, où l'on trouvera une galerie de portraits irlandais « simiesques ». Le site web de Steve Taylor « Aspects de la famine » sur www.vassar.edu/~sttaylor offre également une collection d'informations visuelles. Je le remercie de m'avoir fourni des copies de certaines illustrations et autorisé à en faire usage. Les noms des artistes, ceux des publications dans lesquelles leur dessin fut publié pour la première fois, ainsi que les dates de ces parutions, sont indiquées dans la mesure du possible (*HW : Harper's Weekly. J* : le magazine *Judy Magazine. ILN :*

1. Extraits sur www.people.virginia.edu/~eas5e/ *Irish*.
2. Fréquemment cité dans *La Famine en Irlande* de Litton.

Illustrated London News ; JM est James Mahony, l'artiste irlandais représentant attitré du *News*. *PT* : *Pictorial Times*. *PU* : le magazine *Punch* ; JT est John Tenniel, principal caricaturiste du *Punch*).

Page de titre : « Racisme scientifique », HW. Tiré de www.nde.state.ne.us/SS/irish/unit.

Prologue : « Embarquement d'émigrants au Waterloo Dock de Liverpool », *ILN*, 6 juillet 1850, signé « Smyth S. »

Ch. Ier : « L'atelier pour indigents de Galway », *HW*, signé W.A. Rogers. Tiré de www.people.virginia.edu/~ eas5e/Irish/Famine.

II : « Le Porc et le Pair », *PU*, 7 août 1880, JT.

III : « Chargement de farine sous la protection d'une escorte militaire », *PT*, 30 octobre 1847.

IV : « Le Guy Fawkes irlandais », PU, 28 décembre 1867, JT.

V : A fond de cale : l'heure du repas ». Tiré de http://vassun. Vassar.edu/~sttaylor/famine.

VI : « Le scalp de Brian Connor, près de Kilrush Union House » , *ILN*, 22 décembre 1849, JM.

VII : « Keillines, près de la propriété du général Thompson », *ILN*, janvier 1850, JM.

X : « Chercheurs de pommes de terre dans les chaumes », *ILN*, 22 décembre 1849, JM.

XI : « Scalp à Caeuermore », *ILN*, 29 décembre 1849, JM.

XIII : « Le village de Tullig », *ILN*, 22 décembre 1849, JM.

XIV : « Bridget O'Donnel et ses enfants », *ILN*, 22 décembre 1849, JM.

XV : « Un garçon et une fille à Cahera », *ILN*, 20 février 1847, JM.

XVI : « Funérailles à Skibbereen », *ILN*, 30 janvier 1847 ; « D'après une esquisse de Mr. H. Smith, Cork » [la signature est « Smyth »].

XVII : « L'intérieur d'un cottage », *PT*, 7 février 1846.

XVIII : « Trois maux irlandais : la force, la folie et le mensonge », détail), *J*, 8 décembre 1880.

XIX : « La cour de Pentonville », illustration tirée de l'ouvrage de Henry Mayhew et John Binny *Prisons criminelles de Londres et scènes de la vie carcérale londonienne*, Londres, 1862.

XXII : « Famille de cultivateurs défendant son foyer », *PT*, 2 janvier 1847 ; et « L'Expulsion », *ILN*, 16 décembre 1848, dessins signés « Landells ».

XXIII : Couverture de *Harriet Staunton ; ou mariée et démunie*. Artiste et date inconnus.

XXVI : « Miss Kennedy distribuant des vêtements à Kilrush », *ILN*, 22 décembre 1849, JM.

XXVII : « Mendicité à Clonakilty », *ILN*, 13 février 1847, JM.

XVIII : « Paysans irlandais armés attendant l'arrivée d'une charrette de farine », *PT*, 30 octobre 1847.

XXIX : « Lendemain d'expulsion », *ILN*, 16 décembre 1848.

XXX : « Le lion britannique et le singe irlandais », *P*, 8 avril 1848.

XXXI : « Deux forces » (détail), *PU*, 29 octobre 1881 ; JT.

XXXII : Détail tiré de l'anthologie du *PU*, vol. LXXXII, 1882, JT.

XXXIII : « Que ne ferait-on pour avoir la paix ? » (détail), *J*, 13 avril 1881.

XXXV : « Le genre d'émigrant assisté que nous ne pouvons nous permettre d'accueillir », dessin de F. Graetz, date inconnue, provenance supposée : *HW*.

XXXVI : « Le faux Américain », *J*, 15 janvier 1868.

XXXVII : « Le Frankenstein irlandais », *PU*, 20 mai 1882, JT, qui fait suite à une œuvre similaire de J. Kenny Meadows, *PU*, 3 mars 1843.

Page 444 : « Jeune gardien de troupeaux de la Purple Mountain », *ILN*, 1849.

XXXVIII : « Le putois américano-irlandais », détail), *J*, 3 août 1881.

XXXIX : « Idiot et sa mère », *ILN*, 12 août 1846.

Épilogue : « Le village de Moveen », *ILN*, décembre 1849, JM.

CITATIONS

Un grand nombre de termes employés par Mulvey pour évoquer ses larcins sont cités par Robert Hughes dans son ouvrage *Le Rivage fatal*, Collins Harvill, 1987. Les remarques des colporteurs londoniens, pages 227 et 280 furent consignées par Henry Mayhew dans son livre *Le Travail à Londres et les pauvres de Londres*, 1861 et citées par Donald Thomas dans *Les Bas-fonds au temps de la reine Victoria*, John Murray, 1988. Cet ouvrage passionnant décrit également le régime « cellulaire » en vigueur dans les prisons britanniques de l'époque et l'évasion – survenue en 1856 – d'un prisonnier de Newgate qui escalada le cheval de frise ; j'ai emprunté ce détail pour décrire la fuite de Mulvey, aussi suis-je à double titre redevable à Donald Thomas. Les extraits de lettres authentiques qui émaillent ce roman sont cités par Kerby Miller dans ses ouvrages *Émigrants et exilés* et *Départ d'Irlande, histoire de l'émigration irlandaise vers l'Amérique*, Aurum, 1994, avec Paul Wagner. Je remercie le professeur Miller de m'avoir si aimablement aidé à identifier les propriétaires de certains documents, comme je remercie également les institutions et les personnes dont les noms suivent de m'avoir accordé les autorisations que je sollicitais.

Chapitre II : lettre de Patrick Dunny, 1856, collection d'Arnold Schrier, professeur honoraire d'histoire à l'université de Cincinnati.

IV : lettre de Mary Brown, collection Schrier.

V, VI et VIII : lettre de Mrs. Nolan, prénom inconnu, avec l'autorisation du conservateur délégué des archives au Bureau des archives publiques d'Irlande du Nord, PRONI T 2054.

XI et XIII : lettre de James Richey, extrait de l'œuvre de Miller, propriétaire du document original inconnu. Éventuellement PRONI T/2035/2345/2671 ou D3561, Papiers de la famille Richey.

XVII : lettre de Daniel Guiney ; Archives nationales irlandaises (Lettres de l'époque de la famine provenant du Bureau des redevances, domaine de Kingwilliamstown).

XXXIII : lettre de Maurice Woulfe, ou Wolfe, aux alentours de 1870 ; la copie microfilm se trouve à la National Library of Ireland, mf p.3887 ; propriétaire actuel du document original inconnu.

REMERCIEMENTS

Je remercie ma femme, Anne-Marie Casey, pour ses attentions si nombreuses que je ne saurais en dresser la liste sans écrire un nouveau livre. Pour sa patience, sa sagesse et son charme inépuisable, je lui ai une telle reconnaissance qu'en lui dédiant ce roman je n'espère même pas en exprimer la plus infime partie. A Geoff Mulligan, mon éditeur chez Secker, j'exprime une fois encore mes remerciements pour sa pénétration et sa compétence. Je souhaite assurer mon agent littéraire, Carole Blake, de ma gratitude qui s'étend également à Conrad Williams, mon agent dialoguiste, lequel fait aussi partie de l'Agence Littéraire Blake Friedmann, à Londres. Je remercie Caroline Michel, mon éditrice chez Vintage, Hans Juergen Balmes chez Fischer Verlag, Allemagne, Lolies van Grunsven chez Nijgh et Ditmar, Hollande, Jean-Pierre Sicre aux éditions Phébus, France, Luigi Brioschi chez Guanda, Italie, et Drenka Willen, chez Harcourt Books, New York. Je dois une reconnaissance toute spéciale à mon père, Sean, pour toutes ces balades dans le Connemara qui firent la joie de mon enfance. J'ai eu également recours aux conseils du Pr Angela Bourke, du Dr Diarmuid Breathnach, de Peadar Lamb et de Niall Mac Fhionnlaoich lors de certaines traductions irlandaises. Je leur offre à chacun les sincères *maith agat* d'un homme qui ne connaît guère plus d'une langue et auquel ceux qui pratiquent avec talent l'irlandais pardonneront difficilement sa façon de l'estropier. Le livre anglais doit sa très habile présentation à Peter Ward.

Que soient aussi remerciés : John et Monica Casey; Denise Clack; le Dr John de Courcy Ireland; Philomena Connolly, des Archives nationales irlandaises; Ciara Considine; le Dr Mike Cronin, de l'université De Montfort; Joe et Jillian Cunningham; Isobel Dixon; Adrienne Fleming et Anthony Glavin; Seamus Hosey; Beth Humphries; Grainne Killeen; Noel Kissane, conservateur des manuscrits à la National Library of Ireland, et son collègue Justin Furlong; Michael McLoughlin; Ann McVeigh, de PRONI; Kim Miley; Eimear O'Connor; Viola O'Connor; Faith O'Grady; Jonathan Owens, Oxford University Press, New York, et Shelagh Phillips, OUP Londres; le Pr Robert Patten , de Rice University, Houston; Deirdre Shanahan; Stuart Williams, de chez Secker, et Barbara Walker. Kay McEvilly, de Cashel House Hotel, Connemara, s'est entretenue avec moi des patronymes locaux, et je remercie la famille McEvilly de l'hospitalité qu'elle m'offre depuis de nombreuses années. Je remercie l'Arts Council of Ireland de m'avoir accordé le « Macaulay Fellowship » en 1995 : grâce à cette nomination, j'ai pu entreprendre des recherches préliminaires à New York. Je remercie le Dr Philip Smyly, du National Maritime Museum de Dun Laoghaire, de m'avoir donné accès aux vastes collections du musée alors que le bâtiment était fermé pour cause de travaux. Je suis seul responsable des erreurs dues à l'ignorance des choses de la mer… Des autres erreurs aussi, il faut le dire.

HISTOIRE

Les Hauts de Hurlevent, d'Ellis Bell, fut bien publié par Cautley Newby en décembre 1847, de façon peu satisfaisante et assez peu scrupuleuse. V.S. Pritchett, dans un essai écrit en 1946, fut l'un des premiers critiques littéraires à évoquer le rapport entre le chef-d'œuvre d'Emily Brontë et l'Irlande. La question fut plus amplement creusée par Terry Eagleton, *Heathcliff et la Grande Faim*, Verso, 1995; John Cannon, *Histoire de la famille Brontë de l'Irlande à Wuthering Heights*, Sutton 2000; et Christopher Heywood, appendices à son édition 2001 de *WH*, Broadview Press. J'ai pris la liberté de faire subir à Pius Mulvey le régime d' « isolement carcéral » lors de son emprisonnement à Newgate à la fin des années 1830, alors qu'il ne fut mis en vigueur qu'en 1842, et à Pentonville. Aucune organisation appelée « Les Redresseurs de torts » n'a existé, mais il y en eut bien d'autres qui portaient des noms énigmatiques et se livraient à la violence, et ce quatre-vingts ans au moins avant la Grande Famine [1]. L'envoi de lettres de menaces anonymes ou pseudonymes aux propriétaires ter-

1. *Émigrants et Exilés* de Miller, et *L'Irlande moderne* de Foster en citent un grand nombre.

riens était une pratique répandue. *La Famine irlandaise* de Litton en cite plusieurs. Souvent leurs auteurs n'étaient pas initiés à l'anglais écrit, ce qui entraînait des erreurs d'orthographe ou une écriture phonétique comparables à celles que l'on trouve dans la lettre adressée à Merridith. La représentation du cercueil qui figure dans cette lettre est empruntée à un message envoyé à un propriétaire terrien de Kildare en janvier 1848[1].

MUSIQUE

Le capitaine Francis O'Neill n'a pas participé à l'élaboration d'une œuvre intitulée *Recueil d'anciennes chansons irlandaises*. Mais deux œuvres de ce policier de Chicago, né à Cork, *Musique de danse d'Irlande*, 1907) et *Les Enfants abandonnés de la mélodie gaélique*, 1909 – au titre si attachant ! –, contribuèrent de façon appréciable à sauver d'un amoindrissement fatal un magnifique répertoire. Les admirateurs de la chanson irlandaise sauront que le paradigme de la ballade du sergent recruteur composée par Mulvey est « Arthur McBride », chanson du XIXe siècle que Paul Brady a retranscrite pour le chant canon, auquel elle était destinée à l'origine, et qui fut plus tard enregistrée par Bob Dylan., La version de Brady s'intitule *Andy Irvine et Paul Brady*, Mulligan, 1976 ; celle de Dylan *Good as I been to you*, Columbia, 1992). La ballade que Mulvey chante à la page 133 est « Au mois de janvier ». Paddy Tunney en interprète une version dans l'enregistrement intitulé *The Irish Edge*, Ossian Recordings, 1991. La version de Tunney n'est pas « macaronique » (à la différence de celle de Mulvey), bien que l'on trouve beaucoup de chants de ce genre parmi les *Sean-Nos* du Connemara, ou dans la tradition « Old Style ». Plusieurs d'entre eux ont été enregistrés par Seosamh Ó hÉanai, originaire de Carna, comme Mary Duane. *Joe Heaney, chants traditionnels irlandais en gaélique et en anglais* (Topic, Londres), 1988, en fournit des exemples. « Vengeance pour le Skibbereen », ou « Skibbereen » (chapitre XXXIX), est souvent interprété sur scène par ce Caruso du genre, Sean Keane de Galway. Il figure dans son célèbre album *Seánsongs* (*Circín Rua Teo*, 2002). *La Fête d'hier soir*, Cape, 1996, de Ciaran Carson est un ouvrage brillant qui traite de la musique traditionnelle irlandaise. Il y est fait mention d'un batteur loyaliste, Right McKnight, qui emprunta sa batterie à un orchestre nationaliste et oublia de la rendre. J'ai emprunté son nom pour le donner au copain écossais de Mulvey. Il n'est que temps de le lui rendre.

1. Voir Litton, p. 42 et 101. Des phrases proches de celles citées dans cet ouvrage figurent dans le message adressé à Merridith.

TABLE

DU MÊME AUTEUR

Aux éditions Phébus
(traduit de l'anglais par P. Masquart et G. Meudal)

Les Bons Chrétiens
nouvelles, 1997

Desperados
roman, 1998 (coll. « Libretto », 2000)

Le Dernier des Iroquois
roman, 2000

Inishowen
roman, 2001 (coll. « Libretto », 2003)

Aux éditions Robert Laffont
(traduit de l'anglais par Isabelle D. Philippe)

A l'irlandaise
roman, coll. « Pavillons », 1999

Cet ouvrage
a été mis en pages par In Folio,
reproduit et achevé d'imprimer
en juillet 2003
dans les ateliers de Normandie Roto Impression s.a.s.
61250 Lonrai (France)
N° d'imprimeur : 03-1762

Édition exclusivement réservée
aux adhérents du Club
Le Grand Livre du Mois
15 rue des Sablons
75116 Paris
réalisée avec l'aimable autorisation
des Éditions Phébus

Dépôt légal : mai 2003
I.S.B.N. : 2-7028-8504-7